瓷都赋

上

王梓夫 著

中国文史出版社

图书在版编目（CIP）数据

瓷都赋：上下 / 王梓夫著. -- 北京：中国文史出版社，2024.3

ISBN 978-7-5205-4525-9

Ⅰ.①瓷… Ⅱ.①王… Ⅲ.①长篇小说-中国-当代 Ⅳ.①I247.5

中国国家版本馆 CIP 数据核字（2023）第 232827 号

责任编辑：卢祥秋

出版发行：**中国文史出版社**

社　　址：北京市海淀区西八里庄路 69 号院　邮编：100142

电　　话：010-81136606　81136602　81136603（发行部）

传　　真：010-81136655

印　　装：北京新华印刷有限公司

经　　销：全国新华书店

开　　本：720×1020　1/16

印　　张：50　　　　字数：925 千字

版　　次：2024 年 3 月第 1 版

印　　次：2024 年 3 月第 1 次印刷

定　　价：125.00 元（上下）

目录

第一章

1950 年的 3 月 19 日,农历二月初二,龙抬头。

在景德镇,至少有三个人永远不会忘记这个日子。但是谈起那天的天气,他们的印象却截然不同。赵文昌说那天阴雨连绵,连着下了好几天了。陶自强说只是阴天,没有下雨。而饶茶花却说,哪儿来的阴天下雨,白花花的大太阳,我从轿帘往下看,铺在路上的渣饼都亮得晃眼,像满地的碎银子。

宽阔敞亮的窑屋,里面的陈设错落有致,令人称奇。打杂的在配不(dǔn)子,将瓷石和高岭土的不子按照比例配好、敲碎化浆;淘洗工面对着三个大桶进行着淘洗过滤,润滑的泥浆静静地流进桶里,润泽如粥如奶如油;打杂工把稠化好的泥坨捞出来放在桶盖上,搬进陈腐区进行陈腐;踩泥工赤着双脚,一脚挨一脚地踩泥,哼着古老的歌谣,很有节奏感。

拉坯车间,顿时喧闹起来。窑工们加油呐喊助威,陶自强、周鸿达两个人面对面坐在陶车上,四目相视。陶自强说道:鸿达哥,可说定了,输了请一个月的窑工酒。

周鸿达:自强,那我可就提前谢谢你了。

窑工甲:陶自强跟周鸿达比什么呢?

窑工乙:一人一坨泥,看谁先拉出二百件大罐瓶。

众窑工加油,鼓劲。冯运华和冯管家也被吸引过来。冯管家刚要去制止,冯运华拦住了他:随他们去。

冯老六一声令下,陶自强、周鸿达抄起搅车棍,用力搅动着车盘。车盘飞转。泥坨在他们手中升高变幻着,陶自强拉到二尺高的时候,看到周鸿达比自己落后了。周鸿达说:行啊,自强。我这手艺练了十年,你居然现学现满,我服了。

陶自强以为要赢了的时候,看到周鸿达慢慢从坐姿站了起来,用独特的手法,一下子超过了自己。陶自强有样学样,又一下子把坯胎拉得高过了周鸿达。

众人欢呼鼓掌。冯运华、冯老六欣赏地看着。

众人的叫好声中,陶自强拉出来的罐瓶歪倒在了车盘上。陶自强说道:我

1

输了我输了,师哥你下个月的酒钱算我的,不过你这个手艺得教会我。

周鸿达:哈哈哈,你也有认栽的时候啊。

冯管家:好啦好啦,一个个不干活,就知道瞎闹。

众人四散而去。

陶自强回到自己的陶车上利坯。车盘飞转,泥屑纷纷飞溅,似蜂蝶乱舞。

坯胎在他的手中变幻着,众工友议论:

窑工甲:陶自强最拿手的还是利坯。

窑工乙:一件坯胎到了他的手里,要薄如薄纸,要光明如镜,他的两只手就像是在变戏法。

窑工丙:周鸿达的拉坯,陶自强的利坯,冯老六的把桩,是咱们冯家窑三根顶梁柱。

窑工乙:别忘了,还有陶祁香的画。

窑工甲:在咱们景德镇,我最佩服的就是咱冯窑主。就像当年的刘玄德刘皇叔一样,广交天下豪杰,聚集精兵强将,在景德镇三分天下,独占鳌头。

冯管家:东家,景德镇的窑口还有几个有火啊,他们还天天瞎胡闹,都是六爷太惯着他们啦。

冯老六:你管好冯家窑的账就得了,窑口的事,听我的。

冯运华:六叔,你也去忙吧。

冯老六磕了磕长烟袋,转身走开。

冯运华:管家,账上的钱还够不够下次开窑的?

冯管家:这次都不够,还下次呢。早就让您先停一停,看看势态再说。

冯运华:差多少,你告诉我,我再去借点。

冯管家:东家,我就不明白了,您为什么一直不肯歇火啊?歇了火日子就不至于这么抠搜了。

冯运华:歇了火,这帮工人吃啥?我还能借到点儿钱,工人呢?他们到哪儿去借?只要窑火不灭,窑工们就能活下去。这二百多年的窑火,可不能让它说歇就歇了。

瑶里古镇,有瓷之源、茶之乡、林之海之美誉,以所产之瓷洁白如玉故名瑶里。作为昌江之源的东河穿镇而过,河两岸是几百年的赣派风格的建筑群。

东河左岸,几株绿云般的大柳树,柳树下是一个硕大的水碓棚。水碓棚内,有碎石坪、淘洗池、制不案、堆不房,岸边是停靠船只的码头。

河水飞流,车网转动,带动车心轴,十八只碓拨有序地拨动碓栅翘起,碓栅脱离碓拨,碓脑重重地落下,碓嘴舂入碓臼中,矿石被砸碎……水碓起落,循环往复,不舍昼夜。水碓起落的声音沉稳有力节奏鲜明,是景德镇人心脏的跳动。

看守水碓的是一位古稀老人,干瘦如枯木,却鹤发童颜,一副仙风道骨。他一边看守着水碓,一边吟唱着:一头牛,江边游,江边又无草,还说江边好……

冯家窑外,冯老六拦住了陶自强。

冯老六:我跟你说的事,你寻思得怎么样了?

陶自强:什么事啊?

冯老六:又装傻是不是?拜师的事啊。

陶自强:我要是跟您去烧窑,那利坯这一块怎么办?

冯老六:三四个利坯师傅,不缺你一个。

陶自强:再说,眼下又没有开禁。

冯老六:红禁不开,咱开黑禁呀。

陶自强:开黑禁是要得罪人的,闹不好会出乱子,窑主会同意吗?

冯老六:窑主那边你甭管了,有我呢。

陶自强:六爷,这件事还是等窑主回来再决断吧?

冯老六:谁知道他什么时候回来呀,眼下正是烧春窑的时候,节令不等人啊。

陶自强:真是的,窑主哪儿去了?

冯老六:不是去了南昌,就是去了上海。

陶自强:要不,我先暗地里跟您学,等什么时候开禁了再正式拜师。

冯老六:那可不行,就算我把手艺都教给你了,在冯家窑你把把桩,人家冲着我的面子,不会说什么。到外面可就不行了,名不正言不顺,师出无门。

陶自强:那我就先在冯家窑干,不到外面去。

冯老六:你这个孩子怎么死豆不开花呀?听我的,咱就开黑禁拜师。

陶自强回到家里,对姐姐说:姐,冯六爷要收我为徒。

陶祁香:好事啊,艺不压身,你现在虽说利坯的手艺不错了,趁着年轻,还可以多学点儿东西。一门手艺一碗饭,你就跟着他好好学,在景德镇,他把桩的功夫可是一流的。对了,窑主同意了吗?

陶自强:窑主不在家。

陶祁香:又出去卖货了?

陶自强:谁知道是去卖货还是去借钱呢?反正走好几天了。

陶祁香:冯窑主的日子也不好过。

陶自强:是啊,冯叔太操劳了。

陶祁香:你知道我为什么要你学把桩吗?

陶自强:嗯。

陶祁香:冯窑主的两个孩子,一个喜欢画画,一个喜欢唱戏,心思都没放在窑口上。你要是学会了把桩,等以后冯老六干不动了,你就能把冯家窑支撑起来了。在咱走投无路的时候,是冯窑主收留了我们,我们得知恩图报。

陶自强:姐姐,您说得太好了,我就是这么想的,难道您是我肚子里的蛔虫?

陶祁香:怎么说话呢?

陶自强:等学好了,我多赚些钱,就风风光光地把你嫁出去。

陶祁香:不像话啊,皮肉痒痒了吧?

陶自强:那你说我挣钱干什么?

陶祁香:等我们有了钱,还是送你去读书。

陶自强:这么大年纪了,还读什么书。

陶祁香:人要有出息,必须得读书。你初中都没有毕业,我要让你读高中、读大学。

陶自强:那当然好了,我做梦都想进大学堂,像冯窑主那样,做个有大学问的人。

陶祁香:姐明天去买布,给你做身体面衣服,把桩师可不能穿褡褛。

陈三姐忙来忙去,炒菜、端菜、招呼客人,都是一个人。在三角井这个小小的酒馆,她又是东家,又是伙计。求生不易啊。

朱家窑窑主朱可清与几个朋友喝酒,简单的几盘菜。以打卦算命看风水为名的无业游民罗灵风进来了,打躬作揖:各位大佬,老罗我给你们道个吉祥,祝各位鸿运当头万事随心。呵呵,来得早不如来得巧,来得巧不如正合好。我掐指一算,就知道朱窑主在这儿候着我呢。朱窑主,我送各位每人一卦,换杯水酒喝。

朱可清的朋友:去去去,哪儿来的回哪儿去。

罗灵风站着不动。朱可清说:三姐,添双筷子。

罗灵风:多谢朱窑主。

朱可清的朋友很不耐烦。罗灵风自己倒上了酒。

朱可清:听说过流霞盏吗?

罗灵风:当然,我手里用来作法的就是……哦,我这是孔雀盏。

朱可清:听说过卵幕杯吗?

罗灵风:知道啊,当年上海青帮大佬杜月笙跟冯家窑定做的一只杯子一百块大洋。可谓是一器千金。

朱可清:知道流霞盏和卵幕杯是谁利的坯吗?

罗灵风:薄胎刀师呀。

朱可清:知道薄胎刀师是谁吗?

罗灵风摇头:当年冯家窑对这个人瞒得可严实了,据说薄胎刀师利坯的时候,外面十多个窑工把守着,谁都不能见。

朱可清:打听打听,一坛窑工酒。

罗灵风:两坛。

朱可清:两坛就两坛,只要消息准。

罗灵风:赌好吧您。

朱可清:喝酒吧。

罗灵风:谢您了。

一辆公共汽车停下,司机打开车门大声报站:景德镇到啦,景德镇到啦!

乘客纷纷起身,取下行李准备下车。有人爬到了车顶,卸货。赵文昌背着帆布挎包,跳下车,饶有兴趣地打量着周围,脸上露出几分兴奋。与他同来的年轻人拎着两个柳条儿编制的行李箱。赵文昌喊道:小田,你先去报到,我随便溜达溜达。

小田答应着,抽出绑在箱子上的竹扁担,挑起两只箱子走了。赵文昌放眼望去,街市显得萧条破败,街道泥泞,建筑老旧。

一座座柴窑,死寂如坟。一根根烟囱,呆立无烟。街市上人烟稀落,但是人们的脸上却是一片阳光,透露着贫苦中的希望和自信。

老城古街,阡陌如网。一条条长长窄窄弯弯曲曲的里弄。

窑工担着坯架从远处走来。所谓坯架,是由竹竿制成的框架,长有两米,宽不足一米。上下五层,下面四层,左右各放置一条料板,上面一层放四条料板。料板上摆满坯胎。担架人钻在坯架中间,担起中间的扁担,坯架距地面半尺,担架人只露出一个脑袋看路。

担坯架要有杂技演员般的技巧,竹架颤颤悠悠,摇摇晃晃。担架人迈着细碎的脚步,一边保持着坯架的平衡,一边拐弯抹角,身姿潇洒漂亮。坯架时高时斜,上下左右摇摆颤动,料板上的坯胎却稳稳当当,绝不会掉下来。时有对面来人,见到担坯架的,主动避让。担坯架的人越发炫耀技巧,做出危险动作。

一个坯架从狭窄弯曲的弄堂飘过来,又一个坯架飘然而来,一连三个坯架。

赵文昌看呆了。

喧闹声由远渐近。一支穿着蓝麻褙褙的吹鼓手,吹吹打打走过来,有唢呐、海笛、笙箫、铙钹、云锣等。

把桩师冯老六走在吹鼓手的后面,身上披着一段红绸,手上拿着长杆烟袋,扬扬自得,神气十足。他看着围观的人群,不断拱手向两边微笑施礼。

陶自强穿着窑工裰褙,挎着一个瓷篮,瓷篮上盖着一块黑布。他紧跟在冯老六的身后,有些紧张。围观的人群指指点点,陶自强脸上挂着笑容,四下张望。周鸿达及几个壮汉谨慎地走在队伍两侧,观察着两旁路人。队伍的最后是几个冯家窑的窑工,边走边扔着小挂炮,撒着糖果,引来了众多孩童,好不热闹。

路人甲:冯老六,你这是要把花二婶娶过门啊?

冯老六:我娶你姑奶奶,老子今天收徒弟啦!

路人丙:冯老六你这是要开黑禁啊,真不要命了?

路人乙:六爷,还是小心点儿吧,当心有人砸架。

陶自强:六爷,咱们回去吧,别惹出事来。

冯老六:在景德镇的街面上,我冯老六怕过谁?今天收你就收定了,看谁他妈敢砸架?都给我精神着点儿,晚上喝酒吃知四肉。

路人丙:六爷,今天是大喜的日子,唱一段呗。

冯老六:要听戏,找我侄孙子冯兴国呀,他那武生,唱念做打,饶河班都比不了。

路人丙:那您吼两嗓子,助助兴呗。

冯老六:我给大伙儿唱个寡妇调吧。

众人叫好。冯老六很精神地嗾了一下嗓子,扭动着身子唱起来:正月里寡妇出绣房,洗手点香摆香堂……

路人叫起来"好"。吹鼓手铆足了劲儿吹奏着,队伍继续前行。

古镇街巷,市声此起彼伏。有蔬菜摊、用品摊、小吃摊,如乡下的集日。赵文昌饶有兴趣地巡视其间,偶尔问一下菜价:萝卜怎么卖呀?

摊贩:二百一斤。

赵文昌:藕呢?

摊贩:三百一斤。

赵文昌:这么便宜?

摊贩:这么便宜还没人买呢!这年头,有碗粥喝就不错了,谁还吃得起菜呀?

几个挑窑柴的过来,一个年轻人的窑柴绳子断了,窑柴撒了一地。一个老人和两个小孩儿把地上的窑柴捡起来,送到挑窑柴的年轻人面前。赵文昌也捡了一根,送了过来。年轻人理直气壮地收下窑柴,连声"谢"都没有说。

赵文昌随着老人往前走着,称赞道:咱景德镇人真是热心肠,看见窑柴撒了,帮助捡起来还送过去。

老人:你是外地人吧?

赵文昌:我刚到景德镇。

　　老人:那你肯定没听说过"三严禁一赎回"了。

　　赵文昌:什么"三严禁一赎回"?

　　老人:严禁偷柴,严禁窑柴烧饭,严禁剥窑柴皮。即使是被洪水冲泡的窑柴,有人捞到,不得变卖或自烧,交给保柴公所按半价赎回。

　　赵文昌点了点头,若有所思。

　　戴家弄口,一队迎亲的队伍,举着旗锣伞扇,敲锣打鼓走出来,打头的两人高举着"马府迎亲"的喜牌子。四个轿夫抬着空的花轿,兴高采烈走在队伍中间。每个人都穿红挂彩,喜庆非凡。

　　两支队伍在弄口迎面相遇了。领头的人相互看了一眼,点头示好,把手一抬。两边吹鼓手都使劲吹打,要盖过对方。

　　两队擦肩而过,陶自强不自觉地往花轿那边看了一眼。

　　两支队伍的吹鼓手互相斗起了彩儿,花样翻新。抬轿的轿夫踩着吹鼓手的节奏扭动,冯老六也忍不住扭起身子来,得意非常。

　　街道两边看热闹的人群叫起了"好"。罗灵风出现在人群中,指挥着抢糖果的孩童:这边撒水果糖啦。

　　孩子们疯跑着过来。罗灵风喊道:那边撒橘瓣糖了。

　　孩子们又疯跑到另一边。一个小男孩儿被撞倒了哭起来。罗灵风扶起孩子,又朝着孩子屁股上轻轻打了一巴掌:别哭啦,有哭的工夫糖都被抢没了。

　　罗灵风看见披红提黑的陶自强,往迎亲队伍那边一指:那边撒水果糖啦!

　　孩童们又一窝蜂跑过去,哄闹着。迎亲的队伍在街中一拐,径直奔向了浮梁的方向。赵文昌在远处看了一会儿,朝一条略显热闹的街巷走去。

　　路边的碱水粑摊,摆放着两张旧桌子。赵文昌坐在桌前,又看起了两支队伍。摊主赶紧过来招呼:这位先生,哦,同志,来点儿什么?

　　赵文昌:我今天刚到景德镇,想尝尝本地的风味。

　　摊主:那就是碱水粑啦,哈哈,吃了碱水粑,就是镇巴佬。

　　赵文昌:好啊,为了当镇巴佬,就给我来一份碱水粑。

　　摊主:好咧,您稍等。

　　浮梁,一个干净整洁的农家小院,院门和堂屋门口都贴着大红喜字。饶三公在大门口向远处张望片刻,转身回到堂屋。饶三婆在堂屋坐着,低头抹泪。

　　饶三公:你这娘儿们就知道哭,真晦气。

饶三婆:你是嫁闺女还是卖闺女?

饶三公:头发长,见识短,我和你说不清楚。你赶紧上楼看看,让闺女快点儿收拾好。马窑主……哦,咱女婿娶亲的轿子说到就到啦。

饶三婆:我呸,女婿?年纪比你还大,你也觍得下这张老脸。为了二十亩茶园,就把闺女嫁给这种人,还是填房。

饶三公:你那肚子要是争点气,给我生个儿子,我至于要这二十亩茶园吗?

饶三婆:生不出儿子能怪我吗?要不是你瞎折腾,闯了祸,败了家,我至于跑到乡下挺着大肚子下田吗?那次流产的就是儿子。

饶三公:少废话,农村娘儿们流产算个啥?

饶三婆:流产之后,我就再也怀不上了。

饶三公:就是因为没有儿子给咱们养老,才得用闺女换二十亩茶园,要不老了怎么办?

饶三婆:你眼里就只有茶园是吧?干脆把我也卖了吧,换几棵茶树。

饶三公:你妇道人家懂个屁!给她找这么好一户人家,是老饶家祖坟冒了青烟。

饶三婆:现在是新社会了,你和闺女商量了吗?闺女愿意吗?

饶三公:我和她商量什么?婚姻大事,父母之命媒妁之言,这是祖宗的规矩。快点去催一催。

饶三婆:要催你去催,我是没脸见闺女了。

阁楼上,饶茶花卧室。婚服、霞帔、绣花鞋扔了一地。饶茶花坐在床上,没有梳妆打扮,脸上还挂着泪痕。几个姐妹站在周围,面面相觑,一筹莫展。

饶三公用力推开房门:我的祖宗,赶紧穿衣服吧,娶亲的轿子说到就到了。

饶茶花低头不语。饶三公说道:哭你也哭了,闹你也闹了,你还想要怎么样?我当爹的能害了你?这是送你享清福去。

饶茶花:你自己咋不去享这个清福?我就是死也不去。

饶茶花说完拿起剪刀,六茶女急忙拦住。

饶三公:姑奶奶,才吃了三天猪油,你就蒙住了心吗?你一过门,不光你过上好日子,老饶家也过上了好日子,你到底折腾什么?

饶茶花:好日子?这是你的好日子,不是我的。爹,您就真忍心把我嫁给比您年纪还大的人吗?我宁愿终身不嫁,在家伺候您。

饶三公:伺候我有二十亩茶园吗?你们几个丫头也劝劝她,为她着想,这不是好事吗?

六茶女互看了一眼,饶茶花又哭了起来。

饶三公:我告诉你茶花,你是我养大的。我把话放在这里,今天我饶家这个门,你是出也得出,不出也得出。迎亲轿子马上就到,你不换衣服也行,我待会儿就把你捆上花轿,我丢得起这人。

饶三公说完,转身摔门离去。

饶茶花直接将面前的新衣服揉成团扔了过去,打在门上,散落一地。

街边碱水粑粑摊,赵文昌坐在桌前,拿起筷子开始吃碱水粑。

罗灵风穿着一件破旧的长衫,但是干干净净,还算体面。他嘴里一边嚼着水果糖,一边哼着《十二月歌》:正月机房教子,二月张生启程……

罗灵风远远看见赵文昌,逡巡着往摊边凑了过来,拱起双手:有朋自远方来不亦乐乎。

赵文昌抬起头:先生如何知道我来自远方?

罗灵风:看你这碱水粑的吃法,可惜了!可惜了!

赵文昌:什么可惜了?

罗灵风:碱水粑、雪里蕻、油辣子,缺一不可。先生这般吃碱水粑,一没有入口之快,二没有咀嚼之乐,三没有回味之韵,真是太可惜了!

摊主从灶台上看着这边:哟,罗半仙,又来骗吃骗喝啊。同志您别理他。

赵文昌:没事!老板,给这位老先生来一盘碱水粑,算我账上。老先生您请坐。

摊主摇摇头,嘟哝了一声,继续忙着。

罗灵风:恭敬不如从命,听先生口音,是山西人吧?

赵文昌:先生好见识。

罗灵风:山西太原府?

赵文昌:晋中乐平。

罗灵风:山西也有乐平?

赵文昌:就是现在的昔阳。

罗灵风:领教领教,与我们景德镇的乐平南北呼应、遥遥相对啊。第一次来景德镇?

赵文昌:那倒不是,几年前来过。

罗灵风:难怪对景德镇不熟悉。小到这盘碱水粑,大到窑口瓷器,景德镇的学问啊,深着呢。

赵文昌:哦?老先生,看来您很了解景德镇啊。

摊主端过来一盘碱水粑,放在罗灵风面前。罗灵风熟练地加调料,搅拌着。

罗灵风:那当然,摆古说今聊景德镇,我罗灵风居第二谁敢说第一?这么说吧,景德镇天上的事我知道一半,地上的事我知道九成。

赵文昌:还有一成呢?

罗灵风:还有一成我不知道。

赵文昌:不知道什么?

罗灵风:不知道下顿饭到哪儿去吃。

赵文昌笑了,埋头吃碱水粑。开黑禁的队伍走过来,又在一个拐弯处进了另一条里弄。见队伍不再撒糖果,孩子们散去了。

罗灵风滔滔不绝,如数家珍:景德镇三尊大佛,四大金刚,十八罗汉,三窑九会,五府十八帮,四十八家会馆,珠山八友,七十二行当……

赵文昌微笑着听着,眼睛却看着开黑禁的队伍:老先生,请教一下,刚才那两支敲锣打鼓的队伍,往北走那一支我明白,花轿娶亲。往南这一支是干吗的?

罗灵风故作神秘地:这个嘛,一般人还真就不知道。

赵文昌等待着罗灵风解释。罗灵风说道:那队伍打头的,是冯家窑的把桩大师傅冯老六,这可是个了不得的大师傅,把桩控窑,全景德镇拔头筹。据他自己说,他跟把桩大师余恂兰是师兄弟,不知道是真的还是吹牛。

赵文昌静静地听着。罗灵风接着说:冯家窑是景德镇烧作两行的大窑口,乾隆年间建窑,二百多年,传了十来代了。老板叫冯运华,读过大学,是个大学者,为人豪爽、义气,又明事理,在景德镇的窑主中间颇有声名。把桩大师傅正是冯运华的宗亲冯老六,论起辈分,冯运华还得叫他叔叔。

罗灵风活灵活现地讲述着冯家窑。

窑工们忙进忙出,陶自强站在最前面,光着膀子,全神贯注地观察着指挥着烧窑,汗珠儿从脸上顺着脖子流了下去。

窑里有噼里啪啦的声音传来,众人大惊失色,窑工停止了加柴。

陶自强:还不够,继续加柴。

窑工甲:自强,还是要小心点儿,出了毛病咱可担不起。

陶自强自信地:继续加柴。

驮坯师傅和架表师傅来了,看了看窑火,问陶自强:冯师傅呢?

陶自强:前半夜还在,后半夜他说撑不住了,去歇会儿。

架表师傅:马上就该烧速火了,快把他叫起来。

陶自强:小七,你去叫一下六爷。

小七跑上了窑屋的二层。

陶自强:净火吧。

陶自强带着两个窑工,清除窑内的灰渣。又透过观火孔,看匣钵是否安全,温度是否均匀,又观看温度,窑腹部的火光呈炫白色。驮坯师傅和架表师傅看着陶自强熟练地操作,很满意。小七悄悄跑来对陶自强说:六爷没在二层睡觉,有人看见他他去了田家弄。

陶自强小声地:快去花二婶家找。

陶自强指挥着烧柴:少柴多送,窑内保持旺火。

陶自强又登上窑顶,通过观火孔取出火照,放进水盆里观看着。

一阵急促的敲门声。花二婶半裸着身子,从蚊帐里探出头来,看看外面。床边放着一张桌子,杯盘狼藉,空酒瓶立在桌上。

花二婶:谁呀?

窑工小七:我找冯师傅。

花二婶:天杀的找到这里来了,这里没有姓冯的。

窑工小七继续拍门。

窑工小七:我真的找冯师傅,有要紧事。

花二婶:说了这里没有姓冯的。

蚊帐里传来轻声的问话,没有露脸:问问他是谁。

花二婶:你谁呀?

窑工小七:我冯家窑小七啊,六爷,十万火急啊,怕是要倒窑。

听到这话,蚊帐里的冯老六"噌"地起身,抓起床头的裤子边穿边往外跑。

冯老六气喘吁吁地跑回来。

窑工小七:冯师傅回来了。

冯管家:哎呀,六爷,你可算回来了,这马上要歇火了,你跑哪里去了?急死我了。

冯运华:我的六叔哎,你还知道回来?这一窑烧坏了咱可就倾家荡产了。

冯老六自知理亏,不敢正眼看冯运华,径直走到了窑边,一把推开陶自强,朝窑里面看去。众人都看着冯老六。

冯老六:歇火!

陶自强:现在是保温烧炼,不能马上歇。

冯老六:放屁,老子把了一辈子桩,什么时候轮到你说话了?快歇火。

周鸿达拉住了准备熄火的窑工。

周鸿达:六爷,您嘴里的味儿比窑里的火还冲,没少喝吧?

冯老六:老子喝醉了也能把桩!

冯管家:冯六爷,你知道不知道喝酒不把桩,把桩不喝酒?

冯运华:六叔,这里面可装着将近二百担的郎红,兄弟们的生计和冯家窑的存亡就在这一窑了。你得看准了。

冯老六磕磕绊绊地往窑顶上爬,到了观火孔,想吐口唾沫,又吐不出来。

冯老六揉了揉眼睛,又往窑火里吐了一口唾沫,那唾沫瞬间被气化。犹豫半晌,挤出两个字:歇火!

陶自强:不许歇火!烧窑把桩,禁酒禁色,祖师爷留下的规矩,喝了酒根本看不准窑火,唾沫中的酒会加快挥发。

冯老六面红耳赤,说不出话来。

冯管家:自强,把桩师傅看三年、摸三年、烧三年,你学把桩的时间不长,不能赌气呀。

冯运华沉住气,在一边观察着。

陶自强:一满二烧三歇火,从满窑点火到现在,我都全程跟着的。六爷不在的时候也是我把着火,什么关节歇火,我心里有数。

冯运华:听陶自强的。

陶自强:加柴。

窑工们按陶自强的指挥,又加起了柴。

冯老六:这窑烧坏了可不怪我啊。

旁边的窑工端来水盆里的火照,陶自强看了看,又看了看窑火。然后果断地说:歇火。

两天之后。开窑了。众人在各自的位置站好,从窑门排列到外面。

冯运华神情严肃,看得出来,每个人都非常紧张。

冯运华沉吟了一会儿,轻声说:开窑。

陶自强高声宣布:开窑!

冯运华亲自抡起太平钩,砸开上窑门。窑工们把窑门打开,清理干净。前面的人进了窑,打开匣钵,搬起传了出来。大家都屏住呼吸,有的人甚至不敢往窑里看。

第一件瓷器从里面递出来,是个梅瓶。匣钵里的梅瓶红艳晶莹,泛着流光。

大家都无声地呼了一口气。又一件梅瓶传出来,同样流光溢彩。紧接着,一件件精美的郎红传了出来,依次往下传递着。

件件郎红放进瓷篮里,华美惊艳。陶自强擦了一下脸上的汗水。

众人呼叫起来:冯窑主,我们成功了。

冯管家:东家,恭喜啊。

冯运华:同喜同喜。

冯老六一下惊醒:陶自强,你真不愧是我徒弟。

冯运华激动得扳住了陶自强肩膀：自强，谢谢你，谢谢你。

周鸿达：师弟，好样的。小母牛上天了，可那不是吹的。

窑工：陶师傅，我们服了你了。

冯管家：今天晚上加菜、喝酒。

众皆欢呼庆贺。

赵文昌听得入了神：这开黑禁是怎么回事？

罗灵风：这是景德镇的规矩，大规矩，可以说是铁律，谁都不能违禁。无论是打杂的、拉坯的、利坯的、施釉的、挛窑的、满窑的、把桩的……五行八作，都得师出有门。没师父没门派的，你有再大的本事，也没有人敢用你。可是拜师学徒也有拜师学徒的规矩，光有师父收你还不行，也得赶上开禁的时候才能正式拜师。有的五年一开禁，有的十年一开禁，有的十五年一开禁，有的二十年一开禁。

赵文昌：拜师学徒是自己的事，为什么还有那么多限制？

罗灵风：你想呀，景德镇就这么大一块地方，匠从八方来，僧多粥少，人人都想抢一碗，那就谁都吃不饱了。为了控制抢粥的人数，就得从源头上限制，有资格的人才能抢粥。

赵文昌点了点头。罗灵风说：开禁分两种，一种是到了年头大家合法合规地开禁，叫开红禁。开禁的时候披红盖红，正大光明地游街热闹，谁也不能阻拦。另一种叫开黑禁，也叫闯禁，披红盖黑……

赵文昌打断了罗灵风：什么叫披红盖黑？

罗灵风：刚才你注意了没有？冯老六身上披的是红带子，陶自强的瓷篮上可盖的是黑布。

赵文昌：既然开黑禁不合规矩，他们为什么还要开？

罗灵风：说是不合规矩，也有例外。如果窑口特别需要人，开黑禁也未尝不可。但是游街明示的时候，要没有人反对才行。有人反对了，砸了他的瓷篮，这禁就开不成了。

赵文昌沉思起来。

窑主朱可清正在跟师傅们摆八卦阵：这薄胎刀师啊，来无踪去无影，有人说他云游四方，也有人说他就在景德镇，谁都没有见过他的真身。

窑工甲：他到底是人还是仙？

朱可清：说他是人呢，是因为他是实实在在的利坯师傅；说他是仙呢，据说他受过吴十九的真传。

窑工甲：吴十九是谁？

朱可清:昊十九是薄胎的祖师爷,明朝嘉靖到万历年间的人,别号"壶隐道人"。他烧制的流霞盏和卵幕杯,薄如蝉翼,轻若柔风,分量只有半铢……

窑工乙:半铢是多少?

朱可清:你算呀,二十四铢是一两,就是说,四十八个卵幕杯才一两。

窑工乙:我的天呀,比屁还轻。

窑工甲:废话,你称过屁?

窑工乙:朱窑主,您先等等。这昊十九是明朝人,那薄胎刀师是什么时候的人啊?

朱可清:就是当下的人啊。

窑工乙:当下的人怎么会得到明朝人的真传?

朱可清:要不怎么说是仙人呢。昊十九成仙了,把真功夫传给了薄胎刀师。

窑工丙:窑主,窑主……

朱可清:大呼小叫什么?天塌了?

窑工丙:窑主,镇上有人开禁收徒,披红盖黑。

朱可清:不就是开个黑禁吗,有什么大惊小怪的?

窑工丙:窑主,这次开黑禁的人不一样。

朱可清:有什么不一样?

窑工丙:是冯家窑的冯老六。

窑工甲:上次咱们开黑禁的时候,就是冯老六带头砸的架,您说过,君子报仇十年不迟。还没到十年呢,该轮到咱们了。

朱可清收起了笑容,看了看众人,发狠地说:抄家伙,都跟我走!

碱水粑摊儿上,罗灵风继续跟赵文昌白话着:二百多担,满窑"凑脚青",神了,烧窑的人一辈子也遇不见几回。

赵文昌:什么叫"凑脚青"?

罗灵风:窑里烧出的正品叫"窑青","凑脚青"就是满窑全是正品。而且这一窑烧的大多是郎红。郎红,你知道吗?

赵文昌:愿闻其详。

罗灵风又卖弄起来:郎红,又叫宝石红。康熙年间,郎廷极在景德镇任督陶官。他本来是为朝廷烧一批祭红的,结果祭红没烧出来,歪打正着出了大彩儿。打开窑门一看。嚯!好家伙,红光昭昭,色彩更红更艳。人们没见过这种东西,就叫郎窑红。在景德镇所有的颜色釉中,郎红是最难烧,也是最珍贵的,要不说"若要穷,烧郎红"呢!

赵文昌:这么说,冯家窑发大财了?

罗灵风:那当然了,把别的窑主嫉妒的,眼珠子都要爆出来了。

迎亲队的锣鼓声由远及近,已经听得很清楚了。

月季:茶花姐,怎么办啊?他们真来了。

杜鹃:你爹不会真的绑你吧?

饶茶花:让他们来,今天谁敢绑我,我就死给他们看。

杜鹃:茶花姐,先别想到死,要不然你就先应付着……

凤仙:闭嘴,杜鹃,别把茶花往火坑里推。茶花姐,我支持你,死都不怕,还有什么可怕的?你要是和他们拼了,我也陪你,要死一起死。

荷花:对,要死一起死。

玉茗:你们就别添乱了。咱得动脑子,听这动静,今天马窑主派来迎亲的人不少,说好听点是热闹,说不好听的摆明是要抢人。所以不要蛮干,得智取。

饶茶花:玉茗,你有什么好主意?

玉茗没有直接回答,姐妹们齐刷刷看着她。玉茗说:你们知道罗半仙吗?

月季:他自称罗大仙。

玉茗:大仙就大仙吧,今天真得用着他了。

姐妹们凑过来,头围成一圈儿,听玉茗窃窃私语。

开黑禁的队伍继续敲锣打鼓往前行进,陶自强挎着盖着黑布的瓷篮,紧跟在冯老六身后。冯老六依然神气十足。

路人甲:冯师傅,恭喜啊!

冯老六拱手答谢:谢谢谢谢,同喜同喜。

路人乙:冯师傅,你收了徒还不请老兄弟喝一杯?

冯老六:一定一定,等一会儿游完街,再拜完祖师爷,一定请客。

鼓乐大作,鞭炮齐鸣。

朱可清带着十几个窑工赶了过来,有的提着木棍,有的拎着扁担,还有的举着榔头,一个个怒气冲冲,凶神恶煞。

冯老六的队伍站住了。双方对峙着,个个怒目圆睁、面色铁青。街道两边看热闹的人都停下了脚步,紧张地看着双方——一场恶斗一触即发。

鼓乐声震耳欲聋。迎亲的花轿停放在了饶家大门口。迎亲管家朝吹鼓手大手一挥:卖点儿力气,让浮梁乡亲们看看马家窑的气势。

迎亲队开始放鞭炮,撒喜糖。孩子们争抢着喜糖。乡亲们前来看热闹,议论纷纷:

乡亲甲:知道吗?马窑主给饶三公二十亩茶园。

乡亲乙:马窑主大方,我要是有个闺女就好了。

乡亲甲:听说马窑主比饶三公还大。

乡亲乙:这哪儿是聘闺女,不就是卖闺女吗?

迎亲管家走上前去,对着迎出来的饶三公:三公,恭喜恭喜啊。

饶三公:同喜,同喜。

迎亲管家:以后咱就是一家人啦。

饶三公:一家人,一家人,以后还要请马管家多多关照。

迎亲管家:可不敢这么说,您是马窑主的岳丈大人,谁照顾谁还不知道呢。

饶三公:哈哈哈,马管家说笑了。

迎亲管家:说好了,明年春天,我可得上您这儿来喝明前茶,那二十亩茶园真真是最好的土最好的树。

饶三公:哈哈哈,一定,一定。

迎亲管家:新娘子准备好了吗?差不多我们得往回赶了,误了时辰我担待不起。

饶三公:茶花娘,你去看看茶花收拾好了没有?

饶三婆没有搭话,沉着脸,转身朝里面走去。刚走两步,茶花从楼上下来了。茶花穿戴整齐,蒙着盖头,在玉茗和凤仙的搀扶下走了出来。三人身后跟着几位采茶女。

迎亲管家:太太果然是国色天香,我们马家窑有门面了。

饶三公在一旁尴尬地笑笑。饶三婆迎了上去,万般不舍,但是说不出话来。

饶茶花:娘……

饶三婆伸手抱着饶茶花,哭了出来。饶三公嗔道:哎呀,哭什么哭啊?这大喜事。

迎亲管家:请新娘子上轿吧。

花轿停在了门口,玉茗和凤仙搀扶茶花上轿。

茶花进轿子前,略停顿,转身看了一眼。戴着盖头,看不到表情。

茶花坐进了轿子。迎亲管家高喊:吉时已到,大吉大利,顺风顺水,起轿!

鼓乐声中,迎亲队伍上了路。六茶女作为伴娘和送亲姐妹,左右护送着。玉茗和凤仙却没有跟着,趁着众人热闹,从一旁的小道跑开了。

饶三婆在门口,泣不成声。饶三公挥手告别。

又是一阵鞭炮声响起来。远处,玉茗和凤仙奔跑的身影。

第 二 章

朱可清向前跨了一步：冯老六，我先问清楚了，你这是不是开黑禁？

冯老六：是又怎么着，不是又怎么着？

朱可清：我只问你是不是开黑禁？

冯老六：是，碍你蛋疼了？

朱可清一挥手：给我砸！

呼啦一下子，朱家窑的窑工扑了上来。陶自强一看，急忙把瓷篮上的黑布一扯，用整篮的瓷器砸上去。没伤到人，瓷器砸在地上，摔得粉碎。

朱家窑的窑工抡起棍棒打上来。陶自强、周鸿达和冯家窑的窑工，一边躲避棍棒，一边勇敢反抗。

双方打作一团，棍棒横飞，昏天黑地，喊声震天。陶自强他们赤手空拳，人少力薄。朱可清那边挥舞着棍棒，人多势众。渐渐地陶自强他们处于劣势。周鸿达一边打着，一边退到陶自强身边，低声说：我支应着，你赶紧带六爷逃走。

陶自强蹿到冯老六身边，拉起冯老六就跑。朱可清紧紧地追在后面。

冯老六一边嘴硬，一边仓皇地跟着陶自强跑：别怕，别怕，有我呢，有我呢！

陶自强拉着冯老六跑到一条小弄口，把冯老六往里弄口一推：六爷您快跑。

冯老六：我不跑，看他朱可清能把我怎么样？

陶自强：好汉不吃眼前亏，您快跑吧。

冯老六犹豫了一下：好，我回去叫人。

陶自强又跑回去，与周鸿达和冯家窑的窑工应付着。朱家窑人多下手狠，冯家窑的人越来越支撑不住了，他们依然非常勇猛顽强，不服输地强撑着。

朱可清悄悄上来，从地上捡起一块窑砖。陶自强边打边向周鸿达的身边靠拢。朱可清从后面扑上来，趁陶自强不备，举起窑砖朝陶自强头上狠狠砸去。

陶自强捂着脑袋，鲜血从他的指缝间流下来。周鸿达朝朱可清扑上来。陶自强倒在了墙角。赵文昌跑过来，大喊着：停下，快停下，别打了……

两边继续打着，没有人听他的。赵文昌急了，扔下背包，冲进打斗的人群。罗灵风急忙捡起赵文昌的背包，搂在怀里。

两边的人越打越激烈。赵文昌凌空飞起，拳脚并用，左右开弓，如天神降临。罗灵风惊呼着:好功夫,真正的大侠啊。

打斗的人群顿时混乱起来。赵文昌并没有出手伤人,而是妙招迭出,把双方打斗的人一个一个撂倒。不一会儿,冯家窑和朱家窑的人都倒在了地上。

周围看热闹的人齐声叫好。倒在地上的人却蒙了,不知道天神从何而来,更不知道来者是帮助谁的。见双方的人都倒了,赵文昌收住了手。

罗灵风跑过来,跷起大拇指:大侠大侠啊,英雄英雄啊!

赵文昌看见陶自强受伤了,从罗灵风怀里薅过自己的背包,跑过来。他掏出药物绷带,非常熟练地为陶自强包扎着。

倒在地上的人有的要爬起来。赵文昌大喊着:别动,谁都不许动,谁要动我就把谁重新撂倒。

罗灵风狐假虎威:听着,谁都不许动,躺在地上等着大侠发落。

陶自强模糊中慢慢清晰起来,明白了面前一个大哥正在为自己包扎。

赵文昌:别动,马上就好了。

陶自强:大哥,你这包扎技术太棒了。

赵文昌:看家本领还在,你放心吧。

陶自强:谢谢大哥出手相救,敢问尊姓大名?

赵文昌:我姓赵,你可以叫我老赵。

陶自强:感谢赵大哥的救命之恩,看样子,您不是景德镇人?

赵文昌:从今天开始,就是景德镇人了。

陶自强:在景德镇,以后我陶自强就是您的小弟了,有什么需要,您尽管吱声。

赵文昌:你叫陶自强?听说你烧出了一窑好郎红,风光得很啊。

陶自强:是冯家窑的运气好。

赵文昌:陶自强,嗯,自强好啊,天行健,君子以自强不息。不过,以后这打架斗殴的事情可再也别干了。

陶自强:您说话像教书先生,肯定不是来景德镇烧窑的。

赵文昌:我可不是教书先生,你家在哪里?我一会儿送你回去。

陶自强:不用不用,我可以的。

赵文昌:你不要逞强,伤得不轻。

陶自强:我家很好找,草鞋弄,往里走第三家,院子里有棵桂花树……

赵文昌站起身,问倒在路上的人:还打不打了?

罗灵风把声音提高了八度:大侠问你们话呢,还打不打了?

朱可清:大侠出手了,还打什么呀?我们两边加起来都打不过大侠一个人。

罗灵风:朱家窑不打了,你们冯家窑呢?

周鸿达:我们也不打了,说清楚,我们不打了不是怕朱家窑,是冲着这位英雄的面子不打了。

赵文昌:既然都不打了,那就站起吧。

双方的人从地上爬起来,拍打着身上的泥土。

赵文昌:各位,请听我说两句……

周鸿达一抱拳:敢问英雄的尊姓大名、来自何方?

赵文昌:我叫赵文昌,大家可以叫我老赵,年长的也可以叫我小赵。

罗灵风得意地:老夫我自然可以叫小赵了。哈哈。

赵文昌:我是景德镇市委书记兼市长,今天才到的景德镇。

罗灵风一激灵,啊?市委书记?还兼市长?我的天呀,我怎么能叫小赵呢?应该叫赵书记呀。随即高喊着:赵书记好,欢迎赵书记,大家欢迎。

许多人跟着鼓掌,更多的人是惊讶。赵文昌说道:好了,谢谢乡亲们。我今天刚到景德镇,就赶上了械斗事件。开始的时候,我看见两支队伍吹吹打打,还以为是双喜临门喜上加喜呢,没多会儿就看见这边打起来了。景德镇烟囱如林,帮派也如林。有人告诉我有五府十八帮,恐怕还不止……

罗灵风得意地对周鸿达说:是我告诉赵书记的。

赵文昌:帮派械斗哪儿都有,但景德镇尤甚。特别是民国二十六年,也就是1927年的都乐械斗。为了争演戏的事,都昌帮和乐平帮打起来了。械斗一直持续了好几天,连死带伤一百多人,毁了一百多间房子,还把都昌会馆烧了……

罗灵风跟周鸿达嘀咕:哟,这我可没说,赵书记怎么知道的?

赵文昌:帮派械斗是旧中国留下来的,有几千年的历史了。大多是同行之间的利益争斗,争什么呢?有的争地盘,有的争市场,有的争人心,还有的争脸面。争就动手,动手就伤人,就出人命。乡亲们,你们想一想,伤的死的是什么人?都是穷人,都是受苦的人,都是饥寒交迫的奴隶。(唱)起来,饥寒交迫的奴隶;起来,全世界受苦的人。满腔的热血已经沸腾,要为真理而斗争。旧世界打个落花流水,奴隶们,起来,起来。不要说我们一无所有,我们要做天下的主人……大家知道我唱的是什么吗?

陶自强:我知道,您唱的是《国际歌》。

赵文昌:陶自强说得对,这是《国际歌》,你会唱吗?

陶自强:知道调调儿,词儿记不全。

赵文昌:知道调调儿也不容易,以后要把词儿学会。

陶自强:我保证。

赵文昌:我为什么要给大家唱《国际歌》呢?因为《国际歌》告诉我们,天下穷人是一家,我们都是被三座大山压迫的奴隶。是共产党把我们穷人发动起来、组织起来、团结起来，推翻了三座大山，穷人翻身解放了，成了国家的主人。我就想问问，我们都是穷人，我们都是阶级兄弟，为什么还要大打出手呢？你们真的忍心向自己的兄弟动手？还朝人家脑袋上拍窑砖，想要人家命啊？

朱可清低下了头。赵文昌接着说：好在这次械斗没有大的伤害，如果你们双方能够和解，政府也就不追究了。但是下不为例，我们新中国是讲法律的，以后再械斗就是犯法。该抓抓、该关关、该坐牢坐牢，出了人命该枪毙我们绝不含糊！

迎亲队伍从一条里弄里走来，进了景德镇的街市，又吹吹打打热闹起来。领头的举着"马府迎亲"的开路牌子。迎亲送亲的队伍乱哄哄地奔走着。

队伍从人群旁边绕过，没有人注意这边发生的事情。

迎亲的队伍远去了。赵文昌又开始讲话：我还想再跟大家说两句，说什么呢？刚才大家看到那迎亲的轿子了吧？娶媳妇、生孩子、盖房子，是老百姓的大喜事。同样，在咱们景德镇，拜师收徒，也应该是大喜事呀。为什么要禁呢？有人告诉我，僧多粥少，人人都想抢一碗，那就谁都吃不饱了。为了控制抢粥的人数，就得从源头上限制，有资格的人才能抢粥……

罗灵风得意地对周鸿达说：这是我说的。

赵文昌：僧多粥少，就要限制抢粥的人数。我们为什么不多煮些粥呢？或许有人会说，米太少，那为什么不多买点儿米呢？或许有人说，没有钱，那为什么不多赚点儿钱呢？或许还有人说，煮粥的锅太小，那为什么不换口大锅呢？为什么不支两口锅三口锅呢？或许有人会说，景德镇的地盘就这么大，装不下大锅，更装不下更多的锅。真是这样吗？我不这么看。我觉得大家应该站高一点儿，看远一点儿。咱先不说全世界，就说全中国吧。中国有六亿人口，如果每个人要一只吃饭的碗，就是六亿只。六亿只碗啊，咱景德镇大大小小两千六百多座窑口，就算窑窑装满，全年不歇火，要烧多久？这么大市场我们为什么看不见呢？不是所有的人都看不见，有一个人就特别有眼光。他叫杜重远，当过江西省陶业局局长。景德镇一直烧的是季节窑，一年到头有许多禁忌。从春节到清明是不烧窑的，叫"禁春窑"。当窑柴大量涌进的时候，又规定十天一烧，十五天一烧，甚至二十天一烧。为什么呢？仅仅是为了压低柴价。损人不利己啊！压低了柴价，不是也限制了自己的生产吗？不知道是谁出的这些馊主意。杜重远先生破了这些陋习，取消了禁春窑，也取消了这些压低柴价的规定。一年到头窑火不歇，景德镇的瓷业才能兴盛起来。同样，拜师收徒的禁忌也是极不合理的，极大地限制了人才的培养，这是最要命的。我今天，代表景德镇市政府宣布：从现在开始，取消黑禁红禁，取消一切不利于社会主义建设的禁忌。

赵文昌说完，朝人群里看了看。一双双充满疑惑和迷茫的眼睛。陶自强突然如梦初醒,带头喊了起来:拥护政府的决定!

周鸿达跟着喊了起来:拥护政府的决定!

罗灵风也喊了起来:拥护政府的决定!

大家被唤醒了,一起喊了起来:拥护政府的决定!

赵文昌脸上露出了开心的笑容。

迎亲的队伍。迎亲管家紧跟在花轿后面,十分警觉地看着花轿,好像怕出什么差池。饶茶花在花轿里,花轿左侧跟着杜鹃。两人隔着轿子,小声交谈着。

饶茶花:杜鹃。

杜鹃:嗯,我在。

饶茶花:你说,玉茗她俩找到人了吗?

杜鹃回头看了一眼身后的迎亲管家:你放心吧,玉茗是女诸葛,她说没问题,应该就没问题。

饶茶花:我这心怎么跳得这么厉害,怕是要出什么事。

杜鹃:沉住气,你不是连死都不怕吗?

饶茶花:要不,你坐到上面来,咱们换换。

杜鹃:妈呀,你饶了我吧。

吹鼓手卖力地吹打着,鼓乐喧天。

人们议论纷纷地散去。

罗灵风神气活现得意非常地炫耀着:我是第一个见到赵书记的人,就是前面那个碱水粑摊儿,赵书记还请我吃了一碗碱水粑呢。我一见此人天庭饱满地阁方圆,就知道不一般,太不一般了……

周鸿达扶着陶自强:怎么样?

陶自强:痛快!

周鸿达:痛快?

陶自强:痛快。

周鸿达:我问的是你的脑袋。

陶自强:我的脑袋没事呀,赵书记亲自给我包扎的。

罗灵风追上朱可清:朱窑主,怎么样啊?

朱可清:唉,悔恨交加,五味杂陈。

罗灵风:跟我走。

朱可清:去哪儿呀?

罗灵风:三角井酒馆啊。

朱可清:你请客?

罗灵风:你忘了托付我的事情啦?

朱可清:有线索了?

罗灵风:我罗灵风什么人呀? 赵书记到景德镇都是我接的驾。

景德镇大街上,玉茗和凤仙急匆匆地在街市上寻找,时不时向路人打听着:劳驾,看见罗半仙了吗?

路人摇头。

酒馆外面的一个僻静处。

朱可清:你说的是真的?

罗灵风:当然是真的,赵书记讲话的时候,你没见我跟谁在一块儿?

朱可清:周鸿达吧?

罗灵风:对呀。

朱可清:难道是他?

罗灵风:你想哪儿去了? 周鸿达是拉坯的。

朱可清点了点头,若有所悟。

罗灵风:绝对靠谱。

朱可清沉思着,又苦笑着摇了摇头。

罗灵风:我有点儿不明白,您都是窑主了,干吗还到处拜师学艺?

朱可清:不是我拜师,我都半大老头子了,谁能收我呢。是我们朱家窑拜师,说白了,就是我那小子,叫朱光秀。他必须学一手独门绝技。

罗灵风:你可真够操心的。

朱可清:不操心行吗? 景德镇的窑口,大大小小两千六百多家,大多数是跟着混日子的。但凡上档次有名气的,都有一手绝活儿。比如,邑山窑的青花,冯家窑的郎红,傅家窑的粉彩,棠棣窑的玲珑……我朱家窑有什么? 大路货,烧十件都卖不出人家一件的价钱。

罗灵风:朱老板所言极是,就拿冯家窑最近出的那窑郎红,放在好年景,那还了得? 真称得上三年不开窑,开窑吃三年。

朱可清:冯家窑那批郎红我看了,不错,很好,但不是最好的。

罗灵风:最好的郎红什么样?

朱可清:当年慈禧太后过六十大寿,御窑厂烧了一批万寿红天,那才是真正的郎红呢。

罗灵风:哦,我明白了,你是想让你儿子学郎红。

22

朱可清:罗大仙你糊涂了,还没喝呢。

罗灵风一拍脑袋:嗨,薄胎,薄胎。

朱可清雄心勃勃地:我要让薄胎成为朱家窑的独门绝技。

罗灵风:可是……陶自强能收你儿子吗?

朱可清:这个就不用你老操心了。

罗灵风朝酒馆里一指:进去吧。

朱可清:改日吧,我今天不方便。

罗灵风:啊,你可不能卸磨杀驴呀!

朱可清:我可舍不得杀你这头老驴。

陶祁香:六叔,你跑回来了,自强呢?

冯老六:没事,咱吃不了亏。

陶祁香转身往外跑。冯老六拦住她:这会儿早散了。

陶祁香:散了,自强他人呢?

冯老六:年轻人贪玩儿。

陶祁香:你闯禁收徒,朱可清为什么砸架?

冯老六:你忘了,前几年他开黑禁,我砸了他的架。

陶祁香:这也是一报还一报。啊,我记得当时你用窑砖砸了人家脑袋,后来还是冯窑主赔了人家的钱。

冯老六:所以说呢,他就恨上我了。

陶祁香:不行,我不放心,我还得去看看。

陶祁香把冯老六推开,朝院外走去。冯老六喊道:瞧,他们回来了。

不远处,陶自强、周鸿达等冯家窑的人说说笑笑地往回走着。陶祁香迎上去,他一眼看见了陶自强脑袋上的纱布绷带,急忙跑上去。

陶祁香:自强,你头怎么了? 被人打了吗?

陶自强无所谓地:姐,没事。

陶祁香:快让我看看。

陶自强:没事了。

陶祁香:不行,我看看。

陶自强:回家再看吧。

迎亲的花轿在一个里弄口拐了一个弯儿,又钻进了另一条里弄。

花轿里的饶茶花:杜鹃。

杜鹃:什么事?

饶茶花:我怎么觉得这花轿又转回来了?

杜鹃:就是一条里弄一条里弄地转,要把陶阳十三里转遍了才行。

饶茶花:为什么?

杜鹃:显摆呗,瞧人家马窑主多牛啊,中年丧妻,还娶了个黄花大闺女做填房。

饶茶花:狗日的,把姑奶奶当猴耍了。

三角井酒馆,罗灵风唱唱咧咧地走着。玉茗和凤仙追上来。

凤仙:罗疯子,你还有心思在这里闲逛?让我们俩一通好找。

罗灵风:叫谁呢?这么没大没小的。

玉茗:罗半仙……罗大仙,有事找您呢。

罗灵风:有事罗大仙,没事罗疯子,你们这一对儿水汪汪的势利眼啊。

玉茗:哎呀,罗大仙,罗神仙,神仙老太爷,快点儿跟着我俩走一趟吧。

罗灵风:走什么走,车撞墙了,还是火烧房了?

凤仙:要出人命了。

罗灵风:逢大事,要静气,看看你们这干不成大事的样子。在这景德镇地界上,你们既然找到了我,甬管什么事,我罗大仙出马,就有能耐给你们摆平。

凤仙:这件事办成了,我们好好请您喝酒。

陶自强兴致勃勃地:赵书记讲得太好了,太有水平了。赵书记说得对,不能限制抢粥的人,要换大锅,多煮粥,让人人都有份儿。

陶祁香抱着陶自强受伤的脑袋,流起了眼泪。陶自强说:姐,你这是干吗呀?

陶祁香:你被打成这样,姐能不心疼吗?

陶自强:小时候我跟人家打架,姐总是告诉我,以眼还眼以牙还牙,绝不能吃亏受委屈。

陶祁香:小时候是跟孩子们打架,顶多猫扯毛狗撕皮,没什么危险。你瞧瞧,这一窑砖幸亏砸在太阳穴上了,要拍在后脑勺上,不要命也得变成傻子。

陶自强:您别担心,我没事的。

陶祁香:咦,包扎得这么好,还是军用绷带,谁救的你?

陶自强:赵大哥。

陶祁香:哪儿来的赵大哥?

陶自强:哦,赵书记。

陶祁香:怎么又赵书记了?

陶自强:景德镇的市委书记。

陶祁香:姓赵?

陶自强:赵书记的武艺太棒了,噼里啪啦,就把我们双方的人都撂倒在地,那叫一个干脆。

陶祁香:赵书记也参加械斗了?

陶自强:赵书记制止了械斗,要不,恐怕还得有人受伤。

陶祁香:你说你,这么大的人了,怎么一点规矩都不懂,那六爷开黑禁你也敢拜师啊? 我还以为正经八百地按规矩办呢?

陶自强:姐,不是我要拜六爷为师,是六爷非要收我为徒。

陶祁香:拜师就拜师吧,开黑禁也就罢了,有人砸架你们认输不就完了吗? 干吗还跟人家打架?

陶自强:朱家窑那帮混蛋,上来就抢着棍子打,狗日的,纯粹是土匪。

陶祁香:景德镇这些帮帮派派的恩恩怨怨,何时是个了啊?

陶自强:不行,我咽不下这口气。

陶祁香:怎么,你还想出去打架呀? 告诉你,你可千万不能惹事。

陶自强:不用您嘱咐。赵书记说了,再发生械斗事件,就抓进去蹲监狱。

陶祁香:早就该这样了,这种事,也只有共产党才能管得了。

陶自强:还有呢,什么春禁、红禁、黑禁的,以后统统废除了。对了,赵书记还提到了杜重远,你知道杜重远是谁吗?

陶祁香:杜重远可是个了不起的人物,在日本留过学,在东北办过瓷厂,办过《生活周刊》杂志,担任过江西省陶业局局长,还蹲过日本人的监狱,后来被国民党害死了。

陶自强:赵书记说,当年景德镇的"春禁"就是他废除的。

陶祁香:何止是废除了"春禁",还亲自办过瓷厂,改造过窑口,革除了许多陈规陋俗。

陶自强:哎呀姐,您怎么知道的这么多呀?

陶祁香:别忘了你姐姐是干什么的,唱戏的肚儿,是杂货铺。咦? 对了,这个赵书记他叫什么名字呀?

陶自强:赵大哥……

陶祁香:赵大哥是你叫的?

陶自强:他好像说了,可是……我没在意。

迎亲队伍已经走到了景德镇老街,吹吹打打,热闹非凡。

玉茗和凤仙带着罗灵风钻进了一条小里弄,在一个隐蔽的拐角处,让罗灵风躲藏起来。玉茗和凤仙悄悄地回到了送亲的队伍里,没有人察觉。

饶茶花在轿子里,其他六姐妹都跟在花轿左右和后面,窃窃私语,有说有笑。迎亲管家调戏几位姑娘:好姐妹嫁人了,看你们高兴得嘴都合不拢啦。

瑞香:那当然,大姑娘坐轿子头一回嘛。

迎亲管家:这就对了嘛。说实话,咱窑主枯木逢春,又当新郎官了,我可是正经八百的第一春还没到来呢。你们姐妹商量一下,看谁愿意嫁给我,我也拿二十亩茶园做彩礼。

杜鹃:那不行,你好歹也要超过你们窑主啊。

迎亲管家:我们家窑主家大业大的,我可比不了,人家可有几百亩茶园呢!

荷花:那才给茶花家二十亩,太小气了吧。

迎亲管家:这怎么说的?现在能有二十亩茶园就不错啦。

玉茗:哎呀,崴我脚了。走路可是没有坐轿子轻松,管家,咱们慢点儿呗。

迎亲管家:大家小心着点儿,慢点儿走,别颠着了太太。

姑娘们一边逗着管家开心,一边观察周围情况。

轿子从大街上转到了老街的里弄里,里弄里很多地方过道狭窄,轿杆又直又长,轿子在一拐弯儿处被卡住了。轿夫们无奈,只能撤下轿杆,抬着轿厢,七扭八拐地朝前挪动着。

玉茗朝着里弄的岔路尽头眺望着,罗灵风探出了脑袋。

凤仙朝罗灵风点了点头。罗灵风蹑手蹑脚走了过来。

轿厢又被卡住了,姐妹们围拢过来,七手八脚地帮着忙。罗灵风在乱哄哄的人群里钻到花轿的底下。

迎亲管家不耐烦地催促:可以了吧?别误了时辰。

姐妹们继续忙活着,轿夫们重新装回了轿杆,继续上路。

迎亲管家:前面拐弯儿就到了,鼓乐师傅们给我卖点力气。

吹鼓手们卖力演奏,声响震天。

马窑主大院,张灯结彩。院子里摆下了七八桌酒席,亲朋好友坐在酒席上,一边等候着吉日良辰,一边乱哄哄地交谈着。马窑主穿着长袍马褂,戴着状元帽,胸前斜披红绸,别着大红花,挨桌向亲友们拱手致谢。

亲友:大喜啊马窑主。

马窑主:同喜同喜,谢谢各位赏光。

亲友:结婚是小状元,马窑主这身打扮,够派。

马窑主:谢谢谢谢,一会儿吃好喝好啊。

鼓乐声中,花轿进了大门,亲友们都站起身来。

知事高喊着:落轿。

轿夫用支棍把轿杆支好。知事喊道:摆凳。

两个年轻人把一个下轿的凳子放在花轿前面。知事喊道:开轿。

两个喜娘婆来到花轿前面。知事喊道:迎接新娘。

马窑主端端正正地站在了花轿前面。知事喊道:良辰已到,请马窑主迎请新娘下轿。

迎亲管家:良辰落轿,新娘驾到,鞭炮齐鸣,佳偶天成。

大门外鞭炮齐鸣,鼓乐震天。宾客纷纷围上,争睹新娘芳容。喜庆混乱中,一直跟随花轿的六茶女已经偷偷溜走。

马窑主上前,用一根秤杆挑开轿帘儿。喜娘刚要上前搀扶新娘,花轿里传出了一阵大笑。紧接着,身穿新娘的大红霞帔、头插花朵的罗灵风从轿子里跳了下来。马窑主呆住了。

罗灵风:哈哈哈哈,我罗大仙打了大半辈子的光棍儿,没想到与马窑主结下了姻缘。

马窑主僵在原地。迎亲管家最先醒悟过来:罗疯子,他是罗疯子。

罗灵风:缪也缪也,我是马窑主的新娘子。

迎亲管家:快,快,抓住他!

几个窑工上前,朝着罗灵风扑过去。罗灵风将身上的大红霞帔一脱,扬手往上面一扔。一片红云遮住了天空,马窑主的院子被红光笼罩起来。人们呆呆地看着头顶上的红云。红云像是挂在了人们的头顶,许久之后才缓慢地飘下来。

罗灵风早已经不知去向。饶茶花和玉茗、凤仙一边嘎嘎笑着,一边东躲西藏地跑着。

远处传来马家窑窑工们的追喊声和脚步声。玉茗叫道:凤仙,你和我分头往两边大路上跑,把他们引开。茶花你往老城里跑,老城里里弄复杂,不好找。

饶茶花:不行,我们三个人都得分头跑,分散他们的人力。

玉茗:他们追上来了。茶花快跑!

三人分头跑开。饶茶花朝着老街深处跑去。

赵文昌走进一家带小院的瓷器店,一位气质高雅的老太太正在外院浇花。

赵文昌:大姐,您这兰花儿养得漂亮啊。

韩霜凝:这位先生,您懂兰花?

赵文昌:兰花香风远,松寒不改容。

韩霜凝:哈哈。我这是啊,久坐不知香在室,推窗时有蝴蝶来。

赵文昌:您不光花养得好,文采也好。

韩霜凝:先生不是本地人吧? 进来坐吧。

陶瓷店内布置得格外精致,各种瓷器摆满了货架。

赵文昌:大姐,请问您贵姓?

韩霜凝:还大姐呢,我都是老太太了。我叫韩霜凝,这里的人称我韩教授。

赵文昌:您在大学教过书?

韩霜凝:从德国留学回来的,先是在北京大学文科学院任教。北平沦陷之后,本来要跟着去昆明西南联大的,因为回了一趟景德镇,困在这儿了。

赵文昌:哎呀韩教授,北京大学,了不起啊。那您岂不是跟胡适、陈独秀、鲁迅他们一起共事吗?

韩霜凝:他们都是我的学长,我比他们晚十几年呢。

赵文昌:您是文科学院的教授,怎么做起瓷器生意来了?

韩霜凝:我这儿叫做生意啊? 就是喜欢,好玩儿,开个小店给自己找个乐子,也给景德镇添个景致。

赵文昌:看来韩教授对景德镇颇有感情啊。

韩霜凝:景德镇水土宜陶,是中国最早的手工业移民城市。有句古话,叫"匠从八方来,器成天下走"。

赵文昌:景德镇有容乃大,海纳百川啊。

韩霜凝:是啊,就跟这些瓷器一样,什么都能承载得了,什么也都容得下。来,我带你看看。

赵文昌跟着韩霜凝看起了店里的瓷器。韩霜凝说:你看这琳琅满目的瓷器,各不相同。你知道在烧制之前它们是什么样子吗?

赵文昌:还真不知道。

韩霜凝:烧制之前都是一个颜色。"入窑一色,出窑万彩"。出窑前你根本不知道会是什么样子,喏,这个是青花瓷,那个是粉彩瓷,有洞眼的这个叫玲珑瓷。

赵文昌:这个叫郎红吧?

韩霜凝:哈哈,这个啊,叫祭红,跟郎红还是有差别的。那一件叫郎红。

韩霜凝说着,拿起一件郎红梅瓶,递给了赵文昌。

赵文昌:果然不一样。

韩教授:清代有四位著名的督陶官,唐英、臧应选、年希尧,最后一位叫郎廷极。郎廷极对红釉非常痴迷,特别是祭红,经过反复烧制,居然烧出来一种与祭红不同的瓷器。这种瓷器红似宝石,温润如玉,有非常耀眼的玻璃感。后来人们就用郎廷极的姓称呼它,叫郎红,或者叫郎窑红。郎红一出,备受推崇,成为清代皇室专用的珍贵瓷器。

赵文昌认真听着。

韩霜凝:郎红属于高温釉,要一千三百度以上才能烧成。一个窑口,上百件坯胎,能成功几个就很了不起了。烧郎红就是一种冒险,要想穷、烧郎红嘛。

赵文昌:韩教授学识渊博,以后要多跟您学习学习。对了,我还有一个疑问。这条街上我发现很多门店都关了,您这店里好像没受到什么影响。

韩霜凝:我这店啊就是摆个样子,卖出去呢,有钱赚;卖不出去,有货在。好在手里还有点儿积蓄,饿不着。

赵文昌认真听韩教授讲着,他们中间摆放着一个郎红花瓶和几个杯盘。

韩霜凝:这郎红呢,先要看色。色如红宝石,因此郎红也叫宝石红。再看口,口上有一圈白,整齐划一,叫灯草口。然后再看釉,釉呈拉丝状,一缕一缕的,细如牛毛,也叫牛毛纹。釉从上到下是流动的,如瀑布流云,倾泻而下。您再看看这杯底,是不是如一汪潭水。

赵文昌仔细观察:还真是的,如清流深潭,似乎还晃动着山影。

韩霜凝:这便是山不在高,有仙则名;水不在深,有龙则灵。您看这盘子,更明显一些,如湖面一样,静止如水,波澜不惊……

凤仙奔跑着,一边跑一边往后看着。几个窑工紧追不舍。在一条街的拐角处,两伙人堵住了凤仙。窑工喊道:窑主,这不是太太。

马窑主:不是那个贱人,也是她一伙的,快说,饶茶花在哪儿?

凤仙:茶花在哪儿我怎么知道?你娶进门的媳妇,凭什么来找我问?

马窑主:你要不知道,你跑什么啊?

凤仙:眼瞅着要下雨了,我又没带伞,还不许我快点儿跑回家啊?

马窑主:我懒得和你这小丫头片子费口舌,快说。

凤仙:说什么?你们这些人是不是有病?大晚上的乱咬人。

马窑主:你……

一个窑工从另一侧跑了过来:窑主,管家让我来叫您,他们追着太太往东边去了。

马窑主看了一眼凤仙,不再管她,掉头就走。在报信的窑工带领下,众人向着东边追去。凤仙站在街边,远远看着,焦急万分。

饶三婆把好酒好菜摆在桌上。

饶三公准备自斟自饮:这一天忙活的,好在了结了我一件心事。

饶三婆:你的心事了结了,我闺女没了。

饶三公:哪儿有女儿不出嫁的?

饶三婆:好好一个黄花大闺女,给一个老不死的当填房,造了什么孽呀!

饶三公:有钱就是爷,没钱三孙子。这些年活得够憋屈了,天天当三孙子。有了这二十亩茶园,就算不是爷,也能挺直腰杆做人了。来,你也喝一杯!

马窑主带领众人闯进院子,管家气势汹汹地踹开了饶三公的屋门。十几个窑工跟在后面。饶三公吓了一跳:怎么回事?姑爷,你怎么来了?

马窑主:给我搜!

饶三婆:马窑主,您这是要搜什么啊?

马窑主:你们两个老东西,今儿让老子丢大脸了,赶紧把饶茶花交出来。

饶三公:茶花不是让你们接走了吗?管家你倒是说句话啊,人可是你亲自接走的。

管家:饶三公,饶三爷,你赶紧把女儿交出来吧,不然咱们都得倒霉。

饶三婆:什么?茶花不见了?

马窑主:别他妈跟我装蒜,茶园地契也收了,老子酒宴也摆了,你勾结那个罗疯子玩儿老子是吧?

窑工:窑主,没搜到。

马窑主:给我砸!饶三公,你马上把人给我交出来,要么先拆你房子,再拆了你这老骨头。

众窑工举着锄头、铁锹、棍棒等砸起来,顿时饶三公家被砸了稀巴烂。饶三公伸着胳膊妄图阻拦,被推倒在地。饶三婆吓得大哭大叫:别砸了,别砸了……

没有人听她的,继续叮叮当当地砸着,饶三公家鸡飞狗跳。马窑主看砸得差不多了,带着人怒气冲冲地走了。

饶家一片狼藉。饶三婆哭着:都怪你,非要卖闺女,这下完了吧?闺女也没了,家也被砸了,以后还怎么过呀?

饶三公:赶紧找吧,我去景德镇找,你去萧师傅家里找。

饶三婆:都是你造的孽,要不是你财迷心窍,闺女能给逼跑了?找不到闺女,我也不活啦。

饶三公:找不到闺女,谁也活不了。

饶茶花慌慌张张闪进三角井酒馆,进了厨房。喝酒的窑工看了她一眼,没人认识她,继续喝酒。陈三姐一抬头:茶花,你怎么来了?听说你今天成亲?

饶茶花哭了起来。陈三姐问道:怎么回事?

饶茶花:三姐,我爹了为了二十亩茶园,逼我嫁给马窑主,我刚逃出来。他们正满城抓我呢,三姐,我不能回去,回去了我只能死。

陈三姐:好了别哭了,不要动不动就说死,你先在我这里躲着。现在都新社会了,提倡自由恋爱,父母不许包办婚姻。这事姐给你做主了。

饶茶花:谢谢三姐,给您添麻烦了。

陈三姐:麻烦什么啊,我就说呢,你怎么会嫁给那老家伙。以前你不是跟陶自强挺好的吗?那小子人呢?你被抢亲这么大的事他知道不?

饶茶花:唉,别提了。我跟陶自强的事情,她姐姐死反对,为拆散我们,一直搬家。我现在都不知道他们搬去哪儿了,好长时间都没见过他了。

陈三姐:你饿了吧,姐去给你弄点吃的。

饶茶花吃着陈三姐给她煮的粉。陈三姐说:你就在我这儿躲着,没有人知道。就算马窑主发现了找上门来,有我陈三姐在,他们也不敢跟你动粗。

饶茶花:三姐,都说你是景德镇的女侠,我今天算是领教了。

陈三姐:什么女侠?我就信一个理儿:人善被人欺,马善被人骑。尿的怕横的,横的怕硬的,硬的怕不要命的。人生在世,活着不易。我不欺负别人,可谁也别想欺负我。

饶茶花:三姐,您说得太好了,马窑主要是把我逼急了,我就跟他拼命!

马家窑的管家带着人,大呼小叫地寻找着饶茶花。

浮梁六茶女悄悄地寻找着饶茶花。

饶三公和饶三婆呼喊着闺女:茶花……茶花……

饶三婆埋怨着:为了二十亩茶园,就把闺女往火坑里推。茶花要是有个三长两短……

饶三公:嫁给马窑主有什么不好?进门就当家,吃不愁穿不愁的,一个农村丫头,还不知足。

饶三婆:再好也是个填房,马窑主的闺女,比茶花还大呢,能不受气吗?

饶三公:还啰唆什么?快找吧。

饶三婆哭喊着:茶花……

一个私人小窑口。窑内摆满了匣钵。两三个窑工懒散地围坐在台阶上,闲聊着。赵文昌走了过来,几位窑工打量着他。

窑工甲:老板是来订货的吗?我们窑主出去了,我去给您喊回来。

赵文昌:哦,我就是刚到景德镇,随便走走看看。

窑工乙:哎,我还以为是徽商呢,这有什么好看的,景德镇到处都是玩儿泥巴的。

窑工乙在地上捡起了一根烟屁股抽了起来。赵文昌掏出一包大前门,给几

31

个窑工一人递了一支:来来,师傅们,抽我的。

窑工甲:谢谢老板,哎哟,大前门,好烟啊。快去给老板拿个凳子啊。

窑工乙:您坐这儿,您怎么逛到我们这个小窑口了?

赵文昌:就是路过,看到这一片窑口,没几家在干活的。你们家还在烧吗?

窑工甲:拿什么烧啊?

赵文昌:柴呀。

窑工甲:哪有柴啊?

赵文昌:买呀。

窑工甲:钱呢?

赵文昌笑了。

窑工乙:除非窑主把他老娘的棺材板给劈了。

旁边抽水烟的长者放下了水烟袋,看着赵文昌:这位先生,您外地人吧?来得不巧啊。您要想看烧窑呢,就去几个大窑口碰碰运气。您要是想看看景德镇的景致呢,可以往浮梁那边走走,还能喝上好茶。

赵文昌:老人家,景德镇这么多窑口,没见几家的烟囱冒烟。

长者:打了十几年仗,景德镇就是个烂摊子了。老百姓手里的那一点儿钱,天天算计着买口粮呢。有钱的不敢烧,没钱的烧不起。

赵文昌:会好起来的,老人家。谢谢大家陪我聊这么多。我下次再来向各位请教。

赵文昌转身离去。看着赵文昌的背影,几个窑工感到奇怪。

窑工乙:会好起来的,老人家!

窑工甲:哈哈,不知道的还以为是大领导微服私访呢,装什么装?

长者:这人面目自有气场,说不定还真是个干部。

窑工乙:哈哈,二大爷您别逗了,当官的哪儿有搭理咱老百姓的?

长者没有搭话,只是扭头看着赵文昌的背影,又点起了水烟袋。

冯老六:不行,这事不能算完,咱太他妈吃亏了,我饶不了姓朱的那王八蛋。

周鸿达:吃亏的是陶自强,他平白无故地挨了一窑砖。

冯老六:姓朱的手也他妈的太黑了。

周鸿达:陶自强可是为了您才挨那一窑砖的。

冯兴国:六爷,知道你们为什么吃亏吗?

冯老六:为什么?

冯兴国:您怕我告诉我爸,就偷偷瞒着我。我要是在场,朱家窑那些人够我打的吗?

32

冯老六:一边去,不怕吹牛闪了舌头?

冯兴国:您别忘了,我可是武生,三个武把式打不过一个武戏子。对了鸿达哥,你刚才说赵书记很厉害,是真的吗?

周鸿达:要说赵书记的功夫,在景德镇恐怕找不到对手。

冯兴国:那太好了,什么时候我跟赵书记切磋切磋。

周鸿达:好大的口气啊,还切磋切磋,你以为你是谁呀?

冯兴国:我也是台上三分钟,台下十年功,内练一口气,外练筋骨皮肉的。

周鸿达:再怎么练,你也是架子活。人家赵书记,用的是神龙翻云掌。

冯兴国:赵书记跟你说的?

周鸿达:我自己看出来的。

冯兴国:你一个力笨儿头,能看出什么功夫?

周鸿达:我们双方正打得飞沙走石天昏地暗难分难解,突然间一条神龙从天而降,只听得啪啪啪啪,一巴掌一个,二十多个人就噼里啪啦地倒在了地上。倒是倒了,每个人的身上都毫发未伤。你要是在场,也得趴在地上。

冯兴国:照你这么说,我更要见见赵书记了。

周鸿达:人家是市委书记兼市长,咱们的顶头上司,你说见就能见?

冯兴国:你懂什么,我们这是以武会友。

朱家窑,管家指挥着众窑工备战。有的拿棒子,有的拿铁耙,有的拿榔头,大家七手八脚,七嘴八舌。管家喊道:把大门关上,把墙头的铁蒺藜堆起来。

窑工甲:管家,冯家窑的人会来吗?

管家:你没听刚才有人报信吗?说冯老六正组织人要来报仇呢。

有个窑工拿来一把猎枪:管家,这个用得上吗?

管家:你先把火药装好,不到万不得已的时候别开枪。

窑工乙:赵书记不是说了吗,谁械斗就法办谁。

管家:你忘了民国二十六年的都乐械斗了?政府还派警察了呢,不是把警察都杀了吗?

窑工丙:那是民国,现在是共产党了。

管家:共产党向着谁?向着冯家窑。

窑工甲:管家,咱还睡觉吗?

管家:三班倒,一班守夜,两班睡觉。两个时辰换一次班,光秀少爷,一会儿您把班排一下。

朱可清推开大门,走进院子。管家说:东家,您回来了。

朱可清:你打听了吗?陶自强伤得怎么样?

管家:东家,您下手有点狠,那一窑砖幸亏拍在太阳穴上了,要是拍在后脑勺上,就给人家开了瓢儿了。

　　朱可清:那边有什么动静?

　　管家:恐怕不会善罢甘休的,如今冯家窑家大业大势力大,冯运华又是亲共产党的,谁敢招惹呀? 您也太鲁莽了,我原以为砸了他们的瓷篮就行了,谁想到还动了手呢?

　　朱可清:我当时是喝了点儿酒,酒壮尿人胆,气不打一处来。又想到前几年冯老六砸我那一窑砖,就控制不住了。

　　管家:据说冯老六不依不饶,要组织人来报仇。不过您放心,我都安排好了。

　　朱可清:什么安排好了?

　　管家:做好防御呀。冯家窑的人要是敢来,就让他知道知道朱家窑的厉害。这年头,谁怕谁呀?

　　朱可清:你明天一早去给我办点儿货。

　　管家:办什么?

　　朱可清:烟酒茶糖米面肉,给我装满两个大礼箱。

　　管家:哎哟东家,还没打呢您就投降了? 怎么,还要割地赔款?

　　朱可清:扯什么蛋? 我另有用处。

　　管家:这么重的礼,你想干什么呀?

　　窑工:掌柜的,您是不是也跟马窑主一样,要续弦呀?

　　朱可清:续你亲妈,我那婆娘还没死呢。

大街上行人稀稀拉拉的,街道两旁的铺面挂着红灯笼。

罗灵风哼哼唧唧地叨咕着:铜公鸡、铁仙鹤、玻璃耗子、琉璃猫……

一个外乡人拦住罗灵风:敢问可是罗大仙?

罗灵风:你是谁?

外乡人:一个外乡人。

罗灵风:你拦着我干什么?

外乡人:听先生口中念念有词,不知何意?

罗灵风:能有何意,铜公鸡、铁仙鹤、玻璃耗子、琉璃猫……你说是怎么回事?

外乡人:请大仙赐教。

罗灵风:一毛不拔呗。

外乡人:您应该有所指。

罗灵风:他娘的,朱可清这小子,说好的我给他找到薄胎刀师,他给我两坛窑工酒,结果呢,新媳妇的屁,蔫溜了。

外乡人:若大仙不嫌弃,在下愿意请大仙喝杯水酒。

罗灵风:两个丫头刚刚请我喝了两杯,口倒是渴了。咱去莲荷塘喝杯茶吧。

外乡人:随大仙方便。

罗灵风带着外乡人进了荷花塘佛印茶馆,找了僻静处坐下来。

林掌柜迎上来:罗大仙驾到,我这小茶馆蓬荜生辉啊。

罗灵风:我这朋友可是从萍乡来的,大窑主。为了照顾你的生意,请我"文君当垆"我都没去,特意推荐他来佛印茶馆。

林掌柜:谢谢大仙,我今天给您打八折。

罗灵风:用不着,下次给我免费就行了。

林掌柜:您想用点儿什么?

罗灵风:有萧氏浮梁绿吗?

林掌柜:巧了,昨天才到的。

罗灵风:蒙鬼呢?萧氏浮梁绿三天前就没货了。

林掌柜:呵呵,那我就是在三天前进的货。

罗灵风:瞧我这一天,比宰相还忙。先是跟新上任的市委书记共进早餐,然后是跟随书记制止了闹禁械斗,再后来是破解薄胎刀师之谜,然后是三角井会见朱可清,又见义勇为解救饶茶花,这又是带着萍乡客人来佛印茶馆……

林掌柜:要不怎么说罗大仙日理万机呢?凭您的才华,当个景德镇市长都有富余。

罗大仙嘿嘿笑了笑。伙计端着茶具上来:罗大仙,您要的萧氏浮梁绿来了,小的先伺候您一泡?

罗灵风很潇洒地挥了挥手,小伙计退下了。

罗灵风:这浮梁茶比景德镇的瓷器出名还早,哦,知道白居易吗?

外乡人:景德镇的吗?

罗灵风轻蔑地笑了笑:在景德镇倒是待过。

外乡人:现在呢?

罗灵风:回唐朝了。

外乡人:唐朝?

罗灵风:白居易写过一首《琵琶行》知道吧?

外乡人摇了摇头。

罗灵风摇头晃脑地吟哦起来:门前冷落鞍马稀,老大嫁作商人妇。商人重利轻别离,前月浮梁买茶去。去来江口守空船,绕船月明江水寒……

外乡人很敬慕地听着,如入五里雾中。罗灵风坐在外乡人的对面,亲自泡茶,很内行很讲究的派头。他把泡好的茶倒进公道杯里,又端起公道杯给外乡人和自己添上茶。

罗灵风:浮梁茶有"浮瑶仙芝""瑶里崖玉""西湖珍芝""昌南雨针""浮绿芽玉""野兰芝"……哦,对了,听说过巴拿马吗?

外乡人:哪儿的马?

罗灵风:哪儿的马,远去了。

外乡人:多远?

罗灵风:孙悟空一个跟斗的距离,十万八千里,在美国的南面。民国四年,巴拿马举办了一个万国博览会,全世界所有奇珍异宝都拿出来展览,然后评奖。景德镇有两样东西获了奖:一个是瓷器,一个就是咱现在喝的浮梁茶。

外乡人被扇忽晕得干张着嘴不知道说什么了。罗灵风继续炫耀着:景德镇物华天宝、人杰地灵,连名字都是皇帝亲封。知道为什么叫景德镇吗?

外乡人茫然地摇着头。

罗灵风:景德镇原来叫昌南镇,归浮梁县管辖。北宋景德年间,宋真宗特别

36

喜欢昌南镇生产的瓷器:白如玉,明如镜,薄如纸,声如磬,于是龙颜大悦,钦命在瓷器的底款上书"景德年制"四个字,并且还把自己的年号赐给了昌南镇……

外乡人有点儿不耐烦了:罗大仙,您别总给我说古了,该谈点儿正事了。

罗灵风:你说这话我就不爱听了,我刚才说的每一句话都是正事。

外乡人:对对对,您说的都是正事,可是我听不懂啊。

罗灵风:唉,没文化真可怕,算我对牛弹琴吧。你们萍乡那边的窑口都点火了?

外乡人:大部分都开始烧窑了。

罗灵风:瓷器好卖吗?

外乡人:好卖,供不应求。

罗灵风:你们只要师傅?

外乡人:我们缺的就是师傅,这些年打仗,许多师傅跑的跑,躲的躲,改行的改行,现在需要烧窑了,好多活儿没人干呀。

罗灵风:打杂的不要?

外乡人:我们不缺打杂的。

罗灵风:你们为什么不通过景德镇政府招工呀?

外乡人:我不是跟你说了吗,我们萍乡的那些师傅早晚还是会回来的。现在缺人手,需要一些临时工。

罗灵风:按月说?

外乡人:按月说,不足一个月的按天算。

罗灵风:一个月三斗米?

外乡人:三斗米。

罗灵风:我替你们找一个人给我二升米?

外乡人:必须是师傅才行。

罗灵风:当然是师傅了,你们需要多少人?

外乡人:拉坯的五个,利坯的五个,印坯的五个,剁合坯的三个,刷坯的三个,雕坯的两个,装坯的两个……

罗灵风:等一等,我找好了,怎么交给你?

外乡人:不用交给我,景德镇有去萍乡的公共汽车,让他们自己去就行。我在那边等着接他们。

罗灵风:这样倒是也好,不显山不露水的,我也可以把自己择干净。

外乡人:这边的事就都交给您了。

罗灵风:放心吧,我罗灵风干事丁是丁卯是卯滴水不漏。

陈三姐不在,几个客人独自喝着酒。饶茶花在厨房里。

客人:姑娘,能给我们加两个菜吗?

饶茶花:三姐不在吗?

客人:三姐出去了。

饶茶花:你们要什么,我给你们弄。

客人:给我们炒个鸡蛋吧。

饶茶花:请等一下。

客人:先给我们加半斤酒吧。

饶茶花帮助接待客人,见有两个马家窑窑工走过来。

窑工甲:窑主丢了老婆,让我们找,找到了算谁的?

窑工乙:没羞没臊,谁找到谁要。

窑工甲:这话可是你说的?

窑工乙:当然是我说的了。像茶花这样水灵灵的黄花大姑娘,谁不想要呀。

窑工甲:这话我要是告诉给马窑主,你就等着吃"磕螺丝"吧。

窑工乙:我看咱先歇歇脚吃杯水酒吧。

窑工乙刚往酒馆门里迈一只脚,突然发现了端着菜出来的饶茶花,急忙把脚缩回来,并往外推了一下窑工甲。

窑工甲:怎么了?

窑工乙:饶茶花在里面。

窑工甲:真的?

饶茶花见有客人进来,刚要招呼,发现客人又退了回去。见两个人鬼鬼祟祟,立即警觉起来,凑到门口去听。

窑工乙:我在这儿守着,你快回去告诉马窑主。

窑工甲:马窑主说了,谁找到给一斗米,咱可得平分。

饶茶花悄悄地退进厨房,摘下围裙,从后门逃了出去。

饶茶花跑着,气喘吁吁,跟跟跄跄。马窑主率领众人远远追来,已经能听到呼喊声和脚步声了。

饶茶花跑进一条里弄,对面又追来了马窑主的人,饶茶花扭头跑进一条横巷。

追赶的人:朝里面跑去了,快追。

马窑主:茶花,你回来,咱有事好商量。

饶茶花拼命地跑着。

又有人拦截过来。饶茶花惊慌地胡乱跑着。

追赶的人:茶花,你别跑了,马窑主会好好待你的。

马窑主:快,把她给我抓住。

饶茶花冲出小巷,上了大街。后面的人紧追着。

马窑主他们失去了目标,到处寻找着。

饶茶花在大街上边跑边藏。马家窑的人在后边找边追。

马家窑的人:这边这边,快,快追……

饶茶花跑到了里弄口,她小心地朝街上看着。突然,一只大手抓住了她,她"啊"地惊叫了一声。马窑主厉声地:看你还往哪儿跑?

后面的人从里弄追上来。饶茶花情急之中,低头朝马窑主的手腕上狠狠地咬了一口。

马窑主一声尖叫,把手甩开。饶茶花趁机猛推了一把马窑主。

马窑主一个趔趄,大叫着:来人啊,把她给我抓住。

茶花惊慌失措地跑着,前后都有人追赶。饶茶花慌了,不知道该往哪儿跑。突然,她看到了景德镇市委市政府的牌子。

大街上一片黑暗,唯有市委院子的门房亮着灯。饶茶花冲上前去,猛地拍打市委的大门。正在传达室闲聊的赵文昌和胡大爷吓了一跳,起身开门。饶茶花直接就冲了进来。

饶茶花:救命,快点儿救救我。

赵文昌:怎么了这是? 快点儿进来。

胡大爷关门。赵文昌把饶茶花拉进传达室。外面,马窑主一伙儿一边叫喊着,一边追赶着。

窑工:她跑进了这个大门。

马窑主看到市委大门上的牌子,停下了脚步。众窑工跟着停下了脚步。

有窑工跑上前要敲门。马窑主喝住了:别动。

窑工甲:窑主,咋不追了?

马窑主:你眼睛瞎啊? 这是市委的院子。

窑工乙:您追自己老婆怕啥? 市委还管家务事啊?

马窑主:你懂个屁? 这是衙门,你也敢闯?

众窑工不再说话。马窑主:二狗和小毛呢?

窑工:在呢。

马窑主:你俩守在这里,等她出了这个院子就赶紧回来报信。我们先回去。

窑工:是。

胡大爷倒了一碗热茶,递到了饶茶花的手上:姑娘,喝点热茶,暖和一下。

饶茶花:谢谢你们,你们真是好人。

赵文昌:你怎么了? 发生了什么事? 是什么人在追你?

饶茶花捧着茶碗,仰着脸,"哇"的一声哭了出来:我爹把我卖了……

赵文昌:啊?怎么了?别哭别哭。

饶茶花哭得更厉害了。胡大爷:姑娘,你先别哭呀,快说说是怎么回事。

赵文昌:姑娘别害怕,到了这里就没有人欺负你了。

胡大爷:是啊,姑娘。有什么事就直接说,这是我们的赵……

赵文昌:你叫我赵大哥吧。

饶茶花止住了哭声:我这事,你们管不了,谁都管不了。

赵文昌:你刚才说你爹把你给卖了?

饶茶花:我爹收了人家二十亩茶园,逼着我嫁给马窑主做填房。昨天好不容易在姐妹们的掩护下,逃过了拜堂。今天又被马窑主的人发现了,要抓我回去继续成亲。

赵文昌:还有这种事?姑娘,你叫什么?

饶茶花:我叫饶茶花,浮梁人。

赵文昌:噢,昨天那支娶亲队伍就是娶你?我还以为是大喜事呢。

饶茶花:什么大喜事啊,马窑主年纪比我爹都大。要我嫁给他,我宁愿去死。

赵文昌:这是不折不扣的父母包办婚姻,是旧社会的封建恶习。现在新社会了,国家颁布《婚姻法》你知道不?只要不是遵从双方意愿的婚姻,就是非法的,谁也不能强行包办。

饶茶花:我爹把茶园的地契都收了。

赵文昌:《婚姻法》就是保护婚姻自主的,至于地契嘛,那是你爹跟马窑主的事情,你不用操心。

饶茶花:马窑主要是再抓我怎么办?

赵文昌:他要是再抓你,警察就会去抓他。

饶茶花:警察能管?

赵文昌:当然能管。

饶茶花:警察就是保护窑主、欺负老百姓的。

赵文昌:那是国民党的警察,共产党的警察是保护老百姓的。

饶茶花:那就是说,只要我们两个人同意就能结婚?谁反对都没有用?

赵文昌:你说什么?你们两个人?那个人是谁?

饶茶花:我说了吗?

赵文昌:说啦,胡大爷,你听到没有?

胡大爷:啊,是啊,我耳朵有点儿背,啊,还是听到了。

饶茶花低下了头。

赵文昌:别不好意思的,跟大哥说实话,大哥可以帮你。

饶茶花:他叫陶自强……我们一起读过国民学校。

赵文昌:你说的是冯家窑的陶自强?

饶茶花兴奋地:大哥你认识他?

赵文昌:巧了,是我刚结识的窑工小兄弟,很不错的小伙子。茶花,你好有眼力啊。

饶茶花:什么好眼力,黄了。

赵文昌:怎么黄了?

饶茶花:他姐不同意。

赵文昌:又一个干涉自由恋爱的人。

饶茶花:大哥你看我的命多苦啊。

赵文昌:新社会的年轻人,就要跟命运做斗争,把命运掌握在自己的手里。

饶茶花:这……能行?

赵文昌:保证能行。

饶茶花:那……我眼下怎么办呀?

赵文昌:胡大爷,给姑娘弄点儿吃的,再把门房后面收拾收拾,让姑娘住一晚。我出去还有点儿事。

胡大爷:哎呀,这么晚了还出去?

天光大亮。景德镇新的一天开始了。稀稀拉拉的赶早人,步履匆匆。挑坯架的依然迈着细碎的脚步,穿过里弄。小摊小贩的吆喝声……

赵文昌骑着自行车,后面带着饶茶花。

篱笆围成的小院,院子里有几畦蔬菜。陶自强在菜地里给菜苗施肥,陶祁香在里外忙进忙出。赵文昌喊道:自强,你这里不好找啊。

陶自强:呀,赵大哥……赵书记,您怎么来了?

饶茶花从自行车上跳下来,赵文昌也下了车。

赵文昌:看看我把谁给你带来了?

陶自强:茶花!

饶茶花强忍着眼泪。陶自强走到饶茶花身边。

陶自强:茶花……

饶茶花哭喊着:你还知道我叫茶花啊?

陶自强:你怎么了?

饶茶花:我死了!

陶自强:你死了还会哭?

饶茶花扑哧笑了,接着便大哭起来。

陶自强:好几年没见了,你怎么还是那么爱哭?

饶茶花:我好几年没见到你了,哭几声怎么了?

陶自强急了:你待会儿再哭,先说说到底是怎么回事。

陶祁香听见外面的动静,从屋里出来。饶茶花见到陶祁香,急忙止住了哭声。陶祁香顾不上饶茶花,眼睛一下子盯上了篱笆外面的赵文昌。

赵文昌见到陶祁香,也呆愣住了。

陶祁香惊叫着:小赵……

赵文昌:香姐……

陶自强:你们认识?

陶祁香:自强,你昨天说的是他?

陶自强:就是啊,他让我叫他赵大哥。

赵文昌:啊,香姐,我调到景德镇来了。

陶祁香:来来来,快,快屋里说话。

陶祁香忙着泡茶。赵文昌有点儿局促,眼睛巡视着屋里。

屋里陈设简单,有一张画案,上面摆着画笔颜料和陶祁香画好的坯胎。

赵文昌拿起来欣赏着。

陶祁香:你这一走就没个消息,也不知道是死是活,冷不丁地就冒出来了。

赵文昌:快十年了吧? 香姐,你一点儿都没变。

陶祁香:变没变的我自己心里最清楚,那天我一照镜子,吓了我一跳,好几根白头发。

赵文昌:这都是你画的?

陶祁香:混口饭吃。

赵文昌:人要是有才华,挡都挡不住。

陶祁香:别逗了,还才华呢。

赵文昌:香姐在舞台上,唱出了个"千里香",这画瓷恐怕也要成为大家了。

陶祁香:你这是夸我呢,还是讽刺我呢?

赵文昌:心里话,真诚评价。哦,陶自强是你弟弟?

陶祁香:是啊。

赵文昌:亲弟弟?

陶祁香:当然是亲弟弟。

赵文昌:没听说你有个弟弟呀。

陶祁香:说说你吧,成家了吗?

赵文昌:结婚了,组织上安排的。

陶祁香:噢。

赵文昌:我们都是从部队转到地方的,在东北任职。后来我随大军南下,她还在东北。

陶祁香:有孩子了吗?

赵文昌:一个儿子。

陶祁香感慨地:一晃十年,当年新四军的大连长,现在成了我的父母官。

赵文昌:我们共产党可不兴称父母官。

陶祁香:那叫什么?

赵文昌:人民公仆,叫同志。

院子里,饶茶花站在桂花树下,陶自强站在她面前。

饶茶花:自强哥,你脑袋怎么了?受伤了?

陶自强:六爷开黑禁收我为徒,都昌帮的朱窑主带着人砸架,把我打伤了。也是赵书记救了我,我脑袋上的伤还是赵书记给包扎的。

饶茶花:赵书记?哪个赵书记?

陶自强:就是带你来的赵大哥呀。

饶茶花:他是书记?

陶自强:市委书记兼市长,是我们景德镇最大的官。

饶茶花:比浮梁县长还大?

陶自强:当然大了,大多了。

饶茶花:天呀,我都干了些什么呀?我……我也太不懂事了。

陶自强:怎么了?

饶茶花:我叫他大哥,跟他哭,还说了许多废话,还让他骑车带着我……

陶自强:赵书记不会怪罪你的,我还叫他大哥呢。

饶茶花:真没想到……啊,太好了,这回可有人给我们做主了。

陶自强:做什么主?

饶茶花:我爹收了马窑主二十亩茶园的彩礼,要把我嫁给马窑主当填房。

陶自强:啊?那迎亲的花轿就是去接你的?

饶茶花:是啊。从下聘到迎亲,就三天时间。那天要不是姐妹们反应快,求罗大仙帮忙救我,我恐怕就……

陶自强:后来呢?

饶茶花:我逃跑了以后,先到陈三姐那里躲起来,后来就被马窑主的人发现了。他们在大街上追我,我跑到市委大院,在门房认识的赵大哥……哦,赵书记。自强哥,你还要我吗?

陶自强为难地:你先在这儿住着,我们慢慢想办法。

饶茶花:自强哥,你……你能娶我吗?

陶自强低下了头。这时玉茗骑着自行车赶来,见到饶茶花,惊喜地叫着:哎呀茶花,你爸妈到处找你,都急死了,你怎么在这儿呀?

玉茗刹闸下车,见到陶自强:这就是你的自强哥吧,行啊茶花,有眼光啊,怪不得你不嫁给马窑主……

陶自强:你是玉茗吧?

玉茗:你怎么认识我?

陶自强:听说你是浮梁七茶女当中的小诸葛。

玉茗却大大方方地唱起来评剧《刘巧儿》:劳模会上我认识了人一个呀,他的名字叫陶自强……

饶茶花:玉茗,别闹了,你告诉我爸妈,我在自强哥家呢。

玉茗:你这两天去哪儿了?

饶茶花:在陈三姐那里住了一夜。市委赵书记救了我,又在市委的门房住了一夜。

玉茗:我们几个人一直在找你呢。

饶茶花:跟姐妹们说一声,别让她们着急。

玉茗骑上自行车:好了,我不打扰你们了。

周鸿达匆匆走来:自强,快走吧,有急事。

饶茶花打量着周鸿达。

周鸿达转眼看见了饶茶花,一愣:哦,茶花在这儿呀。

饶茶花:鸿达哥,你还记得我?

周鸿达:你不是也记得我吗?

饶茶花扑哧笑了。周鸿达说:茶花,对不住了,我得把陶自强带走,有重要的事情。

饶茶花:自强哥,你走了,我怎么办?

陶自强:你就先在这儿,没有人敢找你麻烦。

饶茶花:我怕你姐。

陶自强:放心吧,我姐不会赶你走的。

饶茶花:那……

周鸿达不由分说,把陶自强带走了,饶茶花走也不是留也不是,犹豫着。

周鸿达低声问陶自强:怎么,秦香莲找上门儿来了?

陶自强:说什么呢?我又不是陈世美。

周鸿达:怎么回事?

陶自强:咱边走边说。

周鸿达和陶自强远去了。

陶祁香送赵文昌出来:赵书记,你初来乍到……

赵文昌:打住。从香姐的嘴里,我希望听到的永远是小赵,或者文昌。

陶祁香笑了笑:那好吧小赵,我想说,你一个人,在外面吃饭不方便,就过来。

赵文昌:咦?茶花,你怎么一个人在这儿?陶自强呢?

饶茶花:被他的师哥叫走了,说有急事。

赵文昌:那你就先在香姐这儿住着,谁要是敢再难为你,你就去找我。

饶茶花:有赵书记给我做主,我谁都不怕了。

饶茶花说完,似觉得不妥,偷偷看了一眼陶祁香,陶祁香阴沉着脸。饶茶花暗自吐了一下舌头。

赵文昌骑上自行车,挥着手走了。

佛印茶馆,陶自强焦急地问:林掌柜,你是说萍乡的人到咱景德镇来招人?

林掌柜:没错,每招一个人,给罗疯子二升米。

陶自强:这个罗疯子,怎么什么米都敢要。

周鸿达:他就是个骗吃骗喝的人,有什么不敢的。

陶自强:他们什么时候走?

林掌柜:那个萍乡人催得挺急,说越快越好。

周鸿达:走吧,咱得跟冯家窑的师傅们打个招呼,谁也不许走。

林掌柜:你们冯家窑财大气粗,谁跟罗疯子走啊?

陶自强:难说,我们也两个月没发工钱了,就给三斗米。

林掌柜:眼下的日子不好撑啊。

陶自强和周鸿达出了茶馆。

周鸿达:真急死人了,冯窑主不知道什么时候回来。

又一个清新的早晨,冯兴国洗漱完毕,经过冯兴远的卧室。卧室的门敞开着,冯兴远在里边画画,一张人体临摹。

冯兴国:我以为你整天画什么呢,就画光屁股女人啊?

冯兴远:你懂什么?这是艺术。

冯兴国下了楼,便在院子里嗷嗷地吊起了嗓子,唱起了饶河腔《定军山》:站立在营门传营号,大小儿郎听根苗……

冯兴远朝下面大喊:瞎嗷嗷什么?吵死人了。

冯兴国:你懂什么?这是艺术。

冯兴远砰地把窗户关上。

冯兴国推出了摩托车。

冯管家:又要走呀?

冯兴国:去乐平。

冯管家:去翻跟头?

冯兴国:唱戏。

说着,冯兴国一脚油门,骑上摩托车扬长而去。

冯管家无可奈何地感叹着:一个天天翻跟头打把式,一个天天画光屁股女人。冯家窑,二百多年的老窑口,后继无人了。

陶祁香默默地画着花瓶。饶茶花端上来一杯茶,放在陶祁香的桌边。

陶祁香沉着脸:端走。

饶茶花:姐,您喝点儿水。

陶祁香:我让你端走。

饶茶花:我刚给您泡的。

陶祁香:没见我在画画吗? 你放在这儿,碰洒了怎么办?

饶茶花只好把茶杯端走。

陶祁香放下手里的花瓶,转过身:茶花,有些话我就跟你明说了吧,你也别记恨我。当然,即便你记恨我,我也要说。

饶茶花低着头,站在陶祁香面前:姐,您说,我听着呢。

陶祁香:知道我们为什么一直搬家吗?

饶茶花:啊……不知道。

陶祁香:你是装不知道。我就当你真不知道吧,现在告诉你,就是为了躲着你。

饶茶花不语。陶祁香接着说:你跟陶自强别再来往了吧。

饶茶花不语。陶祁香问:我说的话,你听见没有啊?

饶茶花:姐,你为啥不喜欢我?

陶祁香:我不是不喜欢你,有一说一,你茶花要模样有模样,要聪明够聪明,还能干,谁娶到你,都是福分。你不管嫁给谁,日子都会过得不错。唯独,你不能嫁给陶自强。

饶茶花:您要我嫁给马窑主?

陶祁香:我不是要你嫁给马窑主。说实在的,你爹为了二十亩茶园,让你给马窑主当填房,我也很生气。你反对封建包办,你逃婚,我也支持你。

饶茶花:那我跟自强的事,您为什么不支持呀? 您觉得我哪儿不好,我改还不行吗？

陶祁香：你哪儿都好，就是不能嫁给陶自强。

饶茶花：为什么？

陶祁香：因为你是饶三公的女儿。

饶茶花：我爹怎么了？是我嫁给陶自强，又不是我爹嫁给陶自强。

陶祁香：不管怎么说，我说不行，就是不行。

饶茶花：您怎么不讲理呀？

陶祁香：我就是不讲理了。

饶茶花：我去找陶自强。

陶祁香：你找谁也没有用。

饶茶花气呼呼地摔门走了。陶祁香继续作画，她画得很认真，渐渐地沉浸其中。

外面有人叫门。陶祁香打开院门。进来的是朱可清，后面跟着一个挑夫，挑夫担着两只很大的礼箱。朱可清迈进门，挑夫在后面紧跟着。

陶祁香：你谁呀，这是干吗呀？

朱可清急忙上前拱手：您就是陶自强陶师傅的姐姐吧？

陶祁香：看着眼生呢，您贵姓？

朱可清：我姓朱，朱可清。

陶祁香：哦，有耳闻，朱家窑的窑主是吧？

朱可清：小窑主，小窑主，不值一提。

陶祁香：昨天冯老六开黑禁，就是你砸的架吧？

朱可清：误会误会，完全是误会。

陶祁香：陶自强的脑袋，也是你开的瓢儿吧？

朱可清：这更是误会了姐姐，我是狗咬吕洞宾，一家人不认一家人。

陶祁香：你怎么还找上门来了？

朱可清：姐姐，不是的，我错了，我误伤了陶师傅。我是来……来赔罪的。

陶祁香看着两个硕大的礼箱：你这是干什么呀？

朱可清：赔罪赔罪，我真诚地赔罪。这是我的一点儿心意，是给陶师傅的，也是给您的。

陶祁香：你挑走。

朱可清朝挑夫挤了一下眼睛，挑夫飞也似的跑了。

陶祁香：你要是不拿回去，我就给你扔到门外面去，别说在街坊四邻面前我不给你脸。

朱可清：别别，姐姐，我这儿还有一封信，麻烦您交给陶师傅。

朱可清举着信,陶祁香不接。朱可清把信放在水缸台上,转身跑了。

红店老街,稀稀拉拉只有几个铺子开着门。从敞开的门外看去,店里面摆着许多画好的坯胎,还有一些没画的素胎。

卢再缘夹着一卷画稿,在一家红店门前犹豫良久,鼓着勇气进来了:掌柜的,生意兴隆啊。

红店老板:哟,卢先生,什么风把您吹到我们小店来了?

卢再缘:闲来无事,随处逛逛。

红店老板:那您自便,还望多多指教。

红店老板让伙计给卢再缘倒了一杯茶水,卢再缘看着架子上落满了灰尘。

卢再缘:最近在家画的新画,掌柜的,您给掌掌眼。

红店老板草草地瞟了瞟:哎呀,您这仕女图啊,真是美得勾魂,要是能活过来,我得娶回去。

卢再缘:掌柜的,抬举了。

红店老板:真不是抬举,前几年,您的仕女可是一画难求啊。我们这些小店,那真得托人找关系,才能求到您给一两件。

卢再缘:掌柜的,您这么看得起晚生,那架子上的几个瓶子,我来给您画画,就收您个手工钱。

红店老板:您说笑了,我哪敢占您便宜啊?

卢再缘:那我就收个颜料钱,我就当练练笔。

红店老板:您现在就是免费画我也不敢要,我哪能耽误您的工夫啊。

卢再缘:先赊账,东西卖出去了再结账也行。

红店老板:好长时间没货主了,这些坯胎画完了,都烧不起。您还是去其他店里问问看吧。对不住您了。

卢再缘卷起画卷,出来了,左右看了看,踟蹰着。

罗灵风过来了:卢先生,您寻人呢还是寻货呢?

卢再缘:我寻钱呢,找饭辙呢,哪儿像您呢,吃百家饭喝千家酒的。

罗灵风:瘦死的骆驼比马大,你还愁吃不上饭?

卢再缘:有钱男子汉,没钱汉子难啊。

罗灵风:看您明眸汪润,蚕眉带秀,山根平满,命宫如镜,运气不错啊。

卢再缘:还明眸汪润,我那是想哭啊。

罗灵风:别呀,您得乐,乐的时候在后面呢。

卢再缘:连饭都吃不上,我乐得出来吗?

罗灵风:我刚才不是说了吗?您要有一步好运。

卢再缘:什么运?

罗灵风:命犯桃花。

卢再缘:对了罗大仙,还记得民国四年,桃花死了,我病了,你用孔雀盏给我作法……

罗灵风:我把桃花的魂灵给你招来了,还与你对话了呢。

卢再缘:你说十六年后桃花依然托生在景德镇,依然是女儿身,依然与我再续前缘。

罗灵风:你不信吗?

卢再缘:要是不信,我都五十一了,还守着童子身,谁能绷得住?

罗灵风:那就好,信则有不信则无,心诚则灵。

卢再缘:但愿老天爷大发慈悲吧。

陶自强推开院门,发现院子里有两只大礼箱,非常奇怪:姐,姐。

陶祁香从屋里出来。陶自强指着礼箱:这是怎么回事呀?

陶祁香:朱窑主给你送来的。

陶自强:朱窑主?

陶祁香:就是往你脑袋上拍窑砖的朱可清。

陶自强:他这是干吗呀?

陶祁香:说是给你赔罪。

陶自强:就算是赔罪,也犯不上送这么重的礼呀?

陶祁香:礼下于人必有所求。

陶自强:他求我什么?求我原谅他?求我不报复?求我让他再拍我一回?

陶祁香:那不是缸台上有封信吗?你自己看吧。

陶自强这才发现缸台上的信,拿起来拆开,看了起来。

陶祁香:他说什么?

陶自强:真是奇了怪了,他说中午请我到"文君当垆"吃饭,已经订好了包间。他这是什么意思?

陶祁香:作妖呗。

陶自强:作什么妖?

陶祁香:吃饭不吃饭的倒在其次,这礼箱你可得给他送回去。

陶自强:姐,茶花呢?

陶祁香:找你去了。

陶自强:找我?她到哪儿去找我?

陶祁香:谁知道她去哪儿找你了。

一个小摊儿,摆着花生、瓜子等干果。花二婶一边纳着鞋底,一边守着摊儿,有一搭无一搭。罗灵风过来:花二婶,还守摊儿呢,生意怎么样啊?

花二婶:这年头,守摊儿比守寡还难。守寡还有人来勾搭你,守摊儿,连个鬼都见不到。

罗灵风一边跟花二婶说着话,一边漫不经心地抓了一把瓜子:那就别守了。

花二婶:不守吧,又不死心;守吧,死的心都有。

罗灵风:嫁给冯老六算了,还抻着什么。

花二婶:冯老六,别提他了,提他我气就不打一处来。整个一个守财奴,把钱看得比他亲妈还亲。

罗灵风:你可比他亲妈亲多了。

花二婶:去去去,你再跟我这儿逗会儿贫,我的瓜子就没了。

罗灵风没羞没臊地走了。

陶自强在前面匆匆走着。一个挑夫担着那两只大礼箱,跟在后面。路上,许多人用奇怪的眼光看着陶自强。陶自强觉得有点儿尴尬,加快了脚步。

一个拐弯处,遇上了嗑着瓜子的罗灵风:哟,自强啊,你这是干什么去呀?

陶自强:啊,罗师傅,我得好好谢谢您。那天要不是您从花轿里救下了茶花,不知道会出什么事呢。

罗灵风:我也是灵机一动,给他来个狸猫换太子。马窑主也太可恶了,五十多岁的人了,娶一个二十岁的小姑娘,他也真下得了手。老流氓。

陶自强:改天,在三角井酒馆,我专门表示表示。

罗灵风:远了不是?跟我客气什么。

陶自强挥了挥手走了。罗灵风还想说什么,见陶自强走了,又合上了嘴巴。

陶自强走了几步又回来了:对了,罗师傅,你在给萍乡人招工是吗?

罗灵风一惊,急忙否认:没有的事,你听谁说的?

陶自强:罗师傅,您没听赵书记说吗?咱景德镇的窑口很快就会开工了,师傅们可不能被人挖走啊。

罗灵风急着逃走:没有没有,绝无此事,绝无此事。

远处,陈三姐看见了陶自强和罗灵风:陶自强这是干什么去呀?

罗灵风:是啊。

陈三姐:还跟着个挑夫,挑着两只大礼箱。

罗灵风:是啊。

陈三姐:什么是啊是啊的?

罗灵风:就是啊。

陈三姐：我问你话呢！

罗灵风：问什么啊？

陈三姐：我问你，陶自强这是干什么去呀？

罗灵风：我哪儿知道呀！

陈三姐：我看你们聊了半天，你没问他呀？

罗灵风：开始的时候是问了，后来他说起别的事，就把这话茬儿忘了。

陈三姐：会不会去茶花家提亲？

罗灵风：有可能。

陈三姐：什么叫有可能，到底是不是呀？

罗灵风：要不是去提亲，犯得上送这么重的礼吗？

陈三姐：这倒也是。

陈三姐匆匆忙忙地跑回来。

饶茶花正在厨房里炒菜。陈三姐一把夺过饶茶花的炒勺：放下快放下。

饶茶花：怎么了三姐？

陈三姐：快去换衣服。

饶茶花：换衣服干吗？

陈三姐：马上回家。

饶茶花：出了什么事？

陈三姐：陶自强雇了一个挑夫，担着两只大礼箱上你们家去了。

饶茶花：去我们家干什么？

陈三姐：你傻呀，当然是上门提亲了。

饶茶花：真的？

陈三姐：我亲眼看见的。

饶茶花：你确定是去我们家提亲？

陈三姐：罗半仙说的。

饶茶花：啊？

陈三姐：别瞎啊啊了，回家吧！人家送那么重的礼，你们也得好好招待一下新女婿呀。

"文君当垆"餐厅单间，朱可清早已经恭候在那里了。陶自强让挑夫进来，把两只大礼箱放在朱可清的面前。朱可清尴尬地：陶师傅，您这是……

陶自强：你看一下，你的礼箱我原封不动地退回来了。

朱可清：这……这不是……

陶自强：你给我赔礼道歉我可以接受，但是这礼箱我不要。

朱可清:这礼箱我从朱家窑一直挑到您陶师傅家,景德镇几条街都看见了,您要是不收下,我脸上挂不住啊。

陶自强:我雇人挑着你的礼箱从家里到"文君当垆",也是半个景德镇都看见了,都知道了我没收下你的礼箱。

朱可清:等吃完了这餐饭,我再雇人给您挑回去吧。

陶自强:你要是不收回这礼箱,我连你这餐饭也不吃。

朱可清:那好,咱先吃饭,请陶师傅入席。

陶自强:你又给我送礼,又请我吃饭,仅仅为了赔礼道歉吗?

朱可清:应该的应该的,这还不够,远远不够。

陶自强:就没有别的目的了?

朱可清:没有没有。

陶自强:真的没有?

朱可清:真的没有。

陶自强:要是真的没有,我就坐下吃饭了。吃完这顿饭,我一抹嘴就走。从此以后,咱们恩怨两清,以后互不啰唆,互不来往。

朱可清:别呀,那哪行呀?

陶自强:还有什么话,索性竹筒倒豆子,别含着骨头露着肉。

朱可清:您要是这样说,我可就长脸一抹变成圆脸了。

陶自强:随你便。

朱可清看了看陶自强,把心一横,朝屏风后面喊着:出来吧。

从屏风后面出了一个少年,十六七岁,清秀腼腆,涨红着脸。

朱可清向陶自强介绍着:这是犬子朱光秀。

陶自强还没明白怎么回事,朱可清便命令儿子:还不快给师父跪下。

陶自强:我说朱窑主,您这唱的是哪一出呀?《三娘教子》?

朱可清:陶师傅,您说对了,我就是要把儿子交给您,让您好好管教管教。

朱光秀显然是在家排练过了:师父在上,请受弟子一拜。

陶自强:开什么玩笑?

朱光秀:师父大恩大德,收下我这个弟子吧?

陶自强:我从来都是拜别人为师的,还没有人拜过我,我只不过是个利坯工,你跟我学什么?

朱光秀:我就跟您学利坯。

陶自强:景德镇利坯工总有几千人吧?你为什么要拜我?

朱光秀无语。

52

朱可清理直气壮地说:因为您是薄胎刀师。

陶自强:谁告诉你的?

朱可清:我认准您了。

陶自强:那只是一个传说,认真不得。

朱可清:可是冯家窑确实给杜月笙做过卵幕杯,您敢说不是您利的坯吗?

陶自强:就算我会薄胎利坯,也不能随便收徒弟呀。景德镇的规矩你不懂吗?你有引保代三师吗?

朱可清:您只要答应了做犬子的本命师,我再去请引保代三师。

陶自强:我不按景德镇的规矩办,我讲的是江湖规矩。

朱可清:您说。

陶自强:江湖上有句话,你也许听说过:徒访师三年,师访徒三年,在家里学规矩一年。

朱可清:哎呀,陶师傅,我访您可不止三年了。

陶自强:就算你访我三年了,我还要访你三年啊,然后还有一年在家学习规矩呀。

朱可清:新社会了,您能不能改改规矩呀?

陶自强:怎么改?

朱可清:把三年改成三个月行不行?学规矩那一年就免了。

陶自强:薄胎利坯,算不上我的独门绝技,可也是一门手艺。无论什么社会,正经手艺要传给正经之人。正直善良是手艺人的根本,马虎不得。

朱可清:那今天犬子算是在您这儿挂单了?

陶自强:我记住这件事了。

朱可清:快给师父磕头。

朱光秀又磕了一个头。陶自强对朱可清说:我要你记住,在我没有接收你儿子之前,在外不能说他是我的徒弟。

朱可清:那是自然,那是自然。

陶自强又对朱光秀说:你也要记住。

朱光秀:弟子记住了。

陶自强:你起来吧。

朱可清:快起来给师父满酒。

陶自强:刚说什么来的?我还没收徒呢。

朱可清:哦,是陶师傅,陶师傅……给陶师傅满酒。

卢再缘站在墙柜前面,犹豫了许久,终于打开柜门,抱出了一个储存罐。储存罐是一个粉彩瓷罐,圆润如玉,似美人肩颈。上面画的是他的恋人桃花。

卢再缘把储存罐放在画案上,双手抚摸着,眼睛里含着泪水。储存罐上的桃花似乎活了起来,变幻着身影。

卢再缘:桃花啊,我没辙了,我只好跟你要钱了。三十五年了,整整三十五年了。我答应过你,我每挣两块钱,给你留一块,我自己花一块。这些钱都是你的,是等着我们结婚的时候用的,我不能委屈了你。可是我这些年混得惨啊,都是靠借债过日子。我挣一块,先要还人家八毛,剩下那两毛仅够活命的。眼下遇上了更大的坎儿,大家都穷、都难,谁也顾不上谁了,摘借无门啊……桃花,我只能向你借了。你的钱就在这里面,要取出钱就要把你打碎……可是我能打碎你吗?我舍得把你打碎吗?打碎了你,那不就是打碎了我自己吗?苍天啊,我应该怎么办啊?

卢再缘把储存罐抱在怀里,紧紧地抱着,生怕被人抢去似的。他慢慢地站起身来,打开柜门,又把储存罐放进去,安排好。他一直站在墙柜前,呆呆的。突然,他像是下了最后的决心,又拉开墙柜的门,抱出储存罐……

有人敲门。卢再缘吓了一跳,像是做了贼似的把储存罐放回墙柜里。

卢再缘开门。门外是丁萌萌的父母,衣着体面,手里提着礼品,后面跟着的女孩儿是丁萌萌。

丁父:请问是卢再缘老师吗?

卢再缘:啊啊……您找我有何事?

丁父:听说您在招收学生,我的女儿想跟您学画画。

卢再缘一时没明白,啊啊着。

丁母:您放心,我们按规矩交学费。

卢再缘忘了刚才的窘境,神气起来:进,快请进。

丁萌萌父母和丁萌萌进来了。

卢再缘:坐,请随便坐。

丁母:请问您的学费怎么收?

卢再缘立马端了起来:学费嘛,古代叫束脩,给的是肉。在下现在是阮囊羞涩米缸空空,干脆就给米吧,上一次课一升米,不多吧?

丁父:不多不多,应该的,应该的。您先看看小女的画,是不是可造之材?

卢再缘接过丁父手里的画,这才顾得上扭头看丁萌萌。看到丁萌萌,卢再缘顿时愣住了。卢再缘仔细看着,丁萌萌的锁骨上面有一个豌豆大小的胎记,状如桃花。

丁萌萌鞠躬:老师好。

卢再缘:你叫……

丁萌萌:我叫丁萌萌。

卢再缘:哦……你画……

丁萌萌:我一直在红店画花鸟,可是我喜欢画人物,我看过您许多人物画,非常喜欢,想拜您为师。

卢再缘:你……你多大了?

丁萌萌:十九岁。

卢再缘:十九岁? 哪年出生的?

丁萌萌:民国二十年。

卢再缘惊讶地叫起来:民国二十年? 二十年……民国四年……对呀,整整十六年……你你你是桃花吗?

丁萌萌:我叫丁萌萌。

卢再缘:丁萌萌……桃花……桃花……

丁父:卢老师,您看孩子学画的事?

卢再缘如梦初醒:啊……来吧,来吧……桃花来吧。

丁萌萌:我叫丁萌萌。

卢再缘:啊……丁萌萌来吧,我教你!

丁萌萌随着父母出来,很是兴奋。

丁母:这个老师有病吧? 怎么神神道道的。

丁父:我早就说过,当画工别当画家。当一个普普通通的画工,能过正常人的生活。人一旦出了名,成了这家那家的,都神经不大正常。

丁萌萌:我倒觉得卢老师挺好玩儿的。

茶棚里,萧炳南带着几个茶女晒茶。

萧炳南:你们说的那个陶自强,他是干什么的?

杜鹃:冯家窑的利坯工。

萧炳南:他家里还有什么人?

杜鹃:有个姐姐,据说过去是唱戏的。

萧炳南:没有父母吗?

杜鹃:没有。

萧炳南:他长得怎么样呀?

杜鹃:当然是一表人才了,可以说是英俊漂亮的美男子。

萧炳南:他多大了?

玉茗:二十三四吧。

萧炳南:到底是二十三还是二十四呀?

玉茗:我也说不清,等茶花来了您问她吧。

杜鹃往后努了努嘴:茶花没来,茶花的爸爸来了。

饶三公进了晒茶棚:萧师傅,忙哪。

萧炳南:啊,饶三公啊,你怎么闲着呀?

饶三公:我来找您说说话。

萧炳南:那到我的屋里去喝茶吧

饶三公:不用了,就在这儿说吧。

萧炳南指了指旁边的凳子:坐下说。

饶三公:茶花的事您也知道了吧?

萧炳南:天天被这帮叽叽喳喳的小鸟儿吵吵着,我能不知道吗?

饶三公:这些孩子都是您调教出来的,比亲闺女还亲,她们都听您的,我跟您讨个主意。

萧炳南:您还没拿定主意呀?

饶三公为难地:马窑主逼着我要人,我怎么办呀?

萧炳南:新中国的《婚姻法》颁布了,今年5月1日就正式施行了。马窑主这是强迫婚姻,您呢,属于父母包办,都是违反《婚姻法》的。饶三公,我劝您一句,常言说,有毒的不吃,犯法的不干。前车之鉴,咱可不能好了伤疤忘了疼啊。

饶三公:可是……我已经收了人家二十亩茶园了。

萧炳南:退回去就是了,这有什么为难的?

饶三公:退回去,说得容易,马窑主也不是省油的灯啊。

玉茗:大叔,您知道马窑主到处找茶花,茶花跑到哪儿去了吗?

饶三公:不是到陶家去了吗?

玉茗:那是后来才去的陶家,那天夜里,她跑到市委大院去了。市委赵书记把茶花保护起来了。马窑主带着人追到市委大院,吓得扭头就跑了。

萧炳南:你看是不是,马窑主再厉害,也不敢闯衙门吧。放心吧,新中国的政府是为穷人做主的。

饶三公:这么说,这件事政府都知道了?

玉茗:何止是政府呀,是市委赵书记,景德镇最大的官。

饶三公:啊……

杜鹃:说不定,过两天赵书记还来找您呢。

饶三公:这……他不会法办我吧?

玉茗:难说,您没看过《刘巧儿》吗?

萧炳南:你们别乱说了,饶三公是明事理的人。

饶三公:那……我听您的。

杜鹃:对了,听我们师父的没错。

荷花:大叔,您快把茶花接回来吧,茶花吓得不敢回家。

饶三公:好好,我让她妈去找她。

陶祁香在院子里晒衣服。陶自强进了院门:姐,茶花呢?

陶祁香:你还有点儿别的事情没有? 进门就跟我要茶花。

陶自强:您说,您想知道什么事?

陶祁香:还用我问吗?

陶自强:啊,朱可清的礼箱我退给他了。

陶祁香:还有呢?

陶自强:我只吃了他一顿饭,算是恩怨两清了。

陶祁香:他对你无所求?

陶自强:他想让他的儿子拜我为师。

陶祁香:拜你为师? 学什么?

陶自强:薄胎利坯呀。

陶祁香:哼,我就知道是黄鼠狼给鸡拜年。

陶自强:我没应。

陶祁香:没答应就对了。

陶自强:姐,茶花没回来?

陶祁香:你自己去找啊。

陶自强进了屋,找了一圈儿出来了:姐,没有啊,茶花到底去哪儿了?

陶祁香:说是去找你,压根儿就没回来。

陶自强赌气从屋里推出自行车,出了院门。

陶祁香:哎哎,你去哪儿呀?

陶自强:我去找茶花。

陶祁香:你给我回来。

陶自强骑着自行车走了。

饶茶花提着一块肉,高高兴兴地进了家门:爸妈,我回来了。

饶三婆:死丫头,你还知道回来呀?

饶三公:茶花,听说你去了陶自强家,怎么样?

饶茶花:陶自强呢?

饶三婆:什么陶自强? 你不是在陶自强家吗?

饶茶花:陶自强不是来咱家了吗?

饶三婆:他来咱家干什么?

饶茶花:他来提亲呀,还有两个大礼箱,他人呢?

饶三婆:你说什么胡话? 谁来提亲了? 哪儿来的大礼箱?

饶茶花:这么说,他没来……或者还没到?

饶三公:他就是来提亲,也不能自己来呀?

饶茶花:那让谁来?

饶三公:他应该请媒人先上门呀。

饶茶花:现在是新社会了,没那么多事了。

饶三公:新社会也不能把老规矩都破了。

饶茶花把肉往母亲手里一塞,扭头出去,看见陶自强骑着自行车的身影。

饶茶花急忙跑着迎过来,兴奋地叫着:自强哥。

陶自强下了车。饶茶花喊道:你怎么才来呀?

陶自强:你怎么回来了?

饶茶花:礼箱呢?

陶自强:什么礼箱?

饶茶花:你不是雇了一个挑夫,挑着两只大礼箱吗?

陶自强:送回去了。

饶茶花:送给谁了?

陶自强:送给朱窑主啊。

饶茶花:什么? 你要娶朱窑主?

陶自强一愣,随即明白了:许你嫁给马窑主,就不许我娶朱窑主了?

饶茶花:你讨厌!

陶自强搂着饶茶花的肩膀:开玩笑呢。

饶茶花:你害得我好丢人。

陶自强:怎么了?

饶茶花:我跟我爸妈说,你雇人挑着两只大礼箱来求亲了。

陶自强:谁告诉你我来求亲了?

饶茶花:陈三姐说的。

陶自强:就是求亲,我也得先告诉你呀。

饶茶花:我还买了一块肉回来,要好好招待你呢。闹了半天,是猫咬尿脬空喜欢。

陶自强:你是猫呀?

饶茶花:我就是猫。

陶自强:那我是那个尿脬,你咬吧。

饶茶花扑上来:我咬我咬我咬死你。

陶自强躲避着。两个人嬉闹着。

村子里,传出了接力土广播。村长站在村公所的屋顶上,举着一个纸喇叭喊着:乡亲们注意了,乡亲们注意了……

不远处,一个在官井上挑水的男人听见了,昂起头跟着喊:乡亲们注意了……

村中间,一个正在烧火做饭的妇女听见了,走出屋子,跟着喊:乡亲们注意了……

依次传递,无论是居家的人还是在路上的人,谁听到了,都会一样呼喊,这是景德镇乡村的原始通信工具,所谓是:耕地靠牛,交通靠走,通讯靠吼,治安靠狗。

土广播传到了陶自强和饶茶花的耳朵里:武汉大学的女学生,在高岭山上失踪了,乡亲们快去寻找……

饶茶花:不好,我们快去帮助找吧。

陶自强:快,我骑车带着你。

陶自强骑上自行车,饶茶花跨在后座上一路飞奔。

土广播继续呼喊着。

高岭山下聚集着一群人。陶自强和饶茶花急忙奔过来。

陶自强:怎么回事?

村长:几个武汉大学的学生,在山上走散了,一个同学失踪了。

陶自强问男同学:你们几个人?

男同学:三个。

陶自强:什么时候上的山?

女同学:今天上午,我们一直在一起,下山的时候,经过一片树林子,分头找矿石,就走散了。

饶茶花:你们找矿石干什么?

男同学:我们是武汉大学化学系的,来做高岭土和釉料的考察。

村长:好了,大家赶快上山找吧,天快黑了。

陶自强:等一下,同学,你们还记得在哪儿走散的吗?

男同学:我们在路上做了记号。

陶自强:那好,村长,我们跟着这两个同学上山去找,您回村里找些火把,天黑了我们需要举着火把上山。

村长:好好,你叫什么名字?

陶自强:我叫陶自强,景德镇冯家窑的窑工。

村长:好,我们马上分头行动。

陶自强忽然发现村长的肩上披着一根三批绳,知道村长有上山找人的经验,忙叫住了村长:村长,请等一下。把绳子给我吧,兴许用得着。

村长把绳子交给了陶自强。

高岭山上,迷了路的邓美珊背着背包,拖着疲惫的身子呼喊着:唐家明、姚莎莎,你们在哪儿呀?

山上,天黑得早,已经被暮色笼罩了。四周模模糊糊,一片苍茫。

归山的野鸟鸣叫着,野兽嚎叫着。寂静得越发恐怖。

邓美珊呼喊着:唐家明……姚莎莎……

陶自强带着两个同学和村民们一边爬着山,一边呼喊着:邓美珊……邓美珊……

浮梁茶女们也闻讯跑来了,加入了寻找的队伍。天色越来越黑了,人们焦灼地呼喊着:邓美珊……邓美珊……

疲惫不堪的邓美珊捡起一根木棍儿,当作拐杖拄着,她声嘶力竭地呼喊着:唐家明、姚莎莎,你们在哪儿呀?

雾气越发浓重了,邓美珊摔倒了,又坚强地爬起来。

山禽野兽恐怖地呼应着。邓美珊踉踉跄跄地走着。

寻找的队伍越来越大,人们乱哄哄地奔走着、呼喊着。陶自强对饶茶花说:这样吧,我们分成两组,你带一组,我带一组,你从左边上山,我从右边上山。

饶茶花:好,我们互相照顾着点儿,别离得太远。

陶自强:大家先停一下,两个同学,你们过来。

女同学和男同学来到陶自强的面前。陶自强说:这位女同学,你跟着饶茶花,从左边上山。这位男同学,你跟着我,从右边上山。

寻找的队伍从两边往山上爬着,继续呼喊着:邓美珊……邓美珊……

天黑了,邓美珊摸索着前行,绝望地呼喊着:唐家明……姚莎莎……你们在哪儿呀……

突然一只小兽从草丛里蹿出来。邓美珊吓得"啊"地叫了一声,转身朝后跑去。一脚踩空,邓美珊掉进了一个废弃的矿井里。矿井里黑洞洞的。

远处,传来呼喊声。寻找的队伍爬上了山。

陶自强:我们拉开距离,并排着向前走,注意脚下,看有没有人摔倒。

人们散开,人与人之间保持着两三米的距离,仔细地搜找、呼喊着。

矿井里,邓美珊艰难地坐起来,又扶着矿井的井壁站起来。

矿井有十来米高,井口有两米多宽,抬头可以看见群星闪烁的天空。

邓美珊听到了上面的呼喊声,她极力回应着。

她的声音嘶哑了。脚下是落叶枯草和树枝。一条蛇从脚下爬过去。她吓得瑟瑟发抖,好在那根木棍儿还抓在手里,她用木棍儿驱赶着蛇。

她绝望地靠在井壁上,闭上了眼睛。突然,她直起身来,摘下肩上的背包,打开,从里面找出一盒火柴。

她蹲下身子,把身边的枯枝落叶归拢在一起,拿起火柴。

她的两只手哆嗦着,费了好大的劲儿,才把火柴划着。

她终于点燃了那堆枯枝落叶。没有火光,一股浓烟冲出了井口。

陶自强与自己带的队伍拉网式地寻找着,仔细观察着周围的一切。忽然,他好像是闻到了什么味道,又折回了身。

没有人发现他往回走。他一边走着,一边嗅着周围的味道。

他在那口矿井旁边停住了脚步,弯腰摸索着。他发现了一股浓烟冒出来,找到了那口矿井。他趴在井口上朝里面看着。里面恍惚有一个人影儿。

陶自强:有人吗?

邓美珊激灵一抖,迫不及待地喊着:救救我……救救我……

陶自强:你是邓美珊吗?

邓美珊沙哑着嗓子:我是邓美珊……我是……

陶自强:别怕,等一下。

陶自强把肩上那根绳子拿下来,朝四下看了看,找到一棵被砍伐的树墩。他把绳子的一头儿拴在树墩上,拉着绳子的另一头来到井口。

陶自强小心地往井口下爬着,绳子不够长,离井底还有一人高的距离。

陶自强:你能站起来吗?

邓美珊:我的脚可能受伤了,我试试。

邓美珊扶着井壁艰难地站起来。陶自强把手伸向她,她紧紧地抓住了陶自强的手。陶自强一只手抓住绳子,一只手抓住邓美珊,发现不能往上爬。

陶自强:不行,你搂住我的腰吧。

邓美珊紧紧地抱住了陶自强的腰。陶自强腾出两只手,一点儿一点儿往上爬着。

绳索在尖利的井口上摩擦着,开始断裂。

陶自强拖着邓美珊,一寸一寸地向上爬着,离井口越来越近了。突然,绳子断了,陶自强和邓美珊一起跌了下去……

夜幕浓浓地笼罩着高岭山。山上晃动着寻找队伍的声影。

此起彼伏的呼喊声:邓美珊……邓美珊……

陶自强:你的脚还疼吗?

邓美珊:疼得更厉害了。

陶自强:来,我看看。

邓美珊:黑灯瞎火的,你也看不见呀。

陶自强:你不是有火柴吗?

邓美珊:只有三根了,我们省着点儿用吧,谁知道我们什么时候才被救出去。陶自强把自己的外衣脱下来,披在邓美珊的身上。陶自强身上只穿着一件跨栏背心。

邓美珊推脱着:你别给我,我不冷。

陶自强:还不冷呢,说话都上牙打下牙了。

邓美珊:我不光是冷,主要是还怕。现在有你陪着,我心里踏实多了。对了,还没问你叫什么呢?

陶自强:我叫陶自强,是冯家窑的利坯工。

邓美珊:我叫邓美珊……

陶自强:我知道,在上面喊你无数次了。

众人打着火把,一边艰难行走,一边四处高声呼喊。

饶茶花举着火把跑过来,喊叫着:自强哥……自强哥……

没有人回答。

饶茶花找到那个男同学:陶自强呢?

男同学:一直在呀!咦,人呢?你们看见了吗?

同队的人都说没有。

饶茶花叫嚷起来:这就怪了,一个大活人,就在你们面前消失了?

村长过来:怎么回事?

饶茶花:村长,陶自强也不见了。

村长:不是他带着大伙儿上山的吗?

男同学:是啊,一直跟我们在一起,不知道什么时候就不见了。

村长:这倒好,人没找到,找人的人还丢了。两个人一起找。

众人举着火把寻找着,呼喊着:陶自强……邓美珊……

漫山遍野,火把跳动,喊声起伏。

陶自强:你们不好好在学校读书,跑到景德镇来干什么?

邓美珊:我们来考察。

陶自强:考察什么?

邓美珊:考察高岭土、瓷石、釉料。

陶自强:你们又不烧窑,考察这个干什么?

邓美珊:我们是化学系的。

陶自强:哦,我上初中的时候,也学了一点儿化学。有个问题我一直想问问,就是遇不到明白人。你知道苏麻离青吧?

邓美珊:知道。是郑和下西洋的时候从阿拉伯地区带回来的青花料,它的化学成分主要是氧化钴,分子式是 CoO,分子量是 74.93。

陶自强惊叫起来:天呀,你说得太专业了。

邓美珊:这本来就是我的专业嘛。

漫山遍野的人继续寻找着,呼喊着:陶自强……邓美珊……邓美珊……陶自强……

东方露出了鱼肚白,天快亮了。两个人靠着井壁,迷迷糊糊地睡着了。

邓美珊忽然惊醒:自强,陶自强。

陶自强:啊,怎么了?

邓美珊:好像有人喊我们。

陶自强噌地站起来,呼喊声隐约传来:邓美珊……陶自强……

陶自强仰着头大声喊着:喂……我们在这里……我们在这里……

邓美珊:我们在井底,声音往上传播是很难的。

陶自强跳着脚地喊叫着:喂……喂……我们在这里……

人们依然在山上寻找着,火把熄灭了。寻找的人们已经筋疲力尽。

饶茶花依然跑在前面,用沙哑的声音呼喊着:自强哥……你在哪儿呀?

突然,她发现了一个树墩,树墩上捆着一截绳索:村长,村长,你快来。

村长急忙跑过来。饶茶花指着树墩:你看。

村长立即抓起那根绳索:没错没错,这是我给陶自强的。

饶茶花呼喊起来:自强哥……自强哥……

陶自强回应着:茶花,我们在这里……

声音好像从前面的草丛中传来的。

饶茶花跑向那片草丛。村长一把拉住了她。

村长小心地趴下身子,摸索着向前,到了矿井的边沿上。

陶自强:我在这里……这是一个矿井,你们要小心。

村长:那个女学生在吗?

陶自强:在呢,我就是救她掉下来的。

村长起身喊着:拿绳子过来。

几个年轻人拿着绳子跑过来。

村长指挥着:快,把绳子放下去……小心点儿。

邓美珊在医院治疗室做检查。陶自强、饶茶花和两个同学在外面等候着。饶茶花用手绢给陶自强擦着脸上的擦伤和污迹:自强哥,你让我担心死了,你说怎么那么巧呢,这事让咱俩赶上了。

陶自强:也是好事,我们参加了救人。

饶茶花:你昨天怎么到浮梁来了呢?

陶自强:不是说好了你先在我家住着吗?

饶茶花:这话你该去问你姐。

陶自强:我姐说你去找我了。

饶茶花:她逼着我离开你。

陶自强:她是怎么说的?

饶茶花:她说你的对象除了我谁都行。

陶自强:这话好没道理呀。

饶茶花:还有更不讲理的呢。

陶自强:怎么说。

饶茶花:我问她为什么我不能跟你搞对象,他说因为我是饶三公的女儿。我就不明白了,我爹见都没见过她,碍我爹什么事了?

陶自强:我从小跟我姐相依为命,我也不敢惹她。她就是那脾气,你别跟她计较。

邓美珊被护士从治疗室推出来。几个人一起围上去。陶自强问医生:怎么样?

医生:脚踝骨骨折,需要住院治疗,你们谁去办一下手续?

男同学把住院单接过来:我们买的是往返的火车票,今天就要回去,怎

64

么办?

邓美珊:你们两个先回去,别管我。

女同学:那怎么行呢? 我们不能把你一个人扔在这儿呀,让唐家明先回去,我留下来照顾你吧。

邓美珊:不用不用,我一个人能行。留下来要耽误课的,你回去听课的时候做好笔记,也好给我补课。

陶自强对两个同学说:你们回去吧,这里有我和茶花呢,你们放心吧。

女同学:那行吗? 跟你们非亲非故的。

饶茶花:什么叫非亲非故的? 她的命都是陶自强救下来的,还有比这更亲的吗?

女同学惊异地看着饶茶花:你要是这么说,浮梁那么多乡亲帮助我们找邓美珊,该都是亲人了?

饶茶花:当然都是亲人了,不管以后你们有没有良心,把我当不当亲人,反正我们没把你们当外人。

男同学:对对,茶花姐说的对,景德镇人民是我们的救命恩人,我们永远都不会忘记的。

陶自强:咱别说这些外道话了,新社会了,我们都是亲人。把邓美珊交给我们,你们放心地走吧。

男同学:我们代表武汉大学的同学谢谢你们,谢谢景德镇的亲人们。

说着,两个同学给陶自强和饶茶花深深地鞠了一个躬。饶茶花朝后退着:别别,这我们可承受不起。

三角井酒馆,罗灵风与卢再缘对坐着,卢再缘点着菜。

卢再缘:来碗知四肉,一壶乐平谷酒,一盘肉馅饺子粑,一盘萝卜馅饺子粑,再炒一盘碱水粑,有清明粑吗?

罗灵风:几个粑了?

陈三姐:你怎么都要粑呀,不要菜呀?

卢再缘:还有什么菜?

陈三姐:新打上来的昌江鱼,你们不来一条?

卢再缘:那就来条鱼。

陈三姐:还要别的吗?

卢再缘:噢,忘了点米饭了是吧? 再来两碗米饭。罗大仙,我平时也没请过客,不会点菜,您看够吗?

陈三姐:卢老师,点太多啦。你们两个人四份主食,这哪吃得完啊?

罗灵风:三姐,算了,既然卢先生说了,他没请过客,不会点菜,你就看着安排吧。

不等菜上来,罗灵风就打开了酒瓶,给卢再缘和自己满上杯。

卢再缘:罗大仙,你可真是神机妙算、料事如神,我算是服了。

罗灵风呵呵笑了一下,很含蓄。

卢再缘:真的来了。

陈三姐端上来两盘冷菜:你们先喝着酒,热菜马上就来。

罗灵风:谢谢三姐,这就不错。

卢再缘:真的回来了!

罗灵风:谁回来了?

卢再缘:桃花啊!桃花回来了。你说得一点儿也没错,桃花依旧笑春风,老天爷真的把桃花给我送回来了。今天卢某就是特意答谢您罗大仙的。

罗灵风:我就说嘛,你明眸汪润,蚕眉带秀,山根平满,命宫如镜,这都是好运的征兆啊。

卢再缘:来,我先敬您一杯。

罗灵风:说说怎么回事。

卢再缘:昨天我刚到家,就有一个姑娘前来拜师。

罗灵风:姑娘多大?

卢再缘:刚好十九岁。您看啊,桃花是民国四年死的,死的时候十六岁,您说她十六年以后托生。那就是民国二十年,也就是1931年。您算算,1931年到现在,不是正好十九岁吗?

罗灵风:等一下,我再给你算一下。

罗灵风说着,口中念念有词:花开花落花满天,情来情去情随缘。守得云开见月明啊,成全仙侣恩如山。

卢再缘:大仙啊,这是什么意思啊。

罗灵风神秘地:天机不可泄露。

卢再缘:大仙,我再敬您一杯。

饶茶花提着饭盒进来,边走边寻找着邓美珊的病房。病房门口的长椅上,躺着一个人。饶茶花过去了,又回头看了一眼,发现是陶自强。

饶茶花:自强哥?你怎么睡这儿呀?

陶自强腾地惊醒,爬起身:出了什么事?

饶茶花:你睡在这板凳上会着凉的。我不是让你回家睡觉吗,你怎么没走呀?

陶自强:邓美珊输液呢,我不放心。

饶茶花:真够体贴的。

陶自强:胡说什么呢?

饶茶花:我在陈三姐那里煮了点儿粥,还有饺子粑,你也一块儿吃点儿吧。

陶自强:我还不饿,你给邓美珊送去吧,我出去有点儿事。

饶茶花:你要是有事就去忙吧,我陪着她就行了。

饶茶花进了病房。陶自强整理了一下衣服,出去了。

陶自强进了屋:姐……

陶祁香正在画盘子,见了陶自强,气不打一处来:你还知道有我这个姐呀,你还知道有这个家呀?行啊小子,长出息了,学会夜不归宿了。有本事别回来呀,永远别回来呀……

陶自强看见桌子上摆着饭菜,立即坐下来:姐,我饿坏了,您等会儿再骂,我先吃口东西。要不,我一边吃饭一边听您骂,反正吃饭用嘴也不用耳朵。

陶祁香:饿了知道找你姐了,到你老丈人家连口饭都没混出来?这家也真够抠门的。

陶自强:我没去她家。

陶祁香:你敢说你没去找茶花?

陶自强:找茶花是去找了,可是还没进她家门,就出事了。

陶祁香立即放下手里的活儿,站起身来:出什么事了?

陶自强:武汉大学的一个女学生在高岭山上走失了。

陶祁香:找到没有?

陶自强:我跟村里的乡亲们找了一夜,把她从矿井里救出来了。

陶祁香:怪不得一身泥一身土的,吃完饭快把衣服换了,我给你洗洗。

陶自强:我一夜没合眼了,先让我睡一会儿。

陶祁香:换了衣服再睡。

清早,陶祁香起床,刚穿好衣服,有人砰砰在外面敲门。陶祁香打开门,外面站着周鸿达。

周鸿达:陶自强起来没有?

陶祁香:前天一夜没睡,昨天回来了,脑袋还没沾枕头呢就睡着了,直到现在,连个身都没翻,可把他累坏了。

周鸿达:不行,我得把他叫起来。

陶祁香拦住周鸿达:你干吗呀,让他再睡会儿。

周鸿达强行进了屋:有急事。

周鸿达摇晃着陶自强:自强,快起来,快起来!

陶自强迷迷糊糊地:让我再睡会儿。

周鸿达:不行,出事了。

陶自强腾地挺起身:啊,鸿达哥,怎么了?

周鸿达:快穿衣服。

天刚蒙蒙亮。大街上还很少行人。做早餐的面铺开始生火点灶。偶尔路过一两个担窑柴的挑夫。一些人背着行李从一条条弄堂里出来,步履匆匆地朝河西汽车站的方向走去。

陶自强和周鸿达骑着自行车从人们身边超过去。

陶自强和周鸿达提前赶到了。萍乡的长途汽车还没有来。

陶自强:你是怎么知道的。

周鸿达:我叮嘱了佛印茶馆的林老板,他一直盯着这件事呢。

陶自强:师兄,你行。

周鸿达:这样,你在这儿等着,我去把萍乡来的汽车拦一下。

陶自强:对对对,还是你想得周到。

周鸿达骑着自行车走了,没多远又回来了。

陶自强:怎么?

周鸿达:我还不能骑车,不方便。

周鸿达撂下自行车走了。

汽车站,一辆从萍乡开来的长途汽车过来了。

周鸿达举起双手挥动着。汽车停下来。

周鸿达:师傅,前面过不去了。

司机:怎么回事?

周鸿达:昨天从昌江捞上来的窑柴都堆在马路上了。

司机:那怎么办? 还有一里多路呢。

周鸿达:从小仙庙那边可以过去。

司机:远吗?

周鸿达:远倒是不远,就是路有点儿绕,不大好找。

司机犹豫着。周鸿达:这样吧,我是冯家窑的,这件事跟我们有关系,我给你带带路吧。

司机:那敢情好,谢谢了。

周鸿达上了车,看了看,没有几个乘客,便说:各位,前面还有一里多地就到了,大家辛苦一下,下车走两步吧,也算是活动活动腿脚。

听说是冯家窑的,乘客没有怨言,纷纷下了车。

背着行李准备去萍乡的师傅们很快聚集到了汽车站,在站牌下静静地等候着。陶自强站在人群的前面:各位都是去萍乡的吗?

有人搭话:是啊,你也想去萍乡?

陶自强:趁着汽车还没有来,有几句话想跟各位师傅说说。我知道,各位都是景德镇窑口的师傅,有的是拉坯的,有的是印坯的,有的是利坯的,都有一身的手艺。凭手艺赚钱养家糊口没有错,一点儿错也没有。可是大家想一想,你们走了,景德镇的窑口开了工怎么办?

有人说:景德镇那么多手艺人,也不在乎少我们几个。

陶自强:这位师傅说得对,景德镇的师傅总有上万人,少你们几位是影响不大。可是你们想过没有,人无头不走,鸟无头不飞。你们这一走,就是带了个头。你们一带头,就会有许多人跟着走。你们去了萍乡,别人就会去德阳、去潜山、去龙泉……都知道景德镇的师傅手艺好,别的地方的窑口听说景德镇的师傅可以外出,都会纷纷跑来招工。我敢说,你们这头一开,离开景德镇的师傅就会越走越多。

又有人说:景德镇的窑口都歇了火,不到外面找饭辙,让我们等着饿死呀?

陶自强:我保证,景德镇的窑口马上就会点火开工。这话不是我说的,是新来的赵书记说的。赵书记说了,政府会帮助我们克服困难的。

有人说:等景德镇的窑口开了工我们再回来,现在不出去就没饭吃。

从南昌来的长途汽车到站了,冯运华从车上走下来。他提着一个皮包,穿着考究的中山装,脚下穿着皮鞋。看到一群人,又看到了人群前面的陶自强在讲什么,他凑过来。

周鸿达带着司机师傅开进了一条弯弯曲曲、坑坑洼洼的土路,汽车摇摇晃晃地颠簸着。

司机:你带我走的是什么路?到底能不能过去?

周鸿达:能过去,能过去,穿过前面的一片林子就到了。

司机:还要穿过林子,那林子里有路吗?

周鸿达:有路有路,都是人经常走的路。

司机:人走的路,车能过吗?

周鸿达:能过,能过,您放心吧,我就是景德镇人,熟悉得很。

司机耐着性子开着车,抱怨着:你们景德镇人也是,窑柴能往马路上堆吗?你们保柴公所是干什么吃的?

周鸿达:我们有责任,有责任,师傅,您就多包涵一下吧,对不住了。

汽车站。陶自强:你们出去找饭辙,这也没错。我听说了,大老远的去了,一个月才给三斗米,够养活几个人的?我姐姐给我讲过一个故事,古代一个读书人叫陶渊明,他当上了彭泽县令,就是县太爷,没干几天就辞官不干了。为什么,他受不了上面、下面、四面八方的夹板气。他说了一句话:不为五斗米折腰。大家想想,人家一个县太爷都不为五斗米折腰,我们景德镇的师傅是不是该学学陶渊明?我们也得有志气。

冯运华听了陶自强的话,皱了皱眉头。陶自强接着说:自古以来,都是别的地方的师傅投奔景德镇,很少有景德镇的师傅投奔别处的。不是有那么一句话吗,匠从八方来,器成天下走。我们景德镇的师傅到别处讨饭吃,丢不丢人?

有人对陶自强的话反感了:你站着说话不腰疼,我们一个草民百姓,能跟县太爷比吗?他县太爷辞了官也吃香的喝辣的,我们不为五斗米折腰就会饿死。

有人附和:你谁呀?在这儿吹牛逼说大话,装什么大尾巴狼呀?

有人说:你是当官的还是大窑主呀?你说话算数吗?

有人气愤了:狗拿耗子多管闲事,去去去,一边凉快凉快去。

陶自强有点儿下不来台了,他还想说什么,张了张嘴,一时找不到词儿。

有人起哄了:嗷嗷,毛孩子,快回家喝粥吧。

陶自强头上冒汗了。冯运华来到陶自强身边。

陶自强一惊:冯叔,您……

冯运华:各位,我是冯家窑的窑主冯运华……

人们惊异了:冯家窑,大窑主啊。

有人证实:对对,我见过,他确实是冯窑主。

冯运华:各位请压言,听我说两句。刚才给大家讲话的是我们冯家窑的利坯工,他叫陶自强。不知道大家听说过没有,冯家窑曾经给青帮大佬杜月笙做过一批卵幕杯,那批薄胎的利坯工就是陶自强。

人群:啊?薄胎刀师?

人群:据说受过昊十九的真传。

人群:早就听说过薄胎刀师,今天总算见到真身了。

人群:这么年轻,我还以为是个老师傅呢……

冯运华:我想问问大家,刚才陶自强说的那些话对不对呀?

人群大多数:对对对,薄胎刀师说得对。

冯运华:可是刚才我听到也有人不大满意。

人群无声了。

冯运华:对于陶自强说的话呢,无论大家满意还是不满意,都算在我冯运华的账上,谁让我是他的窑主呢。但是有一点陶自强说得特别好,就是我们景德镇人不能对景德镇失去信心。我们是千年瓷都,我们的窑口有的十几年、几十年、一二百年了。各位师傅的手艺,有的是家传密授的,有的是名师传授的,珍贵不珍贵呀?现在,我们景德镇是有困难,大多数窑口都开不了工,害得大家生活很艰难。刚才陶自强说了,政府会帮助我们克服困难的,我们再挺一挺,好日子很快就会到来的。刚才陶自强也是这么说的,有的人说他是在说大话,是站着说话不腰疼。那么我给大家说点儿实际的,就是……你们一共多少人?

有人搭话:二十三个,都是罗半仙招收的。

冯运华:好,二十三位师傅,我向各位提出邀请,如果你们信得过我冯运华,就不要去萍乡了,去冯家窑吧。你们去了冯家窑,就是冯家窑的窑工,你们的工资待遇跟老窑工一视同仁。当然,我不强求,你们看,开往萍乡的汽车来了。愿意去萍乡的去坐车,愿意留下来的跟我去冯家窑。

人们争着表态:

我留下我留下,我去冯家窑……

哎呀,我做梦都想进冯家窑……

有冯家窑收留我,还去萍乡干什么?

冯家窑一直没有歇火,一直给窑工发着工钱。

冯窑主真了不起,我佩服……

原来薄胎刀师叫陶自强……

说了半天,还得感谢罗半仙,歪打正着,让咱走了大运……

陶自强给冯运华提着皮包。

从车站回来的窑工兴高采烈地走着。罗灵风从对面匆匆走来,看见那些人说说笑笑地往回走,顿时慌了:哎哎,怎么回事?你们怎么没去萍乡呀?

窑工:哈哈,罗半仙,这回您的卦可算砸了。

窑工:这叫什么?偷鸡不成蚀把米。

罗灵风突然看到了冯运华、陶自强、周鸿达,似乎明白了什么,往后退着身子。周鸿达说:罗半仙,你就别躲了。

罗灵风:这事……这事……跟我没关系。

周鸿达:你还说赵书记来景德镇是你接的驾,没想到你是个奸细。

罗灵风:周鸿达,这话可不能乱说啊。

周鸿达:委屈你了吗?赵书记正在点兵派将,你却从后面策反,把他的人马都拐走了。

罗灵风:别别别,我可不敢,不敢……

众人看着罗灵风的窘态,哈哈大笑起来。

冯运华:鸿达,你带着这些师傅去冯家窑,跟冯管家交代一下,我跟自强说两句话。

周鸿达招呼着众师傅:大家跟我走。

陶自强:冯叔,今天要不是您及时回来,我可就栽了。当时我真不知道该说什么了。

冯运华:年轻人,不要怕跌跟头,从哪儿跌倒,从哪儿爬起来就是了。

陶自强:冯叔,您一下子招收了这么多人,我们的日子更难熬了。

冯运华:没事,粥稠多添水,菜少多加盐,让大家先填饱肚子再说。

陶自强:您这次出去,找到点儿钱吗?

冯运华:找是找到点儿,不多,能应付一下。

陶自强:我姐姐说,什么事情都难不倒冯窑主。

冯运华:你怎么什么话都往你姐姐身上扯?你知道刚才你讲话的时候,哪句话把人惹火了?

陶自强:我知道,就是不为五斗米折腰。

冯运华:哈哈,知道就好。

陶自强:我觉得我说的没错呀。

冯运华:没错的话不一定人爱听,跟老百姓讲话,得讲实际的,不能放空炮。

前面,周鸿达带着窑工们唱起了歌:解放区的天是明朗的天,解放区的人民好喜欢……

第五章

装裱店老板哼着小曲喝着茶,欣赏着眼前的一幅画。

汪国良提着饭篮进来:老板,您的饭菜送过来了,放柜上了啊。

老板:小汪,你过来,给你点儿赏钱,给我打点儿谷酒来。

汪国良:谢谢老板,您今儿怎么这么开心啊?

老板:对了。我记得你特别喜欢画画对吧。你过来看看我收的这幅画怎么样。

汪国良来到了画前,是一幅《贵妃醉酒》,整个人都傻了。

老板:嘿,小汪,怎么人都看傻了?

汪国良:这画……这画……这画是活的。

老板:哈哈哈哈,你这个说法准确,可不就是活的嘛!你看这杨贵妃,体态轻盈,服饰考究,面容生动。这神态,这线条……

汪国良:老板,这画是谁画的啊?

老板:傻孩子,你看看落款啊。

汪国良:吴廼湘……这是?

老板:这人可厉害了,既能画瓷,又能在纸上作画,瓷纸兼善。只是他神龙见首不见尾,从不在一个地方久待。这是昨日下午,我路过景德镇的一家红店,求了好久人家才卖给我的。那家红店还有一幅更好的画,说什么也不卖,说是他的镇店之宝。

汪国良:画的什么?

老板:《洛神图》。

汪国良:吴廼湘,《洛神图》……在景德镇红店?哪家红店呀?

老板:哦,谢家。

汪国良听完,提着饭篮跑了出去。

老板:哎哎,别跑呀,你还没给我去买酒呢。

汪国良跑回饭馆。老板说还有一份,要送到张老板那边去。

汪国良说:老板,您找别人去吧。

老板:什么?

汪国良:老板,谢谢您这些日子对我的照顾。我有事,要到镇上去,您找别人送吧。

老板:汪国良,你个小兔崽子。你当这什么地方呢,说不干就不干?我可怜你是个孤儿才收留你的,你去景德镇谁会要你啊?赶紧去送饭,要么这个月工钱可就没了啊。

汪国良:没事,这个月工钱你给二狗子吧。

汪国良从柜台下面翻出了自己的小包袱和一摞画稿画纸。

老板:你真走啊?

汪国良:再次谢谢您这些日子的照顾,我走啦。

汪国良背着包袱出了门。老板从柜台拿了些钱出来:这孩子……二狗子。你赶紧追上汪国良,把这些钱给他送去。

汪国良一家一家逛着、寻找着。当他进了谢家红店的时候,一眼就看见了店正中的墙上挂着《洛神图》。汪国良一边掩饰着内心的激动,一边盯着《洛神图》看着。

谢老板:看什么呢?

汪国良:请问您是谢老板吧?

谢老板:在下姓谢。

汪国良指着《洛神图》:这是您的镇店之宝?

谢老板得意地笑了。

汪国良:老板,请问这是吴廸湘先生的画吗?

谢老板:小兄弟,挺识货啊。

汪国良:老板,您这里招工吗?做什么都行。

谢老板:都什么时候了,谁家还招工呀?

汪国良:老板,我不要工钱,管吃住就行。

谢老板:不要工钱?

汪国良:不要。

谢老板:我这儿活儿可多。

汪国良:不怕。

谢老板:知道当伙计的规矩吗?骂要骂得,打要打得,骂不还口,打不还手。

汪国良:我在饭店当过伙计。

谢老板:伺候人会吗?

汪国良:是伺候吴老师吗?

谢老板：他的毛病多、脾气怪，可不好伺候。

汪国良：我不怕。

谢老板：还有家里的杂活儿，挑水、拖地、刷马桶、洗衣服，这些都会吗？

汪国良：没问题，都会。

谢老板：行吧，那你跟我过来。

卢再缘拿着画走向丁萌萌：桃花啊，你看我今天这个画怎么样？

丁萌萌白了一眼卢再缘，没搭理他。

卢再缘：桃花，你怎么不理我啊？

丁萌萌头也不抬。

卢再缘：萌萌，是师父老糊涂了，又忘了。你叫萌萌，不叫桃花。

丁萌萌瞟到了卢再缘画在瓷板上的一幅《黛玉葬花》，立即被吸引了，盯着看了许久。

卢再缘：这画你喜欢？这个也是照着你画的。

丁萌萌兴奋地：师父，你太了不起了。寥寥几笔，人物就生动传神。

卢再缘：一般一般，景德镇第三。

丁萌萌：您还挺谦虚，那第一是谁呀？

卢再缘：论起景德镇画人物，第一的啊该是王琦，珠山八友之首。1915年的时候啊，拿过巴拿马博览会一等金奖，1916年浮梁知事程安还赠了王琦"神乎技艺"的牌匾。

丁萌萌：我听说过王琦的故事，但他已经是逝者了。那第二名是谁啊？

卢再缘：这第二个人嘛，有点儿神秘。

丁萌萌：神秘？

卢再缘：此人叫吴酒湘，何方神仙，贵庚几何，一概不知，是一个真正的隐士。不过我还有幸见过他的画，佩服佩服，甘拜下风。

丁萌萌：他画得真的比您好？

卢再缘：他对人物神韵的刻画，在我之上。我甘拜下风。但是细节把握上，我自诩还是高他那么一点点的，哈哈哈……

卢再缘说完自豪地笑着，等他回过神来，丁萌萌已经走出了屋门口。

卢再缘：啊，桃花，你怎么走了？

冯运华发着脾气：胡闹，简直就是胡闹。开黑禁、打架、还伤了人，你们还懂点儿规矩不懂？我这个窑主还没死呢，你们惹这么大的麻烦，连点儿口风都不给我透，瞒得一个结实。你们眼里还有我这个窑主没有？

冯老六：你不是没在家吗？

冯运华：就是您设计好了，趁我不在家，先斩后奏。哪是先斩后奏呀？是斩了也不奏，故意瞒着我，陶自强，你说是不是？

陶自强：我没想那么多。

冯运华：没想那么多？知道不知道现在是共产党领导了？知道不知道现在是新社会了？新社会讲的是法治，是规矩，是原则。你们这是什么？是无法无天，是违法乱纪，是给人民政府添乱。还有你俩，周鸿达和冯兴国，加上陶自强，亏得你们还是年轻人，身子进了新社会，还满脑子旧思想坏毛病。还是帮派争斗那一套，还是江湖义气那一套。你们多少也读过几天书吧？大小也算是个文化人吧？你们不听广播不看报纸吗？怎么一点儿进步都没有？

陶自强：冯叔，这件事跟冯兴国没有关系，他没参加。

冯运华问冯兴国：你真的没参加？

冯兴国：这件事，他们不但瞒着您，也瞒着我，怕我干涉他们。

冯运华：你真的有这么高的觉悟？

冯兴国：我虽说广播听得少，报纸也看得不多，可是在戏台上也没少学东西呀。

冯运华扑哧笑了：你们几个呀，什么时候才让我省心啊。好了，都去吧。

医院病房，邓美珊歪在床上看书。陶自强夹着一个纸袋进来，鼓鼓囊囊的像是件衣服：茶花回去了？

邓美珊：茶花让我跟你说一下，陈三姐的酒馆里今天有人订了桌，她得回去帮忙。

陶自强：哦。

邓美珊注意到了他放在一边的纸袋：那是什么？

陶自强：啊，没什么。

邓美珊：没什么你脸红什么？

陶自强：没有啊。

邓美珊：你自己又看不见，当然不知道脸红了。

陶自强：你看见了？

邓美珊：我也没看见。

陶自强：那你怎么知道我脸红了？

邓美珊：是衣服吧？

陶自强：就算是吧。

邓美珊：拿出来我看看。

陶自强执拗了一下:也好,你给参谋参谋。

陶自强打开纸袋,是一件大红的花棉袄,递给邓美珊。

邓美珊:行啊你陶自强,挺会讨好女孩子的嘛。

陶自强:怎么样呀?

邓美珊:鲜艳,漂亮,又很摩登,茶花肯定会喜欢。我帮你试试吧,看合不合身。

邓美珊把红棉袄穿在自己的身上。

陶自强:你跟茶花的身材差不多,大小合适。

邓美珊:你不觉得我穿着更合适吗?

陶自强:别逗了,你们城里人怎么会穿这么土气的衣服?

邓美珊:我就喜欢。

陶自强:快脱下我装起来了。

邓美珊:不行,上身容易下身难呀,我得先试试新。

冯兴国骑着摩托车回来。冯管家把他的摩托车接过来。

冯兴国进了屋,发现父亲和弟弟已经坐着了桌前,桌上有几个菜,摆着三个酒杯,酒杯里倒满了酒,两个人都没有动筷子。

冯兴国大大咧咧地:爸,今天怎么了,这么丰盛?

冯兴远:等你半天了,菜都凉了。

冯兴国对父亲:老板,对不起了,兴国给您赔礼了。

冯运华:快洗手吃饭吧。

冯兴国:是,窑主。

冯兴远对冯兴国:你看你,说哥哥没有哥哥样儿,说儿子没有儿子样儿。

冯兴国:此话怎讲?

冯兴远:对我就不说了,看你对爸爸,一会儿叫老板,一会儿叫窑主,高兴了还喊师父,这是不孝、不悌、不讲伦理。

冯运华挥了挥手:别别别,兴远,别指责你哥哥。我喜欢你哥哥这样随随便便的,说句贱骨头的话,我还挺享受的。

冯兴远:您就惯着他吧。

冯运华感慨地说:在家庭当中,什么关系最难处?你们想过没有?不是夫妻关系,不是妯娌关系,也不是兄弟关系,最难处的是父子关系。中国封建社会两千多年,遵循的就是孔老夫子那套三纲五常,君君臣臣父父子子。一代一代传下来,弄得家庭像个朝廷,父子之间总是板着面孔。父亲端着架子,儿子退避三舍。包括我和你爷爷,我们算是关系好的,仍然是无事不说话,说话就谈正经事,从来没有闲谈聊天的时候,更不要说开玩笑打哈哈了。年轻的时候我就想,将来我有了儿子,一定要把关系调整过来,像朋友一样相处。不知道我做到了没有,你们给我这个父亲打几分?

冯兴国:我打一百分。

冯兴远:我打九十九分。

冯运华:那一分差在什么地方了?

冯兴远:老话说,皇帝重长子,百姓疼幺儿。可是在咱家,您像皇帝一样重视长子,我这个幺儿常常受冷落。

冯运华:哦,是吗?我冷落你了吗?

冯兴远:我画的画,你从来不批评。

冯运华:那是爸爸真的不懂画。

冯兴远:可是哥哥唱戏,您总是指指点点。

冯运华:那是爸爸还懂那么一点儿戏。

冯兴远:借口,全是借口。

冯运华:爸爸要是闻过则喜、立即改正呢?

冯兴远:怎么改?

冯运华搂住冯兴远的肩膀,夸张地说:哎呀我的幺儿呀,爸爸可疼你了,可爱你了,一时一刻都离不开你,你还是别走了吧?爸爸求求你了,千千万万别离开爸爸……

冯兴远腾地站起来:别别爸爸,我可受不了,太肉麻了。

冯运华:不但爸爸离不开你,咱冯家窑也离不开你啊。你要知道,冯家窑可是二百多年的老窑口,还指望你继承家业呢!

冯兴远:行了行了,您还是当咱家的皇帝吧,传位与长子,我可不敢僭越。

冯兴国傻了:你们说什么呢乱七八糟的?还吃不吃饭了?我可饿了。

冯兴远:来,爸爸,吃饭吃饭吃饭,喝酒喝酒喝酒……

冯运华:等等等等,咱先把几句要紧的话说了,否则就对不起这桌酒席了。

冯兴国:爸爸,刚才您说不让兴远走,他要去哪儿呀?

冯运华:这就是今天这顿饭的主题。

冯兴国:什么主题?

冯运华:给冯兴远送行。

冯兴国:送行?他要上前线吗?

冯运华:他要去北京。

冯兴国:去北京干吗?

冯运华:还是让兴远自己说吧。

冯兴远严肃起来：是这样，我从小就喜欢画画，最崇拜的人就是徐悲鸿。现在国家成立了中央美术学院，院长就是徐悲鸿先生。我要去北京报考。

冯兴国：你别说了，我明白了。

冯运华：兴国，我知道你想说什么，爸爸知道你，你也有你的梦想。兴远的梦想是做一名画家，你的梦想是当一名演员。人应该有梦想，实现自己的梦想是人生最大的价值。人这一辈子，最幸福的事情就是把梦想作为事业去追求、去奋斗，为梦想工作，靠实现梦想养活自己、成家立业。你们哥俩听着，无论你们想做什么，只要是正义的、对国家、对人民、对自己有价值的，爸爸都会全力支持你们。

冯兴国激动地端起酒杯：兴远，我们敬爸爸一杯吧。

冯兴远：爸爸，你是最伟大的爸爸。

冯兴国：爸爸，因为你是我们的爸爸，我们很自豪、很幸福。

父子三人一饮而尽。冯运华把两个儿子搂在怀里，三个脑袋顶在了一起，激动的眼泪掉在菜盘里……

邓美珊穿着那件大红棉袄坐在床头上看书。饶茶花推门进来，一愣：美珊同学，你怎么穿这么一件衣服呀？

邓美珊：不好吗？

饶茶花：好，当然好了，漂亮极了。

邓美珊：穿你身上应该更漂亮。

饶茶花：新买的？

邓美珊：借的。

饶茶花：借的？跟谁借的？

邓美珊：跟你借的呀。

饶茶花：你真会开玩笑。

邓美珊把衣服脱下来，递给饶茶花：来，穿上试试。

饶茶花：我？

邓美珊：穿上。

饶茶花犹豫一下，穿上了。她扭动着身子：怎么样？

邓美珊：我说了吧，你穿上更合适。

饶茶花：是挺好的。

邓美珊：别脱了，穿着吧。

饶茶花：不不不，别给你弄脏了。

邓美珊：这本来就是你的。

饶茶花:不行,我怎么能收你这么贵重的礼物呢?

邓美珊:不是我送给你的。

饶茶花:那是谁送的?

陶自强推门进来。邓美珊说:送礼的来了。

饶茶花:这棉袄是怎么回事?

陶自强:美珊同学说的对,就是给你买的。

饶茶花:你没事给我买棉袄干什么?

陶自强:天气冷了,该穿棉袄了啊。

饶茶花:这得花多少钱呀?

邓美珊:看看,这媳妇多好啊,还没过门呢就这么会过日子。

饶茶花害羞了:你瞎说什么呢?

邓美珊:茶花姐,你跟陶自强差四岁呢,怎么就会是同学呢?

饶茶花:我们都是当时的国民政府动员上学的,多大年纪的都有,还有背着孩子上学的呢。

邓美珊:那你怎么就跟陶自强好上了?

饶茶花:也没怎么,在同一个学堂读书,时间长了,就王八看绿豆——对上眼了。

邓美珊:真舍得糟蹋自己,你们这是青梅竹马。

饶茶花:什么叫青梅竹马?

邓美珊:就是啊,小时候光着屁股一起玩儿,长大了还……

饶茶花:还什么?

邓美珊附在饶茶花的耳边说了一句什么,饶茶花臊得捶打着邓美珊:我让你坏,我让你坏,你们大学生怎么这么坏呀?

邓美珊:这是在北京的时候,我听那些胡同串子说的。

饶茶花依然满脸通红。

邓美珊:说说你们好玩儿的事。

饶茶花:不跟你说了,你太坏了。

邓美珊央求着饶茶花:人家想听嘛,茶花姐。

饶茶花:有什么好玩儿的呀?

邓美珊:你肯定记得。

饶茶花:有件事想起来有点儿难为情。

邓美珊鼓励着:反正就咱俩人。

饶茶花:有一回,不知道他从哪儿搞了一颗美国的水果糖,说送给我吃。我刚一吃到嘴里啊,他就眼巴巴地盯着我,那口水啊都流到脖子上了。

邓美珊:哈哈哈,然后呢?

饶茶花:然后他就问我什么味道啊,我就说甜呗。他让我张开嘴巴给他闻闻。好家伙,我这刚一张嘴,他伸手就把糖掏出来放进他自己的嘴巴里。

邓美珊:啧啧啧。然后他就自己吃了?

饶茶花:哪儿啊,他吃了两口又吐出来给我。我嫌弃他手脏,他就把糖又丢回到自己嘴里,含了几口直接往我嘴里吐。刚尝到滋味,他又张着嘴跟我要。就这么一颗糖,我们吐来吐去地吃完了。

邓美珊突然间倒下了:啊……

饶茶花:怎么了,哪不舒服?

邓美珊:太甜了,把我齁死了。

饶茶花:我说你坏吧,你就是坏。

病房内传出一阵笑声。

冯运华在窗口等着兑现。营业员把一张支票递了出来:先生,您的这张支票不能兑现。

冯运华:为什么?

营业员:这张支票作废了。

冯运华:这……不会吧?

营业员:我们也是刚刚接到的通知。

冯运华:我能打个电话吗?

营业员:对不起,我们这里是业务电话,您到行长办公室去打吧。

冯运华:好,谢谢。

回到家里,冯运华收拾着东西。

冯兴国:您昨天刚回来,今天又要走?

冯运华:我必须马上去上海,我拿回来那张支票不能兑现。

冯兴国:怎么回事?

冯运华:具体原因不清楚。

冯兴国:那怎么办?

冯运华:我得亲自去跟他们交涉。

冯兴国:好多人都知道您回来了,有人要问起来怎么办?

冯运华:就说我有点儿急事要处理。

冯兴国:那兴远呢,他马上要去北京了。

冯运华:等一等,我想办法。这件事千万别跟兴远说。

冯兴国:好吧,您也别太着急,路上小心。

冯运华拍了拍冯兴国的肩膀，没说什么。

冯运华提着箱子匆匆走着。冯兴国骑着摩托车赶来了。

冯运华站住了。冯兴国说：爸，我送您去车站吧。

冯运华：不用，我习惯了。

冯兴国：您上车吧。

冯运华坐在了摩托车后座上。冯兴国开着摩托车远去了。

邓美珊：自强哥、茶花姐，你们真浪漫、真幸福，我好羡慕你们啊。

饶茶花：有什么好羡慕的啊？我们现在啥也不是。

陶自强：怎么叫啥也不是啊？

饶茶花：那你说是什么？

陶自强：你是我对象啊。

饶茶花：你姐同意吗？

陶自强：反正我是认定你了。

邓美珊：我就不明白了，你们俩这是怎么了？一个是姐姐阻拦，死活不同意；一个是父母包办，差点儿嫁给马窑主。都什么时代了，自己的婚姻还不能自己做主？《婚姻法》你们知道吧？没学过吗？

饶茶花：怎么没学过，我们还用纸喇叭宣传过呢。

邓美珊：这就怪了，为什么不用《婚姻法》保护自己的权利？我告诉你们，恋爱、结婚是男女双方的事情，任何人都无权干涉。我说的任何人，包括茶花你父母，也包括自强你姐姐，明白吗？

陶自强：明白是明白，可是……

邓美珊：没有什么可是，就看你们是不是真心相爱了。

陶自强：我是真心的。

邓美珊：没看出来。

饶茶花：就是，说一套做一套。

邓美珊：如果你们是真心的，我问你们，敢不敢做斗争？

陶自强：做斗争？跟谁斗？

邓美珊：当然跟干涉你们婚姻的人斗了。

陶自强：怎么斗？

邓美珊：先说敢不敢？

陶自强：我……敢。

邓美珊：不坚决，重新说。

陶自强：我敢！

邓美珊:茶花你呢?

陶自强:只要他敢,我当然敢了。

邓美珊:那好,我来教你们。现在我们先要明确斗争对象,茶花的父母问题不大,现在主要是你陶自强的问题。

陶自强:不是我的问题,是我姐姐的问题。

邓美珊:说的就是你姐姐的问题。我们演习一下,先设计好台词,到时候你们就按照台词说,态度一定要坚决、要明确,不许含含糊糊拖泥带水的。来,我当陶祁香,你们谁先来?

饶茶花:让陶自强先来,他见了陶祁香就像耗子见了猫,浑身乱哆嗦。

邓美珊:陶自强,你来,想好跟你姐说的台词。

陶自强站在邓美珊面前,支吾了一会儿才说:姐,我跟茶花好了这么多年了,您也不是不知道,您就成全了我们吧……

邓美珊:打住,这哪是斗争呀? 完全不对。幸福是追求来的,不是请求来的,也不是央求来的,更不是哀求来的。幸福要理直气壮地去争取,有阻力就要冲破,谁反对就跟谁斗争。来,再来。

陶自强调整了一下情绪,鼓足勇气:姐,我要跟饶茶花结婚,必须结婚,我们都发过誓了。我非她不娶,她非我不嫁……

邓美珊:比刚才好了一点儿,但是还不够。你应该明白,婚姻是男女双方两个人的事情,两个人是有决定权的。我是来通知你的,不是来让你批准的。你同意我们结婚,你不同意我们也结婚。

陶自强:可是我……我从来没有跟姐姐这样说过话。

邓美珊:万事开头难,有了第一次,以后的事情就好办了。茶花,你来。

饶茶花把陶自强推开,自己站在了邓美珊面前,激动地:姐姐,你为什么总是反对我和自强哥呢? 我饶茶花那点不好,我怎么就配不上陶自强了……

邓美珊:打住打住,你这个也不对,不能上来就叫姐姐。她同意你们结婚之后你才能叫她姐姐。

饶茶花:那现在叫什么?

邓美珊:直呼其名,就叫陶祁香。

饶茶花:好,你听着。(义愤填膺地吼叫着)陶祁香,我告诉你,我跟陶自强就要结婚了。你没有权力干涉,也没有权力反对……

邓美珊:停停,道理要讲,理直气壮地讲。但是态度没有必要这么凶,这么凶像吵架了。再来。

饶茶花:陶祁香同志,我要郑重地告诉你,我和陶自强恋爱了,准备结婚了。希望你支持我们,我们三个人将来一起过日子,我会像陶自强那样照顾您的。

等我们有了孩子,您给我们看小孩儿,让您享受天伦之乐。等您老了,我和陶自强伺候您,给您养老送终。您看,多好啊! 您干吗要跟我们拧着来呢? 干吗拉着不走打着倒退呢? 干吗抗拒《婚姻法》呢? 干吗……

邓美珊:停停停,前面说得挺好,以理服人,以情动人,不错。后来那些有点儿过了,要因势利导,看着对方的态度和口气再决定往下说什么。

饶茶花:我脑子有点儿乱,说说就跑题了。

邓美珊:来,我们从头到尾再练习一遍。

陶自强家,周鸿达来了。

陶祁香:怎么,自强没在窑口?

周鸿达:上午还在,下午就没看见他。

陶祁香:我想起来了,他前天说在高岭山救了一个女大学生,在景德镇医院。

周鸿达:啊? 这事我怎么不知道?

陶祁香:这两天的事情够忙够乱的了,兴许他没顾上跟你说。你找他干吗呀?

周鸿达:冯窑主又走了。

陶祁香:昨天不是刚回来吗? 怎么又走了?

周鸿达:说是去上海了。

陶祁香:又去找钱了?

周鸿达:不知道,我想问问自强呢。

邓美珊:你们把这些都记住啊,别到时候又变卦。

饶茶花瞟了一眼陶自强:反正我不会变,就怕有的人到时候就尿了。

陶自强:看我干什么? 我也不会变,海枯石烂心不变。

饶茶花:对了,陈三姐和邹老师都出去了,我得去三角井酒馆照应一下。

邓美珊:你们俩都走吧,我这儿没事了。

陶自强:你一个人行吗?

邓美珊:不是还有护士吗? 忙活几天了,你们快回家看看吧。

从邓美珊的病房出来,饶茶花拉住了陶自强。

陶自强:干吗?

饶茶花伸出来右手的食指:拉钩。

陶自强也用右手的食指钩住了饶茶花的食指。

饶茶花:拉钩上吊,一百年不许变,谁变谁是王八蛋。

陶自强：有你这么拉钩的吗？

饶茶花嘻嘻地笑起来。

一条土路，坑坑洼洼，汽车颠簸着。赵文昌在读一本线装书，聚精会神。

小徐把车开到了二十迈。赵文昌发现了：哎，怎么不往前开呀？睡着了？

小徐：您这么手不离书、书不离眼的，我还怎么开呀？

赵文昌：我看我的书，你开你的车，有关系吗？

小徐：关系大了，高大姐说了，坐车不能看书，伤眼睛。

赵文昌：我注意点儿就行了。

小徐：您看的是什么书呀？这么入迷。

赵文昌：这本书可了不起，叫《陶冶图说》。知道这本书是谁写的吗？

小徐：唐英啊。

赵文昌：行啊小徐，知道唐英是谁吗？

小徐：不是大清朝的督陶官吗？

赵文昌：你是怎么知道的。

小徐：嘻嘻，有时候您不在车上，我也偷看一下。

赵文昌：干吗偷看啊，喜欢学习是好事呀。以后想看什么，就明目张胆地看。当然，文件除外。

小徐：这个我懂。

赵文昌：从雍正到乾隆，唐英在景德镇待了二十多年，烧制了无数陶瓷精品绝品，还写下了几部关于陶瓷的著作。《天工开物》里面说，景德镇陶瓷有七十二道工序，唐英在这部书里，归纳为二十道。

小徐：您是想把这二十道工序都学会？

赵文昌：一辈子也学不会。景德镇的人几辈子就靠一门手艺养家糊口传宗接代，我们连一门手艺都精通不了，但是我们要把每一门手艺都了解一下。过去我们的任务是打江山，现在是建设江山。任务变了，我们也要跟着变。从学习战争到学习建设，从熟悉战略战术到熟悉生产技能。

小徐：赵书记，我跟您一起学吧，我也想学一门技术。

赵文昌：好啊。唐英《陶冶图说》里的二十道工序，一曰采石制泥，二曰淘炼泥土，三曰炼灰配釉，四曰制造匣钵，五曰圆器修模，六曰圆器拉坯……我们今天从第一道工序开始，学采石制泥。

瑶里古镇。赵文昌下了车，与小徐一起在古镇上走着。东河静静地流淌，桃红柳绿，鸟语花香。水碓起落的声音沉稳有力节奏鲜明，令人心动。

水爷爷一边看守着水碓棚，一边哼着歌：拉坯螃蟹摔坯马，利坯土狗印坯鹅。大器挑夫是轿夫,小器挑夫是骆驼……

赵文昌走来:水爷爷,您在唱动物世界吗?

水爷爷:这景德镇的窑工啊,就是一群动物。你看那拉坯的,横着身子,挓挲着四肢,像不像螃蟹?你看那利坯的,浑身上下都是泥土,连眼珠子都沾着泥,像不像土狗?你再看那印坯的,呆头呆脑地拍死人头,像不像傻鹅?

赵文昌笑起来。水爷爷:赵书记您别笑,我说的是实情。

赵文昌:水爷爷,您怎么知道我是赵书记?

水爷爷:你怎么知道我是水爷爷?

旁边的人都笑起来。

赵文昌:水爷爷,您还知道我什么?

水爷爷:我知道你今天是来找我拜师学徒的。

赵文昌:好啊您水爷爷,您比罗大仙厉害多了,料事如神呀。

水爷爷:你过来,这个小伙子也来。

小徐:我叫小徐,是赵书记的司机。

水爷爷:今天你们就从淘塘开始,每人拿一把铁耙,过来。取出五臼细末,往淘塘里加水。加好了水就用铁耙来回搅动,直到成了糊糊状,用木勺舀到沉淀塘里……就这样……

水爷爷做着示范,赵文昌和小徐认真看着。

菜市场,陶祁香挎着篮子,在蔬菜摊儿选着菜。看来她今天不是很忙,像是在闲逛,不问价,也不挑选。不远处突然传来喧闹声和哀求声:求求你们……行行好吧……我还指望卖了瓜买米呢……

一个卖瓜的老汉,死死地护着自己的瓜摊儿。几个地痞流氓哄抢着老汉的瓜,把老汉打倒在地,并且恶狠狠地骂着:老东西,吃你几个瓜是给你脸,谁让你在这儿卖的,你他妈的交保护费了吗?

卖瓜老汉:求求你们,我这是自己种的瓜,不容易啊……

流氓头儿:少废话,给我打。

几个流氓对倒在地上的老汉拳打脚踢。围观的人没有人敢上前阻拦。多数人都悄悄地绕开了。

忽然,一阵风从后面刮来。陶祁香回头一看,冯兴国跑过来,怒气冲冲。

陶祁香一把抓住了冯兴国:你干什么?

冯兴国:姐,你别管。

陶祁香紧紧抓住冯兴国不放:我问你要干什么?

冯兴国:这些流氓,我要好好教训教训他们。

陶祁香:别去了,你瞧,都走了。

那边,来了两个警察,流氓们没了踪影。冯兴国扭头跑了。

陶祁香:哎哎,你去哪儿?

冯兴国消失在人群里。陶祁香无可奈何地摇了摇头,又逛起了菜市场。

陶祁香挎着篮子,在蔬菜摊儿上买着菜。买好以后,往回走,来到集市边缘地带,这里卖的都是大件的东西:柞木檩件、圆木材木、新旧家具、钟表书画……

出于习惯和兴趣,陶祁香放慢了脚步,草草地看着。

不远处有议论声:

有人问:哎哟,这是什么呀?

有人说:这叫电驴子。

有人说:玩儿去,老土,这叫摩托车。

陶祁香抬眼望去,看见了冯兴国,他靠在一个窑柴垛上,面无表情,一言不发。身边放着他的摩托车,摩托车上插着草标。

也是议论声:

有人问:卖吗?

有人说:废话,没看见插着草标吗?

多少钱呀?

有人问:你买得起吗?

有人说:买了你也不会骑呀……

陶祁香走过来,把冯兴国拉到一边:怎么回事?

冯兴国:我爸爸出去四五天了,一点儿消息也没有。

陶祁香:家里揭不开锅了?

冯兴国:不是,兴远等着去北京报到呢。

陶祁香:要多少钱?

冯兴国:总得买火车票吧,总得有路上的盘缠吧?

陶祁香:没有别的辙了?

冯兴国:我跟管家说,他说让冯兴远放弃去北京,这是人话吗?

陶祁香想了想:你把摩托车推回去吧。

冯兴国:怎么?

陶祁香:全景德镇就你这么一辆摩托车,你看有人买吗?

冯兴国:不行,我不能因为我爸爸不在家,就耽误了兴远的大好前程。

陶祁香:兴远怎么说?

冯兴国:他什么都没说,可是我这当哥哥的得负责任啊。

陶祁香看了看冯兴国,眼睛湿润了。

瑶里水碓,赵文昌和小徐认真地学习着淘泥,一会儿用铁耙搅动着泥浆,一会儿用木勺舀着泥糊。棚内,有人在捞泥、晒泥,有人在制作不子。

水爷爷依然咿咿呀呀地唱着:拉坯螃蟹摔坯马,利坯土狗印坯鹅。大器挑夫是轿夫,小器挑夫是骆驼……

一位穿着矿工服装的人来了,骑着一头小毛驴。此人五十多岁,黑红脸庞,很是精干。水爷爷看见了,急忙迎上去:哎哟楚师傅,我说呢大早上的喜鹊在我的脑瓜顶上乱喳喳呢,原来是有贵客临门。

楚师傅:水爷爷,您的贵客不是早就到了吗?

水爷爷:对对对,今天是双喜临门。赵书记,您过来一下。

赵文昌已经听到了这里的寒暄,急忙过来。

水爷爷:这就是高岭村有名的扶塘师傅。

赵文昌急忙伸出手,拉着楚师傅。

楚师傅:我到瑶里办事,看见村口停着一辆小汽车,一打听,说赵书记来了。

赵文昌:楚师傅,你来得正好,我也要去高岭村呢。对了,水爷爷,您刚才说楚师傅是扶塘师傅,请教一下,何为扶塘师傅?

水爷爷:扶塘师傅就是探矿、开矿的,还能鉴定矿石的好坏,有一双火眼金睛。对吧,楚师傅?

楚师傅:我干的都是粗活儿,大老粗。

小徐:按照现在的说法,楚师傅应该是地质勘探队员。

水爷爷:嗯,还是年轻人机灵。来来来,赵书记,您先别干活儿,到我的小草棚里喝茶吧。

楚师傅:赵书记,您什么时候去高岭,我那儿有最好的野山茶,都是我自己上山采的。

丁萌萌在红店街漫不经心地逛着。

许多家的红店都开门营业了。红店街两边增添了许多小吃摊儿。

丁萌萌买了一串烤肠,边走边吃。谢家红店门口,听到里面传来了哭叫声:别打了,别打了,求求您了,我错了,呜呜……疼死我了……

噼里啪啦的打声和骂声:我让你不长记性,我让你不长记性……

哀求声:老板,别打了……求求你了……

丁萌萌推门进去。一个十五六岁的男孩子赤裸着上身,一边抱着头挨打,一边哭着求饶。

谢老板挥舞一根藤鞭抽打着,年轻人的后背上一条儿一条儿的血印。

谢老板:你他妈的坏我的事,我昨晚嘱咐你多次,一起早就要给吴师傅买烟泡儿,你他妈的干吗去了? 害得吴师傅现在都起不了床……

年轻人哭着争辩:老板娘让我先去刷马桶……

谢老板:你还他妈的嘴硬,是刷马桶重要还是买烟泡重要啊?

丁萌萌推门冲了进来:住手! 你凭什么打人?

谢老板一愣:你谁呀?

丁萌萌:我问你呢,你凭什么打人?

谢老板:关你屁事? 这是我店里的伙计,滚蛋!

丁萌萌:你店里的伙计也不能随便打,以前我常听说老板打伙计,还没见过你这样的,往死里打呀?

谢老板:小丫头片子,你懂什么? 哪家的老板不打伙计呀? 哪家的伙计不挨打呀?

说着谢老板又举起了藤鞭。

丁萌萌紧紧地护住了年轻人:你要是再打我就叫警察了。

谢老板有点儿软了:叫警察也没用。

丁萌萌:你知道不知道,现在是新社会了,是共产党的天下了,你再打人就是恶霸资本家,政府要斗争你。

谢老板气急败坏地扔下藤鞭,进了屋。丁萌萌拉起年轻人往外走。

年轻人:姐姐,谢谢你。

丁萌萌:跟我回家。

年轻人:不行,我还得去给吴师傅买烟泡呢。

丁萌萌不由分说:跟我走吧你。

年轻人顺手拿起了扔在地上的衣服,跟着丁萌萌出来了。

丁萌萌拉着年轻人往前走。年轻人扭着头一个劲儿往后看。

丁萌萌:看什么呢?

年轻人:一会儿老板找我怎么办?

丁萌萌使劲拉着年轻人:快走吧你。

丁萌萌给年轻人涂着药。

丁萌萌:你是不是傻啊? 他打你,你不还手就算了,你也不知道躲?

年轻人:我是他家的伙计。

丁萌萌:伙计怎么了? 又不是卖给他了。

年轻人:跟卖也差不多。

丁萌萌:怎么,你爹妈真的把你卖了?

年轻人:我没有爹妈。

丁萌萌:你哪儿的呀?

年轻人:乐平的,我从小就没有父母,什么亲人都没有,像个野猫野狗似的。现在好了,我有个姐姐了。

丁萌萌:我连你叫什么都不知道,你就叫我姐姐?

年轻人:我叫汪国良。

丁萌萌:多大了?

汪国良:差不多十七岁了。

丁萌萌:差不多差多少?

汪国良:差一岁多一点点儿。

丁萌萌:那还不到十六岁,你识不识数?

汪国良:我怕说小了人家欺负我。

丁萌萌:现在已经被人欺负了。

汪国良:这不算什么,我还得回去。

丁萌萌:你还回去挨揍呀?

汪国良:我回去学手艺。

丁萌萌:学什么手艺?

汪国良:画画。

丁萌萌:跟打你的那个土匪学?

汪国良:不,跟吴老师学。

丁萌萌:吴老师?哪个吴老师?

汪国良:他叫吴硒湘。

丁萌萌:什么什么什么?大名鼎鼎的吴硒湘在谢家店?

汪国良:我就是伺候他的。

丁萌萌:快给我讲讲他,你都学到了什么。

汪国良:这老先生太怪了,防我就跟防贼似的,画画时从不让我靠近。他自己辛辛苦苦画的画,都用烟熏黑了。

丁萌萌:那你什么都没学到啊。

汪国良:还是学到一点点儿的。

丁萌萌:那你给我说说啊。

汪国良:我现在得回去了,要么老板真把我赶出来了。

丁萌萌:回去如果他们再敢欺负你,你就来找我。

汪国良:好的姐,那我先回去了。

陶祁香把一个木箱子放在高高的柜台上,她只能仰着头往上看着。

陶祁香:曹掌柜,麻烦您帮我打开。

曹掌柜把木箱子打开,从里面拿出一顶凤冠。

凤冠在柜台上熠熠闪光,引来两个伙计的惊叹:哟,这是什么呀?

曹掌柜:您是千里香吧?

陶祁香苦笑了一下。

曹掌柜:想当初,您八岁登台,九岁满堂彩,十二岁成了角儿,十四岁就挑起了饶河班的大梁,红遍了三省八市二十四县。多少景德镇的大窑主、徽帮的大经理、南昌上海的官僚大佬都争着抢着捧您的角儿……

陶祁香依然苦笑着:曹掌柜,您给瞧瞧。

曹掌柜:您这可是硬头面啊。上面都是真金白银做的,珠子是真正的南海珍珠,玉片是缅甸翡翠,还有这砗磲宝石象牙,更不用说做工了。

陶祁香:你们不要?

曹掌柜:您就是放在我这儿,也卖不出去呀? 谁买得起呀? 谁敢买呀?

陶祁香:我等着钱用。

曹掌柜:价钱很难让您满意。

陶祁香:够我用的就行。

曹掌柜:这样吧,谁让您是千里香呢。别的当期都是一个月、两个月,最多不超过三个月。我给您破个例,不限期。什么时候您有了钱呢,再把它赎回去。

陶祁香:那太谢谢曹掌柜了。

曹掌柜:不过,利息还是要算一点儿的。

陶祁香:当然,这是规矩。

第六章

饶三公和饶三婆在吃着晚饭。饶三公说道:茶花又好几天没回来了吧?

饶三婆:让人捎信儿来了,他们从高岭山上救下来的那个女大学生受伤了,在景德镇住院呢。

饶三公:那跟茶花有什么关系?

饶三婆:她一个人无亲无故的,茶花得照顾一下啊。

饶三公:给钱吗?

饶三婆:你掉钱眼儿里了?

饶三公:她是不是还住在陶家?

饶三婆:住在三角井陈三姐家。

饶三公:她跟陶家那小子到底是怎么回事?

饶三婆:两个人从小就好,一块儿在国民学校读书。

饶三公:他到底是什么人?

饶三婆:你见过的,就是总到咱家玩儿的那个强子。

饶三公:强子?不记得了。

饶三婆:那孩子挺好的,从小就仁义。

饶三公:合着这些事你都知道,就瞒着我一个人。

饶三婆:哪儿呀?后来强子搬了家,就断了。

饶三公:怎么又接上了。

饶三婆:你没听玉茗说吗?是赵书记带着茶花找到的。

饶三公:那茶花逃跑,真的是赵书记救下的?

饶三公:那还能假,全浮梁人都知道。

饶三公不言语了,只管默默地吃饭。

冯兴国骑着摩托车来了。听到摩托车响,陶祁香手拿一个纸包从屋里走出来。只听冯兴国喊着:姐,您找我有事。

陶祁香:你是无事不登三宝殿,不像人家周鸿达,有事没事都来转个弯儿。

冯兴国:我不是总往乐平跑嘛。

陶祁香:到乐平干什么?

冯兴国:您知道的,学戏呀。

陶祁香:谁知道你是学戏还是做戏?

冯兴国:我能做什么戏呀?

陶祁香把纸包交给冯兴国:拿着。

冯兴国打开纸包,一大沓钱。

冯兴国:姐,您这是干什么呀?

陶祁香:冯兴远去北京的盘缠。

冯兴国:这……

陶祁香:我不是告诉你了吗?你那摩托车是卖不掉的。对了,千万不要跟兴远说这钱是我给的,也不许跟你爸爸说。

冯兴国:那兴远要是问我怎么办?

陶祁香:我替你想好了,就说你把摩托车卖了,先救急。

冯兴国:我把摩托车骑回去不就露馅了?

陶祁香:你傻呀,先把摩托车放在我这儿。

冯兴国笑了。陶祁香说:快去给兴远买火车票吧。

冯兴国给陶祁香深深地鞠了一个躬:姐,我替兴远谢谢您了。

冯兴国手里拿着那个纸包,进了院,见冯管家正在扫院子,便说:叔,兴远在吗?

冯管家:你怎么走着回来了?

冯兴国:这很奇怪吗?我可是十个月就会走了。

冯管家:十一个月。

冯兴国:就算是十一个月……

冯管家:我是问你,摩托车呢?

冯兴国:卖了。

冯管家:啊?你把摩托车……

冯兴国:小声点儿,别让兴远听见。

冯管家:兴远出去了。你卖摩托车干什么?

冯兴国:给兴远凑盘缠呀?北京那边马上就考试了,不能耽误啊。

冯管家:本来是留下了兴远的盘缠的,谁想你爸爸又带回来二十多个师傅。这些人得吃饭、得发被褥吧?真不知道东家是怎么想的……

冯管家一边扫院子一边抱怨着,一抬头,冯兴国不见了:咦,人呢?

上海,冯运华拜访巨商金光璧。

金光璧坐在豪华的老板台前看着冯运华带来的郎红杯。

金光璧:冯窑主,听说这种品质的郎红您出了一窑?

冯运华:金老板说笑了,这品质的要是出了一窑那还得了。有几十件吧。

金光璧:几十件也不容易啊。要是放在过去,我可就要恭喜您冯窑主了。不过现在这个年景嘛,唉……

金光璧放下郎红杯,推到了冯运华的面前。冯运华说道:金老板啊,咱们认识这么多年了,真人不说假话,我现在是急等着钱用。您给个价吧。

金光璧:别呀,漫天起价,落地还钱。您得先开个价呀?

冯运华伸出了三根手指,比出个七。金光璧说道:哈哈哈,冯窑主啊,我也不瞒你,这批货我一个都不会要。现在除了出口贸易卖到国外,咱们国内谁玩儿得起这个啊。您也知道,现在西方国家封锁我们,出口贸易谈何容易?

冯运华:金老板,帮帮忙,想想办法,救个急嘛。谁都有火烧眉毛的时候。

金光璧:哎呀,冯窑主,今非昔比了,我可不敢压这么多烫手的货。

冯运华:我再降一成。

金光璧:我可不能欺负你啊。

冯运华:五成。

金光璧:四成!冯窑主,你这批货啊,就当抵押物,典当在我这里。我给你放贷款,利息嘛就按老例,九出十三归。

冯运华叹着气思考着。金光璧说:要不,您再去别的商号问问。

冯运华无可奈何地:就这样吧。

火炉上的砂锅煮开了,顶着盖子冒热气。饶茶花在厨房另一旁忙乎着。

陈三姐:茶花,你熬的骨头汤好啦!

饶茶花答应着,端起砂锅,慢慢往外盛骨头汤。

陈三姐:你们对这大学生可够精心的,非亲非故的,难得你们的好心肠。

饶茶花:她很有意思,和我们这里的姑娘不一样。

陈三姐:哪里不一样?

饶茶花:我说不出来,只是感觉不一样。大学生的思想新,敢想敢干也敢说,她还鼓励我要争取婚姻自由,要斗争。

陈三姐:斗争? 和谁斗争啊?

饶茶花:跟他姐呀。

陈三姐:你是说要斗争陶自强的姐姐?

饶茶花:她说,谁阻挠我们婚姻自由就和谁斗争。

陈三姐：啊？斗争可是要流血的,你可别听她的做出什么傻事来,陶自强怎么交代?

饶茶花：三姐,她说的斗争不是举枪抡棒地打斗。

陈三姐：那是什么?

饶茶花：是讲道理,以理服人。

陈三姐：吓我心里一哆嗦。

饶茶花将装好骨头汤的饭盒放进竹篮走了出去。走到门口,又回来了。

陈三姐：忘掉什么了?

饶茶花没说话,上楼了,一会儿又下来了。身上换成了陶自强给她买的那件大红棉袄。提起篮子,扭着屁股走了。

陈三姐：瞧把你美的,还自由恋爱,一点儿都不害臊了。

冯老六给陶自强和冯兴国讲授着烧窑的技术,两个人认真地听着。

冯老六：窑如其人,人如其窑。一个人有一个人的人性,一个窑也有一个窑的窑性。不是有这么一句俗话吗? 有人干一些事情,说他不合窑性。什么叫不合窑性,就是拧着,对不上碴口。当一个好的把桩师,得把窑看成自己,把自己要看成窑。只有窑和人融在一起,你中有我,我中有你,你了解我,我了解你,才能烧出好东西。在景德镇的把桩师傅中,我最佩服一个人。

陶自强：莫非您说的是天师傅?

冯老六：就是天师傅,大号余恂兰,都昌芦溪人。天师傅把桩,常常是"凑脚青"。知道什么叫"凑脚青"吗?

陶自强：当然知道,就是全窑的合格品。

冯老六：别的把桩师,都是一个人看一座窑。可他余恂兰同时在六家窑口把桩,你看,有六合窑、筷子弄窑、江家窑、新但家窑、老但家窑,还有……还有……

陶自强：还有道风窑。

冯老六：对,对。道风窑。

周鸿达跑来：窑主回来了。

冯兴国：我爸爸回来了?

周鸿达：刚到家。

陶自强：走,我们快回去看看。

冯家客厅,冯运华换好衣服从楼上下来。

冯管家已经给他泡好了茶。

冯兴国、陶自强、周鸿达跑进来。

冯兴国:爸爸……

陶自强、周鸿达:冯叔,您回来了。

冯运华高兴地看着三个人:兴远呢?

冯兴国:走了。

冯运华:走了? 去哪儿了?

冯兴国:去北京了。

冯运华叹了一口气:我紧赶慢赶,还是没赶上。

冯兴国:您放心吧,都挺好的。

冯运华:他怎么走的?

冯兴国:骑驴走的。

冯运华:说人话。

冯兴国:从南昌坐火车走的,我送的他。

冯运华:哪儿来的钱?

冯兴国嘻嘻地笑着。

冯运华:别嬉皮笑脸的,兴远去北京的钱是哪儿来的?

冯兴国:我把摩托车卖了。

冯运华愣了一下,拍了拍冯兴国的肩膀:好样的,爸爸佩服。

冯兴国:谁让我是哥呢。

冯运华的眼睛红了:也好,以后爸再给你买。

冯兴国:我都这么大了,哪儿还能花爸爸的钱,以后我挣了钱自己买。

冯运华:好,有志气。我刚回来,给我唱一段吧,也算是欢迎仪式吧。

陶自强:看冯叔这么高兴,一定是搞到钱了。

冯运华:这些事不用你们操心,还没到你们操心的时候。来吧,兴国。

冯兴国拉开架势,有模有样地唱起来:站立在营门传营号,大小儿郎听根苗……

陶自强和周鸿达刚要叫好,冯运华却挥了挥手。冯兴国停了下来。

冯运华:要稳住,不能扯着嗓子喊,你看,要这样:站立在营门传营号,大小儿郎听根苗……

冯兴国认真地听着。

冯运华:欲扬先抑,欲高先低。要注意抑扬顿挫起伏变化,关键是要注入情感……

冯管家进来:东家,有人求见。

冯运华:谁呀?

冯管家:他自报家门说,景德镇镇巴佬赵文昌。

陶自强:赵书记!

冯兴国抢着跑了出去:我去看看。

冯家院门外,赵文昌等候着,饶有兴致地看着冯家的墙院、门楼。

冯兴国几个小翻儿翻得干净利索,腾地一下子翻上院墙,又一个鹞子翻身冲了下来,对着赵文昌出拳:接招儿。

赵文昌听到动静,一个闪电般的侧转身,扬手接住了冯兴国的招数。紧接着,赵文昌朝冯兴国头上虚晃一招儿,冯兴国一躲闪,赵文昌一个扫堂腿,冯兴国一个趔趄,眼看就要摔倒,却顺势一个旋子接上一个腾空弹跳,空中转身,牢牢地立在了赵文昌面前,抱拳施礼:赵书记,得罪得罪。

冯运华:兴国,不得无礼。

赵文昌欣喜地拍了拍冯兴国的肩膀:好身架、好功夫。

冯运华:赵书记,犬子顽皮,被我惯坏了。

赵文昌:冯先生,冒昧登门,还望见谅。

冯运华:哪儿的话,赵书记屈尊寒舍,冯家蓬荜生辉,荣幸之至啊。

陶自强:赵书记,冯兴国听说那天您用奇招绝技制止了械斗,一直叨唠着要与您过过招儿呢。

赵文昌转向冯兴国:你叫冯兴国?

冯兴国:晚生冯兴国。

赵文昌:好啊,后生可畏勇气可嘉。

冯兴国:哪儿呀,您别听他们的,我说的是向赵书记虚心讨教。

周鸿达:我证明,你可说的是"切磋切磋"。

冯运华:赵书记,您看我们冯家窑,都是些没大没小没礼貌的小混球儿,让您见笑了。

赵文昌:我喜欢,其实,你更喜欢。

冯运华拱手:一见相知,千载难求,我冯某三生有幸矣。

冯运华领着赵文昌来到自己的书房,书房陈设古朴简单却很实用。一张书桌、几把椅子、一排书柜,中堂上挂着一幅古画。赵文昌一进门,就被这幅古画吸引住了,驻足欣赏着:一幅著名唐英的《八仙图》。

赵文昌:唐英真迹,稀世之宝、价值连城啊。

冯运华:据祖上说,是冯家窑开业点火的时候,唐英作为贺礼送来的。

赵文昌:这可是冯家窑的镇窑之宝。在清代有影响的四大督陶官中,我最佩服的就是唐英。他上任之后,事必躬亲,脚踏实地。拿制瓷来说,他从不懂到懂,从懂到精通,从精通到创新,又从创新中烧出绝世珍品,还出了好几部专著,不容易啊。

冯运华:还是人家的底蕴深厚、博学多才,他诗作得好,字写得好,画画得好,而且瓷纸兼善,相得益彰。

赵文昌:还有戏也演得好。

冯运华:还写了十几部剧本呢。

赵文昌:这一点是你的知音。

冯运华:相隔二百多年的知音,难得啊。

赵文昌:与前贤对话,受益无穷。

冯运华:哈哈,赵书记,你可是新中国第一任督陶官。

赵文昌:所以啊,非以唐英为师断无成就。不过,我这个督陶官与唐英还是有本质的不同的。他是给皇帝烧瓷,我是给人民烧瓷。他烧出好瓷来受皇帝的嘉奖,我的考卷是交给人民的,要人民满意才行。

冯运华说着话,已经泡好了茶:赵书记,咱坐下聊。

邓美珊喝着饶茶花送来的骨头汤。陶自强提着一兜蜜橘进来了。

饶茶花佯作生气地:陶自强,你可两天没露面了。

邓美珊:是我不让他来的,你们为我耽误的时间太多了。

陶自强:这两天也确实有点儿事。

饶茶花:我看某些人还是怕了吧?

陶自强:怕什么?

饶茶花:打退堂鼓呗。

陶自强:什么退堂鼓?

饶茶花:别忘了咱们是拉过钩的。

邓美珊:你们拉的什么钩?

饶茶花:一百年不许变,谁变谁是王八蛋。

邓美珊笑喷了:茶花啊茶花,你可真是天才。

冯运华的书房,两个人热情地交谈着。

赵文昌:我们共产党领导人民闹革命,就是要推翻帝国主义、封建主义和官僚资本主义这三座大山,让人民当家做主,走共同富裕的道路。目前,我们在农村实行土地改革,把地主的土地分给农民,实现孙中山先生提出的"耕者有其田"的伟大梦想。而在城市,我们则实行工商业社会主义改造。我们市委研究决定,要分成几个步骤进行。首先是要解决老百姓的生计问题,解决生计问题就要恢复生产,帮助大大小小的窑口开工。

冯运华:这恐怕很难。

赵文昌:是啊,经过这么多年抗战,又经过三年的解放战争,中国大地差不多成了一片废墟。在废墟上求生存、搞建设,最需要就是钱。

冯运华:这是一个恶性循环。没有钱,就不能恢复生产;可是不恢复生产,又不能赚到钱。我们的手和脚被一条绳索捆住了,这条绳索就是一个字:穷。

赵文昌:冯先生,你算是把问题说得最透彻了。这就是主要矛盾和矛盾的主要方面。

冯运华:赵书记学习过毛主席的《矛盾论》?

赵文昌:我学习是必然的,没想到冯先生也这么熟悉毛主席的著作。

冯运华:赵书记抓住了主要矛盾和矛盾的主要方面,看来是有解决的办法了?

赵文昌:我今天找你来,就是为了这件事。我到景德镇是搞来一点儿钱,主要是来自两个方面。一个是省委领导知道景德镇的困难,支援了我们一部分。再有,我不是从东北来嘛,东北地区解放早,生产恢复得也快。我呢,争取了一些他们的支援。我这两天在景德镇转了转,发现每一个窑口都缺钱,包括你冯家窑。这点儿钱呢,如果像救灾那样撒芝麻盐,只能解决一时之需,不能持续发展。冯先生,实实在在我是来向你讨教的。

冯运华:赵书记太客气了,来,先喝茶。

罗灵风跟吃碱水粑的人们吹着牛:不信你问问老板,赵书记到景德镇,是不是第一个认识我的?

老板:当时你可不知道他是赵书记。

罗灵风:我仔细端详了他的面相:伏犀鼻插天庭中,山根直上印堂隆。思绪接千载,胸中有丘壑,不怒而自威。一看就是一位身居高位、正气凛然的封疆大吏。

老板:这会儿你怎么吹都行。

罗灵风:是不是他还请我吃了一盘碱水粑?

老板:谁不知道你是吃百家饭喝千家酒的?

饶三公走过来:罗大仙,您老吉祥。

罗灵风:你是……

饶三公:我是饶三公……

罗灵风:打住打住,你是饶茶花的爹。我说你这个爹是怎么当的,二十亩茶园就把闺女卖了?

老板对罗灵风:你的意思是,饶三公卖便宜了?应该多要点儿。

罗灵风:去去去,捣什么乱呀?给六万紫金也不能卖闺女呀。

99

饶三公:罗大仙说得对,我是财迷心窍了,萧师傅已经教训我了。

罗灵风:你说的是萧炳南萧师傅?

饶三公:正是。

罗灵风:萧师傅脾气好,要是我,早拿大嘴巴子扇你了。

饶三公:是是,我活该。罗大仙,谢谢那天您救了茶花。

罗灵风:应该的,救人一命胜造七级浮屠。坐下吧,吃盘碱水粑,我请客。

饶三公:不了,我吃过了。罗大仙,借一步跟您说话。

罗灵风无奈起身,带着饶三公朝着僻静处走了几步。

罗灵风:什么事?说吧。

饶三公从口袋里掏出一包香烟,递给罗灵风。

罗灵风高兴了:嚯,大前门,你可真舍得破费啊。

饶三公:我想跟您打听一下陶自强。

罗灵风:陶自强?茶花没跟你说?

饶三公:她不好好跟我说话,又不常回家。

罗灵风:哪个闺女遇上你这样的爹,都不会给好脸色的。

饶三公:是是。

罗灵风:我告诉你,茶花要是能嫁给陶自强,你就烧高香念阿弥陀佛吧,也算是你饶家的祖上有阴德。

饶三公:听说陶自强有一个姐姐,没有父母吗?

罗灵风:没听说他有父母。

饶三公:听说他姐姐比他大许多?

罗灵风:大十多岁吧。

饶三公:是亲的吗?

罗灵风:怎么不是亲的?不是亲的能这么护着他?

饶三公:那她为什么不喜欢茶花?

罗灵风:谁说她不喜欢茶花?

饶三公:她不让陶自强跟茶花搞对象。

罗灵风:哦,有这事?

饶三公:听说他姐姐是个戏子?

罗灵风:什么戏子戏子的?人家是鼎鼎有名的千里香。

饶三公打了一个激灵:千里香?

罗灵风:知道千里香吗?

饶三公:知道知道,太知道了……

赵文昌:毛主席在1943年陕甘宁地区劳模大会上有一个重要的讲话,这个讲话的主要精神可以用四句话概括:组织起来,发展生产,自己动手,丰衣足食。战后,我们在东北地区恢复生产的时候,也是按照主席这个精神操作的。无论城市还是农村,只有走组织起来的道路,才是共同富裕的道路。

冯运华:您说得太好了,景德镇虽说有大大小小两千多个窑口,都是处于一盘散沙的状态。大多数的是烧做分开的,或者烧行,或者做行。就是烧做两行的窑口,也都不大。有的几个人,有的十几个人,几十人上百人的窑口没有几个。处于分散状态的窑口,小本小利,没有任何抵御风险的能力。如果把这些小窑口组织起来,有分工,有合作,优势互补,风险共担,多股线拧成一股绳,那情况就会大为改观。

赵文昌:冯先生,你说得太好了,这也是我这些天一直在考虑的问题。如果组织起来,互助合作,有什么困难吗?

冯运华:景德镇千百年来都是各做各的,加上许多工艺都是有严格传承的,手艺人之间向来戒心很大,老死不相往来。在别的地方、别的行业很容易做到的事情,在景德镇就不一定行得通。

赵文昌:需要做工作,做深入细致的思想工作。

冯运华:赵书记,需要我做什么,请您指示,我冯某义不容辞。

赵文昌:能不能找一些有代表性的窑主,包括大中小窑主,开个座谈会,我想广泛地听取一下方方面面的意见。

冯运华:这件事包在我冯运华身上,您说要多少人?

赵文昌:可多可少,十几个几十个都可以。

冯运华:好,我尽快安排。

赵文昌:冯先生是远近闻名的开明窑主,冯家窑又是最有威望的百年老窑,我相信由您牵头组织,事情就好办多了。

没有打招呼,韩霜凝从门外进来。冯运华笑道:哟,韩教授,您怎么来了?

韩霜凝见到赵文昌:这不是小赵吗?你怎么也在这里?

赵文昌笑了笑,给冯运华使了个眼色:我是专门来拜访冯窑主的,韩教授您这是……

韩霜凝:我来提货的,冯窑主烧的那一窑郎红啊,我订了点儿货。

冯运华:我马上让管家给您提货,您的合同带来了吗?管家,你把韩教授的合同取过来。

管家:好的,马上来。

冯管家进来了,手里拿着半块渣饼,韩霜凝也把自己的那半块渣饼拿出来交给冯管家。

冯管家把两个半块的渣饼一拼,严丝合缝:韩教授,您跟我来吧。

赵文昌:等等,我看看。

冯管家把渣饼交给赵文昌。

赵文昌把渣饼掰开又合上,饶有兴致地问:这是合同?

韩霜凝:是啊。

赵文昌又问冯运华:你们管这个叫合同?

冯运华:是啊。

赵文昌:你到外面做生意,也拿着这渣饼去签合同?

冯运华:十里不同音,百里不同俗,景德镇就是这个规矩。

赵文昌:有点儿像小孩儿过家家。

冯运华:这是人类童年的记忆,是最原始的智慧。

赵文昌:也是人与人之间最朴素的信任。

韩霜凝:你们聊着,我先跟管家取货去了。

陶自强在前面走着。饶茶花在后面跟着,手上拎着一袋橘子。

陶自强:买什么水果啊,咱们不是去斗争吗?

饶茶花:这叫先礼后兵,拿着礼物进屋,有理三分让。

陶自强:邓美珊给咱排练的时候可没有这个环节。

饶茶花:这是陈三姐说的。

陶自强:陈三姐也知道这个事了?

饶茶花:自强哥,你说我这心咋跳得这么厉害呢?

陶自强:害怕啦?

饶茶花:谁害怕啦?咱在医院不是都说好了吗?来,最后再排练一下。

陶自强:邓美珊又不在。

饶茶花:咱就对着这堆窑柴。

陶自强:你把我姐当成木头了?

饶茶花:你姐就是木头,榆木。封建思想,榆木疙瘩。

陶自强:好,咱就向榆木疙瘩做斗争。

饶茶花比画着:我先来。陶祁香同志,我和你弟弟陶自强同志自由恋爱,受到《婚姻法》保护,你无权干涉阻挠。现在,我们正式通知你,我们要结婚了!

陶自强:哈哈哈,我看行,就这么说!

饶茶花:真的可以吗?祁香姐不会生气吧?

陶自强:不怕,这不是还有我吗?万一她生气,我挡着。我对她说,陶祁香同志,你现在不是封建家长,你是新中国的妇女,要支持我们的自由婚姻。否则,你就是侵犯我的合法权益。

饶茶花:这可是你说的啊。

陶自强:到时候,说不定比这更厉害呢。

饶茶花和陶自强互相拍了一下手。

饶茶花:加油!

陶自强:加油!

篱笆外,两个人几乎同时停住了脚步。

饶茶花:自强哥,走啊,你怎么停下了?

陶自强:要么你先进去,我跟在你后面,这样显得自然。

饶茶花:这可是你家,那可是你姐。

陶自强:要不,咱再想想?

饶茶花:你变卦了?

陶自强:我……

饶茶花一听,咬着牙,狠狠地朝陶自强脚面上跺了一脚,愤怒地骂道:陶自强,你王八蛋!

陶自强蹲在了地上:哎哟,踩死我了。

饶茶花把橘子朝陶自强的身上一扔,头也不回地跑了。

陶自强喊着:茶花,你等等……

陶自强把地上的橘子捡起来,垂头丧气地推开了院门,又忧忧地推开了屋门,轻声喊着:姐,姐……

屋子里没有人回应。陶自强将水果放在了桌上,四下找了找,家中没人,嘀咕道:早知道不在家,就让她进来了。

陶自强走进厨房,看见灶台上放着一碗豆子,端起看了看,自言自语:这什么呀?泡豆芽吗?

陶自强扒拉着豆子看了看,继续自言自语:还没挑呢。

说着,陶自强挑着豆子,一粒一粒地扒拉着,把坏豆子拣出来扔在地上。

厨房墙上有一面镜子,陶自强站在镜子前,一边挑着豆子,一边又演练起来:姐姐,不,陶祁香同志,我为什么叫你同志呢?因为这个问题很严肃……我和饶茶花的关系你是知道的,可是你一直反对。我们为了争取恋爱自由,要跟你进行斗争了……姐,你别误会,我说的斗争是思想斗争,绝不会影响感情的……姐姐对我恩重如山,我不会离开你的……不对不对,怎么能这样说呢……重来。陶祁香同志……

陶自强一边说着,一边往地上扔豆子,碗里的豆子差不多都扔在了地上。

冯运华听到外面的声音,立即说:陶祁香来了。

赵文昌急忙起身,出了书房,在楼上喊着:香姐请留步。

陶祁香:啊……是赵书记呀?

赵文昌:香姐,快上来。

陶祁香:你们有正经事,我就不打扰了。

赵文昌:我也要跟你说点儿正经事,快上来吧。

冯运华也出来了:祁香,来吧,我们也许久没见了。

陶祁香:知道冯窑主很忙,没敢打扰。

冯运华:忙得都六亲不认了。

冯运华问赵文昌:赵书记,你怎么也叫香姐?

赵文昌:大家不是都叫香姐吗? 刚才我听见你的管家也是这么叫的啊。

冯运华:那是官称,景德镇人大多这么叫。

赵文昌:那你叫什么?

冯运华:我就是直呼其名呀。

赵文昌:略去姓氏。

冯运华:是啊。

赵文昌:这么说这是你的私人专利了?

冯运华:好像还真没有人这么叫。

陶祁香:你们两个大男人怎么回事,把我叫上来就是编排我的?

赵文昌:岂敢岂敢,香姐请用茶。

冯运华:奇怪了。赵书记,你们怎么这么熟悉?

赵文昌:何止是熟悉,我老赵这条命都香姐给的。

陶祁香:没那么夸张。

赵文昌:毫不为过。

冯运华:到底是怎么回事?

陶祁香:还有完没完?

赵文昌:今天不谈这个,暂时保密。

冯运华:我说点儿实际的吧。这不祁香也来了,又到饭点儿了,赵书记,在我这儿吃顿便饭怎么样?

赵文昌:按说不行,但是在你这儿例外,今天例外。

冯运华站在栏杆边上吩咐着:管家,让陈妈多弄几个菜。

冯管家:东家,陈妈不是让您给辞了吗?

冯运华:瞧我这脑子,那你去"文君当垆"订几个菜吧。

陶祁香站起身:不用了,我来吧。

天黑下来,陶自强仰脸看着天,似乎在等着姐姐回来,又像是在思索什么。

杜鹃气喘吁吁地跑来,大老远就喊:自强哥,自强哥……

陶自强:杜鹃,你怎么来了?

杜鹃:自强哥,快……快……出大事了!

陶自强:你慢慢说,啥事这么着急?

杜鹃:快!茶花,茶花……

陶自强:茶花怎么了?

杜鹃:茶花她……爬上了窑口的大烟囱……她……她要自杀……

陶自强:在哪儿?

杜鹃:御窑厂那边。

陶自强拔腿就往外跑。

杜鹃气喘吁吁地跟着:自强哥,等等我……

陶自强没有理她。杜鹃摔倒在地上。

陶自强回头看了一眼:没事吧?

杜鹃从地上爬起来。陶自强又顾自朝前跑去。

高高的烟囱上,站着饶茶花。她穿着陶自强给她买的大红棉袄,在明亮的月光下格外醒目。下面,浮梁茶女们焦急地喊叫着:茶花,你下来,快下来……

饶茶花站在烟囱上,面无表情,眼睛呆呆地看着头上的天空。

玉茗:茶花,别犯傻啊,快下来,太危险了……

陶自强跑来了,杜鹃紧跟在后面,气喘吁吁地:茶花,你看,陶自强来了,快下来吧。

饶茶花一动不动。陶自强高喊着:茶花,茶花,你爬烟囱干什么?

饶茶花不理他。陶自强看到茶花没反应,立马准备往烟囱上爬。

饶茶花:陶自强,你别上来,你上来我就跳下去。

陶自强:好好好,我不上去。你下来,你快下来啊……

围观的人越来越多,大家七嘴八舌地喊着:

喊声:姑娘,别想不开,快下来吧。

喊声:姑娘,你年纪轻轻的,好日子在后头呢,千万别寻短见啊……

陶自强和众茶女束手无策。饶茶花突然脱下了红棉袄。

陶自强:茶花,别脱衣服,上面冷。

饶茶花默默地撕扯着红棉袄,里面的棉絮露出来。

陶自强:茶花,你要干什么?

一片一片的棉絮从高空飘落下来,雪片一般。

月季:茶花,你有什么话就说,撕棉袄干什么?

荷花:茶花,你是不是恨陶自强啊?你要是恨他,就骂他。

瑞香:我们是好姐妹,你恨陶自强,我们也恨他。你想骂他,我们替你骂。

陶自强:茶花,我可恨,我该骂,你痛痛快快地骂我吧。

玉茗:茶花,你在上面骂他也听不清,我们替你骂吧。

杜鹃:陶自强,你混蛋,看你把茶花气成这样了。

月季:陶自强,你不是东西,你为什么不娶茶花?

凤仙:陶自强,你要向茶花赔礼道歉。

陶自强:茶花,你听我说,我错了,你下来吧,我听你的,我什么都听你的。

杜鹃:陶自强,你跟不跟茶花结婚?

陶自强:我结我结,我要娶茶花。(喊)茶花,你下来,我要娶你……

饶茶花依然不说话,一片一片地撕着红棉袄。

陶自强:你恨我,撕棉袄干什么?棉袄又没错。

棉絮撕完了,又撕布面。一片一片红色的布片飘落下来,像落花残红。

月季:茶花,你倒是说话呀?你想怎么着呀?我们骂陶自强你不满意,我们替你打他行不行?姐妹们,抄家伙,我们打这个负心汉。

众茶女顺手抄起窑口旁边的窑柴棒,举起来朝陶自强打去。陶自强被打翻在地,茶女们的窑柴棒上下起落,劈头盖脸地打着陶自强。

陶自强没喊叫,围观的人们夸张地喊了起来:

喊声:啊啊……救命啊……

喊声:哎呀,你们怎么往头上打?

喊声:脑袋流血了,要出人命了。

喊声:呀,脸上都出血了,你们怎么下黑手呀?

喊声:别打了,打人犯法,打死人偿命。

杜鹃:反正茶花也不想活了,打死他我们去偿命,谁都别活了……

突然,茶花在上面喊叫了一声:别打了,谁让你们打的?

月季:你不是不想活了吗?我们都陪着你去死,陶自强不能便宜了他。

荷花:我们七姐妹可是结拜过的,不愿同年同月同日生,但愿同年同月同日死。

凤仙:茶花,今天咱们姐妹是死是活,全凭你一句话。

茶花把最后一片布片扔下来,那布片像羽毛一样在空中飘浮着,划动着水一样的月光。

玉茗:茶花,你倒是说话呀?

杜鹃:茶花不说话,我们继续打。

几个茶女又噼里啪啦地挥动起来手里的窑柴。

茶花弯下身子,蹲在了烟囱上。

杜鹃:茶花,你怎么了?

茶花:我……我……我下不来了。我两条腿直哆嗦,我害怕……

陶自强骨碌从地上爬起来:茶花,别怕,我来了。

陶自强跑到窑口前,往烟囱上爬去。下面的人都紧张地看着饶茶花。

陶自强爬上了烟囱。饶茶花蹲着身子,一点儿一点儿地往爬梯口上移动着。

陶自强爬到了烟囱边沿上,一把抓住了饶茶花的手。

饶茶花身子歪在陶自强的怀里。陶自强一只手紧紧地抓住了爬梯,一只手抱稳了饶茶花。

饶茶花立即镇静下来,双手抓住了爬梯。两个人慢慢地往下爬。

在众人和茶女们的注视下,陶自强先跳到了地上。

饶茶花还没着地,陶自强便一把将她抱住了……

茶女们紧紧地把饶茶花围抱起来。围观的人也都欢呼起来。

饶三婆抱着女儿哭着:茶花啊,你怎么办这傻事呀?你要是有个三长两短的,你让妈怎么活呀?

饶茶花安慰着:妈,没事的,我这不是好好地回来了吗?

饶三公:茶花,我问你,那个陶自强欺负你了?

饶茶花:没有。

饶三公:没有你跟人拼什么命?

饶茶花:就是……闹着玩儿呢。

饶三公:有这么闹着玩儿的吗? 连命都不要了?

饶茶花:也是生了点儿气。

饶三公:让你嫁给马窑主,你都没玩儿命,这是怎么了?

饶茶花:那是您没把我逼急了,逼急了我照样玩儿命。

饶三公:这么说陶自强把你逼急了?

饶茶花:爸,不是的。

饶三公:这也不是,那也不是,到底是怎么回事?

饶茶花:我也说不清,当时脑瓜一热就爬上去了。

饶三婆又哭起来:茶花,你可不能这样了,我和你爸就你这么一个闺女啊。

饶茶花为母亲擦着眼泪,安慰着:不会了,不会了,妈,我再也不会了。

医院,邓美珊批评着饶茶花:我让你跟封建思想做斗争,谁让你去玩儿命了?

饶茶花:要斗争就会有牺牲。

邓美珊:我问你,你做斗争的目的是什么?

饶茶花:不就是为了跟陶自强结婚吗?

邓美珊:你都牺牲了,还结什么婚?

饶茶花:嘻嘻,我就是吓唬吓唬他。

邓美珊:真出了事怎么办?

饶茶花:不会的,那个烟囱我爬过。不单我爬过,我们好几个姐妹都爬过。我们几个胆儿挺大的,净干冒险的事。

邓美珊:那你后来为什么又害怕了?

饶茶花:没有啊。

邓美珊:不是腿软了吗?

饶茶花:可能是站得时间太长了,又冷。

邓美珊:冷你还撕棉袄?

饶茶花:嘻嘻,我还是挺喜欢那件棉袄的,心疼死了。

邓美珊:还指望让陶自强再给你买一件?

饶茶花:算了,就当它是为我做出牺牲了。

邓美珊:你达到目的了?

饶茶花:反正是陶自强把我抱下来的,又当着那么多人的面起誓发愿,看他还怎么反悔?

邓美珊:好啊你饶茶花,看着你心直口快的,一肚子花花肠子。

陶祁香:茶花这算是演的哪一出呀?逼上梁山?这回你陶自强算出了大名,露了大脸了,整个草鞋弄都知道了。要我说,你就不应该去。

陶自强:我不去,真出点儿事怎么办?

陶祁香:是你把她推上烟囱的吗?不是她自己爬上去的吗?你要是不露面,出什么事跟你都没关系;你去了,出了事都得由你兜着。

陶自强:她毕竟是为我爬的烟囱呀。

陶祁香:那还不是因为你答应了人家又说话不算数。

陶自强:姐,事情都闹到这个地步了,您就同意了吧,求求您了。

陶祁香:你在茶花面前可以说话不算数,我在你面前说话是算数的。

陶自强:您真要把茶花逼死呀?

陶祁香:是她自己逼自己的。

陶自强:您怎么这么冷血呀?

陶祁香:什么?你说我冷血?

陶自强:见死不救,不是冷血是什么?

陶祁香:好,我冷血,我冷血,是我冷血……你说我冷血?我要是冷血,你能活这么大吗?你从不到一岁就跟着我,我一把屎一把尿地伺候你。你饿了,就知道哭,什么都不吃。我不知道该给你吃什么,抱着你挨家挨户地去求奶水。你病了,高烧不退,我们正在乡下演出,那里没有医生,我冒着大雨抱着你进城。路上被山洪冲跑了,要不是遇见了好心人,我们姐俩早就见阎王了……我从十四岁拉扯着你,这都快四十了,为什么还是个老姑娘?还不都是为了你?黄窑主为什么没有带我走,不也是因为你吗?

陶自强:姐,您说这些干什么?

陶祁香:我说过吗?我这不是第一次跟你说吗?你拍着胸脯想一想,这是冷血吗?有这样冷血的姐姐吗?为了一个小丫头片子,你居然说你姐冷血。

陶祁香越说越气,趴在床上呜呜地哭了起来。

陶自强怕了,上前拍着陶祁香的肩头:姐,姐,您这是干吗呀?

陶祁香把陶自强的手扒拉开:去,你别叫我姐,我也没你这个弟弟。

陶自强:姐,我错了,我错了还不行?

陶祁香哭得更厉害了,几乎是号啕起来。

陶祁香腾地爬起来,冲着陶自强:你走不走?

陶自强:您让我去哪儿?

陶祁香:爱去哪儿去哪儿?你没我这个姐姐了,我也没你这个弟弟了,我们谁也不认识谁。

陶自强:姐姐,我已经认错了。

陶祁香:你走不走,你不走我走。

陶祁香说着,就收拾自己的东西。

陶自强:好好,您别走,我走,我走还不行?

陶祁香拉开门,一下子把陶自强推出门外。

陶自强站在院子里央求着:姐,姐……

哗啦一声,陶祁香从里面闩上了门。

冯运华走进来。显然,他已经在外面听了一会儿了。

冯运华:怎么,跟姐姐吵架了?

陶自强的眼泪流了下来……

冯运华与陶自强在茶馆里谈话。

冯运华:从来没见你姐姐发这么大的火,到底是为什么?

陶自强:我也没说什么,就说了她一句冷血。

冯运华:冷血?

陶自强:我也是话赶话说出来的。

冯运华:怪不得,这话重了。你说你姐姐什么不好,干吗说她冷血。在整个梨园界,谁不说你姐姐是古道热肠,怎么会是冷血呢?

陶自强:我也知道姐姐不是个冷血的人,可是……在我和茶花这件事情上,她怎么这么不通情理呀?

冯运华:是啊,这件事情我也觉得特别奇怪,你姐姐不是不开明的人啊。

陶自强:您没问过她吗?

冯运华:问过,她总是说,这是她的私事,让我别管。

陶自强:她还跟茶花说过,因为她是饶三公的女儿,她就不能同意。

冯运华:因为饶三公?

陶自强:可是她根本就不认识饶三公呀,见都没见过。

冯运华:这就更奇怪了。

陶自强:或许,是因为饶三公名声不好?可是我打听过,饶三公也没有什么恶名呀。

冯运华沉思着。陶自强说道:冯叔,我该怎么办呀?

冯运华:你姐正在火头儿上,先让她消消气吧。

陶自强:对了冯叔,刚才您怎么到我家去了,有事?

冯运华:我就是去找你的。

陶自强:什么事?

冯运华:我要请一次客。

陶自强:请谁?

冯运华:一些窑主,在景德镇比较有影响的窑主。

陶自强:又是三尊大佛四大金刚十八罗汉?

冯运华:还要请一些小窑主和窑口的师傅们。

陶自强:您要做什么?

冯运华:不是我,是赵书记要召开一个座谈会。

汪国良抱着几捆鲜菜进了院子。

吴廼湘：良子，良子……小兔崽子，跑哪儿去了？

汪国良把手里的菜放在墙根下的废匣钵上，忙答应着：噢，来了，来了……

汪国良跑进吴廼湘的房间。吴廼湘正在起床，汪国良帮助他穿衣服、穿袜子、扣扣子，很熟练地下了地。

汪国良又往脸盆里倒上水，把牙刷、牙粉准备好，然后端着夜壶出去了。

墙角有一个茅厕。汪国良进了茅厕把夜壶倒掉，放在茅厕外的废匣钵上。

吴廼湘的叫声：良子，良子……

汪国良又答应着跑进屋：老师，您叫我？

吴廼湘：我的烟枪呢？

汪国良：老师，您就别抽了吧？

吴廼湘：小兔崽子，你说不抽就不抽了？

汪国良：可是昨天晚上您已经答应戒烟了。

吴廼湘：我答应戒烟，可是没说什么时候戒。

汪国良：就从今天开始，我帮助您。

吴廼湘：早上一口烟，赛过活神仙。哪儿能说戒就戒呢？

汪国良：那您准备什么时候戒？

吴廼湘：八十岁以后。

汪国良：吴老师，您怎么言而无信呢？

吴廼湘：少废话，我的烟枪呢？

汪国良：嘻嘻，我给您藏起来了。

吴廼湘：快给我找出来。

汪国良噘着嘴：就在您枕头底下呢。

吴廼湘翻开枕头，拿起烟枪，歪躺在床上。汪国良急忙上前伺候他抽烟。

吴廼湘享受着。汪国良抱怨道：烟泡可越来越不好买了。

吴廼湘：那你就多给我买点儿，囤点儿货。

汪国良：抽大烟毁坏身体。

吴廼湘:我知道。

汪国良:政府已经开始宣传戒烟了。

吴廼湘:从道光皇帝开始,历朝历代都宣传戒烟,戒了吗?

汪国良嘟哝着:老顽固。

吴廼湘:你说什么?

汪国良:我说您抽烟好,长命百岁。

吴廼湘吐出一口烟:呵呵,好了,神清气爽,开始干活儿了。

谢老板:汪国良,你给我滚出来!

汪国良急忙跑出来:怎么了,老板?

谢老板:我让你买菜,菜呢?

汪国良一看,废匣钵上的菜被几只鸡啄得稀巴烂。

汪国良急忙轰鸡。谢老板的藤鞭抽在了汪国良的身上。

汪国良夸张地叫着:哎哟,哎哟……

吴廼湘隔着窗子:谢老板,积点儿德吧,别动不动就打人。

谢老板放下了藤鞭,恶狠狠地对汪国良:哼,有人给你撑腰了是吧?

汪国良调皮地吐了一下舌头。

丁萌萌看见了汪国良肩膀上的鞭痕:你怎么又挨打了? 不行,我得带你去找警察。

汪国良:萌萌姐,怪我自己。

丁萌萌:你怎么了?

汪国良:我早起去买菜回来,刚进院门,吴老师喊我去给他倒尿壶,我顺手把菜放在院子里,结果被鸡啄了。

丁萌萌:你别去了,跟一个大烟鬼也学不到什么,还得低三下四伺候人。

汪国良从怀里掏出几张画给丁萌萌看。丁萌萌接过来仔细看着:你画的?

汪国良:嗯,照猫画虎。

丁萌萌:画得不错啊。

汪国良:比你那个卢老师怎么样?

丁萌萌:不一样,还真是不一样。

汪国良:怎么不一样?

丁萌萌:说不好,反正不一样。对了国良,吴老师一般都什么时候画啊?

汪国良:一般都是过完了烟瘾才画呢。

丁萌萌:他不是早上抽烟吗?

汪国良:晚上也抽。

丁萌萌:晚上抽完烟画吗?

汪国良:当然画了,晚上画的时间更长。

丁萌萌:你能带我去看看吗?

汪国良:那我不敢,谢老板知道了会把我打死。

丁萌萌:咱们偷偷去不让他发现。

汪国良:嘻嘻,你知道这叫什么吗?

丁萌萌:不知道。

汪国良:这叫偷艺。

丁萌萌:别说得这么难听。

陶祁香做好了饭,把饭菜端上桌,习惯地摆上了两副碗筷。她没有动筷,默默地坐在桌前。有人敲门。陶祁香喊道:不是告诉你别回来了吗?

答话的是冯运华:祁香,是我。

陶祁香打开门:有事?

冯运华:来看看你。

陶祁香:陶自强让你来的吧?

冯运华:我到附近办事,顺便来看看你。

陶祁香:坐吧。

冯运华看了看餐桌:你还没吃饭?

陶祁香:刚要吃。你吃了吗?

冯运华:啊,我也没吃呢。

陶祁香:坐下吃吧。

冯运华:不急,先说两句话。

陶祁香:你想说什么?

冯运华:赵书记不是给我一个任务吗?让我找一些窑主开个座谈会,我想,顺便请他们吃顿饭。

陶祁香显然顾不上这些,应付性地搭讪着:嗯。

冯运华:去饭店吃饭,赵书记肯定不答应,能不能就在窑屋里摆几桌?

陶祁香勉强地:自己做?

冯运华:当然,也要从外面请厨师。

陶祁香:还得搭灶。

冯运华:咱烧窑的,搭个灶还不简单?

陶祁香:桌椅板凳呢?

冯运华:凑一凑,不行再借一些。

陶祁香不言语了。

冯运华:怎么,跟自强吵架了?

陶祁香:你到底干什么来了?

冯运华:两件事,插花着说。

陶祁香:陶自强跟你说什么了?

冯运华:他很后悔。

陶祁香:哼,他才不会后悔呢。

冯运华:真的把他赶出去了?

陶祁香:这没良心的,我要他干什么?

冯运华:以后呢?

陶祁香:以后谁也不认识谁。

冯运华:你真的舍得?

陶祁香:我就是个冷血,有什么舍不得?

冯运华:如果你真的不让陶自强回来了,怎么还摆了两副碗筷?

陶祁香:你不是来了吗?

冯运华:你能掐会算?什么时候变成罗大仙了?哦,陶大仙。

陶祁香扑哧笑了。

冯运华拿起碗筷:好吧,我替陶自强吃,也算是替他赔礼道歉了。

陶祁香:吃我的饭,还算给我赔礼道歉?亏你想得出来。

冯运华:我做了好人,还不能混顿饭吃?

陶祁香无奈地笑了。

酒馆里的人都走了。陶自强一个人在喝酒。

陈三姐看了看陶自强,坐在了他的对面。陶自强又干了一杯酒。

陈三姐把酒壶拿过来。陶自强用一双泪眼看着陈三姐。

陈三姐:跟茶花吵架了?

陶自强摇了摇头。陈三姐说道:茶花不该爬烟囱,我说过她了。他爹妈就她这么一个闺女,从小被宠惯了,太任性。

陶自强:我姐……把我赶出来了。

陈三姐:为什么?

陶自强:是我不好,我对不起我姐。

陈三姐:你姐不是对你很好吗?

陶自强:我姐,对我……我一岁的时候,父母没了,是我姐一把屎一把尿地把我拉扯大的。我姐……为我吃了太多的苦,受了太多的罪,把自己都耽误了……可我,我为什么要说她冷血呢?

陈三姐又给陶自强倒上一杯酒,自己也倒上一杯:来,三姐陪你喝一杯。

陶自强却没有端起杯。

陈三姐:你说你姐什么?

陶自强:我说她冷血。

陈三姐把酒干了:你说你姐冷血?

陶自强:我……我他妈太混蛋了。

陈三姐:唉……

陶自强上手捂住了脸。

陈三姐:要不要我送你回家?

陶自强摇了摇头,起身走了。

陶祁香洗完画笔,默默地进了屋。

陶祁香装着没有看见他。陶自强叫道:姐。

陶祁香没有理他。陶自强央求道:姐,您打我吧。

陶祁香:你长这么大,我捅过你一个指头吗?

陶自强:您骂我,打我,怎么都行,就是不能不要我啊。

陶祁香:你不是有茶花吗?

陶自强:姐……没有姐,就没有我。我不能没有姐啊……您怎么打我都行,就算是把我的腿打断,也不能让我离开您。

陶祁香背对着他。陶自强咕咚跪在了地上,把陶祁香吓了一跳。

陶祁香:你起来,你要干什么?

陶自强大哭起来:姐,我对不起您啊……

陶祁香蹲下身子,把陶自强抱在怀里。姐弟俩哭抱在一起。

冯管家带着陶自强、冯兴国、周鸿达布置酒宴现场。陶祁香也过来帮忙。冯管家对冯兴国说道:也不知道你爹是怎么想的,非要把酒宴摆在窑屋里,这暴土扬尘的,打扫三天了,还是这个样子。

冯兴国:窑屋宽敞啊。冯家窑的窑屋是景德镇最大的,我爸说了,将来我娶媳妇的时候,就在这窑屋办酒席,这次算是预演吧。

周鸿达:你要是在窑屋里结婚,你媳妇保准能给你生满窑"凑脚青"。

冯兴国:周鸿达,你说话损不损呀?

周鸿达:我祝福你满堂儿女,五男二女不好吗?

陶自强:你要是在这窑屋里结婚,就算是冯家窑的新窑主了。

冯管家：就是，皇帝重长子，百姓爱幺儿。你是冯家窑的长子，别整天翻跟头打把式了，准备上冯家窑的大位吧。你爹的岁数也不小了，该省省心了。

冯兴国：看来生在黎民百姓家，还是当幺儿最好。

陶祁香：对了，兴远怎么样了？

冯兴国：来信了，还问您好呢，(对陶自强和周鸿达)也问你们好呢。

陶祁香：他考上中央美院了吗？

冯兴国：甭提多脆了，他第一天去报考，就遇上了校长徐悲鸿，徐悲鸿看了他的画作，当即决定免试入学。

陶自强：太好了，冯兴远就是绘画天才。

罗灵风闻讯跑来：哎哟哟，在窑屋里招待景德镇的书记，大新闻，开天辟地的大新闻。这是要上书的。

陶祁香：这算什么新闻？

罗灵风：景德镇的市委书记，要是放在过去就是知府，四品黄堂，出门坐蓝呢大轿，旗罗伞扇、肃静回避、鸣锣开道的。

冯管家：我也说呢，这么大的官，怎么愿意跟咱窑工一起吃饭呢？

陶祁香：因为他不是四品知府。

管家：那是什么？

陶祁香：是共产党。

罗灵风：你说共产党的官，怎么不怕老百姓呢？

陶祁香：怕老百姓，那还叫共产党的官吗？

罗灵风：历朝历代，百姓怕官，官怕百姓。

周鸿达：百姓怕官我知道，可是为什么官怕百姓呢？

罗灵风：当官的有几个不压榨百姓欺负百姓的？把百姓压榨惨了，欺负惨了，百姓没活路了，怎么办？兔子急了还咬人呢。远的不说，就说国民党吧，那些衙门，不都是当兵的端着枪把守着吗？他们要是出来，三步一岗五步一哨，防谁呢？不就是防百姓吗？视民如寇，畏民如虎，防民如敌，说的就是他们。哪儿像现在，共产党的官跟老百姓就像一家人，不对，比一家人还亲呢。

陶自强：别说了，亲人来了。

冯运华带着赵文昌来了，后面还跟着一个中年人。中年人相貌平平，也穿着列宁装。几个人一齐向前跟赵文昌打招呼：赵书记好，欢迎赵书记……

赵文昌把那个中年人推向前：我给你们介绍一下，这位是李宗贤同志，瓷业公司的经理，刚从省里调来的。

李宗贤非常客气，与大家一一握手问好。

赵文昌：你们辛苦了，先忙着，我看看冯家窑的窑屋。香姐一起转转吧。

陶祁香:你们先转着,我要到灶上去看看。

赵文昌:啊,这是我见到的最大的窑屋了,占地多少?

冯运华:差不多有一亩多吧。

李宗贤:这些立柱怎么都歪七扭八的?

冯运华:李经理说对了,景德镇的窑屋,用的都是弯曲、多节,而且不剥皮的大杂木。还有,每一根立柱没有直的,都是歪斜的。但是它不是随便歪斜的,在立柱之前,要算计好角度和支撑力,都是有一定的规矩的。窑上面这一部分叫窑巢,空出的这一部分叫落。

赵文昌:李经理啊,景德镇就是一个大学堂,一砖一瓦一草一木都藏着大学问,且够咱学的呢。

李宗贤:赵书记教导得极是,我一定要以赵书记为榜样,努力学习。

赵文昌莫名地看着李宗贤。李宗贤慌了:赵书记,我说的不对吗?

赵文昌哈哈大笑起来。李宗贤不好意思地跟着笑了。

赵文昌顾自朝前走去,晒坯架、淘泥桶、匣钵,一样一样都看得非常仔细。

李宗贤看着坯架上一个个涂色的瓷胎,正要伸手去摸。

冯运华:李经理,这可不能碰。

赵文昌:这是素烧胎吧?

冯运华:这可不是素烧胎,已经施过釉的瓷胎了。

赵文昌:这些都是已经施过釉了?

冯运华:是的,上面这几排,都是青花的坯胎。下面这几排是颜色釉的坯胎。

赵文昌:这青花已经画上了,我怎么看不出来啊?

冯运华:被釉料包裹住啦。等烧制完成后,里面的画就自然显现了,烧出来之前谁也不知道会出来什么效果。

赵文昌:哟,原来这就是入窑一色,出窑万彩啊。

冯运华:我们到二楼看看吧。

冯运华带着赵文昌和李宗贤上了楼。

赵文昌首先看到的是阁楼上整整齐齐地码着大撂的窑柴,还有几个挑窑柴的,沿着山门爬上来,继续朝窑柴垛上码放着窑柴。

赵文昌有些惊诧:这么多窑柴?

冯运华:一般大的窑口,楼上要存放够烧五次的窑柴。

赵文昌:那得多少?

冯运华:差不多有一百吨吧。

李宗贤:为什么要把窑柴存放在楼上,为了防潮吗?

冯运华:你们过来。

在靠近窑巢的地方有一块木板,冯运华过去,把木板打开,原来是一个豁口。赵文昌和李宗贤伸头朝下望去,下面就是窑门,窑门下面是一个大坑。

冯运华:这叫作溜柴口,烧窑的时候,把窑柴从溜柴口扔下去,这样烧窑师傅拿起来就非常方便了。

在阁楼的另一侧,有一个大房间和几个小房间。赵文昌走过去,李宗贤紧跟在后面。大房间里面是一个大通铺,放着简单的被褥。小房间不大,都是独间,里面也放着被褥。

冯运华:这大房间是窑工住的地方,小房间是客房。

赵文昌:冯家窑现在有多少窑工?

冯运华:原来有六十多名,前些天又招来二十多人,总共有八十多人吧。

赵文昌:我听说那些老窑工对你招收这二十多人很有意见。

冯运华:一些人是不满,说这些新来的人抢了他们的饭碗。我告诉他们了,凡是冯家窑的人,每人一个饭碗,谁也抢不了谁的。等全面恢复生产以后,恐怕这些人手还不够,还要添新人。

李宗贤:你这是景德镇最大的窑口了吧?

冯运华:那可不是,最大的窑口是邑山窑,最多的时候有一百三十七人。

李宗贤:赵书记,我们什么时候到邑山窑看看。

赵文昌:我们需要看的,可不仅仅是邑山窑。

李宗贤:赵书记说得对,考虑得很全面。

赵文昌没有理他。

冯老六身着一身干净长衫站在窑屋的大门口,招呼宾客入场。朱可清带着儿子朱光秀来了,见到冯老六,像什么事情都没有发生过似的,满脸堆笑,作揖施礼:六爷您好啊,这身长衫一穿,斯文,比腰缠万贯的徽商还斯文。

冯老六把脸一扭,不理睬他。朱可清吩咐儿子:快叫爷爷。

朱光秀:爷爷好。

冯老六猛然扭过头,冲着朱可清,大声答应着:哎,孙子!

朱可清脸一红,忙拉着儿子进去了。

罗灵风也穿着长衫来了,向冯老六拱起双手:六爷吉祥,看您山根饱满印堂发亮,好运气啊。

冯老六:你怎么来了?

罗灵风:不是赵书记召见吗,我焉有不到之理?

冯老六:赵书记要见的是窑主,你算什么?

罗灵风:缪也缪也,赵书记召见的,是景德镇的窑主和社会贤达名流。鄙人即便算不上贤达,总该是名流吧?

冯老六:什么是名流?

罗灵风:有名之流。

冯老六:有名的流氓。

罗灵风:嗨,你怎么骂人呀。

冯老六懒得理睬他,又去招呼别的客人。罗灵风乘机溜了进去。

桌椅板凳盘碟碗筷已经摆好了,来宾们陆续进来,互相打着招呼,往同桌上让着。罗灵风大大方方坐在靠后一张桌子上,像主人一样招呼着熟悉的人。

陶自强、周鸿达、冯兴国端着菜往桌子上摆着。

外面,新盘的两个大灶,陶自强和周鸿达蹲在灶前拉着风箱。

陶祁香切着菜。请来的厨师忙活着炒菜。锅勺叮当乱响,热气腾腾。

众来宾就座,嗡嗡营营地说着话。

司机小徐和陶自强等搬着一坛一坛的窑工酒,送到各个餐桌上。

冯运华站起来:诸位请压言……

李宗贤抢过话头:各位,请安静一下,我是瓷业公司的经理,叫李宗贤。下面请允许我给大家隆重介绍……

赵文昌拍了拍李宗贤的肩膀,示意他坐下。然后,对大家说:各位朋友,我们有的已经认识了,有的还不认识。我叫赵文昌,是景德镇的市委书记兼市长,大家可以叫我老赵。今天把大家请来,是想开个座谈会,跟大家谈谈心。你们看,冯窑主整得这么隆重。他说在景德镇,大事小情,不在酒桌上谈,就在茶馆里谈,是这样吗?

窑主:对对,这是规矩。

赵文昌:我来到景德镇,听到最多的两个字就是:规矩。有些规矩很好,我们要继承下来;有些规矩是不太好的,甚至是有问题的,我们要破一破。至于什么事情都在饭店茶馆里谈的规矩好不好,今天先不讨论。我是入乡随俗,依了这个规矩。冯窑主准备了饭菜,我呢,从三角井酒馆买了几坛酒,算个表示吧,请大家把酒都倒上,一定要倒满啊,酒满心实嘛。

大家乱哄哄地倒酒,互相谦让着、客气着。陶自强等非常及时地把知四肉送到各个餐桌上。赵文昌站起来,端起一碗酒:各位朋友,今天我要敬大家三碗酒,这第一碗酒呢,我先讲一个故事,一个大家都非常熟悉的故事。大家都看到了,每一张桌子上都有一碗肉,这是什么肉呀?

众回答:知四肉。

赵文昌:对,知四肉。光绪二年,景德镇掀起了一个规模宏大的罢工运动,就是我们所说的"打派头"。领导这次"打派头"的就是来自南昌的杂帮师傅熊知四,为什么"打派头"呢?因为窑工活不下去了。黑心窑主联合起来剥削压榨工人,工人的日子越来越艰难。"一颗豆豉咬两边,端起饭碗望窑烟"。为什么望窑烟?没菜下饭呀!熊知四师傅代表工人向窑主提出了条件:每人每天铜钱三文,每月菜油半斤,食盐一斤,每十天猪肉四两。这条件高吗?不高啊,这是生活最基本的保障。可是就这么一点儿条件窑主也不答应,他们勾结浮梁知县对"打派头"的工人进行了残酷的镇压。熊知四师傅被逮捕了,知县对他说,要吃肉可以,用人头来换。熊知四师傅说,人头带来了,你随便处置吧。知县问他,你头都没了,用什么吃肉?熊知四师傅说,我不能吃了,可是我还有那么多的徒子徒孙呢,只要他们能吃上肉就成。熊知四被残忍地杀害了,窑工们从此吃上肉了。为了纪念他,景德镇人都把这叫作"知四肉"。几千年来,为了反抗统治阶级对劳苦大众的剥削压迫,中国人民进行了无数次的斗争,出现了无数可歌可泣的英雄,我们应该永远记住他们的名字。我提议,为了纪念为广大窑工英勇牺牲的熊知四师傅,干了这杯。

赵文昌一饮而尽。所有的人表情庄重,也一饮而尽。

赵文昌又端起第二碗酒:在喝这第二碗酒之前,我问一个问题,你们觉得咱景德镇的窑口里面,还有谁家能挣钱啊?

窑主甲:当然是冯家窑了。

窑主乙:就是啊,远的不说,前些日子出的那批郎红没少赚吧?冯窑主,您说呢?

冯运华起身,笑了笑,拱手抱拳。赵文昌说道:但是据我所知啊,还真不是这样。我要说冯窑主烧一窑赔钱,再烧一窑还赔钱,越烧越赔钱你们信吗?

窑主丙:当然不信啦,他冯窑主又不是傻子,真要这样他早就歇火了。

赵文昌:那批郎红呢,大家都会觉得是一个个金元宝对不对?可是冯窑主就是抱着金元宝讨饭吃。他烧的每一窑,都是借债烧的。瓷器烧出来了,又卖不出去,大家是可以想象得到的。旧中国给我们留下的是什么?是一穷二白,国家穷,老百姓也穷,谁买得起瓷器?瓷器越好越卖不出去。怎么办?冯窑主只好到处借债。你们以为借债那么容易吗?上山擒虎易,开口借债难。摘借无门,冯窑主铤而走险,只好去借高利贷。借高利贷也不容易,受尽压榨,还要受尽屈辱。那一批郎红就抵押给黑心高利贷主了。你们知道是多少的利息吗?九出十三归!借十个,只给九个,还的时候要给十三个。触目惊心啊同志们,天下人心黑,谁能黑得过高利贷主?

赵文昌喘了一口气,接着说:问题来了,冯窑主明明知道高利贷不能借,为什么还要借？因为他要烧窑。为什么要烧窑？因为只有把窑烧起来,工人才有饭吃。许多人劝他歇火,他说,歇了火工人吃什么？我多少还能借点儿钱,工人们到哪儿借钱？各位窑主,各位师傅,同志们,冯窑主这是什么精神？这是为劳苦大众甘愿牺牲的精神,这是舍己为人的社会主义觉悟。我们共产党就是为了广大劳苦大众才闹革命的,革命的目的就是为了让劳苦大众能过上好日子。这碗酒,我要敬给冯运华先生,大家跟我一起敬冯窑主好不好？

众皆相应,大家一起向冯运华举起了杯。赵文昌把第二碗酒一口干掉。

冯运华红着眼眶,端起酒碗一饮而尽。

罗灵风高喊:向伟大的社会主义窑主致敬!

有些人附和着:向伟大的社会主义窑主致敬!

马窑主端起酒,向四周拜谢。

窑主甲:马窑主,你就别客气啦,你又不是社会主义窑主。

窑主乙:就是啊,你还娶大姑娘做填房呢。

马窑主:瞎说什么呢,我马某人也要求进步还不行吗？

众皆哄堂大笑。赵文昌端起第三碗酒。李宗贤突然起身:这第三碗酒啊,我替赵书记敬大家了。我作为瓷业公司的经理,一定全力以赴……

众人:我们要听赵书记说。

赵文昌:李经理啊,让我先把这第三碗酒敬完吧。今天这酒啊,是我请大家来喝的,不用你替我喝。

李宗贤尴尬地放下酒碗。赵文昌:这第三碗酒啊,我先不喝。为什么呢？因为今天是座谈会,我是想多听听大家的意见。你们谁先说？

朱窑主:赵书记,我先说。

朱窑主心情沉痛地说着:……赵书记,你刚刚来景德镇,就看见了我们砸冯家窑的架,丢人啊,我给景德镇丢人了。这碗酒,算是我给冯家窑赔罪,给冯六爷赔罪,更是给陶自强陶师傅赔罪……

赵文昌:好啊,朱窑主这个态度很好嘛。知错就改,这才是江湖好汉。来,这碗酒我陪朱窑主喝。

冯运华也端起酒碗:算我一个。

众人:我们大家一起喝。

赵文昌:喝了这碗酒,景德镇帮帮派派之间、大小窑主之间、师父徒弟窑工之间,所有的恩恩怨怨一笔勾销。

众:一笔勾销。

赵文昌:让我们团结一致,拧成一股绳儿。

众:团结一致,拧成一股绳儿。

赵文昌:为了景德镇美好的明天,干杯。

众:干杯……

外面。周鸿达:朱窑主正在给咱们赔罪呢。

冯兴国:赔什么罪?

周鸿达:他砸了咱们的架呀。

陶自强:我觉得朱窑主还是个明事理的人。

周鸿达:你是好了伤疤忘了疼。

陶祁香:听其言还要观其行。

赵文昌:刚才大家说了那么多,总结起来就是一句话。要吃饭就得恢复生产,要恢复生产就需要钱,可是没钱。对吧?

众窑主:对,没钱,大家都没钱。

赵文昌:群众有困难,找谁呢?当然是找政府。可是政府也没有钱。穷光蛋对穷光蛋,穷见穷一哈腰。

大家都笑了。赵文昌接着说:不仅仅市委市政府,省委省政府也非常关心这个问题。告诉大家一个好消息,我们搞到了一些钱。不多,分成两块。一块呢,是省委下发了一笔贷款,无息贷款。还有一块呢,是我从东北搞来的。东北解放的时间比较早,我在东北也工作了一段时间,东北的几大工厂啊,在广大工人阶级和东北百姓的共同努力下,迅速地恢复了生产,已经走在了全国的前面。东北的工人阶级知道我们有困难,无私地伸出了援助之手。这笔钱呢,对于东北人民已经伤筋动骨了,可对于我们景德镇的建设来说,还是杯水车薪。僧多粥少,就这么一碗米,雨露均沾,一家只能分几粒米,还不够煮粥熬汤呢。如果我们集中起来,把景德镇大大小小两千多个的窑口组建成十几个几十个合作组织,这些钱就派上用场,就能集中精力办几件大事。我说的这个道理不知道大家听明白了没有?

窑主甲:赵书记,我听明白了,与其大家都抱着肩缩着头冻得打哆嗦,不如抱成一团互相取暖。

窑主乙:我理解呀,与其用这笔钱撒芝麻盐,还不如烙几个烧饼先卖了,再赚几个钱。

窑主丙:你们说得都不对,要我说呀,就是好泥用在好胎上,好钢用在刀刃上。

赵文昌:大家说得都对,都有那么一点儿意思,综合在一起就全面了。我们市委也讨论了一下,两笔款子性质不同,我们也要采取不同的用项。人家援助我们的款子是不需要还的,我们用它来救急,重点用在那些生活特别困难的窑工身上。说白了,就是先让工人吃上饭。你要马儿跑,就要给马儿喂把草。

窑主甲:这应该,救穷先救急嘛。

赵文昌:那笔贷款呢,是用来恢复生产的。可是呢,景德镇两千多家窑口,我们帮助谁不帮助谁呢?总不能抓阄吧?怎么办呢?就是四个字:组织起来。

外面。陶祁香:他们在里面讨论什么呢?

陶自强:组织起来。

陶祁香:什么叫组织起来。

陶自强:就是让那些小窑主、小作坊互助合作,发挥各自的优势,扩大生产,形成规模。

陶祁香:不大明白。

周鸿达:我也不大明白,里面讨论得可热闹了。姐,您要不去听听?

陶祁香:我算干什么的?我又不是窑主。

大家翁嗡嗡营营地讨论着,发言很热烈。

窑主:组织起来确实是个好办法,互助合作嘛。

窑主:众人拾柴火焰高,攒起拳头才有力嘛。

窑主:就是赚了钱分账麻烦。

窑主:先把鸭子抓到手再说,有鸭子还愁吃?

陶自强等端着菜进来。赵文昌问道:自强,菜上完了吗?

陶自强:最后一道菜了。

赵文昌:诸位,我有个建议。刚才大家发言很热烈,现在我们请一个窑工谈谈怎么样?我们也听一听工人阶级的意见。陶自强……

陶自强:我在。

赵文昌:你也听了半天了,也说说你的意见。

陶自强:让我说?

赵文昌:对,就让你说。

陶自强:那我就不客气了。

冯运华:赵书记让你说,你就说吧。

陶自强:要我说,景德镇的窑口点不了火,开不了工,有些是钱的事,有些就不是钱的事。有些窑口,确实缺钱,雪中送炭,给他解决了资金,就能出瓷器,就能活起来。有的窑口,你就是给他钱,他也出不来瓷器,还是死。我的意见是,该活的我们把它救活,该死的就让它死了算了。

小窑主:陶自强,你什么意思呀?

陶自强:景德镇两千多窑口,有些窑口就是半死不活地混日子。做坯的不好好做坯,画胎的不好好画胎,烧窑的不好好烧窑。不错,他们也出来点儿东西,那些都是什么东西?歪七扭八、薄厚不均、花花拉拉还脏了吧唧。这些东西有人要吗?是,也卖出去了。卖的什么价钱?够本钱吗?做出这样的东西不觉得丢人吗?对得起景德镇三个字吗?

小窑主:丢什么人?能养家糊口就行了呗。

陶自强:不是养家糊口的事。那些粗制滥造的东西都是用什么做的?不是照样用景德镇的瓷石白土吗?不是照样用景德镇的釉料吗?不是照样烧的是景德镇的松柴吗?我听冯窑主说过,景德镇的瓷石白土、釉料、松柴,是全中国最好的原料。用最好的原料就应该烧出最好的瓷器,这样浪费原料他们不心疼吗?

小窑主:陶自强,你也太狂了吧?仗着你们冯家窑财大气粗是不是?照你这么说,景德镇就是你们大窑主的,我们小窑主就该死?

冯运华吃不住了:自强,今天主要讨论的是组织起来恢复生产的问题,你说这些跑题了。

赵文昌:不,别打断他。陶自强,你继续说下去。

陶自强:我只是说瓷器做得好不好的事,没有说大窑主和小窑主。我知道有几个小窑主,特别了不起。大家知道杨拐子吧,三个人的小作坊,够小的吧?可是人家的颜色釉做得就是好,每次出窑的时候瓷商都排着队等着提货。还有鹌鹑窑,七八十担的小窑,大家都抢着去他家烧。为什么?人家出窑率高啊,别的窑都是四成五成,好的六七成,人家鹌鹑窑保证在八成以上。现在大多数窑口都歇火了,他家的窑火一直就没断。等着去他家烧窑的都排到下半年了。再有,过去的珠山八友,都是一个人一个画室,够小的了吧?哪个人的画不是抢手货?

赵文昌站起来:大家说,陶自强说的对不对?

小窑主:对什么对?狗眼看人低。

陶自强:哎,你怎么骂人呀?

朱窑主:陶师傅说的对,我拥护。

小窑主:你拥护算个屁,你跟陶自强什么关系呀?

朱窑主:我向理不向人,陶师傅说的就是对。

小窑主:说冯家窑好的是你,砸冯家窑架的也是你,那鼻子下面那个是嘴吗?

赵文昌:好了,我今天请大家来,就是要听取各种意见的。谁有什么意见都可以说,知无不言言无不尽,先不评论对或者不对,只要大家说出来我们就欢迎。

陶祁香慌慌张张地把陶自强拉到外面:你怎么说这些? 这不得罪人吗?

陶自强:可我说的都是实话呀?

陶祁香:实话也分在什么场合说。

陶自强:这些话我压在心里好长时间了,早就想说了,就是没有机会。

陶祁香:你呀你呀,真是个孩子。

赵文昌:就这么决定了,一句话:窑口组织起来,窑工行动起来,政府呢,积极支持、全力扶持、恢复生产、共渡难关。凡是组织起来的,有一定规模的,有生产规划的,不管你赚大钱还是赚小钱,哪怕是够本,或者少赔点儿也行。只要你开了火以后能给工人发工资,能维持下一步的生产,就行。你们准备好了以后报到李经理那里。我们研究以后马上发放贷款,无息贷款。

众窑主:谢谢赵书记。

冯运华站起来:各位,我们把这一碗酒敬给赵书记好不好?

窑主们:敬赵书记,敬赵书记……

春暖花开,桃红柳绿,街上人来人往。景德镇上,大多数窑口都点了火,窑烟袅袅。街市上也繁华起来,行人如缕不绝。

古老的景德镇焕发着新的生机。昌江上渔船来来往往,货船装载货物。一些从乡下来的农民扛着扁担到景德镇打工。小孩子们冲着他们喊着歌谣:

> 装坯开了禁,乡下得到信。
> 丢了田不做,漏液赶上镇。
> 政府救了困,买根压卵棍……

汽车停在冯家窑的门口,赵文昌见陶自强出来,打开车窗:上车吧。

陶自强绕到车前面,要打开副驾驶的车门。

赵文昌:坐后边来吧,咱们聊聊天。

陶自强开门上车,坐在了赵文昌的身边。小徐开动了汽车。

赵文昌:我给你请了假,今天让你陪着我去看看高岭土。

陶自强:愿效犬马之劳。

赵文昌:这话是跟你姐学的吧?

陶自强:还用学,我从小在戏班长大的,我姐唱的戏文,好多我都能背下来。

赵文昌:当初你姐怎么没让你学唱戏啊?

陶自强:人要是在哪方面没有天分,就一点儿兴趣都没有。

赵文昌:这话有自知之明。

陶自强:我就喜欢利坯。

赵文昌:这还不够。

陶自强问道:赵书记,您今天叫我来,不光是看高岭土吧?

赵文昌:你觉得还有什么呢?

陶自强:我觉得您要批评我。

赵文昌:批评你什么?

陶自强:那天我回来想了想,我姐也说我了,在座谈会上我说的那些话,确实有点儿缺自知之明。

赵文昌:谁说的,好啊。我正要告诉你呢,那些话很好啊,很有见识啊。

陶自强:那您那天怎么没说?

赵文昌:你那些话说得很好,但是好话也不能随便说。你那些话说得早了点儿,啊,是早了许多。说话的目的是什么?不是为了让人接受你的观点吗?不是要解决问题吗?这就需要掌握火候。就像煮饭,你的米再好,揭锅早了就会夹生,揭锅晚了就会烧糊。

陶自强:那您说,我那些话什么时候说合适?

赵文昌转移了话题:自强,你想过没有,今后除了利坯,还想干点儿什么?

陶自强:我说了您别笑话我。

赵文昌:听了不可笑的话我是不笑的。

陶自强:有点儿可笑。

赵文昌:有点儿可笑我就憋着。

陶自强:您可真不像……

赵文昌:不像什么?

陶自强:不像市委书记。

赵文昌:不是说了嘛,我们是兄弟,你就拿我当冯兴国、周鸿达。

陶自强:那好吧,我有一个梦想,跟我姐都没说过。

赵文昌:洗耳恭听。

陶自强:我的梦想很大,很大的梦想就是幻想了吧?

赵文昌:说下去。

陶自强:我要当一个窑主,大窑主。

赵文昌:有多大?

陶自强:比冯家窑大,比邑山窑大,比景德镇所有的窑口都大。

赵文昌:那有多大?

陶自强:二三百人或者三五百人。我要把景德镇最好的师傅请过来,把最

126

好的窑工招进来,还要用最好的画工。我要建成最大的镇窑,烧出景德镇最好的瓷器,不,不是,是全天下最好的瓷器。让景德镇重新名扬天下,让更多的人过上好日子。

赵文昌表情严肃,半天没说话。陶自强心虚了:赵书记,您确实没笑。

赵文昌依然没表情,严肃地沉思着。陶自强:您是不是觉得我在吹牛?

赵文昌又沉默了一会儿,说:你这不叫梦想。

陶自强:叫什么?

赵文昌:叫奋斗目标。

陶自强:奋斗目标……

赵文昌严肃地说:人要有梦想,更需要有奋斗目标。

陶自强:梦想和奋斗目标有什么区别?

赵文昌:奋斗目标靠的是信仰。

陶自强努力理解着。赵文昌说:自强,我给你带来一本书,希望你好好学学。

赵文昌说着,从随身的背包里拿出一本书交给陶自强。陶自强接过来端详着,一部新出版的《共产党宣言》。

第八章

　　师傅们和打杂的都在按部就班地忙碌着。冯管家推着一辆独轮车进来,车上是新做好的褙褡。他停下车,抱起一摞褙褡,边寻找着人边发放着。

　　冯管家:周鸿达,这是你的。

　　周鸿达正在拉坯,满手是泥:您给我放后边吧。

　　冯管家:李师傅,这是你的。

　　李师傅:好嘞,谢谢冯管家。

　　打杂工猛子把料板放在晒坯架上,跑过来:我的呢?

　　冯管家给了他一件褙褡。

　　猛子立即脱下旧褙褡,穿上了新褙褡,顺脚把旧褙褡踢到一边。

　　打杂师傅:你这孩子,这旧褙褡还能穿呢,怎么就扔了呢?

　　猛子:旧的不去,新的不来。

　　打杂师傅:你们年轻人,都是败家子。

　　一个刚刚领到褙褡的青年窑工不干了:孙师傅,您不能一杠子打倒一大片呀,我就要把这新褙褡拿回去,压在箱子底儿,等娶媳妇的时候再穿。

　　冯管家:有穿褙褡娶媳妇的吗?

　　青年窑工:只要有姑娘愿意嫁给咱,穿什么都行。

　　猛子:娶了媳妇还用穿衣服?

　　青年窑工:流氓。

　　众人笑了起来。

　　新来的师傅过来:冯管家,我的呢?

　　冯管家:没有你的。

　　新来的师傅:为什么?

　　冯管家:这些褙褡都是去年年底跟裁缝铺定做的,你们才来几天?

　　新来的师傅:新来的都没有吗?

　　冯管家:都没有。

　　新来的师傅:我们的什么时候有?

　　冯管家:明年再说了。

新来的师傅:什么？明年？今年就不发给我们了？

别的新来的师傅们听见了,一起跑过来,七嘴八舌地质问冯管家:凭什么没有我们的？我们不穿裙褡能干活吗？

冯管家:这天马上就热了,大热天的,谁还穿裙褡？

新来的师傅:天热我们不穿,他们不是也不穿吗？

冯管家:反正这些裙褡,只有老窑工的,没有你们的。

新来的师傅:都是冯家窑的人,为什么还不一样？

冯管家:因为你们是新来的。

新来的师傅:新来的怎么了？新来的少干活儿了吗？

新来的师傅:冯窑主可说了,对我们一视同仁,你这叫一视同仁吗？

新来的师傅:这太不公平了,我们是后娘养的吗？

新来的师傅:走,咱们找冯窑主去。

新来的师傅:对,我们去找冯窑主。

东河静静地流淌,远处白帆朵朵,如云倒映。赵文昌、陶自强和司机小徐来到了东埠码头古街。

河对岸的巨石上,有一群浣纱女,一边用棒槌捣着衣服,一边嘻嘻哈哈地嬉闹着。赵文昌看着对岸的浣纱女:自强,听说浮梁的民歌很出名啊,能让她们唱一个吗？

陶自强:这个容易。说着,陶自强站在码头下面的巨石上,仰着脖子高唱起来:

　　　　日头哥哥快下山啰,
　　　　我打个长工太艰难啰。
　　　　一日三餐糙米饭啰,
　　　　一粒豆豉吃三天啰……

很快,浣纱女站起来,齐声唱着:

　　　　一想哥哥月下山嘞,
　　　　想郎盼郎郎不见嘞。
　　　　手举灯笼满山找嘞,
　　　　找到一朵并蒂莲嘞……

129

听完了山歌,赵文昌继续往前走。

东埠古街,极具特色。沿河由低到高,陈列着几条街道。街道是麻石板铺成的,客栈、酒坊、茶馆、米店鳞次栉比。家家户户的大门一律对着街面,大多是吊脚楼,楼下是牛棚马厩及堆放货物的地方。

赵文昌饶有兴致地看着,发现每个铺面的窗口都很高,在人的头顶上面。

小徐问:店铺这么高,人们怎么买东西呀?

陶自强:到这里来买东西的,不是普通的老百姓,不是骑马的,就是坐轿的,要不就是坐二人抬的。他们高高在上,铺面正好对着他们。

赵文昌:这铺面不高也不行,你看看这吃水线,东河发水的时候,把整个楼下都淹了。

陶自强:从这条小街往上爬,就是高岭村。

赵文昌:好,我们出发。

高山秃岭,稀稀拉拉的花草树木。不远处的向阳坡上,有一个很大的草棚。

赵文昌一行走过去。草棚里有一层一层的溶水池、化浆池、沉淀池。工人们从矿井里背出高岭土,倒入溶水池,用铁耙搅拌着。

赵文昌一行仔细地观看着。楚师傅过来,惊喜地:赵书记,您还真的来了。

赵文昌:楚师傅,您好啊。(随即向陶自强介绍)这是大名鼎鼎的扶塘师傅。

陶自强:您是楚师傅吧,早就听说过您的大名。

楚师傅:你就是陶自强啊,赵书记可没少夸你。

陶自强:赵书记,你们怎么认识的?

小徐:上次我们去瑶里水碓,楚师傅正好在那里,赵书记跟楚师傅约好了要来高岭村的。

楚师傅:赵书记,我说话算数,先来尝尝我的野山茶。

冯运华:那些新来的师傅,还是每人给他们补一件褙褡吧。

冯管家:东家,不是我跟您哭穷,咱实在是没钱了。但凡有点儿辙,我干吗放着河水不洗船呢?

冯运华把自己的手表摘下来:拿着这个押给裁缝店,先赊欠着,到时候连本带利一起还。

冯管家:东家,您干吗这么难为自己呢?

冯运华:不难为自己,就要难为别人。做生意讲的是信誉,新老窑工一视同仁,我是红口白牙讲出来的,不能失信于人。

冯管家:真没见过您这样的窑主。

冯运华:咬咬牙就过去了,很快会好起来的。

冯管家看着手里的表，无奈地摇了摇头。

楚师傅亲自泡茶，兴奋极了。

赵文昌：我看一些资料上说，在元以前，景德镇的瓷器只用瓷土，也就是您说的那些风化的石质土，叫作"一元配方"。那时的瓷器很少有大件，质地也没有后来的坚硬。后来加入了高岭土，叫作"二元配方"。自从加了高岭土，瓷器的支撑力强了，大件也出现了。同时坚硬度也强了，表面的光洁度也增加了。

楚师傅微笑着听着。

陶自强也说：我听冯窑主说过，瓷土是瓷器的肌肉，高岭土是瓷器的骨骼，釉料是瓷器的皮肤。这三种原料缺一不可，幸运的是，这三种原料都产自浮梁和周边地区。冯窑主还说，这是景德镇窑火千年不衰的重要原因。

楚师傅说话了：你们说的这些，我也听许多人说过。可是也有人有不同的看法。公说公有理婆说婆有理，谁也说服不了谁。

赵文昌：您是怎么看的。

楚师傅：江湖上有一句话：岸上不管船上米，船上不问岸上仓。

赵文昌：那我们就这么糊涂下去了。

楚师傅：有一个人你们不妨找他聊聊，据说是东洋留学回来的，是景德镇最有学问的人。此人大号邹元镐。

赵文昌：这个人在哪儿？

楚师傅：据说隐居在三角井酒馆。

赵文昌：隐居？

楚师傅：景德镇有本事的人很多，有真本事、大学问的人还没出头露面。

赵文昌：大隐隐于市，小隐隐于野。我们必须把这些高人都找到，让他们从幕后走到台前来。

饶茶花帮助陈三姐做着饺子粑。邹元镐背着一捆柴，从后院的门进来，放下，掸了掸身上的土，默默地上了楼。

饶茶花看了一眼：三姐，这就是邹老师吧？

陈三姐：嗯。

饶茶花：三姐，您怎么把房子租给他呀？

陈三姐：怎么了？

饶茶花：有人说他是汉奸。

陈三姐：瞎嚼舌头，人家只是任过伪职。

饶茶花：什么叫伪职？

陈三姐:就是在汪精卫伪政府当过差。

饶茶花:那还不是汉奸?

陈三姐:他又没卖过国,没害过人,没帮日本人干过坏事,算什么汉奸?

饶茶花:他整天躲在楼上干什么呀?

陈三姐:写书。

饶茶花:写书? 他是作家?

陈三姐:不是。

饶茶花:那他写什么书?

陈三姐:关于瓷器的吧? 我也说不清。

饶茶花把包好的饺子粑端起来:我先去把这些蒸上。

莲荷塘畔,垂柳依依,风光旖旎。塘中心有个岛,岛上有三贤亭,亭边有一方大石头。冯兴国在一块平整的草地上翻筋斗,翻起一个高速转动的车轮。

周鸿达:可以啊,兴国。都说三个武把式,打不过一个烂武生,你童子功可了不得。

冯兴国:可惜空有一身武艺,报国无门呀。

周鸿达:哪儿只是武艺啊,你唱念做打样样精通,早晚会成为名角大腕。

冯兴国:算了吧,我还是老老实实继承祖业,看好冯家窑吧。

周鸿达朝远处喊着:陶自强,你干吗呢?

陶自强跑过来:怎么,又要游泳?

周鸿达:你在那边磨磨蹭蹭地干什么呢?

陶自强:看碑文呀。

周鸿达:什么碑文?

陶自强:宋代三贤写的诗。

周鸿达:我就知道有一个老和尚,叫什么来的?

冯兴国:佛印禅师,还有苏东坡和黄庭坚。

陶自强:佛印禅师就在旁边的宝积寺修行,他的好朋友苏东坡和黄庭坚专门来看他,三个人就在这里月夜泛舟、莲荷塘夜饮,留下了许多千古佳作。

陶自强:莲荷塘过去是三位先贤的胜地,而今是我们三个哥们儿的乐园。

冯兴国:应该是我们三个人的桃园。

周鸿达:什么桃园?

冯兴国:刘关张桃园三结义的桃园啊,你们知道那个桃园在哪儿吗?

陶自强:在河北涿州,你们唱戏的最清楚了。

周鸿达一边脱着衣服一边说:又是宋代三贤,又是桃园三结义的,什么时候我们也在这儿喝一场,也来个义结同心。

陶自强:那还不容易,等发了工钱。

周鸿达咕咚跳到了塘里,挥臂蹬腿地向塘心游去。陶自强和冯兴国也脱了衣服跳了进去。三人坐在亭边的大石头上,身子上围着几片大荷叶。

冯兴国:对了,兴远又来信了。

陶自强:说了些什么?

冯兴国:他说暑假不回来了,要去新疆写生。

周鸿达:新疆?那有多远?

冯兴国:有上万里吧,坐火车都要七天七夜。

周鸿达:好家伙,我恐怕一辈子也到不了那么远的地方。

冯兴国:那不一定,看你有没有梦想了,有梦想就能变成现实。

陶自强:对了,我跟赵书记谈过梦想。

冯兴国:跟赵书记谈,谈什么?

陶自强:赵书记说,我那应该叫奋斗目标。

周鸿达:什么目标?

陶自强:我说我的奋斗目标就是当一个大窑主,很大很大的窑主。

冯兴国:把冯家窑交给你不就行了吗?

陶自强:我可不愿意坐享其成,我要通过自己的努力实现奋斗目标。咱们干脆说说,你们的奋斗目标是什么?

冯兴国:我的奋斗目标很明确,就是在舞台上成为一个角儿,我喜欢。我爸爸说了,人这一辈子,最幸福的事情就是把梦想作为事业去追求、去奋斗,为梦想工作,靠实现梦想养活自己、成家立业。

陶自强:师哥,你的奋斗目标呢?

周鸿达:我的目标就是娶个老婆。

冯兴国:这算什么目标?

周鸿达:怎么不算目标?我都二十八了,还是光棍儿一条,一条光棍儿呢。

陶自强和冯兴国一起唱起了歌谣:有女不嫁拉坯工,米缸十天九天空。弯腰驼背罗圈腿,三十就像六十翁。哈哈……

周鸿达:你们找揍是不是?

周鸿达佯作要打两人,一下从石头上站了起来,挡在身上的荷叶掉了下来。

陶自强和冯兴国哈哈大笑,站起来将周鸿达又推进了池塘里。

岸上有人喊:陶自强……自强哥……

冯兴国:好像有人喊你。

陶自强:是茶花,我去看看。

陶自强穿起来衣服。

饶茶花:邓美珊要走。

陶自强:要走,这么快,她的伤不是还没好吗?

饶茶花:邓美珊说,她回去一边学习一边养伤,不能耽搁更多的课了。

陶自强:她怎么走?

饶茶花:她的两个同学来接她了。

陶自强:啊,这样,你先去,我回家取点儿东西。

医院,唐家明拿着单子去结账。姚莎莎帮着邓美珊收拾东西。饶茶花依依不舍,眼圈红红的。邓美珊说:好了茶花,我们还会见面的。

饶茶花:景德镇离武汉那么远,谁知道这辈子还能不能见到?

邓美珊:别说那些丧气话,我还会来的。

饶茶花:你什么时候来?

邓美珊:你们结婚的时候,来喝你们喜酒啊。到时候你别不通知我。

饶茶花:怎么会呢,我第一个通知的就是你。

邓美珊:把我的地址留好了,想着给我写信。

姚莎莎打开下面的柜子,里面大大小小许多块矿石。

姚莎莎:你哪来的那么多矿石啊?

邓美珊:陶自强给我弄来的,我们带回实验室做样品分析呢。

陶自强急匆匆地进来。邓美珊说:我不让茶花告诉你,知道你忙。

陶自强:多忙我也得来送你呀。前几天跟赵书记去高岭村,我又给你带回来一些矿石。

姚莎莎接过来:你还记得我吗?

陶自强:姚莎莎,还有那个唐家明,怎么会忘记你们呢?

旁边一辆小汽车。邓美珊拿出两个准备好的纸包儿,对陶自强和饶茶花说:感谢的话就不再说了,再说就俗了。本想给你们买点儿什么礼物,天天在病床上也出不去。还好,我这里有两块手帕,还是从北京带来的。留给你们做个纪念吧。

饶茶花的眼圈儿又红了。邓美珊与她紧紧地拥抱。

陶自强与唐家明、姚莎莎握手告别。邓美珊松开饶茶花,突然向陶自强张开了双臂。陶自强顿时慌了。

邓美珊等待着。陶自强犹豫了一下,与邓美珊轻轻地拥抱。

饶茶花和姚莎莎搀扶着邓美珊上了车。唐家明坐在了前面,姚莎莎和邓美珊坐在后面。

汽车远去,牵扯着陶自强和饶茶花的目光……

饶茶花低头不语。陶自强问道:怎么了,舍不得邓美珊?

饶茶花:大城市的人真可怕。

陶自强:可怕?

饶茶花:她还抱了你。

陶自强:你懂什么? 这叫苏联礼儿。

饶茶花:什么苏联礼儿,不要脸。

陶自强:吃醋了?

饶茶花:当然吃醋了,你都没抱过我。

陶自强:这话没良心了吧? 你爬烟囱那次不是我抱你下来的吗?

饶茶花:那不算。

陶自强:那我现在给你补一次。

饶茶花:哼,想得美。

陶自强:对了茶花,求你个事。

饶茶花:什么事?

陶自强:给我师哥找个对象。

饶茶花:哪个师哥?

陶自强:周鸿达呀?

饶茶花:周鸿达还没对象?

陶自强:你不是有六个好姐妹吗?

饶茶花:你们还打浮梁茶女的主意?

陶自强:求求你了。

饶茶花:怎么求?

陶自强:那……我请你看电影。

饶茶花:什么时候?

陶自强:今天不行了,只能下个星期天了。

饶茶花:嗯……今天先饶了你。

夜晚,朦朦胧胧的月光。吴甤湘屋子的后墙外是一片荒地,后面的窗户亮着灯光。汪国良、丁萌萌绕到后墙。

窗子太高,汪国良四下看了看,没有什么垫脚的东西,便蹲在地上。丁萌萌犹豫了一下,踩上了汪国良的肩膀。她伸出舌头舔破了窗纸,朝里面看着。

丁萌萌低下头,小声地:看见了,吴老师正着画镶器呢。

汪国良:别说话,好好看着。

屋内,吴廼湘在专心致志地画着美女,用笔果断潇洒,干净利索,几根线条,便将一个绝代佳人勾勒出了。

丁萌萌朝汪国良竖起了大拇指。

汪国良咬牙坚持着。丁萌萌看得入了神。

汪国良实在坚持不住了:姐,好了没有?

丁萌萌朝汪国良摆着手。汪国良想移动一下身子,腿一软坐在了地上。

丁萌萌从汪国良的肩上掉下来,跌倒在地上,碰倒了旁边的一些废瓷罐。

屋里的吴廼湘被惊动了:谁呀?谁在后头。

汪国良拉起丁萌萌:你快跑。

吴廼湘:良子,看看后面什么动静?

汪国良学了一声猫叫,看了看跑远了的丁萌萌,转身进了院子。

谢老板听到动静也赶了过来。

谢老板:国良,什么动静?家里遭贼了?

汪国良:没有啊,一只野猫。

谢老板环顾四周,见汪国良身上沾着泥土,疑惑地看了看他:野猫?

汪国良:嗯,是啊。我撵走了。

谢老板:你去吧。

汪国良进了自己的屋子。谢老板出了院门,朝后面走去。

汪国良躺在床上,拿着一幅画稿正在看。突然谢老板推门闯进。

汪国良慌忙将画稿压在枕头下面:老板……咋啦?

谢老板:日防夜防,家贼难防啊!

谢老板环顾房内,四处翻看。汪国良胆怯地看着谢老板。

谢老板走到床边,看到枕头下面露出一点纸边:你给我让开。

汪国良没动。谢老板一把将汪国良拉下了床。

谢老板扔掉枕头,又掀开褥子,下面抽出了一摞画稿。

谢老板:你个小杂种,居然敢偷画?

汪国良:没有啊,老板,不是……

谢老板:你还想抵赖,这是什么?

汪国良:老板,不是……不是的……

谢老板:我早就觉得你没安好心,天天鬼鬼祟祟的。你给我滚开,滚。

汪国良:那些画是我的。

谢老板抄起了顶门杠,举起来朝汪国良身上砸去。汪国良急忙逃跑了。

赵文昌打着长途电话:哎呀我的老团长,您知道我对陶瓷是个外行、是个棒槌、是个门外汉,您可得支持我啊,就像当年您教我打仗一样……我知道,您刚到外贸公司,我这不是也刚到景德镇嘛,急事先办,所以我才找您求救的……您知道我打听您的下落有多难吗? 先是三排长郭宝祥提供了一个线索,后又打听咱团的张副政委,从张副政委那里找到了您警卫员的电话,又通过您警卫员找到大嫂……您知道,长途电话费可是很贵的,我这个月的办公费都打电话了……好好好,书归正传,我就求您一件事,就一件事……我这里有一批郎红急着要出手,国内销不出去,只能走外贸……急啊,真的很急啊,不是等米下锅,是等水救火……对对,八百里加急……老团长哎……

吴疝湘起床,习惯地喊着:良子,小良子……

谢老板进来了:吴老师,我伺候您。

吴疝湘:汪国良呢?

谢老板:被我撵走了。

吴疝湘:撵走干吗? 这孩子我刚用得顺手,给叫回来啊。

谢老板:这小子手不干净,他偷您的画。

吴疝湘:偷我的画? 不可能吧?

谢老板:这都是从他床底下翻出来的,您看。

吴疝湘接过来,一张一张地翻看着。

谢老板:幸亏我发现得早,要不就被他拿出去卖钱了。

吴疝湘:这不是我画的。

谢老板:不是,怎么会不是呢?

吴疝湘:不是。

谢老板:吴老师,您别护着他。

吴疝湘:我护着他什么?

谢老板:这画就是您画的呀,您再看看。

吴疝湘:看什么,我自己画的画我还不认识?

谢老板:那是谁画的? 难道是他画的?

吴疝湘:早没看出来,这孩子天资过人啊。

谢老板:这画……他?

吴疝湘:唉,可惜了。这孩子要是好好学,将来一定有所作为。我在他这个年纪,可画不出这个水平。可惜啊可惜……

冯运华一边翻看着账本,一边拨拉着算盘。

冯管家:政府给咱的贷款到账了。

冯运华"嗯"了一声。

冯管家:东家,您说是先还那笔高利贷呢,还是先烧窑?

冯运华:你说呢?

冯管家:要我说,先还高利贷。高利贷是无底洞,利滚利驴打滚儿。背着高利贷,就像脑袋上悬着一块磨盘,不知道什么时候这磨盘掉下来,把人砸死。

冯运华不说话,看着冯管家。

冯管家心里毛了:我知道,您会说政府贷款是用来发展生产的,不能挪用。

冯运华依然不说话。冯管家说道:当然,生产是要发展的,可是高利贷也不能拖呀。不行咱们先少还一点儿,让脑袋上的磨盘薄一点儿。

冯运华笑了。冯管家道:我说的对不对的,您琢磨琢磨。

冯运华:这回呀,你说对了。只是啊,对了一半。

冯管家:您的意思是……

冯运华兴奋地:高利贷要还,不是还一点点儿,一把颠,都还上。

冯管家:真的?那太好了。可是,生产这一块呢,也得要钱呀。

冯运华:赵书记让我们组织起来,组织起来就是好。跟咱们合作的那几家窑口,有的存着瓷石,有的存着高岭土,有的存着釉料,还有的存着窑柴。我们呢,有烧做两行的优势,只出工出力就可以了。当然,利润我们也会少分一些,合情合理啊。组织起来,优势互补,互通有无,大家一下子都活了。

冯管家:赵书记圣明,赵书记太圣明了。

冯运华:还不仅仅如此,我急着还那笔高利贷,就是急着把那批郎红赎回来,赵书记已经给我们找到销路了。

冯管家:啊,那批郎红有销路了?

冯运华:赵书记的一位老首长,调到上海外贸公司当党委书记了。

冯管家:哎呀,赵书记何止是圣明,简直就是圣人、神仙、活神仙。

电影院门口,一对对青年男女结伴而行。饶茶花长发披肩,亭亭玉立,在影院门口左顾右盼。陶自强从旁边走来,手里举着两瓶汽水。

饶茶花跟着陶自强朝电影院里面走,见别的情侣都挽着男人的胳膊,饶茶花伸出手来,陶自强一回头,她又把手缩回去了。陶自强站着不动了。

饶茶花:走呀。

陶自强把胳膊支起来。饶茶花又胆怯地看了看别人,大胆地挽起来陶自强。

陶自强笑了。饶茶花也笑了:哼,看把你美的。

陶自强和饶茶花坐在电影院的座位上,两个人默默地喝着汽水。陶自强朝饶茶花的身边凑了凑:我求你给周鸿达介绍对象,跟你的姐妹说了吗?

　　饶茶花:说了,他们都没说话。

　　陶自强:没说话是什么意思?

　　饶茶花:就是不同意呗。

　　陶自强:都不同意?

　　饶茶花:反正没有人说同意。

　　陶自强:我师哥那么好的人,怎么会没有人同意呢?

　　饶茶花:你师哥怎么好了?

　　陶自强:在景德镇拉坯师傅当中,我师哥是一流的,能超过他的还不多。

　　饶茶花:他父母是干什么的?

　　陶自强:他父亲是老窑工,原来是印坯的,手艺也非常好。

　　饶茶花:他妈呢?

　　陶自强:他妈就是家庭妇女。

　　饶茶花:他兄弟姐妹几个人?

　　陶自强:有一个姐姐,已经结婚了。

　　饶茶花:他家住在哪儿?

　　陶自强:在麻石弄。

　　饶茶花:家里有地吗?

　　陶自强:好像没有。

　　饶茶花:到底有没有?

　　陶自强:窑工要地干什么?

　　饶茶花:在景德镇当窑工没关系,当窑工挣了钱,得在乡下买几亩地,盖几间房,这样才能过日子。

　　陶自强:我在乡下不是也没房子没地吗?

　　饶茶花:谁像我这么傻呀?

　　电影还没有开演,观众乱哄哄地叫嚷起来:怎么回事,早就过时间了。

　　电影放映员:请大家耐心等一等,跑片儿的还没到。

　　饶茶花:什么叫跑片儿?

　　陶自强:就是影片只有一部,从这个电影院演完了,再送到另一个电影院。

　　饶茶花:噢。

　　陶自强:你着急了?

　　饶茶花:跟你在一起,我就不着急。

　　陶自强:我介绍完了周鸿达,你介绍一下你的那些姐妹吧。

　　饶茶花:你不是都认识吗?

139

陶自强:仅仅是认识,不了解。

饶茶花:你想了解谁?

陶自强:嗯……凤仙怎么样?

饶茶花:哼,你们男人啊,就是色,色迷瞪眼,色鬼。

陶自强:怎么就色了?

饶茶花:我们七茶女里面,属凤仙长得最漂亮了,萧师傅都叫她采茶西施。

陶自强:她要是西施,我师哥就是范蠡。

饶茶花:拉倒吧,还范蠡呢,就是一个老光棍儿。

陶自强:那玉茗呢?

饶茶花:玉茗最聪明了,是我们七茶女的小诸葛。脾气又柔和,贤妻良母。

陶自强:那好啊,我师哥就需要这样一个媳妇。

饶茶花:算了吧,玉茗的眼光高着呢,去年人家给她介绍一个军官她都不同意。

陶自强:杜鹃呢?

饶茶花:杜鹃大大咧咧的,心直口快,没有坏心眼儿。就是有点儿自私,食亲财黑。

陶自强:还有谁呢? 对了,瑞香?

饶茶花:瑞香这个人嘛,城府有点儿深,捉摸不透……

突然,灯灭了,电影开演了。屏幕上播映在《新闻简报》。

战火熊熊燃烧,美国的飞机狂轰滥炸。

电影院内一个年轻人站起来高呼:抗美援朝,保家卫国。

陶自强和饶茶花与电影院里的观众一起站起来,高呼口号。

大街上贴满了抗美援朝的标语。一群慷慨激昂的学生在游行。一个男同学站在窑柴垛上讲演:同胞们,战火已经烧到我们的家门口了! 美帝国主义暴露了他们的狼子野心,我们已经处在侵略者刀口之下,是可忍孰不可忍。我们的热血同胞们,让我们行动起来,加入志愿军,抗美援朝,保家卫国……

听讲演的群众一起高喊着:抗美援朝,保家卫国!

群众:抗美援朝,保家卫国!

讲演者:一人参军,全家光荣!

群众:一人参军,全家光荣!

冯兴国骑着摩托车经过,停了下来。

冯兴国匆匆走进来:爸,我想跟您谈谈。

冯运华转过身：干吗那么严肃啊？

冯兴国：因为事情很严肃。

冯运华：你报名了是吗？

冯兴国：您听谁说的？

冯运华：没有人跟我说。

冯兴国：那您是怎么知道的？

冯运华：坐吧。

冯兴国：爸，要是您，您会吗？

冯运华：很纠结是吗？

冯兴国的眼泪一下子淌了下来，像是受了很大的委屈。

冯运华掏出自己的手帕递给他。

冯兴国接过手帕，却没有擦眼泪，泪汪汪地看着父亲。

冯运华沉吟了一会儿：1937 年，日本侵略者把战火引入华北，全国人民热血沸腾、慷慨激昂。我那时候正在上海，我的许多同行都报名参加了抗日的部队，奔赴了抗日的前线，我也报了名……

冯兴国：那……您为什么没有去？

冯运华：你爷爷到上海找到了我，说你奶奶病危，天天在病床上喊着我的名字……

冯兴国看着父亲，冯运华的眼泪也淌了下来。冯兴国又把手帕递给了冯运华。

冯运华：你的爷爷奶奶就我这么一个儿子，看着垂垂老矣的父亲，又想着病床上呼唤我的母亲。我……动摇了，我狠不下这份心来。

冯兴国站起来，来到父亲的身边：爸爸，我也舍不得您，舍不得弟弟，舍不得咱们冯家窑……

冯运华顺势把冯兴国抱在怀里，把头埋在冯兴国的腰上。冯兴国双手捧着父亲的头。父亲的头发已经花白了。

冯老六攥着长烟袋杆，阴沉着脸，扭着脑袋。冯运华把盖碗茶放在他的身边。冯老六一动不动，像是僵住了。

冯运华：干吗呀六叔，至于吗？一会儿兴国回来，您可不能给他脸色瞧，临走了，得高高兴兴。

冯老六爆发了：有你这么当爹的吗？冯兴国到底是不是你的亲儿子？你真的狠得下心来？

冯运华：六叔，抗美援朝保家卫国，这是民族大义。

冯老六：你少跟我讲那些大道理,我看你连冯家窑都保护不了。

冯运华：冯家窑怎么了? 不是好好的吗?

冯老六：你心里没个数吗? 你可就两个儿子,兴远到北京画光屁股女人去了,兴国呢,我教他学把桩,刚刚上点儿道,你现在又要把他送到外国打仗,将来你把冯家窑交给谁?

冯运华：六叔,冯家窑交给谁不重要。

冯老六：什么重要?

冯运华：我跟您说,您可能不大懂,孩子大了,有自己的梦想、自己的选择了。我不能把他们拴在我的腰带上,那样孩子会委屈一辈子的,也不会有什么大出息。

冯老六：这个我懂,兴远去北京我阻拦了吗? 可是兴国不同,兴国是去外国、去打仗啊。

外面摩托车的响声。冯运华说:兴国回来了,晚上吃饭您可高兴着点儿。

冯老六：我高兴不起来。

冯兴国搬着两坛酒进来了,冯老六气呼呼地从他身边绕过去。

冯兴国：六爷您去哪儿呀?

冯老六没吭声。冯运华把冯兴国手里的酒坛接过来一个,放在案桌上。冯兴国也把自己手里的另一坛就放在旁边。冯运华打量着这两坛酒。

冯兴国在脸盆里洗着手。冯运华说道:这就是你说的塔前窖?

冯兴国：专门从徐家的酒窖里取出来的。

冯运华：这两坛不是一样吗?

冯兴国：那可大不一样,坛口系着红绸子的是三十年的,旁边这一坛是十五年的。

冯运华：好,那咱今晚就喝这三十年的。

冯兴国：别别,爸,这三十年的一会儿我给您放进书房去。

冯运华：那干吗?

冯兴国：您要是想我了,就看看这坛酒。

冯运华端详这冯兴国:我儿子虎头虎脑的,还真像这酒坛子。

冯兴国：此话有人身攻击之嫌。

冯运华：你是我亲儿子,攻击你对我有什么好处?

冯兴国：您这么一说,我有点儿不放心了。

冯运华：不放心什么?

冯兴国：您要是偷喝怎么办?

冯运华：此话更有人身攻击之嫌,把你爹说成酒耗子了。

冯兴国:我严肃地警告您,不许偷喝,一定要等我带着功勋章胜利归来。

冯运华:这坛酒就是给你的庆功酒。

冯兴国:大丈夫一言既出……

冯运华:如擎天立柱、定海神针。

一张八仙桌。冯运华摆着餐具。陶祁香端着菜。

冯老六坐在桌旁一言不发。冯兴国和陶自强在一边嘀咕着什么。

冯运华:来来,都过来吃饭,宴会开始了。

冯兴国和陶自强坐上了桌。

冯运华:本来兴远说要赶回来给他哥哥送行的,正忙着创作抗美援朝的宣传画呢,兴国就说别让他回来了。

陶祁香:是呀,这么远,来回要耽误好几天。

冯兴国端起酒坛,先把酒倒进一个大公道杯里,又分别把每个人的酒杯倒满。

冯运华:六叔,您先说句话?

冯老六又把脑袋扭向了一边。冯运华端起酒杯:那好,我来吧。今天这餐晚宴,算是正式给兴国送行……

陶祁香:等等,我还有点儿事。

大家把端起来的酒杯又放下了。

陶祁香拿出一个小锦盒,打开,里面是一块金壳怀表。她把怀表拿出来,递给冯兴国。

冯兴国:香姐,这……

陶祁香:这是赵书记送给你的,他原本要来的,可是晚上有个会,来不了了,让我带给你。赵书记让我告诉你,这是战利品,从一个日本大佐身上缴获来的。当年他在战场上立了一等功,是领导作为奖品奖励给他的。他把这块表送给你,希望你在战场上杀敌立功。

冯兴国:爸爸,明天我要专门去谢谢赵书记。

冯运华:爸爸陪你一起去。

陶祁香:还有,我给你做了一件贴身坎肩。朝鲜那个地方冷,你把它穿在里面,能遮寒挡风。我让自强试了试,你们两个身材差不多。

冯兴国接过丝绵坎肩:香姐,太谢谢您了,您就是我的亲姐姐。

陶祁香:难道不是吗?

冯兴国:说心里话,我真不想叫你姐姐。

陶祁香:什么鬼话?

冯兴国严肃起来:其实,我心里很矛盾,也很难受。我走了,我最放心不下的就是我爸爸。我爸爸一天一天老了,那天我看见他的白头发都超过黑头发了。我就想,我爸爸身边该有个人。香姐,还有自强哥,我走了,我爸爸就拜托你们了。

陶自强:这个你放心,这么多年了,冯叔对我就如同亲骨肉,就像对你一样。你的,还有兴远的,所有的孝心我都承包了。冯叔,我端着这杯酒发誓……

陶自强举着酒杯站在冯运华面前。冯运华没有举杯,却把手放在了陶自强的肩膀上:自强,用不着你发誓,你和你姐,我早已经把你们当成了我的亲人。

冯运华说着,把头低在陶自强的肩膀上。陶自强把冯运华的肩膀搂住了。

陶祁香的泪水流下来。

冯老六说话了:怎么了这是? 还说让我高兴一点儿,你们这是干吗呀?

冯运华直起身:啊,年纪大了,心里脆,眼窝子浅。来,我们喝酒。

冯老六:先别喝,我还有话呢。

大家把目光转向冯老六。冯老六从怀里掏出一个小布包儿,放在桌上,打开,里面是六块“袁大头”。

冯老六:大家伙儿都说我抠,花二婶说我每一个铜板儿都是拴在肋巴扇上的,撕下来一个都带着血丝。我无儿无女的,不抠行吗? 老了怎么办? 兴国既然铁心要走了,把这几块“袁大头”带上,不多,六块,也算是取个吉利。

冯兴国:六爷,用不着。我参了军,穿衣吃饭都由部队管,我带钱有什么用?

冯老六:谁知道会碰上什么事? 一分钱难倒英雄汉。出了国,人家也许不认咱的人民币,这“袁大头”可是真金白银,到哪儿都好使。

冯运华:兴国,这是六爷的一片心意,你拿着吧。

冯兴国走到冯老六面前,深深地鞠了一个躬。冯老六也受不了了,把头扭向一边,控制着不让眼泪流下来。

亭子内的小石桌上摆满了熟食酒菜。陶自强搬起酒坛倒酒。三只青花大碗,满满当当。周鸿达说道:还是昨天那坛酒啊,你们没喝多少呀。

冯兴国:净说话了,没怎么喝。

周鸿达:今天咱们把它消灭掉,不醉不休。

冯兴国:一醉方休。

陶自强:醉卧沙场君莫笑,这是给冯兴国的壮行酒。

周鸿达拿出一支钢笔、一个笔记本。

冯兴国:送给我的?

周鸿达:这是我和陶自强两个人的心意,告诉你,这钢笔可是英雄牌的。

冯兴国:我一定带着英雄勋章回来见你们。

陶自强:为什么送你钢笔和笔记本呢,你闲暇的时候,把战场上的英雄故事记下来,回来和我们分享。

冯兴国:好,你们就等着我的好消息吧。

陶自强:壮行。

周鸿达:壮行。

三只青花大碗碰在一起,酒花飞溅。

浮梁七茶女说说笑笑地走来。

杜鹃:茶花,你不是说请我们看电影吗?怎么到这儿来了?

饶茶花:你们听好了,我再说一遍。不是我请你们看电影,是谁相中了周鸿达,谁请大家看电影。

月季:还真去相亲呀,我以为你说着玩儿呢。

瑞香:相亲哪儿有大家一起去的?又不是参军。

荷花:到底是给谁相亲呀?

饶茶花:周鸿达呀,陶自强的师哥。

荷花:我是问我们,我们谁去跟周鸿达相亲呀?

饶茶花:大家都去,他看上谁算谁。

玉茗:让他选妃子呀,不行不行,我可丢不起这人。

饶茶花:不是选妃子,是选皇后、正宫娘娘。

荷花:那也不行,凭什么呀?他不就是一个拉坯工吗?有女不嫁拉坯工,米缸十天九天空,弯腰驼背罗圈儿腿……

饶茶花:告诉你们,周鸿达可是一表人才,景德镇出了名的拉坯师傅。你们不去看看,可别后悔。

月季:那也不能让他选我们呀,我们可是浮梁七茶女,七仙女下凡。

饶茶花:这样吧,我们选他,谁要是看上他了,就算谁的。

杜鹃:嗯,这还差不多。

荷花:对,公平。

玉茗:过去都是男人选女人,新社会了,我们女人选男人,好玩儿。

三个人已经把衣服脱光,每个人的头上顶着一个大荷叶,权作军帽。

冯兴国在前,周鸿达居中,陶自强在后面,列为一队,迈着军人的步伐,朝塘边前进,高唱:雄赳赳气昂昂,跨过鸭绿江,保和平卫祖国就是保家乡……

三个人一直向前,直接跳进了莲荷塘,在水里游泳嬉戏。

塘边,垂柳依依,莺歌燕舞。

浮梁七茶女叽叽喳喳地来到莲荷塘,停住了脚步,隐藏在垂柳丝下。

牡丹:茶花,哪个呀?

饶茶花:就是那个,中间那个。

玉茗:那不是陶自强吗? 你心里只有陶自强。

饶茶花:那你问哪个?

牡丹:我们问周鸿达呀! 你不是带我们来相周鸿达吗?

饶茶花:哦,后边,后边那个。

牡丹:他的脑袋一会儿水里一会儿出来的,看不清楚。

饶茶花:等他们上了来就能看清了。

玉茗:瞧,他们上来了。

陶自强他们游到中心岛的大石头旁边,往上爬着。

众茶女叫起来:哎呀……他们什么都没穿。

玉茗:茶花,你带我们来相什么亲,看光屁股男人吗?

牡丹:流氓,臭流氓。

玉茗:快跑,别让他们看见……

七茶女从柳丝下钻出来,朝远处跑了。

小汽车开进院子,停下来。

小徐:后备厢里面有一些东西,您看放在哪儿呀?

赵文昌:什么东西?

小徐:您自己看吧。

赵文昌下了车,打开汽车后备厢的盖子,里面是一些素胎。有圆器、琢器,还有镶器,有的完好,有的有些破损。

赵文昌:你弄这些干什么?

小徐:我估摸着,您该练习十一曰和十二曰了。

赵文昌:什么十一曰十二曰的。

小徐:是您给我讲的呀,一曰采石制泥,二曰淘炼泥土,三曰炼灰配釉,四曰制造匣钵……

赵文昌:哦,你说的是《陶冶图说》啊,十一曰圆器青花,十二曰制画琢器。

小徐:您是不是该学十一曰和十二曰?

赵文昌:哈哈,有心人。这些素胎哪儿弄来的?

小徐:邑山窑扔了,我捡来的。

赵文昌:这十一曰十二曰可有点儿难度。

小徐:画画您没戏,写字您可是童子功。您四岁就入门名师,每天练两个时辰,练的时候手腕上放酒杯,笔杆上插铜钱。

赵文昌:这些都谁告诉你的?

小徐:高大姐呀,那还有假?

赵文昌:东北的老娘儿们就是嘴敞,有这样夸自家老爷们儿的吗?

小徐:给您放在哪儿?

赵文昌:那就办公室放点儿,宿舍放点儿。咱学手艺还不能影响工作,只能见缝插针,日积月累。小徐,我要不要给你添置几支毛笔呀?

小徐:我的字比蜘蛛爬的还难看,一点儿基本功都没有,知难而退了。

办公室,赵文昌在素胎上练着字,工工整整的行楷书:商人重利轻别离,前月浮梁买茶去……

秘书小田进来了:赵书记,您还没休息呀,天不早了。

赵文昌:有事?

田秘书:我见您这儿还亮着灯。有您一封信,傍晚送来的。是东北来的,一定是大嫂的情书。

赵文昌:老夫老妻了,还情书呢。

田秘书:小别胜新婚嘛。

赵文昌接过信,拆开,里面掉出来一张照片。

一个小男孩儿,三岁的样子。

赵文昌:臭小子,来,让爸爸亲一个。

田秘书:您儿子?

赵文昌:看看。

田秘书:嗯,真像您,将门虎子。

赵文昌又抽出信纸。

田秘书:我先回去了,您早点儿休息吧。

赵文昌展开信,高绽梅的信:老赵啊老赵,你可真是个大忽悠,糊弄傻老婆呢。去年腊月说回来,人呢?今年三月说回来,人呢?五月说回来,人呢?你跟东北人民要钱,我去给你求爷爷告奶奶,你跟我保证说只要弄到钱,你就亲自回来取。钱你到手了,人呢?早知道就不让银行给你汇款了,非得让你亲自摁手印才给你……咱儿子都知道你的人品了,跟姥爷姥姥说,爸爸就是个大骗子。看你这爸爸当的,忘了你自己说的话了?你说,父母是子女的第一个老师,瞧你这老师当的,给孩子树立了什么榜样……好了,言归正传,我现在被任命为卫生局局长了,你忙我也忙了,你没时间我也没有时间了。这叫什么?接生婆遇上保媒婆,各忙各的吧……

赵文昌读着信,哈哈大笑着:绽梅啊绽梅,你可真是个东北娘儿们,这还情书呢,简直就是穆桂英下的战表……好好,痛快……

陈三姐关好店门,悄悄走进自己楼下的房间。女儿春泥已经躺着床上睡着了。她刚要脱衣上床,一阵微不可查的声音让她警觉起来,她坐起了身,来到门边,把门拉开一条缝儿,朝外面看着。只见邹元镐悄悄从楼上下来,蹑手蹑脚。他身上穿着一件蓝灰色的毛衣,手里提着一个箱子。

邹元镐出了后门,到了院子里,又轻轻地打开院门,停下来回头看了看,朝外面走去。

大街上,黢黑一片。没走出多远,邹元镐的脖子被勒住了。他摸了摸脖子,扭过头来,发现自己身上的毛衣不见了,只剩脖子上的一圈儿领口了。

邹元镐循着被扯开的毛线往回走,进了院子。屋门口,微弱的灯光下,坐着陈三姐,她的怀里是一大团毛线。邹元镐愣愣地站在陈三姐的面前。

陈三姐:三更半夜,不辞而别,先生也太不仗义了吧?

邹元镐:邹某惭愧,实在无脸与三姐辞别。

陈三姐:三姐给你脸色看了吗?

邹元镐:三姐暖如春风,诚心可鉴。

陈三姐:那就是先生想多了。

邹元镐:三年前邹某从南京流落到景德镇,是三姐收留了我。

陈三姐:你住房给房租,吃饭给饭钱,谈不上收留。

邹元镐:可是三个月以来,邹某囊中如洗,白吃白住,邹某实在于心不忍。

陈三姐:你从我这里出去,就囊中有钱了吗?

邹元镐:邹某实际上也是走投无路。

陈三姐:知道走投无路还走,这就是怪罪三姐了。

邹元镐:三姐有恩于邹某,怎敢怪罪。

陈三姐:既然心无怪罪,就继续陪三姐过苦日子吧。

邹元镐咕咚跪下:三姐……

陈三姐:男人膝下有黄金,屈身只跪天地君亲师,先生这是跪谁?

邹元镐:跪恩人。

陈三姐:如果这几日的粗茶淡饭也算是恩,那这一跪我领了。

邹元镐站起来。

陈三姐:厨房里有一碗碱水粑,我是用猪油渣炒的,你去把它吃了。

邹元镐:那……然后呢?

陈三姐:然后上楼睡觉,你傻啊?

邹元镐摸了摸自己脖子上仅剩下的毛衣领口,又看了看陈三姐怀里的毛线,问道:三姐,你是怎么扯开我的毛衣的?

陈三姐莞尔一笑:雕虫小技,不值一提。

邹元镐:邹某还有一事不明。

陈三姐:请讲。

邹元镐:邹某与三姐素昧平生,不知何德何能,受三姐如此恩惠。

陈三姐:知道《道德经》吗?

邹元镐:当然。

陈三姐:知道老子为什么写《道德经》吗?

邹元镐:请三姐赐教。

陈三姐:老子愿意——(四川话)老子愿意!

邹元镐听了,哈哈大笑起来。陈三姐也大笑起来。

霞光灿烂,满山翠绿。七茶女快乐地采茶。

歌声撩人:

> 太阳出来照茶山,
>
> 姐妹们新茶采得欢。
>
> 一芽一叶指间提,
>
> 一枪一旗装满篮……

七茶女在晒茶棚里忙活着,叽叽喳喳,说说笑笑。

萧炳南在一边指导着、检查着。

饶茶花:嗨,我说各位姐妹,怎么样啊?

杜鹃:什么怎么样呀?

饶茶花:周鸿达呀,人你们也看了,情况也说了,你们有没有乐意的呀?

没有人表态,都在低着头忙着手里的活儿。

饶茶花:一个看上的都没有? 我师哥至于那么差吗?

玉茗:怎么成了你师哥了?

饶茶花:我是随着陶自强叫的。

荷花:真不害臊。

饶茶花:怎么了? 眼红了是吗?

月季:这叫嫁鸡随鸡、嫁鹅随鹅,嫁给陶自强叫师哥。

饶茶花:那你嫁给周鸿达吧,我叫你师嫂。

月季:我们根本就没看见周鸿达什么样儿,你们谁看见了?

杜鹃:可不是吗,光看见一个大白屁股。

众茶女哄笑起来。萧炳南喊着:散了,散了,收工了。

众茶女摘围裙,换衣服,叽叽喳喳地出了晒茶棚。

萧炳南:茶花,你等一下。

茶花走到萧炳南的身边:您有事?

萧炳南:我听明白了,陶自强这位师哥不错,肯定有人看上了。

饶茶花:谁看上了? 我问她们都死鱼不张嘴呀。

萧炳南:这种事你不能大伙儿一起问。都是大姑娘,脸皮薄。

饶茶花:我还得一个一个问呀,累不累啊?

萧炳南:也许不要你问,说不定会有人找你的。

饶茶花沿着茶山小路往家走,一边走一边哼着小曲儿,采着路边的野花。

杜鹃从茶树丛里蹿了出来。饶茶花惊叫道:哎呀妈呀,吓死我了。你诈尸呀?

杜鹃:人家不是好心好意地等你吗?

饶茶花:等我干吗?你又跟我不顺路。

杜鹃低着头,抿着嘴,似有话要说。

饶茶花顿悟:咦,萧师傅果然料事如神。

杜鹃红着脸,扭捏着身子。

饶茶花:老实交代,你是不是看上了周鸿达?

杜鹃:不,不是我……

饶茶花:不是你是谁?

杜鹃:我妈……

饶茶花:你妈要嫁给周鸿达?

杜鹃:你瞎扯什么呀?我妈让我问问你。

饶茶花:问什么?

杜鹃:周鸿达属什么的呀?

饶茶花:我哪儿知道?二十八岁,你自己算呗。

杜鹃:我妈怕属相犯相。

饶茶花:犯什么相?你属什么的?

杜鹃:我比你大两岁,属鸡的。

饶茶花:白马犯青牛,鸡猴不到头。周鸿达肯定不是属猴的。

杜鹃:我妈让我问问,他家几间房呀?

饶茶花:不知道,没到他家去过。

杜鹃:我妈还让我问问,他家有自行车吗?

饶茶花:没有。

杜鹃:我妈让我……

饶茶花:又是你妈你妈你妈,到底是你跟周鸿达搞还是你妈跟周鸿达搞?

杜鹃:我妈说,这些都得先问清楚了。

饶茶花:不提你妈行不行?

杜鹃:那……就算我问的吧。

饶茶花:明天我带你去见周鸿达,你自己当着他的面问吧。

杜鹃:嘻嘻,我可从来没有相过亲。

饶茶花:我还从来没做过媒呢。大姑娘扎耳朵眼儿,总得有头一回吧?

陈三姐在楼下做好了饭,摆在了桌上。一个客人推开门:老板,有吃的吗?

陈三姐:本店中午不开张,只是晚餐和夜酒。

客人走了。陈三姐继续收拾着餐桌。

楼上,邹元镐在教陈三姐的女儿春泥读书识字,学的是一本幼蒙读物《名贤集》。春泥背诵着:但行好事,莫问前程。与人方便,自己方便。善与人交,久而敬之。人贫志短,马瘦毛长……

陈三姐:吃饭了。

春泥:邹伯伯,吃饭了。

邹元镐:你去吃吧,伯伯不饿。

春泥从楼上跑下来。陈三姐问道:你邹伯伯呢? 怎么不下来吃饭?

春泥:邹伯伯说他不饿。

陈三姐朝楼上喊着:邹老师,你下来一下。

邹元镐从楼上下来,一身长袍,瘦弱精干,文质彬彬。

陈三姐客气地:邹老师,你坐下,我跟你有话说。

邹元镐坐下来。春泥端着饭碗,看着桌子上的菜就去夹。陈三姐用手里的勺子打了一下春泥的筷子。

陈三姐:邹老师,你真的不饿吗?

邹元镐叹了口气,又摇了摇头。陈三姐说:邹老师,你打一早就没下楼,你吃什么了? 怎么会不饿呢? 是成仙了还是成佛了?

邹元镐低下了头,抿了抿嘴。陈三姐接着说:邹老师,我跟你说了多少遍了,你既然住在我这儿了,就是一家人。一家人有福同享有难同当,有口吃的大家分。我好歹开着个酒馆,能看着你干瞪眼挨饿吗?

邹元镐:三姐,我……在你这儿白吃白住,你又是孤儿寡母的,让你们养活,我这心里……愧得慌。

陈三姐:说这些有用吗? 你不是还得活着吗? 不吃不喝的能活着吗?

邹元镐双手捂住了脸。陈三姐又说:再说,你在我这儿也没有白吃白住,你不是给我上山砍柴吗? 你不是里里外外地帮我收拾吗? 你不是教春泥读书识字吗? 行了,你们读书人就是累,心累。

陈三姐把一碗饭放在邹元镐面前。邹元镐端起了碗。

春泥:妈妈,我可以吃了吗?

陈三姐:吃吧。

陈三姐也坐下来。三个人吃起了饭。

赵文昌在红店街徜徉着,终于找到了他要找的那家红店,里面摆着陶祁香的作品。

赵文昌推门进去了。洪老板见了,忙起身招呼:先生里面请。

赵文昌似无意地欣赏着,站在一排釉上粉彩瓶的前面。洪老板跟了过来。

赵文昌:这瓶子画得好啊,很有情趣。

洪老板:这位先生,您慧眼啊。您要喜欢啊,过两天您来拿,价钱好说。

赵文昌:怎么还没落款啊?

洪老板:写字师傅要过两天才能来。

赵文昌:我可以试试吗?

老板:你是写字的师傅?

赵文昌:也想混口饭吃。

洪老板:听口气您就是行家,不过,还得劳驾您先比画比画。

赵文昌坐下来:给我找块素胎吧。

洪老板忙吩咐伙计笔墨伺候,蓝师傅和黄师傅两位画师见老板要面试写字师傅,也凑过来。赵文昌拿起写字笔,从容不迫地写起来:茶能醉人何必酒,书能香我不须花……

行家看门道,赵文昌一出手,几个人立即啧啧评判起来:

洪老板:嗯,欧楷,笔笔到位,有功夫。

蓝师傅:先生也练过颜体吧?颜筋柳骨,神形兼备。

黄师傅:我看先生二王的帖也没少临。

画师:先生的字独具神韵,难得难得。

洪老板抱过一个粉彩梅瓶:先生,您别写素胎了,这么好的字糟蹋了太可惜。

赵文昌接过梅瓶,看了看,上面画的是牡丹。他摆正了梅瓶,调整好姿势,蘸笔写起来:唯有牡丹真国色,花开时节动京城……

冯家窑外面,周鸿达穿着褡裢从窑口出来。

饶茶花:鸿达大哥。

周鸿达走过来:你来找自强?

饶茶花:不,我来找您。

周鸿达:找我?

饶茶花:您跟我来。

周鸿达跟着饶茶花来到一个墙角处。饶茶花朝前面招了招手。杜鹃从墙角后出来,走了几步不动了。

饶茶花过去把杜鹃拉过来：周大哥，这是杜鹃。

周鸿达顿时慌了，嘴里光"啊啊"着不知道说什么好了。

饶茶花：周大哥，我把人给您带来了，你们谈吧。

说着，饶茶花转身走了。周鸿达更慌了：茶花，你……你别走呀。

饶茶花：你们两人搞对象，我可不当电灯泡。

周鸿达局促地站在杜鹃面前，搓着两只大手，不敢睁眼看杜鹃。杜鹃也把头扭向一边。两个人尴尬地对面站着。

到底还是杜鹃沉不住气了：周大哥，你是没看上俺吧？

周鸿达慌忙摆手：啊，不不不……你别误会。

杜鹃：那你为什么不说话？

周鸿达：你看，我这儿还穿着褂裙呢。

杜鹃：穿褂裙就穿褂裙吧，比装模作样好。

周鸿达：哦哦，只要你不嫌……

杜鹃：周大哥，你想找一个什么样的？

周鸿达：啊，我还没想过。

杜鹃：现在就想呗。

周鸿达：啊啊……就你这样的，就行。

杜鹃扑哧笑了：你是挑萝卜吗？

周鸿达：啊啊，我不会说话。

杜鹃：你也不是哑巴啊。

周鸿达：我……我不知道该说什么。

杜鹃：你渴吗？

周鸿达，啊，不渴。

杜鹃：你饿吗？

周鸿达：啊，不饿。

杜鹃：我渴了，也饿了，我该回家吃饭了。

周鸿达：别别，你别走。

杜鹃：不走干什么？

周鸿达突然开窍了：啊，你想吃什么？

杜鹃朝不远处的牛骨粉餐馆看了看。周鸿达会意：我请你吃牛骨粉吧。

杜鹃跟着周鸿达朝牛骨粉店走去。

饶茶花躲在远处看见了，放心地走了。

陶自强路过，发现了赵文昌的车和司机小徐。

陶自强问：赵书记呢？

小徐朝上面努了努嘴。

赵文昌站在御窑厂的窑顶上。夕阳晚照，一片金色的光芒。赵文昌朗诵着：登斯楼也，则有心旷神怡，宠辱皆忘，把酒临风，其喜洋洋者矣……

陶自强：赵书记在上面干什么呢？

小徐：发思古之幽情呢。

陶自强爬到了赵文昌的身边。

赵文昌：你怎么来了？

陶自强：小徐说您正在发思古之幽情呢。

赵文昌：当年朱元璋与陈友谅大战鄱阳湖，曾经登上过"五龙搏珠"的珠山山顶，见此地龙盘虎踞气势非凡，遂有得天下之后定都之意。刘伯温进谏说，南山高于珠山，属奴欺主之地。朱元璋虽然放弃了定都的念头，却也对此地念念不忘。定都南京之后，在珠山设置了御窑厂，成了他皇宫庭院的一部分。

陶自强：赵书记，这些传说我也都听说过，就是没有您记得那么清楚。

赵文昌：哈哈。我啊，是在思古，但更多的是在畅想未来。

陶自强：未来是什么样子？

赵文昌：共产主义我们可能赶不上了，那是一个漫长的过程。社会主义嘛，要用我们的双手去实现。对了，自强，我问你一个问题，你理解的社会主义是什么样子？

陶自强脱口而出：耕地不用牛，点灯不用油。楼上楼下，电灯电话。喝牛奶，吃面包，土豆要把牛肉烧……

赵文昌哈哈大笑起来。陶自强：大家都是这么说的。

赵文昌：照你这么说，社会主义都是享受，没有劳动了？

陶自强想了想：这倒也是，光享受不劳动，活着也没劲。

赵文昌：社会主义当然要劳动了，社会主义的分配原则就是各尽所能、按劳分配。具体地说是，多劳多得，少劳少得，不劳动者不得食。

陶自强：好啊，那些资本家、地主也要变成劳动者吗？

赵文昌：这就是社会主义改造。

陶自强：那些流氓、地痞、渣饼帮都要统统参加劳动？

赵文昌：社会主义要从根本上消灭剥削、消灭压迫、消灭寄生虫。人人参加劳动，人人平等，人人享受公民的权利，任何人都不允许有特权，不允许高高在上，不允许再出现两极分化，不允许再出现新的地主、新的资本家……要走共同富裕的道路。

陶自强激动起来：啊，这是一个多么美好的世界啊！

赵文昌又轻轻地唱起来:英特纳雄耐尔就一定要实现……

饶茶花走到御窑厂附近,听到赵文昌的歌声,发现了陶自强和赵文昌在一起,立即躲了起来。

周鸿达和杜鹃从牛骨粉小店出来,并肩走着。

杜鹃停下:你在前面走。

周鸿达走在了前面。杜鹃在后面仔细观察着周鸿达。

周鸿达转过头:看什么呢?

杜鹃:真是耳听为虚眼见为实。

周鸿达:怎么了?

杜鹃:你的腰不弯,背也不驼啊,走路也不是罗圈儿腿啊。

周鸿达:你说什么呢?

杜鹃:不是说你们拉坯工弯腰驼背罗圈腿儿吗?

周鸿达:这都是对我们拉坯师傅的污蔑。

杜鹃:我看也是。

周鸿达:我们去哪儿?

杜鹃:你说吧。

周鸿达:说实在的,我从来没跟女孩子约会过,大姑娘上轿子头一回。

杜鹃:人家茶花跟陶自强总是去看电影。

周鸿达:是吗?咱们也去看电影吧。

赵文昌:我们走吧。

陶自强:您有事?

赵文昌:不是我有事,是你有事。

陶自强:我没事呀。

赵文昌:看看,下面有人等着你呢。

陶自强看了看,饶茶花仰着脸正看着他呢。他跑到饶茶花面前:怎么样?

饶茶花:你这个师哥也太笨了,见到女孩子连话都说不出来了。

陶自强:我师哥主要是没有经验。

饶茶花:那你呢,你的经验都从哪儿来的?

陶自强:都是跟你学的呀。

饶茶花:讨厌吧你。

陶自强:咱们去哪儿?

饶茶花:去看电影。

陶自强:你怎么总是看电影?

饶茶花:我对杜鹃说,他只要请你看电影,就八九不离十了。

陶自强:经验够丰富的呀,快说,这经验是哪儿来的?

饶茶花:还不是跟你学的。

陶自强:又把球儿给我踢回来了。

电影快开演了,灯黑了。陶自强和饶茶花摸索着找座位。服务员打着手电给他们领座儿。陶自强刚要往里挤,饶茶花抻了抻他的衣袖,指了指前面。

周鸿达和杜鹃也在找座儿。陶自强刚要喊,饶茶花一把捂上了他的嘴。饶茶花和陶自强在自己的座位上坐下。

陶自强:进展够快的呀,你还说我的师哥笨。

饶茶花:主要是有我这个场外指导呢。

陶自强:哪儿是场外指导呀,你就是恋爱教练。

饶茶花把汽水给陶自强:嘻嘻。

电影开演了。

涂家坦红店,陶祁香走进来。

洪老板满面春风地迎上来:香姐,我们昨天等你一天,你怎么没来呀?

陶祁香:出了什么事?

洪老板:快看看,你画的这些都给你题上款了。

陶祁香欣赏着她画作上的题字。蓝师傅和黄师傅也殷勤地凑过来。

陶祁香:这字好啊,哪儿来的写字师傅?

洪老板:一个路过的。

陶祁香:路过的?

洪老板:他说他从来没有在别家写过字。

陶祁香:他叫什么?

洪老板:问了,他不说。

陶祁香:他要价高吗?

洪老板:给了,他不要。

陶祁香:不要钱?也不报字号?

洪老板:是啊,他只给你的画题字,别的画他不写。

陶祁香:这就怪了。

洪老板:是啊,我们也觉得奇怪。

夕阳晚照,波光粼粼。冯运华站在码头上,凝视着江面上远去的白帆。陶祁香默默地走过来,站在冯运华的身后。

冯运华坐在了一块巨石上,不远处,几个浣纱女在洗衣服。陶祁香也在他的旁边坐下了。冯运华蓦然发现了陶祁香,惨淡地笑了笑。陶祁香也笑了笑。

冯运华:你什么时候来的?

陶祁香:来半天了。

冯运华:快回家给自强做饭吧。

陶祁香:想儿子了?

冯运华:能不想吗?

陶祁香:兴国来信了吗?

冯运华:发来了一封报平安的电报。

陶祁香:晚饭到我那儿去吧,我早上买的鱼。

冯运华没说话。

陶祁香:你回去跟管家、六叔一起吃也没意思。

冯运华:那好吧,我也想跟自强聊聊窑口上的事。

陶祁香站起来:走吧。

冯运华:你先走吧,我再待会儿。

陶祁香:别胡思乱想的。

冯运华:这里的景色很美。

回到家里,陶祁香在院子里收拾着鱼,小石桌上还放着一些菜。

赵文昌进来了:又有鱼又有菜的,有客?

陶祁香:你不是来了吗?

赵文昌:我可不需要这么隆重。

陶祁香:你是来得早不如来得巧,沾光。

赵文昌:真有客要来?

陶祁香:也算不上什么客人,我在三间码头上遇见了冯窑主,约了他。

赵文昌:那还真是巧了,我正想跟你们一起聊聊呢。

陶祁香已经把鱼收拾好,在自来水龙头上清洗着。

赵文昌:我帮你择菜吧。

陶祁香:对了,我和自强给冯兴国写了一封信,还没发出去呢,你要不要在上面也写两句话?

赵文昌:好啊,信在哪儿?

陶祁香:在我的画案上。

赵文昌进了屋。陶祁香把鱼放进盘里,擦了擦手。

赵文昌在信上写着字。陶祁香进来了。

赵文昌:好了,随便写了几句。

陶祁香把信笺接过来,看着赵文昌写的那些字。赵文昌有些不自在,待在一边。陶祁香反复看着那些字。

赵文昌:就那么几行字,至于看那么长时间吗?

陶祁香看着赵文昌。赵文昌心里毛了:怎么了? 有什么问题?

陶祁香:狐狸尾巴终于露出来了。

赵文昌:什么意思?

陶祁香:我画上的题款是不是你写的?

赵文昌笑了。陶祁香得意地:哼,群众的眼睛是雪亮的。

赵文昌:评价一下,我的字怎么样?

陶祁香:还行。

赵文昌:仅仅还行?

陶祁香:还行还不行?

赵文昌:还行哪儿行?

陶祁香:那我就说行。

赵文昌:啊,只要你说行就行。

陶祁香:那不就行了吗?

赵文昌:行了行了,太行了。

两个人轻松地笑了。陶祁香拿起一个画好的花瓶,递给赵文昌。

赵文昌:干什么?

陶祁香:别偷偷摸摸的了,就在我这儿大大方方地写吧,我连笔都给你预备好了。哎,试试顺手不?

赵文昌拿起案子上的笔,抹着墨,坐下来调整好姿势,抱起来那个瓶子。

陶祁香一边做着饭,一边不时地从敞开的门看看赵文昌,两个人隔着门交谈着。

赵文昌:你刚才说在三间码头遇见了冯窑主,他在那儿干什么呢?

陶祁香:自从冯兴国走了以后,他总是一个人到那儿散步,我猜他是想儿子了。

赵文昌:儿行千里母担忧啊。其实做父亲的也是非常牵挂儿子的,只是嘴上不说罢了。

陶祁香:你们男人都是这样,心里面有话只是憋着。

赵文昌:你说的对,男人在一起,即使是好朋友,也很少谈家长里短。

陶祁香:那你们男人到一起都谈什么?

赵文昌:工作呀,学习呀,还有家国天下、海北天南、吹牛抬杠、喝酒划拳……

陶祁香:还是男人活得自在潇洒。

赵文昌:咱谈点儿家事,冯窑主的夫人去世几年了?

陶祁香:总有七八年了吧,反正我和陶自强来投奔他的时候,他夫人就没了。

赵文昌:这么多年也没找?

陶祁香:从来没有提过这件事。

赵文昌:哟,你看着点儿火。

陶祁香:哎呀,我的鱼……

饶茶花和杜鹃坐在高高的茶山上,被鲜花翠叶映衬着,静美而静谧。

杜鹃:我妈嫌他家哥们儿多。

饶茶花:不对呀,我问陶自强了,周鸿达就哥儿一个呀。

杜鹃:亲生的就哥儿一个,还有两个表弟一个堂弟。

饶茶花:什么什么,这是怎么回事?

杜鹃:表弟是他姑姑的,他姑父死在抗战前线了,姑姑向前走了一步,新姑父不要那两个孩子,就送到他家来了。

饶茶花:那堂弟呢?

杜鹃:堂弟是他叔叔的,他叔叔被土匪打死了,婶子被土匪霸占了。

饶茶花:行啊你杜鹃,跟人家见一次面儿,就摸了个底儿掉。

杜鹃:你以为相亲光是看脸蛋儿啊?

饶茶花:你不是把人家的后背后腰和罗圈儿腿都看了吗?

杜鹃:周鸿达告诉你的吧? 这家伙真讨厌。

饶茶花:先别说你妈,你看上了没有?

杜鹃:就这样吧。

饶茶花:就这样是哪样啊?

杜鹃:还不是像你和陶自强那样?

饶茶花:别像我,上不着天下不着地的,像吊在半空中。

杜鹃:你这事呀,得让你爸妈出面了。

饶茶花:我不想让他们掺和。

一张小餐桌,桌面上几样菜,一条清蒸鲤鱼。赵文昌和冯运华面对面坐着。

陶祁香拿出了一瓶酒。冯运华把酒接过来:不错呀祁香,杏花村汾酒,哪儿来的?

陶祁香:还是我在饶河班的时候,一个票友送给我的。在家的时候,我和自强很少喝酒。

赵文昌:自强怎么还不回来？等等他吧。

陶祁香:别等了,他没谱儿。

赵文昌:那咱们边喝边聊边等。

陶祁香:也好,我今天开戒,也陪你们喝一杯。

月亮升上了对面山顶,茶山里美丽宁静。两个女孩儿谈得津津有味。

杜鹃:我妈说,嫁给他也行,除非结婚以后分家另过。

饶茶花:进门就分家,这合适吗？

杜鹃:不分家怎么办？他的表弟堂弟也都老大不小了,过几年都要娶媳妇了,负担得多大？

饶茶花:这事有点儿难。

杜鹃:我妈说……

饶茶花:又是你妈说,我就烦你总是把你妈拴在嘴上。你到底是跟你妈过一辈子,还是跟周鸿达过一辈子？

山下边,饶三婆喊着:茶花,吃饭了……

饶茶花答应着:哎,来了。

杜鹃:咱们走吧。

冯老六和冯管家一起在天井下喝酒。外面摩托车响。

冯管家:六叔,您徒弟来了。

陶自强走了进来。冯老六高兴地:自强,你来了正好,陪我们老哥俩喝一杯。

陶自强:冯叔呢？

冯管家:傍晚的时候出去了,说晚饭别等他。

冯老六:自从兴国走了以后,他总是心神不宁的,没事就在江边遛。

陶自强坐下来,给自己倒了一杯酒:我也是来看看他,想跟他聊聊天的。还有,师父,我还想再跟您学学看照子的窍门儿。

冯老六:看照子光讲不行,全凭眼睛看。

陶自强:我看跟您看还是不一样,这里面肯定有门道。

冯老六:先喝酒,烧窑的事情以后再说。

陶自强:来,我敬两位长辈。

赵文昌:我先跟你们吹个风,市委决定,要坚决响应党中央的号召,加快社会主义改造和社会主义建设。

陶祁香：你们聊工作，我去给你们着弄点儿凉菜。

赵文昌：香姐，这事跟你也有关系，菜就先不弄了吧。

冯运华：咱们先听赵书记说。

赵文昌：现在我们有了一个建国瓷业公司，建国瓷业公司的前身是江西瓷业公司，是康达先生1912年多方筹资建立的，主要是接收了御窑厂的坯房和柴房，又在彭家弄口新建了办公房和门店。现在的瓷业公司拥有厂房两千两百平方米，西南有彭家弄、东司岭的厂房和柴窑，东北有薛家坞、罗汉肚的厂房和柴窑。目前的柴窑分别为复兴窑、徐家窑、邑山窑、欠班窑。此外，我们还有政府没收的旧九窑公会会长的窑厂一幢、坯房三幢，旧浮梁参议员的槎窑一座、坯房八幢，旧商会会长两座窑厂和几间坯房。这就是我们的全部家当，多吗？

冯运华：这些资产，要是一个私人窑主，就算是家大业大了。可是对于国家来说，就不值一提了。

赵文昌：冯窑主说话总是能切中要害，一指戳中命门。今天我要跟你说的就是这个问题。市委多次讨论，要筹建一个国营瓷厂。这个国营瓷厂呢，以景德镇瓷业公司为基础，吸纳几个规模比较大的窑口，但是算来算去，还是不够。

冯运华：什么不够？

赵文昌：规模不够。要建就建一个大厂，千人规模的大厂，要有国营的气派，小打小闹没意思。产品规模上不去，产品质量上不去，市场竞争也没有资本。但是，建大厂就要有大投入，大投入就要有大资本，我们在千方百计地想办法。这件事情呢，也一定要发动群众，得到广大群众支持和帮助，群策群力，同心协力才能办大事。

冯运华突然沉默了。赵文昌接着说：当然，饭要一口一口地吃，路要一步一步地走。我们既要反对故步自封的保守主义，又要反对急功近利的冒进主义。现在有两件事要听听你们的意见，一个是这个厂叫什么名字，你们说说。

冯运华：我们以前都是私人窑口，大多跟着窑主姓。国营瓷厂应该姓国。

赵文昌：太对了，就是要姓国。

冯运华和赵文昌几乎同时脱口而出：建国瓷厂！

陶祁香欣喜地：看你们两个，一唱一和，同气相求，同声相应。

冯运华：这叫心往一处想，劲往一处使。

赵文昌：这叫知音难觅，肝胆相照。

冯管家：我最近一直琢磨着，东家是不是有新的想法了？

陶自强：有什么新想法？

冯管家：我也说不准，你们也琢磨琢磨，最近赵书记帮助咱把那一窑的郎红

162

都卖了,回来了一些钱。这笔钱呢,原来是有用项的。

冯老六:什么用项?

冯管家:冯家窑除了那座镇窑,还有一座槎窑和一座狮子窑。这两座窑很久没有用了,需要重新挛窑,东家一直说等有了钱,先把这两座窑挛出来,好烧一些销路好的圆器和灰可器。可是现在钱来了,我把挛窑师傅都请好了,东家就是不发话。

冯老六:也许那些钱还有新的用项。

陶自强:对了,那天冯叔跟我说了一句莫名其妙的话。

冯老六:什么话?

陶自强:他说,冯家窑二百多年了,该随着江山易主了。我问他什么意思,他张了张嘴,又把话茬儿收回去了。

冯老六:嗯,我明白了。

冯管家:您说。

冯老六用筷子指着陶自强说:这不是明摆着吗? 他要把冯家窑交给你。

陶自强:您别逗了,我怎么敢接手冯家窑呢?

冯老六:他这个想法早就有。你看啊,两个儿子,一个喜欢唱戏,一个喜欢画光屁股女人,都不是烧窑的材料。再说了,冯兴国现在又参军打仗去了,冯家窑不交给你交给谁?

陶自强:不行不行,我可不能接手冯家窑。就算是冯家两兄弟都没有烧窑的心思,冯叔不老不小年富力强,且支撑着呢。

冯老六:依我看呀,他自己的心思也没在窑口上。

冯管家:这话谈深了,不是咱们该议论的,喝酒喝酒。

冯运华:赵书记,你刚才不是说,有两个问题吗? 下一个呢?

赵文昌:下一个问题需要跟你们两个商量一下,省委党校要办为期一年的青年干部培训班,我准备推荐陶自强去。

陶祁香:干部培训班? 陶自强就是一个利坯工,又不是干部。

冯运华:你是说要培养陶自强当干部?

赵文昌:建国瓷厂办起来,总是要有个厂长吧?

陶祁香:什么? 你想让陶自强当厂长,这也太离谱了吧? 不行不行,绝对不行。

赵文昌:当不当厂长咱先不争论,因为还需要组织按照程序进行考察。让他去学习你们没意见吧?

陶祁香:学习当然好,陶自强从小就喜欢学习,可惜我没那个能力,应该让他多读几年书。

冯运华:我也觉得,陶自强是棵好苗子,是可造就之才。响鼓也要用重锤敲,让他去学习绝对是好事,是个难得的机会。

赵文昌:这件事先不要跟他说,还要等上面审批。

冯家祠堂,高祖的画像,列祖列宗的牌位。供桌上鲜花供果,红烛高燃。冯运华点燃高香,插在香炉上。

冯运华把一块窑砖摆在供桌上,上写着乾隆十三年戊辰年丁酉月壬午日。

冯运华三拜九叩。冯老六率领家族成员跟着跪拜。

冯运华:列祖列宗在上,不肖子孙冯运华叩首禀报。冯家窑二百余载,承蒙祖宗荫庇,风雨飘摇,起伏跌宕,立景德镇而不衰。祖上有训,国运盛则窑口旺,天下安而家业兴。几十年的战乱动荡终于结束,如今的新中国让运华看到了民族的希望,看到了国家的未来。运华觉得我们冯家有责任有义务为这个新生的国家做力所能及之事。

冯运华起身,转向众人:如今这景德镇政通人和,百废待兴。赵文昌书记有振兴景德镇的雄才大略,亦对运华有知遇之恩。为国家计,为景德镇计,为冯家窑计,运华愿尽绵薄之力于桑梓,献肝胆之情于国家,遂生大愿,将冯家窑悉数捐与国家,为建设景德镇建国瓷厂加瓦添砖。

众人轻声唏嘘。

冯运华:此举我已经分别写信给兴国和兴远,均接到了他们的回信,得到了他们的支持。兴国说,我在前线保家卫国,冯家窑必定在新中国涅槃重生;兴远说,我们不仅仅是冯家窑的主人,更是新中国的主人。运华我为这两个识大体高觉悟的儿子感到自豪,对冯家窑的未来充满希望。

冯运华与众窑工一起开窑。窑口外面摆了一大排案子。一个一个的匣钵从窑里传出来。打开匣钵,展现在面前的是一件件鲜丽无比的青花瓷。

冯运华指挥着把这些青花摆在案子上。在阳光的映照下,光彩夺目。

窑工们看到自己的劳动成果,非常热烈地赞叹着。

窑工:咱冯家窑就是牛,去年满窑的郎红,今年又是"凑脚青"的青花。

窑工:冯管家,今天是不是请大家吃知四肉呀?

冯管家:今天的知四肉就不吃了,过两天窑主要摆大宴。

窑工:摆大宴,是不是有大喜事呀?

冯管家:当然是大喜事了。

窑工:冯窑主要结婚?

164

窑工：要不，就是少爷娶媳妇？

冯管家：别瞎猜了，到时候就知道了。

陶自强喊着：各位，都到大门口去，冯窑主有请。

摄影师摆着照相机。周鸿达、冯老六摆着凳子。冯运华、陶祁香一起商量着什么。窑工们纷纷出来。

周鸿达指挥着：大家听我说，老师傅坐在前排，年轻人分两排站在后面。

陶自强帮助老师傅安排座位。冯运华、陶祁香、冯老六坐在中间。

摄影师：大家注意了，不要动了。

冯运华：等等。冯管家呢？

冯老六：是啊，半天没见到他了。

陶自强：我去找找。

陶自强话音未落，冯管家气喘吁吁地跑来：哎呀，紧赶慢赶，差点儿误了事。

冯老六：你干什么去了？

冯管家：我猛地想起了，东家的手表还在裁缝铺抵押着呢，我赎回来了。

说着，冯管家把手表交给了冯运华。

冯运华：一块手表，着什么急呀，来来来，快坐下照相。

冯老六往外挪了挪：坐在我这儿来。

冯管家在冯老六的身边坐下。

摄影师：大家注意看我这儿，不要眨眼睛。

咔嚓一声，摄影师按下了快门儿。

冯运华：各位，大家刚才问了，又是把出窑的瓷器摆在外面，又是集体照相，又是要摆大宴，冯家窑到底怎么了？谁猜猜？

窑工：大喜事呗。

冯运华：当然是大喜事了。谁猜猜是什么大喜事？

窑工：我们刚才猜了，管家说不对。

冯运华：那我就告诉大家吧。今天开了这一窑青花，冯家窑就暂时歇火了。

窑工：啊？为什么呀？

窑工：是不是要挛窑呀？还能再烧几次呢。

冯运华：歇了火再点火，冯家窑就不姓冯了。大家先别惊讶，冯家窑不姓冯了姓什么？姓国，国家的国。我们冯家已经决定，把冯家窑无偿地捐献给国家。

窑工们不知道发生了什么事情，都惊愕地看着冯运华。

冯运华：景德镇市委市政府决定，要组建国营瓷厂，大瓷厂。冯家窑将要合并到这个大瓷厂里面。我们冯家窑姓国了，冯家窑所有的人，包括师傅、窑工、打杂的，统统会成为国家的人。我们将成为光荣的国营大厂的工人，成为新中国第一代工人阶级。过几天,我们将和景德镇市政府正式办理交接手续,我们要摆大宴庆祝,赵书记说了,他要亲自来祝贺,并且要给冯家窑的工人敬酒。

窑工们纷纷议论,鼓起掌来。

窑工:这也太突然了,冯家窑说捐就捐了?

窑工:冯窑主太了不起了,这么大的窑口都不要了。

窑工:咱们要成为国家的工人了,太好了。

窑工:以后咱就拿国家的工资了。

冯运华:我再说一句,看见这些青花了吧?每个人挑一件,拿回去留个纪念,人人有份儿。

窑工们兴奋地向案子上的青花瓷涌过来。

拿到青花瓷的窑工:冯窑主,能跟您照一张相吗?

冯运华:刚才不是照了吗?

窑工:刚才照的是集体照,我想拿着这青花跟您单独照一张相,以后我老了,向儿孙们吹牛皮啊。

众窑工:那我们也要照,我们也要吹牛皮。

冯运华对冯管家:快把那摄影师叫回来。

冯管家:说好了啊,谁照谁花钱。

众窑工:我们愿意花钱。这辈子能跟冯窑主照一张相,多牛啊!

冯运华对管家:你快去啊。

冯管家乐颠颠地跑去了。

第十章

陶自强:姐,我要走了。

陶祁香:嗯。

陶自强:我要去南昌学习。

陶祁香:嗯。

陶自强:可能要去一年。

陶祁香:嗯。

陶自强:你不惊讶啊?

陶祁香:不惊讶。

陶自强:这么说你知道了?

陶祁香:知道了。

陶自强:赵书记告诉你的?

陶祁香点了点头。陶自强说:你早就知道了,是吗?

陶祁香又点了点头。陶自强急了:你到底是不是我的亲姐呀?

陶祁香翻了他一眼。陶自强:这么大的事情你为什么不告诉我?

陶祁香:赵书记不让说,这是组织纪律,学着点儿。

陶自强:可是……我走了,你怎么办?

陶祁香:我怎么办?先问问你怎么办吧。衣服脏了你会洗吗?袜子破了你会补吗?冷了热了,你知道什么时候增减衣服吗?头发长了谁给你剪?还有,喝冷水、吃生菜、吃水果不洗不削皮这些毛病,没有人管着你,你会改吗?

陶自强:姐,我不是三岁两岁的小孩儿了。

陶祁香:你不是小孩儿了,可是你离开过大人吗?你一个人生活过吗?

陶自强:你把我说成白痴了。

陶祁香:我跟你说这些,就是提醒你,这次出去,是个学习的机会,也是个生活的机会,你要学会独立生活。

陶自强:好好好,我学会独立生活。

陶祁香:你别不服气。

陶自强:服气服气,一百个服气。

陶祁香也觉得自己过分了,笑了。

陶自强:姐,工作学习上的事情你不嘱咐我两句吗?

陶祁香:赵书记没嘱咐你吗?

陶自强:嘱咐了。

陶祁香:那不得了吗?

陶自强:你不再补充两句吗?

陶祁香:他不是让你多读书吗?

陶自强:还有呢?

陶祁香:他不是让你多交朋友吗?

陶自强:是啊。

陶祁香:他不是让你去参观参观博物馆、展览馆吗?

陶自强:赵书记都跟你说了?

陶祁香:他什么都没跟我说。

陶自强:那你怎么知道的?

陶祁香:这些事,用脚后跟都想得出来。

陶自强:姐姐,你太厉害了。

饶茶花打扮得漂漂亮亮,提着小花包袱蹦蹦跳跳地出来。她向四下踅摸着:妈,咱家的自行车呢?

饶三婆端着脸盆出来:昨天玉茗借走了。

饶茶花:啊,她怎么不给送回来,我还等着上镇呢。

饶三婆:又干什么去?

饶茶花朝门外跑去:回来再跟你说。

玉茗家,饶茶花急如火燎地跑进来,高声喊着:玉茗玉茗玉茗……

玉茗披头散发地从屋里出来:怎么啦? 你家着火了?

饶茶花:你家才着火了呢,我的自行车呢?

玉茗:我说一会儿给你送过去,你急什么?

饶茶花:我等着上镇呢。

玉茗从柴棚里推出自行车:后胎没气了。

饶茶花:是不是胎扎了?

玉茗:没有没有,就是该打气了。

饶茶花接过自行车,按了按后座儿,后面的车胎瘪了。饶茶花急了:你这个死人,借我的自行车还不给我打气?

玉茗:我家没有气筒。

饶茶花:啊……谁家有气筒。

玉茗:荷花家有。

饶茶花:还不快去借。

玉茗往门外跑去。饶茶花说:等等,我们推着车一起去吧。

玉茗:正好,我还有事跟你说。

饶茶花:先去给车打气。

玉茗:咱边走边说。

饶茶花推着自行车半走半跑。玉茗紧跟着:茶花,你慢着点儿。

饶茶花:我还有事呢。

玉茗:我也有事啊。

饶茶花:我这是急事。

玉茗:我的事也等不及了。

饶茶花:快说,什么事?

玉茗站住了。饶茶花急切地:快说呀。

玉茗憋红了脸。饶茶花喊道:你说不说?我等不起你。

玉茗:杜鹃……

饶茶花:杜鹃怎么了?

玉茗:她……她跟周鸿达见面了,你知道吗?

饶茶花:我带她去的,怎么不知道?

玉茗:周鸿达请她吃牛骨粉了。

饶茶花:是啊,怎么了?

玉茗:他们还一块儿看电影了。

饶茶花:是啊,我亲眼看见了。

玉茗:他们……是不是成了?

饶茶花:成不成的你去问杜鹃呀,问我干吗?

玉茗"哇"地哭起来。饶茶花慌了,扔下自行车过来:怎么啦怎么啦?

玉茗哭得更厉害了。饶茶花着急地:急死人了,你哭什么?

玉茗哭喊着:茶花,你……你对不起我。

饶茶花:我怎么对不起你了?

玉茗:你……你为什么不问我?

饶茶花:问你什么?

玉茗:周鸿达呀,你为什么不问我愿意不愿意?

饶茶花:我问了啊,所有的人都问了,萧师傅都听见了。

玉茗:这种事,有一块儿问的吗?谁好意思说愿意?

饶茶花:可是人家杜鹃后来找我了。

玉茗:我也要去找你的。

饶茶花:可是你没找啊。

玉茗:反正你对不起我……

饶茶花:姑奶奶,你别哭了好不好? 我们还要给自行车打气呢。

陶祁香送陶自强到汽车站。车还没有来,陶自强把肩上的行李放在地上。

陶自强:姐,这包里装的是什么呀,真够沉的。

陶祁香:到了你就知道了。

陶自强:都是吃的吧?

陶祁香:也有穿的用的。

陶祁香:带这么多吃的干什么? 赵书记说了,到了那儿吃住都有人管。

陶祁香:到了那儿就得吃食堂,谁知道那些饭你吃得惯吃不惯?

陶自强:哎呀姐,你也忒操心了,至于吗?

陶祁香:在家千般好,出门一时难,有备无患。

陶自强:姐,我不在家,你也要注意点儿。

陶祁香:我知道。

陶自强:累了就歇着,困了就早点儿睡。

陶祁香:行。

陶自强:晚上没有要紧的事就别出去了,把院门关好,把屋门顶好。

陶祁香:行。

陶自强:一个人吃饭,别瞎对付,想吃什么就买什么。

陶祁香:行。

陶自强:万一有什么事,就找周鸿达,还有冯叔。

陶祁香:你还说我瞎操心,你这叫什么?

陶自强:我不是对你不放心,是舍不得你。长这么大这是第一次离开你。

陶自强说着,眼圈儿红了。陶祁香说:好了,大小伙子了,不嫌丢人啊。

听姐姐这么一说,陶自强反而忍不住了,眼泪竟然流下来。陶祁香把陶自强抱在了怀里,拍了拍他的后背。

汽车进了站。售票员喊着:去南昌的,在这儿排队买票。

人们都争着抢着买票上车。陶自强朝远处看着。陶祁香明知故问:看什么呢? 快上车啊。

陶自强依然巴望着远处。售票员喊着:去南昌的还有没有? 买票上车了。

陶祁香:别看了,别人都上车了,就等你了。

售票员:喂,你们上不上呀?要开车了。

陶祁香使劲推着陶自强。陶自强无奈,搬着行李上车。

汽车门关了。陶自强依然扒着车门看着。

陶祁香无奈地笑了笑,挥了挥手。陶自强似乎没看见,顾自看着远处。

通向河西汽车站的路上,饶茶花拼命蹬着自行车。已经看见站牌下停靠的汽车了。她喘着气、擦着汗。

马上要到汽车站了,饶茶花叫喊着:等等,等等……

离车站只有百十米远了,眼巴巴地看着南昌的公共汽车缓缓地开走了。

饶茶花更急了:等等,等等……

汽车开上了公路,加快了速度。饶茶花蹬着自行车追赶着。

汽车上,陶自强看见了骑着自行车的饶茶花,挤到后面,挥着手。

饶茶花呼喊着:自强哥……陶自强……

陶自强听不见饶茶花的呼唤。饶茶花也看不见陶自强向她挥手。

烟尘远去,汽车消逝在拐弯处。饶茶花扔掉自行车,瘫坐在公路边。

陶祁香装着没看见饶茶花,扬长而去。

工人们热火朝天地建设着新厂区。工地上,女工们用小推车推着窑砖。男工们有的搬运着木料,有的挑着水泥。瓦工们垒着墙壁。陶祁香和两个女工担来了绿豆汤。女工用大碗端着绿豆汤,送给正在劳动的工人。

赵文昌带着市委领导干部来参加义务劳动。冯运华迎了上来。

赵文昌:快给我们分配任务。

冯运华:你们帮助搬运窑砖可以吗?

赵文昌:大家去搬运窑砖,我去砸夯。

李宗贤给赵文昌送来草帽。赵文昌拒绝了。

陶自强和同学们端正地坐在教室里。

年轻的女教师:同学们,从今天开始,我们讲马克思和恩格斯的《共产党宣言》。共分为六讲,今天是第一讲。有谁读过《共产党宣言》?

陶自强举起手。女教师:请报一下姓名。

陶自强站起来:我叫陶自强,来自景德镇建国瓷厂。

女教师在学员花名册上查找着陶自强的名字。

陶自强竟然背诵起来:一个幽灵,共产主义的幽灵,在欧洲徘徊着。旧欧洲的一切势力,教皇和沙皇,美特涅和基佐,法国的激进党人和德国的警察,都为驱除这个幽灵而结成了神圣同盟……

举座皆惊,掌声四起。

陶自强不好意思地摸着脑袋。

女教师:很好,很好啊陶自强同学。你是怎么知道《共产党宣言》的?

陶自强:我在国民学校读书的时候就听说过。

女教师:你的《共产党宣言》是自己买的吗?

陶自强:我们市委赵文昌书记给我的。

吴廼湘独自坐在饭桌前,掏出了汪国良的画稿端详着。

老板:老同志,您的冷粉好了。

吴廼湘:师傅,有没有一个姓汪的小伙子在你们店里干活儿啊?

老板:有啊。

吴廼湘:真的啊? 快去帮我找来。

老板:不过老汪都快五十了,这算小伙子吗?

吴廼湘:我找的这个孩子,十五六岁,干干净净,有点儿瘦。对了,会画画。

老板:那没有,没见过。您是找孩子的? 丢了?

吴廼湘:你要是见到了,就告诉他,你师父在找你呢。

老板:好嘞,我帮您留意着。

吴廼湘环顾四周,起身把钱放在桌上。

老板:老同志,您的冷粉还没吃呢。

丁萌萌吃完了早饭,放下碗筷,背起包要走。

汪国良帮助收拾着桌子:姐,你去哪儿呀?

丁萌萌:建国瓷厂正在建设厂区,我去参加义务劳动。

汪国良:带我去行吗?

丁萌萌:我和卢老师将来要去建国瓷厂工作的。

汪国良:我也想去建国瓷厂。

丁萌萌:建国瓷厂招工是有年龄限制的,你还不到十八岁。

汪国良:我参加义务劳动还不行?

丁萌萌想了想:好,那走吧。

丁萌萌推出自行车,要往上跨。

汪国良:姐,我带着你吧。

丁萌萌:你会骑吗?

汪国良:你不在家的时候,我练得差不多了。

丁萌萌:来,试试。

172

汪国良接过自行车。丁萌萌推着后座跑了几步,跨了上去。

自行车晃动了几下,稳住了。

操场上生龙活虎,学员们在打篮球。陶自强接球、抢球、带球、投篮,动作干净利索,很像那么回事。很多女同学在围观,不时地叫好鼓掌。

女同学:那个穿红背心的是谁呀?

女同学:他叫陶自强,我们班的,景德镇来的。

女同学:他打球的姿势真漂亮,大学生吧?

女同学:据说是中学生。

女同学:一看就知道参加过篮球比赛。

女同学:他还会背诵《共产党宣言》呢。

女同学:那么厉害?

女同学:他是什么职务?

女同学:窑工。

女同学:窑工?

女同学:据说是利坯师傅。

女同学:咱这不是干部培训班吗?

女同学:兴许……工人阶级也算是干部吧?

女同学:你是不是党校的学员? 怎么连点儿常识都不懂。

女同学:开个玩笑,别认真。

工地上大家争先恐后地劳动着,热火朝天。丁萌萌和汪国良抬着一根木头。汪国良在前面,丁萌萌在后面。丁萌萌故意往前抬,以减轻汪国良肩上的分量。往上扔木头的时候,汪国良脚下一滑,坐在了地上。

丁萌萌:怎么了? 摔着没有?

汪国良一个鲤鱼打挺蹦起来,又跺了几下脚:没事。

丁萌萌:你小心点儿。

食堂老师傅出来,拿着一个大铃铛丁零当啷地摇起来。

老师傅:吃饭了,吃饭了。人是铁饭是钢,一顿不吃饿得慌。

赵文昌:小田,咱们把这堆土先清走,一会儿起风了,大家都得吃灰。

田秘书:您先去吧,我来就行。

赵书记:我们一块儿干,抓紧点儿。

老师傅继续摇着铃铛:大米饭炒茄子,还有牛骨汤,管够。

工人们继续干着活儿。只有几个工人过来打饭。

冯运华:好了,大家都把手里的活儿停下,先吃饭。

老师傅:吃饭不积极,思想有问题。

冯运华:大家都快点儿,别让老师傅着急了。

李宗贤:赵书记,我帮您把饭打好了,咱们到那边凉棚下面去吃。

赵书记:好,谢谢你。

汪国良:姐,咱也在这儿吃饭吗?

丁萌萌:当然了,凡是来参加义务劳动的,人人有份儿。

冯运华、李宗贤等陪着赵文昌一起吃饭。冯老六端着饭碗走过来。

赵文昌招呼着:六爷,过来一块儿吃。

冯老六有点儿不好意思:你们都是官儿,我一个草民。

赵文昌:你看我们谁像官儿呀?

冯运华:六叔,您就过来吧,陪赵书记说说话。

冯老六拉开一段距离坐下了。

赵文昌:景德镇可比东北热多了。

冯运华:是啊,每年七八月,又湿又热,跟蒸笼一样,一般北方人受不了。

赵文昌:幸亏我在江西待过。

冯运华:景德镇有句老话,叫"七死、八活、九翻身"。

赵文昌:这是什么意思?

冯老六:那说的是烧窑。七月的时候,又热又潮,坯干不透,窑柴也湿,很难把瓷器烧好。八月的时候,有风了就好多了。到了九月,那是烧窑最好的节气。

赵文昌:原来这烧窑,也是靠天吃饭啊。

李宗贤:我们苏北农村,祖祖辈辈都是靠天吃饭。

赵文昌:李副厂长,有句话听说过吗?人定胜天。

冯运华:人定胜天要依靠科学技术进步,西方陶瓷业已经全面完成了机械化生产,好多问题都解决了。

赵文昌:是啊,西方花了二百多年的时间,已经走上了工业化道路。以苏联为首的社会主义阵营,正在工业化的道路上争分夺秒。我们也不能落后,落后就要吃亏,落后就要挨打,落后就要吃苦受穷。

冯老六在一边说话了:赵书记,您要是不说话,还真看不出您是当官的。

赵文昌:那我要是说话呢?

冯老六:那就看出真火候了。

赵文昌:是不是真火候,还得由你这个把桩师傅说了算。

收工了,人们收拾着工具,纷纷离开了。丁萌萌喊着汪国良:快走啊。

汪国良:姐,我的脚疼。

174

丁萌萌:我看看。

汪国良在一根圆木上坐下。丁萌萌给他脱了鞋看着:都肿了。

汪国良:可能那一跤摔伤了。

丁萌萌:你不是还起来蹦跶几下吗?

汪国良:开始的时候不疼,后来就越来越疼了。

丁萌萌:你怎么不早说。

汪国良:我以为活动活动就会好的。

丁萌萌:我带你去看看吧,毕家弄有个大夫,专门治跌打损伤的。

丁萌萌把汪国良搀扶起来,又推过自行车。

一家人围在一起吃晚饭。

饶三婆:刚才杜鹃妈来了,说让你陪他们去周鸿达家。

饶茶花:去周鸿达家干什么?

饶三婆:去相亲呀。

饶茶花:不是都相过了吗?

饶三婆:那是杜鹃和周鸿达相过了,双方家长总要见一面吧?总得去他家看看吧?

饶茶花:去他们家叫我干什么?

饶三婆:你是媒人啊。

饶茶花一口饭喷了出来。

饶三婆:杜鹃妈说得对,不能媒人媒人,事成了人就没了。

饶茶花:我算什么媒人? 就是给他们介绍一下。再说,有没结婚的大姑娘就给人家保媒拉纤的吗?

饶三婆:不是新社会了嘛。

饶茶花:这样吧妈,你陪他们去吧。你当媒人,说出来也好听点儿。

饶三婆:我去倒是也行,不过……

饶茶花:不过什么?

饶三婆:什么时候能去陶自强家看看呀?

饶三公"哼"了一声,放下饭碗走了。饶茶花问道:我爸又怎么了?

饶三婆:别理他,狗脾气。

人来人往,熙熙攘攘。街道两旁摆满了货摊儿,把原本不宽的街道挤得更窄了。丁萌萌骑着自行车回家,车把上挂着刚买的菜。看得出来,她骑自行车也不大熟练,晃晃悠悠,不停地打着铃儿。

吴妮湘从对面走过来。丁萌萌想躲吴妮湘,吴妮湘想躲丁萌萌。

　　丁萌萌叫着:左边,左边,左边……

　　吴妮湘慌慌张张地朝左边躲着。丁萌萌喊着:别动别动别动了……

　　吴妮湘"哎哟"一声,正好撞上。吴妮湘趔趄了几下没摔倒,丁萌萌却连人带车都倒了,菜撒了一地。

　　丁萌萌:哎哟,大叔。你这个人怎么不会躲啊,不是让你往左边了吗?

　　吴妮湘:小丫头儿,你怎么能怪我呢?我听你喊,一直往左边躲啊,你就这么直勾勾地往我身上撞。

　　丁萌萌:我说的左边,就是您的右边啊。哎,您没事吧?

　　吴妮湘:得,猴吃麻花,满拧。

　　丁萌萌站起来,刚要捡菜,一下子愣住了。

　　丁萌萌:吴老师?

　　吴妮湘:你认识我?

　　丁萌萌:啊……当然,我当然认识您。

　　吴妮湘:我们见过吗?

　　丁萌萌:我见过您,您没见过我。

　　吴妮湘:有意思。说说看,你在哪儿见过我?

　　丁萌萌急忙岔开话题:我也忘了。吴老师,您怎么在这儿呀?

　　吴妮湘:我在找人。

　　丁萌萌:您找什么人啊?我帮您找找?

　　吴妮湘:你怎么帮我找,你都不知道是谁。

　　丁萌萌:您告诉我,我不就知道了嘛。

　　吴妮湘:一个小书童,跟在我身边干活的。不知跑哪儿去了,几天没见人了。

　　丁萌萌:啊?

　　吴妮湘:跟你差不多高,瘦瘦的。他叫汪国良,这个小兔崽。

　　丁萌萌:您找汪国良?他不是被谢老板赶走了吗?

　　吴妮湘:你认识汪国良?

　　丁萌萌:汪国良是我弟弟。

　　吴妮湘:天底下哪儿有这么巧的事呀?

　　丁萌萌:他都被赶出来了,您还找他做什么?

　　吴妮湘:我让他跟我回去。

　　丁萌萌:回去了谢老板还得揍他。

　　吴妮湘:他敢?

丁萌萌:您要教汪国良画画?

吴逌湘:我要收他做我的徒弟。

丁萌萌:您要汪国良做您的徒弟?

吴逌湘:汪国良人才难得啊。

丁萌萌:我的妈呀,天底下的巧事都赶到一块儿了。

吴逌湘:汪国良他人呢?

丁萌萌:在家里面呢。

吴逌湘:快带我去找他。

丁萌萌:您上车,我带您过去。

吴逌湘看了看自行车:就你这技术还是算了吧。

丁萌萌:那您跟我走吧,不远,就在前面。

吴逌湘:菜不要了?

丁萌萌笑着弯腰捡菜,吴逌湘帮忙捡着。

丁萌萌带着吴逌湘进了家门,闻到了饭菜的香味。

丁萌萌:国良,快出来。你看谁来了。

汪国良:等一下,我这儿正煎鸡蛋呢。

丁萌萌:你做饭了?我菜刚买回来呢。

汪国良:我寻思着,你们差不多该回来了,就做了。

丁萌萌:忘了跟你说了,我爸妈他们学校聚餐,不回来吃饭了。

汪国良:那就咱两个人,我就少做点儿吧。

丁萌萌提着菜进了厨房,后面跟着吴逌湘。

丁萌萌:谁告诉你两个人了?再加两个菜。

吴逌湘:小兔崽子,总算把你找到了。

听到熟悉的声音,汪国良举着铲子抬起头,惊叫起来:吴老师,您怎么来了?

吴逌湘:行啊,还会做饭?嗯,挺香的。

汪国良:我不是跟您说过嘛,我在饭店里当过伙计。

吴逌湘:那你做两个拿手菜给我尝尝。

汪国良:您?好吧。姐,你先陪吴老师说会儿话,我这儿一会儿就好。

饶茶花躲在远处,看着周鸿达和父母一起把客人送了出来。杜鹃跟她妈走了,饶三婆却朝着自己的方向走来。饶茶花腾地从树后面跳出来:哒……

饶三婆:早看见你了。

饶茶花挽住了母亲的手臂:怎么样?

饶三婆非常不满地:这个杜鹃妈,真不开眼。

饶茶花:怎么了？

饶三婆:进了院子,人家往屋里让,她可倒好,转着圈儿打量着人家的房子,恨不得把人家几根椽子、几根窗棂都要数一遍。吃饭的时候,一个劲儿地扒拉盘子里的肉。这还不算,你没听她说的那些话呢,把我臊得恨不得找个地缝儿钻进去。

饶茶花:她说什么了？

饶三婆:说什么我闺女得披金戴银,得里面儿三新,结婚的时候得坐轿子,八抬大轿。还有,彩礼呢,得三转一响。

饶茶花:什么叫三转一响？

饶三婆:自行车、缝纫机、手表,这不是三转吗？

饶茶花:那一响呢？

饶三婆:收音机呀。

饶茶花:这到底是嫁闺女还是卖闺女？

饶三婆:说的是呢。

饶茶花:赶上我参要二十亩茶园了。

饶三婆狠狠地瞪了饶茶花一眼。饶茶花嘻嘻笑了。

饭菜上桌,吴廼湘坐在二人中间。

丁萌萌:吴老师,您喝点儿酒吧？

吴廼湘:挺懂事,你会喝酒？

丁萌萌:我不会喝,不过我知道我爸的酒放哪儿了。国良,要不你陪吴老师喝两口？

汪国良:姐,我也不会啊。

丁萌萌:不会就学啊,跟着吴老师不就能学会了？是吧吴老师？

吴廼湘:哈哈哈,不会喝就少喝一点。杯里有酒就行,我也不至于独饮。去拿吧,丫头。

丁萌萌起身拿了瓶白酒出来。吴廼湘接过酒,打开闻了闻:好酒,给老夫把酒满上。

汪国良接过酒瓶,给吴廼湘倒满酒,看着自己的杯子。

吴廼湘:你自己看着办。

汪国良给自己倒上了小半杯。吴廼湘对丁萌萌说道:来来,丫头,你也倒点儿,多少都行。

丁萌萌把杯子递过来,汪国良也给丁萌萌倒小半杯酒。

饶茶花吃着牛肉炒粉,饶三婆喝着罐焖汤。

饶茶花:嗯,这家的炒粉好吃极了,妈,您尝尝。

饶三婆:我中午没少吃,鸿达妈一个劲儿地往我碗里夹菜。

饶茶花:等以后有时间,我专门带您来吃。

饶三婆:你们这些丫头总是到镇上吃吃喝喝的,哪儿来的钱呀?我告诉你,可不能乱花男人的钱。

饶茶花:您也太小瞧人了,我们有钱。

饶三婆:你们有钱,哪儿来的?

饶茶花:萧师傅给我们发的工钱。

饶三婆:每月都给你们吗?

饶茶花:差不多吧,茶叶卖得好,就多给点儿,卖得不好,就少给点儿。

饶三婆:死丫头,这事你怎么没说过?

饶茶花:我怕跟你们说了,我爹给我都抠走。

饶三婆:嗯,他会的。不过自己挣的钱也要省着花,还要过日子呢。

饶茶花:对了妈,杜鹃跟她妈去了周鸿达家,这事就算成了吧?

饶三婆:我看够呛。

饶茶花:怎么了?

饶三婆:杜鹃妈太霸道,说得周鸿达的爸妈脸一红一白的。

饶茶花:周鸿达呢?周鸿达什么态度?

饶三婆:周鸿达倒是没说什么。看得出来,周鸿达是个厚道人,以后结了婚,他肯定怕老婆。

饶茶花:那好啊,说明我们浮梁的姑娘厉害。

饶三婆:那你呢?你能降得住陶自强吗?

饶茶花:说我干吗?我们是男女平等。

饶三婆:对了,陶自强家在哪儿?

饶茶花:离这儿不远,一会儿我带您去看看。

丁萌萌和汪国良不停地劝吴廼湘喝酒。

吴廼湘酒酣耳热,逐渐放浪形骸。汪国良杯里的酒只少了一点点儿。

吴廼湘:百年随时过,万事转头空,感慨啊,感慨万千呀。你们还年轻,还有大把大把的光阴可以浪费,我不行了,风烛残年啊。

丁萌萌:吴老师,您不老,一点儿也不老。

吴廼湘醉眼蒙眬地看着丁萌萌:你这么认为?

丁萌萌:艺术之树长青,您有这么高的成就,有这么大的名气,您永远是一棵不老松。

吴逎湘:这话我爱听。来,吴某敬你一杯。

吴逎湘拿起杯子一饮而尽。汪国良又给他的杯子里倒酒。吴逎湘用手捂住了杯子,指着丁萌萌的酒杯说:这杯酒可是我敬你的,不领情吗?

丁萌萌只好端起酒杯,抿了一口。

吴逎湘不依不饶:干了干了,敬酒要干,这是礼貌。

丁萌萌:吴老师,我真的不会喝酒。

吴逎湘:就这一杯,不让你多喝。

丁萌萌闭着眼睛,非常痛苦地把酒喝下,不断地用手扇着舌头。

吴逎湘关心地:吃菜,快吃口菜。

丁萌萌吃着菜,慢慢地好了些。

吴逎湘:萌萌,你知道我这辈子最喜欢什么吗?

丁萌萌:当然是您的画了。

吴逎湘摇着头:非也非也。

汪国良:那是什么?

吴逎湘又喝了一杯酒:我这辈子,就三件事。

丁萌萌:哪三件?

吴逎湘:追女人、爱女人、画女人。

两个人看着吴逎湘。丁萌萌疑惑地:就是围着女人转,这是一件事啊!

吴逎湘有点儿忘形:民国四年,我与王琦约好把瓷板画送到上海,参加巴拿马展览。在九江乘船的时候,我发现一个美女,啊,那可真是美女呀,绝代佳人。髣髴兮若轻云之蔽月,飘飘兮若流风之回雪。远而望之,皎若太阳升朝霞;迫而察之,灼若芙蕖出渌波……啊,这正是我心目中的女神,是我毕生梦中之所求。你们说,我能放过吗?她在前面走,体迅飞凫,飘忽若神,凌波微步,罗袜生尘。我在后面跟着,神情恍惚,如梦如幻。她进了里弄,我跟进里弄;她上了大街,我跟上大街。她走我亦走,她停我亦停,她回眸一笑,我灵魂出窍……就这样,我整整跟了她三条街,你们猜怎么样?

汪国良:误船了?

吴逎湘:哈哈哈哈……

两个人也跟着笑起来。汪国良接着说:吴老师,来,我再敬您一杯。

吴逎湘:要不,巴拿马博览会上,得奖的就是:王琦、吴逎湘,或者吴逎湘、王琦,或者只有一个吴逎湘。哈哈哈哈……

笑着笑着,吴逎湘哭了起来。丁萌萌和汪国良对视了一眼,把自己的酒杯又倒了一点儿酒,站起身:吴老师,我敬您一杯。您可说了,要收汪国良做徒弟的。

吴廼湘:国良啊,你愿意吗。

汪国良:真的吗?吴老师。

吴廼湘:千真万确。

丁萌萌:是真正的徒弟。

吴廼湘:当然,入室弟子。

丁萌萌:要举办拜师礼的。

吴廼湘:还要开设香堂摆香案三拜九叩。

丁萌萌:君子一言!

吴廼湘:快马一鞭!

丁萌萌:那您在不在乎多收一个徒弟?

吴廼湘:谁呀?

丁萌萌:您看小女子怎么样?够不够格?

吴廼湘醉眼迷离地看着丁萌萌。丁萌萌有点儿发毛。

吴廼湘:我敢收你,你敢跟我学吗?

丁萌萌:怎么不敢?

吴廼湘:要有规矩的。

丁萌萌:什么规矩?

吴廼湘:你没听说过吗?要想学得会,得跟师父睡……

话音未落,"啪"的一个大嘴巴子抽到了吴廼湘的脸上。

丁萌萌倒先愣住了。吴廼湘也愣住了。汪国良似乎不知道发生了什么事情,傻了。

吴廼湘首先醒悟过来,把酒杯使劲往桌上一蹾,转身离去。

汪国良如梦醒来:吴老师……

吴廼湘头也不回。汪国良追了出去:师父!

丁萌萌待在家中,看着跑出去的二人,又看了自己的手,苦笑着摇了摇头。

饶茶花带着母亲来到了陶自强家的院外。

饶三婆:这就是陶自强的家?

饶茶花:是啊。

饶三婆:他家没人吧?

饶茶花:肯定没人,门锁着呢。

饶三婆:收拾得倒是挺干净的,就是房子小了点儿。

饶茶花:周鸿达家的房子大吗?

181

饶三婆：人家周家是一个三合院子，除了正房，还有东西厢房。

饶茶花：陶自强和他姐姐，就两个人，也够住了。

饶三婆：以后你们结了婚住在哪儿？

饶茶花：当然是楼上了。

饶三婆：楼上有两个房间？

饶茶花：还有一个杂物间，也能住人。

饶三婆：楼下呢？

饶茶花：楼下一个饭厅，一个他姐姐的画室。

饶三婆：真够窄巴的。

饶茶花：想不想进去看看？

饶三婆：不合适吧？

饶茶花：咱偷偷的，进去不乱动他家的东西，不会被发现的。

饶三婆：门不是锁着吗？

饶茶花：我知道钥匙在哪儿。

说着，饶茶花拉着母亲进了院子。饶三婆四下张望着。饶茶花从窗台上的花盆里拿出钥匙，打开了门。两个人进了屋，蹑手蹑脚，做贼似的。

饶三婆看着画案上的瓷器：这是谁画的？

饶茶花：他姐姐。

饶三婆：他姐姐不是唱戏的吗？

饶茶花：原来是唱戏的，现在画瓷器了。

饶三婆：这瓷器画得真好。

饶茶花：您懂？

饶三婆：我懂什么？我就看着画得跟真的似的。

饶茶花指着一张照片：这就是他姐。

饶三婆凑过去看着：他姐真漂亮。

饶茶花：当然了，人家当年可是当红花旦呢。

饶三婆指着陶祁香旁边的年轻人：这就是陶自强吧？

饶茶花：漂亮吗？

饶三婆：挺帅气的。姐俩不怎么像。

饶茶花：男的跟女的能像吗？

饶三婆：家里收拾得真干净。

饶茶花：想不想去楼上看看？

饶三婆：不好吧，可别让人发现。

饶茶花：来都来了，走吧。

饶茶花和母亲从楼上下来。

饶三婆：快走吧。

饶茶花打开门，"啊"地叫了一声。

陶祁香站在门外。双方僵持着，谁也不说话，泥塑一般。

陶祁香侧了一下身子。饶茶花逃跑似的出来，饶三婆紧随其后。

陶祁香：等等。

饶茶花和饶三婆立刻站住了，低着头不敢看陶祁香。

陶祁香：既然来了，就坐会儿吧。

饶三婆忙说：不了不了，还有事……

陶祁香冲着饶茶花：这是你母亲吧？

饶茶花：啊啊……

陶祁香：怎么不给我介绍介绍？

饶茶花干张着嘴啊啊啊着。陶祁香不由分说：进来吧，茶花，给你母亲泡茶。

饶茶花和母亲跟着进来。陶祁香对着饶三婆说：坐吧，别客气。

饶茶花把泡好的茶放在陶祁香面前。陶祁香说：把茶给你母亲。

饶茶花只好把茶杯放在母亲面前。饶三婆忙说：他姐，对不起……

陶祁香：没什么，您别在意。

饶三婆：我们太丢人了。

陶祁香：茶花，你先出去，我想跟你母亲单独聊聊。

饶三婆看着陶祁香，紧张得手足无措。陶祁香接着说：茶花，很好的一个孩子，聪明、漂亮、又能干，哪个小伙子娶到这么一个媳妇，都是福气。

饶三婆：那……您为什么不同意她和陶自强呢？

陶祁香：命，这都是命，没有办法的事情。

饶三婆：我问过罗大仙了，他们的属相不相克呀。

陶祁香：不是属相的事，陶自强命里不该有这份儿姻缘。茶花妈，景德镇有的是好小伙子，茶花又是这么好的一个姑娘，别一棵树吊死了。行吗？你做做茶花的工作，就算我求您了。

饶三婆：她姐，还是我求您吧，您就成全了他们吧。茶花这个脾气您是知道的，一条道儿走到黑，撞了南墙都不回头。

陶祁香：茶花妈，我说了半天您没听明白吗？什么事情都好说，唯独这件事，不行。

饶三婆：不能再商量商量吗？

陶祁香：不行。

饶三婆：怎么样才能行呢？

183

陶祁香:怎么样都不行。

午后,邹元镐帮助陈三姐收拾桌子。陈三姐说:邹老师,以后下面的活儿你就别干了。现在老百姓手里有了点儿钱,生意显见得好多了。

邹元镐:生意好了,更忙了,我更应该搭把手。

陈三姐:您还是写你的书吧,你那是大事。

邹元镐:你的事才是大事,我那个书写完了也未必能出版。

陈三姐:怎么出版不了?您的书多好呀。昨天您说的那段我都吃惊了,您说景德镇的陶瓷源于土,揉于水,燃于木,淬于火,形于金。这不就是中国的阴阳五行吗?

赵文昌鼓掌:说得好,说得好啊。邹教授,果然非同凡响。

陈三姐和邹元镐同时转过头,陈三姐惊道:哎哟,这不是赵书记吗?您怎么来了?

赵文昌:我是专门来拜访邹先生的。

邹元镐:拜访我?

赵文昌:是啊,邹先生。哦,不对,应该是邹老师。

邹元镐:哎呀,不敢当不敢当。赵书记,快请坐。

赵文昌:邹老师,我们能不能单独聊一会儿?

陈三姐:到邹老师的房间去,你们先上去,我给你们泡茶。

邹元镐有点儿为难:我那里又脏又乱。

赵文昌:别忘了,我们共产党可是从山沟里出来的,多脏多乱的地方没待过?

邹元镐:那……就委屈您了,请。

罗灵风来了,站在柜台前,掏出一把皱了的零钱:老规矩,二两。

陈三姐给他打着酒。

罗灵风:邹先生呢?

陈三姐神秘地:来客了。

罗灵风也神秘地:外面来的?

陈三姐:别瞎猜,是赵书记。

罗灵风大惊:赵书记?他真的敢来啊?

陈三姐:有什么不敢来的,都谈了一个多钟头了。

罗灵风:他们谈什么呢?

陈三姐:你仔细听。

罗灵风：他们不是在楼上吗,这哪儿听得见呀?

陈三姐：你知道还问我?

罗灵风：跟一个日本汉奸能谈什么?

陈三姐：你说谁是汉奸?

罗灵风：不不,不是汉奸。只不过在汪伪政府任过伪职,应该定不上汉奸。

陈三姐生气了：去去去,狗嘴里吐不出象牙。灌完了猫尿赶紧走吧。

罗灵风：三姐你怎么还生气了呢,我说句笑话嘛。

陈三姐懒得理睬他,忙去了。罗灵风端起杯子,嘬了一口,滋滋作响。

赵文昌坐在邹元镐的房间里,认真听着。

邹元镐侃侃而谈：……咱们景德镇陶瓷,始于唐,兴于宋元,盛于明清。从耕且陶焉的手工艺作坊,到专而精焉的精准分工。一个产业,支撑起了一座城市,延续了几千年,让一个隐藏在中国腹地的小镇名扬四海。景德镇因瓷而生,因瓷而兴,因瓷而名,可是我们自己连一本完整的资料史都没有……

赵文昌：邹先生,我不大明白,您的《景德镇陶瓷史》为什么用英文写呢?

邹元镐：不瞒您说,我原本是要用日文写的,因为日本人把中国陶瓷奉为神器。可是……您懂的。

赵文昌：为什么不直接用中文写呢?中文可是您的母语啊。

邹元镐：我想……

赵文昌：您想拿到香港或国外去出版,对吗?

邹元镐：啊……

赵文昌：你是怕在中国大陆出版不了,是吧?

邹元镐：不是我的内容不行,是我这个人不行。

赵文昌：怎么不行?

邹元镐：赵书记,您或许知道,我历史不清白。

赵文昌：我略微听说一些,到底是怎么回事?

邹元镐：我是日本东京高等专业学校毕业的,回国原想在清华大学任教的,可是当时在南京的母亲病危,我就回到到了南京。到了南京就走不了了,没办法,在汪伪政府的教育部任了个差事。

赵文昌：任的是什么职?

邹元镐：什么职都没有,就是个小科员。可是国民党接收南京政府的时候,不问青红皂白,凡是伪职员都抓起来。我害怕,跑到了景德镇……

赵文昌：这应该不算什么大问题呀?

邹元镐：还有一件事,不知道当讲不当讲。

赵文昌：你说。

邹元镐：我年轻的时候，参加过康达先生阻止"瓷土东运"的事情。

赵文昌：这是怎么回事？

邹元镐：民国九年，日本人以四十石大米一万斤的价格购得四十万斤祁门瓷土，要偷运到日本。康达先生听说了，以国务院咨议的身份连夜赶到歙县，联系安徽省省长许世英协助，截回了这批瓷土。当时跟在康达身边的几个年轻人里就有我。

赵文昌：你这是为国家做过的好事啊，当然可以说了。这样吧，你把自己的情况写个材料，我让组织部考察一下。记住，你的《景德镇陶瓷史》我们需要，中国需要。只要我有这个能力，我一定帮助你首先在国内出版。

邹元镐站起身激动得说不出话来：赵……赵书记……

赵文昌：我今天来，是想请你出山的。你也许知道了，我们正在兴建一个国营瓷厂，叫建国瓷厂。我要说的是，建国瓷厂需要您，景德镇人民也需要您。

邹元镐缓缓伸出手，眼里泛出激动的泪花。

赵文昌：现在新中国百废待兴，需要方方面面的人才。邹先生也许听说了，许多在国外的专家学者都已经或者正在纷纷回国，参加新中国的建设。

邹元镐真诚地说：共产党，得人心啊！得人心者得天下，失人心者失天下。

赵文昌：谢谢，谢谢，我以一个共产党员的名义谢谢你，谢谢你对我们党和政府的信任。

第十一章

星期天,图书馆里很安静。几个学员在座位上阅读。

陶自强问图书管理员:有关于经济管理这方面的书吗?

管理员:有苏联的《政治经济学》。

陶自强:还有呢?

管理员:还有列宁写的《无产阶级专政时代的经济和政治》。

陶自强:有中国的吗?

管理员:有王思华写的《政治经济学教程》。

陶自强:把这儿本书都借给我可以吗?

管理员:《政治经济学教程》有人借走了。

陶自强:哦,能给我查查是谁借的吗?

管理员:等一下……哦,是高级干部进修班的陈江海。

陶自强:啊,我们的副省长,他也在这儿学习啊。他如果看完了,我可以直接跟他借过来吗?

管理员:我们每一本书的借阅时间都是一个星期,你最好让他先办理还书手续,然后你再借。

陶自强:您可得给我留着。

管理员:我先给你登记上。

陶自强:好的,谢谢。

管理员:先把列宁的这本书给你吧,借书证呢?

陶自强把借书证交给管理员,拿着书出去了。

一个年轻人迎面进来,看了看陶自强:你是景德镇的陶自强吗?

陶自强:啊,是啊。

年轻人:操场上有人找你。

陶自强:找我?

年轻人:一个姑娘。

陶自强:哦,好,谢谢。

陶自强手里拿着书,直接跑到操场。饶茶花在空旷的操场上亭亭玉立,满身霞光,手里拎着一个蓝布包袱。陶自强吃惊地:茶花,你怎么来了?

　　见到陶自强,饶茶花又要哭。陶自强忙说:别哭别哭,这里可是省委党校。

　　饶茶花:那天我拼死拼活地赶到汽车站,眼看着汽车开走了。

　　陶自强:我看见你了,我一个劲儿地朝你挥手,你没看见吗?

　　饶茶花:隔得那么远,谁看得见? 你听见我喊你了?

　　陶自强:隔着玻璃,我也听不见。

　　饶茶花:要不是被杜鹃耽误了,我上个星期就来了。

　　陶自强:你怎么来的?

　　饶茶花:我骑毛驴来的。

　　陶自强:嘻嘻,你不会那么笨的。

　　饶茶花:知道你还问。

　　陶自强:我是说,你都没离开过景德镇,一下子到了南昌,怎么找到这儿的?

　　饶茶花:鼻子下面那个是什么? 光吃饭用的吗?

　　陶自强:好了,我先回宿舍换一下衣服,然后带你去玩儿。

　　饶茶花:我要看看你的宿舍。

　　陶自强推开宿舍的门,饶茶花进来。

　　饶茶花:你们几个人?

　　陶自强:四个。

　　饶茶花:别人呢?

　　陶自强:今天是星期天,都出去了。

　　看见四张床都收拾得整整齐齐、干干净净,床上的被子都叠得方方正正,饶茶花感慨:真不错,我还以为乱得跟狗窝似的呢。

　　陶自强:我们是思想科学化、行动集体化、生活军事化、学习研讨化。

　　饶茶花:我还说来给你收拾收拾房间、洗洗衣服什么的,看来我瞎操心了。对了,有脏衣服吗? 我给你洗洗。

　　陶自强:衣服随换随洗,不许隔夜。

　　饶茶花:看来男人结婚之前,都需要到党校来学习学习。

　　陶自强:或者去当几年兵也行。啊,把你的包袱放下吧,别背着了。

　　饶茶花:我给你做了一双鞋,本来是送你的时候给你的,真耽误事。

　　陶自强:拿出来,我试试。

　　饶茶花拿出来一双灯芯绒的圆口鞋。陶自强接过来,坐在床上,把旧鞋脱下,穿上新鞋。然后站起来,走动着,跺跺脚。饶茶花问:松吗?

　　陶自强:不松。

　　饶茶花:箍脚吗?

陶自强：不箍。

饶茶花：那么正好？

陶自强：老何家姑娘嫁给老郑家——正合适（郑何氏）。

虽然是星期天，工地上依然有人在劳动。

李宗贤、冯运华陪同赵文昌检查着施工进度和施工质量，一幢幢的车间、窑屋、办公楼、工人宿舍……他们一边对照着图纸，一边仔细检查着。

赵文昌：先生产后生活的原则是对的，车间、窑屋、仓库一定要建设好，但是工人宿舍、办公楼也不能忽视。咦，工人食堂在哪儿？

李宗贤：就在凉棚那边，地基打好了，主体还没有开工。

赵文昌：我看看图纸。

技术员把图纸递给赵文昌。

赵文昌：这是什么图纸？

技术员：彩绘车间的。

赵文昌：我要的是食堂的图纸。

技术员：食堂图纸没带着。

赵文昌：兵马未动，粮草先行。一定要把食堂建设好，还有饭厅，一定要通风透光。还有饭桌、凳子也要提前订好。

冯运华：是的，若要马儿跑，就要马儿吃上草。

赵文昌：不是吃上草，应该是若要马儿快快跑，就要马儿吃得饱，马儿不但要吃饱，还要马儿吃得好。

几个人都笑起来。赵文昌说道：你们别笑，我要对食堂特别提一下要求：一是要卫生，二是要卫生，三还是要卫生。具体的我不说了，李副厂长，你先找几个有文化的人讨论一下，弄出一个《食堂公共卫生准则》，弄好以后我要看一看。

李宗贤：放心吧赵书记，我立即落实您的指示。

陶自强和饶茶花闲逛，对面来了一对相挽的情侣。

一个卖头花儿的小摊儿前，饶茶花停住了脚步。饶茶花上前挑选着头花儿，陶自强跟在她身边。一个女孩儿挤了饶茶花一下，饶茶花往后让了让，发现也是一对情侣挽在一起。

饶茶花挑中了两朵头花儿，刚要掏钱，陶自强已经把钱送了过去。饶茶花看了看陶自强，脸上露出了满意和幸福。

两个人继续闲逛，前面是上坡的台阶。饶茶花借故拉住了陶自强的手。

上了坡后，他们的手没有松开。所不同的是，别人都挽着胳膊，他们却拉着手。还有点儿不习惯和紧张，所以饶茶花晃动起了胳膊。陶自强也随着饶茶花的节奏晃动着胳膊。很快，他们的身影融入了年轻游园者的队伍中。

湖边杨柳依依，湖面上荷花盛开。许多情侣在划着小船儿，优哉游哉。饶茶花站住了，非常艳羡地看着一对对幸福的年轻人。

陶自强拉起饶茶花，跑向游船出租处。饶茶花有些胆怯：你会划船吗？

陶自强：不会学嘛。

饶茶花：掉进湖里怎么办？

陶自强：放心吧，有我呢。

陶自强拿着双桨，笨手笨脚地划着，小船在原地打着转转儿。饶茶花蹲在小船上，双手紧张地抓住船帮。

一个年轻人自己划着一只小船，动作娴熟，小船向他们靠拢过来。陶自强的小船挡在了前面。年轻人说道：同志，你的动作不对，把船桨伸进水里，稳住，用力往后划。哦，对了，注意方向。船头向左，右边用力；船头向右，左边用力。练一会儿，掌握规律就行了……

陶自强：谢谢你同志。

年轻人划着小船走了。饶茶花感慨道：这个小伙子真不错。

陶自强：是挺热情的。

饶茶花：这么好的小伙子怎么搞不上对象？

陶自强：你怎么知道人家没对象？

饶茶花：有对象他还一个人来玩儿？

陶自强：人家一个人来玩儿，说不定就是来搞对象的。

饶茶花：没有人介绍，怎么认识？

陶自强：毛遂自荐啊，自己主动搭讪不就认识了吗？

饶茶花：那不是流氓吗？

陶自强：这叫自由恋爱。

饶茶花：老实交代，你是不是也这样自由过？

陶自强：哎哟茶花哟，你饶了我吧。

"砰"的一声，他们的小船和另一只小船撞上了。那只小船退后了。

陶自强：对不起，对不起……

那只小船却冲上来，又撞过来。陶自强躲避不过，被撞得转了半个圈儿。

小船上的年轻人高喊着：冲啊……

陶自强拨正了小船，也迎头冲上去。饶茶花吓得"啊啊"叫着。陶自强和那只小船上的人哈哈笑着。波光粼粼的东湖装满了欢乐。

饶茶花来劲儿了，站起来：自强哥，让我试试。

陶自强把船桨交给饶茶花,自己坐在了船头上。

许多人围看着建国瓷厂的招工启事。

丁萌萌也挤在人群里。卢再缘在她的后面。丁萌萌踮着脚看着。

有人说话了:前面的人念一念呀,都什么条件呀?

前面的人:太多了,念不过来。

后面的人:你们前面看完了的就出来吧,前排让后排嘛。

丁萌萌挤出来。卢再缘急忙问:都什么条件。

丁萌萌:普通工人十八至二十五岁。

卢再缘:啊?我没戏了?

丁萌萌:特殊技术工人可以延长至五十岁。

卢再缘:五十岁我也超过了。

丁萌萌:极特殊人才可以延长到五十五岁。

卢再缘:我能算极特殊人才吗?

丁萌萌:你当然是极特殊人才了。

卢再缘:何以见得?

丁萌萌:能把前世和今生搅和在一起,能把桃花和丁萌萌拧巴到一块儿,还有比这更特殊的吗?

卢再缘:你……

丁萌萌笑着跑了。

陶自强划船的技术熟练多了,小船在湖面上悠悠荡荡。

前面是公共游泳场,男男女女在一起快乐地畅游着。岸上还有许多穿着泳装走来走去的人。花花绿绿的泳装衬托着姑娘们美妙的身材。饶茶花羡慕地看着游泳场上的男男女女。陶自强明白了饶茶花的心思:想不想去游泳?

饶茶花:你看看人家,男男女女在一起多快活?哪儿像你们。

陶自强:我们怎么了?

饶茶花:你们光屁股游泳,流氓。

陶自强:是啊,邓美珊跟我说过,要提倡穿游泳衣,文明游泳。

饶茶花:邓美珊还答应教我游泳呢。

陶自强:我也可以教你呀。

饶茶花:你也让我光屁股?

陶自强:只要你愿意。

饶茶花火了:陶自强,你流氓,臭流氓……

朱可清正在窑口上忙活着,几个工人在码放窑柴。看到朱光秀来了,便问:你问清楚了?

朱光秀:建国瓷厂的门口已经贴出招工启事了。

朱可清:你能报名吗?

朱光秀:我符合条件。

朱可清:符合条件就去。

朱光秀:我去了,朱家窑怎么办?

朱可清:放心,我一时半会儿的死不了。

朱光秀:那我可真的去报名了。

朱可清:冯家窑都捐献给建国瓷厂了,冯家窑所有的人都是建国瓷厂的,包括陶自强。哦,对了,听说陶自强到南昌受训去了,说不定回来就是工厂的领导。你不进建国瓷厂,怎么跟陶自强学手艺?

朱光秀:就算我学会了薄胎利坯,不是也要给建国瓷厂干活吗?

朱可清:家有千金,不如薄艺在身。无论什么年代,有手艺就不会饿死。

朱光秀:您不是说,我学会了薄胎利坯,要当作朱家窑的独门绝技吗?

朱可清:走一步说一步吧,冯家窑都捐给国家,谁知道朱家窑还能撑多久?

朱光秀上来帮助码放窑柴。朱可清说:去告诉你妈,让她晚上加个肉菜。

朱光秀走了。

一座铺着地毯一样青草的小山峰。陶自强和饶茶花并肩坐在山头上。旁边有情侣、有孩子、有带着孩子的父母。

饶茶花:一头牛,牛脑袋朝东,牛尾巴朝哪儿?

陶自强:当然是朝西了。

饶茶花:牛尾巴朝下,笨蛋。

陶自强:这不算,你再说一个。

饶茶花:牛有几个角?

陶自强:两个呀。

饶茶花:几条腿儿?

陶自强:四条啊。

饶茶花:为什么?

陶自强:不为什么,天生就是这样。

饶茶花:喂草!哈哈哈……

陶自强:你这叫什么谜语呀?不是绕搭人吗?

饶茶花:还是你脑子不灵光,笨。

陶自强:那行,我也考你一个。听好啊,假如一等于四,二等于五,三等于六,那么四等于几?

饶茶花脱口而出:四等于七啊,这么简单还考我。

陶自强:假如一等于四,既然一等于四,难道四不是也等于一吗?

饶茶花:你这更绕搭人了,不玩儿了不玩儿了。

陶自强得意地笑起来。饶茶花注意到,几个孩子躺在草地上,顺着山坡滚了下去。孩子们大呼小叫,骨碌骨碌滚着,开心极了。

陶自强也把目光集中到孩子们的身上。

饶茶花:敢不敢滚下去?

陶自强:这有什么,小孩子的把戏。

饶茶花:山挺高的呢。

陶自强:你不敢吗?

饶茶花:要是跟你一起滚,我就敢。

陶自强站起身:来,我们一起滚。

陶自强横躺在草地上:我在前面,你在后面,我可以挡着你。

饶茶花笑嘻嘻地躺在了陶自强的身边。陶自强说:滚了啊。

饶茶花:等等。

陶自强:怎么了?

饶茶花:我还是不敢。

陶自强:没关系,有我挡着你呢。

饶茶花:你抱着我。

陶自强犹豫着。饶茶花已经紧紧地贴在了陶自强的身上。

陶自强搂住了饶茶花。饶茶花紧紧地搂住了陶自强。两个人顺着山坡的草地往下滚着。

时间过得很快,又过得很慢,两个人都没有喊叫,享受着这美妙的过程。

山底下是一片平地。两个滚动的身子停下来。陶自强试图抬起身子。饶茶花却紧紧地搂住她,不松手。陶自强说道:到了,起来吧。

饶茶花:我头晕,天旋地转的。

陶自强:等一会儿就好了。

饶茶花把手移到陶自强的脖子上,拉向了自己。陶自强把头埋下,深吻着饶茶花。

傍晚,陶自强送饶茶花等候汽车。

饶茶花:现在开了早晚两班车,来南昌真方便。

陶自强:开一班车也没关系,可以在南昌住一晚嘛。

饶茶花:想什么呢? 做梦。

陶自强:做梦你也管?

饶茶花:对了,自强哥,我跟你说一件事,你可千万别生气。

陶自强:什么事呀?

饶茶花:说好了,不许生气啊。

陶自强:不生气。

饶茶花:我跟我妈做了一次贼。

陶自强:偷什么了?

饶茶花:偷了你家的钥匙。

陶自强:偷钥匙干什么?

饶茶花:把你家的门打开了。

陶自强:然后呢?

饶茶花:里里外外、楼上楼下都看了一遍。

陶自强:拿什么了?

饶茶花:什么都没拿。

陶自强:那不是亏了?

饶茶花:让你姐姐逮住了。

陶自强:啊?

公共汽车进了站。饶茶花逃跑似的蹦上了车。

陶自强:茶花,怎么就走了?

饶茶花:你快回去吧,晚了学校就关门了。

公共汽车缓缓地开走了。饶茶花和陶自强互相挥手作别。陶自强遗憾地自语:就这么告别了? 连个拥抱接吻都没有,唉……还是不够浪漫。

红旗、红花、红彩带。锣鼓声、鞭炮声、轰鸣声。

建国瓷厂的操场上搭建起来的大会场,会标上写着:江西省景德镇建国瓷厂成立大会,会场前面摆满了兄弟单位送来的祝贺花篮彩帐。两支舞狮队斗了起来,争先恐后,不分上下。

从瓷厂大门口到舞台,站了两排建国瓷厂的青年女工,她们穿着新发的工作服,手里挥舞着鲜花,跳动着欢迎前来参加成立大会的嘉宾。

大喇叭里播放着歌曲:

　　嘿啦啦啦啦　嘿啦啦啦啦

嘿啦啦啦啦　嘿啦啦啦

天空出彩霞呀

地上开红花呀……

建国瓷厂的成立大会开始了。主持人:建国瓷厂厂长陶自强。

陶自强快步走上主席台,鞠躬,张开双臂挥起手。台下一片掌声和欢呼声。

主持人:建国瓷厂副厂长李宗贤同志。

李宗贤也跑上台,挥手鞠躬。台下响起热烈的掌声。

主持人:建国瓷厂副厂长冯运华同志。

冯运华迈着稳健的步伐走上台,鞠躬,拱手感谢。

台下又是热烈的掌声。陶自强、李宗贤、冯运华依次走下主席台。

主持人:下面,让我们以热烈的掌声欢迎景德镇市委书记、市长赵文昌同志讲话。

在雷鸣般的掌声和欢呼声中,赵文昌走上台。他站在会场中间,等掌声平息下来:今天建国瓷厂成立了,是景德镇大喜的日子。为了今天,我们盼望了一年,奋斗了一年,精心筹划了一年。在这个不平凡的时刻,我没有礼物献给建国瓷厂,我只是带来了一样东西,一样平凡得不能再平凡的东西,请大家看一看。

赵文昌说着,举起一只瓷碗,问:大家看到了吧？这是什么?

台下有人说:碗。

有人说:瓷碗。

有人说:一只破瓷碗。

有人说:锔了钉子的破瓷碗。

赵文昌弯腰把那只碗递给一位老师傅:老师傅,您帮忙给掌掌眼。

老师傅:这就是一只青花瓷碗。

赵文昌:什么年代的?

老师傅:清晚期吧。

赵文昌:晚到什么时候?

老师傅:也就是光绪吧,最多就是同治了。

赵文昌:官窑的吗?

老师傅:民窑的。

赵文昌:值钱吗?

老师傅摇了摇头。

赵文昌:请大家看好了,一只碗,一只民窑烧的碗,普普通通,上面还锔了钉子,我数了一下,共有十九颗铜钉,看得出来,不是一次锔的。就这么一只锔了

195

钉子的、不值钱的破瓷碗,却是我们家的传家宝。准确地说,应该是我岳父家的传家宝。民国四年,就是窃国贼袁世凯搞复辟帝制的那一年,我岳父全家从山东老家闯关东,衣服被褥锅碗瓢盆挑了两只柳条筐。唯一的一件舍不得扔的东西就是这只破瓷碗。我岳父没有儿子,只有一个女儿,我这个女婿就是他唯一的继承人。他临终的时候,把这只瓷碗交给了我,我是跪在他老人家面前双手接过这只碗的。

台底下静默下来。赵文昌缓了缓情绪,接着说:这说明了什么?说明我们的国家太穷了,说明老百姓的生活太苦了。我们想一想,有多少像我岳父这样的老百姓,没有房子,没有衣服,没有锅里的米,甚至连一只装饭的碗都没有。

许多人开始默默地流泪了。赵文昌接着说:我是带着这只破碗到景德镇上任的,这可是我们家祖祖辈辈留下来的传家宝啊。我来景德镇之前,省委陈书记对我说,景德镇是千年的瓷都,景德镇市委就是瓷器市委,景德镇市政府就是瓷器市政府。我到景德镇之后,认识了冯运华同志,他说我是新中国第一个督陶官。好,我认了,今天我跟大家表个态度。我这个督陶官不是来当官的,不是来混饭吃的,是跟大家一起搞瓷器的。陶自强曾经跟我谈过,他有一个梦想,后来我说应该叫奋斗目标。实话告诉大家,我也有一个梦想,也可以叫奋斗目标。我的梦想就是,跟景德镇的父老乡亲、跟景德镇的工人朋友、跟景德镇的青年奋斗者一起,为六亿中国人民,每人造一只吃饭的碗!

刮风般的掌声响了起来,经久不息。

红旗飘舞,百花盛开,蓝天白云,窑火熊熊燃烧。

陈三姐和女儿春泥准备吃早饭。邹元镐从楼上下来,穿着崭新的工作服,胸前佩戴着景德镇建国瓷厂的厂徽,戴着非常时髦的鸭舌帽,背着帆布挎包。

春泥惊叫起来:妈妈,你快看邹伯伯。

陈三姐抬起头,顿时觉得眼前一亮,急忙上前,拉住了邹元镐。

邹元镐:干什么?

陈三姐:你快过来。

厨房里有一面镜子,邹元镐被拉到镜子前面。邹元镐有点儿奇怪:怎么了?

陈三姐:你好好照照。

邹元镐:没什么呀?

陈三姐:你仔细看看。

邹元镐:没看出什么呀。

陈三姐:这还是你吗?

邹元镐不解。

陈三姐:春泥,这还是邹伯伯吗?

春泥:不是。

邹元镐:那我是谁?

春泥:是新邹伯伯。

陈三姐:对喽,整个儿换了一个人,这要是在大街上,我肯定认不出你了。

邹元镐:有这么夸张吗?

陈三姐:你让春泥说说。

春泥:哈哈,我有两个邹伯伯了。一个旧邹伯伯,一个新邹伯伯。

邹元镐:嗯,也对,进了建国瓷厂,我是脱胎换骨重新做人了。

陈三姐:你这话说得有点儿深。

邹元镐:像我这样一个人,承蒙政府不弃,以心换心,我肯定要洗心革面,做一个对社会有贡献的人。

陈三姐:那就挺起腰杆儿来,堂堂正正做一个新中国的男子汉。

早上,旭日东升,春意盎然。高音喇叭里播放着喜洋洋的音乐。

很气派的工厂大门:景德镇建国瓷厂。

如开闸放水,工人们上班的繁忙景象。工人们穿着建国瓷厂的工作服,兴致勃勃,互相打着招呼。骑自行车的工人到了门口主动下车,以示礼貌。

传达室值班人员站在大门口,迎接着上班的工人,脸上堆满了开心与自豪。

许多景德镇的群众站在门外看着这一独特的风景,眼睛里充满了羡慕。

工人们排着队,不大整齐,但很严肃,更多的是第一天上班的激动。

周鸿达站在队伍前面:大家注意了,我姓周,叫周鸿达,是咱们成型车间的车间主任,以后我们就要在一起工作、一起生活了,希望得到大家的支持。

一个年轻人把一个本子递给周鸿达。

周鸿达:我现在点一下名,念到谁的名字,谁就答一声到。胡建国……

胡建国:到。

周鸿达:李解放。

李解放:到。

周鸿达:孙上改。

孙土改:到。

周鸿达:马进步……

彩绘车间,丁萌萌捧着一盆小花进来,找到自己的画案。她把小花盆摆在画案上,又从包里掏出一面小镜子,也放在画案上。然后又拿出小摆件儿、雪花霜、蛤蜊油,精心布置着,旁若无人。

对面有人说话了:小姐,这是画案,不是你的梳妆台。

丁萌萌抬起头:卢老师,您在这儿?

卢再缘:是啊,我们面对面。

丁萌萌:太巧了。

卢再缘:也不巧,是我要求分配到你对面的。

丁萌萌:您跟谁要求的?

卢再缘:廖主任。

丁萌萌:廖兑十? 他是我们主任?

卢再缘:对。

丁萌萌:太厉害了。

卢再缘:当然厉害,他号称第二代青花大王,王步先生的入室弟子。

丁萌萌:我是说我们厉害。

卢再缘:我们有什么厉害的?

丁萌萌:能在大名鼎鼎的廖兑十手下工作,还不厉害吗?

卢再缘:坯胎不是砍出来的,厉害不是喊出来的。厉害不厉害,还得凭真本事说话。

丁萌萌:您这个人说话,总是扫人的兴。

卢再缘:好好,我不扫你的兴,你厉害,很厉害,厉害了我的桃花。

丁萌萌:又来了是吧?

卢再缘:啊,丁萌萌,厉害了丁萌萌同志。

丁萌萌心情好,浅浅一笑而过。

成型车间,陶自强坐在陶车上,把一个坯胎覆置在利脑上,拿起搅车棍拨动着车盘,陶车飞转起来。陶自强灵巧地使用着利刀,泥屑飞溅,如电光石火,金雾缭绕。吉师傅带着几个徒弟过来,围看着陶自强利坯。

吉师傅:看见了吧,这才是真正的利坯。心到、眼到、手到,心、眼、手融合在一起。是心里有型,眼里追型,手里成型。轻轻松松,随心所欲,看似不用心,看似玩儿把戏,却是手里有乾坤。

陶自强把一件器具完成,才抬起头来:吉师傅,您这是现场教学啊。

吉师傅:早就听说过你的利坯手艺,今日方得亲眼所见,果然非同凡响。

陶自强:吉师傅过奖了,您的利坯功夫我早已如雷贯耳,一直惦记着向您讨教一二呢。

徒弟甲:陶厂长,你都是厂长了,怎么还利坯呀?

陶自强：谁说厂长就不能利坯了？

徒弟乙：厂长不是要坐办公室吗？

陶自强：我们厂领导开会定了一条纪律，希望大家监督我们执行。领导干部必须参加劳动，不是每天都参加，但是每个星期必须有两天参加劳动。

吉师傅：嗯，天天都有新鲜事。当官的参加劳动，过去也不能说没有。县太爷也下乡，叫劝农。他是坐着轿子来的，到了地头，拿起锄头比画两下，就算交差了。就是皇帝，每年仲春亥日，也率领文武百官到先农坛祭祀勤耕。那更是劳民伤财，做足了样子。哪儿像现在，当官的是真干活，真流汗，跟我们一样泥头土脑。

陶自强：赵书记跟我们厂领导说过许多次，共产党的领导不能忘本。领导有了权力，把控不住，就很容易变坏。变质变坏从懒开始：懒、馋、占、贪、烂。为了防止腐化变质，第一条就是坚持参加劳动，保持劳动人民的本色。

吉师傅：就冲这一条儿，我信共产党；就冲这一条儿，我服你陶自强。

保管员正在指挥着几个年轻人往库房里摆放物件，口中念叨着存放物品的规则：绳上房，铁上墙，大件儿摆墙角，小件儿放两旁，瓷器分类进货架，随手家什在脚下……

李宗贤来了门口：张师傅，派两个年轻人去订购窑柴。

张师傅看了看：朱光秀、李小毛，你们两个去吧。

两个年轻人来到门口，跟着李宗贤走了。不远处，邹元镐向人打听着什么。有人朝库房这边指了指，邹元镐过来了。

李宗贤问两个年轻人：你们认识毕家弄吗？

朱光秀：我认识。

李宗贤把一张订货清单交给朱光秀：你们俩拿着这个清单，到毕家弄的窑柴行去订购窑柴。

邹元镐来到了李宗贤的身后，等着说话的机会。

朱光秀：都订什么呀？

李宗贤：上面写着呢。

朱光秀看了看：可是我不懂窑柴呀？

李宗贤问李小毛：你懂吗？

李小毛：我也不懂。

李宗贤冲着仓库里面喊：嗨，张师傅。

张师傅探出脑袋：什么事李副厂长？

李宗贤：让你派两个买窑柴的，你给我派俩棒槌。

张师傅朝里面问：你们谁懂窑柴？

听不见回答。张师傅:李副厂长,不好意思,他们都不懂窑柴。

邹元镐凑上前:请问您是李副厂长吗?

李宗贤:什么事?

邹元镐:我是邹元镐,今天来报到的。

李宗贤:哦,邹老师,知道知道,赵书记提过您,您好您好。

邹元镐:我想问一下,我去哪儿报到呢?

李宗贤:哟,今天人事处的人都受训去了,您明天再来吧。

邹元镐:我先干点儿什么可以吗?

李宗贤:您别着急,报了到再正式上班。

邹元镐:刚才我听说这两个年轻人不懂窑柴,我可不可以带他们去。

李宗贤:您懂窑柴?嗨,你当然懂了。可是,怎么好意思麻烦您呢?

邹元镐:我马上就是建国瓷厂的人了。

李宗贤:那好,您辛苦了。

彩绘车间,丁萌萌打开自己的画夹,拿出几幅设计图给卢再缘。

卢再缘仔细看着。丁萌萌显得很兴奋。

卢再缘:你画的这些似乎是阿拉伯纹饰,又加入了欧洲的一些元素。你这些图案是哪儿来的?

丁萌萌:保密。

卢再缘:那你为什么还要让我看。

丁萌萌:你觉得这些图案怎么样?

卢再缘:如果搞出口瓷器,不妨试一试。

冯运华用小推车推着一只大木箱子,径直来到卢再缘的面前。

卢再缘:冯副厂长,这是什么呀?

冯运华:丁萌萌没告诉你?

卢再缘:告诉我什么?

冯运华:这几天我和丁萌萌整理出来的,对你们彩绘车间很有参考价值。

卢再缘帮助冯运华把大木箱子搬下来,打开。里面是一卷卷的画稿。

冯运华:这些都是从御窑厂的仓库里找出来的,有明朝的、有清朝的,还有民国的。更重要的是,还有外国的。

卢再缘和丁萌萌把一些画卷搬到画案上,翻看着。

卢再缘激动起来:冯副厂长,谢谢你,太谢谢你了。

冯运华:别光谢我呀,是我和丁萌萌一块儿搜集的。

卢再缘:丁萌萌,也谢谢你。

丁萌萌:谢我干什么,这也是我所需要的。

卢再缘:那谢谢御窑厂,不,谢谢建国瓷厂。

冯运华:这些画稿就放在你们彩绘车间,一定要保存好。

卢再缘:放心吧,这是我们的宝贝。

柴行在昌江码头上,到处堆放着各种各样的窑柴,一垛垛码放得非常整齐。邹元镐带着两个年轻人边走边看。

朱光秀:这么多窑柴,是怎么弄到这里来的?

邹元镐:有大车拉来的,有人挑来的,最多的是从江里漂运过来的。

李小毛:漂运?怎么漂运?

邹元镐:每年立冬到第二年春分,柴客就上山买柴。到了山上,找山主看林子,订好购买数量,要立判约。这时候山主请工人上山砍伐,砍伐窑柴的时候,是有许多规矩的。首先要做"神福",烧高香、放鞭炮、拜山神土地,还有黑煞,还要用石头垒一个小庙儿,叫"五猖"。上山的时候,不许说话,不许喊人的名字,各走各的路,各穿各的鞋,即便穿错了别人的鞋,也不许说话。

朱光秀:一天都不许说话吗?

邹元镐:非说话不可了,最好用手比画,实在比画不清了,小声说,不能让别人听见。松树放倒了,按照标准锯好,码放好。这时候柴客上山丈量验收,然后派人挑或者独轮车装运到江边,放进江里漂下来……

有人跟邹元镐打着招呼:是邹先生吧?里面坐啊。

邹元镐:哦,沈老板,好久不见,你好啊。

一个窑柴码起来的小棚子,屋顶上铺着油毡。小屋没有窗户,有些暗。沈老板在门口迎接着。邹元镐走来,两个年轻人跟在后边。

沈老板:邹先生又来采风?

邹元镐:今天啊,我是来买柴。

沈老板:买柴?我这儿可不卖烧饭的柴火。

邹元镐:窑柴。

沈老板:窑柴,你要烧窑了?

邹元镐:我是给建国瓷厂买。

沈老板:明白了,你加入的建国瓷厂了,是吧?

邹元镐:对对,我现在是建国瓷厂的职工了。

沈老板:专门负责采购?

邹元镐:今天是。

沈老板:快到里面喝茶。

靠着墙壁有一个很大的文件柜。卢再缘和丁萌萌一起把所有的画卷放进文件柜里。卢再缘负责检查码放,丁萌萌负责登记造册。

丁萌萌:卢老师,您说是用洋字码编号呢还是用中国字编号?

卢再缘:依我说,还是天干地支方便。

丁萌萌:那就按甲乙丙丁分类了。

卢再缘:哎呀我的天呀……不得了,不得了。

丁萌萌:怎么了?

卢再缘:都是珠山八友的画稿。

丁萌萌:把珠山八友都编在一起吧,便宜查找。

卢再缘:哎呀我的天呀……不得了,不得了。

丁萌萌:又怎么了?

卢再缘:王琦先生的《黛玉葬花》。

丁萌萌:太难得了。

卢再缘:哎呀我的天呀……不得了,不得了。

丁萌萌:王大凡先生的《布袋罗汉》,是落地粉彩。

丁萌萌看了卢再缘一眼,没理他。

卢再缘:哎呀我的天呀……不得了,不得了。

丁萌萌:又怎么了?

卢再缘:汪野亭先生的《高山流水》。

丁萌萌:我说您别一惊一乍的好不好?我这儿都让您给搅乱了。

卢再缘:至宝,无价之宝。这些画卷可以借阅,一定要登记,限期归还,像图书馆借书那样。

丁萌萌:您放心吧,我会管理好的。

柴行,沈老板把邹元镐等人送出来。

邹元镐:我要的货尽可能快一点儿,拜托了沈老板。

沈老板:邹先生请放心,我尽快筹措。

邹元镐:备齐了告诉我一声,我好让厂领导派车来运。

沈老板:一定一定。

邹元镐:沈老板,请回吧。

朱光秀:邹老师,您订的是什么呀,天字号地字号的。

李小毛:是啊,还有斧片鹿子唔的。

邹元镐:来来来,我顺便给你们讲讲。

说着,邹元镐把朱光秀和李小毛拉到窑柴垛前面。

邹元镐:窑柴按质量分为三级,天字号:长七寸二分,直径一尺以上的老松树锯成,内行称之为"斧片";地字号,长七寸二分,直径五至九寸的松树锯成;第三级有三开、双开或者鹿子。前两种柴含松脂多,易燃,火大,常用于上半夜烧;三级柴用于下半夜烧。

朱光秀:那除此以外的柴呢?

邹元镐:那都是槎窑用的柴。

李小毛:邹老师,今天跟着您好长知识呀,以后我拜您为师吧? 朱光秀,你想不想跟邹老师学?

朱光秀:邹老师,我要是说不想跟您学,你会生气吗?

邹元镐:我为什么要生气呢? 人各有志嘛。

李小毛:朱光秀,你也太不谦虚了。

朱光秀:我有师父。

李小毛:谁呀?

朱光秀:不告诉你。

李小毛:真不仗义。

饭菜已经摆在桌上,丁萌萌父母和汪国良等着丁萌萌回来。

丁萌萌手里拿着一个画夹,蹦蹦跳跳地进了门:爸妈,我回来了。

丁母:快吃饭吧,就等你了。

丁父:今天怎么回来得这么晚?

丁萌萌:下班以后,我跟卢老师又整理了半天画卷。

汪国良:画卷,什么画卷?

丁萌萌把一叠画稿递给汪国良。

汪国良:啊? 珠山八友的画稿。

说着,汪国良生怕被人抢跑似的,搂着画稿跑上了楼。

丁母:国良,先吃饭。

汪国良:我不吃了。

丁母:这孩子自从到了咱家,变得神神道道的了。

丁萌萌:您是说我把他变得神神道道了?

丁母:反正近朱者赤近墨者黑。

丁萌萌:这么说,我也神神道道了?

丁母:跟一个疯魔的老师学画,能不神神道道吗?

丁萌萌:疯魔老师也是你们给我找的。

丁母：见了他以后，我跟你爸都不同意你跟他学了，可是你偏不听。

丁萌萌：不管怎么说，卢再缘还是有真功夫的。

丁父端起一个饭碗，往里拨着菜。

丁母：你干吗？

丁父：我给那个小疯魔端上去。

朱可清一个人有滋有味地品茶。朱光秀在一边烧着水。

朱可清：他们为什么把你分配到后勤处，你没告诉他们你想学利坯吗？

朱光秀：李副厂长是照着名单念的，分配谁干什么，根本不征求本人的意见。

朱可清：你没跟李副厂长说说你的想法？

朱光秀：说了，李副厂长说我各色。

朱可清：学利坯很正常呀，怎么叫各色呢？

朱光秀：李副厂长说，许多人都哭着喊着想去后勤处，没见过我这样的，拉着不走，打着倒退。

朱可清：许多人觉得后勤处是个肥差，可是这不是你想要的呀。不行你就直接去找找陶厂长。

朱光秀：工人分配工作的事，陶厂长和冯副厂长都不管，就是李副厂长一个人负责。

朱可清：哦。

朱光秀：我今天去买窑柴，认识了一个高人。他学问太大了，什么都懂。

朱可清：谁呀？

朱光秀：他叫邹元镐，我们叫他邹老师，您听说过这个人吗？

朱可清：知道。常年在三角井酒馆住着，很少出来见人。大家都叫他老粥，喝粥的粥。有人说，有本事的男人是金屋藏娇，陈三姐是木屋藏粥。

朱光秀：您可别这么说人家，邹老师的学问太大了，什么都懂，什么都能说得头头是道。

朱可清：比罗半仙学问还大？

朱光秀：罗半仙都是骚肝儿零碎儿，人家邹老师可是正经八百的学问。有人说，罗半仙的肚子是杂货铺，邹老师的肚子可是大商场。

朱可清：提起罗半仙来了，咱得用用他这个杂货铺了。

朱光秀：怎么用？

朱可清：你别管了，这事我有主意了。

院子里。饶三公在编草鞋,饶三婆在剁猪菜,两个人有一搭无一搭地聊着。

饶三婆:听说杜鹃准备结婚了。

饶三公:就是跟那个姓周的窑工?

饶三婆:他叫周鸿达,挺好的一个小伙子,就是岁数大点儿。

饶三公:多大?

饶三婆:比杜鹃大六岁。

饶三公:怪不得呢,杜鹃妈跟人家狮子大张口。

饶三婆:杜鹃妈是有点儿过分了,还三转一响,谁家里有那么多钱。周家又不是财主,是财主早打倒了,更没钱了。

饶三公:茶花跟那个姓陶的到底怎么样了?

饶三婆:人家叫陶自强。

饶三公:甭管什么强不强的,两个人到底能不能成啊?

饶三婆:他跟茶花没问题,就是陶自强他姐姐反对。

饶三公:他这是拿他姐姐说事,依我看,还是他本人心不诚。

饶三婆:你可不能这么说,他跟茶花好着呢,祈愿发誓的。

饶三公:要说过去他跟茶花好我还信,现在难说了。

饶三婆:现在怎么了?

饶三公:现在人家是建国瓷厂的厂长,国营大瓷厂,一千多号人呢,连冯窑主都是他的副官。你说,人家还看得上一个柴火妞儿吗?

饶三婆含糊了:那……怎么办呀?他要是把茶花甩了,茶花……哎呀,咱闺女的命怎么这么苦啊。

饶三公:你先别叫苦喊冤的,这事还得让茶花自己拿主意。

饶三婆:茶花铁定了啊。

饶三公:茶花铁定了管什么,得抓紧把这门亲事定下来。

饶三婆:怎么定?

饶三公:得让茶花跟那个陶自强说,要请媒人上门提亲。什么彩礼不彩礼的,咱不像杜鹃妈那么贪,是那么个意思就行了。

饶三婆:对对,你说得对,我去跟茶花说,我马上去跟茶花说。

罗灵风在李宗贤办公室门外恭候着,很耐心。

李宗贤从办公室里出来。罗灵风忙迎上去。李宗贤问:你找谁?

罗灵风:李副厂长,您好啊。

李宗贤:您是?

罗灵风:在下罗灵风,外号人称罗大仙。当然,也有叫罗半仙的,还有叫罗疯子的。

李宗贤:久仰久仰,景德镇的塔斯社,消息灵通人士。

罗灵风:不敢不敢,草民一枚。

李宗贤:您找我有事?

罗灵风:我也是受人之托成人之美,在下有个不情之请,小小不言的一件微不足道的小事情。

李宗贤警觉地:我们共产党是讲原则的,拉关系走后门之类的事情可不能搞。

罗灵风:拉关系走后门一定是要带着礼物上门的,您看我两袖清风一肚子酒精,像是走后门的吗?

李宗贤笑了:那您想做什么?

罗灵风:鄙人只是向李副厂长反映一下群众意见。

李宗贤:哦,那您请讲。

罗灵风:那我可就开门见山了,贵厂有一个新员工叫朱光秀,是您把他分配到后勤处去的,他对您非常感谢,承蒙您的抬爱。

李宗贤:他不在后勤处了。

罗灵风惊异地:啊?去哪儿了?

李宗贤:他调到成型车间学利坯了。

罗灵风:天啊,朱光秀去学利坯了?

李宗贤:您既然来找我了,就请您好好给他做一下思想工作,革命只是分工不同,没有高低贵贱之分。

李宗贤:是啊是啊,李副厂长您说得太好了。能不能问一句,他为什么不在后勤处了呢?

李宗贤:哎呀,原来我看他挺机灵的,就分配后勤处了。没想到他业务能力实在是太差了,连窑柴都不认识。后勤处必须熟悉生产的各个环节,这样才能做好后勤供应工作。这样吧,让他先在成型车间锻炼锻炼,以后业务熟悉了再考虑分配其他工作。

罗灵风:不用不用,就让他学利坯吧。李副厂长知人善任,知人善任。

李宗贤:罗先生真是通情达理,谢谢您,谢谢您。

饶茶花来到建国瓷厂的大门口。传达室值班员喊道:姑娘,你找谁?

饶茶花:我找陶自强。

值班人员:找陶厂长啊,他们开会呢。

饶茶花:不是下班了吗?

值班人员:厂领导开会,大多都在下班时间。

饶茶花:什么时候散会呀?

值班人员:难说,有时候能开到半夜。

饶茶花:他们不吃饭吗?

值班人员:有时候在食堂吃点儿,要是顾不上吃就饿肚子。唉,历朝历代当官的作威作福,吃香的喝辣的。共产党的官,苦啊。

饶茶花:那周鸿达在吗?

值班人员:他也在开会。

饶茶花:他也是厂领导吗?

值班人员:他是车间主任,当然是厂领导了。

饶茶花:那……我就不等了。

晚上,朱家窑。

朱光秀:爸,您真的找罗大仙了?

朱可清:找了,怎么了?

朱光秀:您什么时候找的?

朱可清:昨天晚上啊。

朱光秀:罗大仙真的神通广大,不服不行。

朱可清:怎么回事?

朱光秀:今天一上班,我就被分配到成型车间学利坯了。

朱可清:这么快?谁分配你去的?

朱光秀:后勤处长直接通知我的,说是李副厂长的指示。

朱可清疑惑地嘟哝着:他什么时候去找的呢?

朱光秀：您说什么？

朱可清：没什么，既然去了成型车间，就好好学利坯吧。

　　彩绘车间，丁萌萌站在柜子的前面，翻看着里面的画卷，一幅非常沉迷的神态。卢再缘呆呆地看着丁萌萌，陷入了沉思。

　　丁萌萌对一幅画卷看得入了迷。卢再缘拿起画笔，画着丁萌萌的侧面像。

　　丁萌萌回到自己的画案上。卢再缘把刚才画的肖像举到丁萌萌面前。

丁萌萌：您画的这是谁呀？

卢再缘：桃花。

丁萌萌：嗯？

卢再缘：不，是萌萌。

丁萌萌：到底是桃花还是萌萌？

卢再缘：有什么不同吗？

丁萌萌：当然不同了，一个死了，一个还活着。

卢再缘：不，都活着，都活蹦乱跳地活在我的心里，只不过名字不同。

丁萌萌：卢老师，您能不能有点儿老师的样子啊？你们当老师的，怎么一个个的都这样，老不正经的。

卢再缘：还有谁对你不正经了？

丁萌萌：我打了吴廼湘一个耳光。

卢再缘惊叫起来：什么什么什么？你打谁一个耳光？

丁萌萌：吴廼湘呀，就是你推崇的那个画家。

卢再缘：你见到吴廼湘了？

丁萌萌：见到了。

卢再缘：什么时候的事呀？

丁萌萌：哦，有半年多了吧。

卢再缘：怎么没听你说过？

丁萌萌：这种事能说吗？

卢再缘：在哪儿呀？

丁萌萌：在我家啊。

卢再缘：在你家你为什么打人家？

丁萌萌：我好心好意地请他喝酒，他却跟我耍流氓。

卢再缘：怎么耍流氓了？

丁萌萌：我说拜他为师，他说，要想学会，得跟师父睡。

卢再缘：喝酒了吧？

208

丁萌萌：当然喝酒了，还喝不少呢。

卢再缘摇了摇头，有点儿无奈地说：这属于文人无形、酒后无德。

丁萌萌：我打的就是他的无德。

卢再缘：你的手也下得太快了。

丁萌萌：他还不应该打吗？

卢再缘无限惋惜地：你……让我说你什么好呢？你打跑了一个祖师爷啊。

朱可清和罗灵风推杯换盏，亲亲热热。

朱可清：罗先生，不多说了，都在酒里了，敬您一杯。

罗灵风：小事一桩，小事一桩。

朱可清：神有神威，仙有仙法，罗先生是怎么说服李副厂长的？

罗灵风：哪用我费口舌呀，一是咱孩子聪明能干有出息，二是李副厂长给咱面子，三呢，是你朱窑主圣明，托对了人。

朱可清：罗先生果然神通广大，你是什么时候去找的李副厂长？

罗灵风似早有准备：你头天晚上跟我说了，第二天一大早，天还没亮呢，我就到建国瓷厂的大门口候着去了。

朱可清：哟，怪不得呢。罗大仙，辛苦了，我再敬您一杯。

罗灵风：在景德镇的窑主当中，我最佩服的是两个窑主。我说了你别在意。

朱可清：您说。

罗灵风：首先，最佩服的，最最佩服的，就是冯家窑的窑主冯运华。

朱可清：当然，冯大窑主谁不佩服呀？我朱可清也是五体投地。

罗灵风：其次，就是朱窑主你了。

朱可清：我有什么可佩服的，没办法跟人家冯窑主比。

罗灵风：不是比。我佩服的是你有眼光，别人都钻角觅缝地做生意赚钱，你呢，目光远大，卧薪尝胆要创建朱家窑的独门绝技。不容易啊不容易。

朱可清：您别夸我了。这些日子，我一直心里嘀咕，你说共产党还能让我们这些私人窑主活多久？

罗灵风：你这是什么话，共产党发展国营瓷厂，可是对你们这些私人窑主也真心实意地扶持帮衬呀。你忘了，赵书记亲自找来钱，给你们贷款，还是无息的。古往今来，你听说借贷没有利息的吗？这种事，只有共产党才办得出来。

朱可清：以后呢？不会变吗？我听说有些地方把私人买卖都没收了。

罗灵风：谣言，纯粹的谣言。共产党没收的是那些官僚资本，还有那些违法乱纪的资本家。你们这些小窑主呢，只要奉公守法，拥护政府，就不会打击。

朱可清喝了一口酒，苦涩地摇了摇头：唉，谁知道以后是什么潮流呢？潮流是挡不住的。

罗灵风:要我说,你呀,只做错了一件事。

朱可清:你是说砸架的事?

罗灵风:对喽。

朱可清:想想都后怕,我怎么敢砸冯家窑呢?

罗灵风:你幸亏砸的是冯家窑。

朱可清:这话怎么讲?

罗灵风:在咱们景德镇,有冯家窑这么大度的吗?有冯窑主这么开明的吗?有陶自强这么有胸怀的吗?

朱可清:是啊是啊,悔死了,悔得我肠子都青了。

利坯车间,几个老师傅和一些年轻人在各自的陶车上利坯。周鸿达走过来检查工作。年轻人主动地向周鸿达请教:周主任,您看看我的活儿行吗?

周鸿达走过去:继续往下削啊,还早着呢。

年轻人:周主任,您看看我的。

周鸿达:你的也得往下削,这是坯胎,又不是你脸皮,怎么舍不得下手啊?

李师傅:有人的脸皮是比坯胎还厚的。

年轻人:李师傅,您是说朱光秀吧?

朱光秀:凭什么说我?我可是一直好好干活儿的。

李师傅:你们别多心,我谁也没说。

朱光秀:周主任,您能看看我利的坯吗?

周鸿达:我只是负责检查生产,利坯的事情你们要多向老师傅学习。

朱光秀:李师傅,您能教教我吗?

李师傅:你离赵师傅那么近,干吗不问赵师傅?

赵师傅:别问我,谁都知道你的手艺好,快刀儿李嘛。

马师傅:我看你们呀,是老猫不在家,耗子成精了。要是陶厂长在这儿,你们谁敢显摆手艺?

老师傅:人家是薄胎刀师嘛,谁比得了?

朱光秀:周主任,您能给我们讲一讲薄胎刀师吗?

周鸿达:什么薄胎刀师,那只是个传说。

老师傅:可是这传说景德镇犄角旮旯都知道了。

年轻人:周主任,给我们讲一讲吧。

周鸿达:现在是上班时间,哪能扯闲篇儿?

朱光秀:那您什么时候给我们讲?

周鸿达:等下班以后。

饶茶花和杜鹃坐在小山头上谈心。

杜鹃:你说这个玉茗,知道我跟周鸿达好了,气不忿儿,不搭理我了。

饶茶花:哪儿是光不搭理你呀,也不搭理我了。

杜鹃:她凭什么恨我呀?

饶茶花:她恨的是我,说我没跟她单独谈,让她错过了姻缘。

杜鹃:她还是没有这份儿造化,活该。

饶茶花:你跟周鸿达发展到什么份儿上了?

杜鹃:什么都没有。

饶茶花:我不信。

杜鹃:你呢,说说你跟陶自强。

饶茶花:你先告诉我。

杜鹃:不行,你先说。

饶茶花咯吱着杜鹃的腋窝:你说,老实交代。

杜鹃挣扎着:你先说,你说我就说。

饶茶花:那好,咱一换一。

杜鹃:怎么换?

饶茶花:你说一句,我说一句,公平交易。

杜鹃:那也是你先说。

饶茶花:好,我先说。他拉了我的手。

杜鹃:什么时候拉的?

饶茶花:第一次是看电影的时候。

杜鹃:他是怎么开始的?

饶茶花:在黑暗里摸摸索索的,就摸到了我的手。

杜鹃:然后呢?

饶茶花:他先假装碰我的小拇指,见我没反应,又得寸进尺,摸我的手面,见我还没反应,胆子突然大了,一下子把我的手抓了起来。

杜鹃:抓起来放在哪儿了?

饶茶花:不对呀,我都说几句了,你别光问我呀,该你说了。

杜鹃:啊,我说。他也抓住了我的手。

饶茶花:怎么抓的?

杜鹃:嘻嘻。

饶茶花:你别笑啊,说。

211

杜鹃:其实……其实……

饶茶花:其实什么?

杜鹃:其实……其实是我先抓住了他的手。

饶茶花:然后呢?

杜鹃:什么然后?

饶茶花:抓住了他的手放在哪儿了?

杜鹃:放在……放在我衬衫外面了。

饶茶花:再然后呢?

杜鹃:再然后……也不知道怎么搞的,他的手就跑到我的衬衫里面去了。

饶茶花:这是什么时候的事?

杜鹃:就是看电影那次,你跟陶自强不是也去了吗?

饶茶花:那不是你们第一次见面吗?

杜鹃:啊……可能是吧。

饶茶花:好啊你杜鹃,你可真够浪的。

杜鹃:你说谁浪呢?

饶茶花:你浪。

杜鹃:你再说我浪我撕你的嘴。

饶茶花:你浪你浪就是你浪……

杜鹃把饶茶花扑倒,两个人撕扯嬉闹起来。

浮梁茶园。饶茶花:杜鹃,你担心吗?

杜鹃:担心什么?

饶茶花:你不担心周鸿达甩了你?

杜鹃:不可能,他甩我? 我还惦记着甩他呢。

饶茶花:你哪儿来的底气?

杜鹃:他一个三十岁的老光棍儿,除了我,谁肯嫁给他呀?

饶茶花:可是人家现在是国营瓷厂的工人了,还是车间主任。

杜鹃:那陶自强还是厂长呢。

饶茶花:所以我就有点儿担心了。

杜鹃:你就那么信不过陶自强?

饶茶花:我当然信得过了。可是我妈总是担心。

杜鹃:你妈也是瞎担心。

饶茶花:我爸也担心,更担心。

杜鹃:那你还不抓紧?

饶茶花:怎么抓紧?

杜鹃:结婚啊。

饶茶花:说得轻巧。你当然行了,双方家长都见了面,还要了彩礼,我呢?

杜鹃:你也赶紧让陶自强上门提亲呀。

饶茶花:他姐姐死不同意,求什么亲呀?

杜鹃:那怎么办呀?

饶茶花:唉,傻大姐下棋,走一步算一步吧。

利坯车间。周鸿达:我先问问你们,外面都是怎么传的?

利坯工甲:传得可神了,说薄胎刀师利的薄胎,薄如纸,轻如屁……

朱光秀:什么轻如屁?是薄如蝉翼,轻若柔风。

众人笑了起来。

周鸿达:准确地说,应该是薄如蛋幕,轻若柔风。知道什么叫蛋幕吗?就是鸡蛋壳和鸡蛋清中间的那层薄膜,透明的。所以这种薄胎杯呢,才叫卵幕杯,也有叫蛋幕杯的。有人是这样形容的:只恐风吹去,还愁日炙销。什么意思呢?只怕一阵风把它吹走,又怕太阳光把它晒化了。据说乾隆皇帝还写过一首诗:薄遏片刻铢,轻于举鸿毛。在手疑无物,定睛知有形。你们看,像鸟毛一样轻,放在手里以为没有东西,瞪着眼睛仔细一看,才能看出形状来……

老师傅:周主任,看着你也是五大三粗的,跟咱窑工没什么两样,原来你是满肚子学问呀,佩服佩服。

周鸿达:我这哪叫什么学问,都是跟着冯窑主鹦鹉学舌,拾人牙慧罢了。

张师傅:难怪呢,冯窑主可是景德镇的大学问家。

朱光秀:周主任,您还是给我们讲薄胎刀师吧。

利坯工乙:听说薄胎刀师是耗子九的徒弟。

周鸿达:什么耗子九,是昊十九。昊,上面一个扁日,下面一个天字。

利坯工甲:昊十九是谁?

周鸿达:昊十九啊,相当于咱利坯的祖师爷了,据说是明朝嘉靖年间的人。

利坯工乙:周主任,陶厂长怎么可能受明朝人的真传呢?也太神了。

周鸿达:就是神嘛,要不怎么能叫传说呢?

朱光秀:什么传说,您快给我们说说。

周鸿达:大概七八年前的事情了。我们冯家窑接了一个上海的订单,要我们烧制一批卵幕杯。

朱光秀:是青帮大佬杜月笙的订单吗?

周鸿达:是谁的订单不重要。

周鸿达:流霞盏和卵幕杯,这是失传了多年的东西,只能摸索着做。我跟我师父拉了几百个坯胎,然后交给陶自强来利坯。

利坯工甲:成了多少个?

周鸿达:一个也没成,几百个坯胎全毁了。

利坯工乙:那怎么办呀?

周鸿达:冯窑主当时以为做不出来了,要退订金赔钱了。那时候陶自强才刚刚出师,十六七岁吧,也是年轻气盛,求着冯窑主再给做几百个坯胎。他用窑砖把自己的陶车围起来,变成了一间专用的小屋,连屋顶都用苫布封起来了。他就把自己关在那间小屋里几天几夜不出来,我每天把吃的送到他的小屋门口。

利坯工甲:是啊,那么薄,打个喷嚏就毁了。

周鸿达:什么打喷嚏啊,大气都不敢喘。到了第七天的时候,深夜突然风雨大作,电闪雷鸣。我们谁也不敢去打扰他,结果你们猜怎么着?第八天一早,陶自强手里捧着一只薄薄的坯胎出来了。

利坯工乙:他做出了卵幕杯?

周鸿达:是啊,我们问他怎么做出来的。他说夜里坯房里来了一个老人,银须垂胸,鹤发童颜,和蔼可亲。老者说自己是昊十九,坐在他的面前手把手地教他利坯,不一会儿,一只卵幕杯像变戏法似的出现在他的手心里……突然一个霹雳将他惊醒,老人不见了踪影。但是他的手心里却有一只卵幕杯的坯胎。

利坯工甲:这也太神了吧,合着陶厂长是在梦中受到了仙人指点啊。

周鸿达:对啊,你们也可以试一试,熬他个七天七夜,兴许也能出现奇迹。

众笑:哈哈哈哈……

花二婶正在厨房做饭,冯老六拎着一个篮子进来了。

冯老六把篮子放在案板上,满是鱼肉蔬菜,还有两瓶酒。

花二婶:哟,出大血了,把钱从肋巴扇上撕下来了?

冯老六:发财了。

花二婶:砸明火了,还是抢银行了?

冯老六:咱建国瓷厂发工资了。

花二婶:瞧把你美的,嘴咧得瓢儿似的。

冯老六:好好庆祝一下。

花二婶:现在有钱了,你不好好算计算计?

冯老六:算计什么?

花二婶:置套房子呀,娶个老婆呀……

冯老六:冯家窑那么多房子,我还置房子干什么?他们总不会把我赶出来吧。

花二婶:你就没想过要成个家?

冯老六:有你,我还要什么老婆?

花二婶不满意了:那我是你什么人?

冯老六:你……你比老婆亲多了。

花二婶火了:你滚!

冯老六嬉皮笑脸地要搂抱花二婶。

花二婶抄起案板上的菜刀,举了起来:你给我滚!

冯老六慌了:怎么了? 怎么还急眼了呢?

莲荷塘,小石桌上摆着简单的酒菜,两个人喝着酒。

周鸿达感慨地:自从冯兴国走了以后,咱俩是第一次到莲荷塘来。

陶自强:吃饭的时候我就想,冯兴国这时候是一把炒面一把雪;有时候躺在被窝儿里我就想,冯兴国正趴在战壕里坚守着阵地;有时候骑着摩托车奔驰在景德镇大街上的时候我就想,冯兴国正端着机关枪,呐喊着冲锋陷阵。

周鸿达:是啊,我们敬冯兴国一杯,祝他提早立功回来。

陶自强:好,祝冯兴国早日凯旋。

周鸿达:你还记得吧,我们给冯兴国送行那次,茶花带着浮梁茶女来相亲,看见了我们三个人的屁股,骂我们三个人是臭流氓。

陶自强:还有这事?

周鸿达:杜鹃告诉我的。

陶自强:骂我们是臭流氓,怎么后来又同意跟你搞对象了?

周鸿达:杜鹃说,我的屁股还挺白。

陶自强:哈哈……

周鸿达:对了,说件正事吧。现在我们成型车间是全厂最大的车间,一百三十多人,分成四个组:打杂组、拉坯组、印坯组、利坯组。各个组呢,都有老师傅,有老窑工,还有年轻的学徒工。有的手艺好,有的手艺潮,还有的是力笨头。这样做出活儿参差不齐,很难统一。有几个问题需要解决一下。

陶自强认真地听着。

周鸿达:一个是,现在各组都是由组长负责,有的组长能放开手管,有的觉得理不直气不壮。能不能这样,四个组的组长都提升为车间副主任,名正言顺腰杆子硬。

陶自强:这个意见我觉得行,需要开会讨论一下。

周鸿达:第二个问题,需要明确一下,哪个师傅带哪几个徒弟,师徒之间的关系要确定下来。

陶自强:这个我也想过。私人窑主的时候,拜师父收徒弟都是很郑重的事情。现在无论师父还是徒弟,都是国营工厂的职工,权利和义务都是同样的,方方面面都是平等的。但是有些规矩,比如说尊师爱徒、言传身教还是要提倡的。我们能不能创造一套新型的拜师仪式和师徒关系。比如说,谁拜谁师父,谁收谁徒弟,采取自主选择和组织分配相结合的原则。先让老师自己选择,你收几个徒弟,都是谁,然后我们再统一协调。

周鸿达:这可以试一试,先从我和几个组长做起。

陶自强:我也想带两三个徒弟,我的手艺也得后继有人。

周鸿达:你要是收徒,还不把门框挤破了。

陶自强:我最后,你先帮我物色一下人选。

周鸿达:没问题。

陶自强:你接着说。

周鸿达:说什么?

陶自强:你不是说有几个问题吗?

周鸿达:就先说这两个吧。

邹元镐帮着陈三姐收拾酒馆。陈三姐扫完地,捶了捶腰,坐在了凳子上。邹元镐把凳子一个一个倒放在桌子上。陈三姐一副疲惫的样子。

邹元镐:累坏了吧,我去厂里上班,这边就顾不上了。

陈三姐:谁让你顾了,我这边挺好。

邹元镐拿出一个信封交给陈三姐。陈三姐疑惑地看着邹元镐。

邹元镐:这个月的工资。

陈三姐:给我干吗?

邹元镐:拿着吧。

陈三姐:你这是还钱吗?

邹元镐:三姐,我欠你的不是钱,是恩情。钱可以还,恩情能还吗?

陈三姐:谁让你还了? 没人让你还。你还有许多花钱的地方,自己留着吧。

邹元镐:让春泥去读书吧,我答应过你。

陈三姐感激得泪湿了。邹元镐轻声地但又不容置疑地:拿着吧。

陈三姐:那我替春泥谢谢你。

邹元镐:别说谢,什么都不要说,我也不说。

陈三姐把双手放在邹元镐的手背上,把头埋在自己的臂弯里。

下班的时候,工人们高高兴兴地走出工厂的大门,互相打着招呼。陶自强也在人群后面出来了。传达室的值班人员拦住了他:陶厂长,有个姑娘找过你。

陶自强:她说是谁了吗?

值班人员:我问了,她红着脸不说。

陶自强:什么时候?

值班人员:前几天来过一次,今天又来了。

陶自强:好,我知道了。

李小毛骑着自行车跑回来,大老远就喊着:厂长厂长,不好了……

陶自强迎上前。李小毛跳下自行车:厂长,不好了不好了……

陶自强:怎么回事?

李小毛:李副厂长带着人跟人家打起来了。

陶自强:跟谁打起来了?

李小毛:私人窑主。

陶自强:因为什么?

李小毛:因为窑柴,他们把我们订的窑柴都抢了。

陶自强:在哪儿?

李小毛:毕家弄柴行。

陶自强抢过李小毛的自行车:我去看看。

李小毛:厂长,李副厂长说让您多带一些人过去。

陶自强说了声"不用",便跨上自行车走了。

乱哄哄的一群人,李宗贤亦在其中。

陶自强骑着自行车赶到了,把车一扔急忙过来。

尽管还有许多人在吵闹,但是没有动手。

两个挎着盒子枪的警察在人群当中,已经控制住了几个人。

李宗贤迎过来:我们订的窑柴,都被他们抢了。

陶自强看了看,好几个都认识,是一些小窑主。

那些小窑主见了陶自强,都用敌视的目光看着他。

陶自强来到警察面前:同志,我是建国瓷厂厂长陶自强,谢谢你们了。

警察:我们再晚来一会儿,不定会伤多少人呢。

陶自强:这事由我来处理吧,你们辛苦了。

警察:他们如果再动手怎么办?

陶自强:不会的,你们放心吧。

警察离开了那几个被控制住的人。

那些小窑主见警察走了,又冲着陶自强嚷嚷起来:

217

小窑主:陶厂长,你们建国瓷厂姓国,腰杆子硬,也不至于这么欺负我们吧?

小窑主:窑柴都被你们包圆儿了,我们怎么办?

小窑主:你们烧窑用柴,我们不能用大腿吧?

小窑主:你们吃肉,我们喝点儿汤还不行? 不能让我们饿死吧?

陶自强耐心地听着,一直没说话。小窑主反而有些胆怯了。

柴行老板过来:陶厂长,对不起,我实在拦不住啊。

陶自强问李宗贤:我们订了多少窑柴?

李宗贤:不多,只有十万斤。

柴行老板:陶厂长,你们订的窑柴我都给你们准备好了,您看。

陶自强看着江岸上一垛垛整齐的窑柴,每一垛窑柴上都有人把守着,那些都是些小窑主的窑工。陶自强说道:各位窑主,对不起了。我们建国瓷厂订的这些窑柴不要了,你们需要窑柴,跟柴行老板交涉吧。

陶自强说完,朝李宗贤示意了一下,走了。他拎起地上的自行车,悠然而去。后面,小窑主喊起来:陶厂长,好人啊!

陶自强打着电话,旁边站着李宗贤、冯运华,还有办公室田主任。

陶自强:运输公司吗……哦,秦经理啊,我是建国瓷厂陶自强……给我准备二十辆大卡车,星期天用……早上5点到建国瓷厂门口……谢谢了秦经理……好,一定一定。

陶自强对田主任:你明天早8点以前,在厂大门口和各个车间门口都贴上告示,以厂党委和厂团委的名义发布:要求全体共产党员、共青团员和党团积极分子,星期天早上4点半以前在工厂大门口集合,上山砍柴。哦,你先拟一个稿子,回头我看一看。

李宗贤:陶厂长,我们不能这么妥协,那些小窑主就是故意闹事。我都把警察找来了,抓几个就没事了。

陶自强对田主任:你明天去准备些斧头、锯、扁担、绳子,不够就去买。

李宗贤严肃起来:陶厂长,我有意见。

陶自强:先去砍柴,等下次开厂领导会议的时候再提你的意见。

李宗贤:这……你也太专制了吧?

陶自强:冯副厂长,你有意见吗?

冯运华:有意见,我现在就要提。

陶自强:说。

冯运华:你的告示上只让共产党员、共青团员和党团积极分子,那些基本群众要参加怎么办?

陶自强:哦,再加上一句,四十岁以下的青年职工,愿意参加,要提前报名,经厂领导批准后方可参加。

冯运华:我是厂领导吧,我自己批准了,我要参加。

陶自强:您参加可以,不许上山,负责分配装载车辆。

冯运华:哦,还有吃饭问题呢。

陶自强:通知食堂准备干粮吧。

李宗贤:这事我办。

天还没亮,二十辆大卡车浩浩荡荡地出发了。每辆车上都站着几个上山砍窑柴的人,一个个精神饱满,意气风发。周鸿达带头唱起歌来:

> 雄赳赳,气昂昂,
> 我们上山岗。
> 砍窑柴,运下山,
> 烧出"凑脚青"……

茂密的松林,寂静而神秘。

叮叮当当的砍柴声和砍柴人的身影……

李宗贤跟着一辆小卡车前来送饭,一起来的还有两个厨师。

李宗贤高喊着:开饭了,开饭了……今天有知四肉……

傍晚,一辆一辆卡车开过来,上面满载着新砍的窑柴。

陶自强、冯运华、李宗贤分别搭乘着不同的卡车。

工人们在厂门口迎接着窑柴……

成型车间,一片紧张忙碌的景象。

杂工头潘师傅在揉泥。一团泥在他手上,面团一样灵巧自如,花样翻新。

周鸿达拉坯。车盘飞转,他双手捧着泥坯,变幻出一件件神奇的器具。

陶自强利坯。坯刀上喷射出光束般的泥屑,形成的泥幕把陶自强笼罩起来。

不远处,赵文昌挽着裤腿儿,光着两只大脚丫子,很卖力地踩着泥。他学着别的打杂工的样子,一边踩泥,一边唱着景德镇的歌谣:喜新春,坐二春,东奔西走过三春。四五六月定位子,七死八活九翻身……

杂工头潘师傅突然冲上来,一拳打在赵文昌的胸上:滚开滚开,你哪儿来的?有你这样踩泥的吗?

赵文昌被打一个趔趄,脚下一滑,身子向下倒去。司机小徐冲上来,扶住了赵文昌,吼着:你干吗呀你?

潘师傅:你看看他怎么踩的泥,这可是上好的高岭土啊,都被他糟蹋了。

赵文昌:师傅,我踩错了吧?

潘师傅:简直是胡来,你师父是谁?

赵文昌:我……没有师父。

潘师傅:没有师父你也敢进车间?打杂也是有打杂的规矩的。

赵文昌:对不起,我可以拜您为师吗?

潘师傅:你就是个棒槌,这是三天两早晨就能学会的吗?

周鸿达急忙来到潘师傅面前,低声说:行了潘师傅,这是市委赵书记。

潘师傅:啊? 您您您……您是赵书记?

潘师傅这一惊叫,把车间里的人都招来了,大家一起跑过来:赵书记,您真的是赵书记啊?

工人:那天建国瓷厂成立大会上,我们还听过您讲话呢。可是今天您这身打扮,谁想得到呢?

赵文昌:我在市委是赵书记,在咱们这儿,我就是各位师傅的小徒弟。

潘师傅:赵书记,对不起,真的对不起,我……羞死我了。

赵文昌:潘师傅,您做得对。我虽然不懂得打杂的规矩,但是当徒弟的规矩我是懂的。

司机小徐:当徒弟有什么规矩呀?

赵文昌:不仅仅在景德镇,在哪儿都一样。师父对徒弟,打也打得,骂也骂得;徒弟对师父呢,叫作打不还手,骂不还口。

杂工甲:赵书记,您抹过房子吧?

赵文昌:哦……我以为这车间的踩泥和抹房子踩泥是一个样的呢。

杂工乙:赵书记,我教您踩泥吧。

潘师傅把杂工乙扒拉到一边:你有什么资格教赵书记,要教也是我教啊。赵书记,我将功折罪,我来教您踩泥。

司机小徐:不许再打人了啊。

潘师傅:徒弟可以打师父的,这是踩泥的新规矩。

赵文昌:要是在冯家窑出现徒弟打师父的事情,那可是江湖乱道,你潘师傅在景德镇就站不住脚了。

大家都笑了起来。潘师傅耐心教着赵文昌:赵书记您看,这踩泥呢,要一脚压一脚,从外缘向中心边踩边挤。踩完一层再加第二层,踩完第二层再加第三层,这样把泥料踩成堆,这叫作"菊花蕊,莲花瓣儿,三道脚板两道铲……"

赵文昌跟着潘师傅边学边做。

窑口前面,陶自强带着赵文昌看着码放得整整齐齐的窑柴。

赵文昌:这些都是你们自己上山砍的?

陶自强:原来我们想动员党团员和积极分子上山,可是工人师傅不干,追到我家去吵。后来只好分班组轮流上山。那些没轮到的工人还是有意见。还有那些不是建国瓷厂的人也都跑来要求参加义务劳动。

赵文昌感慨地:多么好的人民啊,我们的江山就是靠他们打下来的,谁忘了人民,谁就是犯罪,谁就是不耻于人类的狗屎堆。

陶自强带着赵文昌边走边说:窑柴越来越难砍了。这些年柴行乱砍滥伐,只伐不种,森林遭到了严重破坏。山头越砍越远,树木越伐越小,运输也越来越困难。不但我们,包括柴行,已经砍到抚州的资溪、金溪和靠近福建的地方了。

赵文昌:知道张浩吗?

陶自强一愣:哦,听说过,他以前在莲荷塘乌龙庵那边建过一座试验煤窑。不过后来荒废了。

赵文昌:张浩先生是 1906 年回国的日本留学生。他与康达先生合作在鄱阳湖创办了"中国陶业学堂"。那时候最时髦的思潮是实业救国,学习世界上先进的生产技术。他和邹如圭先生一起搞柴改煤的实验,设计了八个火门的倒焰式煤窑。不过当时的政府腐败,最后由于经费不足,加上把桩师行帮的强烈反对,窑炉改造就此搁浅了。

陶自强钦佩地看着赵文昌。赵文昌说道:张浩先生是具有远见卓识的实业家,我们要把他的未竟事业继承下去。

陶自强:您是说,我们也要搞煤窑?

赵文昌:柴改煤已经迫在眉睫,不但要搞,还要马上搞,并且一定要搞成功。

厂区的广播里响起了《莫斯科郊外的晚上》的乐曲,这是下班的音乐。

丁萌萌正在收拾东西。卢再缘问道:你准备去哪儿啊?

丁萌萌:回家。

卢再缘:听我劝你一句行吗?

丁萌萌:你要说什么?

卢再缘:别跟吴薖湘计较,找个机会给他道个歉。

丁萌萌:凭什么?

卢再缘:我比你了解他,他就是喝了酒,酒后失言而已,又不是真的想对你做什么。你失去了跟他学习的机会,很可惜的。

丁萌萌:卢老师,您不是在教我吗?哪有师父把自己学生往外推的。

卢再缘:我是觉得你对吴老师苛刻了些。

丁萌萌:党号召我们又红又专,我们不能只专不红。新社会的青年,不能容忍这些资产阶级肮脏的东西。我走啦,您也好好思考思考吧。

卢再缘嘀咕着:我思考什么?

下班的工人高高兴兴地走出工厂大门。饶茶花和杜鹃一起到工厂门口。

杜鹃首先看到了周鸿达:鸿达哥!

周鸿达:杜鹃,哦,茶花,你们晚上想吃什么,我请你们。

杜鹃:我都行,看茶花。

周鸿达:茶花,那我们还是去三姐那儿吃吧。

饶茶花:自强哥呢?

周鸿达:噢,他还在忙呢。

饶茶花:那你们先去吧,我在这里等他。

周鸿达:他忙起来不知道等多久呢,我们先去。我跟门卫师傅说一声,让他告诉自强一会儿来找我们。

饶茶花:好吧。

邹元镐打着手电在前面走,杜绍文紧跟着。

杜绍文:邹老师,这荒郊野外的,您到底要看什么呀?

邹元镐:我不是跟你说了嘛,煤窑。

杜绍文:什么煤窑?

邹元镐:当然是烧瓷器的煤窑了。

杜绍文:您不是说,煤窑在日本吗?

邹元镐:中国也有。

杜绍文:在哪儿?

邹元镐:应该就在附近,咱们找找。

杜绍文:谁的煤窑?

邹元镐:当年张浩先生做的。

杜绍文:张浩先生做的煤窑不是在鄱阳吗?

邹元镐:他在莲荷塘这里也做过一个。

前面一片荒草,邹元镐和杜绍文摸索着寻找着。一只野兔从草丛里跳了出来。杜绍文惊得大叫一声。邹元镐笑道:别怕,一只野兔。

杜绍文:有没有蛇呀?

邹元镐:难免。

杜绍文:哎呀,我最怕蛇了。

邹元镐从草丛里捡起一根枯树枝:我在前面,你在后面跟着我。

一声喊叫:站住,干什么的?

杜绍文又被吓住了:啊……

邹元镐:老乡,我们是建国瓷厂的。

老乡:建国瓷厂的,到这儿来干什么?

邹元镐:老乡,您是本地人吗?

老乡:是啊,怎么了?

邹元镐:我们在找一个窑。

老乡:这里是一片乱葬岗,哪儿有什么窑?

邹元镐:我说的是一座废窑,很早以前的。

老乡:很早以前倒是有一座窑,早就废了。

邹元镐:是煤窑?

老乡惊异地:啊,是啊。

邹元镐:是八门倒焰式煤窑?

老乡:对,对啊。

邹元镐:是张浩先生建的?

老乡:你还知道张浩先生?

邹元镐:我们就是要找张浩先生建的那座煤窑。

老乡:你们跟我来吧。

邹元镐和杜绍文大喜过望,跟着老乡朝前走去。

陶自强骑着自行车出了瓷厂大门。传达室大爷喊道:陶厂长!

陶自强:怎么了?

传达室大爷:周主任让你下了班去三角井酒馆找他。

陶自强:他一个人?

传达室大爷:我看着他是跟着两个姑娘一起走的。

陶自强:好的,谢谢啦。

陶自强骑着自行车往三角井的方向奔去。突然后面有人喊他:自强哥……陶厂长。

陶自强下了车。玉茗红着脸跑了过来。陶自强问道:你是玉茗?

玉茗:你还记得我?

陶自强:当然记得。

玉茗:你为什么会记得?

陶自强:漂亮姑娘看一眼就不会忘记。

玉茗:漂亮管什么？还不是遭人嫌弃。

陶自强:谁嫌弃你了?

玉茗:反正有人。

陶自强恍然:哦,对了,听说你也喜欢周鸿达?

玉茗:喜欢管什么,还不是被人先占下了。

陶自强:正好周鸿达、茶花和杜鹃在三角井等着呢,我们一起去吧?

玉茗:我不去,我去了算怎么回事?

陶自强:都是朋友嘛。

玉茗:我去了就连朋友也做不成了。

陶自强:你想的真多。

玉茗:我走了,我还有事呢。

老乡帮助他们打着手电筒。邹元镐和杜绍文测量着煤窑。

杜绍文:老乡,您是这村的人吗?

邹元镐:别叫老乡了,刚才老人家告诉咱们了,姓高,高师傅。

高师傅:没关系,叫什么都行。

邹元镐:高师傅,当年张浩先生建窑的时候,来了几个人?

高师傅:三个,还有两个年轻人。

邹元镐:知道他们叫什么吗?

高师傅:当时问过,这么长时间了,早忘记了。

邹元镐:这个窑建成之后,烧过吗?

高师傅:烧过,大概烧过七八窑吧?

杜绍文:啊? 烧过那么多? 出成品了吗?

高师傅:当然出了,还不错呢。

邹元镐:他们烧的是什么?

高师傅:主要是圆器和琢器。

邹元镐:什么品种的?

高师傅:应该是青花和粉彩。

邹元镐:有颜色釉吗?

高师傅:不记得有。你们也要搞煤窑吗?

邹元镐:是的,我们也要搞煤窑。

高师傅:是该搞了,山上的树都要砍光了。

几个人在三角井酒馆吃着饭。周鸿达喝酒,茶花和杜鹃喝着汽水。

陶自强坐下,端起倒好的酒杯:我来晚了,自罚一杯。

杜鹃:一杯不行。我和茶花早就饿了,鸿达就是不让我们动筷儿。

陶自强:那我向你们每个人赔罪,各罚一杯。

饶茶花不干了:凭什么呀? 光我们饿,自强哥不饿吗? 再说,他来晚了,也是为了工作嘛。

杜鹃:啧啧啧,真是把家虎护犊子,没有这样护着自家爷们儿的,不害臊。

饶茶花:你不护着周鸿达吗? 还说我。

陶自强:我刚才在路上碰上一个人,让她跟我一起来吃饭,她不来。

周鸿达:谁呀? 咱厂的人吗?

陶自强:你不认识。

饶茶花:是玉茗吧?

陶自强:聪明。

饶茶花:她来干什么?

杜鹃:她要来,我就走。

周鸿达:来来来,喝酒吧。

陶自强扒在周鸿达的耳边,低声说:你还挺有女人缘的。

饶茶花:你们嘀咕什么呢?

陶自强:没嘀咕什么,工作上的事。

饶茶花:工作上的事还咬耳朵?

杜鹃:好话不背人,背人没好话。

吃完饭,周鸿达和杜鹃先走了。陶自强从背包里拿出一个纸盒:这是我从南昌给你带回来的,一直没有机会给你。

饶茶花打开纸盒,里面是一件漂亮的游泳衣。

陶自强:喜欢吗?

饶茶花:你真的想教我学游泳?

陶自强:那当然了。

饶茶花:你不怕人家看我的大腿?

陶自强:别人不都是露着胳膊大腿吗?

饶茶花摇了摇头:在景德镇不行。

陶自强:你先留着,早晚用得着……

陈三姐出来,看见了饶茶花手里的游泳衣,大叫起来:这是什么呀?

饶茶花把游泳衣递给陈三姐。

陈三姐:妈呀,这是什么衣服呀? 穿上之后,胳膊大腿不是都露着吗?

陶自强和饶茶花笑起来。

上班的广播响起,建国瓷厂迎来了上班的工人们。

各个车间都在紧张有序地工作。

邹元镐:冯副厂长,这是我们技术科做的设计图。

冯运华:什么设计图?

邹元镐:新型的煤窑设计图。

冯运华:煤窑设计图?

邹元镐:我们技术科正在搞"柴改煤"的实验。

冯运华:哦,你先放在这儿吧。

邹元镐:冯副厂长,我给您解释一下这个设计图吧。

邹元镐一边说,一边就要摊开图纸。冯运华却说:邹元镐同志,我这儿还有许多工作要做呢,你的图纸就先放在这里,等我有时间再看好吗?

邹元镐:好的,那我等你信儿。

日出东山,薄雾冥冥,浮梁茶山传来了采茶女的歌声。

凤仙:玉茗,我可好长时间没听你唱歌了。

玉茗:我嗓子不舒服。

荷花:是嗓子不舒服还是心里不舒服啊?

饶茶花:姐妹们,星期六晚上建国瓷厂演电影,咱们一起去看吧?

月季:我不去,你有陶自强,杜鹃有周鸿达,我们去找谁?

饶茶花:建国瓷厂有许多好小伙儿,你们都可以去找啊。

瑞香:你还想当媒人。

饶茶花:我可不当媒人了,现在是自由恋爱,你们自己去找吧。

凤仙:怎么找?看上谁了,就拉着人家问,我给你当媳妇行不行。人家要是有老婆孩子呢?还不让人就打残了。

饶茶花:这样吧,你们看上谁了,告诉我,我让自强哥替你们侦查一下。

荷花:侦查人家有没有老婆?

饶茶花:不光这个,还有人品呀,工作呀,家庭情况呀。

杜鹃:你们也可以跟我说,我让鸿达哥也给你们了解了解。

陶自强在成型车间劳动。

工人甲:陶厂长,我修杯口和碗口的时候总是修不好,我看你操作的时候就能一次成型,这是为什么啊?

226

陶自强:屏气凝神。

工人甲:什么意思啊?

师傅:就是让你别喘气了。你一喘气手就不稳了。

工人甲:我没喘气啊。

陶自强:你只是做到了屏气,凝神呢?你脑子里面在想什么呢。你的注意力越集中,你的手就越稳。多练练吧,先别想着一次成型。

工人甲:好的,谢谢陶厂长。

周鸿达:自强,最近我们车间新招了挺多青年职工,这活干得没以前的漂亮啊。

陶自强:不光你们车间,其他车间也差不多。

周鸿达:要是按照老规矩,学徒要三年零一节,他们现在还不能上手呢。

陶自强:拜师带徒的事情你准备得怎么样了?

周鸿达:我征求了一些老师傅的意见,搞了一个方案,什么时候给你汇报一下。

陶自强:我安排一下,把冯副厂长、李副厂长都叫上,一起议一议。

周鸿达:我给你物色了一个徒弟,挺不错的。

陶自强:谁呀?

周鸿达:叫朱光秀。

陶自强:朱可清的儿子吧?

周鸿达:是的。孩子挺机灵的。

陶自强:嗯,我认识,抽空我找他聊聊。

朱光秀：爸，今天陶厂长又来车间跟我们一起劳动了。

朱可清：那你有没有去跟他说上话啊？

朱光秀：我在一边做学利坯呢，没搭上话。

朱可清：你不说话，怎么拜入他的门下啊。

朱光秀：爸，你当年拜师是什么样呀？

朱可清：别提我，我这辈子算是糟蹋了。

朱光秀：怎么会是糟蹋了呢？

朱可清：年轻气盛，这山望着那山高，爬上山头又弯不下腰。开始的时候，你爷爷让我从打杂学起，我哪儿看得起打杂呀？就去学拉坯。没学几天，又觉得利坯好。拜了个利坯师父，又受不了师父的管教，跟师父闹翻了。后来还学过把桩、挛窑、满窑……什么都学了，什么都是一瓶子不满半瓶子逛荡。你爹我不笨，三岁读《百家姓》，五岁读《千家诗》，七岁学珠算，要是接着读下去，说不定也能考个秀才什么的……唉，别提了，破鞋提不起来。

朱光秀：我倒是觉得，您这些经历，当窑主最合适了。

朱可清：我这个窑主也当得稀松平常。为什么？就因为稀松，所以平常。平平常常，随大溜跟着跑，烧出的东西也是稀松二五眼。所以呢，接受我的教训，你得学一门手艺，一门叫得响的独门绝技。陶厂长不是要收两个徒弟吗？你得往里钻，削尖了脑袋也要往里钻。没关系，要什么你爹给你备好了，别怕花钱。

朱光秀：爸，现在跟你们那时候不一样了，工厂收徒弟跟以前窑口收徒弟也不一样了。

朱可清：有什么不一样？

朱光秀：周主任说了，新社会新风气，不许徒弟给师父送礼。

朱可清：咱不明着送，暗着送还不行吗？

邹元镐在办公室绘图。各种尺规摆了一桌，旁边放着日文、英文的各种资料。

邹元镐拎起一个保温瓶晃了晃又放下。从茶杯里面,用手捏出了几片茶叶放到了嘴里嚼了起来。

杜绍文提着早点推门进来。邹元镐问道:绍文,这么早就来上班了。

杜绍文:邹老师,您又一夜没睡? 先吃点儿东西吧。

邹元镐:饿倒是不饿,就是渴了。

杜绍文:我正好买豆浆了。

邹元镐喝着豆浆,杜绍文看着设计图。

邹元镐:我发现之前的图纸有些问题,又重做了一份。

杜绍文认真地看着。邹元镐说:我们是根据张浩先生的倒焰窑做的改进,但是忽略了一个问题,就是地形对火焰的影响。我查了一下资料,国外现在都是方形的煤窑,有诸多的好处。我搞了一个草图,你再看看。

杜绍文:我好好看看,您先去睡会儿吧。

邹元镐:兴奋了,一点儿睡意都没有。

杜绍文:您眯一会儿,养养神。

邹元镐:我想跟你商量个事。

杜绍文:您说。

邹元镐:这一版图纸搞好之后,你以你的名义送给冯副厂长吧。

杜绍文:以我的名义? 不行不行。您熬了这么久才设计出来的,我可不能贪功。

邹元镐:这是为了厂子好。

杜绍文:我不明白。

邹元镐:绍文啊,我上次送去的图纸,原本是个征求意见稿。我想冯副厂长是行家,听一听他的意见,我们进一步改进。可是,他好像很不耐烦。送去一个星期了,他都没给咱个信儿。

杜绍文:冯副厂长可能太忙了,没顾上。

邹元镐:可是咱们的事情也急呀。

杜绍文:或许您没跟他说清楚?

邹元镐:我是怀疑他对我不放心。

杜绍文:不放心? 怎么会呢? 他不相信咱的能力?

邹元镐:恐怕……他不信任的是我这个人。

杜绍文:不信任您,您怎么了?

邹元镐:我毕竟……也许是我多心了。

陶自强办公室,朱光秀战战兢兢地进来说道:陶厂长。

陶自强：找我有事？

朱光秀：这是我爸让我给您送来的拜师礼。他说厂里有厂里的规矩，窑口有窑口的规矩。您守厂里的规矩，他守窑口的规矩。

朱光秀放下礼物盒子就想往外走。陶自强说道：把盒子打开。

朱光秀打开礼盒，里面是一只粉彩花瓶。陶自强把花瓶拿起来，看了看：你爸爸说了这是什么年代的吗？

朱光秀：他说让您给掌掌眼。

陶自强：说实话。

朱光秀：我爸爸说，是乾隆年间的。

陶自强：你爹他可真大方啊。

朱光秀：他原本想给您做一件长衫的。

陶自强：你说说看，为什么要拜我为师。

朱光秀：为了学绝活。

陶自强：你喜欢利坯吗？

朱光秀：喜欢，太喜欢了。

陶自强：你爸爸为什么要你拜我为师？

朱光秀：为了朱家窑。我爸爸说，我学会了薄胎利坯，朱家窑就有独门绝技了。

陶自强：还有呢？

朱光秀：因为您是厂长。

陶自强：你爸爸怎么说？

朱光秀：我爸爸说，您就是一棵大树，让我紧紧地抱着您。

陶自强哈哈大笑起来。朱光秀胆怯了：厂长，我什么都跟您说了。

陶自强：好，就因为你说了实话，我收你。

朱光秀：真的啊？

朱光秀说完就准备跪下磕头。

陶自强：不用磕头，咱们不搞这一套了，等厂里集体拜师的时候，你参加就行了。

朱光秀看着陶自强。陶自强说：这个瓶子你拿回去。跟你爸说，我收你为徒，是我跟你的事，跟他没关系。

朱光秀：知道了，师父。

陶自强：拜完师之后再叫师父。

杜绍文在办公楼走廊徘徊。陶自强从办公室出来。

陶自强:杜工,你找我?

杜绍文:陶厂长,我不找你,我等冯副厂长呢。

陶自强:冯副厂长没在吗?

杜绍文:他正跟周主任说事呢。我等一会儿。

陶自强注意到了杜绍文手里的图纸:是柴改煤的设计图吗?

杜绍文:陶厂长,这可是邹老师熬了几天熬出来的,昨天一宿没睡呢。

陶自强:辛苦你们啦,这柴改煤要抓紧,有什么困难随时找我们。

杜绍文:我们觉得上一个还不大完善,又修改了一下。

陶自强:上一个?

杜绍文:您没看过上一个吗?

陶自强:你们什么时候给我的?

杜绍文:是邹老师给冯副厂长的,一个多星期了。

陶自强:哦? 我先看看你这个。

杜绍文把设计图交给了陶自强。陶自强迫不及待地在走廊里就看起来。

杜绍文要离去。陶自强说道:你别走,给我讲一讲。

办公室,冯运华跟周鸿达交代着:就这样吧,你们按照这个要求去做,大胆一些,别有顾虑。

周鸿达又拿出一份报告:冯副厂长,这就是您要的那个"传帮带"的方案,我和几个师傅一起商定的。

冯运华翻看了一下:还要征求一下年轻工人的意见,毕竟跟他们有直接关系。

周鸿达:那好,我拿回去再讨论讨论。

冯运华:这样吧,抽个时间,我跟你们一起讨论。按照赵书记的要求,我们厂领导要多下基层,多接触群众。

陶自强推门而入,脸色有些难看。

周鸿达见了,退出来。出了门,又有点儿不放心,站在了门口。

陶自强径直走到冯运华的办公桌前,把手中的图纸一拍,生硬地说:邹元镐他们柴改煤的设计您看了没有?

冯运华一愣:看了。

陶自强:什么时候看的?

冯运华:哦,有几天了吧。

陶自强:看了为什么不拿到会上讨论?

冯运华:自强,我也正想跟你说这个事情呢。柴改煤的工作已经进行了几十年了,当年张浩先生、邹如圭先生做过许多努力,基本上都失败了。

陶自强:前人失败了,我们就不能做了吗?

冯运华:我们要做,但是要慎重。

陶自强:慎重,慎重。您扣下邹元镐他们的设计图就是慎重吗?

冯运华:什么叫扣下他们的设计图?我只是没有顾得上及时向你汇报。

陶自强:我跟赵书记都心急火燎地等着这份设计图,您可倒好,根本就不拿它当回事。

冯运华:你什么意思?

陶自强:市委多次强调要大力推进柴改煤的工作,萍乡那边已经取得了巨大进展。可是我们呢,还在慎重。您知道您这叫什么吗?

冯运华:不知道。

陶自强:往小了说,您这是官僚主义;往大了说,您这是抵制技术革新,消极执行市委的决定。

冯运华:再往大里说。

陶自强:您觉得这还不够大是吗?

冯运华:你要觉得我的错误很大了,那就该怎么办怎么办吧。

陶自强:您觉得该怎么办?

冯运华:撤职,够了吧?开除,够了吧?抓起来坐牢,够了吧?总不至于枪毙吧?枪毙我也认了。

陶自强:您这是什么态度?

冯运华:你的态度也好不到哪儿去。

陶自强抓起图纸,气呼呼地走了。周鸿达没来得及躲避,被陶自强撞了一个趔趄。

晚上下班回来,朱光秀进了屋,把装着瓷瓶的盒子撂在朱可清面前。

朱可清:你没送给陶自强?

朱光秀:送了,他不要。

朱可清:怎么,他怀疑这瓶子是假的?

朱光秀:真的假的人家都不会要,您这是行贿。

朱可清:行贿?没有人受贿就不会有人行贿。历朝历代,甭管什么党什么官,没有不贪污不受贿的。

朱光秀:陶自强就不吃这一套。

朱可清:得了吧,他不收你的粉彩瓶,是因为他瞧不起这东西。没关系,我再出个大血。咱家还有一个元青花的将军罐呢,赶明儿给他送去,看他动不

232

动心。

朱光秀:您别让我丢人现眼了,今天把我臊得……恨不得抽自己几个嘴巴。

朱可清:舍不得娘儿们引不出和尚,要是不把陶自强填活饱了,他凭什么收你当徒弟?

朱光秀:他已经答应了。

朱可清:答应了?答应什么了?

朱光秀:答应让我拜他为师。

朱可清:凭什么?

朱光秀:因为我说了实话。

朱可清:说了实话?什么实话?

朱光秀:您怎么教我的,我就怎么跟他说了。

朱可清:啊?你这不是把我卖了吗?

陶自强推着摩托车出来。饶茶花满面笑容满怀期待地迎上来:自强哥……

陶自强阴沉着脸,勉勉强强地"嗯"了一声。

饶茶花:自强哥,我们去看电影吧?

陶自强依然嘟噜着嘴,看了她一眼。

饶茶花:要不,我们去吃饺子粑吧?

陶自强:你自己去吧。

饶茶花:那你呢?

陶自强:我有事。

饶茶花:自强哥,你怎么了?

陶自强:茶花,对不起,我真的有事。

饶茶花陌生地看着陶自强。陶自强却骑着摩托车走了。

饶茶花傻傻地站在厂门口,不知道如何是好了。

周鸿达从里面出来,见到了饶茶花:茶花,你怎么在这儿?

饶茶花忍着泪水,低着头。

周鸿达:你没见到陶自强?

饶茶花:见到了。

周鸿达:他人呢?

饶茶花:走了。

周鸿达:走了?去哪儿了?

饶茶花不言语。周鸿达关切地问:你们怎么了?

饶茶花大声地:我还想问你呢,他到底怎么了?

周鸿达:我哪儿知道?

饶茶花带着哭腔:他干吗这样啊?

周鸿达:你们吵架了?

饶茶花:他不理我了。

周鸿达:啊,你别多心,他心里不痛快。

饶茶花:他心里不痛快,跟我发什么狗脾气?

周鸿达:走,我带你去吃饭。

饶茶花看了一眼周鸿达,"哇"地哭了。

周鸿达慌忙看了看前后:哎呀,你别哭啊,走,我带你去吃饭……

饶茶花哭得更厉害了。

周鸿达慌了:哎呀我的姑奶奶,你别在这儿哭啊,别人不知道,还以为我欺负了你呢……

晚上,饶三婆在床上做针线活儿。饶三公在地上打草鞋。

外面的门咣当一声响,饶茶花回来了。

饶三婆:茶花,我还以为你不回来了呢,我跟你爸先吃了,饭在锅里热着呢。

饶茶花没搭话,回到自己的屋子里。

饶三公:这又是怎么了?

饶三婆:谁知道呢,我去看看。

饶三公:别管她,惯得越来越没样儿。

饶三婆:她也在外面忙一天了。

饶三公:忙什么忙?一点儿正事都不干。

饶三婆:你让她干什么正事?

饶三公:跟那姓陶的把婚事定下来,该结婚结婚,这么不明不白地整天价打连连儿,不怕人说闲话呀?

饶三婆:原本想今天晚上跟她说的,这又闹的是哪一出呀?

饶三公:女大不中留,留来留去结了仇。

饶茶花裹着被子躺在床上。饶三婆坐在女儿旁边:怎么了?不舒服?

饶茶花不语。饶三婆摸了摸饶茶花的脑门儿:不烧啊。

饶茶花依然不语。饶三婆问:跟谁呀?跟谁吵架了?

饶茶花嘟哝了一句:您别管。

饶三婆:什么事呀让我别管?

饶茶花:让您别管就别管。

饶三婆:你去找陶自强了?

饶茶花:别提他。

饶三婆:他怎么了?

饶茶花:他死了。

饶三婆:好好说话,到底出了什么事?

饶茶花腾地坐起身,"哇"的一声大哭起来。

饶三公也跑过来:出了什么事?

饶茶花大哭着。饶三公问饶三婆:到底咋了?

饶三婆:兴许跟陶自强闹别扭了。

饶三公:你别光哭啊,什么事你倒是说呀。

饶三婆:茶花,你先别哭……

饶三公:从小就这样,动不动的就哭翻了天。

饶三婆:别的人都能一边哭一边说,她可倒好,大喇叭嗓子一吼,一个字都不说。

饶三公:都是你养的好闺女。

饶三婆:又赖我又赖我。

饶三公气呼呼地走了。

陶祁香默默地看着陶自强。陶自强默默地吃着饭,心不在焉。

陶祁香看了半天,沉不住气了:怎么了?

陶自强抬头看了看陶祁香。

陶祁香:我问你怎么了!

陶自强:什么怎么了?

陶祁香:别给我装,你又不会演戏。

陶自强:姐,你说冯叔固执吗?

陶祁香:还好吧,怎么了?

陶自强:你说他有脾气吗?

陶祁香:能称得上男子汉的人,都有脾气。

陶自强:我原来觉得他是个挺随和的人。

陶祁香:那是你没惹到他。

陶自强:我今天把他惹了。

陶祁香:他跟你发脾气了?

陶自强:我跟他发脾气了。

陶祁香:啊?你跟他发脾气了?行啊你陶自强,长出息了,居然跟冯副厂长发脾气了,了不起啊。

235

陶自强：完事我也后悔了。

陶祁香：算你还有良心。

有人敲门。陶祁香问道：谁呀？

李宗贤：香姐，是我，我是李宗贤，厂长在家吗？

陶自强起身开门。李宗贤提着一兜子水果进来。

陶祁香：看看，来就来吧，还拿什么礼物？

李宗贤：小心意小心意，来看看我们厂长。

陶自强：有事？

李宗贤：也没什么事，就是想跟厂长聊聊天。

陶祁香：坐下，快坐下。吃饭没有？

李宗贤：啊，我吃过了。

陶祁香：吃过了也没关系，再垫补垫补。啊，我炒的韭菜小河虾，下酒的菜。对了，你们喝点儿酒吧。

李宗贤：不用了香姐，你别跟我客气。

陶祁香从碗柜里拿出一瓶酒、两只杯子，放在桌上。

李宗贤：真不好意思，好像我是踩着饭点来的。

陶祁香：你跟自强是同事，自家人。

李宗贤端起酒瓶倒酒：那我可就真不客气了。

李宗贤端起了酒杯，发现陶自强没有端杯：厂长，你不喝吗？

陶自强摇了摇头：你喝吧，我吃饱了。

李宗贤也把酒杯放下来。

陶自强：你喝你的。

李宗贤：你不喝，我一个人怎么喝呀。

陶祁香：自强，人家李副厂长好不容易到咱家来一回，你就陪人家喝一杯。

陶自强叹了口气：好，那就喝一杯。

李宗贤急忙端起酒杯。陶自强也没有跟李宗贤碰杯，顾自仰脖干了。

李宗贤很尴尬，只好自己也把酒干了。

陶自强：你慢慢喝。

李宗贤：那我再给你倒点儿。

陶自强未置可否。李宗贤又给陶自强倒满了杯。

陶自强看了看李宗贤：找我有事？

李宗贤立即愤怒起来：我很气愤。

陶自强：气愤什么？

李宗贤：冯副厂长他那是什么态度？

陶自强没搭茬儿。

李宗贤义愤填膺:"柴改煤"是市委市政府交给我们的任务,是赵书记亲自下的指示,他冯运华就这样消极对抗?他胆子也太大了。你对他提出了批评,他还无理狡辩,这是什么?他眼睛里还有没有你这个厂长?他到底要干什么?

陶自强伸手制止了他的话。

李宗贤端起酒杯,豪迈地喝了:你不让我说我也得说,这事不能算完,我建议立即召开厂领导会议,对冯运华同志提出严肃的批评,要帮助他深挖思想根源,不能纵容这种官僚主义泛滥……

陶自强有点儿不耐烦了:行了行了。

李宗贤:陶厂长,我建议这件事要跟赵书记汇报。

陶自强:有必要吗?我们不就是抬两句杠吗?

李宗贤:这不是抬两句杠的问题。

陶自强:是什么问题?

李宗贤:这是思想态度问题,是斗争。

陶自强:斗争?斗争谁?

李宗贤:当然是斗争冯运华同志了。

陶自强严肃起来:李宗贤同志,我问你,现在我们还有多少坯子?有多少白岭土?有多少二灰?有多少釉料,都是什么料?有多少窑柴,够烧多长时间的?还有,食堂里的米面肉菜柴,上个月的结算出来没有?有多少结余?这个月有什么改进的计划?工人宿舍的电线修好了没有?暖水瓶配齐了没有?困难职工的补助做好了没有?两地分居的休假安排好了没有?

李宗贤慌了:这……这些我明天马上查账,后天,最迟大后天,就会做出来一个完整的汇报。

陶自强:李副厂长,你是管后勤的。这些都是你分内的事情,应该把这些数字实实在在地装在肚子里,还用查账吗?

李宗贤:是,是,我工作不到位。

陶自强:喝酒吧。

李宗贤:就这一杯吧。

陶自强:既然来了,就好好喝个痛快。

周鸿达刚要敲门,门开了,冯管家要往外走。

周鸿达:您出去?

冯管家:也没什么事,就是出去消消食。

周鸿达:冯叔呢?

冯管家低声地:睡了。

周鸿达:睡了? 这么早?

冯管家:说是累了,先躺下了。

周鸿达:没吃晚饭吗?

冯管家:吃了,还喝了一杯酒。

周鸿达:您陪他喝的?

冯管家:他自己喝的,一仰脖就折进去了。

周鸿达:没说什么吗?

冯管家:没有,只是自己苦笑了一下。哦,你来找他有事?

周鸿达:没事。就是想到他怪闷的,陪他聊聊天。

冯管家:难得你们几个人有孝心,兴国兴远不在家,你们多来陪陪他吧。

周鸿达:好,我抽空再来。

周鸿达转身走了。冯管家站了一会儿,把门关上了。

周鸿达端着一杯茶到了陶自强办公室。陶自强瞟了他一眼,低头看着材料。周鸿达坐在了陶自强的对面。

陶自强还是没理他。周鸿达用手敲着桌子边。

陶自强:有话说,有屁放,没看我这儿正忙吗?

周鸿达:谁不忙,我从早上进车间,就没闲着,嗓子都喊哑了,到这会儿刚顾上喝口水。

陶自强:回你的车间喝去。

周鸿达:我来看看你呀。

陶自强:我有什么好看的?

周鸿达:当然有了,想看看你长了多大的本事,添了多大的脾气,生出了多少瘆人毛。

陶自强抬起头:你什么意思?

周鸿达:跟冯副厂长吵架,拍桌子,发脾气,行啊你陶自强,够派头啊。

陶自强:你听谁胡说八道?

周鸿达:没有这么回事吗?

陶自强:我没拍桌子。

周鸿达:没拍桌子也吵翻了天。

陶自强:你不问问我们为什么吵?

周鸿达:为什么都不应该吵。

陶自强:我们是为了工作!

周鸿达:狗屁。为工作就耍混蛋吗?

陶自强腾地站起来,使劲拍着桌子:你才是混蛋。

周鸿达:你还说你没拍桌子?

陶自强:我这是冲你拍的,在冯副厂长面前我没拍。

周鸿达端起茶杯:我不跟你矫情,我只想对你说一句,冯副厂长是谁呀? 那是我们的冯窑主,是冯兴国冯兴远的爸爸,是我们的冯叔。你摸着胸脯想想吧。

周鸿达走了。陶自强直愣愣地站着,半天没坐下。

冯运华看着"柴改煤"的设计图,一边看着,一边在笔记本上写着什么。

厂办小周推门进来:冯副厂长,有人找您。

冯运华头也没抬:不见。

小周:他硬要进来,我拦不住。

石凌鹤唱着:

> 看关口旌旗招展刀枪明又亮,
>
> 儿郎个个逞豪强,
>
> 大摇大摆我就往内闯。
>
> 哈哈哈哈……

冯运华看见石凌鹤,慌忙离开办公桌,迎上前去,也唱了起来:

> 少陪少陪我头前往,
>
> 似这样迎接宾客我实不敢当。

石凌鹤:哈哈哈哈,还有什么不敢当的。怎么着,当了副厂长,兄弟都不见了啊?

冯运华:老石! 你怎么来了?

石凌鹤:来看望一下我们的冯老板啊,你这嗓子没倒仓啊。

冯运华:我这差远了,你倒是越来越棒了。听说你现在在省里工作了?

石凌鹤:你听说了?

冯运华:报纸上都公布了,阁下乃是省文化局局长兼文联主席。

石凌鹤:冯副厂长,不管你今天有多忙,你也得陪我走一趟。

冯运华:去哪儿啊?

石凌鹤:乐平。

239

冯运华:去乐平干什么?

石凌鹤:走吧。咱们路上聊。

陶自强来到冯运华的办公室外面,犹豫了一会儿,轻轻地敲门。

里面没有回音。陶自强又犹豫了一下,加重敲了几下。

依然没有回音。陶自强推开门,里面没人。

陶自强来到冯运华的办公桌前面。办公桌上摆着"柴改煤"的设计图,旁边放着打开的笔记本。陶自强拿起笔记本,轻声念着上面的文字:窑体坡度……出风口位置……温控器数量……

陶自强叹了一口气,又点了点头。

门开了,小周进来了。

陶自强:冯副厂长呢?

小周:走了。

陶自强:走了? 走哪儿去了?

小周:去乐平了。

陶自强:去乐平干什么?

小周:不知道。

陶自强:他怎么去的?

小周:坐车去的。

陶自强:坐什么车?

小周:领导的车。

陶自强:跟赵书记走的?

小周:是省里来了一位领导。

陶自强:什么领导?

小周:不知道……哦,会唱戏。

陶自强:会唱戏算什么领导?

小周:他有自己的小汽车。

陶自强:那是谁呢?

小周:我来给冯副厂长锁门。

陶自强从办公室出来。小周锁着门。陶自强走了两步,回过头来:小周。

小周:啊,厂长。

陶自强:你好好学学说话行不行?

小周不明白:说话?

陶自强:对,说话。

240

小周:我会说话呀。

陶自强:有什么话要一口气说完,别新媳妇屁——零揪。

小周:零揪?什么零揪?

陶自强懒得理他,走了。

一辆华沙小轿车。石凌鹤与冯运华并排坐在后排座位上。

一路山间风光,冯运华说道:高堂明镜悲白发,朝如青丝暮成雪啊。

石凌鹤:"左联"一别,将近二十个春秋了。

冯运华:不是天天思念你,是常常想起你。

石凌鹤:想我什么?

冯运华:主要是担心,你当初热血满腔豪情万丈,直接奔赴了抗日前线,谁知道是死是活呀?

石凌鹤:我还好,没有直接跟鬼子拼刺刀,主要是战地宣传演出,相对安全一些。不过也有一些战友牺牲了。

冯运华:我们都是幸运儿,终于盼到这一天了。我们当年在上海的时候,像是关在密不透气的铁屋子里,苦闷、彷徨、愤怒、呐喊,诅咒那暗无天日的世道……

石凌鹤:那种感受太痛苦,要不是后来奔赴抗日前线,我们非憋死不可。

冯运华:你现在回江西做文化工作,也算是梦想成真了,要大展宏图大显身手喽。

石凌鹤:别光说我,说说你吧。

冯运华:我有什么可说的,马尾儿拴豆腐,提不起来呀。

石凌鹤:该抱孙子了吧?

冯运华:哪儿呀,老婆前几年去世了,两个儿子都不在身边。

石凌鹤:哦?

冯运华:老二先离家的,考上了中央美院,在北京读书呢。

石凌鹤:好啊,有出息呀,祝贺你。

冯运华:老大参加了志愿军,在朝鲜打仗呢。

石凌鹤:嗯,你还是光荣的志愿军家属。

吴㧕湘蜷缩在一个废窑口内,浑身抽搐着,非常痛苦。

汪国良跑过来:吴老师,师父……

吴㧕湘抬起头:国良?

汪国良:师父,您怎么了?

吴廼湘:你怎么找来的？

汪国良:我从卖大烟那儿打听到的。师父,您这是怎么了？

吴廼湘:烟瘾……烟瘾犯了。快……快……把我绑起来。

汪国良一愣:绑起来？

吴廼湘:快点儿,用那根绳子。

汪国良发现吴廼湘面前有一根棉麻绳。

吴廼湘:快点儿,把我绑起来。

汪国良:我……我为什么要绑您呀？

吴廼湘:少废话,动手。

汪国良拿起那根棉麻绳,犹豫着。

吴廼湘急了:你倒是绑啊？

汪国良:我……我怎么绑呀？

吴廼湘:五花大绑。

汪国良:我不会呀。

吴廼湘:像捆猪一样,你没见过捆猪吗？

汪国良把吴廼湘的双手拧到后面,捆着。

吴廼湘:使点儿劲儿,捆结实了。

汪国良用力捆着绳子。

吴廼湘:把我的两只脚也捆起来。

吴廼湘被绑住双手双脚,蜷缩着靠在窑壁上。没过一会儿,他变卦了,苦苦地哀求着汪国良:国良啊,快给我解开吧,求求你了。

汪国良蹲在他的对面,看着可怜的吴廼湘。

吴廼湘:国良啊,我的好徒弟,我的亲徒弟,求求你了……

汪国良:您求我也没用,是您让我把您绑起来的。

吴廼湘:我后悔了,后悔了……这烟我不戒了,不戒了。

汪国良:您不是下决心要戒烟吗？

吴廼湘:不戒了,不戒了……师父难受啊……

汪国良:您咬着牙,坚持一下,坚持就是胜利。

吴廼湘:我要死了,国良,我要死了,你救救我吧……

汪国良把一个军用水壶举到吴廼湘嘴边:师父,您喝口水。

吴廼湘:不喝不喝……

汪国良:要不,我去给您买酒,您喝酒行不行？

吴廼湘:不喝不喝,我什么都不喝。

汪国良:您可以喝水,喝酒,吃东西,吃什么都行,我都去给您买,就是不能抽大烟。

吴廼湘:我就要抽,就要抽,我抽抽抽……

汪国良:再坚持一会儿。

吴廼湘:不坚持。

汪国良:您不坚持我坚持,我帮助您坚持。

吴廼湘大骂起来:汪国良,你个小兔崽子,你要害死我呀?

汪国良不理他。吴廼湘:汪国良,你混蛋,你混蛋一屁股泥,你不得好死……

汪国良还是不理他。吴廼湘说道:汪国良,你过来。

汪国良:干吗?

吴廼湘:我鼻子痒,你给我揉揉鼻子。

汪国良把手伸向吴廼湘的鼻子。吴廼湘一口咬住了汪国良的手腕。

汪国良疼得大叫起来:啊……

吴廼湘死死地咬住了汪国良的手腕,血水顺着吴廼湘的嘴角流下来。

汪国良疼得大叫:快松开,松开……

吴廼湘像野兽一样,凶猛地摇着头。

汪国良:我去给你买,我去给你买烟还不行?

石凌鹤与冯运华来到乐平的一座破旧的古戏台,前后转悠着、查看着。

石凌鹤叹惜着:唉,乾隆年间的戏台。没有人管,糟蹋得太厉害了。

冯运华:乐平的古戏台啊基本都是砖木结构的,能保存成这样就不错了。

石凌鹤:如果不是这么多年的战乱,老百姓不会放弃这些古戏台的。这都是他们的祖辈凑米、凑钱修的,有的修几年,有的修十几年,有的修几十年。可惜啊可惜。

冯运华:乐平至少还有几十座戏台,都是很有价值的。

石凌鹤笑了。

冯运华:我说的不对吗?

石凌鹤:你说的还真不对。直到抗战前,乐平的古戏台还有二百多座呢,大多是清朝留下的,最老的是明嘉靖年间的。当然还有一部分在民国时期建的。

冯运华:你怎么知道得这么清楚?

石凌鹤:你还好意思说啊我的兄弟,你忘了我是乐平人了啊?

冯运华:对啊,我怎么把这事忘了。哈哈哈,羞煞我也。

石凌鹤:我们乐平有家庭戏台、庙宇戏台、会馆戏台、祠堂戏台和万年戏台五类。

冯运华:我离开家乡早,还真不知道乐平人这么喜欢戏剧。

石凌鹤:"深夜三更半,村村有戏看,鸡叫天明亮,还有锣鼓响。"乐平人爱戏、迷戏,以至于几乎村村都有戏台。无数戏班曾在乐平的戏台上粉墨登场,唱念做打,演绎历史传奇和世间百态。

冯运华:啊,怪不得……

石凌鹤:什么怪不得?

冯运华:我想起了我家的老大,从小就爱戏、迷戏、唱戏,没事就往乐平跑。原来是乐平的戏剧牵了他的魂。

石凌鹤:乐平的戏剧可是历史悠久。元代时,杂剧就已经盛行;明朝时,由弋阳腔演变而成的乐平腔开始流行;清乾隆年间,乐平和鄱阳、景德镇一起成为饶河戏的流布中心。当时,乐平境内的班社多达三四十个,艺人有两千多人。再加上串堂班、马灯戏的艺人,乐平艺人共有近四千名。

冯运华:听你这么一说,我也想再作冯妇粉墨登场了。

石凌鹤:走,我带你去看看大戏台。

小汽车在乡村土路上颠簸着。一路上,青山绿水稻花飘香。到处是乐平腔的唱段和音乐声。

小汽车停放在路边。石凌鹤和冯运华下了车,步行着朝前走。

老旦秦晓婵的唱腔传过来,声音清丽高昂:

> 佘氏女在金殿把本启奏,
> 尊一声万岁爷细听根由。
> 表家乡祖居在虎塘山口,
> 太祖爷下河东才把宋投。
> 宋王爷待杨家恩高义厚……

冯运华:啊,唱得太好了,厉害。

石凌鹤:怎么听着耳熟呢?

冯运华:这是弋阳腔吗?

石凌鹤:应该是乱弹。

敦本堂戏台下面,聚集着一群人,都是粗布衣衫,农家打扮。

文武场不齐,只有几样应景的乐器,难得的是有一把唢呐。

老旦秦晓婵站在人群中央唱着,板板眼眼,唱腔动作都很到位。

观众多为老年人和孩子,秦晓婵每唱一句,都是一片叫好声。

秦晓婵唱完了,人们欢呼着叫喊起来。

石凌鹤拍着巴掌上前:晓婵大姐,您的《太君辞朝》不减当年啊。

秦晓婵顿时愣住了。石凌鹤上前抓住了老女人的手:大姐,我是凌鹤啊,石凌鹤。

秦晓婵:石凌鹤?啊,石部长?

石凌鹤:对对对,我当年是乐平县的宣传部部长兼工人部长。您忘了,那年国民党追捕我,我还是穿着您的衣服扮成小媳妇逃走的呢。

秦晓婵:啊……我以为……

石凌鹤:您以为我死了是吗?哪儿能呢,您看,是不是活的?

秦晓婵颤颤巍巍地在石凌鹤的身上摸索着:活的活的,真好,真好,你还活着……

石凌鹤:大姐,您还是经常来唱唱戏?

秦晓婵:三天不看戏,肚子就胀气。十天不看戏,做工没力气。一个月不看戏,见谁都有气。

石凌鹤:好啊好啊,唱戏能舒筋健骨长精神,您老人家一定会长命百岁。

众皆笑起来。

秦晓婵:托福啊托福。

石凌鹤:大姐,当年饶河班的那些人您还有联系吗?

秦晓婵:联系什么呀?日本人清乡,烧光杀光抢光,饶河班一解散,都各奔他乡寻活路去了。

石凌鹤:都去哪儿了?您有知道的吗?

秦晓婵:我就知道陶祁香嫁给黄窑主了,要是没跑,可能在景德镇呢。

冯运华:您跟陶祁香搭过戏?大姐。

秦晓婵:论起来,她还得叫我师姑呢。当年在饶河班,我们俩最合得来。

冯运华:大姐,我告诉您一件事,陶祁香没有嫁给黄窑主,她和弟弟就在景德镇。

秦晓婵:是吗?那太好了,真想再见见她。

冯运华:我一定把您的愿望告诉她。

秦晓婵:谢谢谢谢了。

石凌鹤与秦晓婵和众乡亲告别着。秦晓婵依依不舍,拉着石凌鹤不松手。

石凌鹤:大姐,对不住了,今天我实在是有事,一会儿还要回到景德镇去。

秦晓婵:我不怪你,不怪你。我知道,你们当官的闹革命的都忙,官身不由己啊。

石凌鹤:大姐,我还会回来的,我下次专门去看望您。

秦晓婵:你可以说话不算数,可是你得记住你说的话。

石凌鹤:算数算数,一定算数。

汪国良掩着衣襟,一边朝破窑口跑着,一边前后左右地观看着。在他的后边,两个便衣警察跟踪着他,隐蔽着。

汪国良似乎发现了有人跟踪,路过破窑口,又朝着一片小树林里跑去。

便衣警察紧追着他。汪国良巧妙地从小树林里转出来,进了一家人的院子。

便衣警察失去了目标……

汪国良慌慌张张地跑进来。吴狃湘急不可待地:快快,快把烟泡给我。

汪国良:我先把绳子给您解开。

吴狃湘:不用不用,先把烟给我,你给我点上。

汪国良无奈,从吴狃湘的怀里掏出烟枪,把烟土掏出来,装进烟枪,让吴狃湘叼在嘴里。吴狃湘依然急,嘴里呜噜呜噜地催促着。

汪国良又从吴狃湘的口袋里找出火柴,把烟土点上。吴狃湘贪婪地吸着,慢慢地闭上了眼睛,靠在窑壁上享受着。

归途。依然是石凌鹤向冯运华介绍着:这敦本堂最早是车溪朱氏的祠堂,朱氏先祖号稳耕,建造之初叫稳耕堂。意为农耕为稳,耕读治家。后更名敦本堂,意喻做人要敦厚本分。敦本堂是祠堂和戏台有机融合的建筑,坐南朝北,祠堂前一半月形"聚星池",村民叫它月牙塘,深得藏风聚气之妙。从远处看敦本堂并不惊艳,近看便能发现它的脱俗。敦本堂为四进一堂一台两边廊的组合院落,为典型饶徽建筑。建筑结构上有抬梁、穿斗,组合上有翘角、飞檐、重檐、勾连、穿插、披搭等,内外构件有木雕、砖雕、石刻,以增强建筑艺术的表现力和结构美……

石凌鹤侃侃而谈如数家珍。冯运华像个求知欲很强的小学生,恭恭敬敬地听着……

石凌鹤意犹未尽,继续侃侃而谈:南戏是中国百戏之祖,有四大声腔:昆山腔、海盐腔、余姚腔和弋阳腔啊。乐平人好戏,到了明末清初的时候啊,青阳腔、昆腔、宜黄戏各种唱腔都进到了乐平。后来弋阳腔和乐平腔被饶河戏和信河戏逐渐代替。出现了好多大戏班呢,也出现了许多名角大腕。

冯运华:这个我知道。我还认识当年饶河班的一个当家花旦。

石凌鹤:你说的是陶祁香吗?

246

冯运华：你认识她？

石凌鹤：太认识了，当年红遍了东南半边天。

冯运华：是啊，我在上海就听说过她，直到回到景德镇才有缘相识。

石凌鹤：是吗？她还在唱吗？

冯运华：早就没唱了，不过人家底子好。

石凌鹤：对了，今天晚上赵书记要请我们吃饭，说是要带一个饶河班的花旦，不知道是不是她。

冯运华：要是赵书记请的，肯定就是她了。咦，你是什么时候见到我们赵书记的？

石凌鹤：上个星期在南昌开会的时候。要不我怎么会知道你在建国瓷厂当副厂长呢。

饶三婆在院子里喂鸡，一边撒着谷粒，一边咯咯咯地叫着。

杜鹃走进来：三婶，茶花呢？

饶三婆：在屋里呢。

杜鹃：大白天的，在屋里待什么劲儿。

饶三婆：一个人生闷气呢。

杜鹃：跟谁呀？

饶三婆：谁知道跟谁，反正我跟你三叔没惹她。

杜鹃：我去看看。

屋里，杜鹃推门进来：干吗呢？憨宝呢？

饶茶花没言语，坐在床上拆着一个还没织好的藕荷色的毛衣。

杜鹃急忙上前抢着：干吗呀？这不是陶自强给你买来的毛线吗？

饶茶花一边躲避着，一边继续拆着。

杜鹃：你神经了，你不是说最喜欢这个颜色吗？

饶茶花：谁稀罕他的臭毛线。

杜鹃：藕荷色的，多漂亮啊。

饶茶花：你喜欢给你。

杜鹃：茶花呀茶花，不是我说你，你真是个败家的娘儿们，干吗跟陶自强一怄气，就毁自己的东西呀？上次爬镇窑的大烟囱，把好好的一件棉袄撕碎了。现在又把织了半截的毛衣拆了。你傻呀。

饶茶花：我不要他的东西。

杜鹃：到底是他气你了，还是你气他了？

饶茶花：当然是他气我了。无缘无故地跟我发狗脾气。

杜鹃:既然他气你了,应该拿他出气呀,干吗拿自己的东西出气呀?

饶茶花:我怎么拿他出气?我去找他,他又不理我。

杜鹃:他不理你,你接着找呀!他不就是在建国瓷厂吗?跑得了和尚还跑得了庙?

饶茶花:我找到他又能怎么样?

杜鹃:跟他吵、跟他闹,拿他出气呀。

饶茶花:对,我还真得去找他。你去不去找周鸿达?

杜鹃:不行,今天晚上我得给我爸爸过生日。

汪国良为吴廼湘解着绳索。吴廼湘刚抽完烟,正享受着飘飘欲仙的感觉。

汪国良:您倒是直直腰呀,不想起来了?

吴廼湘:让我先歇会儿,困了,想眯一会儿。

汪国良:这烟就是您的魂儿,烟断了,魂儿就断了,抽了口烟,魂儿又回来了。

吴廼湘:你说得太对了,抽了这口烟,给个四品黄堂都不换。

汪国良:不行,吴老师,您别啰唆了,我们得赶紧离开这儿。

吴廼湘:怎么了?

汪国良:刚才我去给您买烟泡的时候,被警察盯上了。

吴廼湘:警察还管我抽大烟?

汪国良:现在警察正在找贩毒吸毒的呢。

吴廼湘:不怕……

吴廼湘话音未落,两个警察已经站在了废窑门口……

快下班了,丁萌萌和卢再缘收拾着颜料画笔。

一个年轻人进来:丁萌萌同志。

丁萌萌抬起头:我是。

年轻人:我是保卫科的小张,派出所叫你去一趟。

卢再缘:啊？什么事？

年轻人:说是去领一个人。

丁萌萌:什么人？

年轻人:你弟弟。

丁萌萌吃惊地看着年轻人。

卢再缘疑惑地看着丁萌萌。

丁萌萌:我弟弟怎么了？

年轻人:不大清楚,你去了就知道了。

丁萌萌起身往外走。

卢再缘追出来:你有一个弟弟？

丁萌萌:跟你没关系。

卢再缘:你弟弟怎么了？

丁萌萌:你问我,我问谁去？

工人都下班了,朱光秀还没有走,收拾着自己的陶车。

陶自强进来了,他神情沮丧,蔫头耷脑。朱光秀看着他,没敢打招呼。

陶自强来到一架陶车前,穿上围裙,坐下。

朱光秀过来。陶自强拿起搅车棍,搅动着车盘。

朱光秀:厂长,您要利坯？

陶自强没理他。朱光秀凑上前:师父,我给您打下手吧。

陶自强:不用,你回家吧。

朱光秀讨好地:顺便也让我学习学习。

陶自强:我要在这儿歇会儿。

朱光秀:您不是要利坯吗?

陶自强:利坯就是休息,我累了。

朱光秀:利坯不是工作吗?

陶自强提高了声音:快点儿走。

朱光秀犹犹豫豫地走出车间。

周鸿达在车间门口检查着新拉来的坯子。

朱光秀:周主任,陶厂长还在车间呢。

周鸿达:我知道。

朱光秀:您知道?

周鸿达:你快回家吧。

朱光秀:周主任,陶厂长有任务吧?

周鸿达:什么任务?

朱光秀:陶厂长怎么说利坯是休息呢?

周鸿达:他心里不痛快的时候,总喜欢在陶车前面干点儿什么。

朱光秀:陶厂长心里不痛快? 他怎么了?

周鸿达:这不是你该知道的,快走吧。

"文君当垆"饭店,石凌鹤反客为主,张罗着给大家倒酒。

陶祁香用手捂住了面前的酒杯:不好意思,我就不喝了。

石凌鹤举着手里的酒瓶炫耀着:陶祁香同志,你可以不给我面子,可不能不给它面子。知道这是什么酒吗? 乐平塔前窖,二十年的。

赵文昌小声对陶祁香说:今天开个戒,喝点儿吧,难得石局长到景德镇来。

陶祁香:那就少给我一点儿,半杯,意思意思。

石凌鹤:满杯,就一杯。不是我小气,多了我还舍不得呢。

冯运华:石局长,不是我吹牛。这塔前窖嘛,我家里有一坛呢,三十年的。

石凌鹤:什么什么? 你怎么不早说呢? 吃独食呀?

陶祁香:石局长,您别怪冯副厂长吃独食,他那酒啊,还真不能动。

石凌鹤:为什么? 等新娘子娶进门来的时候再喝?

陶祁香:那是他的大儿子冯兴国参军的时候留下的,说是等他立功回来的时候再喝。

石凌鹤:哦,这可是个大事,理由充分。

冯运华:对了,点菜了吗?

赵文昌:忘了说了,这家饭店你熟悉,就等你来点呢。

石凌鹤:怪我怪我,我的嘴急了点儿。

冯运华:没关系,我到后厨看看,让他们弄几个小菜,咱先喝着。

石凌鹤:祁香同志,我们今天去乐平,你猜遇见谁了?

陶祁香:猜不出。

石凌鹤:秦晓婵,你还记得吧?

陶祁香:当然记得了,论起来,她还是我的师姑呢。

冯运华端着两盘冷菜上来:酒菜来了。

石凌鹤:我正跟祁香同志说秦晓婵呢。

冯运华:对了,秦大姐给你带好来了。

陶祁香:秦晓婵在哪儿呀?

石凌鹤:乐平车溪。

陶祁香:车溪?

冯运华:那里有乐平最好的戏台,叫敦本堂。

陶祁香:哎呀,我真想有机会去看看她。

汪国良蹲在派出所的墙角,身子缩成了一团。

丁萌萌进来:国良,你怎么在这儿? 你怎么了?

汪国良瞟了一眼丁萌萌,没说话。一个民警过来:你是谁?

丁萌萌:我叫丁萌萌,是汪国良的姐姐。

民警:你姓丁,他姓汪,怎么个姐姐。

丁萌萌:啊……表姐表姐,他是我姑的孩子。

民警态度显然好了:你是建国瓷厂的?

丁萌萌点了点头。民警问道:画师?

丁萌萌又点了点头。民警说道:你这个弟弟……要好好管教管教。小小的年纪,很容易学坏的。

丁萌萌:他做了什么?

民警:他做了什么你不知道吗?

丁萌萌:警察同志,我真的不知道。

民警对丁萌萌:你进来登记一下。

丁萌萌看着汪国良。

民警对汪国良:你也进来。

丁萌萌带着汪国良从派出所出来,埋怨着:你这孩子怎么回事?

汪国良:怎么了?

丁萌萌:你怎么又跟吴甡湘混在一起了?

汪国良:他是我师父,我能不管吗?

丁萌萌:你伺候他吃喝拉撒睡,也就罢了。你还管他抽大烟?你知道不知道买卖烟土犯法?

汪国良:姐姐,你问警察了吗?吴老师到底去哪儿了?

丁萌萌:不是去戒毒所了吗?

汪国良:你没问问,戒毒所在哪儿吗。

丁萌萌:人家警察不告诉。

汪国良:唉,这回吴老师要受苦了。

陶自强坐在陶车前,让自己平静了一会儿。他开始想打粗,拿起一个圆器坯胎,覆置在利脑上。拿起搅车棍,又放下了。他把那只坯胎拿下来,又换上了一只荡了釉的坯胎,渌了一笔水,湿润了坯胎表面。车盘转动,他沉浸其中,把利坯刀垂直修削底足外层,然后打半刀修削口沿外壁,平泥修肩部,扯泥从肩部修到口沿⋯⋯细碎的泥屑烟雾般在眼前聚拢着、蒸腾着,把他笼罩起来。这时候的陶自强,是一个一丝不苟聚精会神的工匠师傅。

饶茶花闯进工厂大门。传达室的谢师傅追出来:喂,姑娘,你找谁呀?

饶茶花头也不回:我找陶自强。

传达室师傅:你倒是登个记呀。

饶茶花:登个屁。

传达室谢师傅:这姑娘怎么撒野呀?不行,你回来⋯⋯回来⋯⋯

饶茶花直奔陶自强的办公室。

另一个师傅出来:别理她了。

传达室谢师傅:她是谁呀?

另一个师傅:陶厂长的对象,我见过。

传达室谢师傅:我的妈呀,这么厉害。

饶茶花噔噔噔冲上二楼,来到陶自强的办公室,使劲敲着。里面没人,门锁了。饶茶花又噔噔噔跑下楼,四处找着,也不喊叫。

周鸿达从后面喊住了她:茶花,你怎么来了?

饶茶花扭头见是周鸿达:陶自强呢?

周鸿达朝成型车间指了指。饶茶花径直朝成型车间奔去。

周鸿达:你轻一点儿,他在利坯呢。

饶茶花:哼,有工夫利坯,没工夫见我。

饶茶花一阵风似的闯进来,大喊着:陶自强。

陶自强一惊,急忙站起来:茶花,你怎么来了?

饶茶花大吼着:你说我怎么来了!

陶自强:出了什么事?

饶茶花:你说出了什么事!

陶自强:好好说话。

饶茶花:说、说、说什么说?

陶自强来到饶茶花面前:茶花,你怎么了?

饶茶花爆发般地"哇"地大哭起来……

陶自强火了,强忍着性子看着饶茶花。

饶茶花大哭着,惊天动地。

突然,陶自强怒吼一声:停!

饶茶花被惊吓住了,仰着泪脸看着陶自强,干张着大嘴却没了声音。陶自强突然意识到自己过分了,又不能改变,继续大声喊道:没哭好,重新哭。

饶茶花半天才明白陶自强说的是什么,呆呆地看着陶自强。

陶自强:我让你重新哭。

饶茶花冲向陶自强,挥着拳头扑打着:你混蛋。

陶自强顺势把饶茶花搂在怀里。饶茶花挣扎着:放开我,放开我……

陶自强紧抱着饶茶花不松手。饶茶花又哭起来:你气了我,还占我便宜!

陶自强越发把饶茶花搂紧了。他轻声说:茶花,对不起。

饶茶花静静地伏在陶自强的怀里……

赵文昌:石局长,我敬您一杯。你是个言而有信的人,说到景德镇来,果然很快就来了,没忽悠我。

石凌鹤:这话从何说起,我石凌鹤向来是君子一言驷马难追。对不对老冯?

冯运华:对不对都让你说了。

石凌鹤:这些年,天地变了,世道变了,只有你老冯没变。

冯运华:怎么没变?

石凌鹤:还是那么温文尔雅深藏不露。

冯运华:你这是夸我呢,还是损我呢?

赵文昌:我看是话里有话。

冯运华:连赵书记都听出来了。

石凌鹤:赵书记您不知道,当年我们在"左联"的时候,老冯可是风流倜傥魅力四射。哦,对了,你后来回景德镇了,那个拍电影的小丫头怎么样了?

冯运华:这话你可不能乱说,我跟她纯纯粹粹就是革命友谊。

石凌鹤:后来听说她去延安了。

冯运华:是吗?

石凌鹤:又装傻了是不是?

赵文昌:我觉得啊,冯副厂长见到你石局长,才最放松最开心。

石凌鹤:赵书记,您可千万别让他的假象迷惑住,他的笑话最多了。

赵文昌:那我倒想听听。

石凌鹤:有一次老冯唱《空城计》,他演诸葛亮。当天有个演琴童的同学闹肚子,临上台的时候还在厕所里。那唱词是:左右琴童人两个……转头一看,只有一个琴童,便又加了一句:我是病退一个剩一个……

赵文昌:哈哈哈,这诸葛亮在城楼子上都算起加减法了。

石凌鹤:台下哄堂大笑啊。搞得扮司马懿的同学都差点忘词了。

冯运华:热菜上来了,我们接着喝。

赵文昌:来,敬咱们《空城计》上的数学家。

众皆举杯大笑。

陶自强推着摩托车出了工厂大门。饶茶花坐在后面。

陶自强:咱们去哪儿?

饶茶花:我都两天没吃饭了。

陶自强:那我们吃牛骨粉吧。

饶茶花:又是牛骨粉,我都吃腻了。

陶自强:那我们去三角井。

饶茶花:行。

陶自强:我得先回家一趟,跟我姐说一声。

饶茶花:又是你姐,除了你姐,你心里还有别人吗?

陶自强:有啊,除了我姐,就是你。

饶茶花:我重要,还是你姐重要?

陶自强:都重要。

饶茶花:要是我和你姐同时掉在昌江里,你先救谁?

陶自强:这是女人问的最愚蠢的问题。

饶茶花:甭管愚蠢不愚蠢,你先救谁。

陶自强:我谁都不救。

饶茶花:你就那么狠心?

陶自强:你们是冬天掉进去的,江里水很浅,淹不死。

饶茶花:那要是掉进莲荷塘呢?

陶自强:那就更不救了。

饶茶花:让我们都淹死?

陶自强：你们不会去莲荷塘的。

饶茶花：为什么？

陶自强：那里有光屁股男人游泳。

饶茶花：你讨厌。

石凌鹤：好了，菜上八盘，酒过三巡，书归正传。我要跟三位聊聊正事了。

赵文昌：洗耳恭听。

石凌鹤：白天我跟运华去乐平转了转，看了几个古戏台。这些都是宝贵的文化遗产，要好好保护起来。回去以后，我要专门派人来搞一个调查。

赵文昌：需要我们做什么，你发话，我们全力支持。

石凌鹤：我有一个想法，不大成熟，大家都是朋友，帮助我参谋参谋。周总理非常关心地方戏的发展，做了多次指示。在我们江西，影响最大的是饶河班和信河班。这两个剧种有许多共同之处，又相互弥补了许多不足。早在"左联"的时候，我就跟阳翰笙先生说过这个想法，他当时也很支持我。去年到北京开会，碰到了阳翰笙先生，他现在是全国文联党组书记了。他还问起我饶河班和信河班改革的事情，鼓励我大胆实验。我的想法是，把饶河班和信河班融合在一起，创造出一个新的剧种，就叫赣剧，属于我们江西自己的剧种。

冯运华：太好了，你以前也跟我说过，我为此还研究过饶河班和信河班。

石凌鹤：陶祁香同志，你的意见呢？你是行家。

陶祁香：饶河班、信河班我都唱过，我也觉得这两种戏有许多共通之处。

赵文昌：江西是戏剧大省，又是汤显祖的故乡，应该把自己的戏剧发展起来。石局长，我性子急，说话办事喜欢开门见山，你需要我们景德镇做什么？

石凌鹤：能不能在景德镇成立一个赣剧团？

赵文昌点头思索着。

石凌鹤：资金和人员编制由省里解决。

赵文昌：你这是给景德镇送大礼来了，当然好了。

石凌鹤：这事就这么定了？

赵文昌：我马上列入市委的议事议程。

冯运华：来，喝酒，我们庆祝一下。

赵文昌：每个杯都满上。

石凌鹤：为了赣剧，为了景德镇赣剧团，干杯。

赵文昌：陶祁香同志，这么值得高兴的事，你给我们唱一段呗，也让我欣赏欣赏你的风采。

冯运华：唱什么啊，咱们喝酒。

赵文昌:就唱一小段嘛,我都不知道这饶河戏和信河戏有什么区别。

陶祁香:你们自己喝吧,我不舒服先回去了。

陶祁香说完起身离去。

赵文昌傻了:这是怎么回事?我说错什么了?

石凌鹤:赵书记,你啊……还真说了不合适的话。

冯运华:我去看看。

冯运华跑出门,对着陶祁香的背影:祁香,等一下。

陶祁香脚步匆匆地走了。

赵文昌:我……说错了什么?

石凌鹤:不能怪你,你不大了解酒桌上的规矩。

赵文昌:到底是怎么回事?

石凌鹤:酒桌上点戏……哎,怎么说呢?这是很忌讳的。过去达官贵人请人唱戏唱曲儿陪酒,叫作喝花酒。那些请来出台的都是没出息的小角色,有的就是从妓院里拉来的。像陶祁香这样的大腕名角儿,是绝对不可能出台的。

赵文昌:啊?还真是我错了,我真是没想到。我们以前打仗的时候喝酒、吃饭、唱歌,热闹着呢。

石凌鹤:这件事运华能跟她解释清楚的。赵书记,我想问问,景德镇成立赣剧团,团长有合适的人选吗?这个问题我也问过老冯。

赵文昌:你要问我们俩的话,我们会推荐同一个人。

石凌鹤:你说陶祁香?可是……恐怕有点儿问题。

赵文昌:就因为她是旧社会的戏子?

石凌鹤:不全是因为这个。从乐平回来的路上,冯运华也跟我聊过陶祁香的事情,虽然她懂戏,但是还有一段过往没有交代清楚。

赵文昌:我倒是了解她的一段过往,她是对革命有过贡献的。

石凌鹤:哦,怎么回事?

赵文昌讲述起了往事。

乡村戏台,丝竹管弦,锣鼓喧天。戏台下面,人头攒动,热闹非凡。

戏台上正在演戏,台柱上挂着"饶河班"的旗号。演出的是《狸猫换太子》,饶河班当家花旦陶祁香开口爆棚,满堂喝彩。

村外,一阵枪响。新四军连长赵文昌带着两个战士在前面跑着。

一队日本鬼子在后面追着。赵文昌让两个战士先撤,自己在后面掩护着。

日本鬼子追近了,一边喊叫一边开枪。赵文昌躲在一堵矮墙后面,朝着冲上来的鬼子射击着。

日本鬼子扑上来。赵文昌情急之下,向村子里跑着。

戏台下面观众喝彩着。

赵文昌从人群后面跑过来,直奔后台。陶祁香在戏台上看见了赵文昌。

日本鬼子冲过来。陶祁香拖了一个长腔,把与她唱对手戏的小生稳在台上。

赵文昌无处可躲,居然上了戏台。陶祁香把正在准备上场的老生的行头脱下来,手疾眼快地穿在了赵文昌的身上。又拿起旁边的化妆盒,在赵文昌的脸上涂抹着。

日本鬼子冲进人群,到处寻找着赵文昌。

赵文昌穿着行头,在戏台上咿咿呀呀地胡乱唱着,反正观众乱了,无心听戏,日本鬼子则根本听不懂戏。

日本鬼子找不到人,耀武扬威地走了。

冯运华回来坐在了座位上。

石凌鹤:陶祁香同志有这么一段光荣的历史,就一点儿问题都没有了。

赵文昌问冯运华:香姐真的生我的气了?

冯运华:有点儿,仅仅一点儿。

赵文昌:你们知识分子就是太敏感。

冯运华:她也确实有事。

赵文昌:真的身体不舒服?

冯运华:她惦记着陶自强。

赵文昌:陶自强怎么了?

冯运华:我们争吵了几句,陶祁香逼着陶自强给我道歉。

赵文昌:什么事呀这么严重?

冯运华:工作上的事情,您就别操心了。

赵文昌:那好,你们的事你们自己解决,说起道歉,我还真得向香姐道歉。

冯运华:大可不必,说开了就行了。

石凌鹤:咱们还是喝酒吧,我可有点儿累了。

赵文昌:不行,无论如何要把这瓶酒喝完,丢不起这个人。

石凌鹤:好,喝,不干不散。

冯运华显然很高兴,哼着戏词进了家。冯管家说道:哎呀东家,怎么才回来呀。您喝酒了? 还喝不少呢,浑身都是酒味。

冯运华:我跟你说多少次了,不要再叫我东家了。我不是私人窑主了,我现

257

在是建国瓷厂的副厂长。

冯管家：叫顺嘴儿了，您不让叫您东家，让我叫什么呀？

冯运华：就叫我名字，冯运华。

冯管家：哎呀，那我可叫不出口。

冯运华：您这么大岁数了，随着冯老六叫，有什么叫不出口的。

楼上陶自强说话了：要我说呀，您就叫冯副厂长，我们在外面都这么叫。

冯管家：嗯，叫厂长还行。

冯运华：自强，你什么时候来的？

陶自强：我等您半天了，您跟省里来的领导一起吃饭了？

冯运华：是省文化局的石凌鹤局长。

陶自强：哦，这么说我姐姐也跟你们一起了？

冯运华：还有赵书记。

陶自强：我听我姐姐提起过石凌鹤先生。

冯运华：来，里面坐。

冯管家端了两杯沏好的茶，一杯放在冯运华面前，一杯放在陶自强前面。

陶自强有点儿拘束：这么晚了，还来打扰您，真不好意思。

冯运华：你吃饭了吗？

陶自强：哦，吃过了。

冯运华：找我有事？

陶自强：冯叔，在家里，我还是叫您叔吧。

冯运华端起茶杯，刚要喝茶，发现陶自强恭恭敬敬地站在了他的面前。

陶自强深深地鞠了一躬：冯叔，对不起。

冯运华急忙站起来：自强，你这是干什么呀？

陶自强眼睛里含着泪：冯叔，我错了，我不该对您发脾气。

冯运华：哎呀，快坐下。

陶自强坐下：我姐姐批评我了，周鸿达也批评我了。

冯运华：小题大做，小题大做了。工作上有矛盾有分歧，难免要争论，争论起来谁能保证心平气和。也是我不冷静。我跟赵书记还做了检讨呢。

陶自强：啊？您还跟赵书记说了？

冯运华：没说具体事，只是说争论了几句。

陶自强：赵书记怎么说？

冯运华：赵书记说，我们自己的事情自己解决。本来也没什么大不了的事情，你看，这不是解决了吗？

陶自强：冯叔，我们的态度解决了，可是事情还没有解决。

冯运华:哦,你说怎么办?

陶自强拿起一个纸袋,从里面抽出"柴改煤"的设计图,铺在冯运华面前:冯叔,这张图比较成熟了,我们一起研究研究。

冯运华:现在就研究吗?

陶自强:您累吗?

冯运华:就是累我也不能说累呀。

陶自强不好意思地笑了:冯叔,辛苦您了。

冯运华:哎呀,你跟陶祁香真是亲姐俩,怎么都一根筋认死理呢。

陶自强警觉地:我姐怎么了?

冯运华:啊,没什么。来,说煤窑的事情吧。

冯管家进来把手表放在冯运华面前。冯运华拿起手表:我又放哪儿了?

冯管家:您记得自己放哪儿了吗?

冯运华摇了摇头:想不起来了。

冯管家:您放在大门外的碾盘上了,幸亏是隔壁的孙二婶看见了,要是别人看见,好歹匿起来了。

冯运华:这表刚抵押出去的时候,我别扭了好多天,总想看时间,抬起腕子是空的。可赎回来以后,反而不习惯了。自强,给你吧,你比我更用得着它。

陶自强:不不不,冯叔,我不能要,真的……

冯运华:又较真了不是? 拿着。

丁萌萌拿着一摞画稿来到汪国良的房间。汪国良正在收拾东西。

丁萌萌:你把这几张画稿给我描一下,我等着用。

汪国良看了看画稿:我没时间了。

丁萌萌:你去哪儿?

汪国良:到东埠去挖高岭土。

丁萌萌:啊? 什么时候?

汪国良:马上就去。

丁萌萌:不行,你不能干那个。

汪国良:怎么了?

丁萌萌:你干不了。

汪国良:怎么干不了?

丁萌萌:太累。

汪国良:我不怕累。

丁萌萌:不怕累也不行。

汪国良：为什么？

丁萌萌：你要画画，把手都磨糙了，怎么拿画笔？

汪国良：我得挣钱养活自己呀。

丁萌萌：你现在也没饿着呀，不是活得好好的吗？

汪国良：我不能让你养活我一辈子呀。

丁萌萌：用不了一辈子，你要是想找工作，我替你想办法。

汪国良：你有什么办法？

丁萌萌：反正不能让你去挖高岭土。

陶自强和姐姐在院子里吃早餐。

陶祁香给陶自强盛着米粉：你昨天几点回来的？

陶自强：快两点了。

陶祁香：我一直等着你，后来实在困了，就睡了。

陶自强：你不是跟赵书记、石局长他们一起吃饭吗？

陶祁香：你知道了。

陶自强接过姐姐递给他的米粉。

陶祁香：见到你冯叔，我心里一直愧得慌，没等吃完饭，我就回来了。

陶自强：回来干吗？

陶祁香：我那会儿就想找你谈谈，一刻都不能等了。

陶自强：你要跟我谈什么？

陶祁香：谈什么不重要，重要的是你必须给冯叔道歉。

陶自强：我已经道过歉了。

陶祁香：道过歉了？什么时候？

陶自强：昨天夜里，你在家等我，我在冯家等冯叔。

陶自强说着，故意亮了亮腕子上的手表。

陶祁香：哪儿来的？

陶自强把手表伸到姐姐眼前。

陶祁香：这不是冯叔的表吗？

陶自强：现在是我的了。

陶祁香：没天理，简直是没天理。得罪了他，他还送你手表。以后你就跟他吵，三天一小吵，五天一大吵。不，天天吵，上午吵完下午吵，下午吵完晚上吵，让他把家里那些值钱的东西都送给你。

陶自强：姐姐，你可真是个把家虎财迷精，人心不足蛇吞象。

陶祁香开心地笑了。

青山绿水,风光如画。浮梁美丽的风光。

邹元镐坐在车辕上赶着大车,杜绍文坐在车厢上。铁皮轱辘车嘎啦嘎啦地轧在路面上,马蹄踢踏。两个人兴致勃勃。

杜绍文:邹老师,为什么一定要大老远地到浮梁来请挈窑师傅啊,景德镇没有吗?

邹元镐:有啊,景德镇有两家挈窑店。

杜绍文:那咱们费这劲干吗。

邹元镐:自元代以来,挈窑技术就被两家掌控了。一家是都昌的余家,专门挈柴窑。另外一家就是浮梁的魏家,专门是挈槎窑的。咱们这次要挈的是煤窑,魏家的挈窑师傅会更合适一些。

杜绍文:我一直不明白,那柴窑和槎窑不都是烧木柴的吗?

邹元镐:那可不一样,大不一样。

杜绍文:邹老师,您给我说说。

邹元镐:简单地说啊,柴窑是烧精瓷的,槎窑是烧粗瓷的。柴窑烧的是马尾松的树干材,要求很高的。槎窑烧的是杂柴,因为二者的燃料不同,窑内的温度啊、持续时间啊以及窑内的气氛也不一样。现在给你说不清楚,等烧窑的时候我再慢慢跟你讲吧。

大车赶向了通往湘湖镇前程村的山路。一个骑自行车的乡村邮递员跟他们打招呼:你们是建国瓷厂的啊?

杜绍文:是啊,同志。

邮递员:你们是要去哪儿啊?这一车好酒好肉的。

邹元镐:我们去前程村,请魏家挈窑师傅去。

邮递员:能不能帮我把这几封信和报纸捎到前程村啊?这样我就直接去别的村子了。

邹元镐:行啊,交给我们吧。

邮递员:放在村公所就行了,谢谢同志啦。

丁萌萌敲门进来:厂长,能耽误您一分钟吗?最多两分钟。

陶自强抬起手腕:那好,就两分钟,我给你计时。

丁萌萌:您的表不错啊,欧米茄,瑞士名牌。

陶自强:你懂?

丁萌萌:当年我爸爸也有一块。

陶自强:后来呢?

丁萌萌:后来日本人来了,学校强迫增设日语课,我爸爸学过日语,可是他却不愿意毒化学生,被学校开除了。生活无着落,就把表卖了。

陶自强:你爸爸有文人的风骨,佩服佩服。有机会我一定拜访你的爸爸,当面向他表示敬意。

丁萌萌抓住机会:星期天到我家吃饭吧?

陶自强:为什么?

丁萌萌:我妈妈会做淮扬菜,手艺巨超。

陶自强:不去。

丁萌萌:你不是说要拜访我爸爸吗?

陶自强:我说拜访你爸爸,可没说到你们家吃饭。

丁萌萌:当领导的就会抵赖。

陶自强:你们女孩子就知道矫情。

丁萌萌:你还领教过哪个女孩子?

陶自强看了看表:你的时间超了。

丁萌萌:刚才说的都是你的事,我的事还没说呢。

陶自强:怎么是我的事?

丁萌萌:话题不是从手表引起的吗? 手表不是你的吗?

陶自强:那好,重新计时,说你的事吧。

丁萌萌把一摞画稿拿出来,摆放在陶自强面前:请过目。

陶自强:谁画的?

丁萌萌:一个年轻人。

陶自强:你让我看是什么意思?

丁萌萌:评价一下。

陶自强:我不懂画。

丁萌萌:说说感觉就行。

陶自强翻看了一下:我觉得还是很有基础的。

丁萌萌:你知道他是谁的学生吗?

陶自强:谁的?

丁萌萌:吴㟃湘。

陶自强:啊! 吴㟃湘? 他在景德镇吗?

丁萌萌:先别说吴㟃湘,画这个画的人,能不能进建国瓷厂?

陶自强:当然可以了,让人事科考察一下,我觉得条件不错。

丁萌萌:有一个问题,他年龄不够招工标准。

陶自强:多大?

丁萌萌:快十六岁了。

陶自强:当学徒工他愿意吗?

丁萌萌:太好了,他正是需要学习的时候。那就让他跟卢再缘老师学习吧。

陶自强看了看手表:行啊,你跟卢老师说一下。

丁萌萌:不耽误你了,谢谢陶厂长。

"柴改煤"实验区,建国瓷厂西南的一片空地上。邹元镐和魏师傅研究着设计图。杜绍文和魏师傅的两个徒弟选址划线。

李宗贤热情洋溢地跑过来,没等邹元镐介绍,就拉住了魏师傅的手:这是魏师傅吧?太好了,太好了,您来为我们排忧解难啊。魏师傅,谢谢您,我代表建国瓷厂谢谢您……

魏师傅一时蒙圈了,不知道如何应酬。邹元镐赶紧介绍:这是我们建国瓷厂的李副厂长。

魏师傅:哦,李厂长,您客气了客气了。

李宗贤:魏师傅,我要给您讲讲"柴改煤"的伟大意义,这是一场技术革命,是改变历史的伟大创举,市委市政府非常重视,省里也非常重视,这可是一个光荣的政治任务啊。你们要把新窑建成了,我李宗贤亲自为你们请功。

魏师傅:李厂长,您言重了。我们就是挛窑的,说白了就是卖苦力的。

李宗贤:魏师傅,可不能这么说,我对景德镇的瓷器生产还是熟悉的。挛窑可是技术活,技术含量非常高。特别是你们魏家,是两大著名的挛窑绝技之一。当然了,以前都是为窑主挛窑,现在有了用武之地,为国营大瓷厂挛窑了。

邹元镐不得已转开了李宗贤的话题:魏师傅,您觉得我们的设计图还有什么问题吗?

魏师傅:设计图没问题,根据我的经验,方方面面都合理。当然,一个窑好不好,要等满了窑点了火才能看出来。

李宗贤假装行家地也凑过来看图纸,又故作内行地问:这要多大?

邹元镐:八十担的。

李宗贤:冯家窑多大?

邹元镐:差不多三百担吧。

李宗贤:我们为什么不一步到位,搞它个三百担的?

邹元镐:我们刚刚开始试验嘛,取得经验以后再建大一点儿的。

李宗贤:试验也要胆子大一点儿,步子快一点儿。

邹元镐:这设计图,陶厂长和冯副厂长都研究过了,还开了技术座谈会征求了老师傅们的意见。

李宗贤:这个方案是领导班子批准的,讨论的时候我也在,当时我也提过这个意见。那好,先按这个方案办吧。

魏师傅:那好,我们开始干活了。

李宗贤:你们先忙,我还有事,先走了。

魏师傅见李宗贤走远了,低声对邹元镐说:你们这个副厂长就是个棒槌!

邹元镐苦笑了一下,没说什么。几个人开始划线、开地基、整理建筑材料。

邹元镐对杜绍文说:你先去吧。

杜绍文:去哪儿?

邹元镐:今天你媳妇不是从上海来吗?

杜绍文:她要住几天呢。

邹元镐:你不要去车站接吗?

杜绍文:不用,她又不是第一次来。

冯运华进了食堂的厨房。

红案白案,锅碗瓢盆。洗菜择菜,淘米和面。切菜剁肉,叮当乱响。

冯运华:大家辛苦啊。

主厨胡师傅见冯运华进来,急忙迎上去。

冯运华:胡师傅,从今天开始,有挛窑的师傅用餐,你可要好好准备一下。

胡师傅:招待挛窑师傅的规矩咱懂,要鸡鸭鱼肉"十大碗头"。

冯运华:你还是拟好了菜谱问一问,万一有什么忌口的呢。

胡师傅:好好,您放心吧。

几个人正在忙着。

食堂胡师傅拿着菜谱走来,走到魏师傅面前:您是魏师傅吧,打扰一下。

魏师傅停下手里的活儿,站起身来。

邹元镐介绍:啊,这是我们食堂的胡师傅。

魏师傅:胡师傅,您找我?

胡师傅:魏师傅,这是我们今天中午给您准备的菜,我给您念叨一下,不合适您提:红烧方子肉、清炖昌江鱼、爆炒鸡丁、炖大鹅……

魏师傅:等等等等。

胡师傅:有什么忌口吗?

魏师傅:不是忌口,你这是大荤"十大碗头"吧?

胡师傅:是啊,这是招待挛窑师傅的规矩呀。

魏师傅:今天不要这规矩。

胡师傅:那要什么?

魏师傅:您听我说:黄花、木耳、青菜、豆腐……

胡师傅:魏师傅,这可不行,您这都是素菜呀,不合规矩呀。

魏师傅:胡师傅,您大概有所不知,景德镇挛窑固然有景德镇的规矩,可是我们魏家也有魏家的规矩。魏家到别的家挛窑,依照景德镇的规矩。唯独到冯家挛窑,不许吃"十大碗头",只吃素菜。

胡师傅:哟,这我还真不知道,为什么呢?

魏师傅:吃水不忘挖井人,冯家对我们魏家有恩。

邹元镐:不对呀魏师傅,今天您可不是给冯家挛窑,是给建国瓷厂挛窑。

魏师傅:你们建国瓷厂有位冯副厂长对不对?

邹元镐:对啊,冯运华冯副厂长。

魏师傅:有冯副厂长在,我们就得按照祖上的规矩办。

邹元镐:这……这是什么规矩啊?

午饭在食堂的餐厅里,一桌简单的饭菜,魏师傅师徒三人围坐下来。

邹元镐拿着饭盒走过来:几位师傅慢用,我就不陪了。

魏师傅:你们厂长、副厂长也不跟我们一起吃吗?

邹元镐:我们厂有规定,领导一律不陪饭,如果非陪不可的时候,也一定要自己出饭费。

魏师傅:哎呀邹老师,您跟我们忙活半天了,一起吃个饭还不行? 我去跟你们领导说。

邹元镐:不行,这是我们厂的规矩,你们魏家不是也有规矩吗?

魏师傅:哈哈,您在这儿等着我呢。

邹元镐:我先去打饭,一会儿过来陪您。

魏师傅感慨地:只知道共产党的官清清白白,没想到国营工厂的工人也这么规规矩矩的。

徒弟:有道是,上梁不正下梁歪。

魏师傅:哈哈,你这句话正好用反了。

徒弟:我知道用反了,可是正面的话我不会说。

魏师傅:还是学问浅。

另一个徒弟:我倒是想出来一句,强将底下无弱兵。

魏师傅:嗯,勉强还行,也不大准确。

杜绍文端着饭盒走过来:魏师傅,我可以坐您这儿吗?

魏师傅热情地:正等你们呢,坐下,一块儿吃。

杜绍文:一块儿吃,你们吃你们的,我吃我的。

魏师傅:我们菜吃不了。

杜绍文:那我也不能动,一筷子都不能动。

魏师傅:你又不是干部。

杜绍文:干部带了头,咱得照样儿学呀。

魏师傅:服了服了,我算是服了。

邹元镐也端着菜饭过来:什么服了?服谁了?

魏师傅:服你们呀,你,还有小杜,整个建国瓷厂,让我心服口服。

杜绍文:魏师傅,我想问问您,您说冯家对你们魏家有恩,是怎么回事呀?

魏师傅:清朝有个诗人叫龚鉽你知道吗?

杜绍文:不知道,我就知道龚自珍。

魏师傅:龚鉽写过一首《陶歌》你听说过吗?

杜绍文:没有。

魏师傅:《陶歌》里写道:魏氏家传大结窑,曾经苦役应前朝。可知事业辛勤得,一样儿孙胜珥貂。

杜绍文:这是在赞美魏家。

魏师傅说完,便埋头吃起饭来。

杜绍文:下面呢?

魏师傅:下面什么?

杜绍文:我刚才问您的问题是,冯家到底是怎么对魏家有恩的。

魏师傅:是啊。

杜绍文:可是您还没说呢。

魏师傅:当年我问我师父的时候,他就这样给我背了这首诗。

杜绍文:别的没有了?

魏师傅:没有了。

杜绍文:是没有了,还是您师父没说。

魏师傅:谁知道呢?

杜绍文:这不是一本糊涂账吗?

魏师傅:历史上好多事情,原本就是一本糊涂账。

邹元镐:难能可贵啊。连一段糊里糊涂的恩情魏家都认可,还祖祖辈辈遵循着祖训,美德啊。

杜绍文:咦,邹老师,听您怎么一解释,我倒是觉得魏家更伟大了。

邹元镐:本来就是嘛,来,我们以菜代酒,敬魏家,也敬景德镇工匠家族的高风亮节。

魏师傅:不敢当不敢当,敬你们,敬建国瓷厂……

丁萌萌带着汪国良来到建国瓷厂。

汪国良很兴奋,还有点儿紧张。丁萌萌鼓励道:沉住气,别怕。

汪国良:他们会考试吗?

丁萌萌:不知道。

汪国良:他们会考文化课吗?

丁萌萌:不知道。

汪国良:要是考试,我的画算不算成绩?

丁萌萌:不知道。

汪国良:你怎么什么都不知道呀?

丁萌萌:我又不是厂领导,我怎么会知道?

汪国良:哎呀,你怎么不问清楚,这不是把我放在窑里烧吗?

丁萌萌:不烧能成器吗?

汪国良往后退:不行不行,我先回去了。

丁萌萌:你不想进建国瓷厂了?

汪国良:等你打听清楚了我再来。

陶自强在后面喊丁萌萌:丁萌萌。

丁萌萌急忙站住了:陶厂长,您好。

陶自强打量着汪国良。

丁萌萌对汪国良:这是我们陶厂长。

汪国良本来想伸出手与陶自强握手,突然意识到不对,急忙把手收回来,给陶自强鞠了一躬。

陶自强笑了:小伙子不错嘛。

汪国良紧张得不知道说什么好。陶自强问道:叫汪国良是不是?

丁萌萌:对对,叫汪国良。

陶自强:你的画我看过,给画工师傅也看过,他们都说基础不错。

汪国良立即反应过来:厂长,我还用考试吗?

陶自强:丁萌萌没跟你说吗? 你是作为学徒工进厂的,学习两年以后再考试,考试合格后转为正式职工。这叫作先上车后买票。

汪国良突然跳起来,高呼着:乌拉……

陶自强拍了拍汪国良的肩膀:真是个孩子。

杜绍文跑了过来:陶厂长,您快去看看吧。李副厂长跟魏师傅吵起来了。

陶自强:怎么回事?

杜绍文:我边走边跟您说。

267

丁萌萌抱着一大摞东西从人事科出来,汪国良迫不及待地翻看着。

丁萌萌:哎呀,你急什么呀?到车间再看行不行?

汪国良:不行,我现在就要看,我看看都有什么。

丁萌萌把抱着的东西放在路边的长椅上。

汪国良:我先看看工作服,太棒了,我先换上行吗?

丁萌萌:大庭广众下脱衣服算怎么回事?到家再换。

汪国良:啊,工作证。汪国良,男,十六岁,未婚……这不是废话吗?谁十六岁就结婚呀?

丁萌萌:当然有了。

汪国良:那都是解放前……啊,还有饭票……我可以在建国瓷厂吃饭了,我端上铁饭碗了……

丁萌萌:看把你美的,美得你取名叫小俊儿。

汪国良:你不美吗?

丁萌萌:我美什么?

汪国良:你长得美啊。

丁萌萌:汪国良同志,我郑重地提醒你,你可要学坏了。

汪国良:嘻嘻,我跟你在一起,跟谁学坏呢?

丁萌萌朝汪国良头上敲了一下:给你个"磕螺丝"。

地基已经挖好,材料已经备齐,准备施工。

地基前面,用匣钵搭起了一个供桌。供桌上供奉的是"风火仙师"的神像,前面是四盘供果、两只烛台、一尊香炉。烛台和檀香都已经点燃。魏师傅站在供桌前,两个徒弟站在他的身后,邹元镐站在一边。

陶自强还没有走近,就听见李宗贤冲魏师傅训斥着:你这是封建迷信。现在绝不允许你们这些封建迷信存在。世界上根本就没有什么神仙,都是统治阶级为了麻醉人民、愚弄人民制造出来的。现在解放了,你们是新社会的工人,要有觉悟,要破旧立新,要跟封建主义划清界限……

陶自强走过来:怎么回事?

李宗贤指着供桌,气愤地说:你看看,你看看,这些都是什么?

陶自强不以为然地说:哎呀,李副厂长,你没在景德镇待过,你不懂。这些都是老规矩了,也算不上什么封建迷信,主要是图个吉利,盼望着万事顺利。

魏师傅:对对对,陶厂长说得对,我们就是这个意思。

李宗贤不依不饶:什么意思也不行,建国瓷厂不允许你们烧香拜佛。

魏师傅:李副厂长,我们拜的不是佛。

李宗贤:不是佛也是神呀,神和佛不是一样吗?

魏师傅:也不是神。

李宗贤:那是什么?

魏师傅:您看看,这儿写着呢,我们拜的是"风火仙师"。

李宗贤:"风火仙师"就不是神了?不是神为什么叫仙师?神和仙不是一回事吗?

陶自强耐着性子:李副厂长,让我告诉你吧。这"风火仙师"不是佛,也不是神,说仙呢,是老百姓对他的尊称。他是个人,真真切切有血有肉的人。你还记得冯副厂长在冯家窑窑屋里请客的时候,赵书记讲过熊知四的故事吗?

李宗贤:记得呀,熊知四是个窑工,是个英雄。

陶自强:这个风火仙师呢,他的名字叫童宾,也是一个窑工,也可以说是反抗封建专制的英雄。明万历二十七年,朝廷派太监潘相到景德镇烧青花大龙缸。景德镇从来没有烧过那么大的龙缸,烧一窑坏一窑。皇上逼得紧,潘相把窑工抓起来,用鞭子抽,用火烤,稍有反抗就直接杀头。童宾怒火烧胸,实在忍无可忍,纵身跳进窑里。那一窑是童宾用自己的生命和骨肉烧的,居然烧成了,也把自己的同胞解救了。景德镇的窑工为了纪念他,便给他修祠供像,祖祖辈辈纪念他。李副厂长,你说这是封建迷信吗?

李宗贤支吾着,虽然依然不服气,也说不出什么了。

魏师傅:陶厂长,我们可以拜风火仙师了吗?

陶自强:我跟你们一起拜。

杜绍文:我也拜。

邹元镐:陶厂长,我可以拜吗?

陶自强:我都不怕,你怕什么。

第十五章

丁萌萌带着汪国良来到卢再缘身边,介绍道:这是卢再缘老师。

汪国良礼貌地:卢老师好。

卢再缘:这是谁家的孩子?

丁萌萌:这是您的学生。

卢再缘:我的学生,我怎么不知道?

丁萌萌:这是咱厂新招进来的学徒工,厂领导不是让老师傅传帮带吗?您就带他吧。您好好教,他好好学,你们一帮一,一对红。

卢再缘:怎么就一对红了?我什么时候说要带学生了?

丁萌萌:我不是您的学生吗?

卢再缘:你是我们进厂之前跟我学的,我上一次课,你家给我一升米呢,你忘了?

丁萌萌:您现在是建国瓷厂的职工了,再收……那叫什么来的?对,束脩,您敢再收束脩,不怕受处分?

卢再缘:就是不收束脩,也得有个说辞呀,这么一个小活人儿往我面前一推,就成我学生了?也太拿土地爷不当神仙了。

丁萌萌:这可是陶厂长安排的,您有意见找陶厂长去提呀?

卢再缘:我当然要去找陶厂长,没有这么办事的。

丁萌萌对汪国良双手一摊:看见了吧?卢老师不收你,我也没辙。

汪国良一步上前,双手一拱:师父在上,请受弟子汪国良一拜。

说着,汪国良咕咚跪在了卢再缘面前。卢再缘顿时慌了:起来起来起来,这是干什么呀?

汪国良:您要是不答应,弟子就不起来。

卢再缘:哎呀,我不是不答应你……我是说……

丁萌萌急忙抢着话茬儿:卢老师答应了。

汪国良又匍匐在地:谢师父。

卢再缘只好搀扶汪国良:快起来,起来。

丁萌萌在一边坏笑。

卢再缘是被丁萌萌和汪国良软硬夹持着勉强收下汪国良这个学生的,心里很不痛快。汪国良从地上爬起来之后,卢再缘便不再理睬他。

丁萌萌到旁边收拾柜子里的画稿去了。汪国良在一边看着卢再缘画坯胎,卢再缘似乎汪国良不存在一样。汪国良试探着:卢老师,我在哪儿呀?

卢再缘:你不是就在这儿吗?

汪国良:我是说,我在哪儿工作呀?

卢再缘:你工什么作?

汪国良:你们都有工作台,我在哪儿呀?

卢再缘:你一个学徒工,要什么工作台。去,捡块破坏胎,一边练画线条去。

汪国良:卢老师,我的画稿您看了吗?

卢再缘:什么画稿?

汪国良:我姐没交给您吗?

卢再缘:你姐?谁是你姐?

汪国良:您不知道吗?就是丁萌萌啊。

卢再缘立即抬起头,盯着汪国良。汪国良有点儿发毛。

卢再缘:丁萌萌是你姐?

汪国良:是啊。

卢再缘:你不是姓汪吗?

汪国良:表姐。我管她妈叫姑。

卢再缘:亲姑?

汪国良:亲,当然亲了。

卢再缘:喂,我问你,你姐在家提过我没有?

汪国良:经常提,总是把卢老师挂在嘴边上,吃饭的时候都舍不得摘下来。

卢再缘:就是说,吃饭的时候也念叨我。

汪国良:是啊,我姑姑常常提醒她,别把卢老师顺口嚼吧嚼吧咽进肚子里。

卢再缘:好好说话,别油嘴滑舌的。

汪国良:我说的是真的。

卢再缘:你姐都说我什么呀?

汪国良:他说您非常谦逊,人物画在景德镇已经无人能比了,您却说,一般一般,景德镇第三。

卢再缘:这话倒是我说的。还说我什么?

汪国良:还是您能通阴阳两界。

卢再缘:什么意思?

汪国良:画起画来走火入魔,把活人画成死人,把死人画成活人,到头来自

271

己也分不清哪个是活的哪个是死的了。

卢再缘摇了摇头,长长地呼出了一口气。汪国良满怀期待地看着卢再缘。

卢再缘打量了一下自己的工作台:这样吧,我的工作台比较大,还带个拐弯儿。我把这个弯儿让给你,你就在这儿画吧。

汪国良:谢谢师父的大恩大德。

卢再缘收拾着拐弯儿处的台面。汪国良殷勤地帮忙,高兴得摇头晃脑。

邹元镐、杜绍文和魏师傅等一起挛窑。大家都忙碌有序地工作着。

冯运华走过来:魏师傅,辛苦了。

魏师傅正在低头垒着窑体:不辛苦不辛苦。

邹元镐:魏师傅,我们冯副厂长看望您来了。

魏师傅抬起头来,见到冯运华,急忙从脚架上跳下来,上下打量着冯运华,激动地说:从我刚刚记事,脑子里就灌满了冯家窑的故事,后来又常常听到您冯窑主的大名。佩服啊佩服,我魏某五体投地。您真是神人啊。

冯运华:魏师傅,您可别这么说,我冯运华就是个景德镇烧窑的。

魏师傅:二百多年的老窑口,传到您的手里,您光宗耀祖了。满窑的"凑脚青"、上百件的郎红、青花粉彩更不在话下,您还给青帮大佬杜月笙烧过薄胎瓷,瞧瞧,哪一样都给景德镇提气长脸。更绝的是,这么一个大窑口,说捐就捐了,送给国家了。大胸怀、大手笔、大气派啊。

冯运华:魏师傅,您别说了,我冯某惭愧啊。我来是为了感谢您。听说您来了,连鱼肉都不吃,还说是给我们冯家面子。这太过分了,您千万别这样了。

魏师傅:不不不,冯副厂长,别人不懂,您懂。这是景德镇的规矩,景德镇的规矩还是不大好破的。更何况,您冯副厂长的为人处事,让我心甘情愿啊。

冯运华:魏师傅,您要是不嫌我在这儿碍手碍脚,我给您递窑砖吧。

魏师傅愣了一下,忙说:好啊好啊,我下半辈子有的可吹了:我魏某在建国瓷厂挛窑,是冯副厂长给我打的下手。

汪国良一边吃饭,一边眉飞色舞地吹嘘着:您没见呢,阿姨叔叔,卢再缘见了我,可不高兴了。驴脸呱嗒的,就跟见到情敌似……

丁萌萌用筷子抽打了一下汪国良:胡说什么呢?

汪国良继续吹嘘着:我刚一说我姐,卢再缘那张驴脸立刻就往回缩,都快缩成扁柿子了。

丁萌萌:你说我是你姐,他没怀疑吗?

汪国良:怎么会不怀疑,立马就问,你姓汪,萌萌姓丁,哪儿来的姐?

丁萌萌：你怎么说？

汪国良：我灵机一动，立马怼了他，表姐，是我表姐，我管她妈叫姑。他还问我是不是亲姑，我说当然是了，亲着呢。

丁萌萌：糟了，我跟陶厂长说，我管你妈叫姑。

丁父：但凡说一个慌，就要无数个谎言来修补这个谎言，得不偿失啊。

汪国良：这就是顺口一说，谁还记得住？

丁父笑了笑，没说什么。

丁萌萌：后来他怎么还把工作台分出来给你用？

汪国良：吹呗，给他戴高帽呗。

丁萌萌：都戴什么高帽了？

汪国良：我就说，我姐姐常常在家夸你，夸你的画画得好，景德镇无人能比，还自谦景德镇第三。说，他画画能通阴阳两界，出生入死……

丁母笑了：这是什么呀乱七八糟的？

丁萌萌：汪国良，我发现你进了建国瓷厂立马就变了。

汪国良：怎么变了？

丁萌萌：但愿你能越变越好。

汪国良：那是必须的。

街上稀稀拉拉的行人，有些家门口的灯笼暗得发黄，玉字巷已经昏昏欲睡。

赵文昌的小汽车停在了巷口。司机小徐为陶祁香打开车门。赵文昌从另一边下了车。小徐举着手电照了照巷口的牌子：玉字巷。

陶祁香：我们走进去吧。

小徐：香姐，您等一下，我在前面给您照着点儿。

赵文昌：远吗？

陶祁香：不算远，也不算近，快到那边巷口了。

一个隐藏在巷子深处的大宅门：飞檐抱柱，砖雕门楣，油漆彩画，朱门紧闭。门前还有石狮子、上马石。

赵文昌：这个大宅院够气派，谁的？

陶祁香：我的。

赵文昌：啊？你开玩笑吧？

陶祁香：或者说，差一点儿就是我的了。

赵文昌：怎么回事？

陶祁香：这个大宅院的主人姓黄，也是一个大窑主。不过他的窑口在龙泉，景德镇很少有人知道他。我从十四岁登台唱戏成了角儿，他就一直捧我。那真

273

是一心一意地捧我，为我做了许多事情。我很感激他，邻近解放的时候，我终于答应了嫁给他。他在景德镇为我买下了这个院子。本来我的意思是简简单单办个婚礼就行了，可是他不干，虽说是纳妾，也要明媒正娶，并且向我承诺，进了他家的门之后，与他的原配夫人不分妻妾，两头齐。

赵文昌：后来呢？

陶祁香：国民党兵败如山倒，他信不过共产党，去台湾了。

赵文昌：这么说，这个宅子你一天都没有住过？

陶祁香：没有结婚，我是不会搬进来的。

赵文昌：他去台湾，你怎么没有跟他一起走？

陶祁香：本来我是答应他一起去台湾的，可是他只给我搞到了一张飞机票。你说，我能扔下陶自强自己走吗？

赵文昌沉默了。陶祁香问道：你该改主意了吧？

赵文昌：改什么主意？

陶祁香：你还坚持让我当赣剧团团长吗？

赵文昌：这跟当剧团团长有什么关系？

陶祁香：难道没有关系吗？一个旧社会的戏子，一个反动窑主的小老婆，有什么资格当共产党剧团的团长？

赵文昌：你跟黄窑主不是没有结婚吗？

陶祁香：可是我已经答应嫁给他了。

赵文昌：毕竟你们没有事实婚姻关系。

陶祁香：这件事当时已经闹得满城风雨了。

赵文昌：陶祁香同志，看来你对我们共产党还是不大了解。我们的原则是实事求是，一切以事实为基础。还有，不管黄窑主怎么样，你跟他是两回事。你一直是同情革命的，支持共产党的，而且对革命做出过贡献。你不用有这么沉重的思想包袱。共产党相信你，你也要相信共产党。

陶祁香泪眼婆娑地看着赵文昌：我不值得，不值得让你们相信。我做不了，我什么都做不了……

陶祁香双手捂着脸，肩头瑟瑟发抖。

新式煤窑建成。满窑师傅指挥着工人满窑，一摞一摞的胎坯搬进来，按照位置摆放着。这是一项细致活儿，大家默默无声一丝不苟地忙活着。

李宗贤带着两个年轻人弄来了一个大红绸的花朵，挂在了窑门口。正在窑门口指挥着满窑的师傅视线被挡住了，一下子火了：拿开拿开，捣什么乱呀？

李宗贤很尴尬：师傅，咱们庆祝一下。

满窑师傅:庆祝个屁,没见大伙儿正干活呢。

李宗贤又想给自己找台阶:放在窑上面行不行?

满窑师傅:废什么话? 一会儿点起火来烧着了怎么办? 你想放火呀?

李宗贤无奈,只好让两个年轻人取下来拿走了。

杜绍文过来。满窑师傅不满地:他是干吗的?

杜绍文:啊,是我们副厂长。

满窑师傅:还副厂长呢,哼。

杜绍文进了窑:各位师傅,我在窑壁上画了几条线,是分高温区、中温区、低温区的,请大家注意一下。

工人甲:杜工,您设计这窑可真方便,两边都是门。

工人乙:方形窑好摆放匣钵。

杜绍文:各位师傅,你们满窑的时候注意一下地上的火孔啊,这是倒焰窑。

工人甲:什么叫倒烟窑? 没有烟的窑?

杜绍文:是焰,火焰的焰。这个窑跟咱们传统柴窑不一样,是倒吸热量的。你们满窑的时候注意别把火孔堵上了。

满窑师傅:杜工,您还真得在这儿盯着点儿,我也是第一次满煤窑。

杜绍文:没问题,我就在这儿不走了,有什么问题我们一起商量。

丁萌萌在工作台上画青花坯胎。卢再缘在她对面看着一摞画稿。汪国良提着两只热水瓶,放在卢再缘工作台上一瓶,放在丁萌萌工作台上一瓶。

卢再缘:汪国良,这些都是你画的?

汪国良:啊,您哪儿来的?

卢再缘:还不是你姐姐给我的。

汪国良:您多多指教。

卢再缘:我问你,你这是临摹的,还是自己创作的?

汪国良:大部分是临摹的。

卢再缘:临摹谁的?

汪国良看了看丁萌萌,把要说的话咽了回去。卢再缘说:问你呢,说呀。

汪国良:啊,是临摹我的师父的。

卢再缘:你的师父不是我吗?

汪国良:还有……还有……

卢再缘:还有谁?

丁萌萌白了汪国良一眼:你就说吧,别瞒着了。

汪国良:啊,是吴老师。

卢再缘：哪个吴老师？

汪国良：吴㴬湘老师。

卢再缘：哼，我就说嘛，这绝不是一般人画的。你跟吴老师学了多久？

汪国良：断断续续一年多吧。

卢再缘转向丁萌萌：我让你给吴老师道歉，你去了吗？

丁萌萌摇了摇头。

卢再缘又问汪国良：你跟吴老师还有联系吗？

汪国良又摇了摇头。

卢再缘：为什么？

汪国良：找不到他了。

卢再缘：他去哪儿了？

汪国良：让我姐给打跑了。

卢再缘扑哧笑了。丁萌萌和汪国良也笑起来。

邹元镐正在往煤窑那边走，半路上遇见了冯运华。

冯运华：邹老师，我正要问您呢，怎么满的都是些四小器和灰可器？

邹元镐不好意思地胡噜着脑袋：冯副厂长，您是知道的，我们这一窑只是个实验，能不能成功，很难说。

冯运华笑了：你们是不是太谨慎了？

邹元镐：陶厂长也说我们信心不足。

冯运华：是信心不足，还是留有余地？

前面，杜绍文喊着：邹老师，你快过来。

邹元镐疾步向前。冯运华也跟了过去。

陶自强从窑门里出来，灰头土脸，身上的工作服也沾满了灰尘。

陶自强：邹老师，咱们这窑要装多少？

邹元镐：还是装满吧，热量的利用率会高一些，取得的数据也会准确一些。

陶自强：那好，满窑师傅，装匣钵。

满窑师傅：好吧。

冯运华：自强，我看你和邹老师都很会算计啊。

陶自强：您是说我们会算计，还是说我们缩手缩脚？

冯运华：哈哈，都有点儿吧。

陶自强：第一次嘛，总是要小心一点儿。

冯运华：这个态度我赞成，可也别心理负担太大。

陶自强：赵书记说，往最坏的地方着想，朝最好的方向努力。

满窑师傅过来:冯副厂长,"想里"和"窝里"的两个位置给您和陶厂长留着呢。

冯运华:不用不用,你们满吧。

满窑师傅:按照规矩,这两个位置最好是窑主亲自码匣钵。

冯运华:原来我们冯家窑的"想里"和"窝里"都是陶自强码,这次也让陶厂长码吧。

陶自强:冯副厂长,咱们取个吉利,也算是参加劳动了。您码"想里",我码"窝里"。

冯运华:那好,我们进窑。

冯运华和陶自强一起进了窑门,站在了"想里"和"窝里"的位置上。

窑工们把匣钵搬过来,递给陶自强和冯运华。

窑里窑外的窑工,一起唱起了满窑歌:角紧当门松,墙下二三空;想里满得谷箩圆,前面满得扁担长……

冯老六和几个把桩师傅在较远处看着热闹,说着风凉话。

把桩师傅:冯师傅,陶厂长和冯副厂长都去满窑了,您不去帮帮忙?

冯老六:与我何干?我是烧窑的,又不是满窑的。

把桩师傅:冯师傅,您说他们搞的那个煤窑能行?

冯老六:是骡子是马拉出来遛遛就知道了。

把桩师傅:他们点火的时候,还得请您去把桩吧?

冯老六:人家说了,煤窑不需要把桩师傅。

把桩师傅:不需要把桩师傅,那谁看火候?

冯老六:不看。

把桩师傅:不看?瞎子相亲,用手摸?

冯老六:人家用仪器。

把桩师傅:仪器?哪个窑口的?没听说过呀。

冯老六:仪器不是人,是个东西。

把桩师傅:什么东西?

冯老六:我哪儿知道什么东西?反正那玩意儿知道窑里的温度。

把桩师傅:到底什么玩意儿?不用眼睛看就知道窑里的温度,也太神了吧。

冯老六:我也没见过,我是听陶自强说的。

把桩师傅:眼下的事情越来越新鲜了。

月光下。冯运华和陶祁香在江边漫步。喧闹了一天的景德镇突然安静下来。江水翻腾着细碎的波浪,筛簸着满河的月光。

陶祁香:是赵书记让你来当说客的?

冯运华:也是,也不是。

陶祁香:此话怎讲?

冯运华:你拒绝了出任赣剧团团长,赵书记很不理解,我也想不通。

陶祁香:理由我已经讲得很清楚了。

冯运华:他让我跟你说,你那点儿历史问题算不上什么,讲清楚就可以了,不用背着沉重的包袱。

陶祁香叹了一口气:老赵啊老赵,都当了市委书记了,还这么天真吗?我的包袱多轻多重,也是自己背着。可是他把我的包袱卸下来,就等于背在他自己的身上了。

冯运华:祁香,我明白了,你是怕连累赵书记。

陶祁香:他说我的问题不算什么,那是他熟悉我、相信我,再加上我曾经救过他,这里面或多或少都会有那么一点儿私情。可是别人呢,别人能像他这样看待我吗?将来真的有人不怀好意追究起来,这里面无私也有弊。他说得清楚吗?我说得清楚吗?

冯运华:祁香,我懂了,我懂得你的心思了。原来我总是觉得,新社会了,天是蓝的,水是清的,每个人的心里都是干干净净透透亮亮的。世间不再有欺诈,不再有诬陷,不再有强取豪夺沽名钓誉。后来觉得,还是自己太天真了。人进了新社会,许多人的思想还留在旧时代。那些堆在墙角的垃圾还在发臭,那些肮脏的沉渣还在时时泛起。难啊,改造社会难,改造人的思想更难,也许永远也改造不了。

陶祁香:你说得太深奥了,我听不懂了。

冯运华:那我问你一个显而易见的问题,你喜欢唱戏吗?

陶祁香:怎么说呢,我刚进入戏班的时候,一点儿也不喜欢。后来唱上了,唱好了,唱红了,也自然而然地喜欢上了。

冯运华:如果成立赣剧团,不让你当团长,只当一个普通的演员,你愿意吗?

陶祁香:不愿意。

冯运华:为什么?

陶祁香:唱戏原本也不是我自己的选择,是生活所迫被逼无奈。后来唱红了,你以为我很得意是不是?

冯运华:难道不是吗?

陶祁香:我承认,有时候是。听到台底下掌声、叫好声,再加上鲜花、红帖和真金白银,说不动心是假的。可是大多数的时候,我并不快活。

冯运华:不大明白。

陶祁香:那是因为你没有身临其境设身处地。你想想,舞台给了我什么好处?不会唱的时候,天天挨打挨骂受苦受辱。以后上台了,我能挣钱了,可是那些钱不是我的,连我自己都不是我的。我十四岁登台,当年就被戏班老板霸占了。以后我成了角儿,唱红了,又怎么样呢?也不过是个戏子。戏子是什么?就是有钱人的玩物,就是让人们开心解闷的。我从来就不是自己的,后来下决心嫁给黄窑主,也不过是为了苟活而已。

冯运华被深深地打动了,他站住看着陶祁香。陶祁香无奈地摇了摇头。

邹元镐和杜绍文烧着窑,小心谨慎,不停地查看温度表,观看窑里的火焰。

罗灵风提着饭篮来了,看见了煤窑后面有个鬼鬼祟祟的身影,大吼一声:站住,干什么的?

邹元镐和杜绍文被惊动了:什么人?

罗灵风:有人想搞破坏。

杜绍文:在哪儿?

罗灵风:窑后面,我看见了。

冯老六从后面走过来:罗疯子你瞎咋呼什么,你才要搞破坏呢。

邹元镐笑了:哦,是冯师傅呀。

罗灵风:大晚上的你在这儿转悠什么?

冯老六:我来看个究竟,不用把桩师傅,这窑是怎么个烧法。

杜绍文:六爷,这叫科学。

冯老六:你们不是有仪器吗?那仪器在哪儿?

杜绍文把冯老六带到温度表下面:六爷您看,这就是温度表。

冯老六:它能够告诉你这窑里有多少度?

杜绍文:您看,上面显示是 769 度。

冯老六:嚯,还有整有零。

杜绍文:这是想里的温度,您再看看余堂的温度。

冯老六:有几块仪器?

杜绍文:一共八块。

冯老六:我就纳了闷了,就这么一个小东西,它是怎么知道窑里的温度呢?

杜绍文:六爷,您跟我来,我跟您讲讲……

杜绍文带着冯老六参观温度表的同时,罗灵风和邹元镐搬过几个匣钵,拼凑成一个小餐桌。罗灵风把饭篮里的菜饭一样一样拿出来,摆在小餐桌上。

罗灵风喊着:小杜,快过来吃饭。

邹元镐:冯师傅,您也一块儿来吃点儿。

279

冯老六：我吃过了，你们吃吧。

杜绍文过来，坐在小餐桌旁边。

罗灵风又把酒拿出来：来，为了庆祝你们"柴改煤"，我们喝点儿。这些菜可都是三姐亲手炒的，邹老师，三姐对您可真够上心的。

邹元镐：罗先生，这可不行。你知道的，烧窑不喝酒，喝酒不烧窑。

罗灵风：这倒是，怪我，是我大意了……冯老六……

冯老六：你个罗疯子，叫魂儿呢？

罗灵风：来，我们给邹老师和小杜庆祝一下。

冯老六过来：庆祝什么？

罗灵风：庆祝"柴改煤"成功呀。你不高兴？

冯老六：谁说我不高兴？

罗灵风：高兴就过来喝酒。

冯老六：不行，我得给他们看着点儿火候。

罗灵风：人家有温度表，你看什么火候？

冯老六：那小东西没眼睛没耳朵的，我信不过。

邹元镐、杜绍文笑起来。

冯运华和陶祁香往回走着。陶祁香说：你早点儿回去吧。

冯运华：等等，我这儿有一封信，是冯兴国给陶自强的。

陶祁香接过信：兴国怎么样？

冯运华：这小子挺争气，立了两个一等功、一个二等功。

陶祁香：哎呀，真了不起。

冯运华：说实在的，他立功，我也很高兴。可立的功越多，我越不踏实。

陶祁香：嗯，我懂。不过，你也不要太担心。

冯运华：有个好消息，因为他喜欢唱戏，最近要调到文工团。

陶祁香沉吟起来。

冯运华：你想什么呢？

陶祁香：如果冯兴国复原回来，当赣剧团团长不是正好吗？

冯运华：哈哈，亏你想得出来。

仓库保管员南小汐和一个年轻人拉着一辆排子车，车上放着大大小小的瓷器。

前面有一个小小的土坡，陶自强跑两步过去，从后面帮着推车。

排子车上了坡，南小汐和那个年轻人停下车喘着气，回头一看，惊喜地打着招呼:陶厂长,是您!

陶自强:你是……

南小汐:我叫南小汐,是仓库保管员。

陶自强:噢,你原来跟李副厂长在瓷业公司是吧?

南小汐惊讶地:您知道?

陶自强:没见过你本人,你的名字还是知道的。

南小汐:陶厂长,全厂一千来人您都知道吗?

陶自强:差不多吧。

年轻人:陶厂长,那您知道我吗?

陶自强:你叫什么名字?

年轻人:我叫李小毛。

陶自强:哦,我知道了,你和朱光秀一起跟着邹元镐老师买过窑柴对不对?

李小毛:哎呀陶厂长,我的妈呀,您怎么连这个都知道?

陶自强:我还知道你原来在邑山窑,你父亲干的是茭草行,邑山窑的秦窑主是你的二姨夫。

李小毛:陶厂长,您的记性怎么这么好? 我就记性不好,总忘事,您教教我。

陶自强问南小汐:这些瓷器是怎么回事?

南小汐:是原来瓷业公司仓库里的,李副厂长让我们拉过来,统一放在咱建国瓷厂的仓库。

陶自强:哦,知道了,你们忙吧。

工人们往窑里面加煤。窑里火焰熊熊燃烧着。杜绍文盯着温度表和压力表做着记录。邹元镐用一个废匣钵当办公桌,在上面画着图。

陶自强过来:你们又熬了个通宵?

杜绍文:快天亮的时候,我眯了一会儿,邹老师一直没合眼。

陶自强:这可不行,你们还是要倒班休息一下。

邹元镐:我没事,习惯了。

陶自强接过杜绍文手里的记录看着。

杜绍文指着记录本说:这是温度记录,这是压力记录。

邹元镐:陶厂长,我做了一个温度和压力变化的曲线图,可以一目了然。

陶自强又接过邹元镐的曲线图,看着。

邹元镐对杜绍文:从现在开始,每十分钟记录一次,越是到最后,温度变化越重要。

陶自强指着曲线图问:这两个温区的差距是不是有点儿大?

邹元镐:嗯,是的,我们正在调整。

陶自强:邹老师,我陪小杜看守着,您去休息一会儿。

邹元镐:不用,真的不用,我年纪大了,觉少。

陶自强:您睡不着,眯一会儿也好。不能把身体折腾垮了。

杜绍文:陶厂长,您去忙吧,一会儿我会让邹老师去休息的。

陶自强还是有点儿不放心:那好,我过一会儿再来。

李小毛和另外两个年轻人往库房里搬着瓷器。南小汐一件一件登记着。李宗贤在一边叮嘱着:小心点儿,按照位置放好、放正,把下面的底托儿对齐。伺候瓷器要像伺候婴儿一样专心,不能有半点儿马虎。

南小汐:李副厂长,我们刚才从瓷业公司把瓷器拉过来,路上不断地有人问卖不卖。您说,这些瓷器放在库房里存着,还不如卖了呢。卖多卖少,都能为厂里增加点儿收入。

李宗贤:嗯,你这个想法不错,可是怎么卖呢?总不能让你们拉着排子车到外面吆喝吧?

南小汐:咱厂大门口有几间门面房,我看还空着呢,能不能搞一个小小的专卖店?

李宗贤:小小的专卖店?专门卖咱建国瓷厂的瓷器?

南小汐:就算卖不出去,也可以展示咱们的产品啊。

李宗贤:行啊你南小汐,真有商业头脑。哦,我想起来了,你的祖上是广州十三行的对吧,家传,家传啊。

南小汐:你要是同意,我们一会儿就去把那门面房收拾出来。

李宗贤:对,收拾出来,挑一些好瓷器摆出去,门口再挂块牌子。牌子上就写"建国瓷厂营销部"……等等,这牌子嘛,我再琢磨琢磨,要请一个人给咱们题写牌匾。

南小汐:那我们先搭柜台吧。

李宗贤:对对,先搭柜台。这个门市部呢,就算是后勤处的吧,按照厂领导的分工,我是主管后勤处的。没问题,一切都合规合矩……

陶自强、冯运华、李宗贤站在窑门口。邹元镐、杜绍文站在他们的前面。

工人们做好了开窑的准备,兴致勃勃地议论着。一个摄影记者举着照相机,寻找着角度。

陶自强:这是哪儿的记者?

李宗贤:啊,是《江西日报》景德镇记者站的。

陶自强：他怎么来了？

李宗贤得意地：我请来的，"柴改煤"是我们建国瓷厂的技术革新，要把这个成绩宣传出去，让全省、全国人民都知道……

陶自强看了一眼李宗贤，沉着脸没说什么。

冯运华：开窑吧？

陶自强：再等一等，赵书记说要来的。

杜绍文：陶厂长，一会儿这窑门您来砸吧。

陶自强：不是说好了你和邹老师砸窑门吗？

杜绍文：可是……我这心里跳得厉害，两条腿直哆嗦。

冯运华：别紧张，出水才见两腿泥。

杜绍文：可是我……我控制不住自己。

陶自强：邹老师，您紧张吗？

邹元镐笑了笑：说不紧张，那是自欺欺人。

陶自强从杜绍文手里接过榔头：邹老师，我跟你一起砸窑门。

赵文昌的小汽车直接开到了煤窑前，停了下来。他下了车，大步走过来，信心十足地喊道：开窑。

冯运华鼓足力气高喊着：开窑！

陶自强和邹元镐举起了榔头，朝着窑门砸去。

窑门大开。工人们钻进窑里。

第一个匣钵传出来。陶自强站在窑门接过匣钵，传给冯运华。冯运华接过匣钵，传给邹元镐。邹元镐又把匣钵传给杜绍文。匣钵依次传下去。最后接到匣钵的是赵文昌。赵文昌端着匣钵，摆在长长的条案下面。

匣钵一个一个传过来，条案下摆满了匣钵。

陶自强走过来，打开匣钵，从里面取出烧制的瓷器，把瓷器摆在条案上。

条案上摆下了一件一件残破变形的瓷胎。煤窑前寂静无声，这些残破的瓷胎压在了每一个人的心上。杜绍文突然扑上前，抱着瓷胎"哇"地哭了出来。

镁光灯闪烁着，摄影记者拍摄着。李宗贤突然觉得不对，冲上前制止着记者：别拍了别拍了，捣什么乱呀……

煤窑前。每个人的手里都捧着一只大碗。

司机小徐把酒坛打开，递给赵文昌。赵文昌端着酒坛，依次把酒倒进每一只碗里。

酒花飞溅。一张张凝重的脸上流淌着泪水。

赵文昌又倒满了一碗酒,端着站在了人群前面。人们都默默地看着赵文昌。赵文昌把酒高高地举过头:干了这杯!

没有人响应,大家都默默地端着酒碗,泥塑一样。

赵文昌:怎么,不干?大家都不干吗?

陶自强沉痛地喊着:赵书记,我们没脸喝这杯酒啊!

大家一起喊起来:赵书记,我们没脸喝这杯酒啊!

赵文昌:邹元镐先生,这杯酒你也不喝吗?

邹元镐羞愧地:赵书记……我失败了。

赵文昌:失败了?怎么说失败了呢?就因为这一窑没烧好?要知道,这是我们"柴改煤"之后烧的第一窑啊!第一窑没烧好难道不正常吗?我问你们,学走路的时候,有谁第一步没有跌倒过?学说话的时候,有谁第一声就念出了《千字文》《百家姓》?学游泳的时候,有谁没有呛过水?为什么第一次走路、第一次说话、第一次游泳都允许失败,第一次烧窑就不允许失败呢?共产党从诞生的那一天到夺权政权,经过了漫长的二十九年的奋斗,失败了多少次?

陶自强:赵书记,我们不怕失败,失败了可以重新开始。可是自古以来都是喝庆功酒、胜利酒,哪有喝失败酒的?

赵文昌:那是因为你没打过仗,你没遇上过我的老首长。我的老首长在井冈山是跟陈毅一起的,他后来是新四军的师长。我们在他手下,每次战斗之后,只要有条件,他都请我们喝酒。无论我们打的是胜仗,还是败仗。特别是打了败仗之后,他总是想方设法地请我们喝酒。他有一句话,在革命者的眼里,没有失败,只有勇往直前。

陶自强:赵书记,这句话我们记住了,没有失败,只有勇往直前。

众慷慨激昂地:没有失败,只有勇往直前!

赵文昌端起酒碗,一饮而尽,然后把酒碗用力摔在地上,酒碗粉碎了。

大家同时举起酒碗,喝干,摔在地上。满地瓷片跳动着,莹莹闪光。

陶自强无精打采地进了自己的房间,一头倒在床上。

陶祁香追了进来:你怎么了?不舒服。

陶自强:姐姐,我们的煤窑烧砸了。

陶祁香:怎么,没成功?

陶自强:失败了,败得很难看。

陶祁香:赵书记知道了吗?

陶自强:赵书记去了。

陶祁香:他批评你们了?

陶自强:还不如批评我们呢。

陶祁香:他说什么了?

陶自强:他不但没批评我们,还送酒来就给我们喝,你说,我们有什么脸喝他的酒啊?

院子里响起了周鸿达的喊声:自强,陶自强……

陶祁香从屋里出来,见到周鸿达站在院子里,手里提着一兜菜和一瓶酒。

陶祁香:你这是干什么呀?

周鸿达:心里不痛快,想跟自强喝点儿酒。

陶祁香:怎么,你心里也不痛快?

周鸿达:建国瓷厂的人心里都不痛快。

陶祁香:不就是煤窑没烧好吗? 至于吗?

周鸿达:你说得倒轻巧,这还不至于?

陶祁香:赵书记不是都请你们喝酒了吗?

周鸿达:赵书记那酒,喝在嘴里,臊在脸上。

陶祁香把菜兜儿接过来:行了,你们喝点儿有羞有臊的酒吧。

陶自强从屋里出来,两个人在小饭桌前坐下来。周鸿达把手里的酒瓶往陶自强面前一蹾。陶自强拿起酒瓶:古井贡,你买的?

周鸿达:我哪买得起这么好的酒啊,是冯叔给的。

陶自强:冯叔心里肯定也不好受,还惦记着我们。

陶祁香把菜切好,端过来放在小饭桌上。周鸿达刚要打开酒瓶,邹元镐风风火火地来了。陶自强说道:邹老师,来来来,快坐,我们一起吃饭吧。

邹元镐:陶厂长,啊,周主任也在啊。

周鸿达忙给邹元镐让座:邹老师,来,坐下说。

邹元镐:我就不坐了,说句话我就走。陶厂长,我明天一早要到九江去一下,跟你请个假。

陶自强:去九江?

邹元镐:你还记得当年跟张浩一起搞"柴改煤"的有两个年轻人?

陶自强:对呀,是张浩先生的助手。

邹元镐:其中有一个人叫刘金丹,我找到了,在九江。

陶自强:你去找那个刘金丹?

邹元镐:我明天一早坐公共汽车去。

陶自强:不行,坐公共汽车太慢了,我跟你一起去吧。

邹元镐:怎么去?

陶自强:我骑摩托车,带着您。

邹元镐:不不不,这哪儿行啊。

陶自强:您去行,我去就不行吗?

邹元镐急了:不行不行,你那么忙。

陶自强:就这么定了,酒就不喝了。邹老师,我们先吃饭,吃完饭马上出发。

邹元镐不知道如何是好:周主任,你说,陶厂长能去吗?

周鸿达:我要是会骑摩托车,我就跟您去了。

陶自强:邹老师,坐下吃饭。

杜绍文打着手电,进了窑门。里面站着一个人,杜绍文吓了一跳:谁?

冯运华:小杜啊,是我。

杜绍文:冯副厂长,您?

冯运华:我来看看。

杜绍文:对了,您是大窑主,是大行家,我怎么没想到呢?

冯运华:煤窑我是一窍不通,主要好奇,来看一看。

杜绍文把一个本子交给冯运华:冯副厂长,这是我记录的所有数据,您看看有没有用处?

冯运华:走,到我的办公室去,我们一起研究研究。

杜绍文:冯副厂长,我就是奇怪,温度够了,为什么瓷胎还是没有烧透呢?

冯运华:恐怕是火候问题。

杜绍文:您说的火候就是温度保持的时间对吗?

冯运华愣愣地看着杜绍文。

杜绍文:冯副厂长,我说的不对吗?

冯运华:你说得太对了。

杜绍文:我说对了,您为什么这样看着我?

冯运华:那些把桩师傅总是强调火候火候,我就是琢磨不透,什么是火候呢?问过几个师傅,都说要自己琢磨,其实我知道,他也说不出个所以然来。好像可心会不可言传,神神秘秘的。你这么一说,我突然有点儿开窍了。火候应该就是温度在窑里保持的时间,可也不全是,那还有什么呢?

杜绍文:是啊,还能有什么呢?

冯运华:你从科学的角度想想,还有什么呢?

杜绍文:是不是与结晶水和还原氧有关系?

冯运华:具体说说。

杜绍文:我们坯胎中的瓷土和高岭土里面都含有一定数量的结晶水,到了一定的温度,这些结晶水就会分解、气化、挥发出来。还有,我们用的釉料,大多

286

是氧化物,比如氧化钴、氧化铁、氧化铜,在一定温度下,里面的氧会还原出来。结晶水的分解和还原氧,会改变窑里的温度。其实,窑里的温度始终是动态的,没有绝对的恒温。

冯运华:嗯,你说得有点儿深奥,但是我能理解,也许是肤浅的理解,有时间你得多给我讲一讲。

杜绍文:这方面,邹老师是专家,他是专门研究陶艺理论的。

新的一天。工人们涌进工厂的大门,一个个兴致勃勃,精神饱满。

南小汐和李小毛整理着货架,把一件件瓷器分门别类地摆放好。

李小毛非常钦佩地:小汐姐,我看你做生意真是行家,好歹一鼓弄,就挺像回事。

南小汐:怎么是好歹一鼓弄,我设计好几天了。为这个门市部,我都失眠了。

李小毛:啊? 至于吗? 不就是一个小小的门市部吗?

南小汐:再小也是生意,做生意就得用心,不用心肯定会赔钱。

李宗贤走进来:南小汐说得对,做任何革命工作都要精益求精,马虎不得。

南小汐:李副厂长,以后我就在这个门市部工作吧?

李宗贤:那……仓库保管员的工作怎么办?

南小汐:您再安排一个人吧,我看李小毛就行。

李小毛:别别别,我可不行,我最发愁算账,还是干一些卖力气的活儿吧。

李宗贤:这样吧,你先两边兼管着,如果门市部的生意能做起来,再考虑你的问题。

南小汐:就是说,门市部有了生意,我就可以在这儿干下去?

李宗贤:也可以说,你要想在门市部待下来,就得把生意做起来。

南小汐:谢谢李副厂长,我一定努力。

金俊卿带着一个老外来到建国瓷厂。

厂办公室主任刘军热情地迎出来:您是金经理吧？欢迎欢迎。

金俊卿介绍:这是丹尼尔先生,这是……

刘军:我叫刘军,办公室主任。

金俊卿:哦,刘主任,辛苦您了。

刘军:金经理,我们厂领导正在开会,让我先接待您。您看,您是先到接待室喝茶,还是先参观参观？

金俊卿用英语问丹尼尔。丹尼尔说:我想到处看看,可以吗？

刘军:当然当然,希望多提宝贵意见。

会议室里坐满了人,除了三位厂领导,还有各个车间主任、各部门领导。嗡嗡营营,发言很热烈。

冯运华敲打着桌子:诸位,我再强调一下,我们现在讨论的是明年的生产计划。按照市委市政府的要求,明年景德镇的瓷器总产量要达到历史上最好的水平。景德镇最好的水平是多少呢？年产四十万担,差不多是两亿件吧。今年我预计完成二十万担,明年市委给我们的任务是二十五万担……

李宗贤:我的意见是,我们是景德镇第一家国营瓷厂,应该为市委市政府承担更多的任务。市委给我们二十五万担的任务,我们要超额完成,争取达到三十万担。

周鸿达:我支持李副厂长的意见,完成三十万担,我们成型车间没有问题,还可以鼓足干劲再多生产一些,我们有潜力,也有信心。

冯运华:我们也做过估计,是可以完成三十万担的。工人的干劲儿、生产能力、原材料的储备,都没有问题。现在的问题是,我们生产的大多数是日常用瓷,主要是圆器和灰可器,连琢器都很少。这里面的有什么问题呢？大家想过没有？

销售部主任:不赚钱。

冯运华:对喽,不赚钱。为什么不赚钱,我们生产的都是老百姓日常生活的必需品。对于这类商品,国家的限价非常严格。说实在的,如果把所有的成本都计算进去,我们不但不赚钱,还赔钱。这是不行的,虽说我们是国营瓷厂,也是要进行成本核算的。赚了钱,是我们为国家做了贡献,赔了钱呢,也是国家的,是国家的负担。国家为我们投入够多的了,我们不能再给国家增加负担了。

要产量还是要效益,两种意见形成了,大家都把目光转向了陶自强。

陶自强终于发言了:你们是想让我说吗?我在想,如何在提高产量的同时减低成本,我们不能跟市场要效益,只能跟我们自己要效益。我们大家都动动脑筋,如何开源节流增产节约。

赵文昌突然进来了。

刘军带着金俊卿和丹尼尔参观着建国瓷厂,他们从成型车间出来,又在厂区转悠着。

金俊卿(英语):丹尼尔,建国瓷厂很大吧?

丹尼尔(英语):嗯,是很大。

金俊卿(英语):你好像一点儿都不惊讶。

丹尼尔(英语):让我吃惊的是,你们这么大的工厂,从制坯到画胎,都是纯手工操作。

金俊卿(英语):这有什么可惊讶的?

丹尼尔(英语):在国外,几乎所有的瓷厂,都已经是机械化生产了。

金俊卿有一点儿难为情(英语):啊,是的,刚刚开始嘛。

刘军:金经理,你们在说什么?

金俊卿:丹尼尔说,我们这么大的工厂,而且是国营工厂,现在还是纯手工操作,太落后了。

刘军:我们陶厂长说了,我们也要搞机械化,正在跟苏联专家谈合作的事情,马上就会有结果了。

丹尼尔(英语):你们在说什么?

金俊卿(英语):他说,他们也要搞机械化,要把苏联专家请过来帮助他们一起搞。

丹尼尔(英语):不不不……不要这样,不要这样,千万不要这样。

刘军:他说什么?

金俊卿:他反对你们搞机械化。

刘军气愤地:他要阻止我们进步?他是美帝国主义吗?美帝国主义才希望我们落后,我们中国人民有志气、有能力,我们要超过美国佬……

丹尼尔(英语):他怎么了?他为什么那么激动?

金俊卿(英语):他说,他们有能力搞机械化,要赶上世界上的发达国家。

丹尼尔(英语)：你记住，金。将来，这个世界上，最有价值的是人，最值钱的商品是靠人的双手制造出来的。

　　刘军：他又在说什么？

　　金俊卿茫然地：也许你们是对的。

　　刘军：我们搞机械化是对的？

　　金俊卿：也许他说的是对的。

　　刘军：他反对我们是对的？

　　金俊卿：啊，谁知道呢。

　　刘军：你说的什么乱七八糟？

　　金俊卿不好意思地笑了。

　　会议室里依然嗡嗡营营地讨论着，很热烈。

　　赵文昌：同志们，我想说两句。

　　大家安静下来。赵文昌说道：刚才大家的争论我听明白了，无非是两种意见：一个是提高产量，一个是增加效益。这两种意见都没有错，如果能结合在一起就更好了。有人说了，甘蔗没有两头甜，提高产量就会影响效益，增加效益就会影响产量。既然这是个矛盾，我就要火上浇油，让这矛盾更尖锐一点儿。

　　陶自强：您不会又让我们提高产量，又让我们增加效益吧？

　　赵书记：不仅仅如此。

　　陶自强：我已经预料到了，您一进门我就知道肯定有硬骨头啃了。

　　赵书记：啃硬骨头过瘾啊。

　　李宗贤：赵书记，您只要一声令下，我们就勇往直前。

　　冯运华：赵书记，我们都想听听这硬骨头是什么。

　　赵文昌：什么叫效益？效益不就是赚钱吗？我们到哪儿赚钱？当然到市场上赚钱。市场上赚谁的钱？赚的是消费者的钱。谁是消费者，你是，我是，全中国的老百姓都是。说来说去，我们还是赚自己的钱，赚中国人的钱。现在我们要换个主攻方向了，我们要赚外国人的钱。

　　人们在低声议论了。赵文昌接着说：大家静一静，听我把话说完。我最近到北京参加了一个会议，很重要的会议。是轻工业部组织的，国务院领导同志做了重要讲话。这个讲话，就是动员我们赚外国人的钱。大家知道，新中国成立以来，帝国主义和西方反动势力一直在封锁我们，不让我们在国际市场上做生意。我们既不能买国外的东西，又不能赚外国人的钱。要发展经济，要加快社会主义建设，就要打破这种封锁，加强对外经济贸易。现在我们最缺的是什么？是外汇。我们国家这么大，需要外汇的地方很多。可是我们的外汇非常短缺,短缺到什么程度？连我们的外交官出国买飞机票的钱都犯难。轻工业部的领导交给我们一个艰巨的任务,就是出口创汇。现在我们国家还是一穷二白,在国际市场上没有竞争力。我们能够创汇的产品,一个是丝绸,一个是瓷器,一个是茶叶。三个创汇产品,我们景德镇占了两个,光荣吧？艰巨吧？

陶自强:这确实是个艰巨的任务,我们从来没有想过。

赵书记:没有想过现在就想,要好好开动一下脑筋,研究研究如何完成党中央国务院交给我们的任务。

陶自强:有具体指标吗？

赵书记:指标我们自己定,上不封顶,下要保底。好了,你们继续开会吧,我还要赶到南昌去,临走的时候给你们留下一个课题,回来后我要答案的。

门市部里很冷清。丹尼尔反复欣赏着手里的粉彩梅瓶。南小汐站在柜台里面为他讲解着(英语):梅瓶的特点是小口、短颈、丰肩、瘦底、圈足……

丹尼尔(英语):为什么叫梅瓶呢？

南小汐:(英语)在宋朝的时候,它叫经瓶,主要是装酒用的。到了明清,插花形成了风气,人们见这种瓶子造型挺俏秀丽,就用它插花。那时候最多的插的是梅花,时间长了,人们就叫它梅瓶。

丹尼尔很感兴趣地听着(英语):这就是粉彩吗？

南小汐(英语):粉彩属于釉上彩,在烧好的胎釉上先用玻璃白打底,然后再填色。你可以用手摸一摸有没有突出的感觉。这是因为用料多,显得又粉又厚……

丹尼尔兴奋地叫着(英语):你讲得太好了,你太有知识了。

南小汐(英语):哦,我讲的都是一些基本常识。

丹尼尔(英语):你怎么证明它是乾隆年间的呢？

南小汐(英语):如果你到古玩行去买,只能凭你自己的眼力。

丹尼尔(英语):在你们这儿呢？

南小汐(英语):凭我们的信誉。

丹尼尔(英语):怎么证明你们的信誉？

南小汐(英语):我们是国营瓷厂,这么大的工厂,也是国家的,还不值得你信任吗？

丹尼尔(英语):啊,当然。但是,我更信任的是你。

南小汐(英语):谢谢。不过我非常遗憾地告诉你,这只梅瓶不是乾隆年间的。

丹尼尔(英语):那是假的？

南小汐(英语):不能说是假的,是仿古瓷。

丹尼尔(英语):仿古瓷? 谁仿的?

南小汐(英语):在景德镇,专门有一些师傅做仿古瓷的。

丹尼尔(英语):对对,我听说过,他们做的仿古瓷可以乱真的。

南小汐(英语):你知道的真不少。

丹尼尔(英语):这个梅瓶我要了。

南小汐(英语):我告诉你是仿古瓷了,你还要?

丹尼尔(英语):正因为你告诉我了,我更想要了。

南小汐(英语):为什么?

丹尼尔(英语):因为你的诚实。当然,更重要的是我喜欢。说吧,多少钱?

南小汐沉吟了一下(英语):九百元。

丹尼尔(英语):我买了。

南小汐心里暗惊,表面上保持着镇静和矜持,随后说(英语):不过,我们没有专门的包装盒,我只能给你用一个旧盒子了。

丹尼尔(英语):没关系。

南小汐抑制着兴奋,找出一个旧包装盒。

丹尼尔把梅瓶递给南小汐。

南小汐(英语):请您再检查一下,有没有破裂和损坏的地方。

丹尼尔(英语):我已经看过了,很好。

南小汐把梅瓶装好,推到丹尼尔面前。丹尼尔掏出九百美元,高高兴兴地走了。

金俊卿跟着刘军从彩绘车间出来。

刘军:你那个外国朋友干什么去了? 怎么还不回来?

金俊卿:刚才他说要打个电话,我让他到传达室去打。

刘军:他往哪儿打? 我们传达室的电话可不能打长途。

金俊卿:哦,那我去找找他。

刘军发现了丹尼尔从远处跑来:别找了,他来了。

丹尼尔高兴地喊叫着(英语):金,我买了一个梅瓶……

魏师傅又被请回来了。邹元镐、杜绍文跟魏师傅一起爬进窑里。

魏师傅:你们的图纸呢? 我再看看。

邹元镐打开图纸。魏师傅拿着图纸比照着。

邹元镐:主要问题是周边这几个区域的温度上不去,原因我们找到了。

魏师傅:什么原因?

邹元镐:因为是方形窑,存在着一些火焰殆角,这些火焰殆角影响了升温。

魏师傅:邹老师,您说的这些名词我不懂,但是道理我明白了。火焰在方形窑里面走得不充分,跟圆形窑不一样。

邹元镐:是这样。所以我们想把这些角落改一改。

魏师傅:改成圆角?

邹元镐:对,改成圆角。

魏师傅:这个不难。

邹元镐:还有,魏师傅您过来,这条主干烟道要升高。

魏师傅:升高多少?

邹元镐:三十厘米。

魏师傅:嗯,有道理。那这些护墙也要改吧?

邹元镐:魏师傅,您真是行家,大行家。这边的护墙要降低。

魏师傅:也是三十厘米?

邹元镐:对,也是三十厘米。

魏师傅:这样一来,燃烧室扩大了许多。

邹元镐:所以,吸入孔也要跟着改。

魏师傅:怎么改?

邹元镐:中孔改为十厘米,两边的孔改为一厘米。

魏师傅:好,好。

陶自强来了,看了看没人,朝窑里面喊着:邹老师。

邹元镐答应着:是陶厂长吧?你别进来了,我们出去。

邹元镐、魏师傅从窑里出来。

陶自强:魏师傅,又辛苦您了。

魏师傅:应该的,应该的。

邹元镐:我把咱们的修改方案跟魏师傅交代好了。

陶自强:魏师傅,您觉得这修改方案行吗?

魏师傅:当然行了,这样一来,把许多问题都解决了。

邹元镐:咱们的许多想法与魏师傅都是不谋而合的。

陶自强:魏师傅,太感谢您了。

魏师傅对邹元镐:邹老师,这张设计图我先带回去。明天一早,我就带着徒弟过来。

陶自强:您吃完饭再走吧。

魏师傅:不吃了不吃了,你们忙,我也忙。

杜绍文：魏师傅，我去送您。

魏师傅：不用不用，你没看见我是骑毛驴来的吗？

不远处的树底下，拴着一头毛驴。

邹元镐：陶厂长，除了煤窑的设计，燃料恐怕也要变一变。

陶厂长：哦。

杜绍文：我检测了一下我们烧的煤，燃烧率有点儿低，邹老师建议加入百分之二十的淮南煤。

陶自强：我们有淮南煤吗？

杜绍文：没有。

陶自强：你写一个采购报告，让李副厂长批一下，交给后勤处马上采购。

杜绍文：好。

丁萌萌来到自己的工作台。卢再缘捧着一个荷叶包献殷勤：桃花啊桃花，我今天路过江边，正巧有人卖桃花糕，来，尝尝。

丁萌萌没有理睬他。卢再缘把荷叶包放下：一会儿你想着吃啊。

丁萌萌噘着嘴画着画稿。卢再缘献殷勤地凑过来：怎么了？

丁萌萌不理他。卢再缘自找没趣，问汪国良：你姐姐怎么了？

汪国良：还不是因为你？

卢再缘：我没惹她。

汪国良：你整天价桃花桃花的，烦不烦人啊？

卢再缘：这么说她是生我的气？

汪国良：当然是生你的气了。

卢再缘看着丁萌萌：你别说，你姐姐生气的时候，倒是别有一番神韵。

说着，卢再缘拿起笔来，对着丁萌萌画起来。俄顷，一张活灵活现的速写跃然纸上。

卢再缘举着这张速写，在丁萌萌眼前晃动着：怎么样？给个评价。人面不知何处去，桃花依旧笑春风……

"啪"的一声，丁萌萌扔下手里的画笔，跑了出去。

卢再缘有点儿尴尬：怎么了这是？

陶自强来到门口，刚要迈步进去，丁萌萌从里面跑出来，跟陶自强撞了个满怀。陶自强往后退着：丁萌萌，你怎么了？

丁萌萌带着哭腔说：我不干了。

陶自强：出了什么事？

丁萌萌：卢再缘……他太欺负人了。

陶自强:别激动,跟我说说。

丁萌萌:没有什么好说的,他就是神经病。

陶自强:来,你跟我来,到我办公室去说。

李宗贤惊讶地问:你说什么? 一只梅瓶卖了九百美元?

南小汐:李副厂长,您说,我是不是犯错误了?

李宗贤:犯什么错误,你立了大功了。

南小汐:可是……

李宗贤:可是什么?

南小汐:我说的是人民币,他给的是美元。

李宗贤:你有没有告诉他是九百块人民币?

南小汐:我只说了九百,没有说什么货币。

李宗贤:这就不怪你了,你说九百,他理解的就是九百美元,你半点儿欺诈都没有。

南小汐:可是,我总觉得卖得贵了点儿。

李宗贤:做生意嘛,就是漫天要价就地还钱,两相情愿公平合理。

南小汐:李副厂长,有您给我做主,我就放心了。自从他走了之后,我这心里一直蹦蹦跳,生怕给你们闯了祸。

李宗贤:这样的生意我们要大张旗鼓地做下去。你知道吗? 今天赵书记给我们开会,就是让我们努力为国家挣外汇。我们正发愁打不开路子呢。

丁萌萌跟陶自强谈了卢再缘对她的骚扰,心情好多了,起身告辞。

陶自强:丁萌萌同志,你安心工作,有机会我会找卢再缘谈谈的。你呢,尽量回避一下就是了,千万不要影响工作。

丁萌萌:我知道,其实卢老师也不是坏人,他就是一根筋,认死理。您见他的时候只是提醒他一下就可以了,千万不要伤害他的自尊心。

陶自强:放心吧,我会把握分寸的。

丁萌萌:陶厂长,谢谢您,我先回去了。

丁萌萌刚离开,办公室主任刘军来了:陶厂长,我跟您汇报一下今天的工作,您方便吗?

陶自强:来来来,我正要去找你呢。你今天接待省外贸公司的金经理,情况怎么样?

刘军把一张名片递给陶自强:这是金经理的名片,他住在景德镇宾馆。

陶自强拿起名片看着。刘军说:金经理想见您。

陶自强：是要见，明天就见，不，一会儿我就去宾馆找他。刘主任，你跟我一起去吧。

刘军：好好。

陶自强：啊，你去问问李副厂长，他如果有时间，也让他一起去吧。

刘军：我马上就去。

陶自强：听说还来了一个外国人。

刘军：叫丹尼尔，听金经理说，他是做茶叶生意的。

陶自强：好啊，我们也去拜访一下这位茶商。

办公室，李宗贤在电话里激动地大喊大叫着：赵书记啊，我是建国瓷厂的李宗贤啊……告诉您一个好消息，特大特大的好消息……我们一个梅瓶卖了九百元……不不，是美元，九百美元……是仿古瓷……仿的是乾隆年间的粉彩……啊啊，陶厂长还不知道，我也是刚刚知道的，我先要把这个好消息告诉您……好好好，我马上……您放心吧。

刘军进来。李宗贤放下电话。

刘军：陶厂长让我问问您方便不方便，他要去景德镇宾馆见金经理。

李宗贤：哪个金经理？

刘军：省外贸公司的金经理。

李宗贤：就是今天来的那个外国人？

刘军：那个外国人是金经理带来的。

李宗贤：噢……明白了，你马上告诉陶厂长，我跟他一起去。

金俊卿热情地招待陶自强、李宗贤和刘军，几个人围坐在咖啡桌周围。

金俊卿：诸位喝点儿什么？

陶自强：金经理，你就别客气了，我们随便聊聊吧。

金俊卿扬了扬手，对服务员说：四杯拿铁。

陶自强：金经理，刘主任可能跟你说了，我们今天上午一直在开会，没顾上在厂里跟你见面。这不，下了班我和李副厂长立马就来了。

金俊卿：知道知道，知道你们很忙。没关系的，反正我在景德镇要待几天呢，什么事情都耽误不了。

陶自强开门见山：金经理这次来，有什么具体业务吗？

金俊卿：我是省外贸公司的，这个公司是去年刚刚成立的。我们的主要业务就是对外贸易，说白了就是跟外国人做生意。

李宗贤：就是专门赚外国人的钱了？

296

金俊卿:赚外国人的钱是一方面,我们还要从外国人手里买东西。一个是出口,一个是进口。

李宗贤:从外国人手里买东西,也要花外国人的钱吗?

金俊卿:无论跟谁做生意,大多是用美元结算。

李宗贤:这么说,我们辛辛苦苦赚来的美元,不是又花出去了吗?

金俊卿笑了:什么叫贸易,贸易就是交易,就是做买卖。有卖出就会有买进。比如你们是搞陶瓷的,成品是要往外卖的,可是原材料还要买吧?有的从本地买,有的从外地买,还有的要从国外买。

李宗贤不解:我们的原材料需要从国外买吗?

陶自强:当然需要了,比如过去的苏麻离青,现在用的金水,不都是从国外进口的吗?

李宗贤:哟,我好像还没有经手买过。

陶自强:苏麻离青现在被青花料替代了,金水嘛,我们暂时还没有生产这类的产品。

刘军:金经理,跟你一起来的那个丹尼尔呢?我们可不可以一起见见?

金俊卿:哦,他是做茶叶生意的。

刘军:我们可以给他介绍浮梁茶呀,浮梁茶在国际上非常有名的,曾经在巴拿马万国博览会上得过大奖。

金俊卿:今天晚上他到酒吧玩儿去了,他约我,我没去。

刘军表示很遗憾。服务员把咖啡端上来,放在每一个人的面前。

趁着金俊卿和刘军聊天的工夫,陶自强调着咖啡,加入牛奶、白糖,慢慢地搅拌着。他的动作,李宗贤和刘军都没有注意。

金俊卿:你们跟浮梁有关系吗?

李宗贤抢着说:有,有关系。我们陶厂长的对象就是有名的"浮梁七茶女"之一。

金俊卿:哦,陶厂长的对象是种茶的?

陶自强有点儿尴尬:啊,是她的师父,她的师父是浮梁有名的茶农。他们做的茶叶销路非常好。

金俊卿:那我明天约上丹尼尔一起去你们建国瓷厂。

陶自强:好啊,欢迎,太欢迎了。

陶自强、李宗贤和刘军从景德镇宾馆出来。

刘军:这个金经理还是蛮热情的。

陶自强:生意人嘛,是最懂得人情世故的。

李宗贤：就是那杯药太苦了。

刘军：药？哪儿来的药？

李宗贤：你们不是也喝了吗？每人一杯。

刘军：那是拿铁。

李宗贤：拿铁不是药吗？

刘军：拿铁是咖啡。

李宗贤：咖啡？这就是所谓的咖啡？光听说了，没见过。我还以为咖啡是什么高级玩意儿呢，原来就是中草药啊。

刘军：我的李副厂长哎，咖啡是饮料。

李宗贤：饮料？你们喝着不苦吗？

陶自强：不是有牛奶吗？有糖吗？你怎么不往里面加？

李宗贤：哪儿有牛奶？

刘军：小瓷杯里就是牛奶呀。

李宗贤：那白色的？

刘军：是啊。

李宗贤：我还以为是药引子呢。

刘军：那糖呢？

李宗贤：就是那白色的小方块儿？

刘军：是啊。

李宗贤：黑灯瞎火的，我还以为是棋子呢。

刘军和陶自强哈哈大笑起来……

李宗贤急了：你们笑什么，有什么好笑的？

刘军：你没吃过猪肉还没见过猪跑？

李宗贤：还真没见过猪跑。大姑娘上轿子，头一回。

金俊卿和丹尼尔来到建国瓷厂。陶自强、冯运华和刘军在大门口迎候着。

陶自强把金俊卿介绍给冯运华。冯运华与金俊卿热烈地握手。金俊卿又把丹尼尔介绍给陶自强和冯运华。

金俊卿：丹尼尔今天就想去浮梁。

陶自强有点儿为难：可是……我还要带着你参观我们建国瓷厂啊。你问问丹尼尔，别人带着去可以吗？

金俊卿（英语）：陶厂长今天要给我介绍建国瓷厂的情况，别人带着你去浮梁可以吗？

丹尼尔用英语跟金俊卿说了几句。

298

金俊卿:陶厂长,丹尼尔要求南小汐陪着他去,可以吗?

陶自强:南小汐?就是门市部那个南小汐?

金俊卿:是的,他们已经熟悉了。

陶自强:当然可以,刘主任,你去安排一下。

刘军答应着走了。陶自强转向金俊卿:金经理,请跟我们来。

厂办公室田秘书跑来了:陶厂长,您的电话,赵书记打来的。

陶自强对冯运华:您带着金经理过去吧,我看赵书记有什么事。

冯运华向金俊卿做一个请的手势。金俊卿跟着冯运华朝前走去。

陶自强接听着赵文昌的电话:……您是说做那个梅瓶的人……何溪泉……好,我记住了……

陶自强"砰"地放下电话,转身问田秘书:李宗贤呢?

田秘书:到后勤处去了。

陶自强气呼呼地出来,怒气冲冲地朝后勤处走去。

后勤处就在前面,李宗贤正在指挥着员工做什么。

陶自强躲在一个角落,避开了李宗贤的视线,大口地做着深呼吸,嘴里叨咕着:冷静冷静……他妈的你给我冷静!

陶自强走上前,表情平淡。李宗贤问道:有事?

陶自强:煤窑申请的那批淮南煤安排了没有?

李宗贤:已经订货了,大概三天后到,不耽误事吧。

陶自强:不耽误。

李宗贤:金经理他们又来了是吧?

陶自强:冯副厂长接待呢。李副厂长,我听说南小汐昨天卖出去一个仿古梅瓶,九百美元?

李宗贤:对对,我还忘了跟你说了。从昨天到今天,我总是觉得忘了一件什么事。真是的,人总是容易忘掉想着的事情。

陶自强:赵书记让咱们研究研究仿古瓷的事情。

李宗贤:对对,赵书记跟我也是这么说的,这给我们出口创汇提出了一个很好的思路。

陶自强:你记住这件事,我们安排时间好好讨论一下。

李宗贤:好好,我记住了,这回绝不会忘了。

陶自强转身要走,问道:陶厂长,您去哪儿?

陶自强:我去找何溪泉。

李宗贤:何溪泉是谁?

299

一个很长的选瓷台,上面铺着平平整整的毛毡。选瓷台的地下摆放着一摞一摞的瓷器。台子的另一端也放满了瓷器。

两个选瓷女工分别站在选瓷台的两侧,还有几个负责搬运和包装瓷器的工人。

冯运华非常耐心地向金俊卿讲解着。金俊卿虚心地听着。

冯运华:选瓷分四个部分:看、听、比、试。先说第一部分,看。看什么呢?一看釉面是否光滑,有无擦伤,有无小孔、黑点儿和气泡;二看形状是否规整,有无变形;三看画面有无损缺;四看底部是否平整。再说听,听什么呢?景德镇的瓷器白如玉、明如镜、薄如纸、声如磬。所以听很重要,入手一件瓷器,轻轻弹叩,声音清脆悦耳,说明瓷胎细致密实,瓷化完全,无裂损。如果声音喑哑,则说明里面有裂损……

整摞的瓷器有序地堆放在选瓷台上。两个女工各自坐在选瓷台的一边。助手把待选的瓷盘推到她们一侧,她们用右手拿起瓷盘,转了一下,选瓷台上旋转着,把头伸向瓷盘,边看边听,然后另一只手把瓷盘拿起来,放在一边。

瓷盘不停地被拿起旋转,一个接着一个,排成一溜儿,像杂技演员玩耍的转盘。她们双手、双眼、双耳协调并用,右手不停地转,左手不停地拣。不大一会儿,选瓷工的左边便堆起了几摞高低不同的瓷盘……

金俊卿惊叫起来:这是怎么回事?我都看傻了。

冯运华:这是选瓷呀!

金俊卿:就这样选吗?

冯运华:就这样选啊。

金俊卿:这也太快了吧?她们能看得清听得清吗?

冯运华:不但看得清、听得清,还清清楚楚地把等级分出来了。

金俊卿指着选瓷工旁边摞起的盘子:这就分好了吗?

冯运华指着:这是一等二等三等四等……最后这个是等外。

金俊卿:天啊,这准吗?

冯运华:要不要验证一下。

金俊卿拿起那几等的盘子比较着:不用验证了,这几摞显然不一样。

冯运华:你这样看就是选瓷的第三道工序:比。

金俊卿:比?就是互相比较对吗?

冯运华:还有第四道工序:试。

金俊卿:太厉害了,我今天算是开了眼界了。

三角井酒馆,罗灵风在自斟自饮。陶自强趴在他的对面,伸着脖子等着听他的下文。

罗灵风：我说你们到底是怎么回事？干吗什么事情都问我呀？

陶自强：您不是景德镇的塔斯社吗？消息灵通啊。

罗灵风：你怎么想起打听何溪泉来了？

陶自强：我也是刚刚听说这个名字。

罗灵风：赵书记告诉你的吧？

陶自强：赵书记也问过你？

罗灵风：何溪泉还是我告诉他的呢。

陶自强：哦，您怎么跟他说的？

罗灵风：昨天他坐着小汽车出城，刚好碰上我，就停了车让我上去了。

陶自强：您坐上了赵书记的小汽车？

罗灵风：那当然了，我早就想坐坐赵书记的小汽车了。大清朝的时候，就相当于坐上了四人抬的蓝呢大轿，鸣锣九下开道。知道鸣锣九下是什么意思吗？

陶自强摇了摇头。罗灵风扳着指头数着：官吏军民人等齐闪开……正好九个字吧？

陶自强：您快给我说说何溪泉吧。

罗灵风：别急别急，你不喝酒，我一个人喝也没意思。等我再喝一杯，情绪就来了。

陶自强扭头喊着：三姐，罗先生的酒钱记在我的账上。

罗灵风：这这……这是怎么说的。

陶自强：三姐，再给罗先生添个摊鸡蛋。

陈三姐在厨房里答应着：来喽。

罗灵风：这个何溪泉，也是个神人。我们景德镇的神人多了，以后有时间我一个一个给你讲。你看哈，我是光绪十五年出生，他是光绪三年出生，正好比我大一轮，都是属牛的。

陶自强：这么说您跟他很熟了？

罗灵风：也不算很熟，反正是见面打招呼，一起喝过几回酒。

陶自强：那个仿古梅瓶真的是他做的？

罗灵风：十有八九出自他的手笔。景德镇，如果说何溪泉的仿古瓷排第一，没有人敢排第二。他有一个朋友，常州人，姓唐，是个收藏家，大收藏家。有一回他去常州拜访唐先生，唐先生拿出一个瓷鼎向他炫耀，明代定窑的。何溪泉把那个瓷鼎拿过来，翻来覆去地看着，用手指悄悄测量着各个部位的尺寸，还拿出绵纸摁印下了瓷鼎上的纹络。唐先生见他这样，只是觉得何溪泉也非常欣赏这个瓷鼎，没有在意……

罗灵风讲到此处,又是滋哇地喝酒,卖起了关子。陶自强装作漫不经心的样子打量着周围的食客。罗灵风沉不住气了:你猜怎么着?半年以后,何溪泉又去常州拜访唐先生,拿出一个瓷鼎,说,您收藏的那个瓷鼎,我也淘了一个。唐先生一看,忙拿出自己的瓷鼎对照。结果是从形制、尺寸、色彩,到鼎底、鼎盖、鼎托,丝毫不差。唐先生大惊,问何溪泉是从哪儿弄来的。何溪泉笑了,说是自己仿制的。唐先生万万没想到,何溪泉只是看了一遍,就仿制出来一模一样的瓷鼎,佩服得五体投地……

见罗灵风又要卖关子,陶自强急忙问:后来呢?

罗灵风:后来,唐先生花了三百两银子,把何溪泉的瓷鼎买下了。条件是,不允许再仿制。

陶自强:我问的是,现在呢?

罗灵风:什么现在?

陶自强:现在何溪泉先生在哪儿?

罗灵风叹了一口气:没了。

陶自强:没了?

罗灵风:还不到五十岁就没了。天妒英才,英年早逝啊。

陶自强:怪不得从来没有听说过这个人呢。对了,何先生这门绝技也没有传下来?

罗灵风:听说他有一个徒弟,外号叫金蛤蟆,叫什么名字不清楚。

陶自强很失望,拿起罗灵风的酒杯,喝了一口:您慢慢用,我先走了。

金俊卿:这是我们和萍乡窑口合作的意向,请冯副厂长过目。

金俊卿把几份合作意向书递给冯运华。冯运华翻看着。

金俊卿:我听说冯窑主过去是景德镇最有影响力的窑主,你肯定也熟悉瓷器贸易。

冯运华:算不上熟悉,只是迫不得已跟一些瓷商打过交道。

金俊卿:冯副厂长是老前辈了,还请多多关照。

冯运华突然抬起头:你是上海人?

金俊卿换上了上海话:阿拉上海佬。

冯运华:上海有几个大瓷商不知道你熟不熟悉。

金俊卿:您说。

冯运华:金光璧,熟悉吗?

金俊卿:太熟悉了。

冯运华:对了,你也姓金。

金俊卿:正是家父。

冯运华:啊……失敬失敬。

金俊卿:你们做过生意？

冯运华:应该说我们是朋友,老朋友了。

金俊卿:啊,我该叫您冯叔了。

说着,金俊卿起身,双手作揖:冯叔在上,小侄有礼了。

冯运华:免礼免礼,别客气。

陶自强从三角井酒馆出来,漫不经心地往前走,一副茫然若失的样子。

迎面走过来一个人,跟他打着招呼:陶厂长,你怎么在这儿呀？

陶自强一看,是刚刚下班回来的卢再缘:哦,卢老师,您住在这儿？

卢再缘:啊,就这条里弄里面。陶厂长,您到家坐会儿？

陶自强迟疑了一下,想起了丁萌萌向他告状的事情,爽快地说:好啊,到您家看看,我也正想跟您聊聊呢。

卢再缘反而犹豫了,刚才那句话,原本是一句客套话,陶厂长怎么可能去他家呢？覆水难收,卢再缘结结巴巴地说:啊……我家有点儿乱,很乱。

陶自强笑了:乱点儿怕什么,我又不是什么客人。

自己挖的坑只好自己填了,卢再缘转换了口气:哎呀,这让我……怎么说呢？太荣幸,太荣幸了……

老弄堂里的一个独门小院,卢再缘掏出钥匙打开院门。陶自强跟着卢再缘进了院子。

小院还算规整,三间正房,一间小厢房。院子里一棵枝繁叶茂的桃树,几株木槿。干干净净,看得出来卢再缘还是很勤快的。

卢再缘又打开屋门。陶自强打量着整个房间。

两面墙上都挂满了画,这些画都是出自卢再缘之手。一面墙上的画是一个女孩儿,年轻,漂亮,散发着青春的朝气。另一面墙上也是一个女孩儿,一看就是丁萌萌,各种神态。除了与那个女孩儿相似的漂亮,还有一种知性、大气甚至几分傲气。

卢再缘指着画说:这个是桃花,这个也是桃花。您看,两个桃花有许多共同之处吧？

陶自强:这不是丁萌萌吗？

卢再缘:丁萌萌就是桃花。

陶自强轻轻地笑了笑。卢再缘拿起暖水瓶掂了掂,暖水瓶是空的。

303

卢再缘又去捅炉子,炉子里已经灭火了:陶厂长,让您见笑了,我这里平时没有人来,没有茶水,也没有糕点。

陶自强:您平时回家喝什么?

卢再缘:喝酒啊。

陶自强:跟谁喝?

卢再缘指了指墙上的画:这不,两个桃花陪着我呢。

陶自强又笑了笑。卢再缘接着说:陶厂长,如果您不嫌弃,我们直接喝酒吧。您等一下,我去弄两个菜。

陶自强:不用了,咱就干捯吧。

卢再缘:那怎么行? 您第一次来。

陶自强:本来也不是喝酒来的,您家里有什么菜?

卢再缘:有花生米,五香的。

陶自强:有花生米就行。

卢再缘:对了,还有两条黄瓜,我去洗一洗。

李宗贤要去门市部,发现金俊卿从里面出来。金俊卿也看见了李宗贤,只是点头招呼了一下,便匆匆走了。

李宗贤看了看金俊卿的背影,进了门市部。南小汐收拾好东西,正要下班。

李宗贤劈头就问:金俊卿来干什么?

南小汐支支吾吾。李宗贤的警惕性高起来:说实话。

南小汐:金经理跟我说,他想代理出售我们的仿古瓷。

李宗贤:好事啊,这可以帮助咱们创汇呀。

南小汐:什么好事呀,他想私下交易。

李宗贤:怎么个私下交易?

南小汐:他让我把仿古瓷低价卖给他,他加价卖给外国人,获得的利润我们五五分成。

李宗贤:什么? 这是倒卖国家财产,是犯法。

南小汐:我也是跟他这样说的。

李宗贤:你同意了?

南小汐:我怎么会同意呢?

李宗贤:你真的没同意?

南小汐:我要是同意了还告诉您。

李宗贤:啊,这倒也是。

卢再缘和陶自强喝着酒,推心置腹地聊着,很兴奋。陶自强认真地听着。

卢再缘:我跟桃花是青梅竹马,她家也住在这条里弄,在江边。我们两家是世交,她爸爸和我爸爸都是白土行,拜把子兄弟。我们两家的父母从小就给我们定下了娃娃亲,她叫我哥,我叫她妹。我们从懂事的时候就知道,她是我的媳妇,我是她的丈夫。我跟她同岁,生日比她大两个月。她吃过我娘的奶,我吃过她娘的奶。我们是光着屁股抢奶头长大的,你说这是多深的感情。我们从来没有分开过,像连根草一样天天缠绕在一起……

陶自强看见,卢再缘说到这里,已经泪水盈眶了。

卢再缘:民国五年,窃国大盗袁世凯复辟称帝,派古玩商人郭世五到景德镇当督陶官,要烧制一批"洪宪瓷"。我那时候跟着师父在御窑厂画画,日日夜夜地画,吃住都在御窑厂,不许回家。我想念桃花,桃花也想念我……

卢再缘噙在眼眶里的泪珠滚落下来。陶自强端起酒杯,与卢再缘碰了一下,把酒喝下去。

卢再缘端起酒杯,却没有喝,他继续说:桃花实在熬不住了,就以给我送衣服的名义来御窑厂找我。那天正是第一窑的"洪宪瓷"开窑,倒窑了。督陶官郭世五大怒,端着大刀逼问我们倒窑的原因。有人被逼无奈,说烧窑的时候桃花来过。你知道,旧社会女人是不能进窑厂的,进去了要倒窑的。郭世五立即派官兵去抓桃花,桃花闻讯逃跑。桃花在前面跑,官兵在后面追,桃花慌不择路,掉进了昌江里……后来我们去找,连尸体都没有找到……

卢再缘趴在台子上,呜呜地哭了起来。陶自强拍着他的肩膀安慰着他……

冯运华看着一份资料。李宗贤推门进来:您还没走。

冯运华:啊,马上就走。

李宗贤:我要跟您反映一个情况,非常严重。

冯运华:什么事?

李宗贤:金俊卿要与南小汐勾结倒卖咱们的仿古瓷。

冯运华一惊:有这事?

李宗贤:不过南小汐的觉悟很高,把他拒绝了。

冯运华:南小汐值得表扬。

李宗贤:您看我们要不要跟派出所报案?

冯运华:报案?报什么案?

李宗贤:金俊卿倒卖我们的仿古瓷啊。

冯运华:南小汐不是拒绝了他吗?

李宗贤:这也是犯罪倾向呀。

冯运华:犯罪倾向?法律上有这么一条吗?

李宗贤：您是说，报了案公安局也不管？

冯运华：李副厂长，金俊卿毕竟是省外贸公司的经理，以后我们还要跟他做生意呢。

李宗贤：这样的人我们还能跟他做生意？

冯运华：要不，你跟陶厂长说说？

李宗贤：我这不是先跟您交换一下意见嘛。

卢再缘：桃花死了以后，我就垮了，整个人都垮了，心都碎了，魂儿没了，人就不像一个人。我疯疯癫癫地沿着昌江跑，喊着桃花的名字，嗓子都喊哑了……谁劝也没用，整天价恍恍惚惚的，非要跳进昌江去找桃花不可……后来我父母找来了罗灵风，他用孔雀盏作法，招来了桃花的"亡灵"……

陶自强：你看到桃花的亡灵了？

卢再缘：我看见了，看得真真的，桃花从落水的地方朝我走过来。她对我说，她死的时候十六岁，十六年以后，她转世托生一个女孩儿，与我再续前缘……

陶自强：卢老师，您真的相信转世托生这回事？

卢再缘：我信，我当然信了。我要是不信，还活着干什么？幸亏我信了，十六年以后，桃花真的托生了，就是丁萌萌，丁萌萌就是桃花。

陶自强：卢老师，您怎么证明丁萌萌就是桃花呢？

卢再缘：那天丁萌萌的父母领着她进了我家，我一眼就知道是桃花回来了。

陶自强：您是觉得丁萌萌和桃花长得像？

卢再缘：不仅仅长得像，还有许许多多的证据。

陶自强：都有什么？

卢再缘：丁萌萌是民国二十年出生的，桃花是民国四年死的，不正好是十六年吗？

陶自强：也许是巧合呢。

卢再缘：还有铁证。

陶自强：什么铁证？

卢再缘站起身来，指着桃花的画像：你看，桃花的脖子上，有一个小小的桃花胎记，很小，也就有豌豆那么大。你再看丁萌萌的脖子，也是这个地方，也有一个小小的胎记，也是桃花形的……

陶自强没有动，他为难了，不知道该如何劝说卢再缘。他把手里的酒喝掉，轻轻地摇了摇头。

第十七章

选瓷台上堆放着一摞一摞的瓷器。陶自强、冯运华、李宗贤一起商量着。

冯运华：这些都是金俊卿亲手选出来的，青花、粉彩各二百套，一百套圆器，一百套琢器。青花玲珑一百套，都是琢器。

陶自强：就这么点儿，小孩儿过家家呢？

李宗贤：金俊卿一心想做仿古瓷生意，这种日用瓷利润不大，他不愿意做。

陶自强：他不愿意做，为什么还要装模作样地选一些。

冯运华：我问他了，他也是带着任务来的。

陶自强：什么任务？

冯运华：出口创汇的任务啊，省委也给他们外贸公司下指标了。

李宗贤：他这是在应付差事。

冯运华：金俊卿呢，做起生意来斤斤计较挑肥拣瘦，也可以理解，在商言商嘛。不过我们的产品也确实存在着一些问题。原来我们自己不觉得，昨天金俊卿一选瓷，就暴露出来了。

陶自强：什么问题？

冯运华：我们生产的瓷器，特别是一等品和二等品，从单套上看，都很好，可以说是质量上乘。可是放在一起就看出问题了。器型不统一，规格不统一，颜色不统一。金俊卿说，外商跟我们订货，都是大批量的。我们这些都不统一，就会让人觉得参差不齐，质量不稳定。

陶自强看着那些瓷器，认真思索着。冯运华说道：还有，昨天金俊卿给我留下了一本产品图片和价目表，还是彩色的，是从东京陶瓷博览会上带回来的。我昨天晚上翻了翻，心里很不是滋味儿。

陶自强看着冯运华。冯运华把一本画册递给了陶自强：你可以看一看。

陶自强翻看着，由于是英文，陶自强看不懂，只能看图片。

李宗贤也凑过来看着。

冯运华：这个你们可以拿回去看，我们还是先研究一下自己的产品吧。

陶自强：器型规格统一不难，难的是颜色统一。冯副厂长，您觉得呢？

冯运华：是这样的，千百年来，釉料的配方都是一窑一方，甚至是一窑数方。

307

配方都掌握在师傅的手里,都是独门秘方,谁也不跟谁交流,要统一太难了。

陶自强:这个问题要解决,要想办法。我们先从规格统一上开始,这个问题相对好办一点儿。

冯运华:师傅们用的胭脂尺,都是自己带来的。有的已经很陈旧了,还有的不准确。

陶自强:李副厂长,你马上去利刀店买一批胭脂尺,要最好的,硬木的,精准度高的。

李宗贤:什么是胭脂尺?

陶自强意识到了李宗贤是外行:啊,你不用管了。

李宗贤有点儿尴尬。

陶自强问旁边的一个选瓷女工:你认识成型车间的周鸿达吗?

女工:周主任吗?认识。

陶自强:你去把他叫来。

日出东方,霞光万顷。赵文昌的小汽车奔驰在浮梁的山路上。

一条小溪,两岸青山。一片茶园山下,小汽车停下来。

赵文昌和小徐朝山上爬着。山头上,阳光灿烂。

山坡上,传来了七茶女采茶的歌声:

　　　　百花开放好春光,采茶姑娘满山岗。

　　　　手提篮儿把茶采,片片采来片片香……

赵文昌唱和着姑娘们的采茶歌,走了过来。饶茶花惊叫着:啊?赵……

赵文昌向她摆手。饶茶花:赵大哥……您怎么来了?

杜鹃:算了吧,别打哑谜了,您是赵书记。

玉茗:我们早就认识您了,只是您不认识我们。

赵文昌:谁说我不认识你们,你们是浮梁七茶女。

凤仙:那您说说我们都叫什么?

赵文昌指着饶茶花:她叫茶花。

凤仙:除了茶花呢?

赵文昌:还有杏花梨花杜鹃花……

玉茗:你要说出谁叫什么。

赵文昌:反正都是花,七朵花。

月季:原来市委书记也要赖呀。

赵文昌:好好好,我承认我耍赖了,愿意接受惩罚。

凤仙:怎么惩罚?

赵文昌:你们说,怎么惩罚?

瑞香:罚您跟我一起采茶。

赵文昌:那你们得教我。

饶茶花:赵大哥,我教您。

饶茶花教着赵文昌采茶,小徐也在一边跟着学。茶女仍在周围七嘴八舌。

饶茶花:这样,您的手指得这样。

赵文昌:那不是成了兰花指吗?

荷花:对啊,再柔一点。这茶芯子可嫩了。咱们要把它完好地摘下来。

赵文昌:我这个怎么样?

玉茗:您这个不对,不是这样的。用手指把茶芽提起来,不是揪,也不是掰,不能伤着茶芽。

凤仙:玉茗说得不对,您别跟她们学了,跟我学吧。先要看准茶芽,一个叶一个芽,这叫一旗一枪。

赵文昌:对对,我想起来了,有一种茶就叫旗枪。

凤仙:下手也要快,用三个手指捏住茶芽。您这下手有点狠啊。

饶茶花不高兴了:说好了我教赵书记的,你们瞎捣什么乱呀?

玉茗:怎么叫捣乱呢?赵书记学得这么快,就是因为师父多,对吧赵书记。

赵文昌:对对对,玉茗说得对。

玉茗:啊?您怎么知道我叫玉茗?

赵文昌:无可奉告。

众皆笑起来:哈哈……

饶茶花:赵书记,我考考您吧?

赵文昌:考什么?

饶茶花:您说我们每天能采多少个芽片儿?

赵文昌:两斤吧。

饶茶花:啊?那您说两斤芽片我们要摘多少次?

赵文昌:两千五百次吧?

饶茶花:那您说做一斤干茶要多芽片?

赵文昌:差不多四斤吧?

众姐妹欢腾起来:哎呀,赵书记,您太神了,怎么什么都知道啊?

萧炳南从晒茶棚走来:我说怎么这么热闹呢,原来是赵书记来了。

赵文昌立即迎上前:哈哈,你是萧师傅对不对?幸会幸会。

萧炳南握住了赵文昌的手:赵书记,我猜您就会来的,您准会来的。

赵文昌:这么说,您认识我?

萧炳南:这些丫头啊,天天念叨着赵书记啊,陶自强,啊,最近又多了一个周鸿达……哈哈。

萧炳南:赵书记平时爱喝茶吗?

赵文昌:我们北方人没什么喝茶的习惯,饿了啃馍,渴了喝凉水。

萧炳南:您说的是穷人,有钱人还是讲究的,我过去也有一些北方的朋友,他们大多喜欢喝花茶。

赵文昌:都是跟北京人学的。有一回我在武汉出差,拿出一些花茶给他们喝,他们说很香,问我花茶是怎么做的,我说是用茉莉花熏的。他们可倒好,摘下许多樟树花熏。茶倒是挺香,结果喝下去都中了毒。

萧炳南:哈哈……武汉人的胆子也太大了。

建国瓷厂门市部,陶自强和南小汐一起看那本画册,南小汐帮助他翻译。

南小汐:这是意大利的餐具,二十四件,盘子、碗、勺子、汤盘……

陶自强认真地看着。南小汐说道:这是日本的餐具,二十四件……这是英国的咖啡用具,啊,皇室的御用品……这是丹麦的……

陶自强:这是标价吗? 多少钱?

南小汐:这一套,一百二十美元;这一套,八十九美元;这一套,只有五十九美元……

陶自强边看边问南小汐:你看到这些有什么感觉?

南小汐:跟中国的不一样,大不一样。

陶自强笑着问:有什么不一样?

南小汐:器型不一样,绘图不一样,颜色也不一样。

陶自强:跟中国的瓷器比呢?

南小汐想着说:中国的瓷器很古老,很有历史感。外国的很现代,很摩登。

陶自强:很摩登?

南小汐:就是很时尚、很时髦。

陶自强:要是你买,你选择哪种?

南小汐抿着嘴不说话。陶自强笑道:你不用说了,我也不难为你了。

南小汐:那天金经理说,这几十年,我们中国都在打仗,外国的瓷器发展很快。无论设计、质量,还有价格,都远远地超过了中国。

陶自强:就是说,中国的瓷器拿到国际市场上,卖不出去是吗?

南小汐:金经理说,我们已经缺少市场竞争力了。

陶自强沉重地点了点头。

炒茶棚里摆满了大大小小的竹筐筐笸箩及席子,竹筐筐笸箩里装着茶,席子上铺着茶。萧炳南对赵文昌介绍:我们这里依旧坚持着古法炒茶,手工制茶。

赵文昌:嗯,我就是要看看咱们老祖宗留下的东西。

小徐:我听说有些地方用机器炒茶了。

萧炳南:机器那玩意儿,我还是信不过。

赵文昌:您这里做的都是绿茶是吗?

萧炳南:这个季节,我们主要做绿茶。

赵文昌:绿茶的工序是不是比红茶更复杂一点儿?

萧炳南:有些工序是一样的,有些区别还是很大的。

赵文昌和小徐跟着萧炳南参观着。

萧炳南指着摊铺在席子上的芽片说:这是第一道工序:摊青,要放在阴凉处,需要一个时辰,主要是去掉芽片上的水分。

赵文昌在一口大锅前站住了:这是杀青吧?

萧炳南:对,这个大家都熟悉。不过杀青是很要技术的,锅里的温度要达到二百二十度。刚开始学徒的时候,把握不好,烫得两手都是泡。

赵文昌:有什么窍门吗?

萧炳南:窍门是有一点儿,比如可以在手上抹一下碎茶叶。主要是手法,要准确地把握火候。

赵文昌:杀青完了就是理条儿了吧?

萧炳南:中间还有一道揉茶,把芽片里的汁液揉出来,形成一条一条的,整整齐齐。然后才是理条儿。理条儿也是在锅里,就是这口锅,温度要达到一百二十度,没有杀青的温度高,耗的是工夫。一般需要半个多钟头,把茶条儿里的水分蒸发七八成……来吧,咱别光说了,我给你们杀一锅青,你们也可以上上手。

赵文昌:太好了。

新改造的煤窑已经点火了。杜绍文和一个工人在窑门加着煤。

陶自强过来。

邹元镐:一切都很顺利,每个窑位的温度都达到了咱们的设计要求。

陶自强:看到你们这么有信心,我心里也踏实了。

邹元镐:放心吧,我们很有信心。

陶自强:邹老师,我想问您一个问题。我们现在生产的瓷器,每个品种的颜色都很难统一。比如说,一个师傅做的圆器,盘碗碟盆,颜色是一样的。可是另一个师傅做的琢器,瓶壶坛罐,就会是另一个颜色。可是人家要整套买我们的产品,摆在一起,就看出颜色的差别了。

邹元镐:那是因为每个师傅的配方不一样,这是没有办法统一的。

陶自强:有没有办法搞一个统一的配方呢?

邹元镐:难,统一,以谁的为准呢? 就算有人肯把配方贡献出来,每个人配出来的釉料颜色还是不一样。这么大的厂子,用那么多的釉料,不可能由一个人来调配。

陶自强:各种釉料的成色、搭配的比例,也是应该有个标准吧? 就像胭脂尺一样。

邹元镐:除非进行化学分析。

陶自强:化学分析? 邹老师,您能把这项工作担负起来吗?

邹元镐:我不行,我是搞陶瓷教育的,什么都懂一点儿,又什么都不精。做这件事,需要专门的化学人才。

陶自强沉默了。

赵文昌和小徐告别了萧炳南及茶女们,朝山下走去。饶茶花送他们。

小徐:茶花,你回去吧,别送了。

饶茶花继续跟着他们。赵文昌说:茶花,你好像有事吧。

饶茶花:啊,没事没事,就是送送你们。

赵文昌:小徐,你先下去等着我吧。

小徐飞步下了山。赵文昌转身对着饶茶花:说吧,什么事?

饶茶花:赵书记,我已经麻烦您一次了,那次我逃婚,就是您救了我。

赵文昌:你不是叫我大哥吗? 小妹妹有困难,大哥理应帮忙的。

饶茶花不好意思地笑了。赵文昌:怎么了?

饶茶花:还说呢,第一次见到您叫您大哥,我还以为您是看门的呢。

赵文昌:哈哈,眼力不错嘛。

饶茶花:您还笑话我。

赵文昌:是你跟陶自强的事情吧? 怎么,吵架了?

饶茶花:赵书记,您能不能跟陶自强的姐姐说说。

赵文昌:说什么?

饶茶花:她一直反对我跟陶自强。

赵文昌:为什么?

饶茶花:她死活看不上俺。

赵文昌:看不上你? 是她跟你搞对象,还是她弟弟跟你搞对象?

饶茶花:可是……陶自强……就是个"姐宝"。

赵文昌:"姐宝"? 什么"姐宝"?

饶茶花:陶自强什么事都听他姐姐的,他姐姐比当妈的还厉害。

赵文昌:居然有这种事? 我怎么没听说呢?

下班了,留下来的都是青年职工。周鸿达把新买来胭脂尺分发跟大家。青年职工都看着胭脂尺好奇。

周鸿达:下班了,老师傅都回去了,留下我们青年职工,是要请陶厂长给我们讲一课。来来来,都往前坐,围得近一点儿。

陶自强手里也拿了一把胭脂尺,站在了青年职工面前。他举起手里的胭脂尺,问:这把胭脂尺,大家都有了吧?

众:都有了。

陶自强:我想问问,有谁知道这胭脂尺是谁发明的?

没有人回答。

陶自强:没有人知道吗? 你们拜师学徒的时候,你们的师父没告诉你们吗?

许多人都轻轻地摇头。陶自强感慨地:看看,一个人做了好事,要让人记住是很难的啊。都说吃水不忘挖井人,我们天天喝水,天天都到井边打水,又有谁记住了这口井是谁挖的呢? 我们需要记住,从记住这把胭脂尺开始。

后边一个年轻人举手。陶自强说:请站起来说。

年轻人站起身:陶厂长,胭脂尺是我二叔发明的。

陶自强:唔,你叫什么名字?

年轻人:我叫杨和中。

陶自强:你二叔叫什么名字?

杨和中:杨庭辉。

陶自强:你老家是哪儿的?

杨和中:鹰潭余江。

陶自强:你二叔当年在哪个窑口?

杨和中:先是在康家窑,后来进了御窑厂。

陶自强:好,非常好。我们欢迎杨和中同志给我们讲一讲胭脂尺和他二叔的故事好不好?

一片鼓掌欢迎和叫好声。杨和中满怀深情地讲着:……我的二叔杨庭辉十四岁来景德镇学徒,学的是利坯、剐坯和刹和坯。我二叔小时候读过三年的私塾,算是有文化的。什么东西一看就懂,上手就会,还能找出窍门出新招儿。后来康家窑听说他手艺好,就把他请去了。康家窑烧的是高档瓷,对质量要求非常高。在烧制的过程中,常常出现规格不统一和拆底现象。我二叔就琢磨,从坯胎到烧制成型,不同的瓷土有不同的收缩率。为了把这些收缩率搞清楚,我二叔找来各种瓷土,按不同的比例调配,然后做成"照子",烧成之后仔细测量。按照那些测量的数据制成了表格,按照表格就可以查出各种瓷土和各种不同比例的收缩率。

在杨和中讲述的过程中,陶自强低头在与周鸿达说着什么。

杨和中:我二叔把这些表格发给那些师傅和师兄弟,可是大多数人没有文化,看不懂那些表格。我二叔琢磨来琢磨去,就发明了这把胭脂尺。这胭脂尺长二十英寸,四面都有刻度,正面是标准尺寸,其余三面就是坯胎收缩率,这面是八二缩,这面是八六缩,这面是九零缩……其实收缩率还不止这三种,所以胭脂尺的型号也有好几种。不知道大家手里的胭脂尺和我的一样不一样。不管哪一种,使用方法都一样。我说得对吗?

陶自强:我问你,胭脂尺的刻度为什么用的是英寸?

杨和中:我问过我父亲。他说,当年康家窑做的高档瓷,大多是外国人定制的。外国人订货的时候用的都是英寸,所以我二叔也用的是英寸。

陶自强:说得非常好。

周鸿达站起来:杨和中讲得好不好?

众:好……

周鸿达:妙不妙?

众:妙……

周鸿达:再来一个要不要?

众:要……

周鸿达:要什么要? 讲话还有返场的?

众大笑起来。

周鸿达:好了好了。刚才陶厂长问了杨和中一个问题,不知道大家注意到了没有。陶厂长问胭脂尺为什么要用英寸,对不对?

众:对。

周鸿达:陶厂长为什么问这个?

众:陶厂长不懂……

众人笑了起来。

周鸿达:陶厂长就在这儿坐着呢,不怕他给你们吃"磕螺丝"?

众:不怕……

周鸿达故意沉下脸:气得我肝疼。

众:不疼……

周鸿达笑得捂住了肚子:好了好了,不跟你们闹了……听我说,刚才陶厂长跟我提了一个建议。我们车间任命杨和中同志为质量检查员,大家同意不同意?

众人一致说好。周鸿达示意大家鼓掌通过。

陶自强匆匆地走着,见丁萌萌下班从彩绘车间出来。

陶自强:丁萌萌同志,请等一下。

丁萌萌站住了:陶厂长。

陶自强:那天我到卢再缘老师家里去了,跟他聊了聊。我想告诉你的是,卢老师有点儿问题,精神方面的问题。

丁萌萌:我就说吧,他肯定脑子有毛病。

陶自强:他的情况我请教了一个神经科的医生,那个医生告诉我,当年失去桃花受到了刺激,常常会产生幻想。他不能控制自己,认准的事情谁也说服不了他。

丁萌萌:他这算是精神病吗?

陶自强:那个医生告诉我,属于妄想症,严格说也是精神病的一种,不过不算严重。他不会伤害人,也不会影响正常的工作和生活。萌萌同志,卢老师是个好人,是个有情有义的人。他现在有病,我们多关心他一点儿,多体谅他一点儿,多一点儿人道主义关怀。

丁萌萌:厂长,我明白了。您放心,我不会计较了。

陶自强:那好,我替卢老师谢谢你。

丁萌萌:看您说的,您那么忙,还惦记着我的事,还专门去找卢老师,我该谢谢您。

陶自强:有什么事情尽管跟我说,我们多沟通。

丁萌萌点了点头。

晚上,陶自强和姐姐面对面坐在餐桌上吃晚饭。陶祁香歪着脑袋看着陶自强。陶自强一副心不在焉的样子。他把菜夹起来不往嘴里送,直接掉在了桌子上。

陶祁香忍着笑。陶自强依然胡乱地吃着。

陶祁香:你嘴漏了?

陶自强:啊?

陶祁香:我问你的嘴呢?

陶自强:我在找呢。

陶祁香:嘴就在你脸上,找什么找?

陶自强突然把筷子一摆:啊,找到了。

陶祁香:找到嘴了?

陶自强:化学。

陶祁香:化学是谁?

陶自强:一个女的。

陶祁香:女的叫化学。

陶自强端起饭碗大口扒拉着。陶祁香伸手摸了摸陶自强的额头:不烧啊……

陶自强把饭碗一摆,起身要走。陶祁香问道:你去哪儿?

陶自强:我去找赵书记。

陶祁香眼睁睁地看着陶自强出去了,嘀咕着:魔怔了,中了魔了……

列车长鸣,蜿蜒奔驰在青山绿水之间。

峰峦苍翠的珞珈山。美丽幽静的武汉大学。

古朴气派的牌楼:国立武汉大学。陶自强走进牌楼,踏上樱花大道。他一身中山装,脚下是球鞋,背着一个行李包,很精神,很兴奋,又有点儿紧张。

迎面来了两个同学。陶自强打听着:同学,请问化学系怎么走?

同学指路:一直往前,桂园那边。

陶自强站在化学系的教学楼下打听着。

同学:邓美珊? 她是哪个班的?

陶自强:我也不知道,应该是毕业班吧?

同学:喂,王安静,你认识毕业班的邓美珊吗?

王安静:她不在。

同学:哪儿去了?

王安静:在红红菜馆聚餐呢。

同学:哦,你到红红菜馆找她吧。

陶自强:红红菜馆在哪儿?

同学:出了大门,一直朝前走,过了路口,右边。

陶自强进了门。老板娘红红迎上来:吃饭里面坐。

陶自强:我找人。

红红:你找哪个?

陶自强:化学系的邓美珊。

红红：刚刚走。

陶自强：她去哪儿了？

红红：到民众乐园听戏去了。

陶自强：民众乐园在哪儿？

红红：在汉口。

陶自强：远吗？

红红：蛮远的，还要摆渡过江。

陶自强犹豫着。红红问道：你还没吃饭吧？要不要来碗热干面？

陶自强无奈地坐下了。

傍晚，邓美珊带着陶自强登上了珞珈山，鸟瞰着武汉大学。

青砖红瓦，庑殿歇山，正脊飞檐，掩映在万绿丛中。校园外的东湖波光粼粼，帆樯如云。

陶自强感慨着：怪不得都想上大学呢？原来大学这么大、这么美、这么金碧辉煌，真是人间仙境。

邓美珊自豪地：我们武汉大学，是全国最美的大学。

陶自强：还是最大的吧？

邓美珊：而且是没有围墙的，人人都可以随便进出。敞开胸怀，欢迎天下来客。

陶自强：我姐姐有一个梦想，就是让我上大学。

邓美珊：又是你姐姐，难道不是你的梦想吗？

陶自强：当然，也是我的梦想。不过，这个梦想是我姐姐灌输给我的。

邓美珊：饶茶花说的没错，你就是个纯纯粹粹的"姐宝"。对了，你跟茶花怎么样了？

陶自强：挺好的啊，常常见面。啊，糟了……

邓美珊：怎么了？

陶自强：我这回出来太匆忙，连个招呼都没打。

邓美珊：哼，看茶花怎么收拾你。

陶自强：唉，这可怎么办呀？

邓美珊：马上写封信呗。

陶自强：写信……那得几天？信还没到，我人就回去了。

邓美珊：咦，你这次来到底为了什么？

陶自强：就是找你。

邓美珊：找我？

周鸿达从成型车间出来,准备下班了。朱光秀叫住了他:周主任。

周鸿达:有事?

朱光秀:有一件事,这两天我一直琢磨,怎么也琢磨不透。

周鸿达:什么事?

朱光秀:那天您问大家,陶厂长问为什么胭脂尺用的是英寸。

周鸿达:啊,是啊,是问过的。

朱光秀:可是后来大家一起哄,您没再说,陶厂长也没再问,岔过去了。

周鸿达:是有这么回事,亏得你还记得。

朱光秀:您说,胭脂尺为什么用的是英寸呀?

周鸿达:你不是一直在琢磨吗?琢磨出道道儿了吗?

朱光秀:杨和中说,当年康家窑做的瓷器主要是销往国外的,所以用的是英寸。可是您问的是,陶厂长为什么要问这个问题。

周鸿达:大家不是说了吗,陶厂长不懂啊。

朱光秀:肯定不是这么回事,陶厂长怎么会不懂呢?

周鸿达:那我告诉你吧,因为我们也要做高档瓷,我们的瓷器也要卖到外国去,赚外国人的钱。

朱光秀:我懂了,谢谢周主任。

周鸿达:不错啊朱光秀,你喜欢动脑子,爱琢磨事,将来会大有进步的。好好干。

朱光秀:谢谢周主任,我走了。

周鸿达看着朱光秀的背影:嗯,是棵好苗子。

周鸿达哼着小曲儿走出大门。

杜鹃和饶茶花在等候着。

杜鹃:陶自强呢? 又开会?

周鸿达看了一眼饶茶花:你不知道?

饶茶花:知道什么?

周鸿达自知失言,忙说:他让我跟你说一声,他临时有事走了。

饶茶花:走了? 走哪儿去了?

周鸿达:去武汉出差了。

饶茶花:武汉? 他去武汉了? 这么大的事他说走就走了,当没有我这个人是不是?

周鸿达:哎呀,实在是太紧急了,他让我转告你。

饶茶花:让你转告? 你要是没看见我呢,还有转告这回事吗?

周鸿达:真的,你今天不来,我也会让杜鹃……

饶茶花扭头便走。

周鸿达:哎,你别走呀。

饶茶花:不走干吗?给你们当灯泡?

周鸿达:一起吃个饭呗。

饶茶花头也不回:不饿,没心情。

幽静的校园,三三两两的同学在漫步。浓荫下的长椅上,能见到一对一对的情侣。陶自强和邓美珊走在校园的樱花大道上。

邓美珊逗着陶自强:羡慕吧?

陶自强:真羡慕大学生活。

邓美珊:到这里谈恋爱的,不一定是武汉大学的学生。

陶自强:那是什么人。

邓美珊:不少都是社会上的年轻人。

陶自强:他们为什么到这里来?

邓美珊:我说过,武汉大学是一个没有围墙的学校,是一个最浪漫的地方。什么时候带茶花来玩玩儿。

陶自强:美珊同学,我们还是说正事吧。

邓美珊:自强哥,真的对不起。我们的毕业分配方案已经定了,我是被分配到北京化学研究所的。

陶自强:不能变了?

邓美珊:不能变了。学校为了照顾我,专门跟北京要了一个分配指标。

陶自强:可是……景德镇需要你,建国瓷厂需要你。你学了四年化学,学成之后要有用武之地。北京那么大,什么样的人才没有?你到了研究所,能干什么?无非是坐办公室,或者给别人当助手。然后呢,结婚生孩子,当家庭妇女,你这四年大学不是白上了吗?

邓美珊:你说得也太可怕了,我至于那么庸俗不堪吗?

陶自强:美珊同学,好好考虑考虑我的建议吧。

邓美珊:可是……你确实来晚了,真的不好办了。

陶自强:你的意思是说,如果我没来晚,你就有可能跟我去景德镇是吗?

邓美珊:至少我会考虑的。

陶自强:好,那就好。

邓美珊:什么好呀?

陶自强:嘻嘻,我想办法。

饶茶花和杜鹃又在一起谈心。

杜鹃:你知道陶自强去哪儿了吗?

饶茶花:不是去武汉了吗?

杜鹃:去武汉干吗呀?

饶茶花:鸿达哥也没说呀。

杜鹃:你也没问呀。

饶茶花:你问了?

杜鹃:当然问了。

饶茶花生气地:爱干吗干吗,我才不管呢。

杜鹃:真的不管?

饶茶花:他连个招呼都不打就走了,我管得了吗?

杜鹃:这倒也是。

饶茶花:他到底去干吗?

杜鹃:你不是不管了吗?

饶茶花:打听打听总没毛病吧?

杜鹃:他去武汉大学了。

饶茶花腾地跳起来:什么什么,哪儿?你再说一遍。

杜鹃:你没听清呀?武汉大学。

饶茶花:他到武汉大学干什么?

杜鹃:我哪儿知道。

饶茶花:他去找谁呢?

杜鹃:可也是呢。

饶茶花惊叫起来:邓美珊!

杜鹃:吓我一跳,邓美珊是谁?

饶茶花:你忘了?就是那年在高岭山上走失的那个女大学生。

杜鹃:我的天呀,陶自强的胆子也太大了。

饶茶花:什么胆子?

杜鹃:他敢打女大学生的主意?

饶茶花:他要怎么样?

杜鹃:听周鸿达说,他还要把那个女大学生弄到景德镇来。

饶茶花气呼呼地朝山下走。杜鹃急忙追上来。

杜鹃:你干吗去?

饶茶花:不行,我得找周鸿达问清楚。

杜鹃:这么晚了,不好吧?

饶茶花:不行,今天我要是不找周鸿达,非把我憋死不可。

杜鹃:那我跟你一起去吧。

饶茶花:你在路边等着,我去推自行车。

电信局里挤满了人,都是等着打长途电话的。陶自强在柜台上办好了手续,挤出来的时候已经满头大汗了。

邓美珊迎上来。陶自强说:让我们到4号电话间去等。

靠着墙是一排一个一个的小房子,狭小得仅容一个人,小房子上面有一个小小的玻璃窗,可以看到里面打电话的人。

邓美珊跟着陶自强来到4号电话间,外面也排着长长的队伍。

陶自强:怎么这么多人打电话?

邓美珊:整个武昌区就这么一个地方可以打长途。

陶自强抹了抹头上的汗。邓美珊说:外面凉快点儿,到门口去等吧。

陶自强:不行,一会儿叫咱们听不见。

邓美珊:那我在这儿等,你去凉快凉快。

陶自强:还是我等吧,你到外面去吧。

邓美珊:算了,外面一起等吧,两个人还能说说话。

杜鹃从自行车上跳下来,饶茶花也下了车。

饶茶花:你确定他在工厂?

杜鹃:当然了,他平时就住在工人宿舍。

传达室的人拦住了她们。

杜鹃:大叔,我们去工人宿舍。

看门人:你们找谁?

杜鹃:周鸿达。

看门人:不在。

杜鹃:怎么,他回家了?

看门人:到市委开会去了。

饶茶花:晚上还开会?

看门人:赵书记召集的会,大多在晚上。

饶茶花:什么时候散会?

看门人:我怎么可能知道?要不你们打电话问问赵书记?

杜鹃:大叔,您这不是拿我们逗闷子吗?我们哪儿敢给赵书记打电话呀?

饶茶花:打就打。

杜鹃一把拉住了饶茶花:你回来。

饶茶花:怕什么?

杜鹃:赵书记直接了我们的电话,显得我们多不懂事呀。

饶茶花:那我们怎么办?

杜鹃:回去。

饶茶花:回去我要憋死。

杜鹃:憋死了埋。

饶茶花扑向杜鹃:我先掐死你……

赵文昌坐在主席位置上,冯运华、李宗贤以及周鸿达等中层干部依次围坐在长条会议桌两边。赵文昌手举着一份文件:为什么把大家召集到市委呢?就是要传达一份重要的文件,这个文件大家传阅一下,心里知道就行了,没有往下传达任务,也不要外传。好了,开始吧。

赵文昌说完,把文件先递给了冯运华。冯运华接过文件仔细看着。

陶自强一个劲儿看手表,焦急地踱着步。邓美珊安慰着:没事,别着急。上次我给我妈打电话,等了四个多小时。

陶自强:咱也等四个多小时,我就怕太晚了,赵书记休息了,接不到电话。我要的是市委值班室,他的宿舍里是没有电话的。

邓美珊:我倒有个办法,这里离武汉军分区不远,可以试一试打军用电话。

陶自强:你可真敢想,军用电话能借给我们吗?

邓美珊:你不是要找景德镇市委吗?名正言顺的公事呀,而且是急事,跟他们好好解释解释,算是求援还不行?

陶自强:恐怕人家连大门都不让我们进。

邓美珊:我有一个同学,他父亲就是军区办公室的,可以请他帮帮忙。

赵文昌:文件都看完了吧,我再简单地跟大家说一下。这是我们跟德意志民主共和国签的一份协议,协议规定,用我们景德镇颜色釉的釉料配方换取东德的精密仪器制造技术。为什么要签这份协议,恐怕大家也明白。我们的工业技术和国外比差距很大,我们要搞社会主义建设,必须发展工业,而发展工业,最缺乏的就是先进的科学技术。现在的世界分成了两大阵营,一个是以美国为首的资本主义世界,一个是以苏联为首的社会主义阵营。不是东风压倒西风,就是西风压倒东风。帝国主义在千方百计地封锁我们,社会主义阵营就是要团结一致,互通有无,协力发展。

冯运华:西方世界想要我们的颜色釉配方,想了几百年了。这都是我们的老祖宗祖祖辈辈积累起来的,拿出来实在可惜。

李宗贤:这可是政治任务,中央决定的事情,我们不能有半点儿含糊。

赵文昌:李宗贤同志说得对,这是一个很好的经济合作项目,也是一个政治任务。今天把大家召集在一起,不是讨论我们的颜色釉配方要不要给的问题,是怎么给的问题。冯运华同志,在这个问题上你是最有发言权的。

冯运华:我完全赞同中央的决定,颜色釉的配方肯定要拿出来的。但是怎么拿,到哪儿拿,却是一个很大的难题。我刚才说了,西方国家觊觎我们的陶瓷配方已经几百年了。不仅仅是颜色釉,还有青花、粉彩、釉里红、珐琅彩等等。几百年来他们费尽了心机,使用了许多卑鄙下流的手段,可是收效甚微。为什么,就是因为我的釉料配方是收藏在个人手里的。景德镇有多少家窑口,有多少个师傅,就有多少个釉料配方。这些我们怎么可能搜集到一起呢,就算能收集起来,五花八门,千差万别,又怎么给东德呢?

赵文昌:这确实是个问题,大问题。周鸿达,你说呢?

周鸿达:我本来没觉得有什么问题,听冯副厂长这么一说,倒觉得挺麻烦的。

赵文昌:李宗贤同志,你觉得呢?

李宗贤:我觉得这是党和国家考验我们的时候到了,困难肯定有。我们必须克服困难,千方百计完成这光荣的政治任务……

值班室的工作人员进来:赵书记,您的电话,陶自强打来的。

赵文昌:你们继续讨论,我去接个电话。

军分区办公室,陶自强激动地:哎呀赵书记,您的电话终于打通了,我已经给您打了七个钟头了……当然,我是遇到大麻烦了,所以必须向您求救……是求救,紧急求救……

赵文昌:……这件事恐怕比你想象的还要复杂,应届大学生的毕业分配,是由教育部直接掌握的。我只是一个小小的景德镇市委书记,没有权力向教育部申请……你先别着急,我还没说完呢……我也要求救……向轻工业部求救……

邓美珊附在陶自强的身边,一直侧着耳朵听着他和赵书记的电话。

陶自强:……当然,如果她本人不同意,我怎么敢给您打电话呢……啊,邓美珊就在我的旁边,让她亲口告诉您……

邓美珊接过电话:……赵书记,您好,我崇拜您……我说的是真心话……我愿意去景德镇……只要一个理由就够了,景德镇是我的重生之地……那次要不是陶自强把我从废矿井里救出来,我就青山埋忠骨了……哈哈,你别笑……

赵文昌:……美珊同学,我告诉你,景德镇不仅仅是你的重生之地,更是你的用武之地。你的热情、你的才华、你的美丽的梦想,都将在景德镇生根、开花、结果……啊,你让陶自强接电话……自强啊,我们需要的不是邓美珊一个人,我们接到了一个特殊的任务,等你回来再告诉你……总之,你要多带几个人回来……三五个七八个都可以……当然需要指标了,不一定是北京人,江西和附近省份的要好办一些……好,你等我的电话……

两个人从军分区大院出来。陶自强不停地感谢着:美珊同学,辛苦你了。

邓美珊:说什么呢? 你这不是为了我吗?

陶自强:哈哈,你的觉悟太高了。

邓美珊:几点了?

陶自强看了看手表:十点半了,你快点儿回去休息吧。

邓美珊:你不饿吗?

陶自强:我们晚上没吃饭吗?

邓美珊:你在哪儿吃的?

陶自强:一忙乎,还真的忘了。

邓美珊:现在想起来了?

陶自强:这一提醒,肚子真的饿了。

邓美珊:走吧。

陶自强:去哪儿?

邓美珊:红红菜馆。

煤窑开窑,大获成功。李宗贤神气十足地指挥着。

煤窑前面摆着十副坯架。邹元镐、杜绍文和工人们一起,把烧好的瓷器摆放在坯架上。十个年轻的工人穿着褡褛,披着红绸,站在坯架旁边。坯架后面,是一队背着洋鼓洋号的年轻人,白色衣裤,红色佩带,非常精神。还有几个工人准备着鞭炮。

两个年轻人打着一条横幅过来,条幅上写着:建国瓷厂向市委市政府报喜!

李宗贤对田主任说:冯副厂长怎么还不来? 快去催催。

冯运华从远处跑过来。李宗贤说:冯副厂长,就等你了。

冯运华:对不起对不起,我迟到了。

李宗贤举起条幅的一边,对冯运华说:冯副厂长,你举那一边。

冯运华犹豫着:这不好吧?

李宗贤:有什么不好的,陶厂长不在家,只能我们两个带头了。

冯运华：我觉得应该让邹元镐和杜绍文举这个条幅。

周鸿达立即响应：对对对，邹老师和小杜是大功臣，应该他们举在前面。

李宗贤随即转变了态度：对对，冯副厂长说得对，我们欢迎邹老师和小杜来举条幅好不好？

工人们齐声叫好。邹元镐和小杜摆着手后退着谦虚着。李宗贤带着几个工人，不由分说，把邹元镐和杜绍文推到前面。

邹元镐和杜绍文无奈，把条幅举了起来。

李宗贤高喊着：煤窑烧制成功，向市委领导报喜，马上开始！

鞭炮点燃了，噼噼啪啪地响成一片。鼓乐起奏，欢天喜地。

十个工人挑起坯架，迈着整齐的步子走了起来。报喜的队伍吹吹打打地朝市委的方向行进。许多路人驻足观看。

挑着坯架的工人表演着，走着花样儿，做着危险的动作，引来一阵阵叫好。

景德镇热火朝天。

陶祁香在院子里晾晒着被褥。一声汽车喇叭声，赵文昌进来了。

陶祁香：哦，老赵，是过路呀还是微服私访呀？

赵文昌：正好路过，跟你说个事。

陶祁香指了指院子里的小石桌：我刚泡的茶，你自己倒着喝吧。

赵文昌：还真有点儿渴了。

赵文昌说着，弯腰倒茶。他的腰弯下去，很吃力的样子。直起来之后，又用拳头捶着后腰。

陶祁香：好几次了，总想见面问问你，可总是忘。你当年腰部受过伤，后来怎么样了？

赵文昌：好是好了，就是留下个病根儿，无大碍。

陶祁香：阴天下雨的时候疼吧？

赵文昌：阴天下雨疼，受点儿风寒也疼，一个姿势待久了也疼。这不，刚才就是坐车坐的时间长了点儿。

陶祁香：这毛病断不了根儿，全靠你平时多注意。景德镇的天气阴冷潮湿，得好好保暖。

赵文昌：你说得太对了，我在东北睡热炕头儿，就一直没犯毛病。

陶祁香：嗯，那你适合在东北工作。

赵文昌一口把茶喝完，放下茶杯：香姐，我还有事，先走了。我就是来告诉你，后天自强回来。

第十八章

陶自强来到武汉大学图书馆,翻阅着图书馆的藏书目录。他一边翻阅着,一边在笔记本上记着。

图书馆管理员过来了:这位同学,你想借什么书,有什么需要帮助的吗?

陶自强:啊,谢谢,我只是查一下都有什么书。

管理员:你要查哪个方面的?

陶自强:我要查有关陶瓷的。

管理员:这些书在"中国手工业"的目录里,不过一些地方志里也有这方面的内容。

陶自强:有景德镇地方志吗?

管理员:有《浮梁县志》。

陶自强:太好了,能给我看看吗?

管理员去找书,旁边的一个戴眼镜的女同学跟他搭讪:你喜欢研究陶瓷?

陶自强:啊,我只是想了解一下这方面的知识。

女同学:我是化学系的,对陶瓷釉料特别感兴趣。

陶自强:啊,你也是化学系的? 你是今年的毕业生吗?

女同学:我是一年级的学生,暑假以后才升二年级。

管理员把书递给陶自强:三个版本的,一共十二册。

陶自强如获至宝,急忙翻看着。管理员问:同学,你的借书证呢?

陶自强的脸红了:老师,我……没有借书证。

管理员:怎么没有借书证呢? 丢失了吗?

陶自强:我……不是武大的学生。

管理员立即翻脸了:不是本校学生是不允许借书的。

说着,管理员把陶自强面前的书都拿过来。陶自强眼巴巴地看着那些书,像是有人抢走了他怀里的孩子。

女同学:这是我的借书证,我想看看那些书。

管理员疑惑地看着女同学,仔细检查着她的借书证。

女同学悄悄地向陶自强使了一个颜色,陶自强明白了,离开了图书馆。

女同学抱着一摞《浮梁县志》走出来。

陶自强急忙上前准备接过书。

女同学:你住在哪儿?

陶自强:红红菜馆旁边的那个小旅馆里。

女同学:你从景德镇来?

陶自强:是啊。

女同学:建国瓷厂的厂长?

陶自强:对。

女同学:陶自强?

陶自强:你怎么连我的名字都知道?

女同学:那天你来找邓美珊,是我告诉你她在红红菜馆的。

陶自强:噢,你叫王安静?

女同学:神呀你。

陶自强:那天离得太远,我没看清你,但是那个同学喊你的名字我记住了。

王安静:这几天,邓美珊总是跟你在一起吧?

陶自强:她在帮助我。

王安静:她怎么说是你在帮助她呀。

陶自强:那就是互相帮助吧。

王安静:这套书你拿回去,抓紧看,我们借阅最长时间是一个星期。

陶自强接过书。王安静说:我正要到大门口去,一起走吧。

陶自强:你才一年级,邓美珊都毕业了,你们怎么那么熟?

王安静:口味相同。

陶自强没明白。王安静说:她是北京人,我是太原人,我们都喜欢吃面食,经常凑在一起找面食吃。你呢,你喜欢吃面食吗?

陶自强:我喜欢吃炸油条。

王安静:明天早上我请你吃炸油条吧,我知道有一个地方油条炸得最好。

陶自强:对了,这些书能看几天?

王安静:图书馆规定,最多能看七天。

汪国良正在给一件粉彩镶器填色,聚精会神。卢再缘在后面看着,脸上逐渐露出惊讶的表情。汪国良似乎觉得后面有人,回头看了看。

卢再缘:你接着画,接着画。

汪国良:卢老师,我画得不对吗?

卢再缘:不对。

汪国良:请老师指教。

卢再缘:虽说你画得不对,但是不必改,就这样画下去。

汪国良:卢老师,我画得不对,为什么不让我改?

卢再缘:我说你画得不对,是按照我的画稿说的。你画得的确跟我的画稿不大一样,可是我觉得这样画效果也不错,甚至更好。

丁萌萌兴高采烈地进来:汪国良,准备请客吧?

卢再缘:我刚夸他两句,你就让他请客。这样下去,还不把他吃破产了?

丁萌萌:您夸他了,夸他什么了?

卢再缘:你没听见我夸他?

丁萌萌:我不是刚进来吗?

卢再缘:那你让他请什么客?

丁萌萌把一张通知书拍在汪国良面前:通知你的,星期六下午,到夜校教室参加考试。

汪国良:考试?考什么?

丁萌萌:你的学徒期满了,如果考试合格,就转为正式工人了。

汪国良:啊?不是学徒三年吗?我刚两年啊。

丁萌萌:厂里规定,年满十八周岁,学习优异者,可以提前转正。

汪国良:啊?我都十八啦?

丁萌萌:你觉得呢?

汪国良:我是说……我能行吗?

卢再缘:能行能行,我保举你。

丁萌萌:保举就不需要了,厂里也没这个要求,不过这两天您得给汪国良好好补补课。

卢再缘:补什么课?

丁萌萌:考试分两大块儿,一个是专业技能,一个是陶瓷理论。

卢再缘:啊?这要是让我考,也未必能及格。

汪国良:别介呀卢老师,您要是不及格,我更没戏了。

卢再缘:这样吧,下班以后,你去我那儿,咱一起研究。

汪国良:卢老师,谢谢您了。

陶自强看着《浮梁县志》,一边翻看着,一边抄写着。有人敲门。

邓美珊走了进来。陶自强微笑着:啊,请坐。

邓美珊:看什么呢?这么认真。

陶自强笑了笑。邓美珊走过来,翻了翻《浮梁县志》,又伸头看了看陶自强抄的笔记。陶自强抬起头来看了看邓美珊。邓美珊:我们走吧。

陶自强:去哪儿?

邓美珊:去傅家坡呀。

陶自强:去傅家坡干什么?

邓美珊:你真忘了?去傅家坡商场啊,给茶花买礼物啊。你不是把茶花得罪了吗?不买点儿礼物回去怎么交代?

陶自强为难地:可是,我要抓紧把这些资料看完。

邓美珊:至于这么着急吗?

陶自强:这些资料只能看七天。

邓美珊:噢,这就是王安静给你借的书吧?

陶自强:你知道?

邓美珊:她跟我说了。没关系,如果七天你没看完,我可以续借,正好我的借书证还没有交回去呢。

陶自强:可是……我也不知道能在武汉待几天呀。

邓美珊想了想:这样吧,咱们以工换工。你不是一边看一边做笔记吗?你负责看,需要抄下来的你告诉我,我替你抄。

陶自强:太好了,我刚好选出来几段,你帮我抄吧。

邓美珊接过陶自强翻看过的《浮梁县志》,又接过陶自强的笔记本,突然醒悟了:不对呀陶厂长,到傅家坡是给你干事呀,你怎么还让我以工换工呢?

陶自强:不是你说的以工换工吗?

邓美珊:你这也太欺负人了陶厂长,不行,我不干了。

陶自强央求着:美珊,谢谢你,把这几段抄完咱就走,算是我求你了。

邓美珊:记住,欠债是要还的。

陶自强:还,还,肯定还。

卢再缘带着汪国良进了家门,来到自己的画室。汪国良有些拘谨。

卢再缘:你坐,你先坐。我买了点儿大枣儿,我去洗一洗。

汪国良没有坐,四下张望着。

卢再缘提着大枣儿出去了。汪国良饶有兴趣地看着卢再缘画案上的作品,一幅人物画,画有点儿眼熟……

卢再缘端着洗好的大枣儿推门进来,一下子愣住了:汪国良稀里哗啦地摘着墙上的画,又稀里哗啦地把那些画扔在地上。

卢再缘叫喊着:汪国良,你在干什么?

汪国良瞪大了眼睛喊叫着:我还想问你呢,你这是什么?

329

卢再缘:我画的画呀。

汪国良:你画的是什么？

卢再缘:桃花呀。

汪国良指着扔在地上的画:我问你这些。

卢再缘:这些也是桃花呀。

汪国良:你胡扯,这明明是丁萌萌。

卢再缘:丁萌萌就是桃花。

汪国良:丁萌萌早就跟你说过,她不是桃花。

卢再缘:她就是桃花。

汪国良:你把丁萌萌的画像挂在墙上,你要干什么？

卢再缘:看啊。

汪国良:看什么看？

卢再缘:我就是要看,喝茶的时候看,吃饭的时候看,画画的时候看,睡觉的时候也要看。不看她,我一天都活不下去。

汪国良:你这是对丁萌萌的侮辱。

卢再缘:我的女人,我就是要看。

汪国良:你混蛋。

卢再缘:汪国良,你……你……你要流氓。

汪国良:要流氓的是你,你这个大流氓……

卢再缘:你滚,你给我滚……

汪国良抱起地上的画。

卢再缘:你把画放下,这是我的。

汪国良冲向门口,把卢再缘撞到一边,怒气冲冲地走了。

汪国良抱着画走着,暴怒得走路都摇摇晃晃了。

丁萌萌从对面走来:你怎么走了呀,卢老师不是给你补课吗？

汪国良:你干吗去？

丁萌萌:我来帮助卢老师给你补课啊。

汪国良:你不许再理他。

丁萌萌:他怎么了？

汪国良:他不是人。

丁萌萌:出了什么事？

汪国良把怀里的画塞给丁萌萌:你自己看吧。

画掉在了地上,丁萌萌捡起一幅,看着。

汪国良:他把这些画都挂在墙上,没日没夜地看着你。

丁萌萌:怎么了?

汪国良:还怎么了? 他这是在侮辱你糟蹋你。

丁萌萌:没那么严重吧? 这不是他自己画的吗?

汪国良:可是他画的是你。

丁萌萌:画就画呗,纸是他的,笔是他的,功夫是他的,你还挡得住他画。

汪国良:你怎么替他说话? 你还是不是我姐?

丁萌萌:不愿意就别叫我姐。

汪国良:不叫你姐叫什么?

丁萌萌脱口而出:叫妈。

汪国良:你……

汪国良扭身离去。丁萌萌笑得弯下了腰,一边笑一边捡着地上的画。

邓美珊带着陶自强走进了武汉大学。

陶自强从衣兜儿里掏出那个锦盒,掂量着:你说这珍珠项链茶花会喜欢吗?

邓美珊:女孩子哪有不喜欢首饰的?

陶自强:她要是埋怨,我就说是你挑选的。

邓美珊:你就这么说,她要是不喜欢,给我。

陶自强:上次买那个棉袄,就让你借穿了半天。

邓美珊:幸亏我穿了吧,要不她撕成了碎片,不是太亏了吗?

陶自强:亏的是茶花。

邓美珊:她后悔死了。

陶自强:我说给她买件衣服吧。

邓美珊:买衣服太俗,这珍珠项链景德镇没有。放心吧,茶花要是戴上,能把她那些小姐妹羡慕死。

学校高音喇叭响了起来:化学系毕业生邓美珊,请让景德镇的陶自强马上去办公室接电话……化学系毕业生邓美珊……

邓美珊:快……

陶自强跟着邓美珊朝学校办公室跑去。

丁萌萌来到汪国良的房间。汪国良正躺在床上生闷气。

丁萌萌:还生气呢? 你十八岁了,成年人了,大男人了,至于这么小心眼吗?

汪国良翻身起来:谁小心眼了?

丁萌萌:你驴脸呱嗒的,一天都没理卢再缘。

汪国良:我懒得理他。

丁萌萌:那你这一天也没叫我姐呀。

汪国良:你不是让我叫你妈吗?

丁萌萌:你嚷什么,我妈在外面呢,别让她听见。

汪国良:谁让你把那些画又还给卢再缘的?

丁萌萌:那是人家的画。

汪国良:可他画的是你。

丁萌萌:你说该怎么办?

汪国良:你应该把那些画撕碎。

丁萌萌:你让我粉身碎骨。

汪国良:你怎么这么没心没肺呀?

丁萌萌:没心没肺,做人不累,问心无愧,长命百岁。

汪国良:去去去,别跟我臭贫。

丁萌萌:那些画是卢再缘的精神支撑,咱得讲点儿人道主义关怀。

汪国良:哼,还关怀?

丁萌萌:这话不是我说的,是陶厂长说的。

汪国良:陶厂长也知道这事?

丁萌萌:陶厂长去过卢再缘的家。

汪国良:陶厂长怎么说?

丁萌萌:陶厂长说他有病。

汪国良:他就是有病,精神病。

丁萌萌:你既然知道他有病,还跟他计较什么?

汪国良无语。丁萌萌把一份资料扔给汪国良。

汪国良看了一眼,没动。丁萌萌说:这是你的考试复习题。

汪国良拿了起来。丁萌萌说:卢再缘给你的。

陶自强订了一桌菜饭招待武汉大学的同学。

邓美珊里里外外地张罗着。

唐家明、姚莎莎进来。

唐家明:陶厂长,还记得我吧。

陶自强看着唐家明。姚莎莎扯了一下唐家明的衣袖:你别说,让他自己猜。

陶自强看了看姚莎莎。姚莎莎说:说不出我们的名字,要罚酒的。

陶自强站直了身子,昂着脑袋,学着当初在废矿井里的呼喊:唐家明、姚莎莎……我们在这里……

唐家明也学着当初的样子,喊着:邓美珊、陶自强……你们在哪儿?

大家也学着他们的样子,齐声喊着:我们在这里……

灯光下,陶祁香在画着瓷器。响起了敲门声。

陶祁香:谁呀?

周鸿达:姐,我是周鸿达。

陶祁香起身开门。周鸿达在外面说:姐,我不进去了,就一句话。

陶祁香:鸿达,你进来,姐有话要问你。

周鸿达进来。陶祁香问道:你半年前就张罗着要结婚,最近怎么没信儿了。

周鸿达叹息着:唉,别提了。

陶祁香:怎么了?

周鸿达:她妈非得要"三转一响",您说,自行车一百六十多,缝纫机一百二十多,手表一百五十多,收音机八十多,加起来差不多就是五百块,我一个月工资四十八,不吃不喝也得凑一年吧? 我不能为了娶个老婆去抢银行吧?

陶祁香:杜鹃妈这么狮子大张口,那杜鹃什么态度?

周鸿达:她一口一个听她妈的,我看呀,她也是个食亲财黑的娘儿们。

陶祁香:就不能商量商量了?

周鸿达:啊,对了,我先不跟您聊了,杜鹃在外面等着我呢,我还得送她回家呢。

陶祁香:那你快去吧,路上小心点儿。

周鸿达匆匆走了。

邓美珊:……我去景德镇的事情已经办妥了,是景德镇赵书记亲自给办的。现在赵书记要求陶厂长再招几个应届毕业生去建国瓷厂,唐家明和姚莎莎都是江西人,正好分配方案还没有落实。你们几个如果愿意去,今天先跟陶厂长这儿报个名,明天他还要跟学校分配办公室沟通一下。

姚莎莎:美珊姐,我们可以一起走吗?

邓美珊:恐怕不行,你们的分配方案还要经过学校审核批准,需要三五天的时间。我后天先跟陶厂长一起走,我打前站,在景德镇等着迎接你们。

王安静:美珊姐,我能报名吗?

邓美珊:你说呢?

唐家明:你刚一年级,报什么名,今天吃顿蹭饭就行了。

王安静:唐家明,你讨厌不讨厌?

饶茶花从屋里出来,杜鹃在门口等着她。

饶茶花:怎么样？有消息了？

杜鹃:一个好消息,一个坏消息。

饶茶花:你怎么也学会卖关子了？有话快说,有屁快放。

杜鹃:好消息是你的,坏消息是我的。

饶茶花:那我先听好消息。

杜鹃:陶自强后天回来。

饶茶花:你怎么知道的？

杜鹃:周鸿达告诉我的,赵书记给他们厂里打电话了。

饶茶花:哦,说说你的坏消息吧。

杜鹃立刻愤怒起来:你说周鸿达混蛋不混蛋？半年前我就催他"三转一响"的事,到如今,一转也不转,一响也不响。

饶茶花:那他想怎么样？

杜鹃:他想就这样让我光着屁股嫁给他。

饶茶花:那好啊,入洞房的时候省事了。

杜鹃:我都愁死了,你还拿我开心。

饶茶花:那……我去跟你妈说说？

杜鹃:甭说,我妈是咬紧牙关不松口。

饶茶花:那怎么办呀？

杜鹃:是啊,怎么办呀？

几个同学报名。陶自强在笔记本上记录着。

姚莎莎:好了好了,该我了。

陶自强抬头看着她。

姚莎莎:写呀,你看着我干什么？

陶自强:姓名？

姚莎莎:你不是知道吗？

陶自强:按规矩办,请你回答。

姚莎莎:姚莎莎。

陶自强:性别？

姚莎莎:你还要验明正身呀？

陶自强一脸严肃。姚莎莎只好妥协:女。

陶自强:年龄？

姚莎莎:二十一岁。

陶自强:学历？

姚莎莎:武汉大学化学系应届毕业生。

陶自强:你的技能?

姚莎莎:技能?

陶自强:技能。

姚莎莎:我是……既能吃又能睡。

同学们忍住笑。陶自强说:说说你的缺点。

姚莎莎:缺点……缺点儿钱。

同学们哄笑起来。邓美珊说:姚莎莎,你成心捣乱是不是?

姚莎莎:我成心捣乱?你怎么不说他呀?有他这么问的吗?

陶自强一本正经:我这样问有毛病吗?

姚莎莎:当然有毛病了,人家都是问有什么优点,你可倒好,上来先问人家缺点。

陶自强:我问你缺点,你一句话就回答了。要是问你优点,你还不得说到天亮,我们还吃不吃饭?

姚莎莎愣了一下,笑了:你这是夸我吗?

陶自强:算是吧。

同学们哄笑着。邓美珊宣布开饭。服务员端来热气腾腾的盘碗。

唐家明:来,把酒满上。

陶自强:我来,我给大家满酒。

建国瓷厂夜校教室,里面的学徒工在考试。

丁萌萌扒窗户看着。里面的监考老师出来了,轻轻拍了拍她的肩膀。

丁萌萌吓一激灵。监考老师示意她离开。丁萌萌吐了一下舌头,离开了。教室拐角处,卢再缘也在远远地看着。

下课铃响,考试的人陆续出来。汪国良出来了。丁萌萌忙迎上去:怎么样?

汪国良忍着兴奋:你说呢?

丁萌萌:及格应该没问题吧?

汪国良撇了撇嘴:你也太小瞧你弟弟了。

丁萌萌兴奋地叫着:行啊你,手拿把攥啊。

汪国良看见了教室拐角处的卢再缘,忙走过去。

卢再缘又想走又想留,脚步不听使唤了。

汪国良来到卢再缘面前,深深地鞠了一个躬。

卢再缘慌了:你……你这是干吗?

汪国良:卢老师,谢谢您。

卢再缘:谢我什么?

汪国良:幸亏您给我拉了一份复习提纲,您知道吗?试卷上的考题,您的提纲里都有。

跟着过来的丁萌萌大声说:我们好好庆祝一下,我请客。

卢再缘:包括我吗?

汪国良:当然了,主要是答谢您。姐,还是我请客吧。

卢再缘:我不去。

汪国良:为什么?

卢再缘看了看丁萌萌:除非你们让我请客。

丁萌萌:好啊,铁公鸡要拔毛了,我们今天点两个硬菜。

饶茶花早早地来到了,不停地朝远处张望着。

周鸿达骑着摩托车来了。饶茶花迎上去:鸿达哥,你也会骑摩托车了?

周鸿达:趁着这几天自强不在,我把摩托车学会了。

饶茶花:谁教你的?

周鸿达:当然是冯叔了。

饶茶花:你会骑摩托车了,可以带着杜鹃去兜风了。

周鸿达:这么说,自强就经常带你去兜风了?

饶茶花:哪儿呀,我们俩搞对象,就跟做贼似的,生怕他姐碰上。

周鸿达:他姐……糟糕糟糕,耽误大事了。

饶茶花:什么事?

周鸿达:那天去自强家,我原本是去告诉姐姐陶自强后天要回来的,结果一进门她就问我跟杜鹃的事,生生把要说的事忘了。这几天总是想起来总是又忘了,这叫什么事呀?

饶茶花:那你现在就去通知他姐。

周鸿达:恐怕来不及了。

饶茶花:这不是还有我吗?

周鸿达:我骑摩托车来,是给邓美珊拉行李的。你想啊,她从学校毕业了,又到咱这儿来上班,行李肯定少不了。

饶茶花:你说什么?邓美珊,她不是武汉大学的学生吗?陶自强去找她了?

周鸿达:闹了半天你什么都不知道呀?

饶茶花:我能知道什么?要不是听杜鹃说,我都不知道陶自强今天回来。

周鸿达:怨我怨我,我没跟你说清楚。邓美珊今年毕业了,我们建国瓷厂需要懂化学的,赵书记派他去武汉大学把邓美珊招到景德镇来了。

336

饶茶花:是这样……

周鸿达:是南昌的车吧?

饶茶花:他们应该从武汉坐火车到南昌,再从南昌回来。

周鸿达:嗯……这辆车就是。

南昌的公共汽车开过来。饶茶花和周鸿达朝前跑去。

汽车缓缓进站。周鸿达凑过去。饶茶花却悄悄地退回来……

饶茶花躲在一棵树的后面,探头偷看着:

车门开了。乘客们依次下车。

饶茶花首先看到邓美珊走下来,又回头招呼着陶自强。

陶自强搬着一个很大的行李箱。周鸿达上前接过行李箱。

陶自强给邓美珊和周鸿达介绍着。周鸿达热情地握着邓美珊的手。

陶自强帮助周鸿达把行李箱绑在摩托车后面。

周鸿达骑着摩托车走了。陶自强朝前走了几步,发现邓美珊落在后面了,停下来等她。邓美珊跑了几步,与陶自强肩并肩走着,两个人离得很近,都很兴奋的样子。

饶茶花眼巴巴地看着他们远去的身影……

卢再缘、丁萌萌和汪国良坐下来。

陈三姐:几位要点儿什么?

丁萌萌:卢老师,今天是您请客,您点菜吧。

陈三姐:你们可别让卢老师点菜,上次他请罗大仙吃饭,一上来就点了五份主食。

丁萌萌:还有这事?卢老师,您不是说您没请过客吗?

卢老师:只有那次,仅此一次。

汪国良:卢老师,您这么会过,得攒多少钱了?

卢老师:是攒了点儿,都给桃花留着呢。

汪国良:又来了不是,今天您就别省着了。

卢再缘:今天不省了,今天桃花……哦,今天丁萌萌在,就不省了。

丁萌萌:三姐,我们不点了,您瞧着给我们安排就行了。

陈三姐:那好,你们先喝茶。

饶茶花尾随着陶自强和邓美珊。一会儿离得远了,饶茶花便跑几步跟上;一会儿离得近了,饶茶花又放慢了脚步。走走停停,停停走走。她忽然看见邓美珊回了一下头,便狸猫似的躲起来。

邓美珊：我就奇怪了，这么长时间了，你怎么还没把你姐姐摆平？

陶自强：与封建思想做斗争，是个长期的过程，需要十几年几十年甚至几代人的努力。

邓美珊：你没戏了，就等着打光棍儿吧。

陶自强：已经到了最后攻关阶段了，胜利在望。

邓美珊又回了一下头。

陶自强问：你总回头看什么？

邓美珊：我总觉得后面有人跟着我们。

陶自强也回了一下头：不会吧？谁跟着我们干什么？

邓美珊：会不会是茶花？

陶自强：不可能，她怎么会知道我们今天回来。

饶茶花猛然从路边一棵树后面蹿出来，欣喜地叫着：美珊妹妹！

邓美珊吓了一大跳：哎哟我的妈呀。

饶茶花搂住了邓美珊又蹦又跳：美珊妹妹，可想死你了，真没想到你能到景德镇来。

陶自强：茶花，你怎么知道我们今天回来。

饶茶花像是没听见一样，看都不看陶自强。

邓美珊：茶花姐，你看自强哥，见到你都傻了。

饶茶花：美珊妹妹，你真的要在景德镇工作了？太好了，以后我们可以经常见面了。

邓美珊：你来接我们，真的给自强哥一个惊喜。

饶茶花：美珊妹妹，跟我走吧，我请你吃饭，给你接风洗尘。

邓美珊把饶茶花的身子扳过来：茶花姐，你看看自强哥，他围着你转了半天了。

饶茶花又把身子扭过来：美珊妹妹，上马的饺子下马面，我带你去吃鸡丝面吧。对了，咱去三角井，我亲手给你做。

陶自强实在忍不住了：茶花，你没看见我吗？

饶茶花依然拉着邓美珊：走，我们去三角井。

陶自强一把拉住了饶茶花的胳膊。饶茶花使劲把陶自强甩开。

陶自强高声喊着：饶茶花。

饶茶花凑近陶自强，瞪大了眼睛看着他。

陶自强放低了声音：茶花……

饶茶花：你谁呀？

陶自强理直气壮地：我是陶自强。

338

饶茶花摇了摇头:不认识。

陶自强:茶花,你别这样。

饶茶花又拉起了邓美珊:我们走。

陶自强:饶茶花,你眼里还有我吗?

饶茶花回过头:陶自强,你心里还有我吗?

陶自强:茶花,对不起,是我不好……

饶茶花看着陶自强,突然,"哇"的一声大哭起来……

邓美珊立刻慌了:茶花,茶花,你怎么了?

陶自强耐心地站在饶茶花面前。邓美珊向陶自强伸出手。

陶自强愣了一下,明白了,从背包里掏出那只装着珍珠项链的锦盒。

邓美珊把锦盒拿过来,打开,举到饶茶花的面前:茶花姐,这是我给你的礼物。

饶茶花一边哭着,一边透过指缝看见了邓美珊手里的珍珠项链。

邓美珊:茶花姐,看看,你喜欢吗?

饶茶花哭着说:不用,我都没给你买礼物……

邓美珊:你是姐姐。

饶茶花哭着说:姐姐才该买的。

邓美珊:茶花姐,你别哭了,先看看这珍珠项链。

饶茶花:你让我再哭一会儿。

邓美珊"扑哧"笑了,急忙止住。

饶茶花把手从脸上放下来。

陶自强逗着饶茶花:茶花,还委屈吗?

饶茶花喊着:委屈,委屈死我了。

陶自强:那就再哭一会儿。

饶茶花扑向陶自强,使劲捶打着。陶自强顺势把饶茶花搂在怀里。

邓美珊扭过头……

卢再缘、丁萌萌、汪国良一起喝着酒。

丁萌萌和汪国良给卢再缘敬酒,卢再缘很高兴。

汪国良:卢老师,我要是转正了,是不是就算出师了。

卢再缘:算。

汪国良:我要是出师了,是不是可以直接在坯胎上作画了?

卢再缘:当然。

汪国良:卢老师,今天您争着请客,我还要办一个谢师宴。

卢再缘:谢我?

汪国良:是啊,一日为师终身为父,我不能忘了您的教诲之恩。

卢再缘:我给你当师父,是厂里指派的,是我的工作。你要是有出息呢,是你自己努力的结果;你要是不成材呢,是我的工作失职。

汪国良:这也太不公平了,不行,这个谢师宴我非办不可。

卢再缘:你连拜师宴都没办,哪儿来的谢师宴?

汪国良:那就拜师宴和谢师宴一块儿办,咱们隆重点儿。对吧姐。

丁萌萌:对,咱们隆重点儿,把陶厂长也请来。

汪国良:还请陶厂长?你还不如说把赵书记请来呢。

卢再缘:也不是不可能。

汪国良:瞧你们俩吹的,还知道北吗?

陈三姐端着菜过来:你们要是能让赵书记在我这儿吃一顿饭,我三天大酬宾,白吃白喝不要钱。

丁萌萌:那您可要破产了。

陈三姐:破产我也愿意。

陶自强还没进门就喊起来:姐,姐,我们回来了。

陶祁香急忙迎了出来。邓美珊跟着陶自强要进院门,又停下了,转身把饶茶花推在了前面。陶祁香没有理睬饶茶花,直接朝邓美珊过来。

邓美珊大大方方:姐姐,您好。

陶祁香:你就是邓美珊吧,一看就是大城市来的姑娘,不怵阵。

饶茶花也慌忙向陶祁香打着招呼:姐。

陶祁香"嗯"了一声。

邓美珊打量着陶祁香:姐,您真漂亮。

陶祁香:别拿我打哈哈了,漂亮什么呀,老太婆了。

陶自强:姐,周鸿达呢?

陶祁香:把美珊的行李放下就走了。

陶自强:姐,对不起,我回来也没告诉您一声。

陶祁香:这不怨你,怨周鸿达,也怨我自己。他来给我通报又忘了说了,我也忘了问了。哎,别站在这儿说话呀,进来,都进来。自强,打盆水让美珊洗洗脸,我去做饭。

饶茶花:姐,我帮您做饭吧。

卢再缘看着汪国良:问你一句话,你要如实回答。

汪国良:您问吧,凡是我知道的。

卢再缘:吴妲湘在哪儿?

丁萌萌吃惊地看着两个人。卢再缘:不许说不知道。

汪国良:这……您怎么知道我知道?

卢再缘:那天你在粉彩上填色,我就发现了。

汪国良:您发现了什么?

卢再缘:我发现了你填出来的人物表情,是吴妲湘的手法。

汪国良:或许是吴老师早教我的呢。

卢再缘:不对,两个月前你填出来的色还不是这样呢。

丁萌萌:好啊你汪国良,吴老师在哪儿?

汪国良:你知道的,不是戒烟去了吗?

丁萌萌:少废话,都两年了,有戒烟戒两年的吗?

卢再缘:国良,你告诉我们又有何妨?

汪国良:在荷塘。

丁萌萌:荷塘?那不是吴老师戒烟的地方吗?

汪国良:烟早就戒了。

丁萌萌:那他为什么还不回景德镇?

汪国良:他在那儿……

丁萌萌:怎么了?

汪国良:结婚了。

丁萌萌:结婚了?他这么大岁数还结婚?

卢再缘不爱听了:岁数大怎么了?岁数大就不能结婚了?

丁萌萌自知失言:对不起对不起,我嘴不好使。

汪国良笑了。丁萌萌问:吴老师跟什么人结婚了?

汪国良:戒烟所的一个护士。

丁萌萌:长得非常漂亮吧?

汪国良:我说出来你们可能都不信,开始的时候我也不信。姐,你还记得吴老师给咱讲一个故事吗?他和王琦去上海送瓷画,为了追一个女人误了船……

丁萌萌:记得啊,那是在九江。啊?不会就是那个女人吧?

汪国良:怎么不会,就是那个女人。

丁萌萌:我的天啊。

汪国良:连吴老师自己也没想到,过了几十年,又在戒烟所见面了。

丁萌萌:现在呢?

汪国良:跟吴老师结婚了。

341

丁萌萌：那吴老师就不回来了？

汪国良：他们在荷塘的山上安了家，吴老师画画，吴师母在荷塘卫生院当医生。

卢再缘感慨万分地：这就是缘分，缘分来了，躲都躲不掉。这就是命，人不可与命挣。

饶茶花帮助陶祁香端菜。

陶自强看着端上来的四盘菜：摊鸡蛋、宫保肉丁、炒芹菜、拌黄瓜……

陶祁香招呼着：坐下，都坐下，美珊，你过来挨着姐姐坐。

邓美珊夸张地：哇……姐姐，您这是变魔术呀，这么快就变出了这么多菜！

陶自强拿来一坛窑工酒：今天给邓美珊同学接风，我们就喝窑工酒吧！

陶祁香：拿回去，拿回去。我那书柜上面有一瓶莲花白，你拿过来。

陶自强把酒拿了出来。陶祁香说：给我，我来开。再拿几个红酒杯来。

饶茶花：我去拿。

陶祁香把莲花白举到邓美珊面前：知道这个酒吗？

邓美珊：略知一二。

陶祁香：说说看。

邓美珊吟哦着：情知天上莲花白，压尽人间竹叶青。

陶祁香笑了，亲热地搂住了邓美珊的肩膀。

邓美珊：据说这酒早在明朝万历年间就开始酿造了，到了清代，就更加精细了，用的是昆明湖白莲花的花蕊入酒。这可是宫廷秘酿，民国之后才传到民间的。

陶祁香：你年纪轻轻的，怎么知道这么多？

邓美珊：听我爷爷说的。

陶祁香：你爷爷是做什么的？

邓美珊：在北京大学教书。

陶自强：你爷爷是北京大学教授？

邓美珊：前年，他去世了。

陶祁香：好了，倒酒吧……

陶自强：姐，我来。

丁萌萌：荷塘那么远，你怎么去吴老师那里？

汪国良：骑自行车呀。

丁萌萌：你哪儿来的自行车？

汪国良:跟南小汐借的。

丁萌萌:就是门市部那个女孩儿？你跟她还有一腿？

汪国良:你瞎说什么呢？人家比我大。

丁萌萌:那你叫她姐喽？

汪国良:我没叫她姐。

丁萌萌:那你叫什么？

汪国良:我叫她小汐姐。

丁萌萌:那不还是姐吗？

汪国良:姐跟姐不一样。

丁萌萌:有什么不一样的？

汪国良:你是亲的。

丁萌萌:她是干的？

汪国良:连干的也不是。

丁萌萌:那你为什么跟她借自行车？明明咱家是有自行车的。

汪国良:就是想瞒着你。

丁萌萌:你为什么瞒着我？

汪国良:这……你心里没个数吗？

丁萌萌:你什么意思？

卢再缘打着圆场:哎呀,你们扯得太远了吧,比孙悟空一个跟头还远。来,喝酒喝酒。别忘了今天是给汪国良祝贺的。

陶祁香端着两盘热气腾腾的饺子来了:饺子来喽,上马的饺子下马面。

陶自强:姐,人家邓美珊刚到,应该算是下马吧？

陶祁香:亏你还是个大厂长,我问你,邓美珊到景德镇干什么来了？

陶自强:到建国瓷厂报到呀。

陶祁香:应该叫作走马上任吧？

陶自强:也可以这么说。

陶祁香:走马上任,是上马还是下马？

邓美珊惊叫起来:哎呀姐姐,您可真是天才。陶自强,罚酒罚酒。

饶茶花也举起了杯:自强哥,姐姐真厉害,你就认罚吧。

陶祁香一语双关地:你才知道我厉害呀？

饶茶花:姐姐,我也认罚一杯。

陶自强看了看盘里的饺子,又看了看桌上的菜,疑惑地问:姐,今天这几个菜,还有这饺子,都是北京人的口味吧？

343

陶祁香:邓美珊不是北京人吗?

陶自强:你这些都是为邓美珊准备的?

陶祁香:你说呢?

陶自强:我还是不明白。

陶祁香:不明白什么?

陶自强:您刚才说,周鸿达没有告诉您,您根本不知道我什么时候回来。可是这些东西,您又是什么时候准备的呢? 这样看来,您不但知道我今天回来,还知道邓美珊和我一起回来,对不对?

陶祁香:这……

陶自强:到底是谁给您通风报信的?

陶祁香支吾着。

邓美珊附在陶祁香的耳边,淘气地说:姐,您是不是也认罚一杯呀?

陶自强和饶茶花笑起来。

陶祁香:罚就罚,谁让我高兴呢。

卢再缘喝得显然有点儿高了,举着杯硬是跟丁萌萌碰:萌萌,我再敬你一杯。

丁萌萌:卢老师,我不能喝了,真的不能再喝了。

卢再缘:就一杯,给我个面子嘛。

丁萌萌:喝也行,那要看汪国良给不给您面子。

卢再缘:汪国良,他当然会给我面子了。他是我的入室弟子,又是关门弟子,能不给我面子吗?

丁萌萌:那好,我求汪国良一件事,他要是答应呢,这杯酒我就喝,不答应呢,您就自己喝吧。

卢再缘:你说,什么事,他肯定会答应的。

汪国良:姐,你可真逗,还有事要求我。就算有什么事,你直说就是了,用得着卢老师的面子吗?

卢再缘:用得着用得着,我的面子肯定好使。萌萌,什么事你说吧。

丁萌萌却对着汪国良说:你下次再去看吴老师,带上我。

卢再缘:没问题没问题,不要说带上你,我也跟你们一起去。

汪国良:姐,要是别的事呢,我当仁不让,上刀山下火海也在所不辞。这件事嘛,我可真不敢答应你。

丁萌萌:为什么?

汪国良:人命关天啊。

丁萌萌:哪儿来的人命?

汪国良:你想呀,吴老师住在山上吧,山上的小路都是石头蛋子铺的,山的周围都是悬崖峭壁。吴老师这么大年纪了,要是跑起来,脚下一滑,就会跌倒在路上,再一失足,就会跌进万丈深渊……

丁萌萌:吴老师跑什么?

汪国良:他见到你能不跑吗? 等着挨耳光呀?

卢再缘大笑起来。

丁萌萌蜷起食指和中指,狠狠地敲在汪国良的脑门上:给你个"磕螺丝"。

陶祁香收拾着自己的床铺。邓美珊帮不上忙,站在一边。

陶祁香:今天就委屈你一下,跟姐姐在一张床上挤一挤吧。

邓美珊:不委屈,我正想跟姐姐一起说说话呢。

陶祁香:你在里面吧,我在外面上上下下的方便。

邓美珊:自强呢?

陶祁香:他去厂里就没谱儿了,我们先睡吧,又是火车又是汽车的,累了吧。

邓美珊:还好,我年轻嘛。茶花姐呢?

陶祁香:你别担心她。

邓美珊:是不是又去三角井了?

陶祁香:你还知道三角井?

邓美珊:三角井的陈三姐,我可没少吃她做的饭。

陶祁香:好了,你要不要洗漱一下。

邓美珊:对了,我的行李箱呢?

陶祁香:哦,在楼下呢。

邓美珊:您别管了,我去拿。

邓美珊下楼,打开自己的行李箱拿东西。

饶茶花扒在门外小声地叫着:美珊……

邓美珊走到门口。饶茶花示意让她打开门。

邓美珊把门打开。饶茶花闪身进来。

邓美珊低声问:你不是去找自强哥了吗?

饶茶花:自强哥开会呢,说不回来了。

邓美珊:那你怎么办?

饶茶花指了指楼上:别跟姐说。

邓美珊笑了笑。

饶茶花亮出来她脖子上的珍珠项链:谢谢你,这珍珠项链太漂亮了。

345

邓美珊:别谢我,是陶自强给你买的。

饶茶花:他买的? 他为什么不自己给我?

邓美珊:你当时正哭得惊天动地,他敢给你吗?

饶茶花"哼"了一声,故意噘着嘴上楼了。

邓美珊重新把门关好。

冯运华把一份文件递给陶自强:这是我们与德意志民主共和国签订的合作协议,你先看看。

陶自强:大概内容我都知道了,赵书记在电话里跟我讲了。我们现在面临着两大任务,一个是出口创汇,一个是完成与东德的合作项目。这两大任务,都是统一釉料配方问题。我们的出口瓷,配方要统一;而给东德的,也要一个统一的釉料配方。统一釉料配方,需要的是化学人才。我这次从武汉大学招收了四个大学生,除了邓美珊,还有三个。这是他们的基本材料,我们审查批准以后,马上通知他们前来报到……

冯运华和李宗贤分别看着三个人的材料。

李宗贤:这三个人条件都不错,政治条件还需要审查一下。

陶自强:这些交给人事科去做吧。

冯运华:我没有意见。

陶自强:这些天我一直在想一个问题,我们的釉料配方需要统一,可是几乎所有的釉料配方都在私人手里。这个问题需要解决。

冯运华:我也一直在想这个问题,你有什么好的建议?

陶自强:动员各位师傅献秘方。

冯运华:献秘方?

陶自强:只有把秘方尽可能多地收集起来,我们才能进行化学分析。然后才能优中选优,制定标准,拿出一套统一的配方。

李宗贤:我非常赞成,要充分发动群众,动员大家把秘方都交出来。

冯运华思索着。陶自强问道:冯副厂长,您的意见呢?

冯运华:有难度,但是又不得不搞,必须搞。

陶自强:如何动员大家贡献秘方,需要我们好好研究。我们先商量一个方案,然后再向赵书记汇报。

李宗贤:献秘方的工作难度比较大,不能不先吹吹风。

陶自强:可以先摸摸底,找几个积极分子聊聊。

陶祁香和邓美珊躺在床上。邓美珊在黑暗中睁着眼睛。

陶祁香:你怎么还不睡?

邓美珊:您也没睡?

陶祁香:兴奋了,一点儿睡意都没有。

邓美珊:我也是。姐,反正也睡不着,咱们聊聊天吧。

陶祁香:聊什么?

邓美珊:聊聊陶自强吧。

陶祁香:自强有什么好聊的,还是聊聊你吧。

邓美珊:我也没什么好聊的,要不聊聊您。

陶祁香:我更没什么好聊的了。

邓美珊:有一件事我倒是想跟您聊聊。

陶祁香:什么事?

邓美珊:我想跟您谈谈茶花。

陶祁香:哎呀,我的睡意上来了,你也睡吧。

第十九章

陶祁香已经把早餐准备好了。邓美珊从楼上下来:姐姐早。

陶祁香:你这么早起来干什么? 多睡一会儿。

邓美珊:我一会儿还要去厂里报到呢。

陶祁香朝楼上喊着:自强,吃饭了。

邓美珊也喊着:自强哥,吃饭了。

陶祁香:你把炉子上的粥锅端下来。

邓美珊去端粥锅。陶祁香上了楼。

陶祁香敲着门:自强,该起床了。

屋里没有人答应。陶祁香推开了门。床上的人蒙着被子大睡。

陶祁香走近:该起床了。一会儿美珊还要跟你去厂里报到呢。

床上的人依然没动。陶祁香一下子掀开被子。

床头上一头乌发,饶茶花腾地坐起来。

陶祁香一惊:怎么是你?

饶茶花:姐……

陶祁香气愤地:我刚才喊好几遍,你没听见?

饶茶花:我怕……

陶祁香:怕什么?

饶茶花:姐,我昨夜……

陶祁香:你昨夜跟陶自强一起睡的?

饶茶花:不不不,我一个人……

陶祁香:陶自强呢?

饶茶花:他昨夜睡在办公室了。

陶祁香:你是怎么进来的?

饶茶花:我……我在您关门之前就进来了。

陶祁香:我不在家的时候,你跟你妈往里面溜。我在家的时候,你还往里面溜。干吗这么偷偷摸摸做贼似的,有什么见不得人的?

饶茶花:姐,我错了……

348

陶祁香:快下来吃饭,吃完饭带着邓美珊去厂里报到。

上班的工人进大门。大门里面贴着一张告示。

不少人凑上前去看着。几个师傅模样的人议论纷纷:

甲:什么事?

乙:献秘方。

甲:献什么秘方?

乙:就是把每个人手里的釉料秘方都献出来。

丙:新鲜,秘方还有往外献的?

丁:谁爱献谁献,反正我不献……

周鸿达过来,碰上了冯运华:冯叔,这到底是怎么回事呀?

冯运华:你不是知道吗? 动员大家把釉料秘方捐献出来。

周鸿达:至少得开个会动员一下吧,贴这么一个玩意儿干吗?

冯运华:李副厂长说,先吹吹风。

周鸿达:什么吹风,我看是扇风。

冯运华:鸿达,别乱说呀。

陶自强走过来。

冯运华:我觉得周鸿达说得对,这么大的事情,至少应该开会动员一下,要把事情原原本本地跟大家讲清楚,还要告诉大家我们献秘方的重要意义。

陶自强:是需要做深入细致的思想工作,这样吧,我们马上就办。各车间主任、各部门领导、掌握釉料秘方的师傅,还有党团积极分子。

冯运华:动员大会由你来讲吧。

陶自强:你和李宗贤更了解情况,你们先讲,然后我再强调一下。

冯运华:我去通知,几点?

陶自强看了看表:我们开一个小时的会,11点在会议室吧。

冯运华:好。

饶茶花推着一辆独轮车,车上放着邓美珊的行李箱。

邓美珊跟在后面,兴奋地观看着这里的一切,非常激动的样子。

饶茶花看见了周鸿达:鸿达哥……周主任……周鸿达……

周鸿达转过身来,看见了饶茶花和邓美珊。

饶茶花:自强哥呢?

周鸿达不满地:茶花同志,现在是上班时间。

饶茶花:我知道是上班时间。

周鸿达：上班时间不许干私事。

饶茶花：我带着邓美珊来报到，你说是私事还是公事？

周鸿达：邓美珊来报到，也犯不上找陶厂长啊。

饶茶花：那找谁？

周鸿达：你们不是找到我了吗？

饶茶花：那好，我把她交给你了，我还不管了。

周鸿达推起独轮车，对邓美珊说：走，我带你去人事科。

饶茶花跟在后面。

周鸿达：茶花，没你的事了。

饶茶花：把车给我，你自己扛着邓美珊行李箱。

周鸿达：哦，那你还是跟着吧。

人事科马科长：邓美珊同志，这是你的工作证、医疗证、出入证、厂徽，还有饭票、洗澡票、理发票……

邓美珊一样一样地收拾着。

马科长：只是有一件事非常抱歉，陶厂长指示，给你们工程技术人员两个人一间宿舍。现在我们正在跟后勤处协调，还没有收拾好，你只能先在工人宿舍里挤一挤了。工人宿舍四个人一间房，先凑合一下可以吗？

邓美珊：没问题，我在大学的时候六个人一间宿舍呢。

马科长：这是宿舍的钥匙。哦，你的行李呢？

邓美珊：在外面，您不用管了。

会议结束了，大家走出会议室。

看得出来，大家的情绪都不高，没有人议论，都默默地走向食堂。

会议室里只剩下了三位厂长。

陶自强：冯副厂长，我有个想法，请您考虑一下。

冯运华：你别说了，我明白了。

陶自强：您明白了？

冯运华：人无头不走，鸟无头不飞，这个头我带了。

李宗贤激动地：冯副厂长，你要以身作则吗？

陶自强紧紧地握起冯运华的手：冯副厂长，谢谢你。

冯运华摆了摆手。

陶自强：我还有一个想法，请二位考虑考虑。现在的施釉工序是和彩绘车间在一起的，我想把施釉这一块分出来，专门成立一个施釉车间，那几个学化学的大学生来了以后，在施釉车间专门成立一个研究小组，由邓美珊负责，再吸收

350

两位老师傅加入。

李宗贤马上响应：好好，这个意见好。正好原来冯家窑的利坯房腾出来了，收拾收拾就可以用。

冯运华：那利坯房是可以用，比较严实，适合于施釉。不过我觉得，釉料的研究工作很重要。就现在来说，统一釉料，一个是为了我们打开国际市场，出口创汇。第二是为了完成与东德合作的项目。这两个任务完成以后，釉料的研究工作也很重要。我们要把传统釉料研究分析，去粗取精，去伪存真，让它更科学化、标准化、更具有可操作性。我们还要学习引进国外的釉料，为我所用，依靠科学开发研究新的釉料。所以，我提议把釉料研究工作加强，一步到位，成立建国瓷厂釉料研究所。

陶自强兴奋地叫起来：好啊冯副厂长，您这个意见太棒了，目光长远啊。

李宗贤：我赞成，我完全同意。

陶自强：我提议就叫景德镇建国瓷厂釉料研究所，由冯副厂长任第一任研究所所长。

李宗贤：我同意。

陶自强：李副厂长，我们不是正在改造一个产品展示厅吗？

李宗贤：是啊，正在装修呢，很快就会完工了。

陶自强：把产品展示厅先放一放，改成研究所。

李宗贤想了想：倒是不麻烦，正好有一个独立的二层小楼，也合适。

陶自强：我们今天商量的内容很重要，应该向赵书记汇报一下。

李宗贤：我跟你一起去。

陶自强：我先打个电话，如果他能到我们这儿来就好了。

饶茶花推着独轮车进了院子。陶祁香正在锁屋门准备出去。

饶茶花：姐，我把车推回来了，没什么事我先回去了。

陶祁香：你等等。

饶茶花站在院子里，胆怯地看着陶祁香。

陶祁香：茶花，合着我以前跟你说的话你都当耳旁风了？

饶茶花急忙否认：没有没有，哪儿能呢？

陶祁香：我让你不要再跟陶自强来往，你怎么就不听呢？

饶茶花：这……这不是邓美珊来了吗？我跟邓美珊也是朋友啊。

陶祁香：茶花，你要明白，当着邓美珊的面，我可给足了你的面子。我没给你脸子看吧。

饶茶花：没有没有，谢谢姐。

陶祁香:不再跟陶自强来往,你可是答应过我的。

饶茶花:答应是答应过,可是……

陶祁香:嘴里答应了,心里不服气是不是? 这叫什么? 这叫口是心非阳奉阴违人前一套人后一套翻手为云覆手为雨两面派你知道吗? 做人得讲诚信,得有底线。

饶茶花:姐,我有底线。

陶祁香:你的底线是什么?

饶茶花:只要您让我们结婚,我会像对待亲娘一样伺候您,不,比亲娘还亲。

陶祁香:去去去,别跟我这儿口吐莲花虚情假意的,我听不了这个。

饶茶花:姐,请您相信我……

陶祁香:你还不走是不是?

饶茶花转身跑了,跑出院门又转身停下来,喊着:姐,我说的是真的……

冯运华带着邓美珊来到了彩绘车间。师傅们都在各自忙着,有的荡釉,有的蘸釉,有的吹釉,有的浇釉。邓美珊饶有兴趣地看着。

冯运华:美珊同学,我考考你,荡釉和蘸釉有什么区别?

邓美珊:荡釉是在瓷胎的里面施釉,蘸釉是在瓷胎的外面施釉。

冯运华:行啊美珊同学,做了功课了。

邓美珊:自从我决定来景德镇之后,就拼命地读制作瓷器的书。不过还是雾里看花,不知其然,更不知其所以然。

冯运华:景德镇这部书啊,一辈子都读不懂。

邓美珊:冯副厂长,我问您一个问题。拉坯、利坯我知道,刹和坯是什么呀?

冯运华:哈哈,你真问到点子上了。看见了吧?

邓美珊:啊?

冯运华指着所有施釉的师傅说:这就是刹和坯。

邓美珊:您是说……刹和坯是施釉?

冯运华:施釉的整个工序就叫刹和坯。

邓美珊:唔,原来如此……

陶祁香坐在自己的工作台上,画着一件"万花不落地",两个师傅干累了,一边抽烟喝茶,一边天南海北地聊着。

蓝师傅:我考考你们,咱的店为什么叫红店?

黄师傅:别的店也叫红店呀,在景德镇凡是画瓷器的店,都叫红店。

蓝师傅:瘪了吧? 我告诉你吧,因为红为诸色之首,你看着:红黄蓝白黑,赤橙黄绿青蓝紫,在瓷器上绘画叫作画红,瓷器上的纹饰无论什么颜色都叫红花,烧彩绘瓷器的叫红炉,干咱这一行的叫红店佬。再说咱们店,我姓蓝,你姓黄,老板姓洪……

黄师傅:那还有香姐呢。

蓝师傅:香姐姓香,我红花就得配……配香味儿是不是?

陶祁香:蓝师傅,记住了,我不姓香,我姓陶。

蓝师傅:对对,姓陶。

黄师傅:这回你瘪了吧?噎瘪子了吧?

蓝师傅:咱们引经据典接着说,共产党也属于红色,军队叫红军,根据地叫红区,打的旗子是红旗,帽子上戴的是红五星,干的革命叫红色革命,现在胜利了,连国旗都是红色的……

黄师傅:你这也扯得太远了,咱不是说红店吗?

蓝师傅:红店之红与共产党之红是一脉相承的。

黄师傅:拉倒吧你。还是问问掌柜的吧。

洪掌柜终于开口了:据说,早在明朝的时候咱这行就叫红店。明太祖朱元璋最喜欢红色,认为红色是吉祥之兆。那时候画瓷器,除了人物的眉毛头发眼珠子,都是红色。久而久之,人们干脆叫我们红店。

黄师傅:掌柜的说得靠谱,你说呢香姐?

陶祁香:要我说啊,好好画画,比高谈阔论更靠谱。

蓝师傅:还是香姐说得靠谱,干活儿。

冯运华把邓美珊带到谷师傅和顾师傅面前,给两位介绍着:这是邓美珊,刚刚从武汉大学分配咱们建国瓷厂的。

谷师傅:听说了听说了,大学生是吧?不是来四位吗?

邓美珊跟二位师傅握手:师傅好,我先来打前站,他们三位很快就来。

冯运华:这位是谷师傅,这位是顾师傅,你能分清吗?

邓美珊:谷师傅和顾师傅,要是用景德镇话怎么说?

谷师傅:我是谷师傅,他是顾师傅。

邓美珊:我听着都一样,姑师傅。

几个人笑起来。

火桶,是景德镇人独特的取暖家具。下面如桶,上面如椅。下面有一火塘,烧的是木炭。店里摆满了火桶,大小样式都一样,千篇一律。陶祁香转悠了一会儿,在火桶上试坐着。掌柜的在一边伺候着。

陶祁香：我能定做一个吗？

掌柜的：能啊，太能了。您要什么材料的？

陶祁香：材料当然要好一点儿的。这坐桶还能再高一点儿吗？

掌柜的：您要加高是吧？加多少？

陶祁香又试了试，用两只手指比画着：这么高，有三寸吧。

掌柜的：没问题，给您加高三寸。

陶祁香：这桶座最好也大一点儿。

掌柜的：大多少？

陶祁香：大一圈儿吧。

掌柜的：好，大一圈儿。

陶祁香又打量着火桶，琢磨着。

掌柜的：您还有什么要求？

陶祁香：这个靠背，能不能是双层的？

掌柜的：双层的？没做过。

陶祁香：把两层靠背贴在一起，中间形成一个夹层。

掌柜的：您这是干吗？

陶祁香：有个夹层，下面的热气进到夹层里面，这样整个靠背都是热的。

掌柜的琢磨着：嗯，有意思。还从来没有人这样想过，我可以试试。

陶祁香：那太好了，谢谢您了。

掌柜的：不过……

陶祁香：我知道，我加钱。您说，加多少？

掌柜的：您给两个火桶的钱可以吗？

陶祁香：行行行，辛苦您了。做好之后可以给我送过去吗？

掌柜的：您把地址留下吧。

陶祁香：再给我送二十斤木炭，要最好的。

掌柜的：到时候一起给您送过去。

一家人在吃晚饭，饶三公默默地喝着酒。

饶三婆：你说的那个大学生，是陶自强带回来的？

饶茶花：她叫邓美珊。

饶三婆：不就是那年你们从高岭山上救下来的吗？

饶茶花：是啊，她今年大学毕业了。

饶三婆：一个大学生，就心甘情愿到瓷厂当工人？

饶茶花：人家不是普通的工人，来了就是技术员，以后还会是工程师呢。

饶三婆:那她不也是要受陶自强领导吗?

饶茶花:陶自强是厂长,建国瓷厂上上下下都得受他领导。

饶三婆:哎,她漂亮吗?

饶茶花:漂亮。

饶三婆:有多漂亮?

饶茶花:跟天仙似的。

饶三婆扑哧笑了一下:好好说话。

饶茶花:就是嘛,天仙都不能跟她比。

饶三婆:别嬉皮笑脸的。

饶茶花:您想啊,人家是大学生,又是北京人。天仙比得了吗?

饶三婆:我是说长的模样。

饶茶花:模样?我们浮梁七茶女绑在一块儿,也不如人家。

饶三婆:胡咧咧。

饶茶花:您还不信,女孩儿漂亮不漂亮,不光要看脸蛋儿看身条儿。

饶三婆:那看什么?

饶茶花:要看气质。

饶三婆:气质?气质长在哪儿?

饶茶花:跟您说您也不知道,我吃饱了,到外面消消食。

饶茶花晃悠着身子从院子里出来,远处闪耀着摩托车的灯光。灯光扫荡着寂静的山村,白花花的。

陶自强骑着摩托车过来,弯弯曲曲的小路,他放慢了车速。一个人影儿突然从草丛里蹿出来。陶自强急忙踩住了刹车。饶茶花哈哈笑着。

陶自强:撞上你怎么办?

饶茶花脸一昂:你敢撞姑奶奶?

陶自强:你跟谁称姑奶奶?

饶茶花:跟你呀。

陶自强:你是姑奶奶,我是谁?

饶茶花:你是姑爷呀。

陶自强笑了:什么乱七八糟的?

饶茶花:你吃饭了吗?

陶自强:吃了,我就是来跟你说说话。

陶自强和饶茶花来到了绿荫掩映的小山坡上,肩并肩地坐着。

月色朦胧,晚风习习。

饶茶花:我跟杜鹃常常在这里坐着。

陶自强:对了,杜鹃跟我师哥的事情怎么样了?

饶茶花:我看要黄。

陶自强:为什么? 不是进展得挺顺利的吗?

饶茶花:杜鹃她妈太贪了,非要让周鸿达先把"三转一响"买齐了。

陶自强:不能慢慢买?

饶茶花:没商量。

陶自强:这不是难为我师哥吗? 我们都是靠工资吃饭的,谁能一下子拿出那么多钱?

饶茶花:好在你们还有工资。我们呢? 我们农民呢?

陶自强:是啊,买不起"三转一响"就不能娶媳妇,那得有多少人打光棍儿呀。

饶茶花:咱别总说杜鹃了,你来找我就是来说别人的?

陶自强:你不要"三转一响"?

饶茶花:要。

陶自强:看来我也得准备打光棍儿了。

饶茶花:讨厌。我要"三转二响"。

陶自强:那一"响"是什么?

饶茶花:你必须天天给我唱歌。

陶自强:那还不简单。

陶自强:不行,你现在就给我唱。

陶自强坐在小山坡上,深情地唱着《莫斯科郊外的晚上》。

饶茶花把头靠在陶自强的肩膀上:这歌太好了,太棒了,你得教我。

陶自强:等以后我教你。

饶茶花:不行,你现在就教我。

一座柴窑,工人师傅在烧窑。窑炉里火光闪闪,映照着工人黝黑的脸庞。

赵文昌走过来,向工人们打着招呼。工人们热情地围上来。赵文昌从口袋里掏出烟,分发给大家。

工人们一看是"大前门",都舍不得抽。

赵文昌说着什么,工人们爽朗地笑着……

陶祁香正在专心地画画。

有人敲门。陶祁香起身开门。进来的是邓美珊。

陶祁香把邓美珊拉进来,热情地招呼着。

邓美珊看着陶祁香的画。陶祁香给邓美珊泡茶……

天光大亮,旭日东升。建国瓷厂的工人们开始上班。

金俊卿兴冲冲地闯进来,高声喊着:小汐,你好啊,我又回来了。

南小汐:哟,是金老板啊,请进。

金俊卿使劲握着南小汐的手:久日不见,非常想念,你好吗小汐?

南小汐只想把自己的手抽出来,应付着:好好好……

金俊卿好不容易松开了南小汐的手:生意怎么样?

南小汐:托金老板的福,还好。

金俊卿:又卖出几件仿古瓷?

南小汐不好意思地:没有。

金俊卿:没有? 一件没卖?

南小汐"嗯"了一声。

金俊卿:那还叫好?

南小汐:不过,我们的日用瓷还销得不错。

金俊卿:我就说嘛,像丹尼尔那样的冤大头,一辈子也碰不上几个。算小汐的运气好。

南小汐:金老板什么时候再带几个外宾过来呀?

金俊卿:我说小汐,你怎么总是一口一口地叫我金老板呀? 我现在是省外贸公司的经理。

南小汐:这经理应该也是共产党的官吧?

金俊卿:那当然了,我们是政府部门。

南小汐:那还是叫您金老板吧。

金俊卿:你什么意思? 你说我不像共产党的官?

南小汐:哪里哪里,开个玩笑嘛,您别在意。

金俊卿:哎,小汐,我晚上请你吃西餐吧,景德镇宾馆的牛排不错。

南小汐:不行,下班我得回家。

金俊卿:回家干什么?

南小汐:带孩子呀。

金俊卿:啊? 你结婚了? 有孩子了? 孩子多大了?

南小汐:刚一岁多。

金俊卿:那你平时上班谁带呀?

南小汐:我妈替我带。

金俊卿一选连声地叹息着:可惜了,可惜了,太可惜了……

邓美珊帮助谷师傅调釉料,谷师傅在一边忙活着什么。顾师傅突然走过来,抓起邓美珊面前的釉料盘,厉声问着:你怎么拿我的釉料?

邓美珊:啊……是您的?

顾师傅:你从哪儿拿的?

邓美珊指着旁边的工作台:就那儿。

顾师傅:那是我的台子你知道不知道?

邓美珊:我以为釉料都是统一用呢。

顾师傅:你不懂也不问?

邓美珊:我就借用一点儿。

顾师傅:借用? 你知道不知道釉料行有三不借?

谷师傅忙过来打圆场:对不起,是我忘提醒了。顾师傅,我给你赔不是了。

顾师傅拿着釉料盘,气哼哼地走了。谷师傅安慰着邓美珊:他就是那狗脾气,你别在意。

邓美珊:谷师傅,釉料行的三不借是什么?

谷师傅:也就是那么一个说法,谁也没借过。

邓美珊:都是什么呀?

谷师傅:牙刷不借,老婆不借,釉料不借。

邓美珊笑了。

金俊卿进来。田主任立即起身,满脸堆笑:哟,金经理大驾光临,热烈欢迎。

金俊卿:田主任,我问你点儿事,你们门市部那个南小汐结婚了?

田主任摇了摇头:不知道。

金俊卿:她都有孩子了?

田主任:不知道。

金俊卿:她男人是谁?

田主任:不知道。

金俊卿:你怎么一问三不知呀?

田主任:那是人家的隐私,我不好打听的。

金俊卿:你不是办公室主任吗? 工人的基本情况你应该知道的。

田主任:那是人事科的事,人事科长肯定知道。要不我现在就带您去问问?

金俊卿:我就随口问问,刚才碰上了。

田主任:哟。

金俊卿：你带我去找找你们陶厂长吧。

田主任：陶厂长刚出去了。

金俊卿：冯副厂长呢？

田主任：冯副厂长可能在彩绘车间呢，我去给您找找。

金俊卿：我跟你一起去吧。

谷师傅问邓美珊：你们大学也学化学？

邓美珊：大学里专门有化学系。

谷师傅：我那儿子在读初中，怎么也学化学？

邓美珊：初中高中都有化学课，主要学的是基础知识。

谷师傅叹了口气：我这儿子啊，别的科都挺好，就是化学不行。

邓美珊：他为什么化学不行？

谷师傅：我问他了，他说听不懂。

邓美珊：也许跟老师有关系。

谷师傅：对了，他也是这么说的。他说别的老师讲课，都很有意思，课堂上也挺活跃。就是化学老师讲课，跟念课本似的，还沉着个脸，好像同学们都欠他钱似的。

邓美珊：这样吧，谷师傅，我可以跟贵公子聊聊吗？

谷师傅：太好了，你要是能给他补补课，我们全家都会感谢你的。不瞒你说，我们谷家，祖上连个秀才都没出过，我是指望他能考上大学耀祖光宗的。

邓美珊：化学其实很有意思，许多同学都喜欢。

田主任、金俊卿朝彩绘车间走来。冯运华和邓美珊从彩绘车间出来。

金俊卿：冯副厂长，好久不见啊。

冯运华上前跟金俊卿握手：金经理，我们正等着你呢。

金俊卿：忙，太忙，都忙得六亲不认了……我们又要外销瓷器，又要外销茶叶，还要外销丝绸，一个人顶八个人使唤……

金俊卿跟冯运华说着话，眼睛却不停地瞟着邓美珊。

冯运华跟金俊卿介绍着：这是邓美珊，我们新来的技术员，刚刚大学毕业。

金俊卿忙上前握手，又立即掏出名片：我叫金俊卿，是省外贸公司经理。

邓美珊接过名片。金俊卿问道：你是大学生？

邓美珊：我是武汉大学化学系的毕业生。

金俊卿：啊……太伟大了。

邓美珊：伟大？

金俊卿：太崇高了。

邓美珊:崇高?

金俊卿:太了不起了。

邓美珊:金经理,您是说我们武汉大学了不起,还是说我了不起?

金俊卿:都了不起,都了不起。

邓美珊笑了:金经理真会开玩笑。

金俊卿:其实我想说,是化学了不起。我上次来就跟冯副厂长说了,我们的釉色要统一,就得请一个懂得化学的人。我说过这话吧?冯副厂长。

冯运华:说过,说过。

金俊卿:冯副厂长,我们谈谈你们瓷器外销的事情,您有空吗?

冯运华:陶厂长到市委办点儿事,一会儿就回来,我们一起谈吧。让田主任先陪您喝喝茶。

金俊卿:您跟邓技术员要出去?

冯运华:我们准备成立一个釉料研究所,我想带邓美珊去看看地方,商量一下添置设备问题。

金俊卿:我跟你们一起去吧,刚好也学习学习。

冯运华:好啊,给我们提一些宝贵意见。

午饭时间,工人们拿着自己的饭盒排队买饭。赵文昌和小徐来了,排在了队伍的后面。邹元镐无意间一回头,看见了赵文昌:哟,赵书记,您来了。

大家听见了,七嘴八舌地让着:赵书记,您到前面来吧。

赵文昌:不行不行,我怎么能加塞呢?

众人:赵书记,您忙,您先打吧,我们没有意见。

赵文昌:你们没意见也不行,排队买饭,这是规矩。

邹元镐:赵书记,我们换换,您站到我这儿来,我站在您那儿去。

赵文昌:我买得多,你们别让了,快买饭吧。对了,邹老师,一会儿吃完饭我找您说点儿事。

邹元镐:哦好,我等您。

赵文昌:不用等,我去找您吧,您不是在窑屋吗?

邹元镐:那我在窑屋等您。

说着话,赵文昌来到了窗口,他朝里面打着招呼:康师傅、李师傅,辛苦了。

康师傅:赵书记,今日有您喜欢吃的西红柿炒鸡蛋,您来一份?

赵文昌:康师傅,我今天还得借一下咱们的碗筷。

李师傅:没问题,我给您去拿。

赵文昌指着台面上的菜盆:西红柿炒鸡蛋、青椒土豆丝,每样来三份。

康师傅:三份?

赵文昌:还有呢,滑熘肉片、炒绿豆芽,每样要三份。

康师傅:又是三份? 您几个人吃呀?

赵文昌:六个人。

康师傅:嚯,今天可让您破费了。

赵文昌回头看了看,丁萌萌和汪国良刚好进来:快来帮我端一下菜。

丁萌萌:哟,赵书记,我来我来。

赵文昌点着饭票,交给康师傅。

金俊卿陪着邓美珊走到食堂门口。

邓美珊:金经理,在我们这儿吃饭吧。

金俊卿:不了,我还有点儿事。美珊同志,很高兴认识你,我可以单独约你吗?

邓美珊:欢迎你常到建国瓷厂来。

金俊卿琢磨着邓美珊答非所问的话。邓美珊朝他挥了挥手,进了食堂。

田主任走过来:金经理,我给您打听了。

金俊卿:打听了什么?

田主任:南小汐没有结婚,更没有孩子,连对象都没有。

金俊卿:哦,不重要了,已经不重要了……

小徐把两张餐桌拼在一起,又开始摆凳子。丁萌萌和汪国良端着菜过来。

小徐:摆这边摆这边,谢谢了。

汪国良:小徐,你和赵书记干吗要这么多菜?

小徐:吃饭的可不是我们两个。

丁萌萌:还有谁呀?

陶自强带着几个年轻人进来了。

年轻人叽叽喳喳地说着话:

姚莎莎:这食堂好大呀,这么多座位。

唐家明:真干净,比我们学校的食堂还干净。

邓美珊:满意吧?

姚莎莎:太满意了,陶厂长,我们太幸福了。

赵文昌在桌旁招呼着:来来来,建国瓷厂的新员工们,到这边来。

陶自强:这是我们赵书记,今天给你们接风,赵书记请客。

邓美珊惊叫起来:啊,赵书记,您就是赵书记?

赵文昌:错了管换,你是邓美珊吧?

邓美珊:我也是错了管换。

赵文昌：坐坐坐，咱们坐下边吃边聊。邓美珊，你坐我旁边来。自强，你去买饭，买完饭过来。

小徐：陶厂长，您吃我这份吧，我再去买。

陶自强：不用不用，你不知道我想吃什么。

赵文昌：你们四个，加上我和小徐，六个人，十二个菜，每人两个菜，咱们搭着吃。来，把筷子拿起来。

陶自强：荤菜还有什么？

康师傅：有辣子鸡丁，还有熘肝尖儿。

陶自强：素菜呢？

康师傅：有焖豆角。

陶自强：好，就这三个，一样来一份。

赵文昌：我猜猜啊，你叫唐家明。

唐家明：赵书记，您真神，一猜一准，百分之百。

邓美珊：唐家明，你是神化赵书记，还是拍赵书记马屁呢？我们四个人就你一个男生，谁都能一猜一准。还百分之百，你怎么不说千分之千万分之万呀？

大家笑起来。赵文昌说道：那我猜一下容错率占百分之五十的吧。

陶自强端着菜过来，后面跟着帮着端菜的李师傅。

赵文昌：陶厂长又给我们加菜了。

众：谢谢陶厂长。

陶自强：这是你们三位同学来建国瓷厂的第一餐，大家吃饱了不想家。

邓美珊：建国瓷厂就是我们的家。

唐家明：我们以厂为家。

陶厂长举了举手里的饭碗：我代表建国瓷厂欢迎你们。

赵文昌：我和小徐也欢迎你们。

小徐也端起了饭碗比画了一下。

邓美珊：赵书记，您别转移话题呀。

赵文昌：那我接着猜。你是姚莎莎，你是戴敏而。

姚莎莎和戴敏而都笑了。

赵文昌：你俩别笑呀，我猜得对不对呀？

邓美珊：赵书记，我们北京有句话，猴吃麻花，满拧。

赵文昌哈哈大笑：合着我百分之百错了。

唐家明：是千分之千。

姚莎莎：是万分之万。

赵文昌：嗯，我认栽。

邓美珊：这不算栽，这是判断有误。

赵文昌：我再猜一次。戴敏而，我猜你那个而字，是而且的而。

戴敏而：大多数人都以为我那个而是儿子的儿。

赵文昌：敏而好学，不耻下问，是以谓之文也。

戴敏而：我的名字就是这么来的。赵书记，这回您真的神了。

赵文昌：自强，今天这几个年轻人给我们上了一课啊，你明白吗？

陶自强：赵书记，您说吧。

赵文昌：一个人，特别是领导干部，一定要保持清醒的头脑。人家说你正确，你就真以为自己很正确；人家说你高明，你就真以为自己很高明；人家说你神，你就真以为自己神了。哈哈，笑话。人贵有自知之明啊。

大家鼓起掌来。

一个中年人背着火桶来到了陶自强家的院外，朝里面喊着：家里有人吗？

陶祁香从屋里匆匆出来：哦，等一下。

背火桶人：您的火桶做好了，我给您送来了。

陶祁香：进来，快进来。

背火桶人进了院子。陶祁香说：快放下歇歇肩。

背火桶人：您要的木炭也给您带来了。

陶祁香：谢谢。

背火桶人把火桶放下。陶祁香说：师傅，我想跟您商量个事。

背火桶人：您说。

陶祁香：这个火桶呢，是我帮一个朋友定的，您能帮忙送一下吗？

背火桶人：在哪儿？

陶祁香：不远，我带您去。这样，不白让您受累，我给您加一段路费。

背火桶人：好说。

陶祁香锁好屋门，又关上栅栏门，带着背火桶人走了。

周鸿达带着朱光秀、杨和中收拾布置着会议室。他们把会议桌拼成长方形，周围摆好了椅子。然后在桌子上摆着茶杯、水果、香烟、糖果。

李宗贤进来：哦，这么隆重？还有这么多吃的，还有烟？

周鸿达：这些东西都是冯副厂长自己掏腰包买的。

李宗贤：哎呀，不能总是让冯副厂长这么破费，他现在毕竟不是大窑主了。

我要在厂长会议上提个建议,应该设置一笔招待费。

周鸿达:李副厂长很体贴冯副厂长,我会告诉冯副厂长的。

李宗贤:那倒不必。不过我也跟冯副厂长交换过意见,虽然是动员大家献秘方,可是会议不能太严肃,要轻松活跃一些。不过我估计,这些东西摆上了,未必有人吃。

周鸿达:冯副厂长说,吃不吃的取个吉利,至少对人是一种尊重。

李宗贤:这倒也是,思想工作加物质刺激嘛。

陶祁香在前面走着,背火桶人在后面跟着,他们来到了市委大院。陶祁香手里还提着一个篮子,篮子里面放着一个兰花瓷罐。

陶祁香来到传达室:大爷,请问赵书记的宿舍在哪儿呀?

胡大爷:嗬,新鲜。凡是来找赵书记的,都是问赵书记的办公室在哪儿,没有问宿舍在哪儿的。

陶祁香:谢谢大爷,您贵姓?

胡大爷:免贵姓胡。

陶祁香:那您告诉我,赵书记的宿舍在哪儿呀?

胡大爷:后面的宿舍楼,第一栋,二楼最里面一间就是。

陶祁香:谢谢胡大爷。

胡大爷:等等,你到赵书记宿舍干什么? 是不是行贿呀?

陶祁香指了指后面的背火桶人:您瞧瞧,有拿这个行贿的吗?

胡大爷看了一惊:哟,火桶? 太好了,太好了。

陶祁香:什么太好了?

胡大爷:哎呀,我这屋里有一个火桶。但凡阴天下雨的时候,赵书记总喜欢在我的火桶上坐一坐,他说舒服。你瞧瞧,还是你们女人心细,知道心疼人。我怎么就想不起来给赵书记弄个火桶呢。

陶祁香:胡大爷,您先忙着,我把火桶给赵书记送过去。

胡大爷:还是我带你去吧,赵书记没在家,我得给你开门。

陶祁香:辛苦您了胡大爷。

胡大爷带着陶祁香和背火桶人来到赵文昌宿舍门口。背火桶人把火桶放下,陶祁香掏出钱来给他。

背火桶人:不不,给赵书记送火桶,我哪儿能要您的钱呢?

陶祁香硬是把钱塞在背火桶人的手里:拿着,说好的。背火桶人不好意思地待了一会儿:那……我谢谢您了。

胡大爷把宿舍的门打开:您放在屋里就行了,回来再让他自己摆放。

陶祁香:胡大爷,我得替他把火桶烧上,不知道他什么时候回来呢,肯定没有时间做这些。

胡大爷犹豫着:可是我前面也离不开人啊。

陶祁香:不用您在这儿陪着,我归置好了,锁上门,把钥匙给您送过去。

胡大爷:那……我得问问您的尊姓大名了,职责所在是不是?

陶祁香:我叫陶祁香。

胡大爷:好好,那您受累了。

陶祁香进了屋。胡大爷朝回走着,一边走一边嘟哝着:陶祁香……陶祁香,这名字怎么这么熟呢?

陶祁香进了房间,拉开窗帘,屋子里立即亮堂起来。

床上的被褥随便堆放着,枕边放着几本书,还扔着一些换洗下来的衣服。

屋子里杂乱无章,一张办公桌,上面堆满了文件、纸张和笔墨……

陶祁香掀起床上的被褥看了看,还闻了闻,喊着鼻子。

冯老六刚进家门,冯管家匆忙迎上来:哎呀六叔,您可回来了,我正要去厂里找您呢。

冯管家:东家把那个硬木匣子抱走了。

冯老六:什么硬木匣子?

冯管家:那匣子里装的都是秘方,祖传秘方。

冯老六:你是说,是那些釉料秘方吗?

冯管家:是啊。

冯老六:那可是祖宗传下来的,祖上有家训的,只传儿不传女。冯兴国和冯兴远不在家,他要传给谁呀?

冯管家:就说是呢,我问他,他也不告诉我。

冯老六:糟了糟了。

冯管家:怎么了?

冯老六:这些天厂里一直传着,说是要让各家窑口都把祖传的秘方献出来。怪我,我只听了一耳朵,也没在意。

冯管家:东家肯定是去献秘方了。

冯老六扭头就往外跑。

冯管家:六叔,您干什么去?

冯老六:我要把秘方追回来……

二楼的走廊上,有一个自来水池。陶祁香抱着一个大木盆洗着衣服,大木盆里泡满了,旁边还堆着一大堆,有脏衣服,也有刚刚拆下来的被褥……

走廊的晾衣绳上,已经挂了一大片。

会议室里坐满了人,陶自强、冯运华、李宗贤坐在前面,两边坐的是釉料师傅,还有原来窑口的窑主。后面坐的是中层领导干部,邓美珊等几个新来的大学生也应邀参加了会议。

会议已经开始了,会场的气氛很严肃,李宗贤说准了,会议桌上的烟果茶糖没有人动。

冯运华捧着那只硬木匣子站起来,举了举,又放下了,然后深沉地说:诸位师傅,我们冯家窑是大清乾隆十三年建造的,传到我这儿是第十一代。古人说,君子之泽五世而斩,冯家窑传了十一世,也是祖上大德了。当初我把冯家窑捐献给国家的时候,留了一点私心,我没捐这些釉料秘方。我为什么没有把这些釉料秘方和冯家窑一起捐出去呢?我没有多想,也没敢多想。这两天我深刻地想了想,一点儿一点儿地想明白了……

赵文昌进来了,没有打扰别人,在门边的一把椅子上悄悄地坐下了,静静地听着冯运华的讲话。

冯运华:我想明白什么了呢?我距离大公无私,还差得远,差得很远。我们景德镇的制瓷业大体上是分成两大行的,一个是做行,一个是烧行。做行和烧行分开做的是大多数,烧做两行兼做的连十分之一都不到。烧行靠的是实力,做行靠的是手艺。当然,烧行的实力中也包括手艺,比如把桩师傅。做行呢,除了手艺还有一个祖传的宝贝,就是釉料配方。烧做两行没了窑,只要有釉料秘方,还能做起来。而且也能做好做大做出名堂来。大家明白了吧?这就是我冯运华的私心。我把冯家窑捐献给了国家,我也成了国家的人,还是国营瓷厂的副厂长。可是我还给自己留了一个尾巴,我惭愧啊……

会场上鸦雀无声,都被冯运华这种崇高的精神感动了,有的人流下了泪水。

冯运华接着说:我冯运华是个读书人,我在上海谋生的时候就接触过共产党。在建国瓷厂成立的前前后后,我从赵书记身上真正感受到了共产党人的博大胸怀和人格魅力。我常常想,我能不能成为共产党员呢?结论是我不能,我身上还有许多沉重的包袱。我要一步一步走近共产党。走近共产党就是要把身上的包袱卸掉。

会场上响起来热烈的掌声。

冯运华:谢谢,谢谢各位。我的话还没有说完,我的话题扯得远了一点儿,抱歉。我刚才说的话,可能有人不以为然甚至不大赞同。大家想一想这两三年我们经历过的事情,赵书记刚刚到景德镇来的时候,我们是一种什么样的状况?

两千多座窑口差不多都歇了火,工人没活干,老百姓吃饭都成了大问题。那时候的景德镇,是躺在地上等死的。赵书记来了,是政府把我们扶起来的,帮助我们恢复了生产渡过了难关。后来又成立了建国瓷厂,让我们端上了国家的铁饭碗,成了国家的主人。知恩图报,滴水之恩当涌泉相报,这是中国人的高尚品德。现在建国瓷厂有困难了,需要我们帮助国家了,我们也应该当仁不让。

掌声又响了起来。

冯运华把面前的硬木匣子端起来:这是我们冯家窑的祖传秘方,二百多年,一共十二卷。每一卷上不仅仅记载着釉料秘方,还记载着秘方的创造者和收集者。请大家掌掌眼,这匣子里的是《冯家窑釉料秘籍》,上面的题字是乾隆年间督陶官唐英的亲笔。

许多人凑过来看着硬木匣子,议论着:

有的说:唐英的亲笔,了不起啊。

有的说:说价值连城,一点儿都不为过。

有的说:冯副厂长,大德之人啊……

李宗贤站起来:诸位,请坐下,下面我们正式举行捐赠仪式,我们请陶厂长代表建国瓷厂接受冯运华同志的捐赠。

陶自强站起来:请大家鼓掌欢迎,由赵书记接受冯运华同志的捐赠。

这时候人们才发现赵文昌已经在会场上了。赵文昌走过来,接过冯运华的硬木匣子,又放在桌上,然后张开双臂,与冯运华紧紧地拥抱。

一位师傅喊了起来:陶厂长,我也捐秘方。

又一位师傅喊着:我也捐。

几位师傅同时喊着:向冯副厂长学习,向冯副厂长致敬。

大家一起围起来,热烈地鼓掌。门外,怒气冲冲赶来的冯老六看傻了,一动不动。

所有的人都站起来,热烈地鼓掌。

第二十章

小汽车停在了宿舍楼下,赵文昌下了车,上楼。

司机小徐打开后备厢,拿出一摞书,跟着赵文昌上了楼。

赵文昌漫不经心地掏钥匙,打开屋门,进去,又急忙退了出来。

小徐:怎么了?

赵文昌:走错门了。

小徐:什么走错门了,这不就是您的房间吗?

赵文昌:啊? 是吗?

小徐:您看看,这是不是您的房间?

赵文昌:你看看,这是不是我的房间?

小徐抱着书进了屋。赵文昌跟在后边。小徐四下打量着:是变了。

赵文昌拉开了灯,在明亮中,仔细看着。

小徐:这床不是您的吗?

赵文昌:被子呢? 怎么都成棉套了?

小徐:这桌子也是您的呀。

赵文昌:怎么挪地方了? 还把我买来的毡子铺上了,还有这笔墨纸砚,原来都不在桌上啊。

小徐发现了火桶:这是什么?

赵文昌:火桶,哪儿来的火桶呢?

小徐:还是热的呢。

赵文昌过来,坐在了火桶上。

小徐退出门,在走廊里叫着:赵书记,您的被褥,还有衣服,都在这儿呢。

赵文昌连忙出去。走廊里,高高的晾衣绳上,挂满了洗好的被褥和衣服。

小徐:是不是大姐来了?

赵文昌摇了摇头:不会的,她要来该写信告诉我的。

小徐:万一大姐到这边出差呢?

赵文昌:她出差能带着火桶吗? 再说她也未必知道什么是火桶。

小徐:那是谁干的?

赵文昌:嗯,我知道了。

小徐一拍脑门儿:我也知道了。

赵文昌哈哈大笑起来。

邓美珊背着包儿出了工厂大门。

金俊卿正在等着她:美珊同志。

邓美珊:金经理,您怎么在这儿?

金俊卿:我在这儿等你呢。

邓美珊:您找我有事?

金俊卿:请美珊小姐赏光,我们一起吃个饭吧。景德镇宾馆的西餐还行,牛排做得不错。

邓美珊:对不起金经理,我要去给谷师傅的儿子补课。

金俊卿:补课?

邓美珊:谷师傅的儿子化学学得不大好,我去帮助他补补课。

金俊卿:这不是什么大事,跟谷师傅说一下,改天再去吧。

邓美珊:再说我已经在食堂吃过饭了。

金俊卿:这么早就吃饭了?

邓美珊:就是因为要去谷师傅家,我提前吃了晚饭。

金俊卿很遗憾:哦,那好。改日我提前约你。

冯家餐厅。

外面饭店的店小二来送餐,冯管家一样一样把菜端出来放在餐桌上。

冯运华和周鸿达在旁边喝茶。冯运华道:六叔呢?把他叫来一起吃饭吧。

冯管家:甭等他了,又去花二婶家了。

陶自强进来了。冯运华问:你姐呢?

陶自强:她没在家,我给她留了一张字条儿。

陶祁香回到家,显然有些累了。她系好围裙进了厨房,刚要准备做饭,发现灶台上有一张字条儿。陶祁香看了看,又摘下围裙,进屋换上出门的衣服。

一个小独门独院,谷师傅热情地把邓美珊让进堂屋。

邓美珊坐在了火桶上,面前是一张小桌。

谷师傅一边为邓美珊泡茶,一边喊着儿子:学文,快出来,邓老师来了。

一个很精神的男孩儿从屋里出来,很有礼貌地打招呼:老师好。

邓美珊：你叫谷学文，很帅气啊。

谷师傅：给邓老师端茶。

谷学文把一杯沏好的茶端过来，放在邓美珊面前的小桌上。

一个玻璃茶杯，里面泡的是浮梁绿茶。邓美珊端起来，双手捧着。

谷学文说：老师您注意点儿，烫。

邓美珊：没关系，我正好捂捂手。

谷师傅：邓老师，麻烦您了。我也不懂，您就给学文讲吧。

邓美珊：谷师傅，您去忙吧。

谷学文站在邓美珊的面前。

邓美珊：学文，把你的化学课本拿来我看看。

谷学文进屋去拿课本。邓美珊把那杯茶放在小桌上。

谷学文拿着化学课本出来。

邓美珊：学文，你给我端的是什么茶呀？

谷学文：绿茶呀。

邓美珊：你看看，这是绿茶吗？

谷学文低头又看，茶杯里的茶黑黢黢，他急忙叫喊着：爸，您快出来。

谷师傅不知道出了什么事，急忙从屋里出来。

谷学文：您看看，您给邓老师泡的是什么茶呀？

谷师傅走上前看了看，又端起茶杯仔细看着：不对呀，我明明泡的是绿茶呀，浮梁绿。我知道泡绿茶最好用玻璃杯，还专门把这玻璃杯找出来，我亲自清洗的，还用开水烫了呢。

谷学文：那这茶怎么是黑的？

谷师傅：我把茶拿给你们看。

邓美珊把谷师傅放下的茶杯又端在自己的手里。

谷师傅把茶叶罐拿过来，让邓美珊和谷学文看。

谷学文：是绿茶呀，你泡的是这个茶吗？

谷师傅：是啊，我记得真真的。

邓美珊对谷学文说：没错，你爸爸泡的确实是绿茶，你看看。

邓美珊说着，把茶杯放在桌上。谷学文惊叫起来：啊，怎么又变清了？

谷师傅看了看，也惊讶地问：怎么回事？

邓美珊依然对谷学文说：你爸爸泡的茶没错，是我变的。

谷师傅：你变的？你会变魔术？

邓美珊：这不是魔术，是化学。

谷家父子俩都愣住了。

370

邓美珊对谷学文说:你把茶放在桌上,我端起来了是不是?

谷学文:是啊,我还提醒您,烫,您还说捂捂手。

邓美珊:我是用哪只手端起茶杯的?

谷学文:左手。

邓美珊:我的右手呢?

谷学文:您的右手……好像捂在了茶杯口上。

邓美珊:你说的没错,我的右手是捂在了茶杯口上。你知道我的右手里握着什么东西吗?

谷学文:没看见。

邓美珊:是硫酸亚铁。它溶在茶水里,起了化学变化,这茶水就变黑了。

谷学文:那茶水后来怎么又变清了呢?

邓美珊:那是因为我又端了一次茶杯。

谷学文:我知道,是我爸爸去拿茶叶罐的时候。

邓美珊:这次我用的是那只手捂的杯口?

谷学文:用的是左手。

邓美珊:对。

谷学文:您左手拿的是什么?

邓美珊:草酸。

谷学文:草酸?

邓美珊:草酸溶进茶杯里,又把茶水还原了。

谷学文:神奇,太神奇了。

邓美珊:学文,你觉得化学有意思吗?

谷学文:有意思,太有意思了。

邓美珊:你知道硫酸亚铁和草酸在茶水里面怎么变化的吗?

谷学文摇了摇头。邓美珊:这就是化学要教给你的知识。

谷师傅:儿子,化学这么有意思,你爹都想学化学了。

邓美珊:谷师傅,您还是去忙吧,我要给学文讲课了。

餐桌上有冯运华、陶祁香、陶自强和周鸿达。

陶自强:冯叔,您今天献釉料秘方我们是知道的,没想到是您那一番讲话,让我太震撼了、太感动了。

周鸿达:您那些话说得太深刻了,我当时都喘不上气来了。

陶自强:冯叔,您的思想觉悟,让我自愧不如。

周鸿达:您做人做到这个份上,让我们还有什么好说的?

冯运华:我这些话呀,想了好久好久了。我常常夜里睡不着觉,就在想。人这一辈子,到底什么是自己的?我把冯家窑捐献出来了,那是我的吗?不是。我把釉料秘方捐献出来了,那是我的吗?不是。这些都不属于我的,我只是暂时保管着。但是有一样是我的,那就是冯兴国。他为国家上前线了,这才是最让我牵挂的。但是细想起来,冯兴国也不属于我的,他首先属于他自己的……人生如寄,多忧何为?人生如逆旅,我亦是行人……所有身外之物都是身上的枷锁和重负,扔掉的越多,越能轻装上阵无所顾忌。

陶祁香:你们到底说什么呢?我怎么越听越糊涂呀?

陶自强:冯叔,我和鸿达敬您一杯酒,我们更加敬重您、信任您、崇拜您。

周鸿达:冯叔,我们更加爱您。

陶祁香:来吧,我也算一个。

几个酒杯碰在一起,酒花飞溅、泪花飞溅……

谷师傅来到客厅,儿子谷学文正在做化学作业。

谷师傅:邓老师呢?

谷学文:我姐走了。

谷师傅:你姐?

谷学文:她让我叫她姐,我也愿意叫她姐。

谷师傅:姐就姐吧,你姐讲得怎么样?

谷学文:太好了,我姐讲一个晚上,比我半学期学的还多。

谷师傅:你都会了吗?

谷学文:当然了,我姐讲得可清楚了。

谷师傅:嗯,好。你早点儿睡吧。

谷学文:反正明天是星期天,我可以晚点儿起床。我要把我姐今天讲的再复习复习。

谷师傅:从来没见你学习这么起劲儿过。

谷学文:您不是说让我考上高中吗?我得努力。

谷师傅:现在有了邓老师,啊,你姐,光考上高中是不行的。

谷学文:您还要让我考大学?

谷师傅:必须考大学,还必须得考上。

谷学文:天啊,您这不是逼我上梁山吗?

谷师傅:人都是逼出来的。

谷学文:您掐着指头算算,咱们这条里弄有上大学的吗?连初中生都没几个。

谷师傅：人家邓老师，你姐……不就是大学生吗？

谷学文：人家坟地里长了那棵蒿子。

谷师傅：我明天就去把你爷爷奶奶的坟头上种满了蒿子。

冯运华：我今天请你们来，不是让你们来夸奖我的。有件事需要咱一起商量商量。就是周鸿达的事情，情况自强都跟我讲了，咱要商量出个办法来。

陶祁香：鸿达，你是怎么想的？

周鸿达：我的想法很简单，这高价媳妇我娶不起，不娶了。

陶自强：师哥，别说气话。

周鸿达：这不是气话，我就是这么想的。我周鸿达一辈子打光棍儿，认了。

陶祁香：不就是"三转一响"吗？大家拾柴火焰高，咱凑一凑。

周鸿达：别别，姐，您千万别。这些年，家家户户都折腾个底儿朝天了。原来总觉得冯叔家船破有底，现在您看看，这么大的家业也是毛干爪净了。

冯运华：鸿达，你听我说。我侧面打听了一下，杜鹃这孩子还不错，是个会过日子的姑娘。你呢，三十岁的人了，早就该结婚了。好不容易遇上杜鹃愿意嫁给你，不能再耽搁了。世间一切事物中，人是第一可宝贵的。只要有了人，其他的一切都是小事。

周鸿达：冯叔，话是这么说，可现在大家都难，每一个铜板都是从牙缝里挤出来的。杜鹃妈这么狮子大张口，实在是不通人情，这样的媳妇，咱要不起！

陶自强：师哥，你先别泄气，我想了几个办法，说出来咱商量商量。自行车呢，冯叔说他想办法；缝纫机呢，姐说她包了……

周鸿达：不行不行，绝对不行。

陶自强：师哥，你先听我说，等我说完了你再表态。咱就这么先假设着，如果自行车和缝纫机解决了，就差一个收音机了。一个收音机七八十块钱，到哪儿去找这笔钱呢？我最近在报纸上看到了一个工人自助自救的办法，叫作"工人互助会"，怎么操作呢？大家自愿加入，凡加入者，每人每月交一块钱。一块钱，伤不了筋动不了骨，人人都能承受得起。这笔钱凑起来每月帮助一两个最需要钱的人，受帮助的人以后每月交两块钱。其中一块钱是会费，一块钱还账。如此循环起来，谁有困难的时候，就可以向互助会申请，每个人都有得到帮助的机会……

陶祁香：这个办法好，我原来在戏班的时候也这样办过，我们叫作"攒公益儿"，还真能解决点儿问题。

周鸿达：我不同意。就算大家都愿意参加"互助会"，凭什么我先用这笔钱？

陶自强："互助会"办起来，先要有一个组织负责管理，比如就叫管委会吧，需要钱的人向管委会提出申请，管委会集体讨论决定。

周鸿达:就算有个管委会,我作为车间主任,第一个提出要用这笔钱,无私也有弊。不行,我不能以权谋私。

陶自强:互助会还有一个规定,谁先用这笔钱,就要先交一笔保证金,比如你用十分之一。你要用八十块钱,就先交八块钱。

周鸿达:你总说只需要八十块钱,八十块钱能凑齐"三转一响"吗?

陶自强:怎么不行? 就差一台收音机的钱呀。

周鸿达:那手表呢?

陶自强把自己腕子上的手表摘下来,放在周鸿达面前。

周鸿达急得站了起来:不行不行,这太过分了,我无论如何不能要。

陶自强把周鸿达按下:师哥,你先听我说。这手表呢,原本也不是我的,是冯叔送给我的。戴了这么长时间,我算明白了,手表这个东西呢,三分是为了看时间,七分是为了显摆的。显摆就是装模作样,没多大用处。现在这块表有了更大的用处,我们为什么不利用它一下呢?

周鸿达:有什么更大的用处?

陶自强:给你换媳妇呀。

冯运华和陶祁香笑了,周鸿达也苦笑了一下。

陶自强:物尽其用,拿着吧。

周鸿达还在推脱着:不行,说出大天来也不行。

冯运华:我看呀,你们俩先别扯皮了,先吃饭吧,菜都凉了。

陶祁香:先吃饭先吃饭。

陶自强:先喝酒。师哥,刚才敬完冯叔了,该敬咱姐了。

周鸿达端起杯:姐……

周鸿达"姐"字刚出口,声音便哽咽了,眼泪也滚了下来。

陶祁香:这是怎么说的,来,跟姐把这杯酒喝了。

李宗贤把没有献秘方的师傅召集到一起,继续动员着:同志们,我再重复一遍,我们建国瓷厂肩负着为国家创汇的重要任务,还肩负着与社会主义国家进行技术交流的光荣使命。所以,贡献釉料秘方,是严肃的政治任务。国家兴亡匹夫有责,我们每一个人都要积极参加。上次冯副厂长带了个好头,把二百多年的祖传秘方都捐献出来了。在冯副厂长的带领下,有些师傅表现得非常好,也把自己收藏的秘方献了出来。但是,献秘方的师傅仍然是少数,大多数人还在徘徊观望犹豫不决。你们还犹豫什么呀? 是不是还打算将来走回头路自己建作坊建窑口呀? 我现在看一下,都有谁还没有献秘方。没有献秘方的同志请举手。

有一两个人举起了手,看了看别人都没有举手,又放下了。

李宗贤的脸沉了下来:怎么,为什么没有人举手呀?难道你们都献了秘方吗?你们俩为什么又把手放下了?到底是献了还是没献?

没有人回答,大家都把头低下,没有人看李宗贤。李宗贤更加气愤了:你们到底要怎么样?软磨硬泡还是想蒙混过关?谷师傅,你献了秘方没有?

谷师傅低着头说:没献。

李宗贤:没献为什么不举手?

谷师傅:大家不都没举手吗?

李宗贤:我说的是,没有献秘方的举手,你们没听懂吗?

依然没有人举手。

李宗贤:顾师傅,你献了秘方没有?

顾师傅:没有。

李宗贤:没有献为什么不举手?

顾师傅:不好意思举手。

李宗贤:有什么不好意思?

顾师傅:没献秘方还有脸举手。

有人轻轻笑了。

李宗贤:那你们说说,为什么不献秘方?

没有人说话。

李宗贤:每个人都要说明理由,挨个来,从这边开始。温师傅,你说。

温师傅:说什么?

李宗贤:装傻是不是?我问你为什么不献秘方?

温师傅:不是说自愿吗?

李宗贤:你为什么不自愿?

温师傅:我为什么要自愿?

李宗贤:你这是什么态度?王师傅,你呢?

王师傅:我爸爸不同意。

李宗贤:又把责任推到你爸爸身上了,这是理由吗?何师傅,你呢?

何师傅:我没有秘方。

李宗贤:你没有秘方怎么给瓷胎上釉?

何师傅:我爸爸传给我的时候,就是口对口地教的。

李宗贤:就是说,你的秘方都在肚子里,是吗?

何师傅:可以这么说吧。

李宗贤:你不能把它写出来吗?

何师傅:我不会写字。

李宗贤:不会写字没关系,我们可以帮助你。邓美珊同志,下班之后把何师傅留下,帮助他把秘方抄下来。

何师傅:不行,我得回家商量商量。

李宗贤:跟谁商量?

何师傅:我爸爸,还有我爷爷,特别是我爷爷。

李宗贤气急败坏地:你们消极对抗是不是?你们对抗国家是不是?你们不想想,是谁让你们翻身得了解放?是谁让你们成了国家的主人?你们端的是谁的铁饭碗?是谁每月给你们发工资?是谁……

陶自强来了,站在了李宗贤的身边。

李宗贤像是来了救星:陶厂长,你看看他们……

陶自强抻了抻李宗贤的衣袖:金经理来了,专门找你,你快去看看吧。

李宗贤对陶自强:你跟他们说吧。

陶自强没有说话,从旁边拿了只凳子,坐下来。

李宗贤往外走的时候,拉了拉邓美珊。邓美珊跟着他出去了。

李宗贤把邓美珊拉到门外,依然气呼呼的。

邓美珊:李副厂长,您别着急,思想工作得慢慢来。

李宗贤气愤地:你刚才也都看见了,这是什么,这就是思想反动,我怀疑有人在背后搞鬼。

邓美珊:没有那么严重吧?

李宗贤:阶级斗争这根弦不能松,虽说解放好几年了,阶级斗争依然非常激烈,阶级敌人从来没有放弃他们的捣乱和破坏。你这几天在彩绘车间,听到什么反动言论没有?

邓美珊:哪儿什么反动言论呀?最多就是发泄一下情绪。

李宗贤:你注意收集一下,谁说不满的话都记下来,每天向我汇报一次。

邓美珊:您要做什么?

李宗贤:我们要抓几个反动典型,要坚决地与他们斗争。

邓美珊不满了:李副厂长,您这是干吗呀?

李宗贤:记住,每天要向我汇报。

邓美珊:这么龌龊的事情你也让我干,你把我当成什么人了?

李宗贤:你什么态度?这是原则问题。

邓美珊:对不起,我是研究釉料的。

李宗贤还要说什么,邓美珊扭头回会议室了。

陶自强坐在师傅们中间,心平气和地谈着:怪我们没有跟大家讲明白,可能产生了一些误会。我们让大家献秘方,不是说把这些秘方交给建国瓷厂所有。

秘方不像物件,你比如说冯副厂长把冯家窑捐献了,那冯家窑就不再属于冯家的了,属于国家的了。秘方是技术、是知识。你可以给人家,给了人家你自己也没有少。比如说我会利坯,我把利坯技术教给了徒弟,我自己就没有利坯技术了吗?这个道理我一说大家都懂,你们献了秘方的人是不是也抄了一份自己留下来了?当然,冯副厂长没有这样,我亲眼看见的,他的秘方也太多,抄起来太麻烦。既然是这样,我们为什么还要让大家献秘方呢?是为了研究分析,不知道大家注意到了没有,我们新招收几名大学生。邓美珊早来几天,你们都熟悉了,还有几位你们慢慢也会熟悉起来。他们是武汉大学化学系毕业的,为什么招收他们进厂呢?釉料是什么,是化学。我们祖祖辈辈只知道釉料,不知道釉料到底是什么。他们来了,就是要做一件事,把每一种釉料都经过化学分析,寻找出釉料秘方的奥秘。这个问题我说不清楚,我们请邓美珊给我们讲讲好不好?

师傅们已经很放松了,陶自强提议邓美珊讲一讲,大家立即活跃起来:好啊,好啊,让大学生给我们讲一讲。

邓美珊一点儿也不怵阵,大大方方地给师傅们鞠了一个躬:师傅们好。

师傅:瞧人家,到底是大学生,真有礼貌。

邓美珊:刚才陶厂长已经说得很清楚了。想必大家比我更清楚,现在我们建国瓷厂生产出来的瓷器,釉料的颜色、质感很不统一。同样是圆器或者琢器,无论是青花还是粉彩,单个看都挺好,放在一起就参差不齐了。要知道,我们生产出来的产品是要经过经销商向国内外销售的,颜色不统一就直接影响了销售,特别是向国外销售。怎么办呢?我们就是要搞统一的配方,统一配方不是凭空创造出来的,需要吸收我们各家各户的配方,去粗取精,取长补短,优胜劣汰,研究出一种理想的釉料配方来。所以我告诉大家,让大家献秘方,不是把你们的秘方收归厂里,是拿你们的秘方做参考。我可以保证,你们的秘方交到我们手里,我们绝对保密。还有,你们的秘方交上来,我们会妥善保管,绝不会遗失。我们把你们的秘方收集起来以后,你们还可以把秘方拿回去,依然是你们的……

陶自强:邓美珊讲的大家都明白了吧?

师傅们:明白了。

陶自强:那好,我不让你们现场表态,你们回去再考虑考虑,如果想献秘方,直接找邓美珊,或者找冯副厂长。

师傅甲:陶厂长,我不要考虑了,我献秘方。

师傅乙:我也献。

陶自强:好啊,大家跟邓美珊那儿登记吧。

邓美珊拿着笔记本:师傅们,我先把你们的名字登记下来。

邓美珊来给谷学文补课,一进门,见谷师傅和谷学文都阴沉着脸。

谷师傅吩咐着谷学文:给邓老师泡茶。

谷学文嘟噜着嘴泡茶,谷师傅回自己房间了。

邓美珊:你们怎么了?

谷学文:我爸骂我了。

邓美珊:为什么?

谷学文:我们班主任老师找我爸了,说如果我的化学成绩还上不去,我考高中就没戏了。

邓美珊:就为这?

谷学文:还有他自己的事。

邓美珊:他有什么事?

谷学文:你们厂是不是动员大家献釉料的秘方?

邓美珊:是啊,可是你爸爸还没表态。

谷学文:我说,让他积极献秘方,他又把我骂了一顿。

邓美珊:你爸爸怎么这么爱骂人呀?

谷学文:他就是那样的坏脾气,一天到晚看什么都不顺眼。

邓美珊:不谈你爸爸了,我们开始补课。

谷学文:姐,我们周三就期中考试了,有没有临阵磨枪的办法,让我争一次脸。

邓美珊:办法倒是有,不过考完试以后,你仍然要按部就班地复习。

谷学文:我保证。

邓美珊:把你的课本给我,我先翻翻。临阵磨枪,不快也光。

谷学文:能让我及格就行。

一栋独立的小楼,被周围的古树绿荫掩映着。冯运华和邓美珊等几个新来的大学生挂着牌子。

李宗贤也赶来了。牌子挂好了,大家鼓掌以示庆祝。李宗贤说:大家看冯副厂长的字怎么样?

邓美珊:啊?这字是冯副厂长写的,应该署上您的名字啊。

冯运华:还是别让我出丑了。原本我是想求赵书记题字的,陶厂长说,我们建国瓷厂就是赵书记写的,赵书记恐怕不会再写了。这不,他们赶鸭子上架,我则勉为其难了。

姚莎莎:冯副厂长的字真棒。

冯运华:你懂书法?

378

姚莎莎:我哪儿懂呀?

冯运华:怪不得呢,你要是懂书法就不会这么说了。

姚莎莎、唐家明、戴敏而整理着自己的工作台,工作台上摆放新添置的仪器设备,他们很珍惜,小心地调试着。

邓美珊整理着工作台上的一大堆资料,都是师傅们捐献来的釉料秘方。冯运华和李宗贤也一份一份地看着。

邓美珊对着一份秘方仔细地研究着,然后又扔在了一边。李宗贤拿起来看了一眼:这是什么呀?

邓美珊:这哪儿是秘方呀?简直就是天书。

冯运华接过来看着。姚莎莎、唐家明和戴敏而听到这边的议论,也围了过来。

邓美珊:这份更过分,您看:活土匪三个,绿寡妇二两,不着四六河边草,万里无云蛤蟆蹦,六个和尚三袈裟,新娶的媳妇九十九……

姚莎莎:这是土匪黑话吧?

唐家明:我看像台湾特务的密电码。

邓美珊:废话,你看看这秘方的日期,道光二十一年,那时候有国民党吗?

李宗贤:要我说,他们是成心捣乱,就是对献秘方不满,用这些乱七八糟的应付差事。

冯运华:那倒不是。

邓美珊:冯副厂长,您能看懂这些秘方吗?

冯运华:我也是连蒙带猜。

邓美珊把那张秘方递给冯运华:您猜猜看。

冯运华边琢磨边说:这活土匪肯定是活的东西,是什么难说;不着四六应该是五,河边草应该是绿色;万里无云是蓝色……

唐家明:万里无云为什么是蓝色?

冯运华:万里无云一片蓝天嘛。

姚莎莎:对对,靠谱。

冯运华:过去很多秘方都是这么记的,就像一些老中医的药方一样,不能让人认出来。

邓美珊:那怎么办呀?这些秘方不能破译,咱的工作就无法往下进行。

冯运华:解铃还须系铃人,要把献秘方的师傅们请来,让他们讲解,你们做好记录,然后再一个一个地验证。

唐家明:破译秘方是一项专门的技术,我们要不要向密码专家求援一下?

冯运华:密码专家不行,得需要大学问家。

邓美珊:谁是大学问家?

冯运华朝后面一指:你们看看,他来了。

邹元镐推门进来了,一副斯斯文文的学者派头。冯运华带头鼓起掌来。

邹元镐:我还到彩绘车间去找你们呢,没想到你们已经搬过来了。争分夺秒雷厉风行啊,看来我是真的落后了。

戴敏而拉了一下邓美珊的衣袖:这是谁呀?

邓美珊:我也不知道。

姚莎莎:真有风度。

冯运华:今天咱们的建国瓷厂釉料研究所正式成立了,我这个所长呢,是个临时的,挂个虚名。具体工作还得由你们来做,厂领导决定:任命邹元镐同志为副所长,请大家欢迎。

大家一起鼓起掌来。冯运华说:还有一位副所长,你们猜是谁?

姚莎莎:陶自强吧?

大家都笑了。

冯运华:你可真敢想敢猜。

唐家明:你怎么不说赵书记呢?

姚莎莎:也不是不可能,谁让咱研究所重要呢。

冯运华:好了,我们请李副厂长宣布吧。

李宗贤:请大家听好了,我宣布副所长:邓美珊。

邓美珊瞪大了眼睛:啊?

几个年轻人欢呼起来,邹元镐紧握着邓美珊的手:邓美珊同志,祝贺祝贺。

陶自强正在满脸疑惑地看着一封信,英文的。

冯运华和李宗贤进来。陶自强把信举到他们面前。

李宗贤首先接过来,一脸蒙。冯运华从李宗贤手里接过信。

李宗贤:怎么回事?

陶自强:我哪儿知道啊,市委办公室送来的。

冯运华兴奋地大叫起来:好啊好啊,太好了。

两个人都急切地等待着。

冯运华:伦敦举办世界瓷器展销会,邀请我们参加,这是邀请函。

李宗贤:让我们去伦敦卖瓷器,那不是直接赚外汇吗?

陶自强立即摇起了电话:给我接市委,找赵书记,我是陶自强……

陶自强把英文邀请函递给赵文昌,又把一份中文的翻译稿给他。

赵文昌:哦,翻译好了。行,你们越来越像个国营大厂了。谁翻译的?

陶自强:邓美珊,她的英文非常好,那天我见她用英语跟金俊卿交流,看得出来,金俊卿的水平远不如她。

赵文昌:我们搞现代化的国营大厂,人才是第一位的。

陶自强:这次伦敦展销会是个机会,我想把景德镇的四大名瓷都推出去。

赵文昌:青花、粉彩、玲珑、颜色釉,你们都有把握吗?

陶自强:青花、粉彩、颜色釉都没问题,就是玲珑薄弱一点儿。不过来得及,我们可以集中力量赶上去。

赵文昌:这件事省外贸公司也给我打了电话,他们非常支持。我想,借着这个机会,把浮梁茶也推向国际市场。

陶自强:他们同意了?

赵文昌:当然同意,巴不得呢?

陶自强疑惑地:您跟谁谈的?

赵文昌:跟外贸公司的方总经理谈的啊。

陶自强:方总经理?

赵文昌:有什么问题吗?

陶自强:我还以为金俊卿就是省外贸公司的总领导呢。

赵文昌笑了:怎么可能呢?外贸公司下面有好多部门,光是瓷业销售就有三个部门,金俊卿是其中一个部门的副经理。

陶自强:啊,还是个副经理?

赵文昌:他这个副经理,还是为了统战政策安排的。你知道他爸爸是谁吗?

陶自强:是谁?

赵文昌:大瓷商金光璧。

陶自强:就是坑我冯叔那个大瓷商?

赵文昌:也不能说是坑,乘人之危罢了。

陶自强:怪不得金俊卿派头那么大呢。

赵文昌从身后拿出一只竹篓,摆在了办公桌上:这是浮梁茶业合作社送来的样品茶。

陶自强皱了皱眉头:这包装可差点儿。

赵文昌:你也看出包装不行了吧?这个任务一并交给你们建国瓷厂了。

陶自强:让我们设计茶叶罐?

赵文昌:把景德镇的瓷和茶完美地结合起来,茶因瓷而雅,瓷因茶而兴。

陶自强:太好了,您放心吧,我们保证完成任务。

赵文昌:我让茶业合作社跟你们联系。

陶自强:No problem.（没问题）

赵文昌:行啊你陶自强,还说上英语了。

陶自强:要跟洋人打交道了,学几句常用语,临阵磨枪,不快也光嘛。

陶自强离开了赵文昌的办公室,朝市委大院的门外走去。

传达室的胡大爷把他拦住了:陶厂长,您进来接个电话。

赵文昌拿着电话:自强,你刚出去我突然想起一件事来,差点儿忘了……是关于邹元镐的事情……你们安排他当釉料研究所副所长了?算了吧,还是别安排了……你猜对了,另有重任,我要把他调走……我原来跟你说过,我们正在筹建景德镇陶瓷大学……教务主任……

陶自强放下电话,无奈地摇了摇头,走了出去。

谷师傅来到儿子谷学文的房间,见谷学文正在自己用扑克牌算命。

谷师傅:你怎么不做作业?

谷学文:做完了。

谷师傅:你的化学不需要复习了?

谷学文:我们考完试了。

谷师傅:考完了,考了多少?

谷学文:没下来呢。

谷师傅:那你没事了?

谷学文:我想休息休息,这几天太累了。

谷师傅:那正好,你给我办点事吧。

谷学文:什么事?

谷师傅拿出一张发黄的纸:把这个给我抄一抄。

谷学文接过来:这不是釉料秘方吗?您准备交出去?

谷师傅:我还没想好呢。

谷学文:爸,您还是把秘方交了吧。别人都交了,您不交,不是成了落后分子了吗?您是落后分子,我在学校也抬不起头来。

谷师傅:这样吧,如果你化学能考个好成绩,我就交秘方。

谷学文:一言为定?

谷师傅:你爸爸说话算数。

谷学文:好,那我给您抄。

门开了个缝儿,玉茗把脑袋探进来。陶自强急忙起身:玉茗,你怎么来了?

玉茗把门一开:变。

饶茶花从玉茗的背后跳出来。

陶自强:原来你们两个人一块儿来的,说吧,什么事?

饶茶花:没有事我们就不可以来了?

陶自强:现在不是上班时间吗?

饶茶花:上班时间只能谈公事是不是?

陶自强:原则上是这样的。

饶茶花:巧了,我们就是来找陶大厂长谈公事的。

陶自强:你们俩?

饶茶花:瞧不起人是不是?

陶自强:不敢不敢。

饶茶花郑重地:我们代表浮梁茶业公司和贵厂谈烧制茶叶罐的事情。

陶自强:噢……知道知道,赵书记是把这个任务交给我们建国瓷厂了。怎么是你们两个来了?

饶茶花:浮梁茶业公司刚刚成立,我们的师父萧炳南先生是茶业公司的茶艺师,本小姐和玉茗小姐是茶业公司的技术员。

陶自强:哦,恭喜恭喜。你们跟我走吧。

饶茶花:你要赶我们走?

陶自强:烧制茶叶罐的任务由周鸿达同志负责,我带你们去找周鸿达。

饶茶花:头前引路。哈哈哈……

邓美珊与唐家明调试着刚刚买进的仪器。

姚莎莎与戴敏而整理着釉料秘方。

唐家明:咱这釉料研究所都开张好几天了,那位邹元镐副所长怎么还不过来呀?

邓美珊:他在煤窑那边还有一些事情,处理完了就过来。

戴敏而:风度翩翩的美男子,日本留学回来的,大学问家,我们的副所长,牛。

姚莎莎:他结婚了吗?

戴敏而:花痴啊你?

姚莎莎:美珊,你说邹元镐副所长帅不帅?

邓美珊:本姑娘不对任何男人做评价。

姚莎莎：哼，假清高。

已经下班了，工人们都离去了。周鸿达和饶茶花、玉茗还在研究着茶叶罐的器型。陶自强走进来：走吧，我请你们去三角井吃饭。

周鸿达：你先看看这几个茶叶罐的器型。

陶自强走近，工作台上放着几个茶叶罐的坯胎。

玉茗：这都是周主任的手艺。

周鸿达：这都是玉茗出的设计。

饶茶花不干了：你们两个互相吹捧，我呢，我就什么事情都没干？

周鸿达：哪儿能啊？这个，还有这个，都是按照你茶花提的意见修改的。

陶自强：嗯，不错，有意思。

玉茗：就是什么样的图案还没有定下来。

陶自强：明天把卢再缘、丁萌萌他们请过来，一起商量商量。

周鸿达：好，今天就到这儿，先吃饭。玉茗，你想吃什么？今天我请客。

饶茶花：啊，不是自强哥请客吗？这还有拦路打劫的？

陶自强：好啊，劫财劫色我都同意。

周鸿达：我没有别的意思啊，就是我从来没请人家玉茗吃过饭。

饶茶花：行了，别抹了，越抹越黑，当心我给你告诉杜鹃。

周鸿达：我正大光明，告诉谁我也不怕。

陶自强：快走吧。

谷师傅来到谷学文的房间，翻腾着。

谷师傅老伴儿：大早上的，你翻腾儿子的房间干什么？

谷师傅：我让他抄的釉料秘方。

谷师傅老伴儿：儿子刚出门，要不你追上去问问？

谷师傅：我告诉他抄完之后给我放好的。

谷学文气喘吁吁地跑来，喊住了大门口的邓美珊。

邓美珊站住了：学文，什么事？

谷学文交给邓美珊一张纸，又匆匆忙忙跑了。

邓美珊看了看那张纸，满意地笑了，把纸塞进背包里。

谷师傅在不远处看见了，大喊着：谷学文，你给我站住。

谷学文听见了喊声，朝着父亲摇了摇手，跟着同学一起朝学校的方向跑去。

谷师傅一跺脚，气呼呼地进了工厂大门。

谷师傅跑到釉料研究所楼下,大声喊着:邓美珊,你出来……邓美珊,你给我出来。李宗贤正好经过,急忙走过来。

谷师傅:邓美珊,你出来……邓美珊,你出来……

李宗贤:大早上的,你乱喊什么?

谷师傅:李副厂长,你得给我做主啊。

李宗贤:我给你做什么主?

谷师傅:邓美珊太恶劣了,太卑鄙了,太欺负人了……

李宗贤:你先别扣帽子,邓美珊怎么了?

谷师傅:她偷我釉料秘方。

李宗贤:她怎么会偷你的秘方呢?

谷师傅:她借给我儿子补课的机会,通过我儿子把我家祖传秘方偷走了。

李宗贤:是你儿子把秘方给她的?

谷师傅:她给我儿子灌了迷魂汤。

李宗贤:如果秘方是你儿子交给邓美珊的,那就不能算偷。只能说明你儿子比你觉悟高,你不把秘方献出来,还不让你儿子献,这就是顽固。

谷师傅:你……你当然向着她了。秘方我可以献,我又没说不献,可是她用这种下三烂的手段,就是卑鄙。还大学生呢,还北京人呢,我呸,给大学生丢脸,给北京人丢脸……

邓美珊从楼上下来:谷师傅,您找我?

谷师傅:把秘方还给我。

邓美珊:什么秘方?

谷师傅:我们谷家的釉料秘方,你凭什么偷我家的秘方?

邓美珊:谷师傅,您说话讲点儿证据好不好?我怎么会偷您家秘方呢?

谷师傅:是我儿子给你的,我亲眼看见的,你还想抵赖?

邓美珊:什么时候的事?

谷师傅:就是刚才上班的时候,在工厂大门口。

邓美珊笑了。

谷师傅:承认了吧?李副厂长,你看看,她都承认了。

李宗贤:她承认什么了?

邓美珊:是啊,谷师傅,我承认什么了?

谷师傅:你承认偷了我家的秘方。

李宗贤:那是偷吗?在大庭广众下,一个送,一个接,那叫偷吗?

谷师傅气急败坏:你们官官相护,就算是我儿子送给她的,我儿子也是从家里偷的。

邓美珊从背包里拿出那张纸:谷师傅,你说的是这个吗?

谷师傅:就是这个,我看得真真的。

邓美珊:您看看。

谷师傅一把抢过那张纸。邓美珊说:您看清楚了。

谷师傅睁大了眼睛:这是真的?

邓美珊:您说呢?

谷师傅:不相信,真的不敢相信。他每次考化学,从来都没超过三十分,这次考了八十九分,差一分就九十了。

邓美珊:您应该说,差十一分就一百分了。

谷师傅:你刚刚给补了三次课,就进步这么大,一百分也是可能的。邓老师,谢谢你,太谢谢你了。

邓美珊:谷师傅,别总盯着自家的秘方,有许多东西,比秘方要珍贵得多。

谷师傅:是是,邓老师,对不起……李副厂长,是我……误会邓老师了。

李宗贤:你的秘方呢?

谷师傅:我献,我献,我现在就献,邓老师,给您,您拿着……

邓美珊:您这是秘方吗?

谷师傅:啊……我糊涂了……对不起了邓老师,对不起了李副厂长……

朱光秀在为茶叶罐利坯。周鸿达和饶茶花、玉茗在一边看着,不时地提出一些要求。

泥屑飞溅,如淡淡的黄雾。周鸿达说:光秀,把你的看家本事都拿出来。要知道,这些罐儿可是装着浮梁茶销往欧洲的,要让他们还没闻到茶香,就先被茶叶罐迷住了。

朱光秀:放心吧周主任,我绝不会给我师父丢脸的。

饶茶花敏感地:你师父是谁呀?

朱光秀:我师父是景德镇最好的利坯师傅。

饶茶花:难道是陶自强?

周鸿达:甭难道,就是。

饶茶花:你师父现在是厂长了,他有时间教你吗?

朱光秀:怎么没时间?上班之前,下班以后,还有星期天节假日休息的时候,得空就教我。去年大年初一,教了足足一天。

饶茶花:我说的呢,等了他一天,他都没露面。

朱光秀把利好了坯的一个坯胎给饶茶花:茶花,你看看,还有哪儿不满意?

玉茗:朱光秀同志,你刚才叫她什么?

386

朱光秀:她不是叫茶花吗?

玉茗:没大没小的,你应该叫师娘。

朱光秀腾地站起来,朝饶茶花鞠了一躬:师娘……对不起。

饶茶花慌了:别别……玉茗,你就坏吧你。

饶茶花和玉茗端着托板朝彩绘车间走着。

陈三姐挑着一个空箩筐进了大门,一眼看见了饶茶花和玉茗。

陈三姐喊着:茶花、玉茗……

饶茶花:啊,三姐,你怎么来了?

陈三姐:你们也在建国瓷厂上班了?

饶茶花:临时的。

陈三姐:临时工? 什么时候转正?

饶茶花:不是,我们茶业合作社在建国瓷厂定制一批茶叶罐。

陈三姐:哦,白为你们高兴了。

饶茶花:你怎么来了? 干吗还挑着箩筐?

陈三姐:我在旁边的副食店里买了一些东西,一个人拿不了,心想邹老师快下班了,让他帮助我拿一下。

饶茶花:你等我一下,一会儿我带你去找邹老师。

陈三姐:干脆我跟你们一起去吧。

南小汐和李小毛拉来一车杂物,正在往库房里搬。邹元镐从釉料研究所出来,路过这里,看见车上有一些书报杂志,便翻看着。

李小毛突然碰到一个东西,轰地响了一声,吓了一跳:哎呀妈耶,这什么呀?

南小汐过来:这是手风琴,土老帽。

李小毛:干吗用的?

邹元镐也听到了声音,走了过来。他拿起车上的手风琴,掏出手帕擦了擦上面的灰尘,背在肩上,试了试。

手风琴很好,邹元镐一时兴起,拉了起来。一些在院子里的员工和外来办事的人听见手风琴的乐曲声,都围了过来。

突然,一个穿戴讲究、气质高雅的中年女人伴随着手风琴的乐曲,迈着舞步走了过来。

邹元镐见到有人跳舞,兴致大发,拉起了《杜鹃圆舞曲》。

中年女人越发兴致高涨,踩着舞曲的节奏夸张地跳着。中年女人越跳越兴

387

奋,凑近了邹元镐。邹元镐也越拉越起劲儿,居然踩着舞步靠近了中年女人。

下班的铃声响了,工人们从车间里出来,许多人都凑上前看热闹。邓美珊等几个大学生听到了音乐声,也跑下楼。

陶自强、冯运华、李宗贤陪着金俊卿走过来。金俊卿看见了邓美珊,想要邀请她跳舞。

邓美珊竟然直接跑到陶自强面前,不由分说,拉着他便跳了起来。

金俊卿突然看见了南小汐,上前邀请她。

冯运华看见韩霜凝兴高采烈,上前邀请她跳舞。

见到陶自强、冯运华都跳起舞来,人们热烈地鼓掌。

邹元镐拉起了《青年友谊圆舞曲》。

卢再缘、丁萌萌、汪国良也跑来了。饶茶花、玉茗、陈三姐也挤在人群里。

陈三姐的眼睛紧盯着邹元镐,邹元镐看见了陈三姐,更加潇洒地演奏着。

陈三姐对饶茶花说:你也去跳啊。

饶茶花:男男女女搂抱在一起,不害臊。

唐家明突然看见了饶茶花,硬是把她拉过来。

饶茶花越是拒绝,唐家明越是用力。最后,饶茶花只好在唐家明的指挥下,迈着笨拙的步子。

姚莎莎请李宗贤跳舞,李宗贤慌忙挥着手拒绝。

卢再缘见姚莎莎有点儿尴尬,主动上前邀请姚莎莎。姚莎莎和卢再缘非常快乐地跳起来。

唐家明、戴敏而动员着年轻人加入跳舞的队伍。许多年轻人不会跳舞,也随着节奏扭动起来。

后勤处前面的小广场,成了欢乐的舞场……

瓷都赋

下

王梓夫 著

中国文史出版社

第二十一章

陶自强招呼着韩霜凝:快请进,快快请进。

韩霜凝感慨着:这是我第一次到建国瓷厂,没想到是跳着舞进来的。

陶自强:我也大吃一惊,哪儿来的手风琴呀,是谁把手风琴拉得这么好啊,这么多人来跳舞,是谁组织的?后来一打听才知道,原来是一个偶然事件。

韩霜凝:你们建国瓷厂真是朝气蓬勃人才济济啊。

陶自强:韩校长,您请坐,我给您泡茶。

韩霜凝:等等,我是副校长,校长是赵书记。

陶自强:我听赵书记说了,他是挂牌校长,学校的工作还是您来主持。

韩霜凝:赵书记那是谦虚的说法,他管得可具体了,许多细节都是他提出来的。你别泡茶了,我知道外面还有人等着你呢。咱们长话短说,你什么时候让邹元镐向我报到?

陶自强:这件事,赵书记刚刚跟我说,打我们一个措手不及啊。您看,柴改煤的工作虽说成功了,可是还有许多关键问题要解决要改进啊;釉料研究工作刚刚起步,而且时间紧迫;还有夜校的课程邹老师也不能中断啊。

韩霜凝:柴改煤的工作不是有小杜吗?那个年轻人很专业啊;釉料研究工作不是有邓美珊吗?她可是化学系毕业的高才生,比邹元镐有用多了;还有你说的夜校讲课,不是还有几个大学生吗?再说,就是邹元镐到了我们陶大,也可以回来讲课啊。

陶自强惊异地看着韩霜凝。韩霜凝问道:怎么,我说得不对吗?

陶自强:韩副校长,您对我们建国瓷厂门儿清啊?是谁告诉您的,我们这里是不是有您的卧底?

韩霜凝:你说对了,你们这儿还真有我的卧底。

陶自强:谁呀?

韩霜凝笑了。陶自强立即醒悟了:啊……我又忘了你们陶大谁是校长了。

韩霜凝:说吧,邹元镐什么时候到陶大?

陶自强:一个月行吗?

韩霜凝摇着头。陶自强说:十天,总可以了吧?

韩霜凝依然摇着头。陶自强又说:那就一个星期吧。

韩霜凝还是摇着头。陶自强:啊?您不会让邹老师明天就走马上阵吧?

韩霜凝:明天嘛,有点儿难为你们了,总要做些交接工作嘛,三天,就三天。

陶自强:哎呀韩副校长,我算服了您了。难怪人家说……

韩霜凝:说什么?

陶自强不好意思地笑了:没什么。

韩霜凝:你要说的是,韩霜凝是个很难缠的老太太,对不对?

陶自强:我可没那么说。

韩霜凝:我知道这话不是你说的,但是今天我们初次打交道,你会给说这话的人提供一个有力的佐证。

陶自强又笑了,无话可讲。

韩霜凝起身告辞:说好了,三天,就三天。三天之后在陶大见不到邹元镐,你就知道我这老太太有多难缠了。

陶自强把韩霜凝送下楼:韩教授,您怎么回去呀?要不我骑摩托车送您吧?

韩霜凝:不用不用,邹元镐还等着我呢,我要跟他谈谈。

陶自强:人还没去呢,先布置上工作了。

韩霜凝:不应该吗?

陶自强:不,我是说您雷厉风行。

周鸿达、饶茶花、玉茗一边等着陶自强,一边感慨议论着,陈三姐也加入进来,好奇地问:跟陶自强一起跳舞的那个姑娘就是邓美珊吗?

周鸿达:是啊。

陈三姐:大城市的姑娘就是不一样。

饶茶花不满地:有什么不一样的?

陈三姐一边琢磨一边说:怎么说呢? 大方……坦坦荡荡做什么都满不在乎……还能吸引人……

玉茗:吸引人? 勾引人吧?

陈三姐:不是勾引,是让人主动上钩。

饶茶花:三姐,您说的是什么话呀?

陈三姐越抹越黑:啊……陶自强不会被勾引的。

饶茶花:但是他会被吸引呀。

周鸿达:茶花,千万别多心,陶自强和邓美珊就是工作关系,你要相信他。

饶茶花:跳舞是工作吗?

周鸿达:对于厂领导来说,还就是工作。

饶茶花:得了吧,一边跳一边眉来眼去的,还工作呢,骗傻丫头呢!

玉茗:茶花,你怎么这样说呢? 你不是也跳了吗?

饶茶花:我是被唐家明硬拉着跳的。

陈三姐:茶花,这你就不讲理了,人家陶厂长也是被邓美珊拉进去的。

饶茶花:我那是硬拉。

陈三姐:邓美珊那算软拉?

饶茶花:再者说了,我那算跳舞吗? 一脚一脚的,光往唐家明的脚上踩了。

玉茗:你那是不会跳。

饶茶花:是啊,陶自强为什么跳得那么好? 谁教他的? 什么时候学的?

周鸿达:对对对,茶花你提的问题太到位了,我也纳闷呢。一会儿他来了,我们一定要好好审审他。

三个人继续聊天,陈三姐在厨房里炒菜。摩托车响,陶自强进来了。

饶茶花问:邹老师呢? 他怎么没回来?

陶自强:韩教授跟他谈话呢。

饶茶花:韩教授? 就是跳舞的那个老太太?

陶自强:现在人家是陶瓷大学的副校长。

饶茶花:那他找邹老师干什么?

陶自强:邹老师被调到陶瓷大学当教务主任了。

饶茶花:啊? 邹老师也要当官了?

陶自强:邹老师主要还是教课。

饶茶花:教大学生?

陶自强:那当然。

饶茶花:大学教授?

陶自强:那当然了。

饶茶花惊叫起来:三姐,你听见了吧? 邹老师可是大学教授了。

陈三姐抿着嘴微笑。饶茶花说:这么说你早就知道了?

陈三姐:前两天听他念叨过。

玉茗:哎呀三姐,你可真沉得住气。

陈三姐:我沉不住气又能怎样?

玉茗:赶紧跟邹老师结婚呀? 结了婚你就是教授夫人了。

陈三姐:你们可别乱说啊,我跟邹老师没关系。

饶茶花:得了吧,景德镇人谁不知道,人家是金屋藏娇,陈三姐是草屋藏授。

陈三姐:还藏兽,他是狮子,还是老虎? 你以为我这儿是马戏团吗?

饶茶花:是教授的授,不是野兽的兽。

几个人笑起来。陈三姐道：你们取笑我是不是，还想不想吃饭了？

周鸿达：对了，临下班的时候金俊卿还来找过你。

陶自强：明天再说吧，他是想跟我说欧洲展销会的事。

周鸿达：除了玲珑，其他那三样都准备好了。

陶自强：玲珑那边我已经看过了，没问题，来得及。

周鸿达：你们什么时候走？

陶自强：现在先要把参展的瓷器托运过去。

周鸿达：你和金俊卿两个人去？

陶自强：还有邓美珊。

周鸿达：哦。

陶自强说完这句话，漫不经心地看了看饶茶花，又找补了一句：是赵书记决定的，说她英语好。

饶茶花沉着脸：金俊卿不是也会英语吗？

陶自强：他毕竟不是建国瓷厂的人。

陈三姐：菜来了，你们喝酒自己拿……

饶三婆关着鸡窝，打扫着院子。

杜鹃进来了：三婶，茶花回来了吗？

饶三婆：没有呢，这几天天天去建国瓷厂，回来得很晚。对了，她跟玉茗去做茶叶罐，怎么没让你去呀？

杜鹃不满地：人家茶花和玉茗都是技术员，我不是。

饶三婆：你们不都是萧师傅的徒弟吗？你怎么就不是呢？

杜鹃：茶业合作社说了，只许有两个技术员，萧师傅就选了茶花和玉茗。

饶三婆：反正你也要结婚了，当不当技术员不吃紧。对了，你跟周鸿达大喜的日子定下来了吗？

杜鹃：周鸿达说我妈要的彩礼他备得差不多了。

饶三婆：快点儿结，别跟茶花似的越撕扯越乱。

金俊卿喊住了邓美珊。邓美珊问：有事吗？

金俊卿：我约你好几次吃饭了，你都没有时间，今天下班我请你看电影吧？

邓美珊：对不起，我还要给谷师傅的儿子补课。

金俊卿：啊？谷师傅都对你那样了，你还去给他儿子补课，你心也忒大了。

邓美珊：谷师傅对我咋样了？

金俊卿：他没跟你吵吗？没跟你闹吗？没污蔑你偷他的秘方吗？

邓美珊:那只是个误会。

金俊卿:误会？误会也不行啊……

邓美珊:金经理,这件事好像跟你没关系。对不起,我要上班了。

金俊卿看着邓美珊上了楼,无奈地走了。

办公室,金俊卿看着展销会瓷器清单:这么多？

陶自强:多吗？我觉得还可以多带点儿。

金俊卿:陶厂长,不行,我跟你说过了,我们的瓷器在欧洲不好销。

陶自强:是啊,因为不好销,我们才抓住这个机会大力推销我们的商品。

金俊卿:好,你说带多少就带多少吧,反正销不出去跟我没关系。

陶自强:怎么会跟你没关系呢？我们要一起努力才是呀。

金俊卿:你们厂都谁去？

陶自强:我和邓美珊。

金俊卿:邓美珊也去？

陶自强点了点头:嗯。

金俊卿风风火火地跑上楼:美珊……美珊……

楼上的门从里面锁着,几个年轻人工作着,都穿着白大褂。

金俊卿敲着玻璃窗。邓美珊开了门。金俊卿要进来。

邓美珊把他拦在外面,指着玻璃窗上的字:化学实验,闲人免进。

金俊卿退到了楼道里。邓美珊问:什么事？

金俊卿激动起来:好事,大好事,天大的好事。你可要感谢我,不要你花钱,你只要答应我请你吃顿饭就行。

邓美珊看着他。金俊卿:我在陶厂长面前竭尽全力推荐你,陶厂长答应了。

邓美珊好奇地看着他。金俊卿:去欧洲参加展销会,伦敦,莎士比亚的故乡……我们可以一起去看莎士比亚的话剧。

邓美珊无动于衷。金俊卿:你怎么不惊讶？

邓美珊:不就是去趟英国吗？有什么好惊讶的？

金俊卿:你去过英国？

邓美珊:没有。

金俊卿:你不想去吗？

邓美珊:我说我不想去了吗？

金俊卿:有多少人听说去英国,都会激动得蹦起来。

邓美珊:真没见过世面。

饶三婆在院子里剁着猪菜。饶三公扛着锄头要出门。

饶茶花从屋里出来,把父亲叫住了:爸,您先等等,我有事要跟你们说。

饶三公放下锄头,回身坐在了水缸台上。

饶茶花:爸妈,你们能不能去一下陶自强家?

饶三公:干啥?

饶茶花:去提亲啊。

饶三公:提亲? 你让我们登陶家的门去提亲?

饶茶花:是啊,怎么了?

饶三公:还怎么了? 你说怎么了?

饶三婆:茶花,你疯了吧? 怎么说起胡话来了?

饶茶花:我是认真的,这不是跟你们商量吗!

饶三公:还商量? 没商量。

饶三婆:自古都是男方家里到女方家里求亲,哪儿有女方去男方家的?

饶茶花:现在是新社会了,男女平等。

饶三婆:男女平等也不能不要脸。

饶茶花:这怎么是不要脸呢?

饶三公:我问你,陶自强到底想不想娶你?

饶茶花:想啊。

饶三公:让他托媒人上门提亲。

饶茶花:陈三姐不是来过了吗? 你们不是答应了吗?

饶三公:我们答应了,他陶家答应了吗?

饶茶花:不是陶自强的姐姐不同意吗?

饶三婆:我们上门求亲,他姐姐就能同意?

饶茶花:你们二老都出面了,他姐姐还有什么理由不同意?

饶三公火了:不行,想都别想。

饶茶花:为什么不行? 你们就不能为我想想吗?

饶三公扛起锄头要走。饶茶花拦住:您站住,您到底去不去?

饶三公:我丢不起这人。

饶茶花:您把我嫁给马窑主,就不怕丢人了?

饶三公气哼哼地走了。

饶茶花和玉茗挎着瓷篮,肩并肩走着。

玉茗:干吗这么愁眉苦脸的?

饶茶花:愁死我了。

玉茗:你不是让你们爸妈去陶自强家求亲吗?

饶茶花:我爸妈死活不同意。

玉茗:跟他们闹呀。

饶茶花:怎么闹?

玉茗:哭呀,铺天盖地地哭呀,这不是你的撒手锏吗?

饶茶花:小时候把他们哭皮了,现在不灵了。

玉茗:我倒是有个办法。

饶茶花:什么办法?

玉茗:把老太爷搬出来。

饶茶花:你是说找咱师父,行吗?

玉茗:行不行的试试不就知道了。

上午没有开张,陈三姐一个人坐在酒桌上发呆。

邹元镐从楼上下来,很兴奋的样子,他手里拿着一张图纸。

陈三姐:又熬了一夜,也不睡会儿?

邹元镐:我有一个想法,跟你商量商量。

说着,邹元镐在陈三姐的身边坐了下来。

陈三姐可能觉得他们离得太近了,不自觉地往旁边挪了挪。

邹元镐把图纸铺在陈三姐面前:我想把咱这个房子改造一下,画了一张图。你看,我们这个房子虽然不大,可是还有个院子。我想把这个院子再盖成两间房子,跟原来的房子连接起来。这样,下面就能多出一个厨房、一个休息室,还能多放两张饭桌。上面呢,原来是两间屋,一间是你和春泥的,一个是我的。改造完了之后,变成三间。你和春泥的屋子扩大出五平方米,我的屋子不变,还多出将近二十平方米,改造成一个客厅……

陈三姐:我和春泥的屋子足够住了,还扩大干什么?

邹元镐:我想让春泥搬到我的屋里去住,你们这屋子呢,加一个写字台、一个梳妆台。

陈三姐:春泥去你房间? 你去哪儿住?

邹元镐:我……我们不住在一起吗?

陈三姐:我们怎么能住在一起?

邹元镐:我们结婚了还不住在一起吗?

陈三姐:结婚? 我什么时候说要嫁给你了?

邹元镐:三姐,我……我会郑重地向你求婚的。

陈三姐:别别……不行。

邹元镐:为什么不行?

陈三姐:我……我不想嫁人。

邹元镐:三姐,自从那天夜里你把我留下来,我就已经做好跟你结婚的打算了。只是当时我一无所有,没有能力娶你。现在,我可以养你、养春泥了。这个酒馆呢,你愿意开就开,不愿意开可以关门大吉,我们一起踏踏实实过日子。

陈三姐:邹老师,我也跟你说实话吧。那次我把你留下,也是想跟你一起过日子的。可是现在……不行了。

邹元镐:怎么不行了?

陈三姐:你说,当时你一无所有,可是现在,你什么都有了,你应该找一个更合适的女人。

邹元镐:三姐,你怎么说这样的话呢? 这么长时间了,我们虽然没有表明心态,可是都心知肚明,只是隔着一层窗户纸了。

陈三姐:当初可能是隔着一层窗户纸,可是现在隔着一堵墙、一座山了。

邹元镐:三姐,我对你的心没有变,一点儿都没有变。

陈三姐:可是你的身份变了,地位变了,还有……我变了。

邹元镐突然抓住了陈三姐的手。陈三姐急忙把手抽出去,站起身。

邹元镐也站起来:三姐,你难道不相信我吗?

陈三姐捂着脸,哭着跑上了楼……

饶茶花和玉茗把几只茶叶罐摆在茶桌上。萧炳南一个个认真地看着。

玉茗:师父,您满意吗?

萧炳南:这是谁的手艺呀?

饶茶花:器型和拉坯是周鸿达,利坯是朱光秀,上面的画是丁萌萌设计的。

萧炳南满意地点着头:人要衣裳佛要金装,这样的茶叶罐才能配得上咱的浮梁茶。

饶茶花:到底要哪几个?

萧炳南:合作社的领导看了吗?

饶茶花:领导说让您定。

萧炳南:这几个吧,二两装的、半斤装的,再加一个六两装的。

玉茗:师父,有件事需要您出马。

萧炳南:什么事?

玉茗:请您到茶花家去一趟。

萧炳南:干吗? 请我喝喜酒?

玉茗:您要想喝喜酒,必须得把茶花的爸妈拿下。

萧炳南：茶花的爸妈不是同意了吗？

玉茗：您得让他们去陶自强家求亲。

萧炳南：让他们两口子去陶自强家求亲？这事听着都新鲜。

玉茗：师父，是这么回事……茶花，还是你跟师傅说吧。

饶茶花：师父，陶自强要出国，我想在他出国之前把我们的事定下来，可是我爸妈就不肯到陶家去一趟。

萧炳南：为什么要在陶自强出国之前定你们的婚事呢？等他回来不行吗？

饶茶花：不行，那就晚了。

萧炳南：怎么就晚了？

饶茶花：您知道他跟谁一起出国吗？

萧炳南：跟谁？

饶茶花：邓美珊。

萧炳南：那个大学生？

饶茶花：就是啊。

萧炳南：唔，那可有点儿危险了。

玉茗：师父，现在是火烧眉毛了，您可得救火啊。

萧炳南：容我想一想，想一想……

早上，温暖的阳光从窗口照射进来，光斑耀眼。陶自强从楼上下来，姐姐已经把早餐摆在餐桌上了。陶自强刚要坐下吃早餐，姐姐把他叫住了。陶祁香把一套西装举起来：过来试试。

陶自强：西装？哎呀，有必要吗？

陶祁香：你说有没有必要？一个堂堂的中国国营大厂长，穿着工作服出国，打谁的脸啊？

陶自强：邹元镐说他有一套西装，要借给我的。

陶祁香：瞧瞧，你还是有所准备吧。

陶自强：你这是从哪儿买的？景德镇所有的商场我都转了，没有卖西装的呀，卖领带的倒是有。

陶祁香：姐姐给你买过衣服吗？一年四季，长短单棉，不都是姐姐一针一线给你缝的吗？

陶自强：临行密密缝，意恐迟迟归嘛。

陶祁香：少贫嘴，过来。

陶自强背对着姐姐，伸出胳膊。陶祁香拿起西装往他身上套，在后面抻着扯着。然后，又把陶自强扳过来，在前面整理着。

陶祁香:紧不紧?

陶自强抖动着肩膀:不紧。

陶祁香:照照镜子。

陶自强走到镜子前面,笑了:姐,这还是我吗?

陶祁香:不是。

陶自强:那是谁呀?

陶祁香:小狗。

陶自强:我是小狗,您呢?

外面传来邓美珊的声音:陶厂长,在家吗?

陶祁香打开门:美珊啊,来,快进来。

邓美珊进屋,兴致勃勃的样子。陶自强问:有事?

邓美珊:今天不是星期天吗? 我们几个武大同学想到高岭山看看,姚莎莎非要让我问问您,看您有没有时间。

陶自强:哦,去缅怀你的"走麦城"。我还是真的想去,可是赵书记一会儿要到厂里来。

邓美珊:我说就是吧,您那么忙,他们几个还不信。

陶祁香:美珊,你来得正好,你会打领带吗?

邓美珊:会呀,我从小学三年级的时候就给我爸扎领带。

陶祁香:太好了,我从来没给男人打过领带。你来,教教自强。

邓美珊望着陶自强:我说一进门就觉得哪儿不对呢,原来陶厂长在试西装。

陶祁香把领带交给邓美珊。

邓美珊转向陶自强:我先给您扎好看看效果,然后再教您自己怎么扎。

邓美珊熟练地给陶自强扎着领带,扎好之后,又把他推到镜子前面。

陶自强对着镜子打量着自己。邓美珊高兴地:好精神、好帅气哦,陶厂长,您特适合穿西装。香姐,陶厂长的西装在哪儿买的呀? 真好。

陶自强自豪地:我姐姐就是天底下最好的裁缝。

邓美珊惊讶地叫起来:您自己做的? 哎呀,真没想到,您的手艺也太好了,一点儿都不比造寸差。

陶自强:造寸是谁?

陶祁香:造寸是张兆春,是他在上海创造了服装店,叫造寸服装,是有名的旗袍店,西装也做得非常好。

邓美珊:姐,您真棒。解放后造寸搬到了北京,专门为中央领导和出国人员做西装。姐,陶厂长这西装料子真好,毛哔叽的,不便宜吧?

陶自强忽然注意到,姐姐手腕上的翡翠玉镯不见了:姐,你的玉镯呢?

陶祁香:啊……没戴。

陶自强:哦……这西装嘛就是样子货,光图好看了,穿在身上真别扭。

邓美珊:习惯了就好了。不行,我得走了,他们还等着我呢。

陶祁香:美珊,星期六晚上你过来吧。

邓美珊:啊……还早呢。

陶祁香:我这几天要准备准备。

邓美珊:您要办什么事吧?

陶祁香:我教自强吃西餐。

邓美珊:哈,好啊,我来沾光。

陶祁香:我们一块儿熟悉一下吃西餐的规矩。

邓美珊:哦,那好吧。

饶茶花、玉茗拿出三个茶叶罐。

周鸿达:就这三个?

饶茶花:多长时间能做出来?

周鸿达:你们要求多长时间?

饶茶花:这批茶叶是陶自强他们随机托运的,他们还有半个月就走了,还得给我们两天装罐的时间啊。

周鸿达:七天,七天足够了。

饶茶花:这么快?

周鸿达:我说七天还打着富余呢,这活儿不算什么。

陶自强进来了:我一猜你们就在这儿。

饶茶花见了陶自强,忙起身把陶自强往外推。

陶自强:干吗呀?

饶茶花:我跟你说点儿事。

陶自强:什么事呀,这么神秘?

饶茶花:这事很重要,非常重要。

陶自强只好跟着饶茶花到了门外。

邓美珊布置着:桌上铺着新桌布,点着两支蜡烛,三副餐具压在餐巾上……

陶祁香在灶台上准备着煎牛排。陶自强开着一瓶红酒。

陶祁香:本来想约你冯叔一起过来的,可是赵书记又把他找去了。

陶自强:那就把冯叔和赵书记一起请来呗。

陶祁香:你以为你姐是富翁啊,我这点儿钱买这点儿牛肉,三个人正好,四个人不足,要是五个人,非打破脑袋不可。

邓美珊:您跟我说呀,我可以赞助呀。

陶祁香:我就是这么一说,你还当真了。还是我们三个人自在些,给自强立规矩,免得他当着外人不自在。

邓美珊:姐,您没把我当外人,我真高兴。

陶祁香:你本来也不是外人嘛。

邓美珊:谢谢姐,您真好。

陶祁香:美珊,有句话我一直想问你。

邓美珊:姐,您说。

陶祁香笑了。邓美珊问:姐,您笑什么?

陶祁香:我要说的就是这个"您"字,你怎么跟谁说话都用"您"啊?

邓美珊:啊?习惯了。

陶祁香:在我们这儿,只是晚辈对长辈,或者特别需要客气的人才用"您"字。

邓美珊:不瞒您说姐,我刚学说话的时候,父母就让我说"您"。小时候不大会用,跟小伙伴一起也说"您",就是打架骂人的时候都用"您"。

陶自强:用"您"骂人,那怎么还骂得起来?

邓美珊:我亲耳听到两个北京老头儿骂人,张大爷骂李大爷:您混蛋。李大爷回骂张大爷:您才混蛋。

陶祁香和陶自强都笑了。

邓美珊:北京人说话就这样,宁可把"您"说错了,也不要"你"。不过姐姐,我见自强哥跟您说话也用"您"字呀。

陶祁香:他从小跟着我在戏班长大的,戏班里规矩多,见谁都要说"您"。

陶自强:南方人的舌头拐不过弯儿来,很难把"您"字说准了。

邓美珊:来,我教你。

陶自强:哎,这回你怎么说"你"了?

邓美珊:我是师父,你是徒弟,当然可以说"你"了。

茶棚里,七茶女在装着茶叶罐。有的人在用小秤盘秤着茶叶,一堆一堆地放好。饶茶花和玉茗把称好的茶叶往罐里装着。萧炳南来回检查着。

荷花:我说姐妹们,咱们商量一下,杜鹃结婚咱送什么礼物呀?

杜鹃:你们什么都不要送,到时候去喝喜酒就行了。

月季:那哪儿行啊?咱们姐妹一场,哪儿能白不咧咧呀?

凤仙:我送一只暖瓶吧。

瑞香:我送痰桶。

荷花:那我送毛巾吧。

玉茗:我送脸盆吧。

饶茶花:要我说呀,咱们就别零打碎敲地送了,不如我们把钱攒到一块儿交给杜鹃,让她自己缺什么买什么。

荷花:这个主意好,那这样,我们把钱都交给茶花吧,攒齐了再让茶花交给杜鹃。

三个人坐在了桌前,开始了吃西餐大演习。陶自强端端正正地坐着,任凭陶祁香和邓美珊摆布。

陶祁香:左手拿叉,右手拿刀,这样……

陶自强照着做。邓美珊说:刀刃要冲着自己,不可向外。

陶自强纠正着自己的姿势。

陶祁香起身,把三块牛排放在每个人的面前。

陶祁香:切牛排的时候,用左手的叉子按住,用右手的刀切成小块儿。

陶自强:切多大块儿?

邓美珊:根据自己的嘴,一口能吃下就行。

陶祁香:差不多跟你食指上面的第一节大小就行了。

陶自强试着切牛排。陶祁香说:切好以后,用叉子放进嘴里……

陶自强嚼着牛排:姐,您的牛排没煎熟吧?

陶祁香:这你就外行了,让美珊给你说说吧。

邓美珊:牛排分一分熟、三分熟、五分熟、七分熟和全熟。一般的时候,你进饭店吃牛排的时候,服务员都会问你要几分熟。你千万不能说要二分熟、四分熟、六分熟、八分熟……

陶自强:那我说要几分熟就不丢人了?

邓美珊:七分熟吧,全熟也行。

陶自强:这哪儿是吃饭呀,纯粹是装模作样。

陶祁香:人嘛,大多数的时候都在装模作样。

邓美珊:姐姐这句话有哲理。

陶祁香指着陶自强的胸前:还哲理呢,看看这里吧。

陶自强胸前的餐巾上,沾满了蘸牛排的汤汤水水……

邓美珊笑起来。

周鸿达进来,把一份电报给了陶自强。陶自强接过来看着:又是英文的?

周鸿达:你不是学英语了吗?

陶自强:你以为学英语像学吃西餐那么简单?

周鸿达把翻译稿给了陶自强。陶自强笑着:要我是不是?

周鸿达:咱们参加展销会的瓷器,已经到伦敦了。

陶自强:这么快?

周鸿达:从香港走的货,手续简单一些。

陶自强:对了师哥,你跟杜鹃的婚礼定在什么时候?

周鸿达:这个月的二十四日,据说还是她妈请罗半仙选的日子。

陶自强:啊,那我赶不上你的婚礼了。

周鸿达:你走你的,你帮我够多了。

饶三婆已经把晚饭摆在了桌上。

饶茶花:我爸爸干什么去了?

饶三婆:到镇上买礼盒去了。

饶茶花:买什么礼盒?

饶三婆:不是要去陶自强家吗?

饶茶花:带点儿土特产就行了,还买什么礼盒?

饶三婆:你爸爸说了,不能让陶自强的姐姐瞧不起咱们。

饶茶花叹了一口气。饶三婆敏感地:怎么,你没跟陶自强说?

饶茶花:说了,说了,早就说了。

陶自强吃好了早饭,要去上班。

陶祁香:明天是星期天,我约了邓美珊来家吃饭。过两天你们要走了,就当是给你们送行吧。

陶自强:您跟她说了?

陶祁香:说了。

陶自强:明天茶花的父母要来。

陶祁香:来干什么?

陶自强:来见见您。

陶祁香:你怎么不告诉我?

陶自强:我准备晚上跟您说的。

陶祁香:你没必要跟我说。

陶自强:姐,人家的父母登门求亲,您总得给个面子吧?

陶祁香:你的事你自己做主,跟我没关系。

陶自强:姐……

陶祁香跟他挥了挥手。陶自强快快地走了。

饶三公赶着一辆毛驴车,车上装着礼物,有瓜果蔬菜,还有两个大礼盒。饶三婆和饶茶花坐在车厢上。

花红柳绿,蓝天白云,一路风光无限。饶茶花显得很兴奋,跟父亲找着话茬儿说话。饶三婆也喜笑颜开,情绪高涨。

饶茶花:爸,萧师傅是怎么说服你的?

饶三公耷拉着脸不理她。饶茶花又转向母亲:妈,您告诉我。

饶三婆:你爸这个人呀,就是驴脾气,一根筋。

饶茶花:那萧师傅怎么把他说服了呢?

饶三婆:什么说服呀?萧师傅来了,就喝了两杯茶。

饶茶花:什么都没说呀?

饶三婆:就告诉我们到陶家去一趟。

饶茶花:那我爸就同意了?

饶三婆:你爸这大半辈子,就服一个人,就听一个人的话。

邓美珊提着一兜菜进来了:姐,我来了。

陶自强走出来:你怎么还提着菜呀?

邓美珊:正好从菜市场路过,就买了点儿。姐呢?

陶自强:我起床之后就没见到她,兴许也去买菜了吧。

邓美珊:我这些菜差不多了。

陶自强:一会儿茶花和她的爸妈还来呢。

邓美珊:来求亲?

陶自强:算是吧。

邓美珊:那要祝福你喽。

陶自强:谢谢。

饶三公赶着小驴车停在了栅栏门外。陶自强和邓美珊一起迎出来。

饶茶花惊叫着:美珊,你也在这儿呀。

陶自强来到茶花父母面前,恭恭敬敬地叫着:叔叔、阿姨,你们好。

饶茶花给父母介绍着:爸妈,这是邓美珊。

邓美珊:叔叔好,阿姨好。

饶三婆没见到陶祁香,问陶自强:你姐没在?

陶自强:啊,我姐去买菜了。

饶三婆:哎呀,买什么菜呀,我们都带来了。茶花,快帮助你爸卸车。

饶茶花忙从车上拿东西,先拎起来两只老母鸡。

饶三公搬着礼盒和别的东西。

饶茶花把老母鸡举到陶自强面前:中午就把它炖了吧。

饶三婆:炖一只,留一只让你姐姐煲汤。

陶自强接过老母鸡,对饶三婆说:阿姨,您和叔叔第一次来,就吃您带来的东西,合适吗?

饶三婆:什么你的我的,以后就是一家了,还讲究什么?

陶自强拿不定主意,问邓美珊:你说呢?

邓美珊说:我们北京有一句话,来人吃来物,秃子煮葫芦。

饶茶花把手里的另一只老母鸡递给邓美珊:老母鸡炖蘑菇,你会做吗?

邓美珊:啊,活的? 我可不敢杀,你敢吗?

饶茶花:一会儿让我爸杀。

陶自强:叔叔阿姨,别站在外面了,快请进。

汪国良骑着自行车,已经满头大汗了。

丁萌萌:国良,我换换你吧。

汪国良:不用,快到了。

丁萌萌:还有多远?

汪国良:过了前面那座桥,就上山了。

丁萌萌从车上跳下来:来吧,我骑一会儿。

汪国良停下车,把丁萌萌手里的点心盒接过来。

丁萌萌骑上自行车。汪国良跨上去。丁萌萌飞快地往前蹬着。

汪国良:姐,你慢点儿,急什么?

丁萌萌:我恨不得一步蹬到吴老师家。

汪国良:忘了当初你抽人家嘴巴了。

丁萌萌:汪国良,你要是再提这事,我跟你急。

汪国良:好,我错了。

荷塘山坡上,一个仙境般的小院。

青砖黛瓦,木门花窗,石头垒起的院墙。屋后绿荫,舍前修竹,院内花丛,墙头绿萝。门前,一塘碧水,荷花映日。一群肥鸡啄食,两只闲鹅迎客。

吴甦湘站在院门口,一袭长衫,银须飘胸,仙风道骨,精神矍铄。守护在他身边的吴夫人亭亭玉立,姿容瑰丽,风韵盎然。

汪国良提着礼物疾步上前,丁萌萌推着自行车即随其后。

邓美珊和饶茶花在厨房里做菜。陶自强陪着饶三公和饶三婆喝茶。三个人实在是没有什么可聊的,陶自强搜肠刮肚找话题,饶三婆心神不定打圆场,饶三公却一言不发。

陶自强:二老你们挺好的?

饶三婆:啊,挺好的。

陶自强:身体还硬朗吧?

饶三婆:啊,我还好,就是你叔腰不大好。

陶自强:年轻时落下的病根儿吧?

饶三婆:可不,泥里水里的瞎折腾。

陶自强给二位添茶:您喝茶。

饶三婆:啊,不渴。

陶自强:啊,您老在这儿坐着,我到厨房看看。

屋里古色古香,硬木家具、名人字画及吴廼湘自己的书画作品。

吴廼湘坐在茶台前面亲自泡茶。丁萌萌和汪国良坐在吴廼湘的对面。

吴夫人依偎在吴廼湘的身边,小鸟依人,显得非常乖巧动人。丁萌萌和汪国良不好意思看他们,低着头。

吴廼湘时不时地朝夫人歪过头,嗅着夫人散发着香气的秀发,吴夫人则仰着脸,深情地看着吴廼湘。

吴廼湘用公道杯给丁萌萌和汪国良添茶,又给自己和夫人的主人杯里倒着茶。细心的丁萌萌发现,吴廼湘和吴夫人的主人杯是一对青花釉里红。

吴廼湘炫耀地把两只主人杯往前推了推:萌萌,知道这上面画的是什么吗?

丁萌萌抿嘴笑着,不好意思开口。

吴廼湘:说嘛,大方一点儿。

丁萌萌:这是夫妻海棠花,一支两簇,恩爱不分离。吴老师您用的是单瓣儿海棠,师母用的是重瓣儿海棠。

吴廼湘:不错嘛萌萌,懂得不少啊。

丁萌萌:我开始画画的时候,学的是花鸟。

吴廼湘:哦,怪不得呢!

丁萌萌:吴老师,您真幸福。

吴廼湘得意地点了点头,又眯缝着眼睛看着丁萌萌和汪国良:你们不也是很幸福吗?

丁萌萌急忙说:吴老师,我们是姐弟俩。

吴廼湘:姐弟俩又怎么样? 又没有血缘关系。

丁萌萌:我比他大。

吴廼湘:女大三,抱金砖嘛。

丁萌萌:吴老师,您别乱说了。

吴廼湘:好,喝茶,尝尝我的野山茶。

菜炒好了,热气腾腾地摆在了桌子上。

饶三公、饶三婆坐在上首,陶自强和饶茶花坐在对面,邓美珊打横。

饶茶花:自强哥,姐姐怎么还不回来?

陶自强:说的是呢,一大早就出去了,该回来了。我出去找找。

邓美珊:你还是陪着叔叔阿姨吧,我去找。

陶自强不知道该说什么。邓美珊出了门。

陶自强:叔叔阿姨,我们先喝酒吧,边喝边等。

说着,陶自强把饶三公、饶三婆面前的酒杯里斟满了酒,也给饶茶花和自己倒上。

陶自强端起酒杯:叔叔阿姨,我先敬您……

饶三公终于开口了,把手一扬:等等,我们就是冲着你姐姐来的,她不在算怎么回事?

陶自强:还是咱先喝酒吧,一会儿菜都凉了。

饶三公:凉就凉吃,我等得起。

陶自强只好把酒杯放下。

吴夫人去厨房做饭了,吴廼湘招待着丁萌萌和汪国良喝茶。

丁萌萌歉疚地说:吴老师,我早就想来看望您,可是又不敢来。

吴廼湘:怕什么? 怕我把那个耳光给你还回去?

汪国良坏笑起来。

丁萌萌:那次我太冒失,太不懂事了。吴老师,您还生气吗?

吴廼湘:生什么气? 我告诉你,男人要是没有挨过女人的耳光,就不算是真正的男子汉。

汪国良:啊? 我还没挨过呢。

吴廼湘看了看丁萌萌:我看快了。

吴夫人进来:哥,饭做好了。

丁萌萌吃了一惊。吴廼湘发现了:又怎么了?

丁萌萌：师母叫您哥？

吴廼湘：当着外人的面叫哥。

丁萌萌：那你们私下呢？

吴廼湘：私下……嗯，这是秘密，不能都让你们学会了。

丁萌萌站起身，汪国良上前搀扶着吴廼湘。

陶自强陪着饶茶花父母干巴巴地坐在餐桌前，已经无话可说了。

邓美珊回来了。陶自强忙问：找到了吗？

邓美珊摇了摇头：我让周主任去找了，怕你们等着着急，回来说一声。

陶自强：叔叔阿姨，我们别等了好吗？

饶三公腾地站起来，脸色铁青。饶三婆和饶茶花都害怕了。

饶三公：姓陶的，你跟我说实话，你姐姐到底干什么去了？

陶自强：叔叔，我真的不知道。

饶三公：你不是说她买菜去了吗？

陶自强：是……我觉得应该是……

饶三公：我问你，她是不是故意躲着我们？

陶自强：不能吧？

饶三公咆哮起来：不能？她有什么不能的？她什么事干不出来？你给我听好了姓陶的，是你娶媳妇，你们家不上门求亲也就算了，反倒让我们到你们家来。这是干什么呀？我闺女是瞎是瘸是丑是笨？嫁不出去了？我们提着猪头找不着庙门了？你打听打听，可着景德镇也没有我们这么下贱的。我们的脸都不要了，找上门来求你。你还让不让我们做人？我知道，你姐姐死活看不上我们，她凭什么看不上我们？她是谁呀？皇太后吗？就算是皇太后，也得有里有面吧？我们来了，她躲了，把我们干晾在这儿了，这叫什么？这叫欺负人！她有什么了不起的，不就是一个戏子吗？她瞧不起我们，我们还瞧不起她呢……

饶三公越说越气愤，哗啦一下子，把桌子掀翻了……

吴廼湘在给丁萌萌画画，吴夫人在一边伺候着。

汪国良：吴老师，您也太偏心了，我跟您这么多年了，您都没给我画过画，我姐姐刚来，您就给她画……

吴廼湘：你小子还别气不忿儿，谁让你没托生个美女呢？还记得师父的三大爱好吗？

汪国良：追女人、画女人、爱女人。

吴廼湘对丁萌萌：我给你画一幅樱花和桃花吧？

丁萌萌：樱花和桃花是情侣花,迎春而开,春归而去。

吴遒湘：不喜欢吗?

丁萌萌：吴老师您画什么我都喜欢。

吴遒湘开始作画。

邓美珊收拾着地上破碎的杯盘和菜饭。

陶自强坐在门槛上,呆呆地望着天空。

天上,乌云聚集着,远处传来滚滚的雷声。

河边的路,坎坷不平。汪国良骑着自行车,丁萌萌坐在后座上。

乌云滚滚,雷雨将至。丁萌萌着急地:我们得找个地方避避雨。

汪国良：现在是前不着村后不着店,准备挨淋吧。

丁萌萌：我们淋点儿雨倒没什么,我怕把吴老师给我的画毁了。

汪国良：你不是装书包里了吗?

丁萌萌：雨大了书包也会湿的。

电闪雷鸣,黑云如夜。铜钱大的雨点子噼里啪啦地砸下来。借着一道劈天裂地的闪电,丁萌萌看见河边一条带篷的小船。

丁萌萌跳下车叫着:那边有一条船,快。

汪国良推着自行车,随着丁萌萌跑向河边。丁萌萌先跳上船,又转身拉汪国良。汪国良扔下自行车:别管我,你先进去。

风雨中,陶自强踉踉跄跄地奔走着,呼喊着:姐姐……姐姐……

雨越下越大,丁萌萌和汪国良躲在小船的船篷里,地方狭窄,两个人紧紧地挤在一起。

小船在风雨中飘摇。丁萌萌冷得牙齿打战。汪国良把自己的外衣脱下来,身上只有一件跨栏背心。他想把外套给丁萌萌穿上,可是两个人挤得动不了窝儿,只好搭在丁萌萌的身上。

丁萌萌把汪国良的外套打开,盖在两个人的身上。汪国良侧过身子,搂住了丁萌萌的腰。丁萌萌也只好侧过身来,两个人挤得更紧了……

沧江边,邓美珊打着雨伞追上来:自强……陶自强……别找了……

陶自强听见了邓美珊的喊声,转过身来:你说什么?

邓美珊：信,一封信……

陶自强:谁的信?

邓美珊:姐姐留下的。

陶自强:快给我。

邓美珊指着江边的一座门楼:那边……

两个人跑到门楼底下,邓美珊把信拿出来。

陶自强展开信:我走了,谁都别找我,我到我想去的地方了……

天完全黑了,风雨也缓和了许多。丁萌萌和汪国良互相搂抱着。汪国良总是移动着身子。

丁萌萌:别蛄蛹了,我们抓紧时间睡一会儿,雨停了还要赶路呢。

汪国良:今天走不了了。

丁萌萌:走不了还不把咱们冻死?

汪国良:姐,你的怀里真暖和。

丁萌萌:一个大小伙子,往人家姑娘的怀里扎,像话吗?

汪国良:又不是别人。

丁萌萌:我是你姐,对姐要尊重点儿。

汪国良:你不是让我叫你妈吗?

丁萌萌拧着汪国良:你坏,坏死了。

汪国良:哎呀,疼……

丁萌萌:有你这么坏的吗?

汪国良:我还可以更坏点儿。

丁萌萌:信不信我把你踹进河里?

汪国良:姐……

第二十二章

冯运华端着茶杯进来,见到陶自强,顿时愣住了。

陶自强一副垂败的样子:两眼通红,胡子拉碴,脸也没洗,衣服皱皱巴巴的。冯运华进来,他连头都没有抬。

冯运华:你怎么了?

陶自强抬头看了看冯运华,把手里的那封信交给了他。

冯运华看着信:什么时候的事?

陶自强沙哑着声音说:估计昨天上午就走了,我在景德镇都找遍了。

冯运华沉思着:她能去哪儿呢?

陶自强:她会不会……

冯运华明白了陶自强的意思,宽慰着说:不会,她不会的。

陶自强:她能有什么地方可去呢?

冯运华突然说:我知道了,我们马上去找她。

陶自强:去哪儿?

冯运华:乐平车溪……走,快走。

陶自强:摩托车还在家呢,我去骑。

冯运华:我朝着乐平方向走着,半路上等你。

冯运华匆匆朝大门口走去。

周鸿达叫住了他。

冯运华看了看周鸿达,周鸿达也是双眼红肿,一脸疲惫。

周鸿达:香姐离家出走了。

冯运华:我已经知道了,我现在跟自强一起去乐平寻找。你知道就行了。

工作台上堆满了师傅们献出来的釉料秘方。几个人一起整理着。

唐家明:我们先分成四类:青花、粉彩、颜色釉、窑变釉,大家一起动手。

邓美珊也和大家一起整理着,她头晕目眩,精神恍惚,胡乱地扔着那些秘方。

唐家明发现了,小声问她:美珊,你怎么了?

邓美珊拨浪着脑袋:啊……

唐家明:你先去休息一会儿,这边的事你别管了。

邓美珊:没事,没事。

唐家明:什么没事,你把这些秘方都弄乱了。

邓美珊:是吗?啊……对不起。

饶茶花披头散发地往外走。饶三婆叫住了她:你去哪儿?

饶茶花:我要去问问陶祁香,她到底安的什么心?她不能这样耍我们、骗我们、侮辱我们。

饶三公:你给我站住。

饶茶花:我不吵不闹,去跟她讲理还不行?

饶三公:事情都到了这个地步了,你还不死心?

饶茶花:我不是不死心,我是要她给我一个说法。

饶三公:你还想嫁给那个姓陶的?

饶茶花:我要让他给我讲清楚。

饶三公:不许你再见他。

饶茶花:见不到他,我心里堵痛。

饶三公:心里堵痛也不能见他,打碎了牙往肚子里咽。人活一张脸,树活一张皮,得有志气。

饶茶花哭叫起来:那我该怎么办呀……

赵文昌推开厂办的门。田主任一愣:啊,赵书记,您快进来。

赵文昌:陶自强呢?

田主任:刚才我去他办公室了,没在。

赵文昌:冯运华呢?

田主任:他也没在。

赵文昌往外走。田主任说道:赵书记,李宗贤在呢。

赵文昌:你甭管了。

赵文昌要上车,周鸿达跑过来。

赵文昌:陶自强和冯运华呢?

周鸿达:出了点儿事。

赵文昌:什么事?

周鸿达:香姐离家出走了。

赵文昌:什么时候的事?

周鸿达：昨天。

赵文昌：他们俩去哪儿了？

周鸿达：到乐平去找了。

赵文昌上了车，吩咐着小徐：去乐平。

乐平，秦晓婵家小院，小门楼，门关着。

冯运华上前敲门。门开了，正是秦晓婵。

冯运华：大姐，您好啊。

秦晓婵：我知道你要来，敦本堂唱戏我都没去，在家等着你呢。

陶自强：秦姑姑，我是陶自强，你还记得我吗？

秦晓婵仔细打量着陶自强：嗯，是的，是的，还是看得出来的。大小伙子了，在外面肯定不认识了。来来来，别站在外面呀，进屋来。

陶自强迫不及待地：我姐姐在您这儿吗？

秦晓婵：进来，进来说。

堂屋，屋子不大，家具简陋陈旧，但是干干净净。

秦晓婵给他们泡茶。冯运华急切地：大姐，您别泡茶了，我们急着找陶祁香呢。

秦晓婵：知道，知道。你们肯定会着急上火，喝杯茶，压压心火。坐，坐下。

冯运华看了看陶自强，坐下了。陶自强也在冯运华的身边坐下。

秦晓婵却不慌不忙地泡着茶……

釉料研究所，饶茶花在外面敲着窗户。邓美珊出来，把她往走廊里推了推。

饶茶花：陶自强呢？

邓美珊：你到他家去了吗？

饶茶花：去了。

邓美珊：他家有人吗？

饶茶花：锁着门呢。

邓美珊：他姐姐离家出走了，昨天我们在风雨中找了一夜。

饶茶花：啊？一夜没回来？

邓美珊：应该说一天一夜了。

饶茶花：出了这么大的事？

邓美珊：陶自强没在办公室？

饶茶花：他办公室的门锁着。

邓美珊：估计又去找他姐姐了。

饶茶花:那……我该怎么办呢?

邓美珊:茶花,他姐姐现在是死是活都不知道,他肯定是心急火燎的。

饶茶花:我……我跟他一起去找。

邓美珊:茶花,要是我就先别见陶自强……什么话都不好说。你说呢?茶花。

饶茶花:可是我……我这心里也急呀。他姐姐真要有个三长两短的,我茶花拿命都赔不起。

邓美珊:茶花,听我的,你先回去,有了消息我告诉你,好吗?

饶茶花不知道该怎么办。

秦晓婵拿出一个纸包,打开:这就是陶祁香来的时候,给我留下的。

冯运华接过来:剧本?

秦晓婵:在饶河班的时候,演《西厢记》,她扮红娘,我扮崔夫人。

从剧本里掉出来一张照片,陶自强捡起来,是一张剧照。

陶自强:这就是我姐姐,我从来没有见过这张照片。

冯运华接过来,看了半天:大姐,这照片可以给我吗?

秦晓婵看了看冯运华,似乎明白了什么,有点儿调皮地说:我本来是想留作纪念的,还是给你吧,你留着有更大的念想。

冯运华:谢谢大姐。

陶自强:师姑,你说,我姐离开您这儿,她去哪儿了呢?

秦晓婵:我问她,她不说。对了,到底出了什么事?

陶自强:我姐是怎么说的?

秦晓婵:你姐什么都没说。

陶自强:啊……没,没什么事。只是我姐离开家的时候,我没在家,一夜没回来,我不放心了。

秦晓婵:那你们怎么找到我这儿来了?

冯运华:上次我和石凌鹤局长到车溪来,您不是打听陶祁香吗?回去我跟她说了。

秦晓婵:我说的呢,陶祁香啊……有情有义。

陶自强:师姑,您再想想,我姐跟您提过谁吗?

秦晓婵:她没有提,我倒是问了一个人。

陶自强:谁?

秦晓婵:姓丁,忘了他叫什么了。

陶自强:是那个琴师吗?

秦晓婵:对对,亏你还记得。

陶自强:他在哪儿?

秦晓婵:在哪儿不知道,我只知道他的家是鹰潭的。

陶自强:我姐姐知道他的家在鹰潭吗?

秦晓婵:你姐姐当然知道了,能不知道吗?

陶自强:冯叔,我们去鹰潭。

路上,小徐问:赵书记,我们到底要去哪儿呀?

赵文昌:敦本堂。

小徐:那村就叫敦本堂吗?

赵文昌:那村不叫敦本堂,那村里有个戏台叫敦本堂。

小徐:这怎么找呀?

赵文昌:到前面碰见人,停车打听打听。

陶自强骑着摩托车,冯运华坐在后面。

前面有个岔路口。陶自强:冯叔,怎么走?

冯运华:走左边那条路。

陶自强拐向左边的路,远去了。紧接着,赵文昌的小汽车从右边的路开过来,与陶自强的摩托车失之交臂……

卢再缘敏锐地注意到,丁萌萌与汪国良的关系发生了微妙的变化。

丁萌萌和汪国良的工作台面对面,平时总是叽叽喳喳有说不完的话。今天两个人都沉默了,谁也不理谁,甚至互相都不看对方。

卢再缘:你们俩今天是怎么了?

丁萌萌:没怎么呀。

卢再缘:没怎么怎么不说话了?

丁萌萌:怎么没说话?你没见我刚才还训他呢。

卢再缘看了看汪国良:噢,是你犯小心眼儿了。不应该啊,你可是个男人,跟女人计较什么?

丁萌萌:卢老师,您这话是什么意思?

卢再缘:没什么意思呀,我是告诉他对女人要宽容一些,不对吗?

丁萌萌:你是想说,好男不跟女斗,对吗?

卢再缘:我可没那么说,那是你曲解我的意思。

汪国良看了丁萌萌一眼,向她伸了一下大拇指。

丁萌萌笑了。

丁琴师已经双目失明了,他站在门口,双手摸索着陶自强,嘴里喃喃地说:是的,是的,你是自强……大了,大了,是大小伙子了……

冯运华:丁师傅,自强现在是建国瓷厂的厂长了。

丁琴师:建国瓷厂?景德镇的建国瓷厂?听说过,听说过……来,我再摸摸你……啊,是啊,脑门儿很宽,耳朵很厚,鼻子挺直……

陶自强:丁大哥,您这是在给我摸骨算命吗?

丁琴师:厂长,景德镇建国瓷厂的大厂长,你姐姐怎么没说呢?

陶自强:我姐姐真的到您这儿来过?

丁琴师:是啊。

陶自强:什么时候?

丁琴师:昨天下午,来了连饭都没吃,喝口茶就走了。

陶自强:她没提我?

丁琴师:我问了一句,她只说挺好的。来来来,咱坐下,坐下说。

丁琴师把陶自强拉到茶桌前,自己坐下:坐,坐……自强你坐,还有……

冯运华:丁师傅,我姓冯,叫冯运华。

陶自强:冯叔是我们建国瓷厂的副厂长。

丁琴师:哦,冯运华……昨天陶祁香倒是提到你了。

冯运华:她说我什么?

丁琴师:她说,饶河班解散之后,她带着自强投奔了你,你是她的恩人。

冯运华:不不不,没那么夸张,我只是给帮了一点儿小忙。

丁琴师:滴水之恩亦当涌泉相报,陶祁香没有忘记你。

陶自强注意到,丁琴师一边说着话,一边拉着身边的一根棉麻绳。棉麻绳通向卧室,卧室的门开着。卧室的门上有一块布片儿,这边的棉麻绳一拉,那块布片儿便扇动起来。很快,一个女人从卧室里出来了。

女人四十来岁,干净利索,微笑着向客人点头致意。

陶自强忙站起来。女人伸着手势请陶自强坐下。

陶自强问丁琴师:这是大嫂吧?

丁琴师:是啊,你不用跟她打招呼,她听不见,天生的聋哑人。我们俩是瘸驴配破磨,她聋我瞎,合在一起就是龙虾。

陶自强:大嫂很漂亮,您知道吗?

丁琴师:我当然知道了,我们从小一起长大的。后来我去了饶河班就没有再见过,我记住的都是她少女的模样。

415

陶自强:那不是更好吗?

丁琴师:是啊,很好,很好,她现在对我也很好……我知足了。

卢再缘:你们下次再去看望吴遁湘,能带我一起去吗?

丁萌萌:不能。

卢再缘:为什么?

丁萌萌:你跟他又不认识。

卢再缘:不认识怕什么,慕名拜访嘛。再说,他连你都见了,没有理由不见我吧?

丁萌萌:他见我可不一定见您。

卢再缘:我跟他又无冤无仇的,他没有理由不见我吧?

丁萌萌:谁跟他有冤有仇?

卢再缘:你还打了他耳光呢。

丁萌萌:您要是这么说,我们更不能带您去了。

卢再缘:为什么?

丁萌萌:您要是在吴老师面前扇动仇恨,他还能给我画画吗?

陶再缘:啊?吴遁湘给你画画了?

丁萌萌得意地:那当然,一幅花鸟,三尺斗方。

卢再缘:拿给我看看。

丁萌萌:那要看您表现。

卢再缘:说好了,今天晚上请你到三角井酒馆。

汪国良:哎,我呢?

卢再缘:有你什么事呀? 除非……

汪国良:除非什么?

卢再缘:除非你答应下次带我去见吴遁湘。

汪国良:我答应了您也没用。

卢再缘:为什么?

汪国良:您不会骑自行车。

卢再缘:那……

汪国良:要不您骑驴?

卢再缘:骑驴追得上你们骑自行车吗?

汪国良:那就没辙了。

一个画师走过来:汪国良,外面一个人找你。

汪国良:哦,我去一下。

汪国良走出彩绘车间，万万没想到，在外面等着他的是谢老板。

谢老板弯着腰在外面溜达着，腋下夹着一个画轴。

汪国良客气地：谢老板，您怎么来了？

谢老板谦卑地走近汪国良：国良同志，我有点儿事求你。

汪国良：谢老板，您别客气，有事您说。

谢老板：国良，我过去打你骂你，你不记恨我吧？

汪国良：您说哪儿去了，在景德镇，哪个学徒的不挨打挨骂呢？再说，那都是过去的事情了。

谢老板：国良，谢谢你。

汪国良：您说吧，什么事？

谢老板：家里有点儿事，急着等钱用。没别的，有幅画想出手。找了几个主儿，没卖出去。我想，现在真正懂画的，大都在建国瓷厂呢。你能帮我个忙吗？

汪国良：谁的画？

谢老板：不瞒你说，是吴酒湘的。有些人呢，不大知道，说吴酒湘的画不值钱。我想，你是最了解吴酒湘的。

汪国良：吴老师的画，快给我看看。

谢老板把画轴交给汪国良。

汪国良打开，是吴酒湘的那幅《洛神图》。

汪国良：谢老板，这不是您的镇店之宝吗？

谢老板：什么镇店之宝，我的店都没了，还镇什么镇？

汪国良：您就是再困难，也不能卖《洛神图》呀？

谢老板：我现在真的需要钱呀，说不定《洛神图》能救我的命。

汪国良：您准备卖多少钱？

谢老板：八百块，我没多要吧？

汪国良：吴老师的《洛神图》是无价之宝，您知道八百块意味着什么吗？前两天我在陶阳里转悠，看到一个花园小院挺雅致。我想，我在景德镇连个家都没有，要是能把这小院买下了也算是有了落脚之地了。您猜人家要多少钱？

谢老板：要多少？

汪国良：六百块。

谢老板：你买了？

汪国良：您高看我了。我一个月工资才四十多块，不吃不喝一分不花，攒一年都不够。

谢老板：要不，我再少要点儿。

汪国良：别别，您真的有过不去的坎儿，卖吴老师的画也是可以理解的。但是您千万别低价出手,当破烂卖出去了,掉的是吴老师的价,丢的是吴老师的人。

谢老板:国良,我听你的,你能帮我这个忙吗? 卖出去以后我跟你抽头儿。

汪国良:我一个小小的画工,认识的都是工人阶级,虽说喜欢画的很多,可是谁能拿出这么一大笔钱呢?

谢老板:那就不麻烦你了国良,我走了。

汪国良:谢老板,对不住了。

谢老板:没事没事。

丁琴师:……你姐被班主糟蹋了以后,不想活了,要寻短见,又舍不得扔下你,就找到了我。你姐把你托付给了我……我不能让你姐去死,苦苦地哀求她,寸步不离地看着她……你呢,紧紧地拉着你姐,生怕你姐离开你……就这样……我们苦熬着日子……

陶自强:这些我都听说过,您那些天精心地照顾我姐,我姐后来慢慢地缓过来了。本来我以为您会和我姐结婚的,可是后来您为什么走了呢? 走的时候谁都没告诉,我姐都不知道。

丁琴师:你姐知道,后来她苦苦地哀求我,让我留下,她答应照顾我一辈子。

陶自强:那是为什么?

丁琴师:我害了眼病,是青光眼。青光眼,你知道的,治不好的,一定会瞎的。我不能拖累你姐一辈子啊,你姐命够苦了,不能让她再嫁给一个瞎子。

冯运华默默地听着丁琴师的讲述,很沉痛。

陶自强:昨天我姐说了些什么? 她说要去哪儿吗?

丁琴师从身边拿出一个小锦盒:她把这个还给我了。

陶自强打开锦盒,里面是一枚翡翠挂坠儿。

丁琴师:这是当年我走的时候送给你姐的。

冯运华也拿过那个挂坠儿仔细看着。

丁琴师:这个挂坠儿是当年我们在上饶演出时,从一个古董商那里买的。自强,你拿回去还给你姐吧,好歹是个念想。

陶自强:好,我先替我姐收着,等我姐回来的时候一定还给她。

赵文昌看着陶祁香留下的信。小徐端着两碗牛肉粉进来。

赵文昌:你们跑一天了,快吃点儿东西。

陶自强:赵书记,您呢?

赵文昌:我吃过了。

陶自强和冯运华吃着牛肉粉。

赵文昌：冯副厂长，上次你和石凌鹤去的那个敦本堂在哪儿呀？

冯运华：乐平。

赵文昌：我知道是乐平，具体什么地方呀？

冯运华：乐平涌山镇车溪村朱家祠堂。

赵文昌：哦，在乐平城里打听了半天硬是没人知道。

陶自强：您去乐平了？

赵文昌：还不是去找你们，谁想到你们又去鹰潭了。

陶自强：赵书记，我姐姐怎么办呀？

赵文昌：你想说欧洲展销会的事吧？

陶自强：是啊，也不知道能不能找到我姐姐。

赵文昌：冯副厂长，你说呢？

冯运华：我也拿不定主意。

赵文昌：要我说呀，自强，你该走走你的。你姐的事你放心，包在我身上吧。

冯运华：您有把握？

赵文昌：我们最怕的是什么？别避讳。

冯运华：怕她想不开。

赵文昌：对，我们都怕这个。你觉得你姐在哪儿？

陶自强摇了摇头。赵文昌说：至少，可以肯定的是，你姐现在还活着。

陶自强：您是怎么知道的？

赵文昌：这封信，你们都看过许多遍了吧？她说得很明确，她要去她想去的地方。这个她想去的地方是哪儿呢？你们肯定会往坏处想过，都不是你们想的那样。如果真是这样，她就不这样写了。这封信她写得很冷静，主要的是怕我们担心，让我们不要去找她。

冯运华：可是……她如果……

赵文昌：你听我说，我给公安局的杨局长布置了任务，让他在全市范围和周边地区都调查了一下，没有发现失踪人员和意外死亡人员。

陶自强：我……真的不放心啊。

赵文昌：自强，我向你保证，我，还有冯副厂长也像你一样担心。

陶自强：我知道……赵书记，我听您的。

冯运华：赵书记，陶厂长走了，还是让李宗贤同志主持工作吧。

赵文昌：为什么不能由你来主持工作呢？

冯运华：我毕竟不是党内的，跟上级对接不大方便。

赵文昌：自强，你的意见呢？

陶自强:我觉得冯副厂长说的有道理。

赵文昌:也好,反正时间不长。

冯运华对着陶祁香扮演红娘的剧照,默默地发呆。

宿舍里,站在陶祁香为他收拾的画案前,赵文昌提起笔来,想了半天,又把笔放下了。

陶自强对着空荡荡的屋子,失魂地呼救着:姐姐,你在哪儿呀……

飞往欧洲的国际航班。陶自强和邓美珊坐在前排,金俊卿坐在后排。

金俊卿把脑袋伸在陶自强和邓美珊的肩膀上,歪着头跟邓美珊献殷勤:美珊,你学的是英式英语还是美式英语?

邓美珊:我上课的时候学的是美式的,课外学的是英式的。

金俊卿:那太好了,我几乎没有接触过英式英语,到了伦敦,你可要帮助我啊。

邓美珊:其实也差不多的,一般人都能听懂。

金俊卿:你去过伦敦?

邓美珊:没有啊,我告诉过你的。

金俊卿:那你怎么知道呀?

邓美珊:我们的英语老师是美国人,又是在英国长大的,我是听他说的。

金俊卿:啊,你是直接跟老外学的英语,怪不得你说得那么好呢。

邓美珊:你的口语也不错,就是词汇量少了一点儿。

陶自强把背包里的外币拿出来,交给邓美珊:这些钱还是你带着吧,花起来方便一些。

邓美珊接过钱:你不怕我乱花?

陶自强:反正就这么多,随便你。

金俊卿伸着脖子,头发不时地扫着陶自强的脸。

陶自强:金经理,我们俩换一换位子吧。

邓美珊:为什么?

陶自强:这样金经理跟你说话方便些。

金俊卿:好好,谢谢陶厂长。

陶自强坐在了邓美珊的后面,金俊卿非常兴奋地坐在邓美珊旁边,絮絮叨叨地讲着什么。

陶自强掏出那枚玉坠儿,捧在手心里,泪眼婆娑地发呆。

杜绍文在煤窑前面看着烧窑情况。

李宗贤过来了:杜工,这一窑烧的是什么?

杜绍文:大部分是圆器和琢器,也放了一些仿古瓷。

李宗贤:啊,煤窑都能烧仿古瓷了?

杜绍文:我们做个试验。

李宗贤:试验一定要成功,对,只能成功,不能失败。

杜绍文:我会小心的。

李宗贤:杜工,既然煤窑这么成功,何不再建一个大一点儿煤窑?

杜绍文:邹老师走之前,也提出过这个想法。

李宗贤:柴窑可以改造成煤窑吗?

杜绍文:应该可以,只是里面的结构得变。

李宗贤:你是说,只要把里面的结构改造一下就行了?

杜绍文:外面的窑体也需要改造。

李宗贤:相比之下,是建新窑省事,还是改造旧窑省事?

杜绍文:当然是改造旧窑省事了,至少省许多工和料。

李宗贤:你什么时候把魏师傅请来,我们商量一下。

杜绍文:陶厂长出国了,这事……

李宗贤:这你不用担心,市委决定了,陶厂长出国期间,由我来主持建国瓷厂的全面工作。

杜绍文:哦,那行。

陶自强、邓美珊和金俊卿在中国展台布展。陶自强和邓美珊拆着箱子,金俊卿在一边抄拳着手站着。

金俊卿:布展这种活儿,有专门的工作人员做,他们没告诉咱们吗?

邓美珊:一个工人一小时要十五英镑,够我们一天的生活费了。

金俊卿:多少钱都是正常开支,我们的支出计划上有这笔钱的。

陶自强:请别人干,我们干什么?

金俊卿:我们在旁边指导呀。

陶自强:我们花的是国家的钱,能省一点儿是一点儿。

金俊卿不爱听陶自强这些话,到一边溜达去了。

"哗啦"一声,陶自强端着的一叠瓷盘脱手了,打碎了两只。

陶自强惋惜地抱怨着自己:没用,真没用。

金俊卿过来:还是花钱请布展人员吧,要是他们打碎了展品,会赔钱的,他们都是上了保险的。

邓美珊像是安慰陶自强,又像是说给金俊卿:没事,这种盘子我们带得比较多。

原冯家窑屋。杜绍文、魏师傅等人在窑里窑外地测量着、查看着。

魏师傅把杜绍文拉到一边,问:你们真的要把这窑改成煤窑?

杜绍文:李副厂长说请您看看。

魏师傅:看什么?

杜绍文:看能不能改。

魏师傅:能改也不能改呀。

杜绍文:为什么?

魏师傅:你知道这是什么窑吗?

杜绍文茫然地摇了摇头。

魏师傅叹息着:你呀,年轻,又不是景德镇人,一点儿都不懂。这是景德镇的镇窑,乾隆年间建造的,二百多年了,你现在要让我把它毁了,我可下不去手,这跟杀人放火差不多,犯罪啊。

杜绍文:有那么严重吗?

魏师傅:我问你,你们改这个窑,陶厂长知道吗?

杜绍文:陶厂长出国了。

魏师傅:那冯副厂长呢?

杜绍文:您等一下。

展销会开始了。许多国家的瓷器精品摆满了展馆,琳琅满目,眼花缭乱。

中国展台上展示着青花、粉彩、玲珑、颜色釉,还有精美茶叶罐的浮梁茶,吸引了许多参观者。邓美珊讲解着,不但介绍着瓷器,还介绍着新中国的发展和进步。

金俊卿挎了个照相机,在各个展台上走来走去。

陶自强不会英语,只能看守着展台,不免有些尴尬。

邓美珊:陶厂长,我在这儿盯着,你可以到处看一看。

陶自强:我也想去看看,可是……

邓美珊:没关系,你可以大大方方地去看,有人问你,你不说话就是了。

陶自强:不说话显得多没礼貌呀?

邓美珊:对了,我教你一句英语:Sorry I don't speak English.

陶自强:什么意思?

邓美珊:对不起,我不会说英语。

陶自强:好,这太有用了。你教我吧。

邓美珊:Sorry I don't speak English.

陶自强:Sorry I don't speak English.

邓美珊:多练几次就可以了。

金俊卿跑过来:美珊,过来我给你照张相。

邓美珊:你没见我正忙吗?哪儿有工夫照相呀?

陶自强:金经理,我跟你一起转转,见到好的瓷器,麻烦你拍照一下。

金俊卿:啊……陶厂长,是这样……我带来的胶卷不多,主要是想拍几张照片留作纪念的。不过,你想拍人家的产品,为的是工作对不对?

陶自强:对呀,为的是向人家学习嘛。

金俊卿:你看这样行不行,我拍一张照片,收五毛钱,我们可以回去再算账。这笔钱在你们厂是正常开支,合情合理,对吧。

陶自强离开展台,顾自走了。金俊卿追上来:等等我,陶厂长。

陶自强:你跟着我干吗?

金俊卿:不是去拍照吗?

陶自强冲着金俊卿的脸说:用不起。

杜绍文连门都没有敲,闯进了办公室,急着说:冯副厂长……

冯运华:怎么了,杜工?有话慢慢说。

杜绍文:冯副厂长,冯家窑要改造成煤窑,您知道吗?

冯运华:哪个冯家窑?

杜绍文:就是当年您的那个窑屋。

冯运华:我早就说过,不要叫冯家窑,是三号窑、三号窑……

杜绍文不好意思地:大家还都习惯那样叫,我也就跟着叫了。

冯运华:你刚才说什么?要改造三号窑?

杜绍文:李副厂长让我把魏师傅请来,正在研究"柴改煤"的方案呢。

冯运华腾地站起来:我去看看。

展销会自助餐。金俊卿走在前面,陶自强在中间,邓美珊在后面。

金俊卿交饭钱,掏出十英镑。

陶自强悄悄问:一个人多少钱?

金俊卿:十英镑啊,这儿不是写着吗?哦,你不懂英语。

陶自强退出来。邓美珊说:等一下,我交钱。

陶自强:你进去吧,我不吃了。

陶自强说完,匆匆走了。邓美珊追上来:你怎么不吃了?

陶自强:我不饿。

邓美珊:都什么时候了,你怎么会不饿呢?

陶自强:啊……宾馆的早餐我吃多了,真的不饿。

邓美珊:那我也不饿。

陶自强:你怎么会不饿呢?

邓美珊:许你不饿,还不许我不饿?

陶自强:美珊……

邓美珊:你别说了,我知道你是嫌自助餐太贵。是不便宜,十英镑,换成人民币,比我们一个月的工资都多。

陶自强:唉……谁让我们穷呢。

邓美珊看了看手表:今天三点钟闭馆,我们忍一忍,闭馆后我们到大街上吃吧。

陶自强:美珊,让你受苦了。

邓美珊:与陶自强同甘共苦,本姑娘荣幸之至。

冯运华来到原冯家窑屋,魏师傅忙迎上来。

冯运华:魏师傅,您怎么来了?

魏师傅没好气:我怎么来了?我还要问您呢,你们这次叫我干什么来了?

李宗贤从窑门钻出来。

冯运华迎上前:你要把三号窑改成煤窑?

李宗贤:我不是请魏师傅来了嘛,看有没有可能。

冯运华:有没有可能,这三号窑也不能动。

李宗贤:我咨询过了,老柴窑改煤窑,成本要降低很多。

冯运华:这件事陶厂长知道吗?

李宗贤:他不是出国了吗?现在建国瓷厂由我来主持工作,这是市委决定的。

冯运华:你主持工作也不能独断专行。

李宗贤:冯副厂长,我问你,如果我改造的不是三号窑,你还反对吗?

冯运华:你什么意思?

李宗贤:这不是明摆着吗?三号窑原来是你们冯家的,可现在属于建国瓷厂的,你没必要反对了吧?

冯运华火了:你怎么用这么狭窄的心态看待我?正因为三号窑是建国瓷厂

424

的,是国家的,我才要保护它。我们正在大力生产仿古瓷,你把这座窑毁了,影响仿古瓷的生产怎么办?

李宗贤:煤窑照样可以烧仿古瓷,影响不了生产。

冯运华:你怎么知道煤窑可以烧仿古瓷? 我们实验了吗?

李宗贤:当初陶自强搞"柴改煤"的时候,你就反对,现在我提出煤窑烧仿古瓷,你还是反对。你就是一个反对派。

冯运华:你怎么不说我反动派呢?

李宗贤:反对派顽固到底,就会滑向反动派。

冯运华:你这样乱扣帽子,我不跟你谈了。我只是坚持一条,三号窑不能随便动。要动,等陶自强回来。魏师傅……麻烦您了,让您白跑一趟。

魏师傅:冯副厂长,我算是明白了,您放心,没有陶厂长和您放话,我不会干辱灭祖宗的事。

李宗贤:魏师傅,您这话是什么意思?

魏师傅背着手走了:没意思,走喽。

杜绍文急忙追上去:魏师傅,我送送您。

夜晚,冯运华在厅堂的沙发上坐着,他掏出那张陶祁香的剧照,看着,喃喃地说:祁香,你到底去哪儿了? 你走,怎么连个招呼都不打?

冯管家进来,站在他面前。冯运华抬起头:有事?

冯管家:天顺隆当铺的曹掌柜要见您。

冯运华:天顺隆当铺? 我们当过什么吗?

冯管家:当过的都赎回来了。

冯运华:没有死当吗?

冯管家:没有。哦,他还提了个箱子。

冯运华:请他进来吧。

冯管家出去了,冯运华端着自己的茶杯移坐在椅子上。

有顷,冯管家带着曹掌柜来了。

冯运华起身:曹掌柜,请。

曹掌柜:冯先生,冒昧打扰,实在失礼。

冯运华:曹掌柜客气了。老冯,给曹掌柜上茶。

曹掌柜把手里的箱子放在八仙桌上。

冯运华:您这是……

曹掌柜打开箱子:请冯先生上眼。

冯运华看见,是一顶凤冠,非常漂亮。

曹掌柜:冯先生,这件宝贝您见过吧?

冯运华:是谁在您那儿当的?

曹掌柜:您应该心里有数吧。

冯运华:陶祁香?

曹掌柜:正是千里香。冯先生,这可是硬头面啊。您看,镶嵌的都是真金白银,珠子是南海珍珠,玉片是缅甸翡翠,还有这砗磲象牙……

冯运华:等等,她是什么时候放在您那儿的?

曹掌柜:三四年了。

冯运华:那应该早就是死当了。

曹掌柜:我当初没有给她当期,说好的什么时候方便什么时候来赎,反正这东西也没有人要。

冯运华:那曹掌柜怎么拿到我这儿了?

曹掌柜:是这样,冯先生。我那当铺呢,您知道的,两年以前就关张了,我现在是供销社的职员了。这东西呢,放在我这儿没用,千里香呢恐怕也没有能力把它赎回去。在景德镇,也就先生您有这个闲情逸致,也有这个能力。算我求您帮忙了,您收了吧。

冯运华:不瞒你说曹掌柜,我现在也是阮囊羞涩啊。

曹掌柜:我知道,我知道,您把冯家窑都捐给国家了。可是船破有底,怎么着也比普通人有能力。

冯运华:您抬举我了。按说呢,这凤冠我该替陶祁香赎回来,可是真的无能为力。

曹掌柜:冯先生,如果您手头不方便,也可以以物易物,给我一件我能收藏的东西。

冯运华想了想:这样吧曹掌柜,您看看我这屋子里有没有您喜欢的?

曹掌柜:那……冯先生给我脸,我可就不客气了。

冯运华:随您喜欢。

曹掌柜四下踅摸了一下,立即就把眼睛盯在了那幅唐英的《八仙图》上。

冯运华覆水难收,不动声色地咬了咬牙。

陶自强跟着邓美珊逛街,一切都很新奇。邓美珊给他介绍着、讲解着。

陶自强:怎么没有卖瓷器的商店?

邓美珊:有,只是我们没有遇上。

陶自强看到一家门口画着杯子的店铺,问:这是卖茶叶的吗?

邓美珊:这是咖啡店。

426

陶自强这才注意到门口上写着"coffee"的单词,笑了:噢,我学过这个词,换了个地方就不认识了。

邓美珊突然拉了一下陶自强,进了一家商店。陶自强进去之后才发现,里面摆着的是各种各样的照相机、胶卷一类的照相器材。

服务员热情地招待着邓美珊,陶自强在一边看着。

陶自强跟着邓美珊从照相器材商店出来。邓美珊兴奋地拎着新买的相机和胶卷,扭动着身子迈着舞蹈般的脚步。

陶自强:一共花多少钱?

邓美珊举着手里的发票:五百一十八英镑,这是发票。

陶自强:啊?你疯了。

邓美珊:谁让你把外币都给我呢?你不是让我随便花吗?

陶自强:花这么多钱,你总该跟我商量一下吧?

邓美珊一愣:对不起,我忘了你是厂长了。

陶自强:厂长不厂长的,把钱都花光了,以后怎么办?

邓美珊:肯定要挨饿的,但是饿不死。

陶自强:真有你的。

前面一个街心公园,古树绿草红花。绿色的长椅上坐着几个老人,脚边一群啄食的鸽子。

邓美珊让陶自强在一条长椅上坐下,并把手里的东西交给他。

陶自强:你干什么去?

邓美珊:我去弄点儿吃的。

三个工作组成员,非常严肃地传达着上级的指示精神。

李宗贤一边认真听着,一边做着笔记。

陈组长:……现在斗争形势非常激烈复杂,朝鲜战场上,我们把美国侵略者打到了三八线以南。帝国主义对我们疯狂地封锁,社会主义阵营和资本主义集团你死我活,不是东风压倒西风,就是西风压倒东风。台湾的蒋介石集团叫嚣着反攻大陆,国内的反动势力也都活跃起来。地主翻变天账,资本家偷税漏税、盗骗国家财产、偷工减料……在前两年的"三反五反"运动中,揭发出了他们大量的触目惊心的罪行。在这次整风运动中,我们要发动群众、深挖细找,把暗藏在革命队伍中的阶级敌人和阶级异己分子揪出来……

李宗贤:陈组长,您放心吧,我们建国瓷厂一定要积极响应上级党委的号召,发动群众,掀起轰轰烈烈的斗争高潮。

陈组长:我们三个人作为工作组,要进驻建国瓷厂,与工人阶级一起闹革命,同吃同住同运动。

李宗贤:没问题,生活上我们一定安排好。

建国瓷厂大礼堂,陈组长在做着动员报告,李宗贤带头喊着口号。

成型车间,李宗贤把几个年轻人组织在一起,向他们慷慨激昂地讲着什么。

建国瓷厂的院子里,年轻人在贴大字报,其中有李小毛、朱光秀、唐家明等人的身影……

陶自强坐在长椅上。旁边一个金发碧眼的少妇领着一个摇摇学步的小孩儿在喂鸽子,小孩儿摔倒了,自己爬了起来。

陶自强又掏出那枚翡翠挂坠儿,担忧着姐姐。邓美珊抱着一个大纸包过来:开饭了。

陶自强挪了挪身子,给邓美珊腾出了地方。邓美珊坐在了陶自强的身边,打开纸包,一样一样往外掏着:汉堡,一个牛肉的,一个麦香鸡的,你要哪个?

陶自强:都行。

邓美珊:给你牛肉的吧,牛肉的经饿。

陶自强接过汉堡。邓美珊说:还有薯条儿,我买了一大份。哦,可口可乐,大杯的,拿着,一人一份。

陶自强:你买了这么多,得花多少钱?

邓美珊:我猜你就要问,放心吃吧,两大份还没有一个人自助餐贵呢。

陶自强:怎么会这么便宜?

邓美珊:那个店五点钟就要关门,今天卖不出去的东西要扔掉,跳楼价。

铺天盖地的大标语和大字报:

"冯运华反对'柴改煤'就是反对技术革命!"

"揭露冯运华的资产阶级思想!"

"揭露冯运华复辟资本主义的罪行!"

"冯运华必须低头认罪!"……

还有满墙的大字报。

周鸿达看着,怒火万丈,伸手就去撕那些大字报。

一只手把周鸿达的手腕抓住了。周鸿达回头一看,是冯运华。

冯运华轻声地说:别动。

周鸿达叫喊起来:他们这是造谣、污蔑、别有用心……

冯运华:不怕,我是什么人我自己清楚。

周鸿达:他们这是往你头上泼脏水。

冯运华:是非自有公论。

周鸿达:冯叔,你等着,我去找赵书记。

邓美珊趴在床上,一边看着英文说明书,一边鼓捣着新买来的相机。

有人敲门,是陶自强。邓美珊打开门:你来得正好,我正要找你去呢。

陶自强看着床上的相机:我想了半天,这相机还真是该买。

邓美珊:当然该买了,出国之前我就想好了,一定要买一台照相机。

陶自强:我回去跟赵书记说说,要是能报销呢,就算是咱建国瓷厂的公共财产,不能报销呢,就从我的工资里扣。

邓美珊:我买的相机,凭什么扣你的工资。

陶自强:你买的?你哪儿来的英镑?

邓美珊:我自己带来的,穷家富路嘛。

陶自强:你居然有英镑,还这么多?

邓美珊:嘻嘻,跟我爸爸要的。

陶自强:我说的呢,有个爸爸真好。

邓美珊:你坐下,我今天晚上得教你学会使用相机。

说着,邓美珊把相机拿到陶自强面前。

陶自强:你这相机看着比金俊卿那个高级。

邓美珊:那当然了,他那个算什么,我这是德国名牌:蔡司。

李宗贤主持开会,大家都听着,一言不发,沉默了好久。

丁萌萌站起来:同志们,李副厂长给我们开会,苦口婆心地动员我们,大家都不说话也不是个事,我带个头儿。

李宗贤首先鼓起了掌:好,丁萌萌带头发言了,大家欢迎。

没有人鼓掌欢迎,李宗贤有点儿尴尬。

丁萌萌:刚才李副厂长动员我们积极行动起来,揭发检举,揭发检举谁呢?我现在要揭发检举的是卢再缘同志……

汪国良立即打断了丁萌萌的话:丁萌萌,你可不能乱说呀。

丁萌萌:我还没有开口呢,你怎么知道我会乱说。

李宗贤:不要打断别人的发言。

丁萌萌:我现在要揭发的就是卢再缘同志的坏事,也可以说是坏习惯。卢再缘老师太不爱惜自己的身体了,这么大年纪了,每天都加班加点,加班加点不说,还不吃早餐。也许有人说,我这个不是意见。错,大家应该提高认识,提高思想觉悟。你以为你的身体就是你自己的吗？错！你的身体不是你自己的,往大了说,是属于党的,属于社会主义的,往小了说,是属于建国瓷厂的。你不爱惜身体,就是不爱党,不爱社会主义,不爱建国瓷厂……

李宗贤打断了丁萌萌的发言:丁萌萌,你在说什么乱七八糟的?

丁萌萌:怎么,李副厂长您没听明白吗?要不要我再重新说一遍?

李宗贤:你这是故意捣乱,转移斗争矛头。说浅了是你觉悟低,说深了就是故意包庇。

丁萌萌:我包庇,包庇谁呀?据我理解,只有对坏人才能用包庇这个词。咱建国瓷厂有坏人吗?卢再缘同志是坏人吗?

李宗贤气急败坏:你别说了,让别人发言。

陶自强和邓美珊早早地来到了中国展位。

金俊卿来了:Good morning.

陶自强:Good morning.

金俊卿:行啊陶厂长,还说上英语了。

陶自强:我这是怯木匠锯木头,一句(锯)半句(锯)。

邓美珊:金经理,你来得正好,你在这儿看会儿摊儿,我陪着陶厂长参观参观。

金经理:哦,还是我陪着陶厂长参观吧,顺便还能拍一些照片。

邓美珊:照片我可以拍。

说着,邓美珊从展台下面拿出来相机,在金俊卿眼前晃了晃。

金俊卿:啊……你买相机了?还是蔡司的?

邓美珊:金经理,挺懂行啊。辛苦了,我们走了。

邓美珊拉着陶自强走了,金俊卿看着他们的背影,只好站进了展台。

第二十三章

卢再缘埋怨着丁萌萌:你这是何苦呢？当着那么多人的面,让李副厂长下不来台。

丁萌萌:我就看不惯他那小人得志趾高气扬的样子。不就是主持工作吗？还是临时的,他以为自己就大权在握了,就可以取代陶自强了。哼,您知道这是什么吗？这叫猪鼻子插大葱,装象;这叫小鬼儿脸上抹锅烟子,把自己当阎王了;这是德不配位,必有祸殃……

卢再缘:我只说你一句,就招出你这么多话来。说这些话是有危险的。

汪国良跑进来:坏了坏了,周主任被停职检查了。

卢再缘:怎么回事？

汪国良:他顶撞工作组,为冯副厂长鸣不平。

卢再缘对丁萌萌:你看你看,我说什么来的。还德不配位必有祸殃,我看你的祸殃来了。

丁萌萌:我怕什么,他停了我的职,我就到北京去看天安门。

卢再缘:还停你的职,你有什么职？

丁萌萌:那他能奈我何？

卢再缘:你就不怕他开除你？

丁萌萌:开除我？凭什么？他要是敢开除我,我就……

卢再缘:怎么样？

丁萌萌:狠狠地扇他的耳光。

汪国良:哈哈,丁萌萌,好样的。

卢再缘:你们两个呀,整个是二百五。

陶自强和邓美珊在各个展位上认真地看着,邓美珊举着照相机拍照。

许多新鲜的产品让陶自强流连忘返,在意大利展位上,他指着一套珐琅彩的餐具,问:请问……

展位上的工作人员过来,问(英语):你好,有什么需要帮助的吗？

陶自强意识到自己说的是中国话,忙叫着邓美珊:美珊,你过来一下。你问问他们,这些珐琅彩是用什么窑烧的?温度是多少?

邓美珊用英语与展台工作人员交流着。陶自强拿过相机拍着照。

工作人员递给邓美珊一摞资料。

陶自强:我们忘了一件事。

邓美珊:什么事?

陶自强:资料,大多数的展位上都有资料,我们没有。

邓美珊:吃一堑长一智,下次就有经验了。

陶自强:我负责照相,你负责收集资料,我们尽可能多地把资料带回去。

邓美珊:没问题。

冯运华抱怨着:这都是无中生有,都是造谣诬蔑,都是上纲上线,我不能接受。说我保护三号窑是复辟资本主义,说我保留秘方是想变天,说我反对柴改煤是反党反社会主义。干脆说我是反革命,把我拉出去枪毙算了……

赵文昌:运华同志,别人不了解,我是了解你的。你对党忠心耿耿,工作兢兢业业,组织上是知道的,而且是有定论的。现在是整风运动,任何运动,都是先发动群众,让群众讲话。那些大标语、大字报,我就不同意。不过,要正确对待,要沉住气,千千万万不能与群众对抗。

冯运华:什么群众,分明都是李宗贤鼓动的。

赵文昌:你心里有数,我心里也有数。运华同志,我只告诉你一句话,任何时候,都要相信党相信群众。我今天晚上要赶到南昌去,明天参加省里的整风,我也要像你一样,接受大风大浪的考验。

冯运华:赵书记,有了你这些话,我心里踏实了。你放心吧。

赵文昌紧紧地握住了冯运华的手:保重。

冯运华:你也保重。

中国展台上,摆满了精美的茶叶罐。许多人过来参观。

邓美珊满怀自豪地解说着(英语):亲爱的朋友,我要告诉你们的是,中国景德镇,不仅仅有历史悠久的瓷器,还有同样有着悠久历史的茶叶。我相信这几天大家都在喝英国红茶,根据历史确切的记载,英国红茶跟中国茶有着密切的关系。1577年,荷兰人把中国茶引进了欧洲。1637年,英国一位船长率船队到中国购买茶叶,并且在中国的厦门设立了采购茶叶的商务机构。1685年,英国女王玛丽从荷兰把茶叶、茶具及饮茶的方法带到了英国。1702年,英国女王安妮大力推广家庭茶会,使饮茶成为一种社会风俗和生活习惯。中国茶在欧洲经过长期的流传,各国人民根据自己的口味,不断地创造新的饮茶方式,比如在红茶中加奶、加糖……现在摆在大家面前的叫作浮梁茶,它来自英国红茶的故乡,是最原始的中国茶的味道……

站在邓美珊对面拍照的金俊卿,听着邓美珊的解说非常精彩,不禁鼓起掌来。金俊卿一带头,许多人跟着鼓起掌来。

有些人已按捺不住,掏出钱来争着买。邓美珊忙不迭地给大家拿茶收钱。

陶自强跑到金俊卿的身边:你赶紧去帮助邓美珊卖茶,我来拍照。

金俊卿上前,发现大家都在争抢,高声说(英语):请大家排队,排队……

中国的展位前,排起了长龙。许多前来参观的人看到排队,也跑过来。甚至有的人根本不知道在卖什么,也跟着排起了队。

队伍越排越长,邓美珊和金俊卿忙得不亦乐乎。

陶自强也非常兴奋地抢拍着这些珍贵的镜头……

朱光秀、李小毛、杨和中等几个年轻人贴着大字报,李宗贤陪着工作组的同志巡查着。他向陈组长介绍着:这是朱光秀,这是李小毛……他们都表现得不错,是运动的积极分子。

陈组长跟他们握手:你们觉悟高、热情高,我代表工作组向你们致敬。

朱光秀、李小毛很兴奋,又有点儿不好意思。

等李宗贤和工作组走了以后,冯老六过来了。

朱光秀对冯老六说:冯师傅,您可要跟反动分子划清界限。

冯老六火了:划你娘的脚后跟,缺德的玩意儿。

李小毛:哎,你怎么骂人呀?

冯老六:上班的时候不干活,还不该骂?

朱光秀:我们这是闹革命。

冯老六气呼呼地走了:哼,闹吧,闹吧……

邓美珊和金俊卿还在卖着茶叶。

陶自强又在展览馆转悠起来。他来到日本展台前面,仔细看着那些青花、粉彩餐具。一个女孩儿也在看着他。

陶自强看了一会儿,朝邓美珊那边看了看。

日本展台上的女孩儿过来:先生,有什么需要帮助的吗?

陶自强大吃一惊:你会说中国话?

女孩儿:我从小在中国长大的。

陶自强:那太好了,我想问问这上面的画是怎么画出来的?

女孩儿:有什么不对吗?

陶自强:就是太对了。

女孩儿:什么叫太对了。

陶自强:每一件上面的画完全一样,可以说是丝毫不差。

女孩儿笑了:先生,这是贴花工艺。

陶自强一愣:贴花工艺?只是听说过,怎么贴的花?这花又是怎么制作的?用什么制作的贴花?贴上花以后又怎么烧制?用什么窑?多少温度?

女孩儿笑了:先生,看起来您是个行家,问了这么多问题,我一个都不能回答你。抱歉了,对不住了。

陶自强:没关系,没关系。你们这里有人懂吗?

女孩儿:我们都不是做瓷器的。

陶自强:你们有资料吗?

女孩儿:我们只有产品说明书,没有工艺制作的资料。

陶自强遗憾地点了点头。女孩儿抱歉地:让您失望了。

陶自强突然注意到了展销会的服务台:哦,对了,你可以帮我个忙吗?

女孩儿:愿意效劳。

陶自强:你帮我问问服务台,看能不能往中国打个电话。

女孩儿:我刚来的时候就问了,他们没有设国际长途业务。

陶自强:明白了,谢谢。

韩霜凝进来了。陈三姐惊叫着:啊……我认识您,您是陶瓷大学的韩校长。几位食客听见了,都抬起头来看着。

韩霜凝:我知道你是陈三姐,你正忙吧?

陈三姐:您一个人来的?还有别人吗?想吃点儿什么,您坐,您先坐。

韩霜凝:我不是来吃饭的,我来跟你说几句话。

陈三姐:啊,您说。

韩霜凝指了指厨房:我们到里面说。

陈三姐带着韩霜凝来到厨房,知道韩霜凝要跟她说的话很重要,紧张起来。

韩霜凝开门见山:我是为邹元镐来的。

陈三姐:邹老师出了什么事?

韩霜凝:没事,什么事都没有。我是来说说你们两个人的事。

陈三姐:韩校长,我们两个没事,什么事都没有。

韩霜凝:所以,我要给你找点儿事。

陈三姐:啊,我能干什么?

韩霜凝:你应该知道的,邹元镐现在是陶瓷大学的人。

陈三姐:听邹老师说了。

韩霜凝:可是邹元镐的关系还在建国瓷厂呢,一直没有转过来,也怪我,耽搁了。现在建国瓷厂进驻了工作组,你知道吧?

陈三姐:听说了,他们在整冯窑主。冯窑主多好的人啊,得罪谁了?

韩霜凝:咱先别为冯窑主操心了,先操心一下邹元镐吧。

陈三姐:啊? 他们也要整邹老师?

韩霜凝:现在还没有,我是担心他们整完了冯副厂长还不收手。

陈三姐:哎呀,他们要是整邹老师,那可麻烦了……

韩霜凝:我今天来,就是让你出面,把邹元镐的关系从瓷厂转到陶瓷大学。

陈三姐:我怎么去弄?

韩霜凝把一封工作调令交给陈三姐:你明天拿着这调令去建国瓷厂,到人事科去找马科长。就说陶瓷大学催着让邹元镐转关系,可是邹元镐又出差了,由你来替办。

陈三姐:邹老师没有出差呀。

韩霜凝:我明天一早就让他出差。

陈三姐:这行吗?

韩霜凝:他们会问你和邹元镐是什么关系,你就说是夫妻关系。

陈三姐:啊? 夫妻关系?

韩霜凝:别的关系也不行啊!

陈三姐:可是……韩校长,我们不是夫妻呀。

韩霜凝:等邹元镐出差回来,我就让他跟你求婚。

陈三姐:他已经求婚了。

韩霜凝:那不就行了吗?

陈三姐:我没答应。

韩霜凝:你答应就是了。

陈三姐:不行,我不能……

韩霜凝:要知道,邹元镐现在很危险,建国瓷厂整风运动轰轰烈烈,他们已经把冯运华打倒了。冯运华还可能有翻身的时候,邹元镐可能吗?你心里应该有数吧?你这是在救人,救邹元镐。

陈三姐:你们学校不搞运动吗?

韩霜凝:我们是新建单位,不搞。

陈三姐:那……

韩霜凝:别啰唆了,就这么办吧。

陈三姐:马科长要是不给我办呢?

韩霜凝:放心,我已经打好招呼了。走了。

邓美珊填写着电话单:打给谁?

陶自强想了想:还是打给冯副厂长吧。

邓美珊:想问问姐姐的消息吧?

陶自强:也问问厂里的情况。

邓美珊填写着。陶自强:这里的电话不会等那么长时间吧?

邓美珊:恐怕也要等,刚才我问了,英国的电话还不能通国内,需要通过香港转接。

陶自强:你问了吗? 一分钟多少钱?

邓美珊:二十英镑。

陶自强:啊? 这么贵? 你还有钱吗?

邓美珊:估计还够七八分钟的。

陶自强:算了吧,我们还是走吧。

邓美珊:不过还有卖茶叶的钱,没动呢。

陶自强:那钱是人家浮梁茶业合作社的,一分钱都不能动。

邓美珊:我们借还不行?

陶自强:借? 人家同意了吗? 这是挪用公款。

邓美珊:那怎么办?

陶自强:走吧。

陈三姐把邹元镐的调令递给马科长。

马科长热情地:您是陈三姐吧? 你不认识我,我认识您。

陈三姐:您去三角井吃过饭?

马科长:没有。

陈三姐:那您怎么见过我的?

马科长:通过邹老师的眼睛看见过您。

陈三姐:您在说笑话吧?

马科长:那天在我们厂的广场上,邹老师拉手风琴,大家跳舞,您还记得吧?

陈三姐:我那天是来了,找邹老师有点儿事。

马科长:您就站在邹老师的左边,邹老师一边拉手风琴,一边不停地看您,还冲您笑。当时啊,把许多人都羡慕坏了,特别是女同志。

陈三姐:这有什么好羡慕的?

马科长:大家都说,邹老师看陈三姐的目光像窑火一样,那深情、那热烈,陈三姐的命真好,遇见了这么一个有情有义的男人,吃多少苦都值了。

　　陈三姐红着脸不知道该说什么了。马科长把办好的手续交给陈三姐:这个您拿好,今天我们通过市委的"交换"把邹老师的档案递过去。

　　陈三姐一个劲儿给马科长鞠躬:谢谢,谢谢马科长……

　　展销会结束了,各个展台都在收拾着。陶自强看着带来的那些展品发愁。

　　金俊卿安慰着:哎呀,愁什么,买卖买卖,有买有卖。卖出去了钱在,卖不出去货在。

　　陶自强:我发愁的就是这些没卖出去的货,扔了吧,怪可惜的;不扔吧,运回国内又是一大笔费用。

　　邓美珊:我打听过了,展销会结束以后,还可以在外面的小广场上摆摊卖。

　　金俊卿急了:摆摊?我们堂堂的国营瓷厂,跑到欧洲来当小摊贩来了?丢不丢人?

　　陶自强:丢人我不怕,只要能把这些东西卖出去。再说,没偷没抢,有什么好丢人的。

　　金俊卿:要摆摊儿你们摆,我可拉不下脸来。

　　陶自强:对了金经理,你不是一直想请邓美珊吃饭吗?还算数吗?

　　金俊卿:当然算数了,或吃饭,或看莎士比亚,任美珊自选。

　　陶自强:这样吧,咱们把这些瓷器都弄到小广场上,我负责看摊儿,你们去吃饭或看戏。

　　邓美珊:那可不行,你不会英语,怎么看摊儿?

　　陶自强:聋哑人也有做买卖的,你没见过吗?放心吧,好在这些天我把美元英镑都认识了,受不了骗。美珊,来英国一回不容易,怎么也得出去逛逛,这些天也够累的了,休息一下,放松放松。

　　邓美珊:你真的行?

　　陶自强:有什么不行的?

　　金俊卿:美珊,听陶厂长的。你是吃饭还是看莎士比亚?

　　邓美珊:我当然要看莎士比亚了。

　　李宗贤进来了,对马科长说:你们人事科一张大字报都没有写,工作组已经不满意了。

　　马科长:我们贴标语了。

　　李宗贤:贴标语只能算个态度,干革命光有态度不行,得拿出实际行动。

　　马科长:我马上布置。

李宗贤:革命要深入,现在对冯运华的问题揭发得差不多了,我们要寻找新的目标。

马科长:新的目标? 谁呀?

李宗贤:你把邹元镐的档案找出来我看看。

马科长:邹元镐的档案转到陶瓷大学去了。

李宗贤:他不是关系还在我们这儿吗?

马科长从抽屉里拿出一张纸:您看,这是他的调令。

李宗贤只是瞟了一眼,转身出去了。

饶茶花发愁地问:师哥,我该怎么办呀?

周鸿达:你想怎么办呢?

饶茶花:我哪儿还敢想呀? 陶自强走的时候,连个招呼都没打。你说,他是生我的气呢,还是生我爸妈的气呢?

周鸿达:要我说,他不是生你的气,也不是生你爸妈的气。他姐姐离家出走了,下落不明,死活不知,他哪儿有心思生气呢?

饶茶花:我不怨他,没想到他姐办事这么绝。

周鸿达:你爸妈什么态度?

饶茶花:我爸妈坚决不让我嫁给陶自强了,不允许我再跟他有来往。

周鸿达:要我说呀,你先沉住气,等找到姐姐再说。

有不少摆着展品的小摊儿,也有许多市民和游客,很是热闹。陶自强蹲在自己的摊位前,又拿出那枚翡翠挂坠儿,发起呆来。有人在小摊儿前看着,陶自强也不大理会……

陶自强还在低头看着那枚翡翠挂坠儿发呆。一个漂亮女人过来仔细看着这些瓷器,还拿起来检查着。

陶自强竟然没有发现漂亮女人。漂亮女人忍不住了(英语):先生,我们可以谈谈吗?

陶自强抬起头,茫然地看着漂亮女人。

漂亮女人(英语):先生,我想跟你谈谈价钱,可以吗?

陶自强愣了一会儿,突然想起来邓美珊教给他的那句英语:Sorry I don't speak English.

漂亮女人奇怪地看着陶自强(英语):你现在说的就是英语呀。

陶自强礼貌地站起身来,重复着:Sorry I don't speak English.

漂亮女人试探着:你是中国人?

陶自强惊喜地叫着:啊,你会说中国话。

漂亮女人:你说你不会英语,可是你刚才说的就是英语呀。

陶自强:啊,就会那一句,还是现学的。你会说中国话,太好了。

漂亮女人向陶自强伸出了手:我叫约瑟芬。

陶自强:我叫陶自强,中国景德镇建国瓷厂厂长。

约瑟芬大喜:啊……中国……景德镇……Very good!

陶自强:你去过中国?

约瑟芬:很遗憾,还没有去过中国大陆,不过会去的,很快就会去的。

陶自强:欢迎来我们景德镇。

约瑟芬:刚才我想问你,你的这些瓷器都卖吗?

陶自强:卖,都卖。

约瑟芬:我昨天才回来,展销会我没赶上,买点儿瓷器也算是弥补一下。

陶自强:我们这些都是展销会上的展品。

约瑟芬:如果我全要,价钱可以优惠吗?

陶自强:当然。要是都要,就按成本价卖给你。当然,还要加上运费。

约瑟芬扬起手掌,与陶自强击掌:成交。

饶茶花:我的事,是刺猬钻进麻堆里,择不清甩不脱又爬不出来。不说了,说说你的事吧。

这回该周鸿达犯愁了:唉,我的事也好不到哪去。

饶茶花:快到日子了吧?

周鸿达:后天。

饶茶花:准备得怎么样了?

周鸿达:杜鹃他们家……嗨,蹬鼻子上脸,得了锅台想上炕,要了星星要月亮,我真够够儿的了。

饶茶花:又要什么?

周鸿达:要坐轿子,四人抬的红呢花轿,旗罗伞扇,双套吹鼓手。还有,送亲的要坐马车,酒席要七荤八素、七盘八碗……

饶茶花:唉,四起八拜都完了,就差一哆嗦了。

周鸿达:他们家就是抓住了我这个软肋,反正大头儿你都花了,小头儿不花也没辙啊。我这像什么?蛇吞鸡蛋,反正入了口了,吐是吐不出来了,多难受也得往下吞。

饶茶花:是啊,都到这份儿了,只能跳河一闭眼了。

周鸿达:不瞒你说茶花,娶杜鹃这个老婆,捅了多大的窟窿啊。五年,五年

439

我都缓不过气来……早知道这样,我宁愿打一辈子光棍儿。

饶茶花:师哥,想开点儿,你好歹还能结婚呢,我呢?

约瑟芬找来一辆汽车、几个工人。

陶自强帮助把所有的瓷器重新打包装箱,搬到汽车上。

约瑟芬:我想起了,好像你们还不能用支票。

陶自强:最好是现金,支票用是能用,就是太麻烦。

约瑟芬:这样吧,我准备一下,明天一早,我到宾馆接你。你在哪儿住?

陶自强把宾馆的钥匙拿出来给约瑟芬看。

约瑟芬:知道了,你八点在宾馆大堂等我好吗?

陶自强:好,我等你。

伦敦大剧院,散戏了。邓美珊异常激动,在剧院前的广场上转着圈儿,又高声朗诵着(英语):生存还是毁灭……

金俊卿紧跟着邓美珊,用中国话朗诵着:生存还毁灭,这是一个值得考虑的问题……

邓美珊(英语):默然忍受命运暴虐的毒箭……

金俊卿:默然忍受命运暴虐的毒箭,或是挺身反抗人世无涯的苦难……

邓美珊(英语):哪一种更高贵?

金俊卿:哪一种更高贵?

邓美珊:太棒了,比棒还棒!真没想到能到伦敦看一场莎士比亚,更没想到还看的是《哈姆雷特》。我太幸福了,金经理,谢谢你,真的非常感谢你。

金俊卿:那我就再让你幸福一点儿,我请你去伦敦的酒吧。

邓美珊:不不,太破费了。我请你吧,我只能请你吃一顿普通的牛排。

金俊卿:去吃牛排,不过还是我请你。

宾馆,陶自强敲着邓美珊的门,没有回音。

陶自强停了一会儿,走了……

鞭炮齐鸣,鼓乐喧天。杜鹃家的院子里挤满了人。娶亲的花轿停在了院门口。周鸿达身穿长袍,头戴礼帽,身披彩带,胸前戴着大红花。

娶亲伴郎一个是杜绍文,一个是汪国良,也都穿戴一新。他们站在花轿前面,等着新娘出来上轿。

吹鼓手们非常卖力地吹奏着……

陶自强吃完了早餐,来到宾馆大堂。他看了看大堂墙上的挂表,还不到 8 点。他靠近门口等候着,又从口袋里掏出那枚翡翠挂坠儿。

金俊卿从楼梯下来,没往前走,像是等候着邓美珊。

外面,约瑟芬的车开过来。

金俊卿刚要跟陶自强打招呼,看见陶自强走出了大堂。

金俊卿忙跟过去,看见了停在了大堂门口的车,开车的是一位金发美女。

门童拉开车门。陶自强上了车。

约瑟芬:我们先去吃早点。

陶自强:我吃过了。

约瑟芬:宾馆的早餐?

陶自强:很不错的。

约瑟芬:那直接去我们公司吧。

陶自强:客随主便。

邓美珊下了楼,看见了金俊卿,喊了一声:金经理。

金俊卿没动,邓美珊上前看着金俊卿。金俊卿干张着嘴,手指着门外。

邓美珊:瞧你这样子,碰上鬼了?

金俊卿:陶自强呢?

邓美珊:不知道呀,我没叫他。

金俊卿:他走了。

邓美珊:走了,去哪儿了?

金俊卿:被一个金发美女接走了。

邓美珊:昨天看《哈姆雷特》中邪了吧?

金俊卿:我看得真真的。

邓美珊不再理他,朝食堂走去。

杜鹃已经穿好了新娘的盛装,坐在床头上。旁边围着饶茶花等茶女们。

荷花:他们来了,快把门关好。

饶茶花:荷花、月季,你们把好门。

外面,罗灵风唱着开门喜歌:

　　罗灵风:手提鸡鸭娶亲来呀。

众:喜呀。

罗灵风:两扇房门未打开呀。

众:喜呀。

罗灵风:打开左边生贵子呀。

众:喜呀。

罗灵风:打开右边状元来呀。

众:喜呀。

罗灵风:新大姐柳叶眉呀。

众:喜呀。

罗灵风:夫妻恩爱与天齐呀。

众:喜呀。

罗灵风:新大姐铜铃眼呀。

众:喜呀。

罗灵风:生个儿子当大官呀。

众:喜呀……

店铺很有规模,布置得豪华醒目,环境舒适。约瑟芬带着陶自强参观着。

柜橱里陈设着一批新的瓷器,托座、锦盒、价签、说明书。约瑟芬指着这些瓷器,对陶自强说:这是我让人连夜布置的,怎么样?

陶自强:这是我的瓷器吗？简直不敢相信。

约瑟芬:你是负责生产的,我是负责销售的。生产有生产的技术,销售有销售的技巧。

陶自强:仅仅一天时间,价钱就翻了十倍。

约瑟芬:有的还更多,你看看这个。

陶自强:啊,快二十倍了,你赚大发了。

约瑟芬:应该说我们都赚了。

陶自强:我们可没赚,我要的是成本价和运费。

约瑟芬:试想一下,如果我不买,这些瓷器不是还在小广场的小摊儿上吗?最后你怎么处理。在危难的情况下,不赔就是赚。

陶自强:对,这个我承认。

约瑟芬:你随便看吧,除了中国瓷,还有德国瓷、日本瓷、意大利瓷……

陶自强在一个柜台前站住了,里面都是各种各样的首饰:手镯、项链、胸针、戒指……有的是青花,有的是粉彩,有的是珐琅,还有的镶嵌着金银宝石……

约瑟芬:这些都是赚女人钱的。

陶自强:真没想到,陶瓷还可以做得这么精美。

约瑟芬:你有女朋友吗?

陶自强:就算有吧。

约瑟芬:为什么说就算有?

陶自强:我姐姐死活不同意。

约瑟芬:这么说你还有一个姐姐。

陶自强:我和姐姐相依为命。

约瑟芬:没有别的人了?

陶自强摇了摇头。约瑟芬招手叫来工作人员(英语):给我包两个送过来。工作人员答应了一下走了。约瑟芬说:来,我们坐下谈。

约瑟芬带着陶自强,来到商店里的接待台:请。

陶自强坐下了。约瑟芬:要茶,还是咖啡?

陶自强:茶天天喝,还是咖啡吧。

约瑟芬:英雄所见略同。

陶自强笑了。约瑟芬招来工作人员:两杯卡布奇诺。

陶自强:约瑟芬,你很神奇。

约瑟芬:神奇?

陶自强:像魔术师一样的神奇。我们那些瓷器,经过你的手一倒腾,立马就登上了大雅之堂,身价倍增。

约瑟芬:我就是给你的瓷器穿上了盛装。中国有一句话,人靠衣裳马靠鞍。陶先生,我想跟你说的是,光有产品是不够的,还要有好的包装。

陶自强触类旁通:还要有好的商店。

约瑟芬:还要有好的营销方式。

陶自强:还要有好的合作者。

两个人哈哈大笑起来。约瑟芬幽默地:我们像是在说相声。

陶自强:约瑟芬,我一直想问问你。你的中国话说得这么好,中国事情又知道得这么多,说你没去过中国,简直不敢相信。

约瑟芬:我说过没去过中国吗?我只是说我没有去过中国大陆。

陶自强:哦?

约瑟芬:我是在香港出生、香港长大,在香港读完了初中才回到英国的。

陶自强:哦,怪不得呢。

迎亲的队伍在外面叫喊着:新娘子开门……杜鹃开门……送亲的开门……喊叫声已经沙哑疲倦了。门开了一条缝,出来的是饶茶花。

饶茶花把周鸿达拉到一边,悄悄地说了几句话。

周鸿达火了:什么? 还要钱? 什么叫奶水钱?

饶茶花:你先别嚷嚷,杜鹃妈说了,杜鹃是吃她妈奶水长大的,闺女嫁了人就是泼出的水,她得把奶水钱收回来。

周鸿达暴跳起来:谁不是吃他妈的奶水长大的? 我的奶水钱跟谁去要。

饶茶花:师哥,你沉住气。

周鸿达:我沉不住气,我要问问她。

饶茶花没拉住,周鸿达已经跳到了杜鹃家的窗户底下,喊叫着:杜鹃,我就问你一句话,你今天上不上花轿?

里面杜鹃妈说话了:怎么,这奶水钱你不给是不是?

周鸿达:我要让杜鹃跟我说话。

杜鹃妈:杜鹃,你告诉他,不拿出一百块钱,连门都不出。

周鸿达:杜鹃,我是周鸿达,我让你亲口告诉我,你今天上不上花轿?

杜鹃:我听我妈的。

周鸿达:我要是不给你一百块钱呢?

杜鹃:那我就不嫁。

周鸿达:是你说的。

杜鹃:是我说的。

周鸿达转过身,冲着娶亲的队伍说:这媳妇不要了,这婚我不结了。

罗灵风:鸿达,别怄气。

周鸿达:你们谁也别劝我,我谁的面子都不给。走,我们回去。

周鸿达说着,冲出人群,往回走去。饶茶花在后面追着:师哥师哥……

杜绍文、汪国良、罗灵风等娶亲的人紧跟在后面。娶亲的花轿、吹鼓手跟在最后面,如一队战败了的残兵。

在另一条小路上,一个女孩儿奔跑着,没有人注意到她。

约瑟芬向陶自强介绍着两位瓷商:这位是法国瓷商阿尔帮,这位是德国瓷商奥利弗。

陶自强热情地跟两位瓷商握手。约瑟芬介绍道(英语):这就是我跟你们说的陶自强先生,他来自中国的景德镇,是一位国营大瓷厂的厂长。

两位瓷商向陶自强表示敬意。约瑟芬说道:陶厂长,我们带着两位朋友看看你们的产品吧,你介绍,我给你当翻译。

陶自强:好,谢谢你约瑟芬。

阿尔帮和奥利弗非常兴奋地参观着景德镇的瓷器,赞不绝口。

参观完毕,他们又回到商店里的接待台坐下。

约瑟芬:阿尔帮和奥利弗都想经营你的瓷器,问能不能与你订一批货?

陶自强:当然可以,我们这次来参加展销会,就是要推销景德镇的瓷器的。

约瑟芬把陶自强的话翻译给他们。两个人高兴地表示感谢。

陶自强:你们都需要哪些商品,每种要多少件?

约瑟芬:陶先生,按照商业规矩,你先要出一个报价单。

陶自强:这……我们要核算一下。

约瑟芬:需要多长时间?

陶自强:明天。

约瑟芬问两位瓷商(英语):明天可以吗?

两个人都表示赞同。

约瑟芬嘱咐陶自强:价钱嘛,一定要合理,可以打一些协商量,但不要过大。这些人在瓷器行干了半辈子了,精明得很。

陶自强含笑表示感谢。

周鸿达丧荡游魂地走着,一溜歪斜,像喝醉了酒。

轿夫、吹鼓手、娶亲的人蔫头耷脑,没有人说话,连罗灵风都闭上了嘴。

喜事没办成,倒像是办了场丧事。

一个姑娘气喘吁吁地跑到了队伍前面,张开双臂,拦住了所有的人。

周鸿达看了半天,才认出她是玉茗,没有理睬她,想绕过她朝前走。

玉茗满脸通红,胸脯起伏着:站住。

周鸿达:玉茗,你别管。

玉茗坚决地:我就要管。

周鸿达:你就是把天说出个窟窿,我也不会娶杜鹃了。

玉茗:你说的是真话?

周鸿达:当然是真话。

玉茗:你敢发誓吗?

周鸿达:我发誓,我要是再娶杜鹃……天打五雷轰。

玉茗:各位叔叔大伯,各位哥哥弟弟,你们可都听见了,周鸿达不娶杜鹃了。罗大仙,您也听到了吧?

罗灵风:听是听见了,可是不行啊这事……

玉茗:只要您听见就行了,到时候您给做个证。

罗灵风:你这是哪一出呀?

玉茗来到轿夫面前:各位大叔,麻烦您把轿子放下来。

轿夫:啊?

玉茗:我要上轿。

周鸿达过来:玉茗,我这儿够乱的了,求你别闹了。

玉茗:周鸿达,我问你,你这娶亲的轿子空着回去,跟你父母怎么交代? 跟街坊邻居怎么交代? 跟建国瓷厂的工友们怎么交代?

周鸿达:这媳妇我不娶了还不行? 这丢脸吗?

玉茗:当然丢脸了,你必须娶。

周鸿达:人家硬是不上轿,我娶谁?

玉茗:我上轿,你娶我。

周鸿达:玉茗,别逗了,好吗?

玉茗死死地看着周鸿达,嘴唇哆嗦着:鸿达哥……

周鸿达被震动了:玉茗,你……

玉茗:鸿达哥,你娶我吧,我给你做老婆。

周鸿达:玉茗,别……别……这样不合适。

玉茗:你是嫌我吗? 你嫌我什么? 是聋是瞎是瘸是丑? 我配不上你吗? 我比杜鹃差吗? 我给你当媳妇不行吗?

罗灵风突然看出来端倪,冲着轿夫喊着:落轿。

轿夫们也都懂了,把轿子放平。

罗灵风喊着:掀轿帘儿。

杜绍文立即上前,把轿帘儿掀起来。罗灵风喊着:扶新娘上轿。

汪国良看了看没有女眷,赶紧过去搀扶着玉茗。玉茗登上轿厢,坐下来。

罗灵风:起轿。

轿夫们把花轿抬起来。还没容罗灵风喊,吹鼓手起劲儿地吹奏起来。

娶亲的队伍吹吹打打,热热闹闹地走起来。

饶茶花从山上追下来,见娶亲的队伍又热闹起来,不知道发生了什么。

约瑟芬和陶自强面对面地坐在卡座里。服务员端来了饮品。

约瑟芬看着菜单:牛排你要几分熟的?

陶自强:七分吧。

约瑟芬看了他一眼,对服务员说(英语):要一瓶阿玛罗尼。

陶自强很淡定。

约瑟芬把一个密码箱从座位下拿上来,往陶自强面前推了推。

陶自强看着约瑟芬。约瑟芬说:这是你的瓷器款,你点一点吧。

陶自强打开密码箱,里面装着英镑。他一打一打地数了数,心里有数了,便盖上了密码箱。

约瑟芬：有什么问题吗？

陶自强：我连个包儿都没带，这么多钱我放在哪儿呀？

约瑟芬：不是装在箱子里了吗？

陶自强：可这箱子是你的呀。

约瑟芬：一并送给你了。

陶自强：这……多不好意思呀。

约瑟芬：你们包装瓷器的那些箱子不是也送给我们了吗？

陶自强：这不一样。

约瑟芬：有什么不一样的？

陶自强：世界上几乎所有的商品都需要包装，只有钱不需要。

约瑟芬又从包里拿出了个小锦盒：送你两个小礼物，但愿你喜欢。

陶自强接过来，打开，两对珐琅瓷的手镯。

约瑟芬：你姐姐一对，你女朋友一对。

陶自强：这……太贵重了。

约瑟芬：表示一点儿心意。你到伦敦来一趟，总得给亲人带点儿什么吧。

陶自强：我很感动。

约瑟芬：嗯……牛排来了，倒酒……

陶自强拿起酒瓶：我来吧。

两个人举起酒杯，碰了碰。

陶自强：约瑟芬，你能再帮我一个忙吗？

约瑟芬：请讲。

陶自强：你知道陶瓷的贴花工艺吗？

约瑟芬：知道啊，欧洲的陶瓷早就使用贴花工艺了。

陶自强：我需要一些有关的资料。

约瑟芬：这边的瓷厂我也认识一些人，应该是可以找到的。

陶自强举起杯：再次感谢。

宾馆，邓美珊和金俊卿敲着陶自强的房门。里面没有人。

邓美珊：哎呀，真急死人了，去哪儿了呀？

金俊卿：关键是，接走他的那个金发女郎是谁？

邓美珊：能是谁呢？没听说他在这里有认识的人呀。

金俊卿：也许是新认识的呢？

邓美珊：那也该告诉咱一声呀。

金俊卿:主要是我们昨天回来有点儿晚了。

邓美珊:都怪你,看完话剧还要去酒吧,都耽误了吧?

金俊卿:别急,不会出事的。我们到大堂去等吧。

院子里摆了几桌酒席,亲朋好友呼天唤地、热热闹闹。

周鸿达挨桌敬酒。有人喊:快让新娘子出来敬酒啊。

周鸿达:就来就来。

饶茶花提着一个包袱匆匆忙忙地跑进来,径直进了洞房。

玉茗等在洞房里。饶茶花:快快,快换衣服,外面的人都等着你呢。

玉茗:我这衣服不脏不破的,有什么不能见人的。

饶茶花:你今天是新娘子,好歹也要见见红啊。

旁边一个大嫂:当然要见红了,黄花大闺女嘛。

玉茗在饶茶花的帮助下换着衣服。周鸿达进来:好了吗?

饶茶花:马上就好。

周鸿达:我带着玉茗去给大伙儿敬酒。

饶茶花:玉茗的爸妈来了吗?

周鸿达:派人去接了,马上就到了。

玉茗:我等我爸妈来了再出去,行吗?

周鸿达:对对,还要拜高堂呢。我去看看。

新粉刷的房子,四白落地,墙上挂着《观音送子图》。

窗户上贴着大红喜字。床上,合欢被已经铺好,两个并在一起的荷叶枕,上面绣着鸳鸯戏水。

被子上,放着一条白毛巾。玉茗坐在床头上,低着头,兴奋掩盖着羞涩。

周鸿达被这突如其来的变故和兴奋冲昏了头脑,站在玉茗面前,揉搓着两只大手,傻乎乎地笑着。

玉茗:我和杜鹃,你喜欢谁?

周鸿达:那……那不一样。

玉茗:怎么不一样?

周鸿达:跟杜鹃,那是搞对象。

玉茗:跟我呢?

周鸿达:跟你……是谈恋爱。

玉茗:行啊你周鸿达,有学问呀。

周鸿达嘿嘿地笑着。玉茗抬高声音:假的!

448

周鸿达吓了一跳:怎么会是假的呢?

玉茗:你和我,除了工作,一句知冷知热话都没说过,算什么谈恋爱?

周鸿达:其实……其实我是很喜欢你的,只是因为有了杜鹃,就……

玉茗:你后悔吗?

周鸿达:一百个不后悔。

玉茗:啊?

周鸿达:不不,我是想说,娶了你一百个不后悔。

玉茗笑了。周鸿达:你呢?你后悔吗?

玉茗:我早就后悔了,悔得我肠子都青了。

周鸿达:那你怎么还要嫁给我?

玉茗:从一开始,我就喜欢你。饶茶花问我们,谁看上了你,我不好意思说……为这个,我哭了好几回。

周鸿达:玉茗,对不起。

玉茗:对不起什么?

周鸿达:杜鹃要"三转一响",还有乱七八糟的规矩,把我的家底都折腾光了,还欠了一屁股两肋的债,我什么都给不了你了。

玉茗:我只要"两转一响"。

周鸿达:啊?你也要?

玉茗:我当然要了。

周鸿达:这可要了我的命了。

玉茗:我不要你的命,我就要你两转一响。

周鸿达咬了咬牙:说吧,

玉茗:听好了,白天上班围着陶车转。

周鸿达:还有呢?

玉茗:晚上下班围着我转。

周鸿达:那一响呢?

玉茗:自己想。

周鸿达:想不出来。

玉茗:想不出来也得想。

周鸿达:求求你了,你还是告诉我吧。

玉茗:听好了,一想就是你要每时每刻想着我。

周鸿一下子扑上来:玉茗,你真是我的亲媳妇,爱死你了……

玉茗:哎哟,你轻点儿。

陶自强提着一个密码箱进来。邓美珊和金俊卿同时跑上前去。金俊卿说道:哎呀我的陶厂长,你到哪儿去了?把我们都急死了。

陶自强:怨我,怨我,昨天晚上我去找过你们,你们都没回来,今天一早又怕你们没起床。

邓美珊:你去哪儿了?

陶自强:一个朋友,一个新交的朋友。

邓美珊:那些瓷器呢?

陶自强举了举手里的密码箱:这不,都在这儿。

邓美珊:你都卖了?

陶自强:不但都卖了,还拿到了一笔大订单。

金俊卿:订货合同吗?多少?

陶自强:够我们足足干半年的。

金俊卿:我的天啊,怎么回事?

陶自强:走,咱们回房间说……

陶自强、邓美珊、金俊卿排队等着登机。

金俊卿讨好地说:陶厂长,你在伦敦的奇遇,都可以拍一部电影了。

陶自强笑了笑。邓美珊说:我也觉得很神奇,冥冥之中好像有人在帮你。

陶自强:谁在帮我呢?

金俊卿:我觉得是上帝。

邓美珊:我觉得是好运。

金俊卿:好运还不是上帝给的?

邓美珊:陶厂长不相信上帝。

金俊卿:那他相信什么?

邓美珊唱了一句《国际歌》:从来就没有什么救世主,也不靠神仙皇帝……

金俊卿:对了,陶厂长,你说的那个约瑟芬多大年纪?

陶自强:哪儿好意思问人家年龄。

金俊卿:估计呢?

陶自强:估计嘛,二十多,恐怕不到三十。

金俊卿:这么年轻,漂亮吗?

陶自强跷起大拇指,说了一句英语:Very beautiful.

邓美珊:陶厂长出了一趟国,英语大有长进。

陶自强:这叫作耳濡目染。

不远处传来呼喊声:陶自强先生,陶自强先生……

陶自强:是约瑟芬。

约瑟芬跑来了。陶自强急忙迎上去。邓美珊和金俊卿也跟了过来。

约瑟芬:抱歉抱歉,感谢上帝,让我赶上了。就是为了去拿这个……

说着,约瑟芬把一个文件袋交给陶自强:你要的贴花工艺的资料。

陶自强:哎呀,太谢谢你了。

约瑟芬:快登机了吧?

陶自强:还有几分钟。哦,约瑟芬,介绍一下,这是我们同行的,他叫金俊卿,是省外贸公司的经理。

金俊卿激动地握住约瑟芬的手,不由自主地说了一句英语:Very beautiful.

约瑟芬:你是在说我吗?(指着邓美珊)你应该这样说她才对。

邓美珊忙伸出手:我叫邓美珊,景德镇建国瓷厂技术员。很高兴认识你。

约瑟芬:你在陶厂长手下工作,很幸运啊。

邓美珊:我也这么认为。

广播里播着登机的消息。

陶自强:等一下。美珊,那罐茶叶呢?

邓美珊:在我这儿

邓美珊从背包里掏出茶叶。陶自强拿过来给约瑟芬:这是我们带来的浮梁茶,卖完以后发现还剩一罐,正好送给你。

约瑟芬接过茶叶:真漂亮,太好了,我正想考察一下茶叶生意呢。

金俊卿抢着说:那就到景德镇去吧,我带你看最好的浮梁茶。

约瑟芬:谢谢谢谢,我会去的。

约瑟芬与陶自强、邓美珊、金俊卿依次拥抱告别。

陶自强:约瑟芬,我在景德镇等你。

金俊卿:非常非常欢迎,我们盼望着你。

飞机上,三个人坐在了一排。邓美珊在中间,陶自强坐在里面,金俊卿坐在外面。陶自强手里攥着那枚翡翠挂坠儿,头靠着靠背,闭上了眼睛。邓美珊看着陶自强拿到的那份订货合同,一边看着,一边在笔记本上翻译着。

金俊卿有点儿不耐烦了:我说,你们不能说点儿什么吗?

邓美珊:有什么好说的?

金俊卿:我们参加欧洲展销会,取得了这么大的成绩,你们不兴奋吗?

邓美珊:心里高兴就行了,干吗还要说出来?

金俊卿:情动于中而形于言,言之不足故嗟叹之,嗟叹之不足故咏歌之,咏歌之不足,不知手之舞之,足之蹈之也。

邓美珊:哟,没看出来,金经理还满腹经纶啊。

金俊卿:我爸爸是个商人,我爷爷可是个读书人。不瞒你说,还是前清的秀才。从小我爷爷就逼着我背这些乱七八糟的东西。现在也忘得差不多了。

邓美珊:这可是中华民族的传统文化经典,你怎么说是乱七八糟的呢?

金俊卿:有用吗?

邓美珊:现在不就用上了吗?

金俊卿:你们也没被打动啊。

邓美珊:你想打动我们什么?

金俊卿:我想打动陶厂长。亲爱的陶厂长,跟你商量商量,你不是拿到两笔订单吗?能不能分给我一笔?我白跑了一趟伦敦,一无所获啊。

陶自强没作声。

邓美珊:你别瞎啰唆了。陶厂长太累了,你让他睡会儿吧。

从南昌开来的公共汽车停在站上。陶自强和邓美珊下了车,等着司机取车顶上的行李。

周鸿达骑着摩托车来了,停在陶自强的面前:哎呀,你们可回来了。

邓美珊兴奋地:周主任,还没喝你的喜酒呢。

陶自强却急着问:我姐有消息吗?

周鸿达摇了摇头:厂里出了点儿事。

陶自强:什么事?

周鸿达:回头跟你说。

行李取下来。陶自强四下看了看,招手叫过来两辆三轮车。

陶自强和周鸿达一起把两个人的行李放在一辆三轮车上。

陶自强把手里的密码箱交给邓美珊:把这里的钱,还有卖浮梁茶的钱,都存到银行去。浮梁茶的钱,专门开一个存折。然后你把我的行李帮我送回去,钥匙你是知道在哪儿的。

邓美珊答应着。

陶自强跨上摩托车后座。周鸿达一踩油门,摩托车开走了。

陶自强站在建国瓷厂的院子里,惊呆了:铺天盖地的大标语、大字报。冯运华的名字上面打着大红叉,在他的眼前闪耀着。

轰轰隆隆,万里无云的天上似惊雷滚滚。

嗡嗡营营,陶自强顿时感到天旋地转。

周鸿达紧紧地站在他的身边,守护着他……

陶自强和周鸿达直挺挺地站在院子里,像两根矗立了千年的石柱。

起风了,墙上的大字报、大标语哗啦啦地扇动着,一片一片地撕扯着、飘飞着。

杜绍文走过来,什么都没有说,一把抱住了陶自强,呜呜地哭起来。

卢再缘、丁萌萌、汪国良走来,默默地站在了陶自强和周鸿达的周围。

许多人走过来,一声不响的陶自强依然石柱一般地矗立着。

傍晚的阳光显得很温柔,抚慰般地沐浴着建国瓷厂的主人们。

冯老六跑过来,一边跑一边嘶叫着,声音里带着哭腔:厂长啊,自强啊,你可回来了……你可要给运华做主啊……运华冤屈啊……

陶自强瞪着通红的眼睛:到底是怎么回事?

杜绍文告诉陶自强:厂里来了工作组。

冯老六:什么他妈的工作组,都是李宗贤那王八蛋搞的鬼。

陶自强推开众人,疯了似的朝办公楼走去。

陶自强砰地撞开李宗贤办公室的门。

李宗贤吓得一哆嗦,险些叫起来。见是陶自强,急忙站起身来。

陶自强上前一把薅住李宗贤的脖领子,吼叫着:是你害的冯副厂长?

李宗贤哆嗦着:不不……是运动,运动……

陶自强:你把冯副厂长弄哪儿去了?

李宗贤:不……不知道,我也不知道……

陶自强:那些大字报都是谁贴的?

李宗贤:啊,群众……

陶自强:我问你是谁?

李宗贤:主要是……年轻人……

陶自强:哪些年轻人?

李宗贤:啊……朱光秀、李小毛……还有……还有……

陶自强一把将李宗贤推到椅子上,转身出来了。

办公楼的走廊里站满了人。陶自强从李宗贤的办公室出来,人们自动让开。

周鸿达拉住陶自强,低声说:自强,冷静,你冷静一点儿……

陶自强:去把朱光秀给我叫来。

朱光秀低着头,站在陶自强面前,哭着辩解着:……他们说,冯副厂长盼着蒋介石反攻大陆,说冯副厂长是反动资本家……还说,冯副厂长反对陶厂长,反对陶厂长就是反对共产党……

陶自强走上前,"啪"地扇了朱光秀一个大耳光。

朱光秀一只手捂着脸,眼泪汪汪地看着陶自强,却不敢哭。

陶自强:我问你,刚才是谁打的你?

朱光秀看着陶自强,嘴唇哆嗦着。

陶自强:说话呀,谁打的你?

朱光秀:是厂长……

陶自强又是"啪"的一个耳光,厉声问:谁打的你?

朱光秀:是……是师父。

陶自强:你小兔崽子给我记住了,作为厂长,我没有权力打工人。但是作为师父,我是有权力管教徒弟的。

朱光秀:是,师父。

陶自强:滚吧。

朱光秀捂着脸出去了。

晚上,在赵文昌的办公室里,陶自强咆哮般地质问着赵文昌:……还阶级异己分子,还反动资本家,还混进革命队伍的阶级异己分子,还盼着蒋介石反攻大陆……这是谁,这是冯运华吗?冯运华到底是什么人,别人不知道,您赵书记不会不知道吧?且不说他年轻的时候就同情革命,支持共产党,就说您来景德镇之后,他做的事情还少吗?二百多年的老窑口,说捐就捐了,他连眼睛都没眨一下。二百多年的釉料秘方,是他带头献出来的。冯兴国要参加抗美援朝,他十

454

万个舍不得,不还是送儿子上了前线吗？还要让他怎么样？……运动？运动是整坏人的,还是整好人的？那个工作组是干什么吃的,就听李宗贤那王八蛋的满嘴喷粪,任凭李宗贤颠倒黑白、造谣污蔑、胡说八道、陷害忠良？赵书记,您说过,共产党讲的是实事求是,这是实事求是吗？冯副厂长,多好的人啊,冤啊,冤枉啊……冯叔,我对不起你啊……

陶自强越说越激愤,竟然呜呜地哭了起来……

赵文昌流着眼泪,走上前拍着陶自强的肩膀安慰着。

陶自强一下子抱住了赵文昌:赵书记,你可得救救我冯叔啊……

邓美珊来到楼下,研究所里黑着灯。她上了楼,掏出钥匙开门。

门开了,里面灯光大亮,邓美珊吓了一跳。一簇鲜花出现在她的面前。整齐的掌声和喊号声:欢迎欢迎,欢迎归来;欢迎欢迎,欢迎归来……

几个年轻人一起拥抱着,说说笑笑,热情洋溢。

邓美珊:你们怎么知道我会到这里来？

唐家明:我们能掐会算。

邓美珊看了看姚莎莎:肯定是你出卖了我,只有你知道我回来了。

姚莎莎:得了吧,大家想你都想疯了,天天掐着指头过日子。

邓美珊把包儿里的糖果倒在桌上:尝尝伦敦的水果糖。

大家争着抢着品尝着。

唐家明:邓副所长,我们等着跟你汇报工作呢。

邓美珊:我也有好消息要告诉你们。

唐家明:我们先听好消息。

邓美珊:还是先检查一下你们的工作吧。

戴敏而把一大摞资料抱过来:检查吧。

邓美珊:这些都是什么？

唐家明:这是釉料秘方的化学分析资料,我们这里有一个汇总,喏,在这儿。

邓美珊拿起来翻了翻。

唐家明:还有,这是我们提供给东德的釉料资料,等着你看后送给专家审查呢。

邓美珊:不错啊,你们干得漂亮,超级漂亮,谢谢你们。

姚莎莎:我们还等着听你的好消息呢。

邓美珊把那两份订货合同书拿出来:不过,我们今天要加个夜班,把这两份合同翻译出来。

大家急忙凑上来看着:订货合同？多少？

唐家明：这份是二百四十万美元，啊？美元啊。

戴敏而：这份是三百二十万美元。

姚莎莎：真的？加起来就是五百六十万美元啊。

唐家明：太棒了，邓美珊万岁！

邓美珊：这都是人家陶厂长的功劳，你们欢呼我干吗？

姚莎莎：就翻译这两份合同吗？太简单了。

邓美珊：你和戴敏而一人一份，翻译好了要誊写清楚。

姚莎莎：那唐家明呢？他干什么？

邓美珊：他另有任务。

赵文昌和陶自强的情绪缓和多了，两个人面对面坐着。

小徐端进来两个菜和一碗炒粉，放在桌上。赵文昌拿出来一瓶酒：我知道你还没吃饭呢，来，我陪你喝一杯，压压火气，也算是给你接风了。

陶自强长长地呼出了一口气：赵书记，我们这次出去……

赵文昌摆了摆手：先别汇报工作。我知道你们这次收获很大，还拿回来两个大订单。

陶自强奇怪地：赵书记，您……怎么知道的？

赵文昌：你来的时候，周鸿达刚走。

陶自强：我也没跟周鸿达说呀。

赵文昌：邓美珊已经向他汇报了。

陶自强：我这个师哥，粗中有细，又沉得住气，比我强。

赵文昌：还是说说冯运华的事情吧。这次整风运动，来得很突然，我还是有些心理准备的。工作组进驻建国瓷厂的第二天，我也到南昌开会去了，也是参加整风。临走的时候，我和冯运华见了一面。

陶自强：您知道他要挨整？

赵文昌：只是预感到他有危险，没想到事情会这么糟。话又说回来了，就算我知道他要挨整，也无能为力。

陶自强：他到底去哪儿了？

赵文昌：劳动改造，他们还算手下留情，定性为思想认识问题，保留公职。

陶自强点了点头，心里轻松了一些。

赵文昌端起酒杯：来吧，喝一杯。

陶自强：我姐姐怎么样？

赵文昌：有了一点儿消息，据说在一个庙里。

陶自强：哪座庙？

赵文昌：我还在找人调查，估计很快就会有结果的。

陶自强：没回来之前，我最挂念的是我姐姐，没想到我回来了，冯叔又出事了。

赵文昌：自强，你现在是负重前行，也可以说是负伤出发。我希望你能振作起来，鼓足干劲，竭尽全力把建国瓷厂的工作做好。

陶自强端起酒杯：赵书记，您放心。明天一早，我就要召开全体干部会议，汇报欧洲展销会的情况，布置今年下一阶段的工作任务。

赵文昌：好，我明天参加。

邓美珊带着唐家明从研究所出来，朝大门外走去。

唐家明：美珊，咱们去干吗？

邓美珊：你不是会洗照片吗？

唐家明：啊，是啊。

邓美珊：我在展销会上照了许多照片，我回来的时候跟一个照相馆说好了，去他们那里冲洗。

唐家明：哪儿有这么好的照相馆，还把暗室借给你？

邓美珊：想什么呢？得给人家钱。

唐家明：得，我觉悟高了，高了。

邓美珊：恐怕今天得干一个通宵。

唐家明：你把我带到就行了，我干，你回来休息。刚刚回来，车马劳顿的。

邓美珊：不，我跟你一起干。

全体干部会议，大家陆陆续续地进来，不声不响地坐下。由于刚刚经历了整风运动的震荡，大家似乎依然心有余悸，气氛比平日沉重了许多。

陶自强看了看身边，不见冯运华，很失落的样子。李宗贤进来，附在陶自强的耳边说：市委办公室来电话，赵书记上午有个重要的接待，不来了。

陶自强：好，那我们自己先开。

李宗贤主持着：大家都坐好，准备开会了。下面由陶厂长汇报欧洲展销会的情况。这次展销会，取得了很大的成绩，这都是陶厂长付出了极大的努力……

陶自强没等李宗贤说完，便开口了：同志们，我们现在开会！

彩绘车间，丁萌萌：你们听说了吗？昨天陶厂长回来以后，跟李副厂长发了好大的火。

卢再缘：没有看见的事情，可不敢乱说啊。

丁萌萌：有人亲眼看见了。

汪国良：丁萌萌同志，你可要注意了。上次你在整风会上的发言，李副厂长还没跟你算账呢。

丁萌萌：我怕什么，大不了也送我去劳动改造，我正好拜冯副厂长为师呢？

汪国良：你要拜冯副厂长为师？他又不会画画。

丁萌萌：你忘了吴老师嘱咐我们了，功夫在画外。要想画好画，就要多读书，特别是中国古典文学。据说，冯副厂长的文学功底非常深厚，还写过文章、写过剧本呢。

汪国良：丁萌萌同志，我们去看望冯副厂长吧，在咱们建国瓷厂，他是我最尊重的人。

丁萌萌：也不知道他在哪儿劳动改造呢。

卢再缘：汪国良同志。

汪国良：卢老师，您有事？

卢再缘：我发现一个问题，原来你总是管丁萌萌叫姐，现在怎么突然称起同志了？

汪国良：啊……经过整风运动，觉悟提高了呗。

卢再缘：拉倒吧你。萌萌，你说，这是为了什么？

丁萌萌：我哪儿知道？我又不是他肚子里的蛔虫。

陶自强继续讲着：……最深刻的体会是，知道了世界有多大，天有多高，海有多深。原来总觉得，景德镇是世界的瓷都，景德镇的制瓷技术是世界一流的，景德镇的瓷器天下第一。真是不看不知道，一看吓一跳，吓一大跳啊。英国的瓷器、德国的瓷器、意大利的瓷器，还有日本的瓷器……都远远地超过了我们，邓美珊照了许多照片，昨天冲洗出了一部分，请大家看一看……

邓美珊把冲洗出来的照片分发跟大家，大家一边看一边议论着：

"漂亮，太漂亮了。"

"这个颜色是什么材料呢？"

"这洋彩漂亮是漂亮，就是有点儿飘。"

"我觉得还是人家的器型好，亮眼睛……"

李宗贤：陶厂长，这么漂亮的瓷器，是不是价钱也很高呀？

陶自强：大家说呢？

周鸿达：反正便宜不了。

陶自强：错。原来我也是这么想的，我们的质量不如人家，就在价格上与人家争。可是一打听，人家的价钱比我们的还便宜。大家知道为什么吗？

杜绍文：人家是机械化生产，我们是手工操作。

陶自强：对了，杜工说得很对。我这次没有来得及去人家的窑厂看看，特别想去。我听说人家现在大部分都是机械化和半机械化生产，效率当然比我们高得多。从去年开始，我们进行了"柴改煤"的技术革新，取得了很好的效果。你们知道吗？现在国外很多窑厂，不但大部分是煤窑，还有气窑、电窑……这些事呢，咱们今天不多说了，以后专门找时间讨论技术革命的问题。下面我要说一件大事，是一件大好事。

周鸿达：是不是订单？

陶自强：对，是订单。我们这次展销会带去了两样东西，一个是我们建国瓷厂的瓷器，一个是浮梁茶。瓷器和浮梁茶都卖光了。不仅仅这样，我们还和外商签订了两份订货合同，很大的合同。有多大呢？反正我们下半年要大干、苦干、加油干，才能完成订单。下面，我们请邓美珊同志汇报一下订单的事情，请大家欢迎。

会议室里响起了热烈的掌声，邓美珊拿着合同，走到前面……

陶自强拖着疲惫的身子回来了，越是走近，他的脚步越是沉重，快到门口的时候，他的双腿像是灌了铅水，每往前挪动一步，都十分困难。

门外的桂花树后面，躲藏着饶茶花。几次，她要上前，又退了回来。

陶自强推开了院门。饶茶花发了狠心走上去。

可是看到陶自强又站在了屋门口，饶茶花又停下来。

陶自强转过身来，背靠在屋门。饶茶花又急忙躲藏起来。

陶自强望着空荡荡的院子和黑蒙蒙的夜空，哀号着：姐姐……

他的身子顺着屋门滑落下来，坐在了地上。

黑暗中，饶茶花久久地看着陶自强……

陶自强朝着星空呼唤着：姐姐，你在哪儿呀……

饶茶花双手捂住了脸……

床上，玉茗穿着新婚时的绣花兜肚，裸着粉颈玉臂，幸福地躺在周鸿达的怀里，深情地望着周鸿达。

周鸿达心事重重。玉茗勾了一下周鸿达的鼻子。

周鸿达没有理她。玉茗问道：想什么呢？

周鸿达：很多。

玉茗：跟我说说。

周鸿达：你就别为我们操心了。

玉茗：不行，夫妻之间肉挨肉心贴心，你什么事都不应该瞒着我。

周鸿达：唉，我在想厂里的工作，想冯叔的冤枉，想研究所的釉料，还有陶自强拿回来的订单……

玉茗：哎呀，这么多？这哪儿想得过来呀？

周鸿达：你先睡吧。

玉茗：不行，我等着你。

周鸿达：等什么？

玉茗：你说等什么？

周鸿达把玉茗搂起来：那先办你的事……

玉茗：你等等，你跟陶自强说了吗？

周鸿达：说什么？

玉茗：请他来家喝咱的喜酒呀。

周鸿达：他现在是又忙又乱又烦，还是过几天再说吧。来吧……

玉茗：你再等等。

周鸿达：还有什么事？

玉茗：让我想想。

周鸿达：你成心是不是？

玉茗：就许你想呀？

周鸿达关了灯，扑上来。

玉茗：哎哟你压我头发了……

工人们高高兴兴地上班。

李宗贤指挥着两个工人在大门口拉了一条横幅，就是昨天陶自强说的那句话：大干苦干加油干，胜利完成创汇任务！

工人问着：李副厂长，行了吗？

李宗贤看着：左边再高一点儿，太高了，再往下一点儿……好了，啊，右边没抻直，再拉一下……

陶自强晕晕乎乎地出来，锁上屋门，茫然地朝院外走。

汽车喇叭声。陶自强一惊，赵文昌的小汽车停在了门口。

小徐伸出脑袋向他招手。陶自强上了车。

赵文昌把一个荷叶包送给他：还没吃饭吧。

陶自强接过荷叶包，里面是热乎乎的包子。

陶自强吃着，小徐又递给他一瓶豆浆。

陶自强依然一声不响地接过来。小徐发动了车，朝镇外开去……

路两边山花灿烂。

陶自强：赵书记，我们去哪儿呀？

赵文昌：三仙庵。

陶自强：三仙庵在哪儿？

赵文昌：潜山。

陶自强：那么远？那不是安庆吗？

赵文昌：你姐姐在那里。

陶自强不说话了，坐在汽车的副驾驶上，一直没有作声。

赵文昌看着一份材料，一边看，一边用笔画着。

忽然，陶自强像是想起了什么，从随身带的文件包里掏出两份材料，递给赵文昌：这是我们这次签订的订货合同。

赵文昌：我要看中文的。

陶自强：已经给您翻译好了。

赵文昌：又是邓美珊翻译的？

陶自强：是姚莎莎和戴敏而翻译的。

赵文昌：这几个大学生啊，真派上了大用场。看来，经济要发展，人才是第一位的。

陶自强：明年可不可以招几个美术学院毕业的大学生？

赵文昌：你是不是有目标了？

陶自强：目标是有，不知道能不能挖过来。

赵文昌：我知道你说的是谁了，是不是冯兴远。

陶自强：是的，他正好明年毕业。

赵文昌：是啊，他应该回来，我们需要他，冯运华也需要他。

邓美珊抱着一大摞资料敲着陶自强办公室的门。

李宗贤从自己的办公室出来：陶厂长今天没来。

邓美珊：哦，我一会儿再来。

李宗贤走过来：什么事？

邓美珊：这些是釉料秘方化学分析，还有交给东德的釉料配方。

李宗贤：先放在我这儿吧，来，我正想跟你聊聊呢。

邓美珊迟疑了一下，进了李宗贤的办公室。

李宗贤：……美珊同志，你们这次去欧洲展销会，收获太大了，我一定向厂里建议,给你们奖励。

邓美珊:陶厂长怎么能要厂里的奖励呢?

李宗贤:我是说,应该给你奖励,你立了大功。

邓美珊:陶自强不要奖励,我能要吗?

李宗贤:哦,那咱不说奖励的事情了。美珊同志,你有什么想法没有?

邓美珊:您要我有什么想法?

李宗贤:你看哈,咱们这个釉料研究所呢,原来的所长是冯运华,你和邹元镐是副所长。实际上呢,冯副厂长他自己说只是挂了个名,现在又出事了。邹元镐呢,基本上就没有到任,现在又调走了。从始至终,这个研究所都是你在主持工作,我已经向陶厂长建议了,给你正名,任命你为建国瓷厂釉料研究所所长。现在,我代表厂领导征求一下你的意见。

邓美珊:李副厂长,我要是说干不了呢?

李宗贤:那你是谦虚。

邓美珊:我要说我不干呢?

李宗贤:你没有理由吧?

邓美珊:那我就没有什么意见了。

李宗贤被转糊涂了:你……这是什么意思?

邓美珊:您要没什么事,我先回去了。这些资料,还是我交给陶厂长吧。

邓美珊抱着资料走了。

李宗贤还在咂摸着:她什么意思呢?唉,有文化真可怕。

三仙庵佛堂。香烟缭绕,青灯黄卷。梵音弥漫,禅堂引磬。

陶祁香跪在佛堂前,诵着经文……

汽车继续奔驰在绿荫掩映的公路上。

陶自强:赵书记,冯副厂长有可能平反吗?

赵文昌:这场整风运动还没有正式结束,现在我们提出申诉恐怕不合时宜。

陶自强:可是冯叔确实是冤枉的,是被陷害的。

赵文昌:我知道。

陶自强:冯叔在哪儿劳改?

赵文昌:在高岭土矿上。

陶自强:冯叔从来没有干过这么苦累的活儿。

老住持的净室。陶祁香跪在老住持面前:师父,弟子陶祁香厌俗之心已决,学道之心愈坚,请慈允剃度。

老住持手捻佛珠:阿弥陀佛……

陶祁香:弟子陶祁香聆听师父教诲。

老住持:祁香啊,不是师父不肯收你,只是你还尘缘未了六根未泯啊。

陶祁香:弟子愿斩断一切尘缘终身侍佛。

老住持:你是不是还有一件挂碍?

陶祁香低下了头。

老住持:跟师父说实话。

陶祁香:师父,您是怎么知道的?

老住持:阿弥陀佛。

汽车停在了山下。

小徐:往上没有路了。

赵文昌:我们停车上山。

一路上,山清水秀,鸟语花香。

赵文昌:你姐姐真的会找地方,她要在这里修炼成仙吗?

陶自强:还不知道我姐姐见不见我们。

一个小比丘尼在扫院子。外面传来了敲门声。小比丘尼打开门。

外面站着赵文昌、陶自强、小徐。

小比丘尼:对不起,我们这里谢绝参观。

赵文昌:我们是来上香的。

小比丘尼:上香到前面大庙,这里是我师父的净室,外人是不能进来的。

陶自强:麻烦小师父通报一下,我叫陶自强,是来找我姐姐的。

小比丘尼:你姐姐是谁?

陶自强:陶祁香。

小比丘尼:啊,香姐?

赵文昌:你们也叫香姐?

小比丘尼:除了我师父,大家都这么叫。

赵文昌:你告诉香姐,赵文昌来拜访。

小比丘尼:你们等一下。

小比丘尼又把门关上了。

陶祁香进来,看见小比丘尼站在老住持旁边。

老住持：有人来找你了。

陶祁香问小比丘尼：谁？

小比丘尼：一个是你的弟弟陶自强，一个叫赵文昌，还有一个年轻人。

陶祁香：我不见，一个也不见。

老住持：你弟弟也不见吗？

陶祁香：不见。

老住持：你不是还有一个挂碍吗？

陶祁香：放下就没有了。

老住持：凡尘之事，不能不了了之。

陶祁香犹豫着。

老住持：了断了断，不了怎么能断呢？

陶祁香：那就见我弟弟吧。

小比丘尼：别人呢？

陶祁香：不见。

陶祁香立在佛堂前。小比丘尼把陶自强领进来。

陶自强见到姐姐，一头扑上去，抱住姐姐大哭起来：姐姐，你让我好找啊……姐姐啊……

陶自强一边哭着，一边跪在了姐姐的面前，紧紧地抱住了姐姐的大腿。

陶祁香强忍着，一动不动，眼泪却流了下来。

陶自强哭着：姐姐，您不能离开我，我不能没有您啊姐姐……

陶祁香使劲拉着陶自强。陶自强跪在地上，紧紧地抱着姐姐，就是不起来。

陶祁香抚摸着陶自强的脑袋，又拍着他的后背，终于说话了：起来，起来，快起来吧。

陶自强站起来，他的双手依然抱着姐姐。陶祁香故作轻松地：瞧瞧你，出了一趟国，瘦得跟猴儿似的。我就知道你舍不得花钱舍不得吃，听着挺风光，受这份洋罪。

陶自强：姐姐，您怎么到这儿来了？我们都急死了。

陶祁香：我又不是去死，有什么好急的？

陶自强：您就这么不言不语地走了，谁知道……

陶祁香：别人不知道，你还不知道吗？那些年，没有活路的时候，我都没有想到死，现在又没有人往死里逼。

陶自强掏出那枚翡翠挂坠儿：您把丁老师的定情之物都给人家退回去了，能让人不多想吗？

陶祁香：你们居然还找到了老丁，哼，也算是用心良苦了。不过，这算不上什么定情之物,我不过就是想让他少了份挂念。

赵文昌踱着步,心里不安。

小徐:你是怕陶自强跟他姐吵起来?

赵文昌:我是担心他无法说服他姐回去。

陶自强:姐,赵书记还在外面呢,您就跟他见一面吧。

陶祁香:他不就是想劝我回去吗? 让他死了这份心吧。

陶自强:这些天,也把他急坏了。要不是他,我还不知道您在这里。

陶祁香:我只问你一句话,你跟饶茶花到底能不能断?

陶自强:只要您跟我回去,一切都好商量。

陶祁香:还要商量?

陶自强:您不会是因为我和茶花的事遁入空门的吧?

陶祁香:就是因为这个。

陶自强:没有别的吗?

陶祁香:有什么比这件事更大吗?

陶自强:姐,您告诉我,到底因为什么呀?

陶祁香:你跟我来。

外面,起风了,天边有隐隐的雷声。赵文昌踱了几步,忍不住又去敲门。

小比丘尼:不是跟你们说了吗? 你们是不能进的。

赵文昌:我只是见见陶祁香。

小比丘尼:她是不会见你的。

赵文昌:那我们进去参观参观总可以吧?

小比丘尼:不可以的,我早就告诉你了,这里是我师父的净室,闲人免进的。

陶祁香把陶自强引到观世音菩萨面前。陶自强茫然地看着陶祁香。

陶祁香:你信佛祖吗?

陶自强:我是共产党员,唯物主义者。

陶祁香:那你信什么?

陶自强:共产主义。

陶祁香:那是你的信仰,不能用你的信仰发誓。除了这,你还信什么。

陶自强:我信姐姐。

陶祁香:那好,你跪下。

陶自强跪在了姐姐面前。

陶祁香:你现在用你姐姐的性命发誓。

陶自强:我发誓。

陶祁香:我要告诉你的事不能告诉任何人,只能烂在肚子里。

陶自强:我发誓。

陶祁香:如果你把这件事泄露出去,姐姐遭天打五雷轰。

陶自强:我违背了誓言,为什么姐姐要遭劫难?

陶祁香:你不是说了你只信姐姐吗?告诉你,如果你违背了誓约,姐姐不用天谴,姐姐将自行了断。

陶自强:姐姐……

外面,雷声滚滚。风紧雷鸣,豆粒大的雨点子砸了下来。

赵文昌和小徐躲到门楼下面,雨斜着溻进来,赵文昌和小徐的衣服前襟儿都湿了。

小徐敲门:师父,师父,小师父……

门开了一半,小比丘尼递出来一把油纸伞。

小徐:这伞也挡不住雨呀,让我们到里面避避雨吧。

小比丘尼:你们往里贴着门站,不会淋湿多少的。

小徐:哎呀,怎么一点儿同情心都没有,你们不是善门常开吗?

赵文昌:哎,佛门重地,庄严乐土,不要乱说。

陶祁香:在景德镇,有人怀疑我们不是亲姐弟,还有人当面问过我,我今天就要告诉你,我们不是亲姐弟。

陶自强:姐姐……

陶祁香:我不是你的亲姐姐。

陶自强:那你是谁?

陶祁香:我是个戏子。

陶自强:那我是谁?

陶祁香:你是我从戏台底下捡的。

陶自强急了:姐姐,就算我不是东西,把您伤惨了,您不想要我了,也不能编故事跟我脱离关系啊。

陶祁香:我不是编故事,姐姐说的每一句话都是真的,你要好好听着。我的老家在弋阳,父母都是老实本分的人,那年头,老实本分就是没有本事,就是谁都可以欺负你。他们开了一家茶叶店,小本生意,勉强可以度日。当地的恶霸流氓三天两头来敲诈勒索,父亲没有钱,只好跟他们借高利贷。我八岁那年,一场大火把我家烧个精光。我们一无所有了,还背了一身高利贷。父亲没有办法,只好把我卖进了饶河班学戏。好在我有唱戏的天分,十四岁在饶河班挑起了大梁,成了当红花旦。那些年,我们主要在景德镇周边唱戏。景德镇号称五府十八帮,帮派之间常年打打斗斗,死人伤人是常事。民国十六年,也就是公历1927年,农历五月十三,都昌派和乐平派因为争唱戏的日期大打出手。

景德镇大街上,都昌人和乐平人互相残杀,用长枪、木棒、扁担厮打,用窑砖、渣饼互相攻击,死伤横卧,哭喊声惨烈。

许多房屋起火,火光冲天,黑烟滚滚……

饶河会馆戏台,陶祁香正在唱《西厢记》里的红娘……

台下的观众不停地欢呼叫好。

一个抱着孩子的妇女看得特别入迷。突然,一队都昌人冲了进来,见人就打。戏台底下顿时乱作一团,人们四散奔逃。

那个抱着孩子的女人转身要往外跑,正好陷入了混战的人群里。

一个光头男人被一根木棒砸过来,他闪身,木棒砸在他的肩膀上。光头男人举起木棒朝对手砸去,刚好砸在那个抱孩子女人的头上。女人倒地,满脸是血,女人紧紧地搂住怀里的孩子……

光头男人愣了一下,随即跑了。

陶祁香吓呆了。台上的演员都跑了,有人叫喊着:祁香,快跑……

女人怀里的孩子哇哇大哭着。陶祁香从台下跳下来,抱起来孩子,又俯身去看那个女人。

女人翕动着嘴唇:虎子……虎子……

陶祁香看着女人不行了,安慰她说:你放心,我一定把虎子养大。

女人闭上了眼睛。

陶自强跪倒在陶祁香面前。陶祁香紧紧地抱住他。

陶自强声嘶力竭地哭喊着:姐姐,姐姐……娘……

陶祁香被震撼得浑身发抖,把陶自强抱得更紧了。

风狂雨暴,霹雳闪电。赵文昌和小徐紧紧地靠在一起,前面打着伞,后背紧贴在门上……

汽车奔驰着,陶自强坐在副驾驶上,眼睛红肿,一言不发。

赵文昌坐在后面,昂着头,也闭着眼睛。

小徐放慢了车速,让他们的心情也能平缓下来……

晚饭时分,邓美珊拿着饭盒来打饭。排队的人不多,邓美珊依次排着。

前面的一个年轻人回头看见了她:邓所长,你先打吧,我不着急。

邓美珊:不用了,谢谢你陈诚。

陈诚:啊,你知道我叫陈诚?

邓美珊:我们见过面的。

陈诚:是吗? 我都不记得了。

邓美珊:那次你找谷师傅借玻璃白,我们还说了几句话。

陈诚:哎呀,我以为你早就把我忘了呢。

邓美珊:你走了以后,我向谷师傅打听了你,知道你家原来的窑口也烧郎红。

陈诚:我家的郎红很一般,比冯家窑的差远了。

邓美珊:我们最近也试烧了几次郎红,效果也不大理想。

陈诚:恐怕还是配方的原因。

邓美珊:我实验了好几种配方,哦,包括你家献的秘方我们也试过了。

陈诚:我家有一件郎红,可以说是稀世珍品。

邓美珊:比冯家窑的还好吗?

陈诚:不在一个档次上。

邓美珊:我能看看吗?

陈诚:我爸爸把它当传家宝收藏起来了。

邓美珊:那去求求你爸爸。

陈诚:你要是去,估计我爸爸会给你面子的。

邓美珊:那咱今天就去行吗?

陈诚:可以啊,那咱现在别打饭了,到我家去吃吧。

邓美珊:不不,咱吃完饭再去。

陈诚:我爸爸好客,喝上两杯就什么事都好说了。

陈诚的父亲蹬着梯子,打开立柜的最上面的柜门,从里面拿出一只郎红碗。

邓美珊和陈诚站在下面,仰着脸看着。从陈父拿出郎红碗的一刹那,邓美珊便眼前一亮。捧在陈父手里的,像是一团红艳艳的火焰。

陈父把郎红碗递给邓美珊:拿着。

邓美珊伸出双手,小心翼翼地接过来。

陈父从梯子上下来。邓美珊忽然发现,郎红碗里装着半碗清凌凌的水。水光微微波动,闪着盈盈的光泽。邓美珊捧着郎红碗,一动都不敢动。

陈父已经坐在了旁边的椅子上,看着邓美珊。

邓美珊的眼睛依然紧盯着郎红碗里的一汪清水。

陈父:拿过来看。

邓美珊:我怕碗里的水洒了。

陈父哈哈大笑起来。陈诚也跟着笑起来。

邓美珊:你们笑什么?

陈诚:你看里面有水吗?

邓美珊低下头仔细地看着,又试着轻轻摇晃了一下碗。碗里的水荡漾起来,红艳艳的光波也随着碗的动作闪耀着。

邓美珊捧着碗走过去,轻轻地放在陈父身边的桌子上。陈父一只手拿起碗来,把碗悬空倒扣。

邓美珊被惊呆了:啊……里面没有水!

陈父又把碗交给邓美珊:你用手摸摸。

邓美珊接过碗,把手伸进碗里。

陈父:有水吗?

邓美珊惊叫起来:我的天啊,这……这也太神奇了。

陈诚把茶杯端给邓美珊:邓所长,这杯里才是水呢。

邓美珊:陈诚,我们都是同事,你叫我名字就行了。

陈诚:好,邓美珊同志。

邓美珊:陈叔叔,这郎红碗是您烧的吗?

陈父:我可没有这么大的本事。实话对你说,在整个景德镇,恐怕再没有第二件了。

邓美珊:这太珍贵了。

陶自强下了车,迈着沉重的脚步朝院子里走去。

他开了屋门,屋子里黑洞洞的。他没有开灯,直接坐在了冰冷的地上。

周鸿达提着一个饭篮,进了陶家的院子,喊着:自强,自强……

没有人搭话。周鸿达走到屋门口:自强,自强……

依然没有人搭话。周鸿达推了推门,门没有闩,周鸿达进去:自强,你在吗?

周鸿达拉开灯,吓了一大跳,陶自强一动不动地坐在冰冷的地上。

周鸿达:你在家呀,怎么坐在地上了?

陶自强抬头看了看他。周鸿达:你怎么了? 你不是去接姐了吗? 姐呢?

陶自强泪眼婆娑地看着周鸿达。周鸿达把饭篮放下,拉着陶自强:快起来。

陶自强被周鸿达拖起来,坐在椅子上。

周鸿达把桌子往陶自强的身边拉了拉,把饭篮里的饭菜拿出来:快吃点儿东西吧,还热的呢。

陶自强看了看周鸿达,深深地叹了一口气。

周鸿达又拿出酒,打开,倒进酒杯里:来,我陪你喝一杯。

陶自强还是没动。周鸿达把酒杯塞进陶自强的手里,叫喊着:喝酒。

陶自强举起酒杯,一仰脖灌了下去。

周鸿达:慢点儿喝,到底出了什么事,你跟我说。

陈父:这只碗啊,有个名字,叫"万寿红天"。是光绪二十年,慈禧太后六十大寿的时候,御窑厂烧出来的祝寿瓷。烧制这批郎红的师傅姓江。据说当时慈禧太后看到这批郎红,喜欢得不得了,又听说是姓江的师傅烧的,就赐名"江山万里红"。

陈诚:爸,这么珍贵的东西,您是怎么得到的?

陈父:你爷爷当年在御窑厂当差。

陈诚:顺出来的?

陈父:别胡说。

陈诚:这可是杀头的罪。

陈父:你爷爷要是被杀了头,哪儿来的你小子?

邓美珊:陈叔叔,这位江师傅有传人吗?

陈父:有。

邓美珊:叫什么?

陈父:郎红江。

邓美珊:郎红江?这不是个人名吧?

陈父:当年烧出郎红的那位江师傅,由于名声大振,人们都叫他郎红江,真名反而没有人知道了。包括他的徒弟,也叫郎红江,也没有人知道他的名字。

邓美珊:这……一点儿线索也没有吗?

陈父:反正我没有,不知道有谁能知道。

邓美珊:陈叔叔,您再帮我打听打听。

陈父:打听过很多年了。你想想,我手里有这么一件宝贝,我能不打听吗?

陶自强一声不吭地喝着酒。周鸿达想着各种话茬儿引诱他说话,他就是不开口。

周鸿达：你拿回来的那些订单，工人们大受鼓舞，可高兴了，纷纷写保证书、请战书，还要求加班加点。

陶自强顾自喝着酒。周鸿达接着说：李宗贤又像打了鸡血一样，到各个车间宣传动员，好像这订单是他拿回来的。

陶自强只是喝酒。

周鸿达：茶花找过我，她很为难，不知道该怎么办。

陶自强还是不说话。

周鸿达：你怎么了？到底出了什么事？你连我都信不过吗？

夜深了，周鸿达已经走了。陶自强把剩下的那半瓶酒拿起来，一口气灌进肚子里，然后把空酒瓶砸在墙壁上。

陶自强咕咚跪在地上，哀号着：妈妈……你死得好惨啊……

陈诚骑着自行车来送邓美珊。邓美珊从后座跳下来：谢谢你陈诚，也非常感谢陈叔叔。

陈诚从自行车把上摘下一个布包：等等。

邓美珊没明白。

陈诚：我知道你想借这只碗拿回来研究研究，在我家一晚上你都没开口。

邓美珊：太珍贵了，我不好意思开口。

陈诚把那个布包递给邓美珊：拿着。

邓美珊：你跟你爸说了？

陈诚：我爸爸自己看出来的。

邓美珊：这……哎呀，我真不知道该说什么了。

陈诚：邓美珊同志，你千万、千万千万不能弄坏，不能弄丢了……

邓美珊：我知道，我知道它的分量。

邓美珊蹑手蹑脚地打开屋门，脱掉鞋子。同宿舍的姚莎莎已经睡下了。

邓美珊轻轻地来到自己的床前，跪在床边，把那布包打开，拿出郎红碗，轻轻地放在床上，借着窗外照进来的月光欣赏着。

突然，灯亮了。姚莎莎穿着裤衩背心跳下床：你在看什么？

邓美珊：快来，宝贝，无价之宝。

姚莎莎凑过来：不就是一个郎红碗吗？

邓美珊：你快过来看看，这可不是一般的郎红碗……

第二十五章

陶自强从屋里出来,连门都没有关,出了院子,朝大街上走去。他跟跟跄跄地走着,几次摔倒,爬起来又继续走着,一直走出了镇子,走向了乡村……

他的眼前不断闪烁着姐姐跟他讲述的场景。

天亮了,雨停了。整个乡村都是湿漉漉的。

睡了一夜的茶山苏醒了。家家炊烟,户户开门;人欢马叫,鸡鸣鹅叫……

饶三婆抱柴点火做饭。饶茶花对着窗台梳头。

院门开了。饶三公扛着锄头从院子里出来,像是要去茶园锄草。

他在门口停了一下,磕了磕烟袋,朝山上走去。

突然,陶自强像饿狼一样扑上来,把饶三公扑倒在地,挥着拳头,劈头盖脸地打下来。

饶三公凄惨地呼救着:救命啊,救命啊……

陶自强一声不吭,拳头雨点儿般地砸在饶三公的头上、脸上,一下比一下狠。

饶三婆闻声跑出来,见饶三公被打得满脸是血,疯了一样呼救着:快来人啊,打死人啦,救命啊……

饶茶花跑出来,看到陶自强正在打着父亲,大叫着:陶自强,你干什么?他是我爹……

陶自强像没听见一样,继续打着。他看见了饶三公身边的锄头,起身抄起锄头,抡起来朝饶三公的脑袋上砸去……

饶茶花一下子扑在父亲的身上,大叫着:陶自强,你疯了?

陶自强举起的锄头没有落下,扔在一边,上前一把将饶茶花从她父亲身上拉起来,推到一边。纵身骑在饶三公的身上,继续挥着拳头打着。

饶三婆继续大叫着:来人啊,救命啊……

乡亲们跑来,几个男人把暴躁的陶自强拉住了。

饶三公满脸鲜血,瘫软在地上。饶茶花上前抱着饶三公:爹……

乡亲们把饶茶花家的门板摘下来,做成担架,把饶三公放在上面,抬着朝医

472

院跑着。

饶茶花和饶三婆连家都不顾了,跟着抬担架的人跑着。

浮梁茶女也闻讯跑来,跟在饶茶花身边。

医生已经把饶三公的伤处理完了,饶三公脑袋上缠着绷带,只露出了眼睛和嘴巴。胳膊上扎着针,打着吊瓶。

乡亲们都走了,饶茶花和母亲守在病房里。

饶茶花:爸,到底出了什么事? 陶自强为什么打你?

饶三公:你问我,我问谁去? 我刚一出院门,他就像疯狗一样扑上来,把我摔在地上,劈头盖脸地就打……

饶茶花:他什么都没说?

饶三公:没说。

饶茶花:您也没问他?

饶三公:打了半天,我都不知道是谁在打我。是你出来喊他我才知道是姓陶的那个混蛋。

饶三婆:这就怪了,陶自强不是那浑不讲理的人啊。

饶茶花:我得去问问他。

饶三婆:等等,是不是他姐姐……

饶茶花:您是说,是他姐姐让他打的?

饶三婆:是不是她姐姐出了什么事?

饶茶花:啊……不会吧,他姐姐只是离家出走。

饶三婆:要不,他哪儿来的那么大的火啊?

饶三公:他那哪儿是火呀,简直就是……就是要把我打死。

饶三婆:这么说,他姐姐出了事,他全怪罪到你爹头上了。

饶三公:他姐姐出了事,跟我有什么关系? 咱又没打她没骂她没逼她,连个面儿都没见到。告诉你茶花,不管你跟他怎么样,他跟我的仇算是结上了,我不能平白无故地让他打。

饶三婆:茶花,我在这儿陪着你爹,你去打听打听。

饶茶花:行,我去。

陶自强坐在派出所的审讯室,一身泥土,满脸污秽。

民警:姓名?

陶自强不说话。民警:问你呢,你叫什么?

陶自强紧闭着嘴。民警:你为什么打人?

陶自强像是没听见一样。民警:你跟被打的人是什么关系?

陶自强一声不吭。民警:你为什么不说话?

陶自强面无表情。民警气急了:先把他关起来。

饶茶花闯进来:陶自强呢?

民警:什么陶自强?

饶茶花:就是刚才打人的那个。

民警:他叫陶自强?

饶茶花:是啊,我能见见他吗?

民警:不能。

饶茶花:我就问他一句话。

民警:问什么?

饶茶花:问他为什么打我爹。

民警:他打的是你爹。

饶茶花:是。

民警:他为什么打你爹?

饶茶花:我就想问他这个。

民警:他是你什么人?

饶茶花:他是我对象。

民警:这么说是女婿打老丈人?

饶茶花:不不,我们还没结婚呢。

民警:没结婚就敢打老丈人,这男人你还敢嫁?

饶茶花:他平时不这样。

民警:他是干什么的?

饶茶花:他是建国瓷厂的厂长。

民警大吃一惊:什么什么什么?建国瓷厂?还厂长?真的假的?

饶茶花:不信您问问他。

民警:要是问得出来,我还问你。

饶茶花:民警同志,您知道她姐姐吗?

民警:我们连他是谁都不知道,还知道他姐姐?

饶茶花:民警同志,您就让我见见他吧。

民警:不行。

李宗贤敲了敲陶自强办公室的门。

田主任在走廊里说:陶厂长没来,我刚才也找他了。

李宗贤:奇怪,昨天一天没在,今天又没在,哪儿去了?

田主任:是啊,我也奇怪呢。

李宗贤:市里有什么会议吗?

田主任:没有啊。

李宗贤:是不是有什么事? 能有什么事呢?

田主任:会不会病了? 这些天够累的了。

李宗贤:啊,有可能。你马上派人,不,别派人,你亲自去,到他家看看。要是病了,你马上回来告诉我。

田主任:好好,我马上去……

周鸿达正在车间里拉坯。李宗贤进来:周鸿达同志,你出来一下。

周鸿达从陶车上下来,跟着李宗贤走到门口。

李宗贤:陶厂长哪儿去了?

周鸿达:我哪儿知道啊。

李宗贤:他昨天没来,今天又没来。

周鸿达:没来,还是有事呀?

李宗贤:没来。

周鸿达:那……那我就不知道了。

李宗贤:会不会出什么事?

周鸿达:能出什么事呢?

李宗贤:我已经派田主任到他家去找了。

周鸿达:哦,那我干活儿去了。

民警:你叫陶自强?

陶自强看了他一眼。民警问:建国瓷厂厂长,对吧?

陶自强没回答。民警问:打人犯法你知道吧?

陶自强:知道。

民警:知道你为什么还打人?

陶自强:喝多了。

民警:喝多了怎么不打别人?

陶自强:我跟别人无冤无仇。

民警:你跟饶三公有什么冤有什么仇?

陶自强:没有。

民警:没有你为什么打他?

陶自强:喝多了。

民警:说车轱辘话是不是?态度老实点儿,别以为厂长就可以逍遥法外。

陶自强:民警同志,这件事可以不通知建国瓷厂吗?

民警:你让我们包庇你?

陶自强:随你们便吧。

桌上的电话响了,李宗贤拿起话筒:喂……浮梁派出所?等一下……你说什么?……是……是……他为什么打人?……还要拘留?请问你贵姓?……徐所长是吧……好了……我知道了……

田主任进来了。李宗贤放下电话。

田主任:李副厂长,陶厂长家里没有人,没有看见他……

李宗贤:别找了,抓起来了。

田主任:抓、抓谁?

李宗贤:陶厂长。

田主任:陶厂长把谁抓了?

李宗贤:你耳朵有毛病呀?是陶厂长被抓了。

田主任:啊……不会吧?

李宗贤朝田主任挥挥手:你走吧,我得赶紧向市委汇报。

办公室有些乱,除了值班的,还有进进出出前来办事的人。

田主任进来,慌慌张张,抄起一个女同志的水杯就喝。

女同志急了:跟你说多少次了,我的水不能乱喝。

田主任:我又没有传染病。

女同志:那也不能乱喝,你自己不是有杯子吗?

会计:田主任,您这风风火火的,干什么去了?

田主任:陶厂长被抓起来了。

这句话声音不大,却像扔了一颗炸弹,所有的人都动起来,一迭连声地问:怎么回事……不可能……谁敢抓陶厂长……谣言谣言,肯定是谣言……

田主任:你们谁知道什么原因?

女同志:不是刚才你说的吗?别人谁知道。

田主任:我也不知道。

会计:你要我们呢?

田主任:这件事是真的,可是不知道为什么。

会计:您听谁说的?

田主任:李副厂长说的,那还能有假?他正跟市委领导汇报呢。

李宗贤摇着电话:喂……请麻烦接一下赵书记的办公室……我是建国瓷厂李宗贤……赵书记不在……我有很紧急的事情要请示汇报……那给我接组织部吧……组织部吗?……您是高部长啊,我是建国瓷厂李宗贤,有一件突发事件,很严重……

周鸿达正在检测着拉坯的质量。

朱光秀跑进来:周主任,不好了,外面都说陶厂长被抓起来了……

周鸿达:你说什么?

朱光秀:陶厂长,我师父,被抓起来了。

周鸿达:谁说的?

朱光秀:外面都在议论。

周鸿达:这事从哪儿传出来的?

朱光秀:外面都传开了。

周鸿达扔下手里的活儿,匆匆出去了。

饶茶花骑着自行车往景德镇的方向赶路。周鸿达骑着摩托车从对面过来。两个人都下了车。

周鸿达:到底是怎么回事?

饶茶花:陶自强把我爸爸打了。

周鸿达:什么时候?

饶茶花:今天早晨。

周鸿达"嗨"了一声,嘟哝着:大意了,怪我,怪我……

饶茶花:师哥,陶自强的姐姐出了什么事?

周鸿达:哦……她不是离家出走了吗?

饶茶花:找到了吗?

周鸿达:找到了,她就是不回来。

饶茶花:就是因为他姐姐不回来,就把我爸爸打成那样?

周鸿达:你爸爸怎么样了?

饶茶花:在医院呢。

周鸿达:走,你带我去看看。

饶茶花:你别去了。

周鸿达:那我先去派出所吧。

组织部高部长向赵文昌汇报着。

477

赵文昌：什么时候的事？

高部长：昨天早晨。

赵文昌：这么说，陶自强已经被拘留一天一夜了。

高部长：啊，昨天李宗贤给我打完电话，我就来找您。后来听说您到省里开会去了。

赵文昌：嗯，我昨天回来已经快一点了。

高部长：我已经找过公安局杨局长了，让他放人，他说不行。

赵文昌：他怎么说？

高部长：杨局长说陶自强属于故意伤害，要对受害人进行伤情鉴定。如果是轻伤就要拘留，或者逮捕。

赵文昌：还要逮捕？没有别的办法吗？

高部长：除非能够取得被害人的谅解。

赵文昌：嗯，这件事我来处理吧。你让司机小徐来一下。

高部长：好。

赵文昌等高部长出去，摇起电话：给我接公安局，找杨局长……

小徐开着车，一路疾驰……

佛堂庄严肃穆，禅磬梵音，青烟缥缈。

众比丘尼端立佛前。陶祁香焚香，合掌，和着磬声长跪。

老住持法座在佛堂右侧。陶祁香跪在老住持座下。

陶祁香：请师父慈允证盟剃度本师。

老住持：汝有虔诚进道之心否？

陶祁香：弟子一心向佛。

老住持：汝可一心修炼道果否？

陶祁香：弟子一心向佛。

老住持：汝能依教奉行否？

陶祁香：弟子情愿更僧装、去俗姓、入释门。

老住持：汝今殷勤三请，老衲愿为汝证盟……

佛堂的门哗啦一下子被撞开了，众皆惊愕。

司机小徐跑进来喊道：香姐，陶自强被抓起来了……

小徐开着车。陶祁香坐在后面，一声不吭。

陶祁香和周鸿达、玉茗来到医院。

饶茶花冲着陶祁香大发雷霆：……你们太过分了，他为什么打我爸爸，还往死里打，我不就是想嫁给陶自强吗？你不同意，我们去求亲，低三下四的。我们连老祖宗的规矩都不要了，连脸都不要了。你还让我们怎么样？杀人不过头点地。不同意为什么打我爸爸？为什么不打我呀？是我死乞白赖地要嫁给陶自强的，是我贱，是我不要脸，是我骚情……他为什么不打我？要不是我扑在了我爸的身上，他就把我爸打死了。

周鸿达：茶花，你冷静一点儿，我们这不是来跟你商量吗？

饶茶花：商量个屁，我冷静不了。打的是我爹，又不是你爹。

陶祁香：你到底要怎样？

饶茶花：怎样都不行。我就是要问问他，他为什么要打我爹。我爹都快被他打死了，我妈还犯好心眼，担心你出了什么事，陶自强为你报仇。你出了什么事？不就是离家出走了吗？你离家出走了，他就要我爸爸的命，你要是真有个三长两短，他还不灭我九族？

陶祁香：我去见见你爸爸。

饶茶花：你敢？你要是敢进我爸爸的病房，我就磕死在你面前。我饶茶花说到做到。

陶祁香：我去见见他，又不是去打他骂他。

饶茶花：不行。你就是不能见。你让陶自强来，我跟他没完。

周鸿达对陶祁香：姐，咱先走吧。

陶祁香叹了口气，跟着周鸿达走了。

玉茗过来拉着饶茶花：茶花，你这是干吗呀？消消气。

饶茶花冲着陶祁香的背影喊着：他们不是想拼命吗？姑奶奶奉陪到底。

周鸿达带着陶祁香来到饶三公的病房门外。

陶祁香：饶茶花走了？

周鸿达：玉茗带着她吃饭去了。

陶祁香：怎么是玉茗跟着你转来转去的，你不是跟杜鹃结婚了吗？

周鸿达：这话说来话长，等完了事再告诉您。

陶祁香：好吧，那你在这儿等着。

周鸿达：姐，您小心点儿。

陶祁香：他还能把我吃了？

饶三公躺在病床上，饶三婆在一边伺候着。

陶祁香进来。饶三婆看了，急忙站起来。

陶祁香：茶花妈，你还记得我吧？

饶三婆：记得记得，她爹，这是陶自强的姐。

饶三公腾地坐起来：你……你还活着？

陶祁香：是啊，还活着。

饶三公：你不是出事了吗？

陶祁香：出什么事？

饶三公：你没出事，陶自强为什么打我？

陶祁香：我来，就是为了告诉你这件事的。

饶三婆一直战战兢兢地站在陶祁香身后。

陶祁香：茶花妈，您先出去一下吧，我跟茶花她爹说两句话。

饶三婆不敢离开。饶三公挥着手：去吧，她不敢把我怎么样。

饶三婆从病房出来，还是不放心，紧紧地扒着门听着里面的动静。

周鸿达过来：大婶。

饶三婆：啊……你不是……杜鹃那个……

周鸿达：我是周鸿达。

饶三婆：知道知道，你是陶自强的师哥，我还去过你家呢。

周鸿达：大婶，我后来跟玉茗结婚了，还没请您喝喜酒呢。

饶三婆：啊，听说了，听说了。杜鹃这孩子……也不能怨杜鹃，主要是她妈……

周鸿达：大婶，您过来，我跟您说说这事。

饶三婆：啊啊……

周鸿达把饶三婆拉到一边。

陶祁香站在饶三公的病床前。饶三公扭着脑袋不理睬她。

陶祁香：我自己再介绍一下，我叫陶祁香，你认识我吗？

饶三公：你不是躲着我吗？连个面都不露，我怎么会认识你。

陶祁香：你知道我吗？

饶三公：你不是那个……唱戏的吗？

陶祁香：对，我是个戏子，当年饶河班的戏子。你看过我戏吗？

饶三公：没有。

陶祁香：这么说，你真的没见过我？

饶三公没言语。陶祁香：可是我见过你。

饶三公用眼睛翻了翻她。

陶祁香:民国十六年五月十三日,饶河会馆,都乐械斗……

饶三公像触了电一样,浑身战栗了一下,惊恐地看着陶祁香。

饶三公:你……你胡说什么?

陶祁香:一个女人,怀里抱着一个孩子……

饶三公呆呆地看着陶祁香。陶祁香:我当时正在台上唱戏,看得真真的。

饶三公:你……你要干吗?

陶祁香:那个女人死了……死的时候怀里还紧紧地搂着那个孩子……

饶三公浑身颤抖着。陶祁香:那个孩子是我抱走的,我不知道他是谁,他后来随了我的姓,叫陶自强。

饶三公惊慌地躲着陶祁香的目光。陶祁香:你不是问,陶自强为什么打你吗?

饶三公垂下了头。陶祁香:你说,陶自强该不该打你?

饶三公无语。陶祁香:我今天来,不是来跟你算旧账的,事情过去这么多年了,这笔账也算不清了。

饶三公又抬头看着陶祁香。陶祁香接着说:这件事,世界上只有三个人知道。除了你我,只有陶自强知道。陶自强也是刚刚知道的。我原本不打算告诉陶自强,可是他跟茶花就是不能断,我不得不告诉他。你说,他能娶茶花吗?

饶三公挣扎着溜下床。陶祁香问:你要干什么?

饶三公咕咚跪倒在陶祁香面前。

陶祁香:你先起来,我的话还没有说完呢。

饶三公把头磕在地上。

陶祁香:你要是不起来,就跪着听吧。

饶三公:您说吧,我什么都依您。

陶祁香:两条,一是让茶花跟陶自强断掉,这你能办到吗?

饶三公:我保证。

陶祁香:二是,陶自强打你的事情你不追究。

饶三公:当然,当然,我保证。

陶祁香:那件事呢,你、我,还有陶自强,就烂在肚子里吧。

饶三公哭了起来:他姐,你……大恩大德啊……

周鸿达和饶三婆在不远处说着话。饶三公的哭声传出来。

饶三婆:是茶花她爸……

说着,饶三婆往病房那边跑去。陶祁香从病房里出来……

组织部高部长汇报着:杨局长来电话了,受害人不追究陶自强对他的伤害了,陶自强已经放出来了。

赵文昌:这件事你们准备怎么处理?

高部长:毕竟陶自强被关两天了,全厂的职工差不多都知道了,社会上也有许多传言,影响已经造成了。我们考虑,还是要给一个处分的。

赵文昌:准备给什么处分?

高部长:这件事需要您定。

赵文昌:那就停职检查。

高部长:好,对外公布吗?

赵文昌:当然要公布了。你到建国瓷厂去一下,宣布对陶自强的处分,由李宗贤代理厂长。

工人们在上班。

李宗贤指挥着更换大门口的横幅:大干一百天,提前完成创汇任务!

工人们议论纷纷。

朱光秀问周鸿达:主任,李宗贤当厂长了?

周鸿达:是代理,代理厂长。

朱光秀:我师父被撤职了?

周鸿达:是停职,停职检查。

朱光秀:我师父不会也去劳改吧?

周鸿达:去,干活儿去。

陶自强穿好工作服,准备上班。

陶祁香:你还上班?

陶自强:不上班干什么?

陶祁香:不是让你停职检查吗?

陶自强:我跟组织部申请了,下放到成型车间,边劳动边检查。

陶祁香:你出来了,我该走了。

陶自强:你去哪儿?

陶祁香:回我的三仙庵啊。

陶自强:姐,你不能走。

陶祁香:为什么?

陶自强:在三仙庵的时候,我没敢跟您说,冯叔出事了。

陶祁香:出什么事了?

陶自强:他被送去劳改了。

陶祁香:怎么回事?

赵文昌耐心地解释着:香姐,有些事情你得理解,这是运动。运动,你懂吗?

陶祁香:我不管什么运动不运动,你一个堂堂的市委书记,连一个小小的冯运华都保护不了吗?这件事,你让冯运华怎么想?冯运华抛家舍业忠心耿耿,对你的工作这么支持。噢,运动来了,先把他运动劳改去了。他该有多寒心?外人又怎么看?

赵文昌:香姐,我不推卸责任,我也不找借口。我只告诉你,我在申诉,我已经向运动办公室、省委组织部,还有省委书记分别写了申诉书。你放心,我一定为冯运华同志讨回公道。

陶祁香:那我就等着了,反正冯运华不回来,我就会来找你。不说天天来,反正三天两头地来,烦死你。

赵文昌:香姐,我也很着急。

陶祁香:我也知道,自强跟我说了,他也来跟你大吵了一场。按说不应该跟你吵,谁让是为了冯运华的事情呢?谁让你是市委书记呢?

赵文昌:好了,该说说陶自强的事了。他为什么打饶三公?

陶祁香:这件事你可以不问吗?

赵文昌:很难说吗?

陶祁香:是不能说。

赵文昌:你让我为难了。

陶祁香:谁都有为难的时候。

赵文昌:哦对了,谢谢你给我送的火桶。

陶祁香:有用吗?

赵文昌:有用,太有用了。我的腰好多了。

陶祁香:那就好。

看不见与会人员,只有李宗贤在慷慨激昂讲演着,又像是在做动员报告:同志们,我们都是国家的主人,我们肩负着建设新中国的神圣使命。由于帝国主义的封锁和国内反动势力的破坏,我们需要大量的外汇。国家把这么光荣的任务交给了我们,我们一定要团结一致,克服困难,争取更大的胜利。前不久我们与外国瓷商签订了两笔订货合同,这个合同完成以后,我们就超额完成了今年的创汇任务。从现在开始,我们要紧张起来,加班加点,大干一百天,提前完成今年的创汇任务。无论是成型车间、彩绘车间、柴窑煤窑、后勤采购,都要开足马力,挖掘潜力。我们要记住毛主席的教导,下定决心,不怕牺牲,排除万难,去争取胜利……

一片热火朝天。陶车飞转,拉坯的出神入化,利坯的造化神功。

陶自强光着膀子在摔泥,一大坨泥团在板面上摔打着。汗珠儿在他的前胸后背上流淌着。

没有人说话,都在默默地工作。陶自强咬着牙坚持着。

周鸿达过来:你还是去利坯吧,看把泥都摔成什么样儿了?你受得了,泥受得了吗?

陶自强:我摔得不行吗?

周鸿达:摔泥虽说是力气活儿,但也用的是巧劲儿。你这是摔泥呢,还是摔跤呢?

陶自强苦笑了一下,招呼着朱光秀:光秀,走,跟师父利坯去。

朱光秀高兴地跟在后面。

陶自强上了陶车。朱光秀把一只大碗的坯胎递给他。

陶自强把坯胎覆置在利脑上,搅动陶车,拿起了利坯刀。朱光秀在一边打粗。

朱光秀:师父,您的手艺真棒。

陶自强:我那天打了你,回去跟你爸爸说了吗?

朱光秀:没有。

陶自强:怎么没说?

朱光秀:我自己的事,自己扛着。

陶自强:好样的。你是怎么扛的?

朱光秀:我一夜都没睡。

陶自强:不睡觉干什么?

朱光秀:前半夜哭,后半夜笑。

陶自强:为什么哭?委屈了?

朱光秀:就是觉得对不起师父,愧得慌。

陶自强:那后半夜怎么又笑了。

朱光秀:我想明白了。

陶自强:怎么明白了?

朱光秀:我脑袋呼啦一下子,像是突然间打开了一扇窗户,开了窍儿。师父打我,不是说明师父认下我这个徒弟了吗?一日为师终身为父,当爹的打儿子,无论对错,不都是为你好吗?

陶自强满意地笑了:嗯,不错,我没看错你。

下班了,陶自强最后一个走出车间。

邓美珊在门口等着他。陶自强看了看自己还光着膀子,有点儿不好意思。

邓美珊:我看你当工人比当厂长像。

陶自强:我当厂长能演砸了,当工人不会。

邓美珊:给您看一件东西。

说着,邓美珊从包儿里拿出那件郎红碗。

陶自强接过来,反复看着。

邓美珊:怎么样?

陶自强:果然名不虚传。

邓美珊:您认识它?

陶自强:这是郎红江的作品,我原来觉得只是个传说,没想到真有人间神品。哪儿来的?

邓美珊:跟陈师傅借的?

陶自强:陈诚的爹?

邓美珊:您怎么知道的?

陶自强笑了:前几年,听说陈师傅有一件郎红江的作品,我多次找他,他一口咬定没有。看来,还是你的面子大呀。

邓美珊:新社会了嘛,人的觉悟自然会提高。

陶自强感叹着:天意啊,一切都是天意。如果我们能烧出这样的神品,啊……不可想象。

邓美珊:我想找到郎红江。

陶自强:有线索吗?

邓美珊:有。

陶自强:在哪儿?

邓美珊:瑶里白石塔。

周鸿达、陶自强和杜绍文一起研究机械化陶车。

在一个放坯胎的案子上,铺着一张图纸。三个人趴在图纸上认真看着。

朱光秀提着饭篮来了:各位师傅,早餐来了。

周鸿达:今天是星期天,你怎么来了。

朱光秀:你们不是也没有休息吗?

周鸿达看着朱光秀:你怎么知道我们没休息?

朱光秀:昨天你跟杜工商量的时候,我听见了。

周鸿达:你小子越来越猴精了。

朱光秀拉了一下陶自强的衣襟,小声说:师父,您出来一下。

周鸿达:跟你师父还有什么背人的话。

陶自强跟着朱光秀来到一边。朱光秀:师父,这件事杜工让我替他保密,但是我不想保密。别人不告诉,我得告诉您。

陶自强:什么事呀?

朱光秀:杜工的爱人昨天晚上从上海回来了,人家夫妻俩几个星期才团圆一次,这一大早还让杜工来加班,不合适吧。师父,我这不算告密吧?

陶自强:不算,你这密告得好。

东河两岸,青瓦白墙,杨柳依依。河水哗啦哗啦地流淌着,岸边的水碓起落,咚咚作响。

邓美珊被这仙境般的景色迷住了,索性下了车,推着自行车边走边欣赏两岸的风光。

翠柳丛中,是水爷爷的碓棚。水爷爷哼着他那从不变换的《窑工歌》:拉坯螃蟹摔坯马,利坯土狗印坯鹅。大器挑夫是轿夫,小器挑夫是骆驼……

邓美珊把自行车放在路边,背着包儿走过来。她穿着一身粉底碎花的布拉吉,步态轻盈,如风吹柳丝,飘飘摇摇。

最先被惊动的是水爷爷的帮手小榔头,他两眼直勾勾地看着走来的邓美珊,喊叫着:爷爷,您快看。

水爷爷直起身,眯缝着眼睛看着。邓美珊大老远就打着招呼:爷爷好……

水爷爷也被惊住了,他情不自禁地扬起头来,唱了一句饶河腔:娉娉袅袅踏云来,莫非仙女下凡尘……

邓美珊:爷爷您真逗。

水爷爷:姑娘从大城市来吧?

邓美珊:武汉算大城市吗?

水爷爷:九省通衢,当然算了。

邓美珊:爷爷您贵姓?

水爷爷:拉坯的土命,烧窑的火命,练釉的水命,大家都叫我水爷爷。

邓美珊试探着:您是江里的水吧?

水爷爷:管它江里的水还是河里的水,都是随波逐流。

邓美珊:水爷爷,我猜您肯定不姓水。

水爷爷:我猜你肯定不是从武汉来的。

邓美珊:啊?为什么?

水爷爷:满口京腔京味,"您"字说出来字正腔圆,你是从皇城来的。

邓美珊:您厉害呀江爷爷。

水爷爷:你叫我什么?

邓美珊:我叫您江爷爷啊。

水爷爷:到底是我这老头子厉害,还是你这个小丫头儿厉害?

邓美珊得意地笑了。

陶自强忽然用手压住图纸,对杜绍文说:杜工,今天就先到这儿吧,你把图纸留下,我跟周鸿达再研究研究。

杜绍文不解:这……我走了,你们还研究什么呀?

陶自强:我们研究图纸设计呀。

杜绍文:不是,这图纸是我画的,你们哪儿不明白,问我就是了,干吗让我走啊?

周鸿达也不解:是啊,我刚刚看出点儿门道儿来,杜工哪儿能走呢?

陶自强:啊……还是让杜工走吧。

杜绍文:陶厂长,是不是你们有什么事呀?

陶自强就坡下驴:对对对,是我有事,我还有点儿事。

周鸿达:你有事你先走吧,我跟杜工再研究研究。

陶自强:哎呀,你赶紧让杜工回去吧。

周鸿达:自强,你怎么了?

陶自强:是这样,杜工,你们夫妻两个总是牛郎织女的,你爱人好不容易来一趟……

杜绍文扭头瞪着朱光秀:是你出卖的我吧?

朱光秀急忙跑到陶自强的身后:师父,救我……

杜绍文:陶厂长,你放心吧,我已经把我媳妇安顿好了。我让南小汐领她去鄱阳湖玩儿去了。

陶自强:真的?

杜绍文:一大早就走了。

周鸿达:原来是这么回事呀,是我犯官僚了。

水爷爷坐在河边的一块大石头上,拿着邓美珊给他的那只郎红碗,眼睛盯着那只郎红碗看着。邓美珊蹲在水爷爷的对面,仰着期待的脸庞。

水爷爷把头抬起来,看着东河水静静地流淌着,脸上的表情渐渐地凝重起来。

邓美珊看着水爷爷。突然,水爷爷把手里的郎红碗举起来,朝着面前的石头上摔去。邓美珊触电似的扑上去。

郎红碗被摔得粉碎。邓美珊"哇"地哭了：水爷爷，你干什么呀你？

水爷爷也慌了：你……你哭什么呀你？

邓美珊哭喊着：您把我的碗摔了……您知道不知道，这是我跟人家借的，这是人家的传家宝啊……我，我，我怎么跟人家交代啊……

水爷爷起身走了。邓美珊呆呆地看着水爷爷，大哭起来……

几个人围着陶车观察着。

周鸿达：无论拉坯、利坯、印坯，最累的就是搅动陶车。不单累，还要技术。学徒工往陶车上一坐，就手忙脚乱，先慌神了，哪儿还顾得上拉坯利坯？

陶自强：所以我们机械化先从陶车入手，这叫作抓主要矛盾。

杜绍文：我觉得还有晒坯，全靠两只胳膊往上举，那更要技术。我设计了一套晒坯的传送带，等把陶车的机械化解决了，再考虑那个。

陶自强：看起来，我们需要成立一个技术革新小组。杜工，这是当务之急，就由你牵头吧。

周鸿达：自强，你说话还算数吗？

几个人一愣，顿时笑起来。陶自强自嘲地：师哥，你这不是揭我的短儿吗？

周鸿达：升官难，下台也不易啊。

陶自强：我不是厂长了，我们成立一个民间的技术革新小组行不行？

杜绍文：民间的也好，官方的也罢，关键问题是人啊。技术革新需要技术人才，我们最缺技术人才。

周鸿达：这么多年轻人，可以选拔一批重点培养。

陶自强：看来，我们还是要招收一批有文化有技术的年轻人。啊，这我说了也不算。啊，对了，我说点儿实际的。杜工，你和媳妇这样两地分居也不是个事，能不能把你媳妇调过来呀？

杜绍文：这几年，为了这事，我们两口子没少吵，都要离婚了。

陶自强：为什么？她不愿意到景德镇来？

杜绍文：上海人，多穷多苦多受罪，就是舍不得离开上海。在他们眼里，全中国，包括北京武汉，除了上海，都是乡下。

陶自强：我听我姐说过，上海人有一种天生的优越感。这也是好事，能自觉地提高做人的觉悟。

杜绍文：今天我让南小汐陪她逛鄱阳湖，也想让南小汐做一做她的思想工作。

陶自强：嗯，找机会我跟她谈谈。

朱光秀:师父,您这又是厂长的语气。

陶自强给了朱光秀一个"磕螺丝":你小子也学会讽刺我了。

邓美珊上班正要上楼,人事科马科长叫住了她:邓美珊同志。

邓美珊:哦,马科长好。

马科长:这是新给你换的工作证,李副厂长指示今天必须交给你。

邓美珊:我不是有工作证了吗? 还换什么?

马科长:原来你的工作证是副所长,现在已经正式任命你为建国瓷厂釉料研究所所长了。祝贺你啊,邓所长。

邓美珊:哦,我原来的工作证要交回去吗?

马科长:不用,留个纪念吧,这也是你的履历证明。

邓美珊:谢谢你马科长。

马科长刚走,立即有人叫住了邓美珊:邓所长,请等一下。

邓美珊:陈诚啊,你怎么没上班?

陈诚:马上就去,迟不了到。我来问问邓所长……

邓美珊心虚,却先发制人:你问那只郎红碗是不是? 放心吧。

陈诚:邓所长,你还用吗?

邓美珊:哦,是这样,陶瓷大学的几位专家,对你家这件郎红非常重视,都认为是神品,要用科学的方法研究研究。

陈诚:啊,那不是把郎红碗毁了吗?

邓美珊:不会的,郎红碗不会有任何损伤的。

陈诚:那……你可要让他们小心。

邓美珊:当然当然,我会千叮咛万嘱咐的。

陈诚:千万不能磕了碰了。

邓美珊:不会的。

陈诚:更不能弄丢。

邓美珊:怎么会丢呢? 他们是严加保护的。

陈诚:你要盯着点儿,早点儿给我送回来,我爸爸天天问。

邓美珊:我知道了,知道了,你放心吧。

陈诚走了。邓美珊擦着额头上的汗。

工人们在满窑师傅的指挥下,准备满窑。一排一排的坯胎摆到了窑门口。

李宗贤过来:为什么满柴窑?

满窑师傅:这批是出口瓷,为了保险起见,还是先用柴窑烧。

李宗贤:这是谁的主意?

满窑师傅:是陶厂长定的。

李宗贤不高兴了:现在没有陶厂长了,建国瓷厂我负责。

满窑师傅:是陶厂长早就定下来的。

李宗贤:早就定下来的,现在还算数吗?

满窑师傅:那您的意见呢?

李宗贤:我们"柴改煤"已经成功了,煤窑也烧了好多次,为什么还走回头路?

满窑师傅:李副厂长,煤窑我们总共才一年多,可是柴窑我们烧了上千年了。陶厂长说,这批出口瓷,时间紧任务大,不能有什么闪失。

李宗贤:怎么又是陶厂长说的,我告诉你了,现在建国瓷厂由我负责。

满窑师傅:那……

李宗贤:那什么那? 满煤窑。

傍晚,邓美珊骑着自行车来到瑶里水碓。

小榔头跑过来:漂亮姐姐,你又来了。

邓美珊:小榔头,想姐姐了吗?

小榔头:想姐姐了。

邓美珊:水爷爷呢?

小榔头:水爷爷病了,没来。

邓美珊:怎么了?

小榔头:他胸口疼的病犯了。

邓美珊:他家在哪儿?

小榔头:在白石塔呢。

邓美珊:有多远?

小榔头:不远,顺着这条小路往上爬,村口第一家。没有院子,就是一座石头房子。

邓美珊放下自行车,背着包儿上了山。

下班了,陶自强想去找邓美珊,来到了釉料研究所。

姚莎莎下来:哦,陶厂长……

陶自强:别叫我陶厂长,邓美珊在吗?

姚莎莎:她没下班就走了。

陶自强:去哪儿了?

490

姚莎莎:瑶里。

陶自强:去找水爷爷了？

姚莎莎:她没说。

水爷爷躺在床上,床头一盏菜油灯。

邓美珊在外面喊着:水爷爷,您在家吗？

还没等水爷爷搭话,邓美珊推门进来了。

邓美珊:水爷爷,听说您不舒服了？怎么了？是不是让我给您气病了。

水爷爷:就是啊,我正想找你算账去呢。

邓美珊:您还找我算账？我现在就找您算账来了。您摔碎了我的郎红碗,我这几天顶着多大的雷啊。

水爷爷:你来得正好,我给你准备好了。

说着,水爷爷弯腰从床底下拿出一个绵纸包着的东西,递给邓美珊。

邓美珊打开绵纸,里面是一只郎红碗。这只碗,和被水爷爷摔碎的那只碗一模一样。借着微弱的灯光,邓美珊认真地看着。

水爷爷:别看了,都是一路货色。

邓美珊:我觉得这只,比我拿来的那只水色还好。

水爷爷:算你识货。

邓美珊:水爷爷,您还没吃饭吧？我给您做点儿吧。

水爷爷:我一个人,懒得动。你也没吃吧,有米粉还有腊肉,你做点儿吧。

邓美珊:好,您歇着,我看看。

灶台就在房间里,找出米粉、腊肉,居然还有蔬菜。灶台旁边有一个水缸,邓美珊舀水洗菜。

水爷爷身子歪在床头上,胸口又疼起来,拿起一只枕头顶在胸口上。

邓美珊:水爷爷,您这灶台还收拾得挺干净的,家里有米有粉,还有肉和菜,日子过得不错啊。

水爷爷顾不上搭话了。

邓美珊:水爷爷,我还是第一次做腊肉,这腊肉得先炒一下吧？

水爷爷依然没搭话。邓美珊朝床上看去,水爷爷蜷缩在床头上。

邓美珊急忙跑过去:水爷爷,您怎么了？

水爷爷:没事,没事,一会儿就过去。

邓美珊看了看,水爷爷脸色煞白,额头上滚着汗珠儿。

邓美珊:不行,我得带您去医院……

邓美珊背着水爷爷,顺着山间小路下山。

天上下起了雨,雨不大,路却很滑。邓美珊背着水爷爷,水爷爷身上披着蓑衣。邓美珊脖子上的包儿在胸前晃来晃去,她用牙咬住了包儿的带子。

邓美珊一步一步,小心地下山。路上都是泥泞,她的布鞋沾满了泥。

雷声轰隆隆地响着,雨越下越大。邓美珊浑身都湿透了……

小榔头站在水碓棚里,看着外面的风雨。

陶自强骑着摩托车来了,径直奔进了碓棚里。

小榔头:你从哪儿来?

陶自强:景德镇,看见邓美珊了吗?

小榔头:是漂亮姐姐吗? 她上山了。

陶自强:上山干吗?

小榔头:找水爷爷去了。

陶自强:她从哪儿上去的?

小榔头:就是这条小路。

陶自强把摩托车一撇,就要往上山跑。

小榔头追上来:等等,给你这个蓑衣。陶自强接过蓑衣上了山……

邓美珊背着水爷爷,在山路上艰难地走着。

水爷爷趴在邓美珊的肩膀上,身子软软的。

邓美珊:水爷爷,您还好吧? 你坚持坚持,您一定要挺住啊……

水爷爷不说话。邓美珊双腿颤抖着,她一边要保护着水爷爷,一边要保护胸前那装着郎红碗的包儿。

一不小心,邓美珊踩在一个凹坑里,她双腿跪倒,身子却挺得直直的。

水爷爷低声说:姑娘,放下我……快放下我……

邓美珊:水爷爷,您别动,别动,我行的……

水爷爷:姑娘,别管我了,我没事了……

邓美珊挣扎着站起来,双腿一软,又跪倒了。但她依然挺着身子,不让水爷爷从背上掉下来,也不让胸前的包儿碰在地上。她喘着气试探着站起来……

前面,陶自强喊着:邓美珊……邓美珊……

邓美珊大大地松了一口气,带着哭腔答应着:我在这里……陶自强……

陶自强跑上来把蓑衣脱下来放在路边,又从邓美珊身上接过水爷爷。

陶自强:快把那蓑衣穿上。

邓美珊拿起蓑衣,顾不上穿,从后面扶住了水爷爷。

陶自强小心地在山路上走着……

第二十六章

水爷爷打上了吊瓶,睡着了。

医生把陶自强和邓美珊叫到办公室:把病人的情况登记一下。姓名?

邓美珊:只知道他姓江……

陶自强:他叫江亭树,六十八岁,景德镇人……

邓美珊惊讶地看着他:你认识水爷爷?

陶自强:应该说,我知道水爷爷。

邓美珊:医生,病人怎么样?

医生:看来是心绞痛,但是还需要做全面的检查,看有没有别的问题。

陶自强:要不要住院?

医生:当然要住院,你们办一下住院手续吧。

第一台电动陶车开始试验。杜绍文教周鸿达怎么控制速度。

杜绍文:速度分四档,就像汽车的档位。在这里,从下往上,一档一个速度。

周鸿达先上了陶车,拉着一个梅瓶的坯胎。开始用的是一档,周鸿达觉得速度不够,要变速。找不到档位,陶车空转起来。陶车上的梅瓶倒成了一摊泥。

陶自强:来,我试试。

周鸿达下了陶车,陶自强上去。他拉着一个将军罐的坯胎找着档位,一下子没控制好,挂在了最高的档位上,将军罐的坯胎飞了出去。

围观的人哈哈大笑。杜绍文也笑着:来,你拉坯,我负责给你控制档位。

陶自强重新拉将军罐的坯胎。杜绍文按照他的要求控制着速度。

陶自强:再快一点儿。

杜绍文变换着档位。陶自强:好,慢下来。

杜绍文又变换着档位。陶自强:好,就这样。

杜绍文:需要熟悉,熟悉了就运用自如了。像开车一样,需要变换什么速度,几乎是下意识的,完全凭着经验和感觉。

周鸿达:问题是我们谁都没有开过汽车呀。

杜绍文:开摩托车也是一样的,掌握快慢还需要想吗?

朱光秀在一边看得手痒,对陶自强说:师父,我能试一下吗?

陶自强:来,你上。

朱光秀信心满满地上了陶车,旁边的年轻人都非常羡慕。

朱光秀:我也拉一个将军罐吧。

陶车转动起来,杜绍文帮助他操作着。

朱光秀:杜工,我自己来吧。

杜绍文:档位都记住了吧?

朱光秀开动了陶车,陶车转动着。看得出来,虽然他也是笨手笨脚,却比周鸿达和陶自强强多了。周鸿达赞许地:嗯,还是年轻人手脚灵活。

朱光秀居然渐入佳境,把一个将军罐拉成功了。年轻人都鼓起了掌。

朱光秀从陶车上下来:杜工,这档位控制能不能用脚?

杜绍文认真地想着。

周鸿达:对,这个主意好。如果你用脚控制档位,就不会手忙脚乱了。

陶自强:杜工,能试试吗?

杜绍文:容我想一想……

卢再缘:萌萌,邓美珊不是给你一个贴花工艺的资料吗?

丁萌萌:给是给了,没用。

卢再缘:怎么没用?

丁萌萌:我找了好几个人帮忙,都看不懂。

汪国良:咱们厂不是有不少人懂英语吗?

丁萌萌:不是英语的。

汪国良:那是什么?

丁萌萌:日语的,看着那些字倒是挺眼熟,可完全不是那个意思。我还买了一本日语大辞典,折腾了好几个晚上,越看越糊涂。

卢再缘:那份资料在哪儿呢?

丁萌萌:就在我这儿。

卢再缘:我看看。

丁萌萌拉开抽屉,把资料拿出来扔给卢再缘。

年轻人争着操作电动陶车,一片欢呼雀跃。

李宗贤来了,厉声问:你们这是干什么呢?

工人:李副厂长,告诉你一个大喜讯,我们成型车间的电动陶车实验成功了。

李宗贤看了看：谁让你们干这些的？

工人们面面相觑，都不作声了。李宗贤说：你们没听我做的动员报告吗？我们当前最重要的任务是什么？是大干一百天，提前完成出口创汇的任务。你们搞什么电动陶车？你们要大干苦干，多生产坯胎才能多出产品，这个你们不懂吗？

周鸿达走过来：李副厂长，我们搞电动陶车是技术革新，如果成功了，自然会极大地解放生产力，提高产量。

李宗贤：现在是什么时候？火烧眉毛了，你们搞这些不耽误时间吗？

周鸿达：李副厂长，我记得你是最支持技术革命的，冯运华因为反对过"柴改煤"，不是还成了罪状吗？

李宗贤：我不是反对你们技术革命，我是说，现在任务重，没有时间搞。

周鸿达：那什么时候有时间？

李宗贤：等把这批创汇任务完成以后。

周鸿达：那不是还会有新的任务吗？

李宗贤：总有间歇的时间吧。

周鸿达：我们现在搞这个电动陶车，并没有影响生产任务，厂里给我们的任务保证按时按质按量地完成。

李宗贤：你们不能超额完成吗？

周鸿达：好了，谢谢李副厂长的批评，我们力争超额完成任务。

李宗贤：陶自强呢？

周鸿达朝远处指了指：喏。

李宗贤看到，远处的陶车上，陶自强正在专心致志地利坯。

卢再缘专心地看着贴花工艺的资料，一边看一边还在本子上记着什么。

汪国良走过来：卢老师，你这是在看图呢，还是在看文字呢？

卢再缘懒得搭理他，继续看着。

汪国良的眼睛落在卢再缘的笔记本上，惊叫起来：姐姐姐姐，你快来。

丁萌萌：怎么今天又叫我姐姐了？

汪国良：闹了半天，卢老师懂日文。

丁萌萌：啊？是吗？

汪国良：你看，他的笔记都写的是日文。

丁萌萌过来：哎哟卢老师，你可隐藏得够深的。你怎么会日语呢？怕不是汉奸吧？

卢再缘：怎么说话呢？谁是汉奸？

丁萌萌：那你怎么会日语呢？

卢再缘：日本鬼子侵占江西的时候，我正在九江。九江是沦陷区，我那会儿在九江中学当教师，教美术。当时日本人强迫中学生学日语，也强迫我们教师学。别人也学，都是应付差事，我呢，对什么都有兴趣，就认真学起来了。

汪国良：说了半天你还是汉奸呀。

卢再缘：怎么就汉奸了？

汪国良：别人都是应付日本人，就你甘愿当亡国奴。

卢再缘：学日语就是亡国奴？鲁迅、郭沫若都是精通日语的。

丁萌萌：早知道你会日语，我还费那么大的劲儿干什么？

卢再缘：你就是不相信我……我说你是桃花……你，你就是不信……

卢再缘说着，剧烈地咳嗽起来。

丁萌萌：卢老师，你怎么了？没事吧？

卢再缘越咳嗽越厉害。汪国良端着一杯水过来：喝口水。

卢再缘挥着手，弯着腰朝厕所走去，边走边咳……

汪国良不放心，在后面跟着。

卢再缘慌忙进了厕所，急忙关上了门。

汪国良在外面拍着门：卢老师，你关门干什么呀？

卢再缘继续咳着，朝尿炕里吐了一口血，急忙拧开自来水漱着口……

汪国良在外面叫着：卢老师，你没事吧？

卢再缘开了门：没事没事……

下班了，周鸿达站在门口，等陶自强出来：到我家去吧？

陶自强：干什么？

周鸿达：请你喝酒啊，我的喜酒总得喝吧。

陶自强：不行，明天吧，我今天有点事。

周鸿达：那好吧，明天晚上早点儿。

图书馆，陶自强来到借阅台前：舒大姐，今天又来麻烦您了。

舒大姐：你昨天熬了一个通宵吧？

陶自强：是啊，今天恐怕还要一个通宵。

舒大姐：其实，你再坚持五分钟，就找到了。

陶自强：啊？这么说您找到了？

舒大姐拿出一份旧报纸：你看，你要的是不是这个。

陶自强拿过来：就是……就是啊大姐，我找的就是这个，太谢谢您了……

水爷爷躺在病床上,仍然挂着吊瓶。邓美珊给水爷爷削着苹果。

水爷爷的精神好多了,问:你说说,昨天是陶自强帮助你把我送到医院的。

邓美珊:要不是他及时赶到了,我真的不知道该怎么办。

水爷爷:他怎么知道你在我那儿?

邓美珊:我后来问了,有人告诉他我来找您了。

水爷爷:我真的想见见陶自强。

邓美珊:你知道他?

水爷爷:太知道了,赵书记常常提起他。

邓美珊:您还认识赵书记?

水爷爷:往高里攀,我跟赵书记也算是好朋友了。

邓美珊:赵书记知道您是郎红江吗?

水爷爷摇了摇头。邓美珊说:水爷爷,您干吗隐瞒身份呢?

水爷爷痛快地摇了摇头:唉,丢人啊。

邓美珊:到底是怎么回事?

水爷爷闭上了眼睛。邓美珊把削好的苹果在水爷爷的嘴唇上蹭着。

水爷爷笑了。

陶祁香和赵文昌在小院里喝着茶。

月明星稀,花影扶疏。桂花静静地弥散着浓郁的香气。

赵文昌:香姐,你以后有什么打算?

陶祁香:原本我想回三仙庵的,临来的时候,我都跟老住持说好了。

赵文昌:老住持怎么说?

陶祁香:她老人家说,随缘就好。

赵文昌:看来,老住持还是了解你的。

陶祁香:我原来去三仙庵,就是想眼不见撂一片。年轻人相爱了,真的能铁了心,谁都拦不住挡不住,斧头砍都砍不断。如果自强真的跟茶花结了婚,你说我怎么办?天天看着这一对冤家相亲相爱的样子,不把我气死也把我憋死。现在好,窗户纸捅破了,我也没什么好顾忌的了。

赵文昌:你也真沉得住气,这么大的事,你该跟我说一下。我问了你那么多次,你都敷衍我。

陶祁香:跟你说你有什么好办法吗?

赵文昌:这倒也是。

陶祁香:这么一闹,苦了的是两个孩子。

赵文昌:香姐,赣剧团那件事我还是想跟你谈一谈。现在中央对文艺工作非常重视,各地的剧团都搞得风风火火。你看着不羡慕吗? 前些天在省里开会,我又见到了石凌鹤局长,他的意见还是请你出山。我们市委开会也专门研究了这个问题,决定成立景德镇赣剧团,大家的意见也请你出任赣剧团的团长。

陶祁香低着头没说什么。赵文昌紧接着说:我有点儿不明白,现在形势这么好,成立剧团,正是你大显身手的时候,你为什么不高兴呢?

陶祁香:我为什么要高兴呢?

赵文昌:毕竟那舞台是属于你的,你也是属于舞台的。

陶祁香:唉,你是只知其一不知其二啊。

赵文昌:说说看。

陶祁香:我是要跟你说心里话的,不然你们还以为我拿糖,或者不识抬举呢。你光知道我在舞台上风光过,你知道舞台给过我什么吗? 我八岁被卖到戏班的,要不是共产党来了,我的卖身契还攥在班主手里呢。我刚刚十四岁,就被班主霸占了。那天你让我在酒席上唱戏,我顿时火了。你知道为什么吗? 我们是戏子,是供人开心取乐任意玩弄的戏子。戏剧给我的是屈辱、是卑贱、是非人的虐待。我恨过戏剧,我曾经发誓,如果能逃出苦海,我一辈子不再碰戏剧。

赵文昌:香姐,这些话今天从你嘴里说出来,我很震撼。我只想跟你说,那些屈辱、卑贱、虐待,不是戏剧留给你的,是那个社会留给你的。不要说你是唱戏的,各行各业,包括我们工人农民,我们有尊严吗? 有活路吗? 有实现价值的权利吗? 一句话,我们都是饥寒交迫的奴隶。我们现在终于可以当家做主了,要珍惜这来之不易的自由啊。香姐,我的话你好好想想吧。我等着你,你会想明白的。

陶祁香:我想过,这些我都想过。就是……唉,往事不堪回首啊。

赵文昌:香姐,我懂。

陶祁香:我还想过,其实,成立赣剧团,有一个合适的人选。

赵文昌:你说谁?

陶祁香:冯运华。

赵文昌沉默了。

护士来给水爷爷换完吊瓶,走了。

邓美珊:水爷爷,你歇一会儿吧。

水爷爷:我不累,好着呢。

陶自强进来了,提着一兜儿水果。

邓美珊:水爷爷,陶自强来看您了。

水爷爷急忙坐起身。陶自强握住水爷爷的手:水爷爷,您好点儿了吗?

水爷爷:好了好了,全好了,明天就能出院了。

邓美珊:水爷爷,明天您还出不了院,检查结果还没出来呢。

水爷爷:不等了,不等了。我那水碓还有好多事呢。陶厂长,昨天亏了你啊。要不然,我这老命就难保了。

陶自强:没那么严重,水爷爷。来,我给您带来一样东西,您一定要看看。

水爷爷:又是郎红?

陶自强:比郎红还珍贵,又与郎红有关。

说着,陶自强掏出一张报纸,展开。

邓美珊凑上去看,是一张解放前南昌发行的《江西工商报》,上面刊登着一篇文章,题目是《景德镇的郎红江》。

水爷爷拿起报纸,看着,泪水模糊了他的眼睛,激动得嘴唇颤抖。

陶自强:水爷爷,您知道这篇文章是谁写的吗?

水爷爷:上面的名字是"风华",风华是谁?

陶自强:风华就是冯运华。

水爷爷:是冯窑主。

陶自强:我原来就在冯家窑当窑工,利坯。

水爷爷:我知道,你是薄胎刀师。

陶自强:冯运华后来是我们建国瓷厂的副厂长。

水爷爷:他把冯家窑都捐献给政府了。

陶自强:水爷爷,冯运华没有忘记您,景德镇没有忘记您,我们建国瓷厂需要您啊。

水爷爷双手捂着脸,抽噎起来……

饶茶花收拾着东西。饶三公说:明天才出院呢,这么早你收拾什么?

饶茶花:爹,都一个礼拜了,您该跟我说实话了吧?

饶三公:你让我说什么?

饶茶花:陶自强到底为什么打您?

饶三公:你不是说去问陶自强吗?

饶茶花:我是要去问陶自强,现在我要问问您。

饶三公:我说了多少遍了,我不知道。

饶茶花:那么我问您,陶祁香到底跟您说了些什么?

饶三公:她就说……让我别追究陶自强。

饶茶花:她说不让您追究您就不追究了?

饶三公:算了吧,冤家宜解不宜结,得饶人处且饶人。

饶茶花:您为什么不跟她讲条件?

饶三公:讲什么条件?

饶茶花:您应该跟她讲,不追究陶自强也行,你得同意让陶自强娶我闺女。

饶三公:这……不合适吧?

饶茶花:您还是我爹吗?

饶三公:不是你爹是谁?

饶茶花:我爹不是您这样的,我爹是个挺豪横的人,是个得理不饶人的人,是个不怕事不认怂的人。您怎么在陶祁香面前变成这样了?成了软棉花捏的了,连派出所的民警都奇怪,说你爹怎么这么宽宏大量啊?

饶三公:宽宏大量不好吗?

饶茶花:人家民警说宽宏大量是客气,还以为人家夸您呢?您这叫又呆又傻又窝囊。告诉您,您认怂了,我不认。

饶三公:不认怂又能怎么样?

饶茶花:我要找陶自强算账。

水爷爷沉重地讲述着。
陶自强和邓美珊坐在水爷爷身边。

御窑厂,窑火通红。御窑厂里,官兵林立,戒备森严。年轻的水爷爷跟在师父身边,指挥着烧窑。

水爷爷:我原来姓佟,跟了师父的姓,改姓江。我师父的高祖是跟在郎廷极手下的陶冶师傅,督陶官郎廷极烧出了郎红之后,名声大振。我师父的高祖是个有心人,他把郎红的秘方整理出来,成了江家的传家宝,一代一代往下传,只传男,不传女。到了我师父这一代,后继无人了。我师父只有一个女儿,没有儿子。后来我被招为上门女婿,改了姓,就由我继承了。

我师父最露脸的是光绪二十年,慈禧太后六十大寿,在御窑厂烧出了一批郎红祝寿瓶。慈禧太后非常喜欢,又得知我师父姓江,就把这批郎红赐名为"江山万里红"。

后来大清朝灭了,民国四年,袁世凯复辟,降旨御窑厂烧制"洪宪瓷",其中也要烧制一批"江山万里红"。那时候我师父已经死了,他们把我招去烧制。结果……烧坏了。也不是坏了,烧出来的还是郎红,就是没有"江山万里红"透亮,颜色也不对,不是那种红。"洪宪瓷"的督陶官是郭葆昌,他认为我是故意把郎红烧成这样的,是对袁世凯的不恭不敬,把我关进了大牢……

陶自强：水爷爷，那批"洪宪瓷"之后，您又烧过郎红吗？

水爷爷：没有，我没脸烧了。我跑到瑶里，隐名埋姓，开起了水碓房。

邓美珊：水爷爷，您师父传给您的郎红秘方还有吗？

水爷爷：有，在我手里。

邓美珊带着研究所的同事来到彩绘车间，找每一个师傅统一釉料配方。

唐家明把配方交给师傅，嘱咐着：一定要按照配方上的要求，严格配料，不能改动。你们配好以后，我们还要来检验，检验合格后，才能使用。

师傅：这回我们倒省心了，萝卜白菜一锅煮。

几个年轻的师傅唱起来歌谣：

嘀嘀嗒，嘀嘀嗒，比比谁的大，统统一般大；

咚咚镪，咚咚镪，比比谁的长，统统一边长……

顾师傅过来了：你们几个坏小子，干活儿去。

邓美珊走过来。谷师傅在后面追着：邓所长，邓所长……

邓美珊：谷师傅啊，您好啊。

谷师傅：邓所长，星期天能到我家去一趟吗？

邓美珊：谷学文的化学成绩怎么样了？

谷师傅：我就是要告诉你，学文考上高中了。

邓美珊：太好了，祝贺您，也祝贺谷学文。

谷师傅：学文前些天忙着复习考试，也没有来看你。

邓美珊：我知道，他还是来找过我的。

谷师傅：是吗？我还以为他欠着礼儿呢。这样，邓所长，星期天，我们全家一起祝贺一下，你能来吗？

邓美珊：看吧，我争取去。

在邓美珊与谷师傅说话的时候，陈诚已经站在一边等候了，见邓美珊与谷师傅告辞，便走了过来。

陈诚：邓所长，那郎红碗……

邓美珊：下班以后，我给你送家去吧。我要当面向陈叔叔致谢呢。

陈诚：拿回来了？

邓美珊点了点头：嗯。

陈诚双手合十：谢天谢地，阿弥陀佛，这下可好了……

邓美珊：你干什么呀？至于吗？

陈诚:哎呀,这些天,我吃不下,睡不着,生怕有什么闪失。

邓美珊:瞧你那小心眼儿。

陈诚嘿嘿笑着。

电动陶车已经安装成功,年轻的工人开心地试用着。陶自强在一边津津有味地看着。朱光秀说:师父,下一步是不是各道工序都要改成电动的?

陶自强:那当然,不过得一步一步来。

周鸿达跑进来,拉过陶自强:李宗贤胡闹,把这批出口瓷都装进煤窑了。

陶自强:不是说好了先用柴窑烧吗?

周鸿达:他自作主张,改了。

陶自强:不行,得把窑里的坯胎撤出来。

周鸿达:撤什么撤,都点火了。

陶自强:啊?杜绍文呢?

周鸿达:忘了跟你说了,杜绍文回上海了,他老婆同意来景德镇了。

陶自强:哦,走,我们去看看。

周鸿达:看看可以,你可别发火啊。

陶自强:他都点火了,我还发什么火?

陶自强来到煤窑,两个年轻人正在烧窑。

年轻人:陶厂长,您来了。

陶自强:怎么样?

年轻人:昨天夜里点的火,现在还正常。

陶自强:有什么问题吗?

年轻人:我觉得就是窑太满了。

陶自强:谁满的窑?

年轻人:是郭师傅他们,不过李副厂长总是盯着,让他们解放思想,多满一些。

陶自强:满多满少,郭师傅他们心里没数吗?

年轻人:可是……谁愿意戴一项思想保守的帽子呀?

陶自强:好,我明白了。你们烧的时候小心一点儿。杜工没说什么时候回来吗?

年轻人:他没说。

陶自强:杜工知道这里的情况吗?

年轻人:昨天晚上点火他不知道。

陶自强:有什么情况随时找我,哦,还是找周主任吧。

年轻人:好的。

一个三进的大院,门口挂着一块牌子:景德镇赣剧团筹建处。

已经很有点儿剧团的意思了,一群人在院子里练开了文武场:吹拉弹唱咿咿呀呀热闹非凡。

陶祁香里里外外地忙活着,一些人在打扫着院落,抬放着家具。

几个人搬过来一张床,问:陶团长,您的床怎么放呀?

陶祁香跑进办公室:等等,我看看……来,就这儿,靠里面的墙根儿……

筹建处严主任过来:陶团长,等等,等一下。

陶祁香:怎么?

严主任:陶团长,您要是放床的话,这间办公室就不合适了。

陶团长:没关系的,不就是小点儿吗?

严主任:陶团长,这不是您家,这是赣剧团。您的办公室,男男女女进进出出,还有外面来的人。知道的是您的办公室,不知道还以为是您的闺房呢。

陶祁香:闺房就闺房吧,那有什么关系?

严主任:这里外不分公私不分的,不是您别扭,是进您屋的人别扭。您听我的吧,换一间,最西边那间,分里外两间,给您当办公室正合适。

陶祁香:那间不是要改成会议室吗?

严主任:改成会议室还要拆隔断,太麻烦。再说,当会议室也有点儿小。

有人跑过来:陶团长,赵书记来了。

陶祁香顾不上这边,急忙迎出去:等一会儿再说吧。

严主任:快,把床抬到西边那间屋里去。

抬床的小伙子:陶团长不是说待会儿再说吗?

严主任:你们傻呀,听我的。

赵文昌的车停在了院子外面。司机小徐拉开车门,副驾驶上坐着秦晓婵。

陶祁香扶着秦晓婵下车:哎呀师姑,可想死您了,您真硬朗。

秦晓婵:你先别顾我,看看谁来了。

随着小徐把后门打开,出来的是丁琴师和他的夫人。

丁琴师的夫人扶着他下来车。陶祁香过去拉着丁琴师的手:丁源啊,想不到你真的来了……

秦晓婵立即说:对对,我想起来了,他叫丁源。哎呀,我想了好几个月了,怎么也想不起来。老了,这是老了。

丁源:师姑,您不老,一点儿也不老。

陶祁香又朝丁源的夫人点了点头:嫂子也来了,真好。

丁源说:她不来哪儿行？她就是我的眼睛,我们俩合在一起才是一个完整的人。

陶祁香:来来,快进来,你们的住处已经安排好了。

小徐:本来赵书记说要亲自接他们的,我说您去了就坐不下了。

秦晓婵:哎呀,谢谢赵书记,想不到共产党还有这么好的官儿。我竟然是坐着市委书记的小轿车来的,福气啊,死了都不冤了。

陶祁香:您怎么说到死,您还这么硬朗,且活着呢。

秦晓婵:那谁在不？瞧我这记性……就是那谁,见到两次了,还把人家名字忘了。

丁源:您说的是冯副厂长吧？

秦晓婵:什么冯副厂长,冯运华。

陶祁香笑了:瞧瞧,您这不是记得很清楚吗？

秦晓婵:猛不丁地就想起来了。

几个年轻人跑过来,有的搀扶秦晓婵和丁源,有的帮助拿东西,簇簇拥拥地走进院子。

陈诚和父亲一起热情地把邓美珊迎进屋里。邓美珊从包里拿出郎红碗,小心地放在陈父面前:陈叔叔,完璧归赵。

陈父迫不及待地拿起郎红碗,仔细查看着。邓美珊心虚地站在一边。

陈父翻来覆去地看了又看。邓美珊沉不住气了:陈叔叔,有什么问题吗？

陈父:你刚才说什么？

邓美珊:我问您有什么问题吗？

陈父:不是,刚进门的时候说的那句？

邓美珊:我说完璧归赵。

陈父摇了摇头:完璧也是完璧,归赵也是归赵,可是……这是我那只碗吗？

邓美珊:您连自己的传家宝都认不出来了？

陈父:不对,怎么看怎么不对。

邓美珊:到底怎么不对？

陈父:这只郎红碗比我那只还要好,好很多。陈诚,你看看,这是咱家那只碗吗？

陈诚接过来也仔细地看着。陈父说道:莫非景德镇还有第二只？

陈诚:邓所长,这是怎么回事？

邓美珊:陈叔叔,您是说,这只碗比您那只好是吗？

陈父:好很多。

邓美珊:您没吃亏吧?

陈父:我是怕人家吃亏。你是不是弄错了,或者跟谁换了,这可不行,咱可不能办昧着良心的事啊。

邓美珊:没有,人家心甘情愿。

陈父:心甘情愿,谁这么不识货?

邓美珊:陈叔叔,我找到郎红江了。

陈父:啊?你找到郎红江了?怎么回事,快说说……

陈诚:爸爸,邓所长一进门就一直在这儿戳着呢,也不让人家坐,也不张罗着给人家泡茶。

陈父:哎呀,对不起了邓所长。

邓美珊:您可别叫我邓所长,就叫我美珊吧。

陈父:好,美珊。我那边已经摆上酒菜了,一定要请你喝几杯。咱也别泡茶了,直接上桌子,边喝边聊……

陶自强进来了,看见桌子上摆着酒菜。

周鸿达起身让着陶自强:坐吧。

陶自强:就咱俩?大伯大妈呢?

周鸿达:他们这几天去我姐姐家了。

陶自强:那这些菜是谁做的?

周鸿达:我不是娶媳妇了吗?

陶自强:对呀,嫂子呢?

周鸿达朝厨房里喊着:出来吧,丑媳妇也得见小叔子呀。

陶自强:你敢说我嫂子丑?看今儿晚上还让不让你钻被窝。

玉茗端着汤从厨房里出来。原本就是个美人,又是新婚少妇,更加风韵充盈、楚楚动人。陶自强干张着嘴,傻了。

周鸿达忍着笑。玉茗把汤盆放在桌上,坐在了周鸿达的旁边。

陶自强:这……怎么回事?

周鸿达:什么怎么回事,叫嫂子呀。

陶自强:不是杜鹃吗?

周鸿达:什么杜鹃?哪儿来的杜鹃?

陶自强:你要娶的不是杜鹃吗?

玉茗:好了好了,别逗人家自强哥了。

周鸿达对玉茗:你叫他哥?那不是乱套了吗?

玉茗:那叫什么?

周鸿达:他叫你嫂子,你该叫他弟弟才对。

陶自强:不行,你们不说清楚了,我这酒不能喝。

周鸿达哈哈大笑起来。

陈诚和父亲给邓美珊敬酒。

陈父:你刚才说,郎红江把我那只碗摔了?

邓美珊:是啊,摔得粉碎。

陈父:他认为我那只碗是假的?

邓美珊:他没说。

陈父:那他为什么摔?

邓美珊:他摔了之后,把我吓坏了,我当时就哇哇大哭。跟您说陈叔叔,我长这么大,还从来没这么哭过。那哪儿是哭啊,就是号,冲着天号。您猜怎么着,水爷爷看都不看我一眼,溜溜达达地走了……我当时一边哭号一边想,完了完了完了,我回去怎么向陈叔叔交代呀?陈叔叔会把我怎么样呀?

陈诚:我爸爸不会把你怎么样,反正我这顿臭揍是跑不掉的。

陈父:揍你有什么用?非把我心疼死不可。

邓美珊:那几天我提心吊胆的,最怕见到你陈诚,做贼似的躲着你。后来……那是第二次见到水爷爷了,他把这只郎红碗给了我,我的心呱嗒一下子就撂下了……可是他的心却疼起来,疼得都昏了过去……

陈诚:怎么回事?

邓美珊端起酒杯:陈叔叔,我先敬您一杯酒吧。

陈父:喝酒,喝酒……

玉茗非常开朗地劝着酒:自强……哦,我攀个大,随着鸿达叫你师弟吧。你相信缘分吗?要我说,杜鹃跟鸿达压根儿就没有缘分。明明是我先看上的鸿达,却让她抢了先。

陶自强:杜鹃一抢先不要紧,让我师哥白白失去了"三转一响",那些明明应该是属于你的。

玉茗:就是当初我跟了鸿达,也不会要"三转一响"的。

陶自强:那你要什么?

玉茗指着周鸿达:你问他。

陶自强问:嫂子要什么?

周鸿达:玉茗你长点儿心好不好?被窝儿里的话也往外说。

陶自强:不行,被窝儿里的话你更得说了。

玉茗:不是被窝儿里的话。

周鸿达:那你说是什么时候的话?

玉茗:是钻被窝儿之前的话。

陶自强:不行,你们必须得说说。你们要是不说,我这酒我不喝了。

周鸿达:这种话谁说得出口。

陶自强突然想到,从口袋里掏出一个存折:我这有一大笔钱,你们要说了,这存折就是你玉茗的了。

玉茗一把抓过来。陶自强笑道:你别抢啊。

玉茗打开存折:啊,这么多钱!

周鸿达:哪儿来的钱?

陶自强:先说说你们的被窝儿里的话。

周鸿达:嗨,也没什么。她说了,不要"三转一响",要"两转一响"。

陶自强:什么是"两转一响"?

周鸿达:你问她。

玉茗大叫起来:我知道了,这是在欧洲展销会卖我们茶叶的钱,对不对?

陶自强:我说师哥,你这哪儿是娶个嫂子呀,简直是娶了一个猴精。

丁萌萌拿着一本杂志,来到卢再缘家,刚要敲门,发现门虚掩着,便推门进来了。卢再缘在吃饭,一碗热水泡米饭,一碟榨菜。

丁萌萌叹了一口气。卢再缘发现动静,回过头来,茫然地说:啊……贴花,你来了。

丁萌萌大叫起来:什么什么,贴花?好不容易不叫我桃花了,又叫贴花了。

卢再缘:啊,对不起对不起桃花,口误,口误……

丁萌萌:你叫我桃花就不是口误了?

卢再缘:哦,萌萌,丁萌萌。快坐,坐。

丁萌萌坐在了卢再缘的对面:你晚上就吃这个呀?

卢再缘:挺好,挺好的。

丁萌萌:什么挺好啊,这样会把身体搞垮的。

卢再缘:一个人,懒得做,又忙。

丁萌萌:还忙着研究贴花呢?

卢再缘:你来得正好,我们一块儿琢磨琢磨。

丁萌萌:我找到了一篇关于贴花的文章,还是中文的。你看看,兴许有用。

卢再缘接过那本杂志:我先看看,你看看我整理的这些资料。

丁萌萌:你的资料都是用日文整理的,我能看得懂吗?

卢再缘:真是的,把这茬儿忘了。当时光顾着快了,来不及翻译。

丁萌萌站起来,帮助卢再缘收拾着房间。

卢再缘:丁萌萌,我教你日文吧。

丁萌萌:我已经在学俄文了。

陶祁香的办公室里,秦晓婵、丁源兴高采烈地聊着,丁源夫人在一边殷勤地泡茶倒茶。

陶祁香:师哥,你的命真好,摊上这么好的一个媳妇,又贤惠、又漂亮、又勤快、又周到。

丁源:嗯,我也知足了。

秦晓婵:反正你媳妇也听不见,我问你一句话。当初大家都知道你跟祁香好,你怎么突然跑了?

丁源:师姑,您别看我媳妇又聋又哑的,她可会读唇术。

秦晓婵:什么叫读唇术?

丁源:就是看人家嘴唇怎么动,就知道人家在说什么。

秦晓婵:真的假的?

丁源:不信您朝她动动嘴唇,她准知道您在说什么。

秦晓婵:哎呀,那咱还是别乱说了。

陶祁香咯咯地笑起来。

丁萌萌从卢再缘家里出来,卢再缘送到门口。

丁萌萌发现不远处有个人影儿一闪,躲在了一棵栀子树后面。

丁萌萌:汪国良,你给我出来。

卢再缘刚要关门,听到丁萌萌的喊声,又打开一条门缝侧耳听着。

汪国良躲不过去,便出来了:你怎么在这儿呀?

丁萌萌:我还要问你呢,你在这儿干什么?

汪国良:你是不是去找卢再缘了?

丁萌萌:你不是看见了吗?

汪国良:有什么事不能上班的时候说呀,还要黑更半夜地跑到人家里来?

丁萌萌:汪国良,你在跟踪我?

汪国良:我不是不放心吗?

丁萌萌:你不放心什么?

汪国良:谁知道你是以萌萌的身份来的,还是以桃花的身份来的?

丁萌萌:汪国良,你的心怎么这么脏呀?我真看走了眼了。

丁萌萌说完,气呼呼地走了。

汪国良追上来:萌萌,我跟你开玩笑呢。

丁萌萌:滚,别跟着我。

卢再缘在门口站了半天,才把门关上。

卢再缘站在屋子中间,看了看墙上的桃花,又看了看另一边墙上的丁萌萌,仰起头了,半天没有动。

泪水流进了他的嘴角。

门关着,李宗贤敲了敲透明的玻璃门。邓美珊过来打开门。

李宗贤:轻工业部来人了,让我们一起去商量向东德提供釉料配方的事情。

邓美珊:那些配方的材料是唐家明和戴敏而整理的,让他俩跟你去吧。

李宗贤:啊,也好。

邓美珊:唐家明、戴敏而。

戴敏而:在。

邓美珊:你们俩跟着李副厂长出差。

唐家明:出差?去哪儿呀?

邓美珊:景德镇。

唐家明:咱这儿不就是景德镇吗?

邓美珊:甭管去哪儿了,你们跟着李副厂长走就是了。

戴敏而:得令。

萧炳南和浮梁茶女在采茶。如同往日一样,茶女们一边采茶一边唱着歌。

霞光万顷,茶叶片上的露珠儿闪着莹莹的光泽。玉茗回来了,脚步欢快轻盈,洋溢着新婚少妇的幸福和风姿。

荷花首先看见了:玉茗回来了,你们看。

凤仙、月季、瑞香一起喊了起来:玉茗……新娘子……

玉茗挥着胳膊跑上来:姐妹们,我回来了。

几个人立即上前,簇拥着玉茗,搂抱着、拉扯着、打量着。

玉茗:看什么看,不认识了?

月季:这是谁家的小媳妇呀?这么嫩。

萧炳南站在一旁,笑眯眯地看着。

凤仙搂着玉茗的肩膀:来,小美人,让大爷稀罕稀罕。

玉茗:讨厌。师父,您也不管管她们。

瑞香:玉茗,结了婚有什么不一样?

荷花:是啊,快给我们讲讲。

玉茗:我给你们带喜糖来了。

还没等玉茗打开挎包儿,几个人便把她的包儿抢过来:酒,喜酒……

玉茗把酒瓶子抓过来:这是给师父的。咦,茶花呢?

荷花:茶花好几天没来了。

玉茗:她怎么样?

荷花:我昨天见到她了,还好。

几个人争着抢糖。玉茗把酒举到萧炳南面前:师父……

玉茗本来想说什么,开口叫了一声师父,竟然声音哽咽了。

萧炳南接过酒瓶,拍了拍玉茗的肩膀:好孩子,祝福你。

几个人围着玉茗欢闹的时候,杜鹃早就躲到了一边。

玉茗抓了把糖走去:杜鹃,请吃糖。

杜鹃用鼻子哼了一声,脸扭向了一边。玉茗尴尬地站着,不知所措。

荷花想缓解气氛:杜鹃,尝尝,这可不是水果糖,是大白兔奶糖,上海的。

杜鹃:你们不觉得那些糖有贼性味儿吗?

瑞香:杜鹃,你说什么呢?哪儿来的贼呀?

杜鹃:偷别人的男人还不是贼吗?不但是贼,还是花贼、骚贼、不要脸的贼。

玉茗眼睛里含着泪,一句话都没有说。

萧炳南:干活了,干活了。玉茗,来,师父有话想问你。

玉茗跟着萧师傅来到一边。萧炳南说:玉茗,你做得对。

玉茗:我心里的火一团一团往上拱。

萧炳南:你就应该把火压下,多大的火都得压下。

玉茗:为什么,我又不欠她的。

萧炳南:等你想明白了,会为今天的表现感到骄傲的,我也为你骄傲。

玉茗思考着。萧炳南说:我想问问你,陶自强为什么要打茶花他爹?

玉茗:这件事我不知道,周鸿达也不知道。问过,他不说,我们也不好再问。

萧炳南:嗯,恐怕是难言之隐。

玉茗:我和周鸿达也这么想,可究竟是怎么回事呢?

萧炳南:你在景德镇,能见到罗灵风吗?

玉茗:罗半仙?有时候能碰上。

萧炳南:再见到他,就说我请他来喝茶。

玉茗:好,师父,我明天来上班吧?转眼半个多月了。

萧炳南:想上班好啊,茶园还有许多事情等着你呢。

玉茗掏出那张存折:师父,这是欧洲展销会陶自强给我们卖茶叶的钱。

萧炳南:你交给茶业合作社的会计吧。

玉茗:您先看看多少钱,保准让您高兴。

萧炳南:那我可要看看,快给我。

邓美珊进来了,发现陶自强在厨房里做饭,立即笑起来:陶大厂长,君子远庖厨,你居然也操起刀勺来了,真是天大的新闻。

陶自强:自己动手丰衣足食嘛。

邓美珊:是不是姐姐不管你了?

陶自强:她还管我?她连自己都顾不上了。当了这个赣剧团团长,比国务院总理还忙。

邓美珊:来,我帮你一起做。

陶自强:那你就帮我把韭菜择了。

邓美珊:还要做馅儿?

陶自强:弄个韭菜炒鸡蛋。

邓美珊:这是我最爱吃的。

陶自强:就是给你炒的。我姐姐说了好几次了,要请你过来吃饭。头几天是我顾不上,现在是她顾不上了。

邓美珊:这几天我一直想跟你聊聊,看你情绪一直不好,没敢给你添乱。

陶自强:你想跟我聊什么?

邓美珊:聊聊你跟茶花的事呀。这事不能黑不提白不提呀,过得去吗?

陶自强:过不去又能怎么样?我把人家爹打了,她能饶了我吗?

邓美珊:总得想个办法呀?

陶自强:我想了,只能一刀两断。

邓美珊:断得了吗?

陶自强:断不了也得断。

邓美珊:真是剪不断理还乱啊……

陶自强:哎呀,你那是择韭菜吗?都扔在地上了。

邓美珊:啊?你的锅糊了……

还是那座小山坡,月光如水,万籁俱寂。饶茶花坐在山坡上,仰脸看着杜鹃。杜鹃站在饶茶花面前,一只手叉着腰,一只手不停地挥动着,义愤填膺,唾沫横飞:……玉茗算什么东西,落井下石、趁火打劫,挖绝户坟踹寡妇门,缺德到家了。她还有点儿姐妹义气吗?我们可是结拜姐妹,她算什么东西?你没看她那儿臭显摆呢,走路都飘起来了,那个玩意儿都横过来了。还大白兔奶油糖,谁他妈稀罕啊……

饶茶花:这也不能怪玉茗吧? 你不是死乞白赖不上轿子吗?

杜鹃:花轿堵门,刁难新郎,这不是规矩吗?

饶茶花:你这哪儿是规矩呀,不给钱就不上轿,动真格的了。

杜鹃:周鸿达要是多坚持会儿,我妈兴许就松口了。

饶茶花不想跟她争辩了,低下了头。杜鹃更加气愤:……建国瓷厂的男人,有一个好东西吗? 周鸿达立马就把玉茗娶走了,有这么翻脸无情的吗? 还有你那个陶自强,打你爸爸,还往死里打,为什么? 你知道为什么吗? 他就是看上别人了,不想要你。先跟你爹闹翻,结下仇,你还怎么嫁给他。你看看他们的招儿,阴奸损坏外加流氓。出了这么大的事,你不窝火吗? 你就把他放过了? 你爸爸也是个软骨头,还不追究了,凭什么不追究? 白让他打了……

饶茶花还是不想说什么,胸脯却起伏起来……

夜深了,陶自强送走了邓美珊,在门口停了一下,刚要转身进院,饶茶花从后面扑上来,紧紧地薅住他的后脖领子。

陶自强回头:茶花……

饶茶花抢起手里的窑砖,朝陶自强的脸上拍去。陶自强下意识地一躲,窑砖拍在他的肩膀上。

饶茶花扔下窑砖,又朝陶自强扑上去。陶自强往后一闪,脚下一绊,往后摔去。饶茶花顺势骑在陶自强的身上,挥着拳头劈头盖脸地打着。

陶自强不愿意还手,也不想挣扎,任凭饶茶花复仇般地抽打着。在整个过程中,饶茶花一言不发,把所有的力气和愤怒都发泄在陶自强的身上。

终于,饶茶花打累了,停了下来。

已经在黑暗中看了半天的陶祁香说话了:打够了吗? 没打够接着打。

饶茶花见是陶祁香,又朝陶自强的眼眶上狠狠地打了一拳,站起身,拍打了一下身上的泥土,扬长而去……

灯下。陶祁香为陶自强擦拭着脸上的伤痕和泥污。两个人谁也不说话。

突然,田主任跑来了,冲进了房间。陶自强回过头。

田主任:陶厂长,您快去看看吧。

陶自强:什么事?

田主任:倒窑了……

第二十七章

煤窑现场。工人们围在窑门口。李宗贤也沮丧地站在一边。

大老远,陶自强就听见了哭声,一个男人的哭声。

陶自强走上来,人们自动地让开一条路。

周鸿达举着榔头把窑门敲开后,杜绍文用手电筒照着。

窑里的坯胎坍塌了,惨不忍睹。

陶自强、周鸿达、杜绍文互相看了看,都摇了摇头。

这时候,陶自强才顾及蹲在窑门口哭的男人。

陶自强走过来:崔师傅,别哭了。

崔启明听到是陶自强的声音,忙起身:陶厂长……我、我对不起你啊……

陶自强安慰着:崔师傅,别难过,您先别难过。

崔启明:怎么能够不难过啊?陶厂长,一百二十多担坯胎,都是上好的坯胎啊……

朱光秀:是啊,我们拉坯利坯印坯刹和坯,忙活了三个多月,就这么糟蹋了。

丁萌萌:还有那些青花粉彩玲珑,都是我们画工一笔一笔地画的啊。

南小汐:一百二十担,六万多件,是我们全厂一千多名职工的心血啊……

唐家明:可惜我们那八千多件青花了,都是新配方,统一的釉料。

崔启明:怪我怪我,是我没烧好,把大家的心血糟蹋了。

唐家明:崔师傅,您这是没烧好吗?一个窑里,如果有烧坏的、有火候过了或者火候不到位的,出窑率不高,那算没烧好。您这整个倒窑了,还能算没烧好吗?这是事故,重大事故,是事故就要追究责任。

崔启明咕咚跪在大家面前,哭着说:我有责任,我有罪,我接受惩罚……

陶自强用犀利的目光看了看李宗贤。李宗贤心虚了。

周鸿达把崔启明拉起来:崔师傅,你先别哭,也别大包大揽地承担责任。到底是谁的责任,我们一定要调查清楚。

李宗贤:啊,周主任说得对,我也有责任,我要负领导责任。

陶自强:好了,天不早了,杜工留下看守窑口,窑里的坯胎任何人不许动。

杜工:好的,你放心吧。

陶自强:周主任负责这次事故原因的调查,崔师傅,您有什么话跟周主任说吧。

李宗贤:陶厂长,我跟周主任一起调查吧?

陶自强:现在你是代理厂长,我是被停职的厂长。我刚才说的那些,你有最终决定权。

李宗贤似乎被提醒了,立刻精神起来:啊,是啊,我是代理厂长,这件事情由我处理,你就放心吧。

陶自强:那好,我先走了。

李宗贤:陶厂长,您是老厂长,我们能不能商量一下。

陶自强:我要马上去找赵书记汇报。

李宗贤:啊?那我们一起去跟赵书记汇报吧。

陶自强:李副厂长,我的建国瓷厂厂长被停职了,可是我还是建国瓷厂党总支书记,我的党内职务并没有被停职,我是以党总支书记的名义去跟赵书记汇报的。

李宗贤傻了。陶自强说完,走到自己的摩托车前面。

邓美珊追过来:陶厂长,我跟你一起去可以吗?我了解一些情况。

陶自强:上车。

陶自强发动摩托车,带着邓美珊出了建国瓷厂的大门……

萧炳南招待罗灵风喝酒。

罗灵风很高兴,酒喝得多,话也密。萧炳南一个劲儿地给罗灵风倒酒布菜。

罗灵风:萧师傅,在景德镇,我最佩服的,就三个人。我说的佩服不是一般的佩服,是敬重,是五体投地。一个呢,是冯运华。他现在倒了霉了,倒了霉了我更佩服人家了。不卑不亢,一声不响,挺着腰板走了。不就是劳改吗?劳改就劳改,无怨无悔,一句冤屈都不喊。这种人你不服行吗?

萧炳南:冯运华,冯窑主,冯副厂长,大名鼎鼎啊。可惜我们无缘相见。

罗灵风:没关系,等他回来,我约他到您这儿喝酒。

萧炳南:还等他回来干什么?据说他就在高岭土矿上劳改。你要是敢,我们一起去看看他。

罗灵风:我有什么不敢的?我无官无职,不在团不在党的,有什么可顾虑的?

萧炳南:那说走就走?

罗灵风:现在?

萧炳南:明天。

罗灵风：明天？

萧炳南：你还有事？

罗灵风：太仓促了吧，我们不能空着手去呀。

萧炳南：我带二斤好茶。

罗灵风：再带两瓶酒，算我的。

萧炳南举起酒杯：明天去拜访冯运华先生，为了成行，我们干。

罗灵风：干。

李宗贤丧荡游魂地进了门。李妻急忙迎上来：你吃饭了吗？

李宗贤扑向床铺，粮袋似的把自己扔在床上。

李妻：你怎么了？累了？至于累成这样吗？德宝，快给你爸爸倒茶。

儿子李德宝正在角落里鼓捣着什么，急忙站起来端茶过来。

李宗贤一摊泥一样躺在床上，懒得说话。

李妻把茶杯从儿子手里接过来：先喝口茶，一会儿我给你弄吃的。刚蒸好的包子。

李宗贤不说话。

李德宝不知深浅地凑到李宗贤的身边：爸，我什么时候能上班呀？

李宗贤：滚。

李妻在炉子上的锅里拣着包子：让你爸爸先歇会儿。

这是一间大宅院的平房，里面一张双人床，是李宗贤夫妇的。靠里面一张小床，小床上还拉这一道布帘，里面住着李德宝。

门口一张小案板，放着锅碗瓢盆。门口外的屋檐下，用油毡搭起一个小棚子，里面放着煤火炉和蜂窝煤。

李妻把包子放在小案板上：我给你炸了一盘花生米，你喝口酒吧。

李宗贤无精打采地爬起来。李妻把酒给他倒上。

李宗贤一口把酒干了。李妻关切地：你慢点儿喝。

李宗贤又拿起一个包子。李妻见李宗贤情绪好了一些，试探着说：旁边那间小屋，没有人住，能不能让德宝去住，先占上。

李宗贤：一会儿收拾收拾，明天一早你们就回去。

李妻：回去？回哪儿？

李宗贤：回老家。

李妻：回老家？不是你让我来的吗？

李宗贤：我让你们来，因为那会儿我是代理厂长。

李妻：你现在不是厂长了？怎么，把你抹了？

李宗贤:还厂长呢,恐怕我连建国瓷厂都不能待了。

李妻:怎么,出了什么事?

李宗贤叹了一口气:完了,全他妈完了……

罗灵风:萧师傅,知道您为什么找不到我吗? 不瞒您说,景德镇谁都见不到我。我跟您一样,也隐居起来了。

萧炳南:您出家了?

罗灵风:那倒没有,我这辈子,最没有可能的就是出家。

萧炳南:那您去哪儿了?

罗灵风:我这一辈子呀,是身无一技,一事无成,一无所有。吃百家饭,喝千家酒,管万家事,无拘无束无忧无虑没心没肺。那天我突然顿悟了,我也是手续齐全地来到这个世界上的,总不能就这么稀里糊涂地走了吧? 我总得留下一点儿什么呀。

萧炳南:唔,这么说你去干大事了?

罗灵风:大事说不上。政协您知道吧?

萧炳南:当然知道了,中国人民政治协商会议嘛。

罗灵风:对对,景德镇政协成立了一个文史资料委员会,我被聘为文史委员了。专门收集整理景德镇的历史资料。

萧炳南:这个工作好,可以百世留名。

罗灵风:我现在也是景德镇的史官了,为往圣继绝学,妙笔写丹青。

萧炳南:祝贺你罗先生。

罗灵风:对了,刚才我说景德镇我最佩服的三个人……

萧炳南:等等,您先别说您那三个人了,我现在要打听一个人。

罗灵风:谁?

萧炳南:陶自强。

罗灵风:对呀,这正是我最佩服的三个人之一。您想问陶自强什么?

萧炳南:我想问他为什么要打饶三公?

罗灵风:陶自强打饶三公? 陶自强打人? 我没听错吧?

萧炳南:不是说秀才不出门,便知天下闻吗? 这么大的事您都不知道?

罗灵风:您快说说,到底是怎么回事?

会议室里坐满了中层干部,气氛严肃。

陶自强主持会议:现在请景德镇市委组织部高部长宣布组织决定。

高部长站起来:经景德镇市委组织部和市政府人事部研究决定:一、恢复陶自强同志建国瓷厂厂长职务;二、任命周鸿达同志、杜绍文同志为景德镇建国瓷厂副厂长。

陶自强:散会。

人们还没反应过来,会散了,与会人员离开了会议室。

陶自强、李宗贤、周鸿达、杜绍文等人留下来。

陶自强说:今天晚上七点,召开党总支委员会议。

李宗贤:现在呢?

陶自强:正常工作。

赣剧团筹建处招收演员。

院子里摆一张桌子,桌子后面坐着陶祁香、秦晓婵、丁源等评委,还有市文化部门的领导。

一个年轻人负责登记。来应聘的人站在前面。

工作人员喊着名字:齐斯。

齐斯上前。

陶祁香:请介绍一下你自己。

齐斯:我叫齐斯,乐平人,今年十八岁。

陶祁香:你以前唱过戏吗?

齐斯:在我们村剧团唱过。

陶祁香:什么行当?

齐斯:花旦。

陶祁香:唱过什么?

齐斯:《红娘》。

陶祁香:好,开始。

齐斯拉开架势叫板,文武场响起,唱起来:

老夫人把婚姻赖,

好姻缘无情被拆开。

你看小姐终日愁眉黛,

那张生只病得骨瘦如柴。

不管老夫人家法厉害,

我红娘成就他鱼水和谐……

陶自强在办公室刚刚坐下,一个女人闯进来。还没容陶自强发问,女人就跪在了陶自强的腿下,咕咚咕咚地磕头。

陶自强呼地站起来,往后躲闪着。

女人哀求着:陶厂长,求求您了,您大人不记小人过,您大恩大德,您宽宏大量……

陶自强:你是谁? 你到底要说什么?

女人:陶厂长,您千万别把我们赶走,我们是来投奔我男人的,我们要在景德镇安家了,我儿子还要进建国瓷厂,陶厂长,您抬抬手让我们过去吧。

陶自强有点儿恼火,厉声说:你起来,好好说话。

女人一愣,抬起头来看着陶自强。

陶自强:你是谁?

女人:我……我是李宗贤的老婆,求求您了……我男人犯了错误,你们打他骂他,怎么惩罚他都行,千万不能让他离开建国瓷厂啊……

办公室田主任听说了,急忙跑过来:大嫂,你这是干什么呀? 快起来,起来,这像什么话?

女人:陶厂长没答应我,我不起来。

田主任:大嫂,你快起来吧,起来说还不行?

陶自强用力把李妻拉起来:大嫂,我今天是头一回见到你,你什么时候来的?

李妻:我来……来七八天了。

陶自强给李妻倒了一杯水:大嫂,先喝口水,有话慢慢说。

李妻胆怯地看着陶自强。

陶自强:大嫂,你刚才说的话我没听明白,你再说一遍,慢慢说。

田主任:大嫂,你还是跟我走吧,陶厂长很忙,有什么事你跟我说。

陶自强:田主任,你去忙吧。

田主任犹豫了一下,退了出去。

陶自强:大嫂,说吧。

李妻:陶厂长,我知道李宗贤对不起你,现在他犯了错误,你可不能打击报复啊。

陶自强苦笑了一下。

李妻:我是说,你怎么整治他都行,就是不能让他离开建国瓷厂。

陶自强:谁说让他离开建国瓷厂了?

李妻:你不让他离开了?

陶自强:你听了谁造的谣?

李妻:不是造谣,不是,是他自己说的。

陶自强:你回去吧,别胡思乱想了。

李妻:你真的不让他走了?

陶自强:没有人说让他走。

李妻:恩人啊,大恩人啊……

陶自强:好了。

李妻千恩万谢地走了。一直站在外面的田主任走进来:陶厂长,我跟您解释一下。

陶自强:解释什么?

田主任:李副厂长主持工作的时候,强行把他的家属接来了,让我给他在家属院安排房子,他是代理厂长,我……我也没坚持原则。

陶自强:好了,这件事以后再说吧。

冯运华扛着满筐的高岭土矿石,沿着梯子往上爬着。他衣衫褴褛,满头满脸都是泥土。他大口大口地喘着气,两条腿颤颤巍巍,艰难地往上爬着。

一个年轻的矿工在后面推着他。到了矿井口,那个年轻的矿工又帮助他把筐卸下来。

冯运华一屁股坐在地上,满头大汗。年轻人说:冯老师,我说了好几次了,你在上面干点儿零活儿就行了,别下井了。

冯运华自嘲地说:劳动改造,脱胎换骨,不出大力流大汗怎么能够脱胎换骨?

年轻人:冯老师,您别自虐了,我们都知道您是被冤枉的。

又一个年轻人端来了水:冯老师,先喝口水。

冯运华接过水碗:谢谢,谢谢你们。

一个年轻人跑过来:冯老师,有人找您。

冯运华:哦,谁找我?

年轻人:是不是组织上来人了?

报信人:两个老头儿。

冯运华:在哪儿?

报信人:选矿棚那边,矿长正招待他们喝茶呢。

倒窑现场。全体干部会议。

窑前有许多废匣钵,现在成了座位。大家围成一圈儿。

陶自强在讲话,他手里拿着一本《实践论》:我们今天在这个倒窑现场召开全体干部大会,刚才许多同志都在议论,为什么在这个地方开会呢?想必大家心里都有个数。倒窑是个很严重的生产事故，出了事故是要追究责任的。可是大家想过没有，仅仅追究责任是不够的，远远不够的。这是一个沉痛的教训，痛定思痛，我们要从这个教训中得到一些什么。事故那天我跟赵书记去汇报，赵书记给了我这本书，这是毛主席写的《实践论》。这几天我一直在读这本书，明白了许多道理。我们搞社会主义建设，光有热情是不行的，光知道大干苦干是不行的，光加班加点也是不行的。我们要讲科学，要认识事物发展的规律，要提高我们的认识水平。一切认识来自实践，一切认识都要由实践检验并且在实践中发展。感性认识经过"去粗取精，去伪存真，由此及彼，由表及里"的过程飞跃成理性认识，理性认识通过实践飞跃成真理。总的来说，就是实践、认识、再实践、再认识，循环往复以至无穷……

陶自强继续讲着：……倒窑事故发生以后，我们召开了党总支生活会和厂领导班子会议。在这两个会议上，我们开展了严肃的批评和自我批评，李宗贤同志也做了检查。在今天的会议开始之前，李宗贤同志向我提出了要求，要求大家允许他再做一次检查。现在我们请李宗贤同志做检查……

李宗贤拿着一叠厚厚的讲稿，表情沉重地上来，站在大家面前，突然跪了下来……

陶自强顿时慌了：李宗贤同志，你这是干吗？快起来。

李宗贤：陶厂长，请允许我跪着讲行吗？

陶自强：不行，快起来。

李宗贤哭着说：我所犯下的罪过，不可饶恕，我只有跪着讲才能表达我的悔过。

陶自强：我们不搞江湖上这一套。你愿意讲，就站起来讲，我们都不愿意看到你这副畏畏缩缩的样子。

在一个僻静的小山坡上，罗灵风和萧炳南把带来的酒菜拿出来，摆在一块平整的石头上。没有筷子，罗灵风找了几根树枝。

萧炳南：糟糕，忘了带酒杯了。

冯运华：我们矿区有一种喝法，叫对口吹。

罗灵风：我知道，就是举着瓶子直接喝。

冯运华：如果萧先生不嫌弃，我们不妨对口吹。

萧炳南：冯先生要是不嫌弃，哪儿有我们嫌弃的道理？

罗灵风：来来来，对口吹。冯先生，您先吹。

冯运华举起酒瓶，喝了一大口。

罗灵风：快快快，吃肉。大口喝酒，大块吃肉，大声骂娘。

冯运华非常感动地说:二位,我冯运华自从来到这个矿区,从来没有奢望过有人来看望我,我万万没有想到的是你们二位来看望我。我与罗先生有过几次谋面,也未曾深交,跟萧先生呢,更是素昧平生。我冯运华何德何能,承蒙两位先生不弃,无以回报啊……

萧炳南:冯先生,您说哪儿去了。冯先生的高德大名在景德镇如风过林梢、雨沐平野。我萧炳南一直想结识先生,苦无机缘,这次多亏了罗先生成全,萧某此生足矣。我敬冯先生,也感谢罗先生……

冯运华把一包东西交给罗灵风:这是一种乳花石,我草草地实验了一下,可以作为一种新的釉料。我把配方写在上面了,麻烦您交给陶自强。

罗灵风:放心吧。

萧炳南:冯先生,我有一种预感,你很快就会回景德镇的。

冯运华:借您吉言,回景德镇后我请您喝酒。

萧炳南:那我就等着您的好消息了。

冯运华:忘了问了,你们是怎么来的?

罗灵风:我们雇了一辆小驴车,在下面等着呢。

陶祁香在办公桌上写着什么,一个漂亮的女孩儿进来了。

女孩儿:陶团长好,我是从省文联来的,这是我的介绍信。

陶祁香接过介绍信:你叫虞笑寒。

虞笑寒:虞姬的虞,玩笑的笑,寒冷的寒。

陶祁香:听说你是主动要求来赣剧团的。

虞笑寒:我在文联办公室工作,无所事事,浪费青春。

陶祁香:喜欢戏剧?

虞笑寒:喜欢。

严主任进来:陶团长,今天又有几个前来应试的。

陶祁香:通知几个评委准备一下。

严主任:陶团长,我觉得咱还要扩大宣传,这都一个多星期了,才招了七八个人。

陶祁香:是啊,我也在想这个问题,我们主要是在报纸上登的广告。可是大多数老百姓都看不到报纸,特别是农村。我想能不能到乡下贴一下告示。

严主任:当然行了,我们把告示写好,我组织人下乡去贴。

虞笑寒:陶团长搞下乡宣传我是内行,把这个任务交给我吧。

陶祁香向严主任介绍:这是省文联来的虞笑寒,这是办公室严主任。先把小虞安排在你们办公室吧。

严主任:欢迎欢迎……

赣剧团继续招收演员。一个长得标致健壮的小伙子站在了考场前,深深地鞠了一个躬:各位考官好。

陶祁香:姓名?

小伙子:罗纲。

陶祁香:年龄?

罗纲:二十四岁。

陶祁香:什么行当?

罗纲:袍带小生。

陶祁香:哦,今天你想唱什么?

罗纲:《玉堂春》里的王金龙。

陶祁香:好的,开始。

伴奏的丝弦响起,罗纲虽然年轻,却有舞台范儿,不慌不忙地唱起来:

> 王金龙,长年闷读坐书房,
> 从不知,竟有佳丽在此方。
> 见苏三,举止文雅且端庄,
> 为何在,欢乐场中度时光?

在罗纲演唱的时候,秦晓婵一直与陶祁香用表情交流着,表示这个演员不错。唱完一段,陶祁香还想再听下去,便以苏三的角色唱下去:

> 见公子,风度翩翩貌堂堂,
> 却是那,并无半点露轻狂。
> 苏三是,见过多少青楼客,
> 从未见,如此忠厚少年郎。

罗纲受到了鼓舞,接着陶祁香唱下去:

> 恕我冒昧问姑娘,
> 此生怎会入教坊……

报考的人和围观的人都情不自禁地叫好鼓掌。

陶祁香:师姑,这个小伙子是您教的吧?

秦晓婵笑了。陶祁香笑道:这么说,是我的小师弟了?

秦晓婵:这个小伙子可是不一般,他现在是我们车溪乡的副乡长。

陶祁香:罗纲同志,你来考试,你们乡里同意吗?

罗纲:不同意。

陶祁香笑了:那你不是白来一趟吗?

罗纲:如果被录取了,我回去再正式申请。

陶祁香转身问评委:你们觉得怎么样?

评委同声说好。陶祁香说:好了,你回去申请吧,祝你成功。

罗纲又深深鞠了一个躬。

周鸿达在宣读着:建国瓷厂新任中层领导如下:

成型车间主任:朱光秀

彩绘车间主任:丁萌萌

窑炉烧制科科长:崔启明

…………

萧炳南:听说你把陶自强打了?

饶茶花:他不明不白地打我爹,我索性明明白白地打他。

萧炳南:这不是扯平了吗?

饶茶花:没扯平。

萧炳南:你还想接着打他?

饶茶花:不打了,他皮太厚。

萧炳南笑了:那你打算怎么办呢?

饶茶花:不知道。

萧炳南:不打算跟他好了?

饶茶花:都这样了,我们还能好吗?

萧炳南:那就一刀两断?

饶茶花低下了头。

萧炳南:你心里还有他是吗?

饶茶花:他心里还有我。

萧炳南:你怎么知道的?

饶茶花:我那么打他,他愣是不还手,一声都不吭,老老实实让我打。

陶自强骑着摩托车来了,在山坡的小路旁停下来,俯视着饶茶花家的小院。

小院里静悄悄的。路旁一片草地,陶自强躺在了草地上……

月明星稀,凉风习习,秋虫啁啾。饶茶花走近了,她先发现了路边的摩托车,又看见了躺在草地上的陶自强。

饶茶花想走开,走了两步又回来了,在陶自强的身边看了看。陶自强一动不动,闭着眼睛。饶茶花纳闷道:死了?

陶自强没吭声。饶茶花说道:你敢死,我就敢埋。

陶自强还是没吭声。饶茶花想走开。陶自强坐了起来。

饶茶花:你没死?

陶自强:我来给你送一样东西。

说着,陶自强把一个锦盒递给饶茶花。这是我从英国给你带回来的。

饶茶花:我不要。

陶自强:留个念想儿。

饶茶花:你什么意思?

陶自强没说什么,拍了拍屁股,骑上摩托车,走了。

饶茶花打开锦盒,一对珐琅镶嵌的手镯。饶茶花刚要扔,又改变了主意,戴在了手腕上。

饶茶花又朝远处望去,大喊着:陶自强,你混蛋……

小徐把汽车停在了院子外面。赵文昌下车进了院子。

新招收进来的演员们热情很高,在院子里咿咿呀呀地唱起来。

秦晓婵、丁源在一边指导着。

赵文昌进来,看见陶祁香在织毛衣:香姐,你这团长当得还挺自在啊。

陶祁香抬起头来:哟,赵书记,你怎么来了?

赵文昌:又叫我赵书记,没劲。

陶祁香:哦,别叫小赵了,叫老赵吧。

赵文昌:叫什么都行,就是别叫赵书记。

陶祁香起身给赵文昌倒水。赵文昌从口袋里掏出一封信来看着,边看边笑。

陶祁香:看谁的信呢?还笑。

赵文昌:你弟妹的,下班的时候收到的,忘了看了。

陶祁香:瞧你笑成那样儿,有什么好消息呀?

赵文昌把信递过来:你看看。

陶祁香:你们两口子的信我不看。

赵文昌:就当笑话看呗。

陶祁香:是吗?那我得看看。

陶祁香把信拿在手里,看一眼就笑了。

……老赵,两封来信都收到了,没给你回。一是没时间,二呢,每次看你信之前,我都要打一针胰岛素,都是甜言蜜语,弄不好就会血糖升高。其实呢,阎王爷贴挂钱儿,鬼话(画)连篇。你还挺浪漫,还写首诗,我把你的诗改了一下,看准确不准确:我在江之头,君在江之尾。日日思君不见君,早晚得出轨……

陶祁香笑得不行了,把信还给了赵文昌。

赵文昌:看看,这就是东北的娘儿们。

陶祁香:老赵,你来景德镇有四五年了吧?该把弟妹调来了,时间长了,你就不怕弟妹出轨?

赵文昌:哪儿是她出轨呀?她是在说我出轨。你看,景德镇的大姑娘小媳妇,白脸细腰大长腿,你不出轨才见鬼……

陶祁香又笑起来。赵文昌收起信。

陶祁香:我得先跟你说一下,过两天我想去看看冯运华。

赵文昌:你这毛衣就是给老冯打的?

陶祁香:是啊,天快凉了。

赵文昌:别去了,他快回来了。

陶祁香:真的?那太好了。

赵文昌:省委组织部开始做甄别工作了。

陶祁香:他本来就是被人陷害的,李宗贤这么坏,最近又惹了这么大的祸,你们也不处理他?

赵文昌:建国瓷厂的事你就别操心了,还是说说你们赣剧团的事情吧。

陶祁香:你来得正好,我有一大堆问题要向你汇报呢……

赵文昌掏出笔记本:我记一下。

陶祁香:首先是编制问题……

陶自强来到门外。姚莎莎看见,立刻把门打开了。

陶自强站着没进来。姚莎莎喊道:陶厂长,您等着我把您抱进来吗?

陶自强指了指门上的告示:科研重地,闲人免进。

姚莎莎:您又不是闲人。

陶自强进来了。邓美珊:昨天我又看了看欧洲的订货合同,上面没有注明青花粉彩必须是手工绘制。

陶自强:我来,就是要问你这件事。

唐家明:那份合同是我翻译的,上面确实没有手绘的要求。

邓美珊:就是说,我们可以采用贴花工艺。

陶自强把冯运华的布袋儿给邓美珊:我明白了。给你这个。这是一种乳花石,冯副厂长说,可以开发一种新的釉料,配方在里面。

邓美珊:啊?冯副厂长回来了?他在哪儿?

陶自强:这是景德镇的两个老人带回来的,他们去看望冯副厂长了。

邓美珊:我也想去看看他,他可是我们釉料研究所的老所长。

陶自强:我问过赵书记了,他说让我们先别去,他在积极争取为冯副厂长甄别。

邓美珊:冯副厂长是冤枉的,大家心里都明白。

卢再缘:国良,今天晚上给你姐庆祝庆祝?我请客。

汪国良:我请客吧,我现在是正式职工了,每月的工资花不完。

卢再缘:那咱就庆祝两次,我一次,你一次。

丁萌萌:你们嘀咕什么呢?

卢再缘:我们商量着给你摆酒祝贺呢。

丁萌萌:祝贺什么?

卢再缘:祝贺你荣任车间主任啊。

丁萌萌:你们别逗了,我只是赶鸭子上架。

卢再缘:让我说,是实至名归。

丁萌萌拍着两只手,招呼着:大家把手里的活儿先放一放,往前凑一凑,我们开个小会。

众画师凑过来。丁萌萌说道:咱们车间呢,原来的车间主任是廖老师,廖老师实在是太忙了,车间里的事呢就由我代管着。好在我们车间都是独立作业,各干各的,事也不多。现在廖老师索性被陶瓷大学挖走了,我呢,就被厂领导正式任命车间主任了。这就是山中无老虎猴子称大王,没有朱砂,只能用红土代替。我几斤几两大家都知道,我自己也知道。好在大家都支持我,我在这里谢谢各位了。现在我们面临着一个大任务,大家都知道,烧制外销瓷倒窑了,所有的坯胎都作废了。我们跟外国人做生意,讲的是契约,延期交货要罚款的,巨额罚款。真要是被罚了款,我们这半年就白干了。这还不算,关键是完不成国家

526

的创汇任务,国家将受到巨大的损失……

丁萌萌的话说完之后,大家开始议论纷纷。

画师:照你这么说,我们一天得干三天的活儿。这样干,一天两天行,时间长了可受不了。

画师:是啊,人毕竟不是机器,机器可以歇人不歇马,人行吗?

画师:机器开时间长了还发烫呢。

画师:跑快活也行,粗针大麻线,可出不来好活儿呀……

陶自强进来了。

丁萌萌:陶厂长来了,我们正开会讨论提高产量呢,您给我们讲讲吧。

陶自强:我看大家说得挺热闹,就应该这样,群策群力嘛。我就不讲了,我来找卢老师谈谈。

卢再缘:是找我吗?

陶自强:卢老师,我们单独聊聊。

卢再缘把陶自强带到自己的工作台前面。

陶自强:你们一直在研究贴花工艺,我想了解一下,进展怎么样了?

卢再缘:你就是不找我,我也要找你呢。你看看,这是我们的贴花画稿。

卢再缘搬过一大摞画稿,足有一尺多高。

陶自强一张一张地看着。

卢再缘:这些都是青花和粉彩的贴花,有一百多份吧。

陶自强:这是准备制版的吗?

卢再缘:是的。关键是制版,可是这种铜版只有上海才能制作。

陶自强:你们马上到上海去制版,越快越好……

卢再缘突然一阵咳嗽。陶自强关切道:身体不舒服?

卢再缘:没事没事,可能是感冒了。

陶自强:到了上海,一边制版,一边去看看病。千万别大意,现在正是在节骨眼上。

卢再缘:没事的,陶厂长放心吧。

罗灵风在赣剧团筹建处门口转悠着,时不时地朝里面探着脑袋。

一个推独轮车的小贩吆喝着:发糕,油条包麻糍……

罗灵风看了看小贩,又摸了摸自己的口袋。

小贩:大仙,我看您在这儿转悠半天了,怎么不进去啊?

罗灵风:啊,我随便转转。

小贩:您不是也要考赣剧团吧?没听说您会唱戏呀。

罗灵风不理他。小贩吆喝:发糕,油条包麻糍……

秦晓婵从里面走出来,买着油条麻糍。小贩给她用荷叶包着。

罗灵风凑过来:大姐,您也是赣剧团的?

秦晓婵:我就是临时帮几天忙。

罗灵风:这么说您是行家啊。

秦晓婵:什么行家不行家的,年轻的时候跟陶祁香一起唱过戏。

罗灵风:也在饶河班?

秦晓婵:是啊。

罗灵风:大姐,我能跟您谈谈吗?

秦晓婵:谈什么?

罗灵风:我是政协文史委员,正在搜集江西戏剧的文史资料。我……采访一下您。

秦晓婵:您别采访我呀,找我们团长陶祁香呀。

罗灵风:陶团长太忙了,我的采访又不是三句两句能完的。先跟您聊聊吧。

秦晓婵:这样吧,您等我一会儿,我把这油条麻糍先送进去,回头再跟您聊。

罗灵风:那好,那好,我等您。

秦晓婵出来了,罗灵风带她去了一家小酒馆。桌上,几个家常菜和一壶窑工酒。

罗灵风和秦晓婵一边喝着酒,一边热烈地交谈着。罗灵风还煞有介事地做着记录。

南小汐领着约瑟芬来到李宗贤办公室。

李宗贤见到一个金发碧眼的美女,顿时慌了。

南小汐:李副厂长,来了一位外宾。

李宗贤:找陶厂长啊,这可是大事。

南小汐:陶厂长不在。

李宗贤:哦,你给我当翻译,问问她从哪儿来,有何贵干?再告诉她,我是建国瓷厂的副厂长。

约瑟芬向李宗贤伸出手:李副厂长,我叫约瑟芬,是陶自强的朋友。

李宗贤:啊?你会说中国话。

约瑟芬:陶自强不在,我就不等了。我住在景德镇宾馆 1208 房间,麻烦你告诉陶自强,让他有时间去找我吧。

李宗贤:好的好的。

约瑟芬:再见。

南小沙带着约瑟芬走了。

萧炳南埋怨着罗灵风:不知道你老哥晚上来,也没准备什么酒菜。

罗灵风:不喝酒,今天不喝酒。

萧炳南:怎么,猫不吃腥儿了?

罗灵风:我今天请秦晓婵在三角井喝酒,完了之后立马到你这儿来了。

萧炳南:你怎么来的?

罗灵风:坐二等车来的。

萧炳南一边泡茶一边问:什么叫二等车?

罗灵风:你落后了吧,现在到景德镇附近的地方,都有二等车。就是用自行车带人,家里有自行车的,捞点儿外快。

萧炳南:嗯,这个不错,以后我去景德镇,也可以坐二等车了。

罗灵风:二等车,钱不多,又闻屁味儿又坐车。

萧炳南坐下给罗灵风倒茶:你刚才说晚上请谁吃饭?

罗灵风:秦晓婵。

萧炳南:听名字像是女人。

罗灵风:当年饶河班有名的老旦,现在帮助陶祁香组建赣剧团呢。

萧炳南:听说过。你请她干什么?

罗灵风:你不是让我打听陶自强吗?

萧炳南:噢对对,怎么样?

罗灵风:秦晓婵说,当年在饶河班,陶祁香突然有一个孩子。大家都觉得很奇怪,陶祁香说,她父母被土匪撕票了,留下个弟弟……

萧炳南:当时那个孩子有多大?

罗灵风:一岁不到,还不会走路呢。

萧炳南沉思起来:这是什么时候的事?

罗灵风:陶祁香那年十四岁。

萧炳南:陶祁香今年多大?

罗灵风:四十岁上下吧。

萧炳南:到底多大?

罗灵风:秦晓婵年纪大了,记不清楚了。

萧炳南:想办法打听清楚。

罗灵风:我再想办法。

萧炳南:你为冯先生送乳花石的时候,没见到陶自强吗?

罗灵风:陶自强没在,我交给周鸿达了。他们俩是师兄弟,我嘱咐好了。

529

萧炳南嘀咕着：如果她四十岁，就是 1928 年，要是四十一岁，就是 1927 年……1927 年,民国十六年……

赵文昌把一份文件交给陶祁香：赣剧团的编制批下来了，正式职工四十二人。

陶祁香：搁在过去，四十二个人算是大戏班了。

赵文昌：其中三十六个演职人员，六个行政人员。

陶祁香：要那么多行政人员干什么？

赵文昌：总得有几个搞管理的人吧，以后剧团里的杂事少不了。

陶祁香：过去的戏班，一个闲人都不养，也养不起。连老板、做饭的都得跑龙套。

赵文昌：你看，从省文联来的那个虞笑寒，不就是行政人员吗？

陶祁香：我会给她找点儿事做的，实在不行，还可以管管服装道具。

赵文昌：你啊，还总说你不会当官，这不是很会算计吗？

陶祁香：你最近到建国瓷厂去了吗？

赵文昌：没有，怎么了？

陶祁香：还怎么了？你可真是个大松心。建国瓷厂倒窑了，出口任务很困难了，人心浮动，议论纷纷，这些情况你清楚吗？

赵文昌：清楚啊。

陶祁香：你得帮帮陶自强啊。

赵文昌：正因为现在建国瓷厂困难重重，人心不稳，任务艰巨，我才不能去。

陶祁香：你要放弃建国瓷厂？放得下吗？

赵文昌：这正是锻炼陶自强、考验陶自强的时候，我不能总是领着他走路。得让他自己往前闯，自己想办法拿主意。

陶祁香：嗯，怪不得呢。

赵文昌：怎么了？

陶祁香：陶自强像你一样大松心，肩膀上挑着这么沉的坯架，还跟没事似的，出来进去还哼起来弋阳腔。

赵文昌：这我就更没有必要打扰他了。看到陶自强成长了、成熟了，我很高兴。

陶祁香：那你就多抽出点儿时间帮助一下赣剧团吧。

赵文昌：我把你们扶上马，就在马屁股上抽一鞭子，自己跑吧你们。

陶自强敲门，邓美珊抱着一簇鲜花。约瑟芬打开门，惊喜地叫着，与他们拥抱。

一个带套间的房子，约瑟芬拿出英国红茶。陶自强举着手里带来的茶叶：到了景德镇，就要喝景德镇的茶。这是浮梁的浮瑶仙芝，你尝尝。

约瑟芬：太好了。

邓美珊抢着坐在了茶台前面：我来吧，我正在学习泡茶，让我炫耀一下。

约瑟芬：啊，我终于来到景德镇了，太神奇了。到处都是窑炉，到处都是瓷器，河边堆满了窑柴，森林一样的烟囱。还有你们的建国瓷厂，这是我见到的最大的瓷厂……

陶自强：你来了，就好好看一看。想去哪儿？

邓美珊：快来坐下喝茶。

约瑟芬：我想去看看茶，我说过，我对茶叶生意也很感兴趣。

陶自强：看茶要到浮梁，明天不行，后天吧，后天我带你去。

约瑟芬：不行，后天我要去北京，只有明天一天的时间。

陶自强：这么急？

约瑟芬：我要到北京参加一个贸易洽谈会。

陶自强：哦，我明天安排人陪你去。

约瑟芬：你放心，我还会来的，并且很快就会来的。

陶自强：那么明天晚上，我请你吃江西菜吧。

约瑟芬：好啊，我还要喝茅台酒。

陶自强：当然。我还要给你介绍几个新朋友。

约瑟芬端起茶杯，抿了一口：嗯，好茶。

陶自强：来，约瑟芬，我们以茶代酒，欢迎你到景德镇来。

罗灵风：曾经有人怀疑过陶祁香是不是陶自强的亲姐姐，谁也没有证据。

萧炳南：你说有可能吗？

罗灵风：说不好。

萧炳南：陶祁香为什么反对陶自强和饶茶花搞对象呢？按说新社会了，陶祁香又不是老顽固，不至于吧？

罗灵风：是啊，是有点儿猜不透。

萧炳南：就算她反对，饶茶花的父母登门求亲，也得给人家点儿面子吧？总不至于离家出走吧？

罗灵风：是啊，是啊。

萧炳南：还有，陶自强为什么打饶茶花的爸爸呢？那种打不是一般的打，往死里打，有多大的仇呢？什么仇呢？

罗灵风：你没问问茶花？

萧炳南：茶花也说不出个所以然来，我也不好深问。罗先生，还得麻烦你，把这些都打听打听。

约瑟芬拿出一个盒子,盒子里是一个瓷瓶,递给陶自强:陶先生,麻烦请你给掌掌眼。

陶自强笑了:约瑟芬小姐真是中国通,连这些中国古玩界的行话都会说。

约瑟芬:我也是现趸现卖。

陶自强仔细看着:这是一只元青花云龙花纹双耳瓶,可惜这两只耳朵没了,不知道是什么耳。

约瑟芬:我父亲说,这是我的高祖从中国带回的,传到我这儿已经是第五辈了。有一次搬家的时候,不小心把两个耳朵碰掉了。

陶自强:这么说,是你们家的传家宝了。

约瑟芬:可以说是传家宝,我父亲非常珍爱。我这次带来,就是想把这两个耳朵修复,不知道可不可以。

陶自强:交给我吧,我想办法。

约瑟芬:陶先生,太谢谢你了。

陶自强:我们是朋友,别客气。上次在英国,你帮了我那么大的忙,我还没感谢你呢。

陶祁香把赵文昌送出大门。

赵文昌:香姐,你要不要回家?顺便送你一下。

陶祁香:我今天就住在这儿了,夜里还要照顾一下秦师姑。老赵,我再多句嘴,还是把弟妹调过来吧。

赵文昌:香姐,我这话只能跟你说,我有点儿为难。

陶祁香:为难什么?

赵文昌:她现在是卫生局的局长,有可能下一步会提拔副市长的。你说,我把她调过来,怎么安排?

陶祁香:啊,这事……我就不懂了。

赵文昌:好了,车到山前必有路,等等再说。

　　火车咣当咣当地奔驰着,车窗外梯田绿树闪电般地后退。

　　丁萌萌坐在靠窗户的座位上,卢再缘坐在外面。

　　卢再缘又拿出贴花样稿看着,很专注。丁萌萌很兴奋:啊,太美了,这是我平生第一次坐火车,你呢卢老师,你以前坐过火车吗?

　　卢再缘:抓紧,与时间赛跑。

　　丁萌萌:对了,您说得真好。坐在火车上,就是赛跑的感觉。

　　卢再缘继续看着样稿。丁萌萌说:卢老师,别看了,看看外面的风景吧。

　　卢再缘:抓紧。

　　丁萌萌:您抓得够紧的了。这些天没日没夜地,连胡子都顾不上刮。

　　卢再缘摸了摸下巴:我没刮吗?

　　丁萌萌:今天我们出差你刮了,我说的是以前。

　　卢再缘:抓紧,一定要抓紧。

　　丁萌萌:您还会说别的吗?

　　卢再缘:会。

　　丁萌萌:说。

　　卢再缘:抓紧。

　　丁萌萌大笑起来:卢老师啊卢老师,都把您忙神经了。

　　卢再缘:抓紧。

　　人流川流不息,熙熙攘攘。卢再缘与丁萌萌一起出了火车站。

　　丁萌萌接过卢再缘手里的箱子。

　　卢再缘:制版厂在南京路,还有一段路,我们雇一辆黄包车吧?

　　丁萌萌:我想坐有轨电车,我还没坐过呢。

　　一辆有轨电车开进了站,丁萌萌抢到了一个座位,让卢再缘坐下。

　　卢再缘坐下,闭上了眼睛,他显得很累。丁萌萌站在卢再缘的身边,看着窗外,感到一切都非常新奇:卢老师快看,那些楼真高啊……

　　丁萌萌见卢再缘没搭话,看了看他:你太累了,休息会儿,到站我叫您。

约瑟芬在大堂门口等候着,胸前挎着一个相机。

南小汐走近:Hello,Josephine.

约瑟芬:早上好,南小汐。你的车在哪儿?

南小汐:什么车?

约瑟芬:你没有开车来吗?

南小汐:我没有车,我们景德镇也只有拉货的卡车。

约瑟芬:那么我们怎么去浮梁?

南小汐:可以骑驴,可以坐小驴车,还可以坐二等车。

约瑟芬:什么叫二等车?

南小汐:二等车就是坐在人家的自行车后面。

约瑟芬:哦,那不好。

南小汐:那只有骑驴或者坐小驴车了。

约瑟芬:我们骑驴吧,我还没有骑过驴。

南小汐和约瑟芬每人骑着一头小毛驴。

小毛驴的蹄子敲打在石子路上,踢踢踏踏,声音清脆悦耳。

一路风光无限,两边绿荫掩映。邓美珊和南小汐都非常兴奋。

约瑟芬:太好了,这是我第一次骑小毛驴。

南小汐:你骑小毛驴像骑马。

约瑟芬:我骑过马。

南小汐:在草原上?

约瑟芬:不是,在我亲戚家的庄园里。

两个制版师傅翻看着画稿,很满意:这画稿是你们自己画的?

卢再缘点了点头。制版师傅说:你们以前画过制版稿?

卢再缘:没有啊,不对吗?

制版师傅:不是不对,是太对了。许多人以为把自己的画拿过来就能制版,这里面有许多技术问题,你们是怎么做到的?

卢再缘:我查了一些资料,也跟画过制版稿的师傅请教过。

丁萌萌惊异地看了看卢再缘。

制版师傅:这些版最快也要半个月才能制作好。

丁萌萌:半个月,时间太长了。

制版师傅:你们的活儿太多了,半个月都很紧张。

丁萌萌:师傅,能不能把别的活儿先停下来,为我们赶一赶? 我们做的是出口瓷,与外国商人签订了合同的,如果不能按时交货,一是要面临着巨额罚款,二是影响国家信誉,这可是政治问题。并且我们已经出了事故,交货期越来越紧了,师傅,我们是向你们求援的。

制版师傅:我们只负责接活儿,安排生产我们没有权力。要不你们找找我们厂长?

丁萌萌:你们厂长在哪儿?

制版师傅:厂长办公室在三楼。

丁萌萌:你们厂长怎么称呼?

制版师傅:她姓何,叫什么来的?

另一位师傅:叫何丽莎。

丁萌萌:是位大姐?

制版师傅:恐怕你应该叫阿姨了。

丁萌萌:好啊好啊。师傅,那这样,你们先把我们的画稿收下,我们再跟何厂长联系。

浮梁茶女们正在采茶。翠绿的茶林间,姑娘们的花衣衫时隐时现,姑娘们的歌声时起时伏。约瑟芬高兴极了:哎呀,世外桃源,恍如仙境。

南小汐:我也是第一次到茶园里面来。

小毛驴上山有些吃力,两个人牵着小毛驴沿着山间小路上山。

约瑟芬:你会唱采茶歌吗?

南小汐:不会。

约瑟芬:我想唱。

南小汐:你会?

约瑟芬:我也不会。

南小汐:那怎么办?

约瑟芬:跟着她们学。

浮梁茶女(唱):姐姐呀,采茶好比凤点头……

浮梁茶女(唱):妹妹呀,采茶好比鱼跃网……

约瑟芬(学唱):姐妹呀,采茶好比……

浮梁茶女(唱):姐姐呀,兰花指尖儿拔军旗……

浮梁茶女(唱):妹妹呀,纤纤玉指夺长枪……

约瑟芬(学唱):妹妹呀,伸出手指拔长枪……

浮梁茶女(唱):你一旗,

浮梁茶女(唱):我一枪,

浮梁茶女(唱):一旗一枪装满筐……

约瑟芬和南小汐被浮梁茶女发现了,喊着:上山的姐妹,你们去哪儿?

南小汐:我们来找饶茶花……

丁萌萌和卢再缘从制版厂出来,有点儿茫然。

卢再缘:我们去给陶厂长打个电话吧?

丁萌萌:干吗?

卢再缘:让他通过组织关系联系一下制版厂,这样名正言顺。

丁萌萌:卢老师呀,你是孩子哭了抱给他娘,图个省心啊。

卢再缘:那你说怎么办?

丁萌萌:不能有了困难就找组织,要有责任心、有担当。

卢再缘:你有办法?

丁萌萌:没有。

卢再缘:那你说什么?

丁萌萌:没办法想办法呀。

卢再缘和丁萌萌心事重重地走着。

忽然,丁萌萌发现了一栋楼上挂着《文汇报》的牌子,立即停住了脚步。

卢再缘:怎么,你要给报社投稿?

丁萌萌:刚才何厂长说,他们正在为《文汇报》赶制一本画册,我们何不求求他们,先给我们让一让路。

卢再缘:可是他们跟我们没关系呀。

丁萌萌:没关系可以建立关系嘛。

卢再缘:怎么建立?

丁萌萌:他们是新闻机构,好沟通。走,我们去找他们总编。

卢再缘:你的胆子可真不小,还找人家总编?

丁萌萌:要不,您在这等着我。

卢再缘:不不,我还是跟你一起去吧,练练胆子。

南小汐让约瑟芬把小毛驴放在路边,然后再进茶园。

约瑟芬:小毛驴要跑了怎么办?

南小汐:放心,这是经过训练的脚驴,不会乱跑的。

约瑟芬:它要是吃茶树呢?

南小汐:它只吃草,不吃茶。

约瑟芬:难道这是张果老的仙驴?

南小汐:差不多。

饶茶花跑过来:你们是找我吗？

约瑟芬:你是饶茶花？

饶茶花呆呆地看着约瑟芬,非常惊奇。

约瑟芬:你看我像个怪物是不是？

饶茶花:你这个怪物也太漂亮了,还会说中国话。

南小汐:她叫约瑟芬,从英国来。

饶茶花:英国？我们的茶叶就是你买的？

约瑟芬突然发现了饶茶花腕子上的珐琅手镯:如果我没猜错的话,这手镯是陶自强给你的吧？

饶茶花:啊？你怎么知道？

约瑟芬:陶自强是我的朋友。

饶茶花大叫起来:啊？他是你的朋友？这么快……这么说,这手镯也是你的？

约瑟芬:你猜对了,是我给他的。

饶茶花立即翻脸了,把手镯撸下来,塞在约瑟芬的手里,扭头走了。

约瑟芬:怎么回事？我得罪她了？

南小汐:你得罪大发了。在中国,如果说男人和女人是朋友,那就是对象,甚至是未婚夫。

约瑟芬:啊？我得跟她解释清楚。

南小汐:还是我来吧。

南小汐跑上去追着饶茶花:饶茶花,你站住。

饶茶花:干吗？关你什么事？

南小汐:你误会了。

饶茶花:误会什么？

南小汐:在外国,男女之间说是朋友,是很正常的关系。

饶茶花:都是朋友了,还正常？

南小汐:人家说的朋友,跟咱说的朋友不一样。

饶茶花:怎么不一样？

南小汐:人家说的朋友,就是指关系比较好。不是恋爱关系,更不是未婚妻,你懂吗？外国人比我们开放,男女之间的友谊是很正常的。你想多了。

饶茶花:你是谁？

南小汐:我是建国瓷厂销售科的南小汐,来,认识一下。

南小汐先饶茶花伸出手,饶茶花不好意思地握了一下。

约瑟芬走过来:饶茶花同志,我想问你一个问题。

饶茶花:什么问题?

约瑟芬:这手镯你还要吗?

饶茶花不好意思地笑了。

约瑟芬把手镯给饶茶花戴上:放心,我不会跟你争夺陶自强的。他要是娶我这么一个绿眼睛、黄头发的外国女人,他就不能当厂长了。

饶茶花跑来喊着:荷花、月季,你们跟我来。

荷花和月季过来:干什么?

饶茶花:去师父家。

荷花:师父家有什么好吃的?

饶茶花:想什么呢,就知道吃。

月季:那叫我们干什么?

饶茶花:师父要摆三道茶。

月季:给那个洋妞儿?

饶茶花:什么洋妞儿,人家是英国的大瓷商、茶叶商,要把咱们的浮梁销售到欧洲去。

卢再缘:没想到何厂长是邵总编的表姐,你也真行,三言两语就把邵总编拿下来了。

丁萌萌得意地仰着头:这就叫工作能力,要是依着你,把球儿踢给陶厂长,我们丢不丢人?

卢再缘:还是我们运气好。

丁萌萌:运气总是留给有准备的人,要不是我们努力,再好的运气也没用。

卢再缘:你就不兴谦虚点儿。

丁萌萌:我也想谦虚,可是实力不允许啊。

卢再缘:说你胖,你还喘上了。

丁萌萌:明天我们还得来,抓而不紧等于不抓。

卢再缘:邵总编不是答应明天去制版厂了吗?

丁萌萌:这样吧卢老师,我明天跟着邵总编去制版厂,您休息一下吧,我看您太累了。

卢再缘:也好,我明天想去看望一个老朋友。

丁萌萌:可不许太累啊。

卢再缘:当然。

浮梁三道茶。茶室的一个角落里,凤仙弹着古琴。古琴旁边的香炉上,燃着檀香。香烟袅袅,琴声悠悠。萧炳南坐在茶台前面,约瑟芬和南小汐坐在他的对面。

荷花在萧炳南的右边烧水,月季在他的左边备茶。

饶茶花站在约瑟芬和南小汐的后面,一边伺候着,一边讲解着。

月季把几种茶叶放在一个个的小碟子里,摆放在一个大盘子里,端到约瑟芬和南小汐的面前。

萧炳南伸手致意:请二位点茶。

约瑟芬仔细看了看:这是浮梁仙芝吗? 我点这个。

萧炳南:南小汐同志,你呢?

南小汐:我不懂,就不点了,随着约瑟芬小姐吧。

荷花把三个洗好的玻璃杯摆放在师父面前。

饶茶花在后面解释着:刚才那道程序叫点茶,现在是备具,就是准备泡茶的用具。刚才二位点的是浮梁仙芝,属于绿茶。红茶用盖碗儿泡,绿茶要用玻璃杯泡。你们可以欣赏茶叶在水中浸泡、伸展、放叶的过程,美极了。

萧炳南:下一步就是备水,这是很关键的。古人云:精茗蕴香,借水而发,无水不可以论茶也。饮茶三要:茶、茶具、水,缺一不可。泡茶用水,以山泉为上,以雨雪为中上,江河湖水为中,井水为下。我们今天用的是浮梁江村乡严台村的山泉水……

荷花把烧好的水倒进一个铜壶里,萧炳南打开壶盖儿,让壶里的水降降温,端起来。萧炳南往三个玻璃杯里各倒四分之一的水,停了一小会儿,又开始倒水。

饶茶花在一边解释说:泡绿茶要用八十到九十度的水,先倒少许,把茶叶浸润。然后,停二十几秒,再倒。你们看,我师父倒水的姿势叫作"凤凰三点头",表示向客人鞠三个躬,以示尊敬。

约瑟芬和南小汐惊异地看着、听着。萧炳南双手把茶杯端到约瑟芬和南小汐面前,放下。然后,左手伸出,做出一个请的姿势。

饶茶花:这叫作奉茶,请二位品尝。

约瑟芬:萧师傅,您也太客气了,真让我长了见识。

萧炳南:哈哈,这只是简单的礼数,太烦琐了你们年轻人受不了。

约瑟芬感慨着:中国的茶历史悠久,中国茶文化让人惊叹。

萧炳南:尝尝我们的浮梁仙芝怎么样?

约瑟芬:刚才您往杯里一倒水的时候,就已经雅室盈香了。

南小汐:约瑟芬,你也不简单啊,这么高雅的词儿你都会说,让我汗颜啊。

萧炳南:请两个小才女品著,其乐遥遥啊。

卢再缘拿着单子,从化验室出来,又来到了X光照相室。

一个护士把单子接过来,让卢再缘在外面等候着。

卢再缘一手拿着X射线的片子,一手看着病历。到了医院门口,他把病历折叠起来,装进口袋里,又把X射线的片子扔进了垃圾桶。

萧炳南家。萧炳南惊讶地:你要多少?十万件?

约瑟芬:至少十万件。

萧炳南:啊,这我得跟领导汇报一下。

约瑟芬:还有,你们的包装还要建国瓷厂生产的茶叶罐吧?很漂亮,许多人就是被那瓷罐吸引了。

萧炳南:这也需要与建国瓷厂商量。

约瑟芬:没关系,我今天晚上就能见到陶自强。

萧炳南和茶女们送约瑟芬和南小汐。

约瑟芬忽然叫起来:啊……我们的驴,我们的驴忘在茶园了。

饶茶花:放心吧,我们早就给你牵回来了。

瑞香牵着两头小毛驴过来。

上海外滩,一种独具特色的夜生活。高楼上霓虹闪耀,黄浦江波光粼粼。

一对一对的情侣相拥相挽地来到外滩,大多是年轻人,也有一些中老年人,还有一些出差的人来看风景。

情侣们挤在栏杆上,有的羞羞答答地拥抱,有的耳鬓厮磨地窃窃私语,有的旁若无人地深吻……

丁萌萌和卢再缘走在人流中,不由得躲躲闪闪,生怕妨碍别人。

卢再缘脚步蹒跚,很不情愿地随波逐流。丁萌萌漫不经心地挽住了他。

卢再缘似无感觉,却又假装无意地把手臂垂下来,摆脱掉丁萌萌的手臂。

丁萌萌:卢老师,您在想什么?

卢再缘:年轻真好,活着真好。

丁萌萌:这句话显得很悲观。

卢再缘:我们回去吧。

丁萌萌:刚来就回去?

卢再缘:我们去吃夜宵吧。

丁萌萌：也好，我们走吧。

莲荷塘浮光跃金，三贤亭惊鸿掠影。亭子上挂着一盏风雨灯。

邓美珊从饭篮里把菜拿出来，一样一样摆在石桌上。

约瑟芬：真没想到，你们会带我到这个地方吃饭，太有意境了，太浪漫了。

陶自强：来，约瑟芬小姐，看看邓美珊带来了什么菜。

石桌上摆下几盘菜：中间一笼蒸笼鱼粉，周围四盘分别是兴国鱼丝、素炒雪豆、腊肉炒春笋、梅菜扣肉。

约瑟芬：太漂亮了，看着就有食欲。

邓美珊：我说带你到饭店去吃，陶自强抠门儿，就请你吃一个菜。

约瑟芬：一个菜？这不是五个菜吗？

陶自强：看着是五个菜，其实是一道菜。

约瑟芬：怎么是一道菜。

陶自强：这个菜的名字叫作"四星望月"，是毛主席取的名字。

约瑟芬：啊，为什么叫"四星望月"？

陶自强：这是1929年在江西兴国中秋宴会上吃的一道菜，中间这个蒸笼里的是蒸笼鱼粉，周围四个是兴国鱼丝、素炒雪豆、腊肉炒春笋、梅菜扣肉。当时毛主席看了这道菜说，中间的蒸笼鱼粉像中秋节的月亮，周围的四盘是围绕着月亮的星星，就叫"四星望月"吧。

约瑟芬：真有想象力。

陶自强：现在这道菜是江西名菜，据说还上过国宴呢。哦，还有酒，是我们景德镇的草本发酵酒，这个酒坊有二百多年历史了。

约瑟芬拿起酒坛：白酒啊？

邓美珊：敢不敢喝？

约瑟芬：如此良辰美景，如此美酒佳肴，岂有不喝之理？

陶自强：请坐，我来倒酒……

饶茶花提着一篓茶叶走近敲门，玉茗出来了。

玉茗：茶花，快进来。

饶茶花：我不进去了，鸿达哥在吗？

玉茗：你找鸿达有什么事？

饶茶花：我想问问他约瑟芬在哪儿？

玉茗：约瑟芬？

饶茶花：就是从英国来的那个洋人。

玉茗:你怎么不去问陶自强?

饶茶花:我去了建国瓷厂,也去了陶自强家,没找到。

玉茗:你到底是找陶自强,还是找约瑟芬?

饶茶花:约瑟芬今天去了我们茶园,师父招待她喝三道茶,一高兴,把重要的事情忘了。你瞧,这是师父给她准备的茶叶,人都走半天了才想起来。我想问问鸿达哥,知不知道约瑟芬在哪儿。

玉茗:这家伙洗澡呢,我去给你问问。

饶茶花:好,我等着。

玉茗进去马上便出来了:他说下班的时候听邓美珊说,她和陶自强要在莲荷塘请约瑟芬吃饭。

饶茶花:在莲荷塘吃饭?

玉茗:你忘了,早先他们常在莲荷塘喝酒。

饶茶花:真会出幺蛾子。

销售部已经关门了,南小汐在里面看书。有人轻轻地敲门,南小汐打开门,进来的是姚莎莎。姚莎莎刚洗完头,披散着头发。

南小汐:又来我这儿避难来了,你这是何苦呢?

姚莎莎:这个唐家明,讨厌死了,天天死缠烂打。

南小汐:我觉得唐家明挺好的,又聪明又帅气。

姚莎莎:你觉得好,你嫁给他呀。

南小汐:他要是追求我,我就从了。

姚莎莎:那我去跟他说。

南小汐:你敢!

姚莎莎:对了,你今天去浮梁了?

南小汐:我见到饶茶花了。

姚莎莎:是不是挺漂亮的?

南小汐:嗯,有一种自然美,深山出俊鸟儿,天生丽质。

姚莎莎:可惜她是个农民。

南小汐:你也歧视农民?

姚莎莎:你知道不知道"三大差别"?

南小汐:什么"三大差别"?

姚莎莎:城乡差别、工农差别、脑力劳动和体力劳动的差别。这可是马克思说的。

南小汐:照你这么说,农村人还不能嫁给城里人了?

姚莎莎:不是不能嫁,结婚以后是要过日子的,农民那么穷,这日子怎么过?

南小汐:唐家明不是农村人,你为什么也不同意?

姚莎莎:我跟他八字不合。

南小汐:你呀,年纪不大,满脑子封建思想。

陶自强、邓美珊、约瑟芬觥筹交错,喝得很尽兴。

约瑟芬:陶先生,我今天见到你的女朋友了,还闹了个小误会。

陶自强:你是不是跟茶花说,你是我的朋友。

约瑟芬:是啊,你怎么知道的?

陶自强:南小汐告诉我的,她还把那只手镯还给你了。

约瑟芬:后来误会解除了,我又还给她了。对了,听说你们最近在闹矛盾,为什么呀?

陶自强:喝酒喝酒,不谈这个。

约瑟芬:如果你觉得这是你的隐私,可以不说。如果你觉得心里不舒服,也不妨讲一讲,我们是朋友嘛。朋友之间要相互排忧解难的。

邓美珊:我觉得陶厂长没有把我们当朋友。

约瑟芬:是吗?陶先生,我都向你的女朋友坦白了,我是你的朋友,原来你没有把我当朋友啊。

陶自强:美珊啊美珊,你是看人家出殡不嫌殡大,看人家着火不嫌火苗子高。

邓美珊:嘻嘻,我真的想知道,你们到底还有没有和好的可能。

约瑟芬:美珊小姐,听你的口气,你是不是看上了陶先生?

邓美珊:约瑟芬呀,你可真会入乡随俗,也学会挑事了。

陶自强:喝酒喝酒。

邓美珊:话都说到这份儿上了,你就跟我们敞开心扉吧,如果你拿我们当朋友的话。

陶自强:说实在的,在这个世界上,如果真的有女性朋友的话,我也只有你们两个人,绝对没有第三个了。

约瑟芬举起酒杯:陶先生,谢谢你。

邓美珊:干一杯。

陶自强:干。

饶茶花骑着自行车来到了莲荷塘,前面是通往三贤亭的小木桥。饶茶花把自行车停在了桥边,提起茶叶篓上了桥。

三贤亭上的风雨灯跳动着,晃动着三个推杯换盏的身影。饶茶花放慢了脚步,一边试探着朝前走,一边侧耳倾听着三贤亭传过来的谈话声。

饶茶花上了三贤亭小岛,在丛紫荆花树后面把自己隐藏起来。

陶自强显然是喝大了,情绪激动地倾诉着:……我跟茶花,应该算是青梅竹马了吧,这么多年的感情了,断了,接上,再断了,再接上……反反复复,来回来去地折腾。越折腾,越往一块儿凑,越往一块儿凑,贴得越紧。到后来,谁也离不开谁了……可是,越是离不开,越是要离开。我们俩越是贴得近,我姐的态度越坚决。我们这哪儿是恋爱呀,简直是练把式。练把式还放不开手脚,手脚被我姐姐捆上了……

邓美珊:好比是戴着脚镣跳舞。

陶自强:是啊,我常常想。人就是贱骨头,你越不让他干什么,他越想干什么。我跟茶花就是这样。我姐姐不是反对吗?越是反对,我跟茶花贴得越紧。美珊你不是还教过怎么跟我姐斗争吗?闹得茶花都爬上了烟囱……

邓美珊:是啊,茶花都爬烟囱了,你姐还是不同意,到底是因为啥呢?

陶自强:开始我觉得我姐就是封建思想,老顽固,我们就是要跟她做斗争。可是斗争哪儿那么容易?她不是别人,是我姐啊。她不是一般的姐,我一岁的时候就跟了我姐,是我姐一把屎一把尿把我拉扯大的。你说,我能舍下我姐吗?不舍下我姐,就得舍下茶花。我的心啊,一边是茶花抻着,一边是我姐扯着,都不松手,生生把我撕成两半了……

约瑟芬:陶先生,你说的这些,我怎么越听越糊涂啊。你姐和茶花为什么势不两立呢?

陶自强:开始的时候,我也不理解。我就是觉得我姐在难为我,我心里对我姐充满了怨气。可是那次,美珊亲眼看见了。茶花的父母到我家来求亲,我姐离家出走了。我觉得问题严重了,这里面肯定有事,而且还不是一般的事。在三仙庵找到我姐,我姐把实情告诉了我,我的心彻底凉了……

邓美珊:这么说,你打茶花的爹是有原因的。

陶自强:茶花打我也是有原因的。

约瑟芬:到底是为什么?

陶自强:对不起……我不能说,我跟我姐发过誓,跟谁都不能说……

约瑟芬:我尊重你。

邓美珊:那么现在呢?

陶自强:我跟茶花不可能走到一起了,只能生生地分开……不是分开,是撕开呀……

三个人沉默了。一颗石子落在他们旁边的水塘里,激起一朵浪花。

邓美珊喊着:谁?

陶自强想站起来,身子歪歪斜斜地站不稳,约瑟芬急忙扶住了他。

邓美珊看见,紫荆花树上挂着一个小竹篓,小竹篓是用一块手帕绑在树杈上的。邓美珊把手帕解开,把小竹篓拿下来:你们看,是萧炳南师傅给约瑟芬小姐的。

小竹篓上贴着一张红纸,上面写着:约瑟芬小姐收,落款是萧炳南。

约瑟芬接过小竹篓:谁送来的?

陶自强呜呜噜噜地说:是茶花,这块手帕是她的。

岸边,饶茶花推起自行车,要离开。三贤亭上传来撕心裂肺的呼喊:茶花,茶花……你在哪儿? 我的茶花啊……

院子里又热闹起来,新来的演员们有的咿咿呀呀地练发声,有的举手投足地练唱段,文武场的锣鼓丝弦响成一片。

秦晓婵指导着唱功演员,丁源指导着文武场。

罗纲来了,向秦晓婵和丁源打着招呼:师奶、师叔,你们好。

秦晓婵:罗纲啊,快过来。

罗纲:师奶,您再教教我张生那一段。

秦晓婵:你调赣剧团的事情怎么样了?

罗纲:我正在磨呢。

秦晓婵:磨? 磨谁呀?

罗纲:磨我们乡长和党委书记。

秦晓婵:还不去找找陶团长?

罗纲:我一会儿再去,您先听听我的唱段。

说着,罗纲拉开架势、扯着嗓子唱起来:

  恰便是呖呖莺声花外啭,

  行一步可人怜。

  解舞腰肢娇又软,

  千般袅娜,

  万般旖旎,

  似垂柳晚风前……

陶祁香听见罗纲在院子里唱着,从办公室出来。罗纲一段唱罢,陶祁香紧跟着唱起来:

545

碧云天,

黄花地,

西风紧,

北雁南飞。

晓来谁染霜林醉,

总是离人泪……

田主任向陶自强汇报着:这次招工,劳动局给我们的指标是一百六十个,面向的是有景德镇城市户口的年轻人,男工十八至二十四岁,女工十八至二十二岁。进厂以后按学徒工待遇,一年后考试合格后转正。学徒期间的工资根据不同工种分别是十八元、二十元、二十二元。另外,还有二十个名额专门给本厂职工子弟和职工家属的,主要是解决景德镇地区的农村户口问题。职工子弟的年龄与城市户口招工的年龄一样,职工家属的年龄可放宽两年……

陶自强:你把招工文件和职工指标都准备好,通知一下,今天下班以后召开厂领导班子会议,专门研究一下。

田主任:好,我去通知。

中层干部会议,大家非常兴奋。丁萌萌介绍着贴花工艺:我们自己研究开发的贴花工艺与国外的贴花工艺相比,有许多优势。第一是颜色更鲜艳,这要感谢邓美珊他们的釉料研究所开发的新釉料;第二是色调更合理、更统一;三是操作更简单,谁都能学会。上次开会的时候,陶厂长问我们能不能按期完成任务,成型车间很有信心,说他们建造了电动陶车,提高了生产率,保证完成任务。当时我们彩绘车间压力很大,我们不能保证,现在想起来很丢人。现在我们可以宣布,我们有了贴花工艺,给我们多少任务,我们都能按时保质保量地完成。你们笑,以为我们是吹牛吧。告诉你们,因为我们的贴花工艺操作简单,根本不需要画师去完成,只需要找一些手脚利索的人,哪怕没有绘画基础,练习两三天,就能熟练地掌握这门工艺。不客气地说,如果任务非常大,我们可以很容易地找到支援的人,你们大家都可以去帮助我们贴花。朱光秀同志,你们拉坯利坯印坯刹和坯,如果完不成任务,能很快找到熟练工人吗? 告诉你,我们行。

朱光秀带头鼓起掌来。大家一起为丁萌萌鼓掌祝贺。

陶自强:丁萌萌同志,我现在表个态,明天是星期天,我们四个厂领导带头学习贴花工艺,向你和卢再缘老师拜师学徒。

邓美珊:我也去学习。

朱光秀:我也去。

周鸿达:你就别去了,你的任务很大,要组织大家熟练使用电动陶车。

朱光秀：我们星期天加班。

崔启明：我们也不休息，做好重新满窑的准备。

陶自强：大家注意一下，星期天加班也好，义务劳动也好，只限于我们领导干部和党团积极分子，千万不要强迫命令。

丁萌萌和汪国良来到卢再缘家，院子里空荡荡的。

丁萌萌：卢老师，卢老师在吗？

没有人搭话，屋门虚掩着。丁萌萌和汪国良推门进来了。

卢再缘没在屋里，丁萌萌把电灯拉开。汪国良首先注意到，卢再缘工作室两边的墙壁上空了，只挂着一张桃花的画像。

汪国良：萌萌你看。

丁萌萌显然也注意到了，四周观察着。

汪国良：他怎么把你的画像都摘了？

丁萌萌：也许，也许……也许他想明白了。

汪国良：他不是妄想性神经病吗？

丁萌萌：这种病不影响正常的工作和生活。

汪国良上来抱住了丁萌萌。丁萌萌一把推开他：这是别人的家，你怎么不分场合啊？

汪国良一回头，卢再缘已经站在他们身后了。丁萌萌尴尬地：卢老师……您没关门，我们就进来了。

卢再缘手里提着一兜儿粉：哦，我去买点儿粉……你们也没吃饭吧？我们一起煮粉？

丁萌萌：卢老师，我们是来跟你商量明天教大家贴花工艺的事。

卢再缘：啊……那我们去外面吃饭吧，边吃边商量。

丁萌萌：汪国良，我记得你还欠卢老师一餐饭呢。

汪国良：啊……啊……我认账，咱们去三角井吧。

李宗贤下班回家，看见自己的老婆正在烙黄桥烧饼，已经烙了一笸箩，案板上还有许多和好的面，锅还在烧着。李妻戴着围裙，脸上沾着面粉，流着汗。

李宗贤：我一进院子就闻到了烧饼味儿。

李妻：尝尝怎么样？

李宗贤：不用尝，烙黄桥烧饼是你的家传。对了，你烙这么多烧饼干什么？

李妻：明天一早，我和儿子就到瓷厂大门口摆摊儿。

李宗贤：什么？你们要去卖？

李妻:我观察好几天了,每天早上,厂门口卖油条的、麻糍的,卖炒粉的,生意可好了。

李宗贤:乱弹琴。亏你们想得出来,你们到厂门口卖烧饼,丢不丢人?

李妻:我们没偷没抢的丢什么人?

李宗贤:你知道不知道我是厂长?

李妻:副的。

李宗贤:副的也是厂领导。

李妻:厂领导的老婆就不能做生意了?

李宗贤:不行。

李妻:我这烧饼都烙出来了,怎么办?总不能白送给人家吧?

李宗贤:白送人家怎么了?让街坊四邻尝尝,还能落个好人缘。

李妻:落个好人缘,是不是对你有好处?

李宗贤:对你和儿子都有好处,工厂马上要招工了,咱儿子得报名,要是不维护好群众关系,群众提意见反对怎么办?

李妻:噢……那一会儿我把这些烧饼给每家送两个,搞搞群众关系。

李宗贤:等一等,明天……别送,先别送。这烧饼有用,有大用场。

厂领导学习贴花工艺,陆续走进来。彩绘车间里堆满了准备贴花的坯胎。丁萌萌和汪国良热情地接待着厂领导。

陶自强:卢老师呢?

丁萌萌朝一边努了努嘴。陶自强看到,卢再缘正在教赵文昌和小徐学习贴花,急忙奔了过去。

赵文昌:不错嘛陶厂长,建国瓷厂有声有色形势大好啊。

陶自强:赵书记,您怎么来了?

赵文昌:你啊,这么大的事也不告诉我,对我保密啊?

陶自强怀疑地看了看邓美珊。

邓美珊:你看我干什么?又不是我泄密的。

陶自强:除了你,还能有第二个人吗?

小徐:陶厂长,这回你可冤枉邓所长了。

陶自强:难道是你?

小徐:昨天晚上我开车回来,正遇见杜绍文带着爱人在江边散步。

杜绍文:是我多了一句嘴,谁曾想小徐会告诉赵书记呢?

赵文昌:你们查来查去的,好像这是一件坏事。

丁萌萌:我们开始吧,这样啊,我们分成三组,分别由卢老师、汪国良和我给大家示范讲解……

田主任把一张很大的招工告示贴在大门口的墙上,立刻引来许多人观看。

有人自动做起了宣传:大家快来看啊,建国瓷厂又要招工了。

很多路人听到了,跑过来看告示……

厂领导分成三组,学习着贴花工艺。卢再缘、丁萌萌、汪国良分别指导。

朱光秀很快就学会了。丁萌萌走过来:行啊你朱光秀,贴得不错啊。

朱光秀:你也不问问我是谁的徒弟。

丁萌萌:实事求是地说,你师父可没有你贴得好。

陶自强:我承认,在新技术面前,我们确实很吃力了。包括电动陶车,我也没有年轻人操作得好。对吧师哥?

周鸿达:你说的是自己,我可不服气。

邓美珊:陶厂长这话说得有点儿老气横秋。

门口突然响起来叫喊声:开饭了开饭了……黄桥烧饼蛋花汤……

李宗贤推着一辆独轮车,上面放着一个筐箩,筐箩上盖着一块白布。还有一个大盆、一摞饭碗。李妻和李宗贤的儿子李德宝在两边帮助推车。

李宗贤继续喊着:黄桥烧饼蛋花汤……

陶自强站起来:我说怎么半天没看见你了呢,原来给大家准备伙食去了。

大家看到陶自强先动了手,也纷纷过来。陶自强咬了一口黄桥烧饼,立即赞叹不已:大嫂,这是你做的?太地道了,外黄里软、不油不腻,咬一口,满嘴都是香味儿。大嫂,谢谢你了。

李妻:别客气,你们喜欢吃,我就高兴。

赵文昌过来,也拿起烧饼咬了一口,咂摸着滋味儿,问李妻:大嫂,你是黄桥人吗?

李妻:我娘家在黄桥。

赵文昌:1940 年的黄桥战役你知道吗?

李妻:太知道了,当时我跟我妈在镇上烙烧饼,我爸爸和我哥往前线上送,可热闹了。

赵文昌高声说:同志们,知道我们吃的烧饼是谁做的吗?

汪国良:不是李副厂长的爱人做的吗?

赵文昌:给我们烙烧饼的大姐不仅仅是李副厂长的爱人,还是当年支援前线的拥军模范。1940 年 10 月,国民党顽固派韩德勤拥兵十万,在黄桥阻止新四军北上抗日。在陈毅、粟裕的直接指挥下,打响了黄桥战役。黄桥人民给新四军极大的支援,黄桥镇上十二座磨坊、六十只烧饼炉日夜不停。镇外战火纷飞,镇内炉火通红,黄桥群众冒着枪林弹雨把烧饼送到新四军前线……

杜绍文:赵书记,您参加黄桥战役了吗?

赵书记:我要是没有参加黄桥战役,能讲得这么清楚?

李宗贤:向赵书记致敬。

赵书记:大家说,我们今天该感谢谁呀?

众:感谢李大嫂。

赵文昌:怎么感谢呀?

众人没词儿了。赵文昌笑着说:那就是大口吃烧饼,大碗喝蛋花汤。

炒茶棚。萧炳南和浮梁茶女一边炒茶一边聊天。

荷花:师父,您说这合理吗?每次建国瓷厂招工,都是只招城市户口的,不招农村户口的,凭什么呀?

萧炳南:现在跟过去不一样了。原来在镇上当窑工,无论本地的还是外地的,攒下点儿钱都回农村买地建房子,娶老婆生孩子。现在你们都想着往城里去,你们说说,城里面到底有什么好?

凤仙:师父,您是故意逗我们吧?农村能跟城里比吗?这不是明摆着吗?首先,工人有工资,旱涝保收,一年十二次丰收。咱农民比得了吗?

月季:我最眼红的是工人发工作服,蓝色劳动布的工作服往身上一穿,小伙子一个比一个精神,一个比一个帅气。

饶茶花:你这哪儿是眼红呀,你这是花心。

月季:你不花心,你说,你羡慕人家什么?

饶茶花:我最羡慕的是人家按时上班,按时下班,住集体宿舍,吃集体食堂,过集体生活,多自在、多快活呀。

瑞香:我最羡慕的是人家有工作证,到哪儿去把工作证一掏,特别有身份。

荷花:工作证算什么呀?医疗证才有用呢,有个头疼脑热的,到医院看病吃药,拿出医疗证一分钱不花,多牛啊。

凤仙:我最羡慕的是人家有大澡堂子,下班以后洗个澡,换上干净的衣服,多爽啊。

瑞香:我还羡慕人家有体育场俱乐部,打球跑步,唱歌跳舞,多有活头儿呀。

月季:杜鹃,你怎么不说话呀?你羡慕城里人什么呀?

杜鹃:我什么都不羡慕,城里人没好东西。

荷花:你这真是一竿子扫平景德镇。

杜鹃:真有这样的竿子,我就把景德镇扫平,特别是姓周的和姓陶的。

瑞香:哎哎,姓陶的碍你什么事了?

杜鹃:姓周的欺负老娘,姓陶的欺负茶花。

萧炳南:好了好了,干活儿吧。

饶茶花来到杜鹃的身边,悄悄地说:你知道吗?这次建国瓷厂招工,除了城市户口的,还招工人家属。

杜鹃愣愣地看着饶茶花。

饶茶花:你干吗这么看我。

杜鹃:你说什么?

饶茶花:我说,建国瓷厂的工人家属也能当工人。

杜鹃:你算吗?

饶茶花:我要是跟陶自强结了婚就算了。

杜鹃:那玉茗算吗?

饶茶花:玉茗当然算啊,人家是周鸿达媳妇呀。

杜鹃傻了,半天没说话。

陶自强怀里抱着木匣子,邓美珊走在他身边,在半边街上打听着、寻找着。两个人有说有笑,很亲热的样子。

不远处,陶祁香从一家铺面出来,看见了,闪身在墙角躲了起来。

陶自强借着店铺门口的灯笼,查看着一家一家的门面。

邓美珊:咱这海里摸针,有没有目标呀?

陶自强:这半边街上藏龙卧虎,每一家都不简单。

邓美珊:咱们去哪家?

陶自强:老山羊。

邓美珊:是店名还是人名?

陶自强:不是店名,也不是人名。

邓美珊:那是什么?

陶自强:一个能人的外号。

邓美珊:那咱问一下呗。

陶自强:先不急。

邓美珊:你到底找什么呢?

陶自强指着一个很不起眼的小门面:哦,就是这家。

邓美珊看了看:这不是小饭馆吗?

陶自强:这家小饭馆的饺子粑特别好,我带你尝尝。

陶祁香见陶自强带着邓美珊进了一家小饭馆,便转身走了。

饭菜已经摆在了桌上,杜鹃还没有回来。

杜鹃爹:怎么回事,杜鹃早就该下班了。

杜鹃妈:也许跟姐妹们玩儿去了。

杜鹃爹:她不吃饭了。

杜鹃妈:你先吃,我去找她。

杜鹃妈开门出来,差点儿被杜鹃绊倒,吓了一跳。杜鹃坐在自家屋门口,抱着脑袋。

杜鹃妈:死丫头,你不进屋,在这儿干什么?

杜鹃噌地站起来,撞开母亲,怒气冲冲地进了自己的房间,一头扑在床上哭起来。

杜鹃妈慌忙追进来:这是怎么了?怎么了?跟谁呀?谁欺负你了?

杜鹃呜呜地哭着。杜鹃妈拉起了她:你跟妈说,谁欺负你了?

杜鹃坐起来,哭喊着:是你,是你,都怨你……

杜鹃妈:我怎么了?我招你惹你了?你哪儿来的邪火呀?

杜鹃哭着说:就是你,你横竖不让周鸿达把我娶走,把周鸿达逼急了,不要我了……这下好了吧,随你心了吧?

杜鹃妈:怎么又提这事?不是都过去了吗?

杜鹃:人家玉茗要进瓷厂当工人了。

杜鹃妈:玉茗进瓷厂?凭什么呀?

杜鹃:人家是周鸿达的老婆,工人家属,工人家属就能当工人。

杜鹃妈:这……谁想得到呢?

杜鹃:你把我害苦了、害惨了,我不活了……

杜鹃哭着,推开她妈,向外面冲去。倒在地上的杜鹃妈喊叫着:她爹,快把杜鹃拦住……

第二十九章

一条狭长的小里弄,一个破旧的小门。小门里却别有洞天,假山、天井、石榴鱼缸的院落。一个女人迎出来:你们找谁?

陶自强不知道该怎么称呼老山羊,随口说:哦,我找……杨师傅。

女人笑了:老山羊可不姓杨。

陶自强:那他……贵姓?

女人:你直接叫他老山羊就行,他高兴。

邓美珊:还有人高兴别人叫他外号?

女人带着陶自强和邓美珊进了屋。老山羊接过陶自强递给他的瓷瓶,仔细地看着。陶自强和邓美珊注意到了,老山羊的房间里堆满了残破的或者已经修复好的瓷器。

老山羊:你这是元青花云龙花纹双耳瓶。

陶自强:能修复吗?

老山羊低头从案子底下拿出一对元青花的瓷瓶。

陶自强接过来看了半天:这是您修复过的吗? 没有什么损坏呀。

老山羊:修完了,你还能看出损坏,谁还修?

陶自强:师傅,这青花瓶修复之前是什么样的?

老山羊:一只没口儿,一只肚子上破了一个大窟窿。

陶自强:看不出,看不出。美珊,你看看。

邓美珊又接过瓷瓶仔细看着。老山羊眯缝着眼睛看着他们。

邓美珊:真是巧夺天工修旧如旧,服了。

陶自强:师傅,我们这只瓷瓶能修吗?

老山羊:你想修就能修。

陶自强:修,修,我们修。

老山羊:拿来。

陶自强:您要什么?

老山羊:两个耳朵呀。

陶自强:这……没有。

老山羊:怎么会没有?

陶自强:不瞒您说,这只瓷瓶是一个外国朋友拿来的,可能损坏的时候就没有把耳朵留下来。

老山羊:这可就不好办了。

陶自强:您不能做两个耳朵吗?

老山羊:双耳瓶的耳朵有好多种:龙耳、凤耳、鱼耳、象耳、螭虎耳,你让我做哪个呢?

陶自强无语了。邓美珊:您能不能查一查,这个瓶子是什么耳?

老山羊:我不行。

邓美珊:谁行?

老山羊:早先咱景德镇有一位神人,叫何溪泉。

陶自强惊叫起来:是仿制瓷鼎的那个何溪泉吗?

老山羊:何止是瓷鼎,他仿制的东西多了。

陶自强:都乐械斗被都昌帮打死的那个何溪泉?

老山羊:看来你知道何溪泉?

陶自强:可惜他已经作古多年了。

老山羊:何溪泉手里有一部《瓷谱》,上面画的都是宫廷里收藏的瓷器。

陶自强:何溪泉有没有后人?

老山羊:只知道他有一个徒弟,外号金蛤蟆。

陶自强:这个人在哪儿?

老山羊:都乐械斗时,为给师父报仇打死了人,惹上了官司,倾家荡产了。

陶自强:后来呢?

老山羊:后来据说躲到浮梁种茶去了。

陶自强:这个人的名字叫什么?

老山羊:叫什么记不得了,只记得他姓饶。

陶自强:饶三公?

老山羊:对对,是这么个名字。

陶自强干张着嘴,说不出话来了。

饶茶花走进院子,黑咕隆咚的,只有父母住的房间里亮着一盏昏暗的菜油灯。一阵吵闹声传出来,饶茶花放轻了脚步。

吵闹声变成了哭泣声,饶茶花觉得奇怪,把耳朵贴近了父母房间的窗户。

饶三婆:你跟我说实话,当年都乐械斗之后,官府抓人,你关进了浮梁县的大牢。别人都罚几十块、几百块,为什么要罚你两千块大洋?为了这两千块大洋,我把房子卖了,把家里藏的古瓷器卖了,把我出嫁时候的箱子底儿都抖搂出来卖了……整个家都败了,跟着你受苦受罪这么多年,你却连句实话都不告诉我……我冤死了,我委屈死了。景德镇待不下去了,我跟着你来到浮梁给地主家当长工,受了多少罪呀?我在娘家的时候,说不上大门不出二门不迈,可也是从来没干过粗活的小姐。跟着你来到浮梁,我挺着大肚子都得下田插秧……肚子里的孩子就这么没保住……孩子流产以后,都看出了是儿子……你却埋怨我没给你生过儿子,你亏心不亏心啊……过了好几年才有了茶花……有了茶花之后我就再没有开过怀,这不都是你造的孽吗?事情都到了这个份上了,你还不跟我说实话,你对得起我吗?

饶三婆没完没了地数落着,一把鼻涕一把泪。

饶三公喝着闷酒,不时地叹口气。

饶三婆:你倒是说话呀?

饶三公:你让我说什么?

饶三婆:那天在医院里,陶自强的姐姐到底跟你说了什么?

饶三公:她就说让我放过陶自强啊,别追究他。

饶三婆:在此之前,你不是起誓发愿地要报仇吗?陶自强的姐姐来了,你怎么立马就认尿了?

饶三公:事到如今,我想瞒也瞒不住了。就是我想瞒,陶自强的姐姐也未必替我瞒。陶自强他妈是我……打死的。

饶三婆:你把陶自强的妈打死了?

饶三公:当时一片混乱,我失了手……

饶三婆:怪不得罚你两千块大洋呢,你背着人命啊……天啊……

饶三公:你别大惊小怪的,当时官府给我定的是误伤,我不是故意杀人。

趴在外面窗台上的饶茶花身子出溜下来,坐在了地上……

陶自强和邓美珊从老山羊家出来。邓美珊:这么说,你认识饶三公?

陶自强:认识。他是茶花的爹。

邓美珊:茶花的爹叫饶三公,跟老山羊说的是不是一个人呢?

陶自强:十有八九。

邓美珊:你怎么推断的?

陶自强:时间对得上。茶花曾经说过,她家原来也在景德镇上,后来搬家到浮梁的。饶茶花在景德镇读书的时候,她家没有房子,是借住在亲戚家的。

邓美珊:这些都有联系吗?

陶自强:我要去核实一下。

玉茗已经躺在被窝儿里。周鸿达还在桌边上看书。

玉茗：周鸿达同志，我发现你当了副厂长以后，我就有了一个情敌。

周鸿达：什么情敌？

玉茗：为了这个情敌，你连"两转一想"都忘了。

周鸿达：哪儿来的情敌？

玉茗：就是你手里的书。

周鸿达笑了：不学习不行啊！我先给你说一件事吧。

玉茗：还挺严肃，什么事？

周鸿达：这次我们厂招工，我给你报名了。

玉茗：你是说，我也可以进你们厂当工人？

周鸿达：你正好符合条件。

玉茗：哎呀太棒了，我的男人，我一定好好犒劳你。

周鸿达：怎么犒劳？

玉茗：你过来。

周鸿达放下书，来到床边。玉茗说：来，靠近一点儿。

周鸿达弯下腰。玉茗猛地抱住了周鸿达的脖子。

周鸿达顺势扑了上去。玉茗叫道：哎哟，你压死我了……

茶女们都走了，饶茶花和杜鹃留下来帮助萧炳南收拾家务。

萧炳南：算了，你们俩也别收拾了，坐下来咱们聊聊天。

饶茶花抢着占领了茶台：师父，你在躺椅上歇会儿，我来泡茶。

杜鹃把藤编躺椅搬过来，让萧炳南躺下。萧炳南很享受的样子。

饶茶花把茶泡好，杜鹃端给萧炳南，放在他躺椅旁边的小茶几上。

萧炳南：茶花，你刚才不是说有事要跟我谈吗？

饶茶花：师父，我想离开景德镇。

萧炳南：去哪儿？

饶茶花：去哪儿都行。

萧炳南：你跟陶自强就这么算了。

饶茶花：不算了又能怎么样？新仇旧恨，不共戴天了。

萧炳南：怎么就新仇旧恨了？

饶茶花：他把我爸爸打了，我把他打了……他恨我爸，我恨他。

萧炳南：这只能算是新恨，那旧仇呢？

饶茶花不言语了。萧炳南问道：你离开景德镇，去哪儿呢？

饶茶花:到哪儿都能活,现在全国各地都在搞建设,都在招工。杜鹃,你想不想离开景德镇,我们一起走。

杜鹃:我才不离开呢,我还要跟周鸿达那两口子死磕呢。

饶茶花:哎呀,你跟人家死磕什么呀?人家跟你一毛钱关系都没有了。

杜鹃:我这口气就出不来,不能这么便宜了他们。

萧炳南说话了:茶花,你还想做茶吗?

饶茶花:能有做茶的地方当然好,除了做茶,我也不会别的了。

杜鹃:你离开了景德镇,不是便宜了陶自强吗?

饶茶花:怎么叫便宜了陶自强?

杜鹃:你想想啊,他身边有那么多花枝招展的,还有大学生什么的,你给他腾出来地方,他不是可以随便挑随便选了吗?

饶茶花:我希望他好。

杜鹃:什么?你还希望他好,缺心眼吧你?

萧炳南:武夷山有个茶场,到我们这儿招工了,还是正式职工。

饶茶花:那太好了,师父,您给我报上名吧。

萧炳南:人家要技术人员。

饶茶花:我不就是技术人员吗?

萧炳南:我说嘛,你要想走,这是个机会。

李宗贤向陶自强倾诉着:……我们那个地方,是兔子不拉屎的穷地方。盐碱地,火烧苗,种一葫芦收一瓢。现在成立农业社,按劳取酬,凭工分吃饭。工分儿工分儿,社员的命根儿,有分儿才有吃,没分儿断命根儿。我老婆身体不好,只能算半劳力。别人一天挣十分,她只能挣七分。我儿子呢,读书不行,也只能到生产队干活儿。全家人都要靠我这点儿工资养活,我还有七十多岁的老母亲,还有一个哑巴哥哥……

陶自强有点儿烦了:李副厂长,你不是有事要跟我谈吗?

李宗贤:是啊是啊,我就是要谈这些呀。

陶自强:你这不是在拉家常吗?

李宗贤:我是在谈我家里的困难。

陶自强:你是要申请困难补助吗?

李宗贤:不不,陶厂长,你别误会,我不给厂里添麻烦。

陶自强:那你说这些有什么要求。

李宗贤:是这样,咱们建国瓷厂不是要招工吗?我的儿子李德宝,方方面面都符合条件,就是报不上名。

陶自强:为什么?

李宗贤:这次招工范围是有景德镇户口的人,可是我老婆和儿子的户口在老家呢。

陶自强:唉,跟你们这些心眼儿多的人打交道真累。绕了这么大的弯子才说到正题。

李宗贤:我也是为了让你多了解一些情况。

陶自强:好了,你的情况就是这么个情况吧? 我了解了,然后呢?

李宗贤:什么然后?

陶自强:你跟我说了这些,想让我干什么?

李宗贤:我打听了一下,大范围的招工,确实是仅限于景德镇的城市户口,可是有关招收工人家属这一块儿,并没有明确的规定。只要劳动局能明确一下,就问题不大了。

陶自强:招工条件我看了,幸亏我看了,不然又让你打马虎眼了。工人家属招工,优惠条件一是放宽了年龄限制,再就是景德镇地区的农村户口,并不是没有明确。

李宗贤:陶厂长,你能不能跟上级请示一下,给我一个特殊待遇?

陶自强有些嘲讽地说:特殊待遇……哼,你这脸可真够大的。

李宗贤傻了:你……不肯帮忙?

陶自强没言语。李宗贤有点儿沉不住气了:陶厂长,你不恨我吧?

陶自强:恨你什么?

李宗贤:冯副厂长那事……

陶自强:我不恨你,我不恨你还是人吗? 那天要不是周鸿达抱住了我,好歹我要打掉你几颗牙。你知道我扇了朱光秀的耳光吗?

李宗贤:陶厂长,我也是受蒙蔽的,我也是受害者……

陶自强:这件事呢,你在党总支会议上做了检查,也没有给你什么处分,就算过去了。至于你是不是受蒙蔽的,是不是受害者,你有什么诉求,可以重新要求党组织调查。

李宗贤:啊……我没有……我只是要求我儿子招工的事……

陶自强:我知道了,你不就是要特殊待遇吗?

李宗贤:陶厂长……

陶自强:好了,我还要去市里开会,就这样吧。

李宗贤:你到市里,一定给我说说,一定……拜托了。

陶自强:顺便告诉你一下,冯副厂长被甄别了。

李宗贤:这么说,他要回来了?

558

陶自强:就这两天吧。

李宗贤:我会当面向他赔礼道歉的,而且我会提议他当第一副厂长,帮助你主持建国瓷厂的全面工作……

陶自强站起身来往外走。李宗贤哀求着:陶厂长,你一定替我争取一下。

冯兴远来到大门口,新奇地看着建国瓷厂。

传达室谢师傅追出来:同志……同志……

冯兴远回过头:师傅,您是叫我吗?

谢师傅:请问你找谁?

冯兴远:哦……我找陶自强。

谢师傅:陶厂长到市里开会去了,刚走。

冯兴远:那周鸿达呢?

谢师傅:周副厂长可能在成型车间呢。

邓美珊正好走过来:您找周副厂长吗? 我带您去吧。

冯兴远:周鸿达是副厂长?

邓美珊:原来是车间主任,后来提拔为副厂长了。

冯兴远继续观看着建国瓷厂的厂区,目不暇接。

邓美珊:您是个画家吧?

冯兴远愣住了,看着邓美珊。邓美珊被看得有些发毛。

冯兴远:你眼睛好毒呀,怎么看出来的?

邓美珊:画家挂相。

冯兴远:你是北京人吧?

邓美珊:您的眼睛也很毒呀,怎么看出来的?

冯兴远和邓美珊一起笑起来。邓美珊问:你从哪儿来?

冯兴远:从北京来,刚到,把行李放下就跑来了。

邓美珊伸出手:我叫邓美珊。

冯兴远:冯兴远。

邓美珊:您不会是冯副厂长的二公子吧?

冯兴远:为什么不会,就是。

邓美珊:哎呀,太好了,真没想到。来,到我们研究所看看吧。

冯兴远:我还是先去找周鸿达吧。

邓美珊:哦,忘了您要找周副厂长了。

邓美珊带着冯兴远来到办公楼走廊,高声叫着:周副厂长,快出来接驾。

周鸿达听到邓美珊的叫声,把门打开,看到了冯兴远,立即从办公室里蹦出来,两个人见面,又互相捶打,又互相拥抱,喜泪盈眶。

周鸿达:你走了这么多年都没回来,怎么突然间冒出来了?

冯兴远:自强哥打电话,说我父亲的问题甄别了,我特意回来接我爸的。

周鸿达:你哥有信来吗?

冯兴远摇了摇头。周鸿达说:真想他啊。

冯兴远:谁说不是呢,我做梦都常常梦见他。

被冷落在一边的邓美珊终于说话了:我说你们两个也太重友轻色了吧?我带你们来相见,就这么报答我,把我当成空气了?

冯兴远:对不起美珊同志,谢谢你。

邓美珊:周副厂长,我有一个要求。

周鸿达:请指示。

邓美珊:你,还有陶厂长,今天肯定要给冯兴远接风吧?

周鸿达:当然。

邓美珊:我要求参加。

周鸿达:恐怕不行。

邓美珊:为什么?

周鸿达:因为我们要去莲荷塘游泳。

邓美珊:游泳就游泳呗,谁怕谁还说不定呢。

周鸿达:我们是光屁股游。

邓美珊:周鸿达同志,你结婚之后怎么变得这么坏呀,是不是你媳妇教的?

冯兴远:美珊同志,这你可冤枉鸿达哥了,他不是现在变坏了,他从小就坏,有传统的坏。

周鸿达:冯兴远,你找揍是不是?

冯兴远:美珊,甭听他的,晚上吃饭我来叫你。

邓美珊:幸亏还有个不太坏的。

冯兴远:哎,你怎么把我绕进去了?

司机小徐来了:请问哪位是冯兴远同志?

冯兴远:哦,我是。

周鸿达忙对冯兴远说:这是赵书记的司机小徐。

邓美珊问小徐:赵书记来了?

小徐:我是来接冯兴远同志。

周鸿达:赵书记要见他?

小徐:我带着冯兴远同志去执行任务。冯兴远同志,请跟我走吧。

冯兴远答应着跟小徐走了。周鸿达问:怎么回事?神神秘秘的。

邓美珊:他们怕不是去莲荷塘游泳吧？

周鸿达大笑起来。

院子里咿咿呀呀地唱戏练功,好不热闹。陶祁香和秦晓婵指导着。

冯兴远突然跑进来,大喊着:姐,姐姐……

陶祁香看见冯兴远,愣了一下,立即认了出来:兴远……

冯兴远抱住了陶祁香:姐姐,我好想你呀。

陶祁香:我也想你啊兴远,来让姐姐好好看看你。

冯兴远情绪激动地站在陶祁香面前。

陶祁香:长高了,也结实了,像个大小伙子了,该娶媳妇了……

冯兴远:姐,你说什么呢?

陶祁香:还害羞,跟姐说实话,有没有女朋友?

冯兴远:没有。

陶祁香:别骗我。你要是真的没有,看见没有,我这里有的是漂亮姑娘。

小徐:香姐,我们走吧。

陶祁香:瞧瞧,光顾得高兴了,连小徐来了都没看见。

小徐:香姐,车在外面呢。

小徐开着车,冯兴远和陶祁香坐在后面。

陶祁香:怎么这么巧,你刚到家就赶上你爸爸回来?

冯兴远:自强哥给我打电话,说我爸爸这两天就能回来,我立马买了一张火车票就赶回来了。

小徐:赵书记上班以后才接到电话,说冯副厂长今天可以回来。本来赵书记要亲自去接冯副厂长的,因为开会离不开,陶厂长也离不开,这样就派我来了。

冯兴远:对了小徐,你怎么知道我在建国瓷厂?

小徐:我听陶自强说你今天回来,就开着车去你家找了。六爷告诉我你到建国瓷厂来了。

陶祁香:对了,咱们都走了,家里的饭谁准备?

冯兴远:我跟六爷说了,让他去买点儿肉买点儿菜。

陶祁香:那就好,回来我做就行了。

一家人正在吃午饭。

饶茶花:爸、妈,跟你们说件事。

饶三婆:什么事?

饶茶花:我要走了。

饶三公抬起头:走,去哪儿?

饶茶花:武夷山茶场,前两天我跟你们念叨过。

饶三公:他们要你了?

饶茶花:我被录取了。

饶三婆:怎么说走就要走呢? 还那么远。

饶茶花:是国营茶场的职工,跟工人一样的,许多人想去还去不了呢。

饶三公:倒是好事,就是远了点儿。

饶三婆:那你跟陶自强的事呢?

饶茶花:您说,我们俩还能有事吗? 爸,您说呢?

饶三公低下头吃饭,没言语。

高岭土矿区大门口。冯运华已经收拾好了,一只柳编的箱子放在脚边,等候着。几个工友陪着他,互相道别着。小徐的汽车开过来,停在了冯运华面前。

冯兴远从车上跳下来,扑上去就把冯运华抱住了,哭喊着:爸爸,爸爸啊!

冯运华拍打着冯兴远:不哭不哭啊……我这不是好好的吗?

冯兴远:我要哭,我就要哭……爸爸,你受苦了,你受……委屈了……

冯运华:好了,别哭了……大家都看着呢。

冯兴远:不行,我再哭一会儿,我还要再哭一会儿……

冯运华:好了,好了,回家再哭。

冯兴远:不行,我就要在这儿哭,我再替我哥哭一会儿……

冯运华听了这话,也忍不住了,搂着冯兴远呜呜地哭起来:儿子,我的好儿子,爸爸想你啊,想你哥哥啊……

陶祁香:哎呀,瞧你们爷俩……

工友:真是的,瞧人家的儿子,跟爹多亲呀。

工友:我那个混蛋儿子,当着外人,连声爸爸都不叫。

工友:老冯啊,你好福气啊……

头上蓝天白云,身边绿叶红花。饶茶花坐在家门口的小山头上,呆呆地回忆着。

饶茶花与陶自强一起看电影。

在医院邓美珊教他们一起跟陶祁香讲道理。

高高的烟囱上,饶茶花看见众姐妹怒打陶自强。

南昌百花洲,两个人划船。

562

南昌东湖,男男女女的游泳场。

陶自强送给她一件游泳衣……

饶三婆端着一盘洗好的葡萄,喊着:茶花,茶花……这孩子,又跑了……

饶三公出来:你劝劝她,武夷山别去了。

饶三婆:你也舍不得了?

饶三公:闺女又不是你一个人的,我就不许疼了?

饶三婆:这些话,为什么不当着茶花的面说?

饶三公:我说不出口。

饶三婆:茶花,茶花……

饶茶花依然呆呆地坐在小山头上。玉茗扭动着细软的身条儿走过来,远远地便看见了饶茶花。玉茗悄悄地走过来,手里捏着一根草茎,草茎上吊着一只花蝴蝶。

饶茶花沉浸在快乐与痛苦的回忆中。一只花蝴蝶在她眼前晃动。饶茶花挥了挥手,把花蝴蝶赶走。

花蝴蝶又飞了回来,在她眼前扑扇着翅膀。饶茶花烦了,伸手要抓住花蝴蝶。

花蝴蝶迅速地逃开了。玉茗嘻嘻地笑了。饶茶花回过头,瞪了玉茗一眼。

玉茗紧挨着饶茶花坐下来:想什么呢?

饶茶花没言语。玉茗说:告诉你一个好消息。

饶茶花:说。

玉茗:我要去建国瓷厂了。

饶茶花:我知道了。

玉茗:你怎么知道的?

饶茶花:地球人都知道了。

玉茗:你要是跟陶自强结了婚,这次也能进厂。

饶茶花:我没那命。

玉茗:你就不想再争取一下了?

饶茶花:争取什么?

玉茗:陶自强心里还有你。

饶茶花:哼。

玉茗:那天陶自强到我家吃饭,提到了你,他哭了。

饶茶花:他哭了,为什么?

玉茗:他说,他舍不得你。

饶茶花沉默了。玉茗接着说:那天晚上,我跟鸿达说起你们的事,都觉得太可惜了。

饶茶花:有什么可惜的,就当过家家了。

玉茗:说得容易,我看你们俩谁也放不下谁。

饶茶花:放又放不下,合又合不了,你说怎么办?

玉茗:茶花,你应该知道我是怎么嫁给周鸿达的。

饶茶花:不要脸呗。

玉茗:你说对了,人这一辈子,总是要经历几次节骨眼儿。我说的是改变命运的关键时刻。到了一定的时候,真得下狠心,不能前怕狼后怕虎的,想好了就去做。前面是水是火,豁出去了,跳河一闭眼,说不定就闯出了一片新天地。

饶茶花呆呆地看着玉茗。玉茗说:我说得不对吗?

饶茶花:你跟我认识的玉茗怎么不一样呢?

陶自强上了楼,敲了敲李宗贤办公室的门:李副厂长,你到我这儿来一下。

李宗贤答应着出来。陶自强:你儿子什么学历?

李宗贤:啊,初中毕业。

陶自强:你不是说你儿子读书不行吗?

李宗贤:是指望他能考上高中,将来上大学的。

陶自强:有初中毕业证吗?

李宗贤:有,有。

陶自强:景德镇新建立一所汽车驾驶学校,招收初中毕业生。学制两年,中专学历。这是招生简章,你看看。

李宗贤:这……招外地学生吗?

陶自强:户口不限,录取后转为景德镇城市户口。

李宗贤:好是挺好的,就是不知道我儿子能不能考上。

陶自强:让他准备准备吧,现在初中毕业生还不多,估计好考。

李宗贤:陶厂长,谢谢你了。

陶自强:有件事你能不能去办一下。

李宗贤:你说。

陶自强从办公桌下面拿出一个木匣子,放在桌面上。

李宗贤凑上去,陶自强把木匣子打开。陶自强说:你瞧瞧,这是约瑟芬带来的一只花瓶,掉了两个耳朵,需要修复一下。

李宗贤:可这……谁能修呢?

陶自强:半边街的老山羊可以修,我请他看过了。现在有一个问题,这两只掉了的耳朵没有了,需要知道原来是什么耳朵。这种古瓶,耳朵很多,有龙耳、凤耳、鱼耳……不知道什么耳朵是没有办法修的。

李宗贤:你是说让我去找耳朵?

陶自强:是啊。

李宗贤:这可把我难住了。我在景德镇两眼一抹黑,海里摸针。

陶自强:有一个人熟悉这种古瓶。

李宗贤:谁呀?

陶自强:浮梁的饶三公,就是饶茶花的父亲。你知道的,前些日子我把他打了。

李宗贤:放心吧,我去找饶三公。

陶自强:记住,不要提我。

李宗贤:我明白。

冯老六背着背篓,背篓里面放着刚刚买来的鱼肉蔬菜。

花二婶看见他进了院子,急忙迎出来,帮助他放下背篓。

花二婶:你买这么多菜干什么,我一个人哪儿吃得了这么多?

冯老六:这不是给你买的。

花二婶:不是给我买的? 那你给谁买的?

冯老六:给我自己买的。

花二婶:什么? 你要搬我这儿来住,那咱得说清楚,不能不明不白的,你不要脸,我还要名声呢。

冯老六:你说什么呢乱七八糟的,我是来找你的。

花二婶:不还是要在我这儿住吗?

冯老六:你跟我走。

花二婶:你等一下,我拿户口本。

冯老六:拿户口本干什么?

花二婶:不是跟你去登记结婚吗?

冯老六:想什么呢? 你花痴呀。

花二婶:那你让我去干什么?

冯老六:我让你去帮我做饭。冯运华要回来了,有几个人过来吃饭,我一个人忙不过来。

花二婶:去你们冯家做饭?

冯老六:你这儿有那么大的地方吗?

花二婶:我不去。

冯老六:帮个忙嘛。

花二婶:不清不白的,我算老几?

冯老六:我就说是花钱雇你的。

花二婶:真的?你给我多少钱?

冯老六:快走吧。

下班了,陶自强朝釉料研究所走来。邓美珊从楼上下来:陶厂长,您找我?

陶自强:你不是说想去见冯副厂长吗?

邓美珊:是啊。

陶自强:跟我走吧。

邓美珊:不行,我还得等着冯兴远呢。

陶自强:冯兴远,你怎么认识冯兴远?

邓美珊:他上午来了,说好了晚上来接我。

陶自强:别等他了,我就是要去他家。

邓美珊:你骑着摩托车吗?

陶自强:怎么?

邓美珊:我要去买一束花。

陶自强:我带你去。

邓美珊捧着一束鲜花,跟着陶自强进来。

陶祁香见了,顿时眼前一亮,惊奇地站起身来:美珊,你今天可真漂亮。

邓美珊:姐,是您去接的冯副厂长?

陶祁香:我跟冯兴远一块儿去的。

冯兴远也站起来迎着邓美珊。

邓美珊:冯兴远同志,你可真是重爹轻友,我还等着你去接我呢。

冯运华:是谁呀这么有水平?

冯运华从楼上下来,刚刚洗完澡、刮过脸,换上了一身干净的衣服:白衬衫、休闲裤、布底鞋,精神焕发兴致勃勃。

邓美珊抱着鲜花迎上去:老所长,欢迎回家。

冯运华:哈哈,美珊啊,你这个所长可比我强多了。

邓美珊:您是建国瓷厂釉料研究所的缔造者,我们不会忘记您的。

陶祁香:来来,快坐,茶都给你们倒好了。美珊,来,坐姐姐这儿来。

陶自强、周鸿达和冯兴远凑在一起亲亲热热地聊着。

邓美珊拉着陶祁香的手:姐姐,什么时候让我去你们赣剧团玩儿呀?

陶祁香:我一直惦记着你呢,再等几天,我们挂牌仪式的时候,你一定要来。

邓美珊:您可记得通知我啊。

陶祁香:放心吧。

厨房里,冯老六洗菜,花二婶切菜,两个人一边干活一边聊着。

花二婶:我刚才转了转,这冯家大院真气派,前后两进院子,还有个后花园。没有人住,太可惜了。

冯老六:怎么没有人住? 我不是人吗?

花二婶:呵呵,你也可以算个人。

冯老六:皮痒痒了是不?

花二婶:你还敢打我?

冯老六:打是疼骂是爱,急了用脚踹。

花二婶:你不是说还有个管家吗?

冯老六:走了,告老还乡了。

花二婶:怎么走了?

冯老六:一所空空落落的院子,还要什么管家?

花二婶:能在这么一个大院里住几天,也算不白活了。

冯老六:小眼睛薄皮儿,没见识。

花二婶:哼,牛什么呀牛,也不是你自己的。

邓美珊跟着陶祁香走进来。

陶祁香:六叔,今天让您和二婶受累了,真不好意思。

花二婶:你是千里香吧,只听说过名字,没见过真人。哎呀,你果然是个美人坯子,你多大了?

陶祁香:二婶,我都过四十了。

花二婶:不像不像,说不到三十也有人信。

陶祁香:可我自己不信。

邓美珊:冯师傅,我来帮您洗菜吧。

冯老六:不用不用,你们去说话喝茶吧。

邓美珊还是蹲下来帮助洗菜。陶祁香也帮助花二婶收拾菜。

邓美珊:冯师傅,听说您退休了。

冯老六:没办手续呢,不用上班了。

邓美珊:您好好享享清福吧。退休以后你准备做什么?

冯老六:打鱼。

邓美珊:打鱼?

冯老六唱起来:一舟一网一蓑衣,一壶老酒任东西……

邓美珊:冯师傅,您可真有文化。

冯老六:还文化呢,这是景德镇的采茶戏,大人小孩儿都会唱。

圆桌,大家依次入座。冯运华居首,左边是冯老六,右边是陶祁香。

冯老六以师父的口气招呼着:自强,坐我这儿来。

陶自强:那座位是给二奶奶留着的。

冯老六:女人不上桌子,这是景德镇的规矩。

陶祁香不干了:六叔,依照您的规矩,我和美珊都不能上桌子呀?

冯老六知道失言了:你们不算。

邓美珊:冯师傅,您是说我们不算女人吗?

冯老六:不,不是……你们不是有工作吗?

陶祁香:六叔,您是说,女人一有了工作,就不守规矩了是吗?

冯老六急了:我不是……我不是那意思。

陶祁香不依不饶:那您什么意思呢?

冯老六:我……我不会说了我……

冯运华:祁香同志,没有你那么欺负人啊。看把六叔急的,脸都憋青了。

陶自强:就是,我姐就是得理不饶人。

陶祁香:说什么呢你?

陶自强:姐,我说错了,我应该说你是有恃无恐。

陶祁香:你什么意思?

陶自强:冯叔回来了,你就霸道倍增。

陶祁香:陶自强,今天当着美珊的面儿,我就饶了你吧。

周鸿达:看来姐姐和自强都有靠山,对吧兴远?

冯兴远:啊?是吗?

周鸿达:装傻,是吧?

大家一起笑起来。

冯兴远:对了,鸿达哥,嫂子呢?你怎么没带嫂子来?我还没见过呢。

周鸿达:他这几天回娘家了。

外面有人敲门。陶自强站起来。冯老六起身:你别动,还是我去看看吧。

冯老六打开大门。李宗贤提着一个果篮,站在门外。

冯老六不客气地:你干什么来了?

李宗贤:听说冯副厂长回来了,我来看看他。

冯老六:你还想把他抓进去?

李宗贤:冯师傅,您误会了。

冯老六：误会什么，不是你把他送进去的吗？

李宗贤：我是来给冯副厂长赔礼道歉的。

冯老六：不需要。

李宗贤：冯师傅，我是真诚的，您就让我见见冯副厂长吧。

冯老六退回来，李宗贤上了台阶。冯老六砰地把门关上，差点儿碰上李宗贤的鼻子。

花二婶忙着炒菜，冯老六进来了：里面还给你留着座儿呢。

花二婶：我可不去，哪儿有女人上桌子的？

冯老六：你看人家陶祁香，还有邓美珊，不是都在桌子上吗？

花二婶：她们不算。

冯老六：她们不算女人？

花二婶：她们不是有工作吗？

冯老六：照你这么说，女人有了工作，就不守规矩了？

花二婶：哎呀，你跟我这儿贫什么呀？快走吧。

外面又有人敲门。冯老六怒气冲冲地走出来，顺手抄起一根扁担。

敲门声继续。冯老六：滚！你要是再不滚，我就拿扁担抢你。

敲门声继续。冯老六打开门，傻了。赵文昌站在门外，小徐提着两坛老酒跟在后面。

赵文昌：果然没说大话，您还真拎着扁担呢。

冯老六立即把手里的扁担扔下：赵书记，您快进来，大家都在等着您呢。

赵文昌：冯师傅，您刚才骂谁呢？

冯师傅：那个王八蛋。

小徐：谁叫王八蛋？

冯老六：就是那个……叫什么来的？还是副厂长……

小徐：李宗贤？

冯老六：对对，就是那个李王八蛋。

小徐：王八蛋还有姓呀？

餐厅里非常热闹，吵吵嚷嚷，欢声笑语。

冯兴远：爸爸，您都敬三杯酒了，该轮到我们敬酒了吧？

冯运华：不行，我要敬四杯。

冯兴远：事事不过三，这是酒桌上的规矩。

冯运华：五湖四海、四通八达、名扬四方、四平八稳、四梁八柱……

冯兴远：还有不着四六。

冯运华给了冯兴远一个"磕螺丝"：这也是规矩。

陶自强：那您这第四杯酒敬谁呀？

冯运华侧耳听了一下：有了，请大家准备好。

冯兴远：您倒是说呀。

冯运华：少安毋躁，来了。

说着，冯运华离开酒桌，朝门外走去。与此同时，赵文昌推门进来了。

所有的人都站起来。赵文昌紧紧地握着冯运华的手，使劲地摇晃着。

冯运华泪光盈盈，嘴唇哆嗦着。赵文昌说道：运华同志，你受苦了。

冯运华扑进赵文昌的怀里，带着哭腔：赵书记啊……

冯老六又进来了。

花二婶：你怎么不进去喝酒呀，跟我这儿起什么腻？

冯老六：让他们先热闹一会儿，我搭不上话儿。

花二婶：什么搭不上话儿，你这叫上不了台面儿。

冯老六：嘻嘻，还真是。

赵文昌坐在了首座上，冯运华坐在了冯老六的位置上。这样，赵文昌左边是冯运华，右边是陶祁香。

陶自强：赵书记，你应该敬三杯酒吧，还差一杯呢。

赵文昌：不是三杯，是四杯，还差两杯呢。

冯兴远：赵书记，您是不是跟我爸串通好了，怎么都敬四杯酒。

赵文昌：五湖四海、四通八达、名扬四方、四平八稳、不着四六……多吉利啊。

周鸿达：果然是串通好了，连祝酒词都一样。

陶祁香：这叫心有灵犀，不点也通。

赵文昌：运华同志，我接到一封信，有人建议你当第一副厂长，协助陶自强主持建国瓷厂的工作。

陶自强：我知道这封信是谁写的了。

赵文昌：运华同志，你意下如何？

冯运华沉吟了一会儿：我不想回建国瓷厂了。

陶自强先急了：什么？您不想回建国瓷厂了？为什么？

周鸿达：就是因为那些不实之词吗？

邓美珊:就是因为李宗贤吗?

冯运华挥了挥手:我没那么小心眼儿,也不想被提拔重用。

陶祁香:我同意。

陶自强:姐,你同意什么?

陶祁香:我同意冯运华同志不回建国瓷厂。

陶自强:你想让他去哪儿?

陶祁香:赵书记,我跟您说过,赣剧团有一个人特别合适。冯运华当赣剧团团长,我当副团长。

冯运华:不,祁香,你听我说,我给自己选了一个地方。这个地方是我梦寐以求的,是实现我梦想的地方。

赵文昌:你说的是哪儿?

冯运华:前不久,市文化局的孙局长去看望我,他对我说,文化局准备成立一个戏剧研究所。赵书记,原本我准备回来正式写申请的,现在你们问起来了,我只好先说了。我希望我的愿望能够得到组织的支持……

陶自强:冯叔,建国瓷厂需要您。

周鸿达:是啊,我们都盼望着您回去。

陶祁香:老赵,你的意见呢?

赵文昌:从组织原则上讲,我希望运华同志服从工作需要,服从组织安排。就我个人感情来说,我尊重运华同志本人的意见,也尊重大家的意见。你呢,美珊同志?

邓美珊:我支持冯叔的要求。

冯兴远:为什么?请说理由。

邓美珊:我六岁的时候,就跟我的父亲探讨过理想问题。我父亲说,一个人如果能把梦想和职业融为一体,那是最幸运的。我跟冯叔接触不多,通过几次断断续续的谈话,我就知道,当窑主不是冯叔的梦想,当建国瓷厂的副厂长也不是冯叔的梦想,冯叔的梦想在舞台上。我们应该支持冯叔,我提议,为冯叔的梦想干杯。

赵文昌:等等,你怎么叫起冯叔来了?从什么时候开始的?

邓美珊:陶自强、周鸿达不都叫冯叔吗?

赵文昌:你不是管陶祁香叫姐姐吗?为什么不随着陶祁香叫?

邓美珊:那……姐姐你叫什么?

陶祁香大大方方地端起酒杯:我也叫冯叔,大家敬冯叔。

赵文昌:你们都叫冯叔,我怎么办?

小徐:赵书记,咱都叫冯叔吧。

冯运华:不行不行,绝对不行,乱了乱了,乱成一锅粥了。

赵文昌:多乱也是一锅粥,只要锅里有粥,就不会乱。

陶祁香:好,我们为一锅粥干杯。

众:干杯……

冯运华:哎呀哎呀,失控了,失控了……

陶祁香站起身来往外走。冯运华说道:祁香,你别走呀。

陶祁香:我去看看六叔和二婶。

冯运华:让他们过来喝酒。

冯老六和花二婶在厨房里喝起了酒。陶祁香在门口看见了,退了回去。

冯老六:来,二妹子,我敬你一杯,谢谢你。

花二婶:你谢我什么?

冯老六:今天这一大家子,要不是你,就得到外面点菜了。

花二婶:你不是想说这事吧?

冯老六:嘻嘻,来喝酒。

花二婶:别嬉皮笑脸的,你到底想说什么?

冯老六:我马上要退休了。

花二婶:这你说过了。

冯老六:早先在冯家窑,有时候跟窑工一起吃饭,有时候跟窑主一起吃饭。

花二婶:我知道。

冯老六:后来进了建国瓷厂,有食堂了,吃饭就更方便了。

花二婶:说,接着说。

冯老六:我想说,我退休之后,我们就搬到一起得了。或者住在你那儿,或者你搬过来,都行。

花二婶:你是想让我嫁给你?

冯老六:你没意见吧?

花二婶:你这不是娶老婆,是想找个给你做饭的。

冯老六:不能这么说,两个人一起过日子,互相有个照应。

花二婶:你想问问我的想法吗?

冯老六:是啊,你怎么想的?

花二婶:我是猪八戒摔耙子,不伺猴(候)儿。

陶祁香回到座位上。冯运华:六叔他们还没忙完?

陶祁香:别等他们了,两个人在厨房里喝上了,美着呢。

赵文昌站起来:我现在敬第四杯酒,我这杯酒敬完了,你们就可以打酒仗了。这杯酒啊,我提议,敬给景德镇赣剧团团长陶祁香同志。

大家一起站起:敬陶团长,干杯。

陶祁香:赵书记,这杯酒我肯定喝,不过你得帮我个忙。

赵文昌:只要你喝了这杯酒。

陶祁香:一言为定?

赵文昌:一言为定。

陶祁香非常痛快地把酒干了。

陶自强:是不是该我敬酒了?

赵文昌:等一等,让大家先吃口菜。

陶祁香低声问赵文昌:你知道我要提什么要求?

赵文昌:罗纲的事吧?

陶祁香:料事如神。我亲自到了车溪乡,死说活说人家就是不同意。

赵文昌:你是让人家辞职对不对?

陶祁香:不辞职怎么进赣剧团呀?

赵文昌:赣剧团需要建立党支部。

陶祁香:是啊。这是编制里没有的。

赵文昌:不占用你的编制。

陶祁香:我明白了,把罗纲调过来任党支部书记?

赵文昌:通过组织部办调动手续就行了。

陶祁香突然站起来:赵书记,感谢你对赣剧团的大力支持,我敬你。

冯运华:别你一个人敬呀,我们大家一起敬赵书记吧。

众皆举杯:敬赵书记……

新的一批出口瓷出窑,大家围在窑门前,充满了期待,也有些紧张。陶自强、李宗贤、周鸿达、杜绍文都来到了现场。杜绍文把太平钩递给陶自强:开始吧?

陶自强看了看手表:再等一会儿吧。

谁也不明白陶自强的意思,也不知道陶自强在等什么。

赵文昌的汽车开了进来。赵文昌下了车,兴致勃勃地走过来。

人们给赵文昌让开一条路。陶自强把手里的太平钩交给赵文昌。

赵文昌:让我开窑?

陶自强:建国瓷厂托您的福。

赵文昌:大吉大利,满窑"凑脚青"。

陶自强高喊:开窑喽……

众一起喊:开窑喽……

赵文昌喊:大吉大利……

众:大吉大利……

赵文昌喊:满窑"凑脚青"……

众:满窑"凑脚青"……

赵文昌举起太平钩,把窑门的窑砖捅开一个口子,又用太平钩勾住窑门砖,使劲拉出来。

窑门大开。杜绍文第一个钻进窑巢,崔启明紧随其后。

杜绍文搬起第一个匣钵,递给崔启明,崔启明接过来,递给身后的人。如此依次传递,把匣钵送出窑门外。

窑门外,人们自动排成一队,传送着匣钵。

赵文昌和陶自强站在最后,他们接过匣钵,打开:一摞青花瓷盘,釉色艳丽,光彩盈盈……

紧接着,一个又一个匣钵传出来,打开。地上很快摆出来新出窑的瓷器,满地晶莹。

开窑欢腾喧哗的声音传进来,南小汐待不住了。她扒着门槛,跷着脚巴望着,很想去开窑现场,又不能擅离职守,急得一个劲儿地跺脚。

玉茗走来:同志,你是南小汐吗?

南小汐:你买什么,等会儿。

玉茗:我不是来买东西的。

南小汐:那就别进来了,今天谢绝参观。

说着,南小汐把门框上的牌子翻过来。牌子的一面写着"正常营业",一面写着"谢绝参观"。

玉茗:我是来向你报到的。

南小汐:报什么到,你不知道今天开窑吗?

玉茗:我是来门市部工作的。

南小汐:你是招工新来的?

玉茗:啊,是啊,把我分配在门市部了,以后我们就是同事了。

南小汐:你来得正好,同事。你先在这儿盯会儿,我去看看开窑。

赵文昌准备讲话,他从匣钵里拿出一只碗,走到人群中间:看你们一个个高兴的,嘴咧得瓢儿似的,要不是耳朵挡着,嘴角儿都到后脑勺儿了。

大家笑起来。杜绍文说:赵书记,我看您的嘴咧得也不小。

赵文昌:干吗要小,高兴嘛,自己的嘴,想咧多大就咧多大。今天我们烧了个"凑脚青",你杜工功不可没啊,对不对?

众:对,感谢杜工。

杜绍文:哪儿能说感谢呢,难道我不是建国瓷厂的?再说,这一窑的把桩师,可是崔启明师傅。

赵文昌:对对,崔师傅,你怎么躲到后面去了。到前面来,我们一起鼓掌为他们祝贺一下。

大家鼓起掌来。崔启明拱起手:同喜同喜,同贺同贺……

赵文昌:不知道还有没有人记得,在建国瓷厂成立大会上,我拿来了一只碗。

老师傅:我记得。

赵文昌:您还记得是什么碗吗?

老师傅:破碗,锔了十几个钉子,还是你们家的传家宝。

赵文昌:冉师傅,您这可是在揭我的老底儿啊。

冉师傅:赵书记,您怎么知道我姓冉?

赵文昌:你不姓冉吗?

冉师傅:我姓冉呀!

赵文昌：我不该记住吗？

冉师傅：我都没跟您说过话。

赵文昌：可是您抽过我的烟，大前门的，对吧？

冉师傅：赵书记，什么都不说了，我服了，心肝脾胃肾都服了。

赵文昌：冉师傅说得对，我当时就是拿了一只锔了钉子的破碗。当时我说，作为新中国第一个督陶官，我有一个梦想，就是跟景德镇的窑工们一起，为中国六亿人每人做一只吃饭的碗。现在看来，我的格局小了，我的梦想实在算不上什么了。为什么？因为我们不但有了自己吃饭的碗，还要把碗卖到国外去。让全世界人都看一看，哪儿的碗最漂亮，哪儿的碗质量最好，哪儿的碗吃饭最香。大家说说，是哪儿的碗？

工人：景德镇的碗。

工人：建国瓷厂的碗。

赵文昌：对，是建国瓷厂的碗，是景德镇的碗，是我们中国的碗……

南小汐站在人群后面，静静地听着赵文昌的讲话。

一辆小驴车。赶车的是个小老头儿，车上坐着一个穿干部服的女人，女人的身边放着行李。女人兴致勃勃地看着景德镇的一切：师傅，我们从建国瓷厂那边绕一下吧。

赶车人：您想去看看建国瓷厂吧？

女人：是啊，建国瓷厂出口创汇，报纸上都登了。

赶车人：那是我们景德镇最早的国营瓷厂，也是最大的。

女人：哦，景德镇有几家国营瓷厂？

赶车人：除了建国瓷厂，还有人民瓷厂、东风瓷厂、光明瓷厂、红旗瓷厂，据说还要建呢，要建十大瓷厂。

女人：景德镇发展真快啊。

赶车人：知道景德镇为什么飞起来了吗？

女人：您说说。

赶车人：景德镇本姓昌，一条昌江镇上流，真宗皇帝本姓赵，有赵有昌才出头。

女人：您说的这些是什么呀？

赶车人：为什么说景德镇本姓昌呢，因为有一条昌江从镇上流过。景德镇是宋真宗皇帝赐的，真宗皇帝姓赵。从大清朝垮台，军阀混战，又加上打日本打国民党，十几年的战乱，景德镇破败得不成样子了。罗半仙说，什么时候来一个姓赵的，他的名字还要带一个昌字，景德镇就有出头之日了。

女人:这说的不是赵文昌吗?

赶车人:对呀,就是赵书记。

女人:您见过赵书记吗?

赶车人:他还坐过我的车呢,还给过我烟呢。

女人:赵书记怎么样呀?

赶车人:他不是人。

女人:啊? 不是人?

赶车人:他是神,景德镇人都说他是天神下凡。

女人突然看见了建国瓷厂的牌子:这就是建国瓷厂吧?

赶车人:您要不要下车看看?

女人从车上跳下来。

赵文昌和大家把烧好的瓷器从匣钵里取出来,摆放进箩筐,送到选瓷车间。

南小汐饶有兴趣地看着。李宗贤过来:小汐,你怎么在这儿?

南小汐:啊,我来看看开窑,我从来没见过开窑。

李宗贤:你怎么能擅离职守?

南小汐:门市部有人。

李宗贤:有人? 门市部不就是你一个人吗?

南小汐:又新分配一个新人。

李宗贤:谁呀?

南小汐:啊,一个女的……对了,李副厂长,我是来看看,我们新烧出来的瓷器,能不能选一些放在我们门市部出售?

李宗贤:这都是出口创汇的瓷器,怎么能放在门市部呢?

南小汐:出口瓷总得选吧? 上色二色的优质瓷出口,那三色脚货呢? 不能不卖吧?

李宗贤:这事……啊,你去问问陶厂长吧。

玉茗傻傻地守在门市部。坐车的女人进来,看着柜台里和货架上的瓷器。

玉茗:对不起,这儿没有人。

女人抬头看着她:没有人? 你是什么?

玉茗:啊,我是说,没有售货员。

女人:你呢?

玉茗:我是新来的。

女人没有理睬玉茗,挑起了餐具。玉茗不知道该如何跟女人解释,一个劲儿地往外看着,盼望着南小汐快点儿回来。

女人挑好了四个盘子、四个碟子、四个碗、四把汤匙,摆在柜台上。

玉茗:对不起,我真的不会卖。

女人:我给你钱,你给我东西,有什么会不会的?

玉茗:可是……我不知道收您多少钱呀。

女人:这不是有价签吗?

玉茗拿起价签看了看,上面写着:0.80元。

女人:你看,一共是四套,四八三十二,我给你三块二毛就对了吧?

玉茗:您还是等一会儿吧,要不,您明天再来。

女人:我今天就要用。

玉茗为难地:可是……我真的不知道。

女人:你不知道什么? 我又不是不给你钱。

玉茗勉强地:那好吧……

女人:能给我包一下吗?

玉茗:我也不会包呀。

女人指着地上:那不是有破箩筐吗?给我一个我自己装。

玉茗把破箩筐拿起来递给女人。女人装好了瓷器走了。

冯运华来了,陶祁香带着他看望秦晓婵。秦晓婵正在教两个年轻人学戏。

冯运华:秦大姐,您还记得我吗?

秦晓婵:记得记得,那次你跟石凌鹤一起去看敦本堂。冯副厂长,听说你受委屈了。

冯运华:大姐,我现在不是副厂长了。

秦晓婵:你到赣剧团来了?

冯运华:差不多吧,是赣剧团的兄弟单位,戏剧研究所。

陶祁香:大所长。

秦晓婵:噢,那我就叫你冯所长吧。现在也不知怎么了,男人没个官衔,还真是不好称呼。

冯运华:就叫同志嘛。

秦晓婵:都叫同志,分不出高低远近了。

冯运华:我们都是新中国的公民,不应该分高低远近。

秦晓婵:话是这么说,心里还是有数的。

陶祁香:师姑,我们来跟您商量一下,我们赣剧团不是要挂牌了吗?挂牌那天,要热闹热闹,演几个折子戏。老戏嘛,都是现成的,排练排练就行了。我们还想排演一折现代戏,您说选什么好?

秦晓婵脱口而出:《刘巧儿》,就《刘巧儿》。

冯运华:秦大姐可真时髦。

秦晓婵:这些天我在话匣子里听《刘巧儿》,听得入迷了。好戏,真是好戏啊。

冯运华:您听的是评剧吧?我们唱评剧还是唱赣剧?

秦晓婵:移植,移植啊。

冯运华:您还懂得移植?

陶祁香:你也太小瞧我师姑了。

秦晓婵:你不是研究戏的所长吗?会移植不?

冯运华:啊,我试试。

秦晓婵:试什么呀?一点儿也不难。

冯运华:唱腔您可得帮助我把握一下。

秦晓婵:唱腔就交给祁香,不是还有丁源吗?

冯运华:祁香,秦大姐果真有领导才干,运筹帷幄啊。

陶祁香:师姑要是年轻一点儿,我就把这团长推给她了。

秦晓婵:你们俩别拿我开心了。老喽,没用喽。

南小汐朝着玉茗喊着:什么什么,你还开张了?都卖了什么,我看看。

玉茗指着一个柜子:我就卖出去四套。

南小汐:四套,什么四套?

玉茗:就是这些呀,四个盘子,四个碟子,四个碗,四个汤匙。

南小汐:你收了多少钱?

玉茗:不是一套八毛吗,我收了人家三块二。

南小汐:我的亲娘啊,你怎么没把自己搭进去呢?

玉茗:卖亏了?

南小汐:让我说你什么好呢?这八毛是一个盘子的钱,人家拿走那么多东西,你等于就收了四个盘子的钱。

玉茗:一个盘子就八毛?那么贵?

南小汐:你知道这是什么吗?青花釉里红,手绘的,柴烧的,这可是咱们厂的名牌,贵吗?

玉茗:那需要多少钱?

南小汐:一个碗六毛,一个碟子四毛,一个汤匙一毛,加起来就是一块一毛,等于你少收人家四块四毛。买主是谁?

玉茗:一个女人。

南小汐:哪儿的女人?

玉茗:好像是外地的。

南小汐:还是外地的? 没的说,咱俩赔吧。

玉茗:我第一天上班,就做了个赔本的买卖,还要自己掏腰包。

南小汐:赔钱是小事,说不定还要受处分。

玉茗:啊? 会不会把我退回去,不要我了?

南小汐:难说。

玉茗哭起来:呜呜……我怎么这么倒霉啊……

南小汐大喊一声:先别哭。

玉茗立即停止了哭声。南小汐:你叫什么?

玉茗:我叫玉茗。

南小汐:说全名。

玉茗:我就叫玉茗呀。

南小汐:你姓什么?

玉茗:我姓玉呀。

南小汐:《百家姓》有姓玉的吗?

玉茗:我就姓玉啊。

南小汐:姓玉就姓玉吧。这件事我也有责任,我不该把你一个人扔在这里。这样吧,咱俩一人赔一半。

玉茗:不不不,我不能连累你。

南小汐:行了,别啰唆了,掏钱吧。

小徐把车停在了楼下,赵文昌上了楼。

赵文昌掏出钥匙要开门,门开着一条儿缝儿。他推门进去又立即出来了。

小徐收拾了一下后座,刚要上车,赵文昌便叫起来:小徐,快来快来。

小徐:怎么了赵书记?

赵文昌站在宿舍门口:闹贼了。

小徐:贼? 什么贼?

赵文昌:我屋里被盗了。

小徐:什么贼呀这么大胆,敢偷市委宿舍?

赵文昌:把我的东西都偷光了。

小徐跑上来,拉开灯,屋子里空荡荡的,什么东西都不见了。

赵文昌:你看,怎么回事?

小徐:这哪儿是贼呀,这是抄家。

赵文昌:真没见过这样的贼,比日本鬼子的"三光政策"还厉害。

小徐看了看门:不是贼。

赵文昌:不是贼是谁?

小徐:您看,把屋子搬空了不说,还把锁偷走了。这也太过分了吧!

市委秘书小宋跑来了。小徐问道:宋秘书,这是怎么回事?

小宋:赵书记,您搬家了。

赵文昌:搬家?搬哪儿去了?

小宋:市委家属院。

赵文昌:我不是告诉你我就住单身宿舍吗?

小宋:高局长来了。

赵文昌:哪儿来的高局长?

小宋:就是……您的爱人。

赵文昌:她什么时候来的?

小宋:上午就来了,我们帮助她把您的东西都搬过去了。

小徐:得,让人家一锅端了。

周鸿达下班回到家,堂屋的桌子上摆着菜饭,母亲桌边纳着鞋底。

周鸿达:妈,玉茗还没回来?

周母小声地:回来了,像是不高兴,扎在屋里就没有出来。

周鸿达:我去看看。

周母:叫她出来吃饭。

周鸿达进了屋,看见玉茗坐在床头上掉眼泪。

周鸿达:哟,怎么了媳妇,今天不是刚上班吗?我特意早点儿回来给你庆祝一下呢。怎么,谁欺负你了?谁这么大胆子呀,敢欺负周副厂长的女人,告诉我,我去给你出气。

玉茗扬起脸,泪眼婆娑地看着周鸿达,一副令人爱怜的小模样儿。

周鸿达忍不住上前亲了一下她脸颊上的泪花。

玉茗一把抱住了他。周鸿达说:告诉我,谁欺负你了?

玉茗:是我自己。

周鸿达:你自己欺负自己?行啊媳妇,有本事啊。

玉茗捶打着周鸿达:你还讽刺我?让你讽刺,让你讽刺……

周鸿达轻声地:宝贝,告诉我,到底是怎么回事?

玉茗:我笨,卖错瓷器了,得赔钱,自己赔……

周鸿达笑了:这点儿小事,至于哭鼻子吗？走,吃饭去,妈还在外面等着呢。

玉茗:我不吃。

周鸿达:还闹情绪了？

玉茗:我吃不下。

周鸿达一把将玉茗抱起来,朝堂屋走去。

玉茗挣扎着:放下我,放下我……

周鸿达把玉茗抱到饭桌前,放在椅子上。

周母抿着嘴忍住笑。玉茗瞪了周鸿达一眼。

周母:你妈也是从年轻的时候过来的,看见过两口子好的,可是没见过你俩好成这样的。

玉茗忙低下了头:妈,让您笑话了。

周母:不笑话,你们这样,妈看着高兴。

周鸿达讨好地:妈,您快吃饭吧。

周母看了儿子一眼,嗔骂着:没出息。

小院四楞四致,四间正房,两间西厢房。正房住人,西厢房是厨房和储物间。院子里,几簇绿植鲜花,一畦绿叶青菜。西厢房门口,一个水池,水池上是自来水龙头。看来即便赵文昌没有搬进来,这里也是有人打理的。

赵文昌高喊着:悄悄地进村,打枪的不要。

高绽梅从厨房里跑出来,戴着围裙,手里抓着一条鱼:快把我的袖子往上撸撸。

赵文昌给高绽梅撸衣袖,探着头朝她脸上亲了一下。高绽梅笑着:别闹,腥。

赵文昌:哪儿来的腥？

高绽梅:鱼腥。

赵文昌:我以为你说我腥呢。

高绽梅:你不腥,你是吃腥的。

赵文昌:那就是你腥了。

高绽梅:少要贫嘴,快帮我过来把炉子捅捅。

高绽梅继续收拾着鱼。赵文昌捅着炉子。

高绽梅:我这次来就不走了,商调函在我的箱子里,一会儿拿给你,你瞧着办吧。

赵文昌:你怎么连个招呼都不打,我一点儿准备都没有。

高绽梅:商量什么？你说鸡我说鸭,你说七我说八,七七八八乱喳喳,西瓜皮擦屁股没完没了。不知道驴年马月才能统一,所以不能商量。

赵文昌:你现在是卫生局局长,还是副市长的候选人,我可给不了你相应的职务。

高绽梅:我不要什么职务,给我安排个闲差最好。

赵文昌:孩子怎么办?

高绽梅:现在由他姥姥带着呢,等这边安顿好了,我就去把他接来。

周鸿达:你是说,你刚进门市部,南小汐就把你扔下自己跑了。

玉茗:她说她去看开窑。

周鸿达:她也没跟你交代怎么卖货是吧?

玉茗:她只说让我看着。

周鸿达:不行,这钱咱不能赔。

玉茗:为什么?

周鸿达:责任全在南小汐身上。

玉茗:得了吧,人家答应跟我一人一半就很不错了。东西是我卖的,损失是我造成的。

周鸿达:她这是擅自离岗,违反了工作纪律。她不但要赔偿全部损失,还要受批评、受处分。

玉茗:凭什么呀?错是我犯下的,难道我就没责任吗?

周鸿达:你当然没责任了,所有的责任必须由南小汐一个人承担。

玉茗啪地把筷子拍在桌子上,愤怒地说:周鸿达,你这是滥用权力,以权谋私。

周鸿达:有权不用,过期作废。

玉茗:你这是什么论调儿,别忘了你是共产党员。

周鸿达:共产党员怎么了?共产党员就不能护着老婆了?

玉茗:妈,您说,周鸿达这叫什么领导?

周母:他逗你玩儿呢,你没见他憋着笑,把脸都憋青了。

周鸿达终于忍不住了,嘴里的汤喷出来。

玉茗跳起来:周鸿达,我跟你拼了……

赵文昌把笸箩里的盘碗拿出来,放在水池里洗着。

赵文昌:这不是我们建国瓷厂的瓷器吗?你哪儿来的?

高绽梅:买的。

赵文昌:你可真有眼光,青花釉里红,这是最高档的瓷器了。

高绽梅:要买还不买好点儿的,这些年我们过得太寒酸。

赵文昌:你这是四套,花了多少钱。

高绽梅:三块二。

赵文昌叫起来:什么什么? 三块二,这哪儿是买的呀,说抢的还差不多。

高绽梅:便宜吧?

赵文昌:你跟谁买的?

高绽梅:一个姑娘。

赵文昌:她认识你?

高绽梅:她怎么可能认识我?

赵文昌:不对,这里面有问题。

高绽梅:什么问题。

赵文昌:我明天问问就清楚了。

高绽梅:你别去,你一去就会小题大做,还是我去吧。

饶三公在茶山上锄草,饶三婆打扫着院子。

李宗贤推着自行车站在了门口:大嫂,这是饶三公家吗?

饶三婆看着李宗贤:你找谁?

李宗贤:大嫂,我来找饶三公。

饶三婆:你是谁?

李宗贤:我叫李宗贤,是建国瓷厂的副厂长。

饶三婆:建国瓷厂? 你找饶三公干什么?

李宗贤:我们有事需要他帮忙。

饶三婆:你们有事需要他帮忙? 你们弄错了吧? 他能帮你们什么忙哪?

李宗贤:饶三公在吗? 我想当面跟他说。

饶三婆:他不在。

李宗贤:他去哪儿了? 能把他找回来吗?

饶三婆依然警惕地看着李宗贤:你真有事?

李宗贤:真的有事,很重要的事。

饶三婆:你不是来打人的吧?

李宗贤:哎呀,您想哪儿去了大嫂。哦,您看,这是我给你们买的点心,乐平的沙琪玛。

说着,李宗贤把挂在车把上的点心盒摘下来,递给饶三婆。

饶三婆看了看李宗贤,又看了看点心盒,把伸出的手又缩了回来。

李宗贤:大嫂,您拿着吧,专门给您买的。

饶三婆犹豫了一下,把点心盒接过来。

李宗贤:大嫂,您告诉我饶三公在哪儿,我去找他也行。

饶三婆:你在这儿等一会儿,我去找他。

饶茶花在自己的房间里收拾着行李。她把准备带走的衣服整理出来,一件一件地叠着。

一件没有拆封的游泳衣。她把游泳衣拆开,在自己的身上比画着,想着她和邓美珊的对话。

饶茶花准备换上游泳衣试一试,刚要脱衣服,又去把门关好,把窗帘拉上。

窗外,李宗贤在院子里踱着步。饶茶花骂了一声:讨厌。

南小汐和玉茗正往商品上贴价签。

玉茗:小汐,你过去贴的价签也太简单了,害得我卖错了。

南小汐:这个门市部就我一个人,我好歹贴个价签就行了,反正我自己心里有数。到咱们这儿来买东西的人,你就是贴着价签,他也会问你价钱的。

高绽梅进来了。玉茗急忙迎上去:大姐,是您呀。

高绽梅仔细地看着玉茗:挺聪明的姑娘呀,水灵灵的大眼睛,怎么长了一个糊涂脑瓜儿呀?

南小汐不高兴了:这位同志,怎么说话呢?您说谁糊涂?

高绽梅问玉茗:姑娘,你叫什么?

玉茗:我叫玉茗。

高绽梅回答南小汐:我就说她呢,小糊涂玉茗。

南小汐:同志,您买什么东西吗?

高绽梅:我不敢买了,我怕给你们买破产。

玉茗惊喜地叫起来:大姐,您知道我昨天收错了钱了?

高绽梅:说吧,少收我多少钱?

南小汐:啊,您是来补钱的?大姐,您的觉悟太高了,我们表扬您。

高绽梅:表扬就不必了。昨天也怪我,没仔细问问。

玉茗:不,大姐,不怪您,怪我。我昨天第一天上班,您是我接待的第一位顾客。

高绽梅:哦,怪不得呢。我刚才叫你小糊涂错怪你了,我收回,并且向你道歉。

玉茗:大姐,您太客气了。

高绽梅:你还没告诉我少收了多少钱。

南小汐:少收了四块四毛,不过我们两个人已经赔偿了。

高绽梅:少收了钱还要赔偿,你们建国瓷厂的制度够严的。

南小汐:我们没有制度,不过我们觉得卖错了东西就得赔偿,不能让国家吃亏。

高绽梅:你们两个姑娘都是好样的。

南小汐:大姐,您说实话,您觉得我们的东西是不是有点儿贵。

高绽梅:是有点儿贵,不过用过之后就觉得物有所值了。

玉茗:因为我们的瓷器漂亮吧?

高绽梅:不仅仅是漂亮。我是东北人,我们平时用的碗也好,茶杯也好,洗起来有点儿费劲,特别是挂了油污,就得用碱面洗,有时候还得用开水烫。你们的盘碗,随便用水一冲就干净了。

玉茗:您说这些我们还没有什么体会,谢谢您大姐。

高绽梅:好了,我还有事,先不跟你们聊了。你们是我到景德镇交的最早的朋友,等有空再来找你们。

南小汐:大姐您贵姓?

高绽梅:我姓高。你们叫我高大姐就行了。

李宗贤在院子里等候着。

饶三公回来了。李宗贤忙上前打招呼:饶大叔,您好,打扰您了。

饶三公:你认识我?

李宗贤:我见过茶花。

饶茶花出来了,沉着脸:你找我爹什么事?

李宗贤:啊,有件东西,请饶大叔给掌掌眼。

饶茶花:什么东西?

李宗贤把自行车后座上捆着的木匣子解下来,打开。

饶三公刚要上前看,饶茶花把他挡住了。

饶茶花:不就是个破瓶子吗?

李宗贤:这是国际友人的一件古瓶,两个耳朵掉了,请饶大叔看看掉的是什么耳朵。

饶茶花:是陶自强派你来的吧?

李宗贤:不不,是我主动承担了这个任务。

饶茶花:这算什么任务?

李宗贤:事情不大,可是关系到国际友人,也是维护我们国家的形象嘛。

饶茶花:我爸爸是种茶叶的,哪儿懂什么古瓶。

李宗贤:哦,我听说大叔原来是搞古瓷修复的,请大叔给看一下。

饶茶花:爸爸,你不是种了一辈子茶叶吗?

饶三公:啊,李同志,你弄错了,我不懂,一点儿也不懂。

李宗贤:大叔,您给看看吧,耽误不了您多大工夫。

饶三公坚决地:我不懂,你弄错了,我只会种茶叶。

李宗贤:大叔,我已经打听过了,您原来真的是修复古瓷的。

饶三公:是你知道还是我知道呀?你走吧。

饶三公说完,气哼哼进屋里去了。饶茶花问道:李副厂长,你还有事吗?

李宗贤:茶花,你帮忙问问你爸爸。

饶茶花:我爸爸不是说了吗,让你走。

饶茶花说完,也回屋了。李宗贤无奈,重新把木匣子捆好,推着自行车出了大门。饶茶花又出来,喊住了李宗贤:你等一下。

李宗贤刚要上自行车,又下来。饶茶花走过来:你刚才说,这古瓶是国际友人的?

李宗贤:是啊。

饶茶花:哪个国际友人?叫什么名字?

李宗贤:一个英国商人,你不认识。

饶茶花:是约瑟芬吗?

李宗贤一惊:啊,你知道约瑟芬?

饶茶花:你回来吧。

李宗贤把木匣子打开,拿出古瓶,放在八仙桌上。饶三公看了看李宗贤:你懂规矩。

李宗贤不解:您说什么?

饶三公:我说你懂规矩。

李宗贤:请您明示。

饶三公:瓷器,无论是古董还是新瓷,不能直接手递手,一定要稳稳当当地放好,再等着另一个人去拿。另一个人看完了,也要稳稳当当地放好,别人再去取。

李宗贤:大叔,您说的这些,我还真的不懂,刚才我这样做,也是歪打正着,瞎猫碰上了死耗子。

饶三公:知道为什么这样吗?

李宗贤摇了摇头。饶三公道:万一失手了,打碎了,要分清谁的责任。

李宗贤:对对,这太重要了。

饶三公并没有把古瓶拿起来,只是看了一眼,便说:这是元青花云龙花纹象耳瓶。

李宗贤：您肯定？

饶三公肯定地说：这应该是圆明园的东西。

李宗贤：嗯，有可能。我听说，这只瓶子是约瑟芬的高祖从中国带回去的。莫非她的高祖就在英法联军里面，烧了圆明园抢走了这只瓶子？

饶三公：应该就是这么回事，当年我在师父那里看到过一部《圆明园瓷谱》，里面就有这只瓶子。

李宗贤：您当年看过的还记得。

饶三公自傲地笑了笑。

李宗贤：那您记得上面的象耳的样子吗？

饶三公：当然记得。

李宗贤：您能画下来吗？

饶三公：干什么？

李宗贤：给老山羊一个样子。

饶三公：你要让老山羊去修复？

李宗贤：陶自强找过老山羊了……哦，老山羊说，只要有样子就能修。

饶三公：我还是跟你一起去找老山羊吧。

李宗贤：那太好了，太谢谢您了。

晚上。饶茶花来到陶自强家院子外面，见屋子里有灯光，她没有进去，躲在那棵桂花树后面。她忍不住从背包里拿出那件游泳衣。

南昌百花洲。男男女女在一起游泳，有的情侣在嬉戏亲热。

饶茶花：人家城里人就是文明，男男女女还可以在一起游泳。

陶自强：我们也要向城里人学习，把莲荷塘开发成一个公共游泳池。

饶茶花：景德镇的男人不要脸。

陶自强：来游泳的必须穿上游泳衣。

饶茶花：那女孩子也没有人去。

陶自强：总要有人带头，从你开始。

饶茶花：可是我不会游泳。

陶自强：我教你……

一声摩托车响，陶自强出来了。饶茶花刚要上前招呼，发现邓美珊跨上了摩托车。陶自强带着邓美珊走了。

饶茶花将游泳衣狠狠地扔在地上，停了一会儿，又捡了起来……

赣剧团筹建处安静下来,陶祁香在办公室看着《刘巧儿》的剧本。

虞笑寒进来:团长,您还没吃饭吧？我出去给您买点儿什么。

陶祁香:你吃了吗？

虞笑寒:我吃过了。

陶祁香:那你就不用管我了,我还不饿。

陶自强提着饭盒进来:姐,猪肉白菜的大馅饺子,新出锅的,您趁热吃。

虞笑寒:团长,原来您知道有人来给您送饭呀。

陶祁香:不知道,也是赶巧了。哦,这是我们团的秘书虞笑寒,这是我弟弟陶自强。

虞笑寒:我知道,建国瓷厂的厂长。团长,你吃饭吧,我走了。

陶祁香:过来一块儿吃。

陶自强:好歹你也得尝尝我的手艺呀。

虞笑寒:啊,大厂长还会包水饺,那我得尝尝。

陶自强把饭盒打开,虞笑寒从陶祁香的柜子上拿出碗筷。

陶祁香夹起一个水饺放进嘴里,咂摸着滋味儿。

陶自强:姐,怎么样？

陶祁香:小虞,你尝尝。

虞笑寒也夹起一个水饺。

陶祁香:自强啊,你真敢贪天之功据为己有啊。

陶自强:姐,你什么意思？

陶祁香:你说说,这水饺到底是谁包的？

陶自强:姐,你还不相信我的手艺吗？

陶祁香用筷子扒拉着饭盒里的水饺,一个一个挑出来放进碗里:这个,还有这个,再加上这个……这是你包的,剩下的是谁包的？

陶自强:这有什么区别吗？

陶祁香:你包的饺子,不是趴着就是躺着。你看看这些饺子,敦敦实实稳稳当当地坐着,像小元宝一样。还有,饺子皮也不是你擀的,你擀的饺子皮像烂树叶子一样,成不了形儿,还薄厚不匀,绝对不能包出这么有模有样的饺子。还有,饺子馅也不是你拌的,口味不一样……

虞笑寒:团长,您太神了。您不但是戏剧专家,还是饺子专家。

陶祁香:你说对了,在景德镇我就从来没有见到过正宗的水饺。要是不来赣剧团,我真想开一家饺子店。

虞笑寒:那您得带上我,我给你打下手。

陶祁香:开饺子店不带你,我有一个人选。

虞笑寒:谁呀?

陶祁香:邓美珊。

虞笑寒:邓美珊是谁?

陶祁香指着陶自强:问他。

饶三公和老山羊一起研究着象耳古瓶。

老山羊:这应该是三宝蓬不子掺入了明砂高岭土。

饶三公:你说的没错。

老山羊:釉料我拿不准。

饶三公:有苏麻离青,又不全是。

李宗贤在一边看着,听着两个人的对话。

老山羊:李领导,您有事先忙去吧。

李宗贤:不忙,我在这儿看看。

老山羊:这有什么可看的?

李宗贤:学习学习嘛。

老山羊:您想学什么?

李宗贤:啊,我也长长见识嘛。

饶三公:李副厂长,我刚才还夸你懂规矩呢,怎么这会儿成棒槌了?

李宗贤:啊? 您说什么?

饶三公:那我只好跟你明说了。不仅仅是修复古瓷行,所有行当都一样,行家在一起说话的时候,是不允许外人偷听的。

李宗贤:那我可要批评二位师傅了,你们这还是老江湖那一套。在我们建国瓷厂,就是要打破封建传承思想,一切技术都公开化。我们工厂的师傅,把祖传的釉料秘方都捐献出来了。

老山羊把那只古瓶装进木匣子里:李领导,您把这东西拿回去吧,我修不了。

李宗贤:别介呀,我就是随便这么一说,我走,我走还不行?

老山羊:您还是把这瓶子带走吧,我真修不了,手艺不行。

李宗贤:饶三公,您劝劝杨师傅,这可是政治任务呀。

饶三公:我们就是草民百姓,凭手艺混饭吃的,不懂您那些政治任务,您还是拿走吧。

李宗贤:二位师傅,我错了,是我的错。得罪了,得罪了,我马上走……

陶自强陪着姐姐聊天。

陶祁香:邓美珊父母是干什么的?

陶自强:母亲是教师,父亲是北京化工总厂的工程师。

陶祁香:她有兄弟姐妹吗?

陶自强:只听她说过有一个哥哥,在部队,跟您一样。

陶祁香:跟我一样? 也是唱戏的?

陶自强:不,是团长。

陶祁香:没正经。她有对象吗?

陶自强:不知道。

陶祁香:你没问过她?

陶自强:没有。

陶祁香:她也没提过?

陶自强:没有。

陶祁香:我估计没有。

陶自强:你怎么估计的?

陶祁香:美珊这孩子不错,人长得漂亮,又是大学生。北京姑娘,大方,说话办事都很得体。难得,非常难得。你说呢?

陶自强:您都说了,我还说什么?

陶祁香:你就没有想法?

陶自强:什么想法?

陶祁香:你别跟我装糊涂。

陶自强:姐,您先让我清静清静吧。

陶祁香:过这村没这店,像美珊这样的好姑娘难得,你不抓紧,说不定就跟着别人飞了。你要是不好意思开口,我替你问问。

陶自强:别,姐姐,您可别胡来,我们还要在一起工作呢。要是谈不成,多尴尬。

陶祁香:你不谈怎么知道谈不成?

陶自强:不行,不能谈,坚决不能谈。

陶祁香:瞧你这么磨磨唧唧的,走吧,回家。

陶自强上楼,李宗贤在楼梯口等着他。

李宗贤忍不住的高兴:陶厂长,请你到我这儿来一趟。

陶自强跟着李宗贤来到他的办公室。李宗贤还是忍不住地笑。

陶自强:看把你美的,有什么高兴的事呀?

李宗贤从办公桌下面拿出木匣子。

陶自强:做好了?

李宗贤把木匣子打开。

陶自强把古瓶拿起来,仔细地看着。

李宗贤:怎么样?

陶自强:好,好手艺,一点儿也看不出来是修复过的。

李宗贤:这是约瑟芬那只古瓶吧?

陶自强:当然是了,我看过许多遍了。你是担心被饶三公和老山羊调换了?不会的。景德镇的手艺人是讲规矩的。

李宗贤又从办公桌下面拿出一个木匣子,新的。

陶自强:这是什么?

李宗贤把木匣子打开。陶自强拿起里面的瓷瓶,仔细看着。

李宗贤:有什么问题吗?

陶自强:两只瓶子一模一样的,我都分不清哪只是真的了。

李宗贤:你再仔细看看。

陶自强反复看着:看不出来。

李宗贤:你说,我们该把哪只给约瑟芬?

陶自强:哪只是她的?

李宗贤:这只,新盒里装的是旧瓶,旧盒里装的是新瓶。

陶自强:盒子就不要给人家换了,还是把这只瓶子装在旧盒里吧。

李宗贤:不,要换。我们把这只新瓶子给她,她的旧瓶子我们要留下来。

陶自强:这可不行,我刚说完,景德镇的手艺人是讲规矩的。咱们是堂堂的国营瓷厂,不能干这种偷梁换柱的事,传出去丢人,丢脸。丢的是国家的人,国家的脸。李副厂长,我们不能这么干。

李宗贤:我们必须这么干。

陶自强看着李宗贤,发现他从来没有这么坚决过。

下班之后,陶自强从厂里出来。玉茗站在大门口。

陶自强:嫂子,你怎么还不回去?

玉茗:等你呢。

陶自强:等我?

玉茗把一封信交给陶自强。

陶自强:谁的?

玉茗:你自己看吧。

饶茶花把带来的菜和酒一样一样地拿出来,摆在石桌上。

陶自强:怎么想起到这儿来见面?

饶茶花:除了到这儿来,还能去哪儿? 我去建国瓷厂找你? 那么多眼睛看着。到你家,过去有你姐,现在又多了邓美珊……

陶自强试图解释着:茶花,你别误会,我跟邓美珊只是同事关系。

饶茶花:甭管什么关系,跟我没关系。

一轮皓月当空,莲荷塘灿如白昼。陶自强坐下来:你还真会选地方。这个地方,我一直想来。今天,终于如愿以偿了。

饶茶花把酒瓶拿起来,倒上。陶自强端起酒杯:茶花,对不起。

饶茶花:没有什么对不起的,这就是命,命运在捉弄我们。

陶自强把酒干了。饶茶花也干了。半晌无言。

饶茶花:自强哥,我要走了。

陶自强:我看了你的信,你为什么要走呢?

饶茶花:我走了,对你对我都有好处。

陶自强想说什么,又闭上了嘴。

静谧的夜晚,万家灯火。饶茶花说道:自强哥,我不怨你。这些年我怨过,甚至可以说是恨过。我恨过你姐,我恨过我爹,恨过我自己。现在我谁也不恨了,连我自己都不恨了。我认了,认命了。

陶自强:茶花,我真的不知道跟你说什么好了,我也很苦。

饶茶花:我知道。自强哥,临走之前,我有几句话想问问你。

陶自强:你问吧。

饶茶花:这些年,我们的感情是真的吗?

陶自强:是真的,我发誓。

饶茶花:你想过我们在一起吗? 我说的是生生世世。

陶自强:想过,无数次地想过。

饶茶花:你爱过我吗?

陶自强抓住饶茶花的手:茶花,什么都可以怀疑,我们之间的爱毋庸置疑。

饶茶花流下了眼泪:那是过去了。

陶自强移坐在饶茶花的身边,把她搂住了:不,茶花,不仅仅是过去,包括现在,包括以后。无论怎么样,我会把你的爱牢牢地埋在我的心里的。

饶茶花:自强哥,你说的每句话我都信。可是我们经历了那么多,我们付出了那么多,我们还一起受了那么多的苦,这一切……不都是白费了吗?

陶自强紧紧地搂住饶茶花,无言以对。饶茶花挣脱了陶自强,从背包里拿出那件游泳衣。陶自强感叹着：可惜啊，我们还有许多事情没有做。

饶茶花：你说过，要在莲荷塘开辟一个公共游泳池。

陶自强：我没有忘记。

饶茶花：你说过，我们景德镇的男男女女也可以一起游泳。

陶自强：我没有忘记。

饶茶花：你说过，我要带头，做第一个下水游泳的姑娘。

陶自强：我没有忘记。

饶茶花：这件游泳衣还是你从南昌给我买回来的，可惜一次都没有穿。

陶自强：怨我。

饶茶花：还是那句话，我谁也不怨。

陶自强：茶花……

饶茶花：自强哥，今天晚上，就是现在，我让你教我学游泳。

陶自强：啊……我的茶花。

陶自强穿着短裤，来到莲荷塘边上，朝水里走去。

饶茶花站在岸边。

陶自强试探着：这里的水只有齐腰深，茶花，你换上游泳衣吧。

饶茶花：你转过头去。

陶自强背朝着饶茶花站在水里。饶茶花在岸边脱着衣服。

莲荷塘波光粼粼，鱼虾跳跃。饶茶花走到水里，猛地扑到陶自强的身上。

陶自强转过身，抱住了饶茶花。饶茶花缠绕在陶自强的身上。

陶自强：茶花……你……你没穿泳衣？

饶茶花：自强哥……你要了我吧……我给你。给了你，我就圆满了；给了你，我到哪儿都没有遗憾了……

乌云遮住了月亮，莲花塘羞涩地蒙上了脸……

鞭炮齐鸣,锣鼓喧天。古戏台上悬挂着会标:景德镇赣剧团成立大会。

陶祁香、罗纲、秦晓婵、丁源夫妇,还有赣剧团的人在大门口迎接客人。

陶自强、周鸿达送来一只画有百花齐放的尊镶,硬木底座。陶祁香和罗纲接过尊镶,放在古戏台的台口处。

汽车的喇叭响。坐在前面的赵文昌先下了车,又转身打开车门。

冯运华下了车,冯兴远也下来了,把一个大盒子从车上搬下来。

冯运华和冯兴远一起抬着大盒子。陶祁香看见那个盒子,顿时愣住了。

冯兴远把盒子放在签到桌上。陶祁香慌忙走过来。

冯运华:祁香,还是你自己把盒子打开吧。

陶祁香茫然地冲着冯运华摇着头:不,不……这不大可能。

秦晓婵跟了过来,紧接着罗纲、虞笑寒、齐斯、严主任等都围了过来。

冯运华把盒子打开,里面是陶祁香的硬头面凤冠。凤冠金光闪闪,上面的珍珠玛瑙砟砟晶莹剔透,大家被震惊了。

罗纲:我的天啊,这凤冠也太漂亮了。

秦晓婵:只有陶祁香才配戴这个凤冠。

虞笑寒:冯老师,这是您送给我们陶厂长的?

冯运华笑了:这是物归原主。

陶自强也跑过来:姐姐,这不是你的凤冠吗?怎么跑到冯叔手里了?

陶祁香抚摸着凤冠,眼睛里噙满了泪水。

冯兴远:姐,我知道了。当初我哥给我去北京的盘缠,根本就不是卖摩托车的钱,是你把这凤冠典当出去了。

陶祁香:我以为,我这辈子再也见不到它了。运华,你是什么时候知道的?又是什么时候把它赎回来的?

冯运华:这不重要,重要的是,今天是景德镇赣剧团成立大喜的日子,我把它带回来,算是给你和赣剧团的礼物吧。

陶祁香紧紧地握住了冯运华的手:谢谢你,真心地感谢你……

赵文昌:香姐,你知道运华是用什么宝贝把你的凤冠赎回来的吗?

陶祁香摇了摇头。赵文昌说:我也是最近才知道的,那黑心的当铺老板把唐英的《八仙图》要走了。

陶祁香:啊? 那可是无价之宝。

冯运华:在我看来,你这个凤冠才是无价之宝。

赵文昌:要我说,你们之间的深情厚谊才是无价之宝。

邓美珊一直跑来跑去地照着相。陶自强喊道:美珊,快过来。

大家围着桌子上的凤冠站好,邓美珊拍下了这珍贵的一幕。

金俊卿来到了建国瓷厂,在传达室跟谢师傅打听着。

谢师傅:陶厂长和周副厂长一大早就走了,说是去景德镇赣剧团了。

金俊卿:周副厂长? 哪个周副厂长?

谢师傅:周鸿达呀,原来成型车间的车间主任,后来提拔当副厂长了。

金俊卿:那冯副厂长呢?

谢师傅:副厂长不在建国瓷厂了。

金俊卿:那……邓美珊呢?

谢师傅:邓美珊也不在,据说也去了赣剧团。

金俊卿:赣剧团的动静还挺大。

谢师傅:李副厂长在呢。

金俊卿:李宗贤吗? 他就是个棒槌,我不找他。

谢师傅:还有杜副厂长也在。

金俊卿:杜副厂长是谁?

谢师傅:杜绍文,外国留学回来的,他可不是棒槌。

金俊卿:我不认识他。

谢师傅:那您等一会儿,或者改日再来。

金俊卿:我先去门市部待会儿吧。

金俊卿进来了。南小汐热情地:哟,金大经理,是哪阵风把您给吹来了?

金俊卿:小汐妹妹,想哥了没有啊?

南小汐:金经理,你怎么一个人来了?

金俊卿:你还想让我带谁来?

南小汐:怎么着也得带个外宾呀,让我卖个花瓶什么的给他。

金俊卿:你可真是财迷脑袋瓜儿。

金俊卿跟南小汐说着话,眼睛却贼溜溜地瞟着玉茗。

南小汐故意没注意,继续跟金俊卿搭讪着:金经理,你这次来有何贵干呀?

金俊卿凑向玉茗,眼睛还死盯着她。

玉茗有点儿不好意思了。南小汐问：金经理，看什么呢？

金俊卿：啊，这位妹妹眼生。

南小汐：你先说，这位妹妹漂亮吧？

金俊卿：漂亮，太漂亮了。

南小汐：跟我比呢？

金俊卿：不一样，不一样，都漂亮。

南小汐：跟邓美珊比呢？

金俊卿：也不一样，也都漂亮。

南小汐：你是说，我们三个是三种漂亮，是吗？

金俊卿：对对，三种不同的漂亮。

南小汐：那你喜欢哪一种？

金俊卿：都喜欢，都喜欢。

南小汐：好啊你金经理，吃着碗里的，还惦记着锅里的，胃口不小啊。

金俊卿：别这么说，你误会了。这位妹妹，请问尊姓大名？

玉茗：我叫玉茗。

金俊卿摇头晃脑地吟哦起来：泉石涓涓作玉鸣，天寒林静鸟无声。松香一篆书横几，人与秋山一色清。

南小汐：你别鸭子上粪堆臭跩了，人家是玉茗花的玉茗两个字。

金俊卿：哦，得罪得罪，是我浅薄了。

南小汐和玉茗咯咯地笑起来。金俊卿说：玉茗，你笑起来真好看。

玉茗为了躲避金俊卿那色眯眯的目光，弯下腰把柜台底下的几个破箩筐收拾起来，抱起来要去扔掉。金俊卿急忙献殷勤：来，我来，我给你抱着。

玉茗：不用不用，别弄脏了你的衣服。

金俊卿更加卖力地抢着：没关系的，给我吧。

玉茗闪身躲着金俊卿。金俊卿已经抓住了破箩筐，跟玉茗用力一抢，箩筐上的铁丝扎进了金俊卿的手掌。金俊卿"啊"地叫了一声。

南小汐：怎么了？

金俊卿伸出手掌，上面流着血。

玉茗：哎呀，流血了。快，我带你到医务室包扎一下吧。

金俊卿咬着牙：没关系，没关系。

玉茗：什么没关系，不包扎会感染的。走，我带你去。

古戏台上，陶祁香和冯运华唱着移植赣剧《刘巧儿》折子戏。陶祁香饰演刘巧儿，冯运华饰演王寿昌。

王寿昌唱道:

　　　　那一天在村口见了一面,
　　　　茶不思饭难咽日夜挂在心间。
　　　　今见她小脸儿一绷更好看,
　　　　真是天女下了凡。
　　　　常言道,有钱能使鬼推磨,
　　　　不娶巧儿心不甘……

刘巧儿唱道:

　　　　巧儿我采桑叶来养蚕,
　　　　蚕做茧儿把自己缠。
　　　　恨我爹他不该把婚姻包办,
　　　　怨只怨断案不公拆散了姻缘。
　　　　那一日裁判员错断了案,
　　　　为什么还不见政府来传。
　　　　愁得我饭到口难往下咽,
　　　　急得我睡梦里心神不安。
　　　　众乡亲全怕我们夫妻离散,
　　　　意见书十几张送给专员,
　　　　但愿得马专员按公而断……

玉茗带着金俊卿来到医务室。

唐燕把药给了一个工人,嘱咐着:按时吃就行了,服用方法我都写在上面了。

工人:谢谢您唐医生。

玉茗:唐医生,金经理的手扎破了,麻烦您给包扎一下吧。

唐燕:我看看,怎么弄的?

金俊卿又把眼睛盯在了唐燕的脸上,没顾得回答唐燕的问话。

唐燕看了看,拿过酒精棉球:有点儿疼啊。

金俊卿用上海话问道:侬系上海伲哇?

唐燕:你怎么知道我是上海人?

金俊卿:上海女人活得精致。

唐燕:这我倒是第一次听说。

玉茗:金经理,你可不许乱说,这是我们杜副厂长的爱人。

金俊卿:哦,是吗? 失敬失敬,我正要去找杜副厂长呢。

唐燕给金俊卿包扎完手掌:好了,这两天别沾水。

金俊卿还有些舍不得走,磨蹭着不站起来。玉茗笑着说:走吧。

金俊卿:啊,谢谢唐医生。

玉茗和金俊卿从医务室出来。金俊卿感慨地:你们建国瓷厂真是藏龙卧凤。

玉茗:都说藏龙卧虎,还没有听说过藏龙卧凤。

金俊卿:龙嘛,指的是男人,凤嘛,指的是女人。建国瓷厂的女人千姿百态,个个如花似玉。

玉茗:金经理真是一个情种,见一个爱一个,见两个,爱一双。

金俊卿:玉茗,跟我去宾馆待会儿吧。

玉茗:我还得上班呢。

金俊卿:要不,晚上我请你吃西餐?

玉茗:你不是要去找杜副厂长吗? 就在前面那栋小楼里面。

金俊卿:我没说要找杜副厂长呀。

玉茗:你不是刚刚跟杜副厂长的爱人说的吗? 怎么,忘了?

金俊卿:哦哦……嗯,我得去交杜副厂长这个朋友。

玉茗:怎么又想跟人家交朋友了?

金俊卿:杜副厂长的爱人太有味道了。

玉茗:你什么人呀?

金俊卿来到杜绍文的办公室:杜副厂长,我刚才听说了,您是负责出口创汇的副厂长,我与您初次见面,为了表示我对您的尊重和敬仰,送您一份大礼。

杜绍文:金经理客气了,我们虽然没有见过面,但是金经理的大名在我们建国瓷厂已经如雷贯耳了。

金俊卿:不会是臭名昭著吧?

杜绍文:怎么会呢? 你看,我们的仿古瓷是金经理帮助出口的,我们参加欧洲展销会也是您陪着陶厂长和邓美珊一起去的,你在我们厂是有功劳的。

金俊卿拿出一份资料:那我就再立新功。这是向阿拉伯地区出口的资料,我们的产品也要有阿拉伯文化的特点。我带来一些图片,您先看看……

杜绍文接过金俊卿的图片看起来。

古戏台上,陶祁香和冯运华继续演着《刘巧儿》的折子戏。

两个人唱得清亮顺畅,表演幽默精彩。台下一连串的掌声和叫好声。

邓美珊举着相机拍着照。

卢再缘在画稿上画着仕女,用笔老到,线条儿清晰简洁,汪国良在一边看着。丁萌萌走来:在远处看,你们两个人就是一幅画。

汪国良:什么画?

丁萌萌:一个是一丝不苟地画,一个是专心致志地学,就叫作《教子图》吧。

卢再缘:何来教子?

丁萌萌:一个是诲人不倦的父亲,一个是谦恭温良的儿子。赶明儿我跟邓美珊借用一下相机,把你们俩的姿态和神态都拍下了,让你们自己看看。

卢再缘:你这话可有点儿过了,我们都是同事关系,怎么成了《教子图》?

汪国良:丁主任说得一点儿也不过,一日为师,终身为父嘛。

卢再缘:国良,自从你进入彩绘车间以来,你对丁萌萌的称呼一直在变。

汪国良:是吗?我怎么没觉得。

卢再缘:开始的时候称姐姐,后来称丁萌萌同志,再后来称萌萌,现在又称丁主任了。

汪国良:您不是也在变吗?

卢再缘:我怎么变了?

汪国良:开始的时候称桃花,后来称桃花和萌萌,再后来只称萌萌,现在索性什么都不叫了。

卢再缘:嗯,倒也是,是这样。

丁萌萌:卢老师,您怎么画起仕女来了?

一个年轻人:丁主任,杜副厂长让你去一下。

丁萌萌:哦,好的。

丁萌萌来到杜绍文的办公室,看着金俊卿带来的那些阿拉伯图案,问:金经理,你是说这些都可以用贴花工艺,是吗?

金俊卿:是的。你们先设计出一批样品,我们选好之后就可以批量生产。

杜绍文:这批产品你们大概要多少?

金俊卿:我们也需要拿着样品去跟外商谈。

杜绍文:你今天不急着走吧?

金俊卿:我还要去浮梁谈一下茶叶出口的事情,要在景德镇住几天。

杜绍文:那好,我们开会研究一下,有了结果立刻通知你。

丁萌萌：我们先去设计一些产品。

金俊卿：谢谢你丁主任。

舞台上一个大牌子，上面盖着红绸子。

赵文昌和陶祁香一起把红绸子揭开，大牌子上写着：景德镇赣剧团。

一阵鞭炮声、锣鼓声、掌声和欢呼声。赵文昌开始讲话：今天我们景德镇赣剧团正式成立了，我要说几句话，要跟大家探讨一个问题。我们的赣剧团和过去的饶河班有什么区别？我想，最主要的是两个区别，一个是演员，一个是演出。先说演员，旧社会演员是没有地位没有尊严的，被人称为戏子，是下九流。他们的演出呢，为的是活命，为的是养家糊口。新社会的演员是革命队伍的成员，我们是社会主义先进文化的建设者，我们的工作是光荣的、神圣的、是受人尊重的。我们的演出是为人民大众、为工农兵服务的。刚才我们看了陶祁香和冯运华同志演出的《刘巧儿》片段，很真实，很感人，很受教育。大家喜欢吗？

台下众人：喜欢……

赵文昌：为什么喜欢呀？

没有人回答。

赵文昌：我替大家回答吧，因为这个戏里所说的故事，就是我们身边发生的事情。这就是社会主义文艺，是革命的文艺。社会生活，是文学艺术源泉，是取之不尽用之不竭的源泉。我们的赣剧团，也要创作出属于我们自己的、反映火热斗争生活的、广大人民群众喜闻乐见的作品来。我们期待着……

陶祁香、冯运华带头鼓起掌来。

高绽梅骑着自行车，漫不经心地围着塘边慢行，像是在欣赏古镇风情。

前面一个建筑工地，工地边有几个人。路边一辆双轮车，车上放着几排暖壶，还有水杯、水碗等。

高绽梅下了车，很客气地跟大家打招呼：师傅们好啊，今天天气不错。

师傅：是啊，到莲荷塘逛逛？

高绽梅：师傅，这哪儿是北呀？

师傅：就这边，这边都是北。

高绽梅笑了：我来景德镇好几天了，总是分不清东西南北。

师傅：你是北方人吧？

高绽梅：是啊。

师傅：北方人较真儿，我们景德镇从来不分东南西北。

高绽梅：咦，你们这是做什么呀？

师傅：我们是来给工人送水的。

高绽梅：你们是来慰问的？

师傅：是啊，他们在给我们干活呢。

高绽梅：给你们干活？你们是哪个单位的？

师傅：我们是景德镇的工人，他们现在盖的是景德镇工人疗养院。

几个工人过来喝水。高绽梅跟他们打招呼：你们辛苦了。

工人：不辛苦。

高绽梅：这工人疗养院什么时候完工？

工人：马上就封顶了，据说明年开春就投入使用了。

高绽梅：这么快？我可以进去参观一下吗？

工人：参观？按说不行，您没看见那边写着吗？谢绝参观。不过看您像个干部，你是哪个部门的？

高绽梅：我是卫生局的领导。

工人：卫生局的领导，那当然可以了。您不是参观，您是来检查工作。

高绽梅：不过，我今天是以个人名义来的。

工人：无论您以什么名义，我们都欢迎。这样吧领导，我是工地的安全员，我带您参观吧。

高绽梅：别叫我领导，叫我大姐吧。

工人：大姐，您得戴上安全帽。

高绽梅：我知道。

工人：您跟我来。

邓美珊给冯兴远讲着釉料秘方的故事。冯兴远仔细看着每一种釉料的颜色。邓美珊说道：兴远同志，您看这些颜色有什么问题吗？

冯兴远：问题倒是没有什么，只是你们的颜色分类有点儿不规范，而且有的色调不大准。

邓美珊：到底是大画家，一下子就抓住了我们的软肋。我们是学化学的，虽然也跟颜色打交道，但是毕竟不是专业。据说你们画油画的特别讲究，快给我们讲讲。

冯兴远：一般地说，我们把颜色分为原色、二次色、三次色，还有互补色。原色大家都知道，红色、黄色、蓝色。二次色是从原色混合而来的，包括次要的颜色，橙色、绿色和紫色。三次色是主色和次色之间的步骤，分别是红橙、黄橙、红紫、蓝紫、黄绿和蓝绿。互补色直接对应的颜色，红色的补色是绿色，蓝色的补色是橙色……哦，我是不是说得太多了，有点儿卖弄了。

姚莎莎：没有没有，我们听得正上瘾呢，你多说点儿。

邓美珊：我们许多老师傅没有什么文化，釉料的配色完全凭的经验和感觉。我想做一份色栅，把准确的颜色标在上面，你看看应该包括哪些颜色？

冯兴远：我们油画一般说十二种基本颜色，比如钛锌白、淡镉黄、玫瑰土红、熟赭、翠绿、浅钴蓝……这样吧，我给你写下来吧。

邓美珊：一会儿再写，这样吧，你再给我们讲一讲配色。

冯兴远：我要收学费了。

唐家明：没问题，冯老师，我先交。

戴敏而：冯老师，我请你吃冰棍儿吧。

冯兴远：千万不能叫我冯老师，景德镇讲的是瓷器，釉料又是瓷器的肌肤和衣服，你们都是行家，我才是门外汉，你们是我的老师，我要向你们学习。

丁萌萌把金俊卿的图片资料交给卢再缘和汪国良，两个人翻看着。

丁萌萌：这是阿拉伯国家需要的产品，主要是一些生活用品，器型由选瓷车间设计，釉料由邓美珊他们负责，我们完成图形和贴花工艺。

卢再缘：我记得咱们的柜子里有一些阿拉伯的图案。

汪国良：给我钥匙，我去找一找。

丁萌萌把钥匙给了汪国良。

卢再缘开始是站着看那些图片的，后来不由自主地坐下了。

丁萌萌看着卢再缘脸色很难看，胸膛起伏着，像是憋着气，呼吸很困难。

丁萌萌：卢老师，您不舒服吧？

卢再缘挥着手：没事，让我歇一会儿……

丁萌萌：要不要去医院看看？

卢再缘摇着头。丁萌萌说：卢老师，您真要注意身体了。

卢再缘：别担心，我没事。

汪国良把一大摞资料抱过来：看看，这些都是阿拉伯的图案和绘画……

三个人一起翻看起来。

小徐开着车，赵文昌和高绽梅坐在后面。

赵文昌：下班之前，我接到一个举报电话。

高绽梅：举报什么？

赵文昌：有人冒充卫生局的领导，到工人疗养院建筑工地视察。

高绽梅：他们问我是哪儿的领导，我说是卫生局的，有毛病吗？

赵文昌：可是你没说是哪儿的卫生局呀！

高绽梅：他们也没问我呀！

赵文昌：两个卫生局，隔着几千里路呢。

高绽梅：别忘了，我是吃海水长大的。

赵文昌：什么意思？

高绽梅：管得宽呀。

赵文昌：你不能白去视察呀！发现问题了吗？

高绽梅：当然了，问题还不少呢。

赵文昌：说说看。

高绽梅：先不跟你说，我们现在去哪儿？

赵文昌：你不是一直想去建国瓷厂吗？

赵文昌和高绽梅来到了建国瓷厂。

谢师傅急忙迎出来：赵书记，您来了。

赵文昌：哦，谢师傅啊，这是我爱人，我带她来看看咱们的建国瓷厂。

谢师傅：厂领导正在开会呢。

赵文昌：别惊动他们，我们随便转转。

谢师傅：好好。

建国瓷厂会议室。

杜绍文：这是金俊卿带来的订单，他要求我们先做出样品来，再谈签订合同的事。

陶自强：这个出口项目我知道，前些天赵书记就讲过，我们要打开东南亚和阿拉伯国家的市场。这是一个很大的市场，而且我们和阿拉伯国家的出口贸易有着悠久的历史，我们的青花釉料苏麻离青就是从阿拉伯国家进口的。

杜绍文：器型、釉料和图案设计我已经安排下去了，很快就会出结果的。金俊卿说，他要在景德镇待几天，等着我们的样品。

陶自强：我明天要见一下金俊卿，再跟他具体落实一下。下面我们要讨论一件事情，李副厂长，你说吧。

李宗贤把两个木匣子摆在了桌子上，打开。

赵文昌带着高绽梅来到了一座窑屋。

高绽梅看着：这么大的窑，我还是第一次见。

赵文昌：这座窑原来叫冯家窑。

高绽梅：窑主叫冯运华。

赵文昌：乾隆十三年建的。

高绽梅：传到冯运华这儿已经十一代了。

赵文昌笑了:你全知道了。

高绽梅:你跟我说八百六十遍了,耳朵都磨出茧子来了。

赵文昌:今天让你实地考察嘛。

高绽梅:我今天还有一个更重要的考察。

赵文昌:是什么?

高绽梅:我要求调到景德镇,你不是说不好安排我吗?我今天自己给自己找了一个地方。

赵文昌:工人疗养院?

高绽梅:不行吗?

赵文昌:当院长?

高绽梅:副的也行。

赵文昌:行什么呀行?你原来是卫生局局长,正处级,工人疗养院,就是个科级,再抬高一点儿,也就是副处级……

高绽梅看着赵文昌:我说老赵啊,你知道不知道我是你老婆呀?你老婆是什么人你不知道吗?几年不跟你在一块儿了,你怎么变得这么俗呀?

赵文昌:俗吗?

高绽梅:俗透了,俗不可耐,俗婆婆敲门,俗到家了。居然还谈起级别来了,你还要不要点儿脸?

赵文昌:得得得,是我错了,我俗了还不行?

高绽梅:看来我调到景德镇来已经急不可待了,我要是不看着你点儿,你就会滑进庸俗的万丈深渊。

赵文昌:咱今天晚上不是参观建国瓷厂吗?怎么批判起我来了?

高绽梅:好吧,还看什么。

赵文昌:我想看看他们开会研究什么问题呢。

高绽梅:那你去,我自己转转。

赵文昌:一起去吧,你也可以旁听一下嘛。

陶厂长、李宗贤、周鸿达、杜绍文开会,为李宗贤做的两个古瓶争论得非常激烈。

赵文昌和高绽梅来到会议室,听着他们的争论。

李宗贤:英法联军进攻北京城,烧了圆明园,对中国人民犯下了滔天大罪。这只瓷瓶就是侵略者罪恶的铁证,无论如何不能交给约瑟芬。不但不能交给她,我们还要把它交给博物馆进行展览,告诉我们的年轻人,要牢记国耻,激发年轻人的爱国精神。

陶自强：不错，这是我们的东西，是他的老祖宗从我们的老祖宗手里抢走的。我也觉得我们应该要回来，但是不能用这种办法要。我们要正大光明，要合理合法地要回来。不管怎么说，这是约瑟芬的私人物品。我们不明不白地扣留下，至少是不合法的。而且也影响了我们与国际友人的关系，甚至会影响我们国家的形象。

李宗贤：英法联军是强盗，强盗抢了我们的东西，我们扣押下，有什么不合法的？

周鸿达：我同意李宗贤同志的意见，无论如何，这只瓷瓶不能给约瑟芬。

陶自强：我们强行扣押国际友人的私人物品，会直接影响我们与外商的关系的，会影响我们出口创汇的任务的，我们不能这么蛮干。

李宗贤：这是爱国行为，怎么是蛮干呢？

陶自强：爱国，就要为国家利益着想。

李宗贤：收回侵略者的赃物，就是维护国家利益。

陶自强：我觉得这是不光明磊落的。

赵文昌：好了，既然大家对这件事认识不一致，我们就实行民主集中制，我以市委书记的名义参加表决。陶自强同志，你来主持吧。

陶自强：我建议，高大姐也参加我们的表决。

高绽梅：不，我的组织关系还没有转过来，名不正言不顺，我还是当个旁观者吧。

陶自强：赵书记，您说呢？

赵文昌：我不说，你自己决定。

陶自强：那好，我尊重高大姐的意见。我们开始表决，同意李宗贤同志意见的请举手。

李宗贤举起了手，周鸿达也举起了手。

陶自强：不同意李宗贤同志意见的请举手。

赵文昌举起了手，陶自强举起了手。

陶自强：弃权的请举手。

杜绍文举起了手。

赵文昌：还不错，二比二平。陶自强同志，今天我如果不来参加你们这个会议，你可就成了孤立的少数了。如果是那样的结果，你怎么办？

陶自强：那我也要保留我自己的意见。哦，不仅仅是保留意见，我不会让我们建国瓷厂扣押约瑟芬的古瓶的，我要申诉，我要向上级党组织反映。

赵文昌：我说说我为什么支持陶自强吧。这件事，说小是件小事，甚至可以说是一件微不足道的小事。可是说大也是一件大事，有多大呢？关系到国与国之间的关系,关系到国际法,关系到国家的立场。为什么这么说呢? 我们假设一下,如果这个花瓶不是约瑟芬的祖上从圆明园抢走的,是现在约瑟芬从我们国家偷走的,我们应该怎么办? 李宗贤同志,你说呢?

李宗贤:那就容易多了,约瑟芬犯了盗窃罪,我们依法处理就是了。

赵文昌:那么现在,我们能不能把约瑟芬的祖上按盗窃罪处理呢?

李宗贤:那……应该不能吧?

赵文昌:为什么不能呢?

李宗贤:因为那是历史遗留的问题。

赵文昌:说得好,这是历史遗留的问题,而且是国与国之间的问题。历史遗留的问题很多,过去我们国家积弱积贫,受尽了帝国主义的侵略压迫抢劫欺辱。不仅仅是火烧圆明园,还有帝国主义占领我们的领土,那么多的地盘都被抢走了,还有那些租借地,包括香港、澳门,这怎么办? 我们难道就放弃了吗? 当然没有放弃,早早晚晚要算账的。这些账由谁来算? 由国家来算,我们没有这个权力。就是说,如果真的有必要扣留约瑟芬的古瓶,也不应该由我们来扣留,应该由国家有关部门来扣留。是不是这个道理?

李宗贤:那我们可以把这个古瓶交给有关部门呀?

赵文昌:我刚才说,如果有必要,那么我们现在说说,有这个必要吗?

杜绍文:要我说没有这个必要,真的交给有关部门,约瑟芬要是跟我们较起真儿来,就是打不清的官司。

周鸿达:这倒也是,我们凭什么扣留人家的东西呀? 不占理。

陶自强:还不是占理不占理的问题,如果真的有必要扣留约瑟芬的古瓶,我们也要光明正大地处理,不能用欺骗的手段给人家调包。

赵文昌:对,我之所以支持陶自强同志,就是这个道理。我们做什么事情,一是要讲理,二是要光明正大。这件事还用再重新表决吗?

李宗贤:不用了,我服从赵书记和陶厂长的意见。

邓美珊拉着冯兴远走进了暗室。冯兴远有点儿发毛:这是什么地方?

邓美珊:别动。

冯兴远:啊。

邓美珊摸索着拉了一下灯绳儿。暗室里的灯亮了,微弱的红色。

冯兴远:这是什么地方? 你带我到这里干什么?

邓美珊:秘密。

冯兴远:还秘密呢,这是密室。

邓美珊:不是密室,是暗室。

冯兴远:你要洗照片?

邓美珊:聪明。干过吗?

冯兴远:没有。

邓美珊:没干过学,我教你。

冯兴远:谢谢邓老师。

邓美珊和冯兴远冲洗着照片。

冯兴远看着显影液里面的照片。

邓美珊在一边操作着放大机,一边照看着显影液。

冯兴远:这张差不多了吧?

邓美珊:还差点儿。宁可显影的时间不够,也不能过了。时间不够还可以再显影,过了照片就黑了,不能用了。

邓美珊帮助冯兴远把显影定影好的照片在清水里浸泡之后挂在了铁丝上。

冯兴远:哎,你饿不饿?要不我去弄点儿吃的?

邓美珊看了看表:再坚持一会儿,我想把陶团长、赵书记,还有你父亲的照片先洗出来。

冯兴远:那好吧,咱们一鼓作气。

陶自强从屋里出来要去上班。陶祁香追出来:自强,等一下。

陶自强扶着摩托车站住了。陶祁香交给他一个纸包儿:这个,给美珊送去。

陶自强:什么呀?

陶祁香:这是昨天罗纲给我买的乐平沙琪玛。

陶自强:你干吗那么关心邓美珊呀?我还没吃到呢。

陶祁香:你别跟我装糊涂,抓紧一点儿。

陶自强:你不怕胡子眉毛一把抓?

陶祁香:告诉她,星期天过来吃饭。

大喇叭里播放着欢快的音乐。工人们兴致勃勃地走进工厂的大门。姚莎莎要上楼,唐家明追上来,从背后拉住了她。

姚莎莎:你干吗呀拉拉扯扯的?

唐家明把手里的电影票一晃:晚上去看电影吧。

姚莎莎:不去。

唐家明:别呀,我好不容易买到的票。

陶自强过来:姚莎莎,你等一下。

姚莎莎扭过头:陶厂长。

陶自强:你上去把邓美珊叫下来,我找她有点儿事。

姚莎莎:邓美珊忙了一夜,刚回到宿舍,她说晚点儿再来。

陶自强:忙了一夜,忙什么?

姚莎莎:我也不知道。

陶自强:她跟谁一起忙的?

姚莎莎:好像是冯兴远吧。

陶自强愣住了。

冯运华在院子里打太极拳,冯兴远回来了,背着一个书包。

冯兴远:爸爸早啊。

冯运华一边打太极拳一边说:行啊你兴远,你哥哥不在家,你跟谁学的呢?

冯兴远:学什么?

冯运华:学的夜不归宿呀。

冯兴远:您这么一说,我想起来了,我哥哥就是夜不归宿常常让您担心。

冯运华:你哥哥夜不归宿是干正经事去了。

冯兴远:您怎么知道我没干正经事呢?

冯运华:说说,干什么正经事了?

冯兴远:您自己猜。

冯运华:我猜什么? 你得给我点儿提示才行呀。

冯兴远:您要什么提示?

冯运华:写戏的首要条件是时间、地点、人物,你先把这些告诉我。

冯兴远:时间,从昨天晚上 10 点到今天早上 6 点半;地点,一个没有灯光的小黑屋里;人物,两个,一个美女,一个是您的儿子。

冯运华:快给我看看。

冯兴远:什么呀就给您看看。

冯运华:你们洗的照片呢?

冯兴远:您怎么知道我洗照片去了。

冯运华:你不是让我猜吗?

冯兴远:我让您猜,也没让您猜得这么快、这么准呀。

冯运华:你也太小瞧你了吧?

冯兴远:我的爸爸真是个天才,大天才。爸爸,您真棒,来,先让我亲一个。

冯运华:去去去,你没见我这儿打拳吗?

陶自强回到办公室,把沙琪玛放在桌上,自言自语地说:忙了一夜,跟冯兴远……你们俩有什么可忙的?

他把沙琪玛打开,掰一块放进嘴里:嗯,乐平沙琪玛,天下第一啊。

周鸿达进来,拿着一摞图纸:这是我设计的几个阿拉伯瓷器的器型,你看看。

陶自强莫名其妙地问了一句:你觉得冯兴远跟邓美珊怎么样?

周鸿达:什么怎么样?

陶自强:我是说,冯兴远和邓美珊呀。

周鸿达:你是说……他们两个……没想过。

陶自强:现在就想。

周鸿达:倒是挺般配的,可是他们不是刚认识没几天吗?

陶自强:可是他们已经一块儿忙乎了。

周鸿达:哪儿来的沙琪玛?

说着,周鸿达伸手要拿桌子上的沙琪玛。陶自强打了一下他的手:别动。这是姐姐给邓美珊的。

周鸿达:你不是在吃吗?

陶自强:我就是尝尝。

周鸿达琢磨着:姐姐给邓美珊的,冯兴远跟邓美珊……不明白。

丁萌萌和汪国良各自在自己的工作台上忙碌着。卢再缘从卫生间回来,身子有点儿摇晃,他在自己的工作台上坐下来,一边喘着气,一边呆呆地发愣。

汪国良凑近丁萌萌,小声地:卢老师怎么了?

丁萌萌:他最近一直这样,身体不大好,情绪也不大好,让他去医院检查,他也不去。

汪国良:他孤苦伶仃的一个人,怪可怜的。

丁萌萌站起身,来到卢再缘身边:卢老师,您今天晚上有事吗?

卢再缘抬起头:哦,没事,要加班吗?

丁萌萌:不是。我们一起吃顿饭好不好?

卢再缘:啊……要是没什么事,吃饭就不必了。

丁萌萌:我跟汪国良想跟您一块儿聊聊天。这样吧,您甭管,我和汪国良买了菜到您家去做。

卢再缘:那……我去买菜吧。

丁萌萌:您别,您千万别,你就在家等着,等着好吗?

卢再缘:那……好吧。

冯运华和陶祁香一起欣赏着邓美珊拍的照片。

陶祁香:这张集体照真好,应该放大一张挂在我们的排练室里面。

冯运华:你看看,哪些照片需要放大,哪些照片需要单独洗印,一会儿我去办。

陶祁香拿起一张照片,是与赵文昌、冯运华的三人合影照:这张怎么样?

冯运华:很有纪念意义。

陶祁香:洗三张,我们每人一张。

冯运华拿起陶自强、周鸿达、冯运华、冯兴远的合影照:看看我们四条汉子。

陶祁香:这张好,我要保留一张……

有人买瓷器,南小汐和玉茗接待着顾客。荷花进来了,热情地喊道:玉茗,你真的在这里啊?哎呀,真好,你这一捯饬,真的像城里人了……

玉茗从柜台里面跑出来,拉住了荷花的手:荷花,你怎么来了?

荷花:听说你进了建国瓷厂的门市部,大家有的信,有的不信,赶巧今天我来镇上办点儿事,来看看你。你真好,真羡慕你。

玉茗:姐妹们都好吗?

荷花:都好都好,大家可想你了。

玉茗:这样吧荷花,这个星期天让姐妹们到我家来吃饭吧。朋友送给鸿达两瓶葡萄酒,我们也像男人一样喝起来。

荷花:那太好了,想着都激动。

玉茗:记住,要特别请一下杜鹃,让她一定来。

荷花:好,好。我一定把你的情义带到……

陶自强从办公楼出来,姚莎莎在楼下等着他:陶厂长……

陶自强:莎莎,有事吗?

姚莎莎:你是要去找邓美珊吗?

陶自强:哦,她在吗?

姚莎莎:她约会去了。

陶自强:约会?跟谁?

姚莎莎:你应该想得到吧?

陶自强:哦,我先走了。

姚莎莎:陶厂长,您晚上有事吗?

陶自强:怎么?

姚莎莎:我想和你一起吃饭,或者你请我,或者我请你。

陶自强笑了。姚莎莎说:你一笑,就是答应了?

唐家明跑过来:莎莎……

陶自强一指:请你吃饭的人来了。

陶自强走了,唐家明跑近了。

姚莎莎:讨厌,你怎么这么讨厌呀?

唐家明:不是说好了我们去看电影吗?

姚莎莎转身走了:你自己去看吧。

唐家明追上来:莎莎,莎莎……

昌江,御窑,龙珠阁,三间庙。晚霞照耀在昌江,金波抖动。冯运华和陶祁香走在江边。冯运华感慨着:还记得上一次跟你在江边散步是什么时候吗?

陶祁香:还是冯兴国参军走的时候吧?

冯运华:兴国两年多没有来信了,也不知道他怎么样了。

陶祁香:许多志愿军都回国了。

冯运华:是啊……

陶祁香:很快,很快就会回来的。

冯运华:我昨天几乎一夜未眠。

陶祁香:想儿子?

冯运华:不仅仅想儿子,还想一件事。

陶祁香:什么事?

冯运华:那天赵书记说,文艺是为工农兵的,为工农兵而创作,我听了很激动。我在矿区劳动改造的时候,就有一个想法。

陶祁香:说说。

冯运华:我要写一个剧本。

陶祁香:太好了,这可是雪中送炭啊。

邓美珊和冯兴远在塘边走着。

邓美珊:这里真美,像北京的积水潭。

冯兴远:当年我哥哥,还有陶自强、周鸿达他们三个人经常到这里来喝酒、游泳,可开心了。

邓美珊:你怎么不跟他们一起来。

冯兴远:他们嫌我小,不带我玩儿。

邓美珊:小屁孩儿呀?

冯兴远:当时在他们眼里,我还真是小屁孩儿。

邓美珊:在我眼里你也照样是小屁孩儿。

冯兴远:吹什么牛呀！你不就是比我大半岁吗？

邓美珊:大七个月好不好？

冯兴远:你们北京姑娘不是挺大度的吗？你怎么这么锱铢计较？

邓美珊:在别的问题上可以大度,原则问题必须计较。

冯兴远:这算什么原则问题？

邓美珊:你给我的调色表呢？拿出来吧。

冯兴远从包里掏出一张图。邓美珊打开一看,原来是邓美珊的一幅肖像画,邓美珊惊住了。冯兴远问道:喜欢吗？

邓美珊:你画得太棒了……还从来没有人给我画过像。

冯兴远:我要走了,留个纪念。

邓美珊看着冯兴远,一时有点儿慌乱无措。

冯兴远凑上前,邓美珊举起肖像挡在面前……

卢再缘买好了菜,挎着篮子走回家。他推开家门,进了院子,步子零乱起来,身子晃晃悠悠,摔倒了……

卢再缘躺在病床上,胳膊上打着吊瓶。丁萌萌和汪国良在一边守候着。

两个医生进来给卢再缘检查。丁萌萌问道:大夫,卢老师得的是什么病呀？

医生:现在还很难说,要做一系列的检查。

汪国良:医生,卢老师是我们建国瓷厂了不起的画师,您一定好好救救他。

医生:你们是建国瓷厂的？

丁萌萌:我们是建国瓷厂彩绘车间的。

医生:你们的厂长叫陶自强？

丁萌萌:是啊,您怎么知道的？

医生:景德镇人都知道。

丁萌萌:卢老师要住院吗？

医生:肯定要住院,你们谁跟我来一下,我给他开住院单。

丁萌萌:国良,你在这儿看着卢老师,我去办手续。

静谧的夜晚,万家灯火。

第三十二章

卢再缘躺在病床上，丁萌萌在一边照顾着。赵文昌和陶自强走进来。

赵文昌：卢老师睡了？

丁萌萌：从昨晚住进来就一直昏迷着，今天早上醒来一次，现在又昏睡了。

赵文昌：卢老师的病是什么时候发现的？

丁萌萌：我跟他到上海制造贴花铜板的时候就发现不对劲儿，劝他去医院，他说没事。最近咳嗽得越来越厉害，汪国良还看见他咳过血。

赵文昌：医院怎么说？

丁萌萌：昨晚住进来以后，抽了血，拍了片子，还做了其他检查。

护士长进来：赵书记、陶厂长，主治医生想和你们谈谈。

赵文昌：哦，好。

赵文昌跟着护士出去了。陶自强对丁萌萌说：这两天你和汪国良轮流照看一下，如果需要还可以找别人帮一下忙。

丁萌萌：不用了，医生说了，等卢老师醒过来以后，就不用陪着了，医院的护士会照顾得很好的。

陶自强掏出一个信封：这是我和周鸿达的一点儿心意，你看着给卢老师买点儿营养品吧。

丁萌萌：啊……我替卢老师谢谢您，也谢谢周副厂长。

医生办公室，主治医师说：卢再缘老师的病不容乐观，我们初步检查是肺癌。我们准备请上海的专家来会诊，主要是听听他们提出的治疗方案。

陶自强：怎么会是肺癌呢？

医生：从检查上看，他早期得的是矽肺病，还有铅中毒，都没有及时治疗。

陶自强：不少人的病都是这样耽误的。

赵文昌：可以做手术吗？

医生：恐怕很难了，他的整个肺部，好的地方不多了，根本没有办法切除。我们初步判断，最好是保守治疗。

赵文昌：卢再缘同志是景德镇有名的陶瓷艺术家，对建国瓷厂做出过很大的贡献。你们一定要给予最好的治疗，需要好药、特效药，你们要想办法寻找。

614

景德镇没有就到上海、北京、广州去找,国内没有,就从国外进口。有什么困难,找建国瓷厂,建国瓷厂解决不了,直接找我。

医生:谢谢,谢谢赵书记,我也为病人谢谢您。

姚莎莎在调试着一种釉料。邓美珊走过来看了看:咦,你这是什么配方呀?

姚莎莎:就是你上次给我的那个乳花石呀。

邓美珊:乳花石,就是冯副厂长在矿区找到的乳花石?

姚莎莎:你给我以后,我做了几次试验,配出的釉料效果都不明显,最近我突发灵感,想到了乳花石,又重新调整了配方,你看效果还行吧?

邓美珊:嗯,很有意思,我们用几种不同的照子烧一下,看看产品的效果。

姚莎莎:我觉得可以跟玻璃白对比一下。

邓美珊:好,你继续做下去。

姚莎莎:美珊姐,你把冯兴远送走了?

邓美珊:什么叫我送走的?是人家自己走的。

姚莎莎:我看见你送他了。

邓美珊:我只送到厂大门口好不好?

姚莎莎:哎,你们怎么样了?

邓美珊:什么怎么样了?

姚莎莎:你跟冯兴远呀,到哪一步了?

邓美珊:你嘴淡得没味儿了吧?喝尿去。

姚莎莎:这么说,你放弃陶自强了?

邓美珊:越说越没谱儿了,我什么时候对陶自强有想法了?

姚莎莎:这我就放心了。

邓美珊:你什么意思?

姚莎莎:陶自强跟茶花断了以后,我觉得你肯定会当替补队员。既然你没想法,我可就不客气了。

邓美珊:唐家明你不要了?

姚莎莎:我压根儿也没答应过他呀。

邓美珊:别忘了,这山望着那山高,望山跑死马。

虞笑寒:陶团长,秦晓婵老师和丁源老师他们要回去,我说这要跟陶团长说,他们说您不答应,让我把他们送走。

陶祁香:他们跟我说了,我是没答应。

虞笑寒:那怎么办?

陶祁香：我有个想法，丁源有家有老婆还有孩子，热土难离，过两天我亲自送他们回去。秦晓婵孤身一人，一个人吃饱了天下无饥，就别回去了。

虞笑寒：我也跟她这么说的，她说不能给剧团添麻烦，也不愿意让您操心。

陶祁香：我看过了，你把后院西南角的小屋让人腾出来，再围一个单独的小院，以后那儿就是她的家了。每月给她十八块钱，从我的工资里扣，跟她就说是团里给她的补助。

虞笑寒：说给她的补助，总得有个名分吧？

陶祁香：我们聘请她当艺术顾问。

虞笑寒：既然聘请她当艺术顾问了，直接从团里开支不就行了吗？干吗要从您的工资里扣。

陶祁香：咱团里根本就没有这项开支。

虞笑寒：那也不能从您的工资里扣呀？

陶祁香：她是我的师姑，现在老了，无依无靠，我养她是应该的。告诉你啊，这件事不许跟任何人说，你要嘱咐一下会计，绝对保密。

虞笑寒：那……好吧。

丁萌萌端来一盆热水，蘸着毛巾，要给卢再缘擦擦脸。卢再缘睁开了眼睛。

丁萌萌兴奋地叫起来：卢老师，您醒了？

卢再缘四下打量着。丁萌萌兴奋地：卢老师，您可醒过来了。

卢再缘：这儿是医院吗？

丁萌萌：是医院。

卢再缘：我怎么到这里来了？

丁萌萌：您昏倒在院子里了，我和汪国良把您送来的。

卢再缘：什么时候？

丁萌萌：今天是第三天了。

卢再缘：我……我来三天了？

丁萌萌：赵书记、陶厂长他们来看过你，杜副厂长、李副厂长也来过，还有邓美珊、朱光秀也来过……对了，陶厂长和周副厂长还给您留下一个红包，让我给您买点儿营养品……

卢再缘：唉，真是给大家添麻烦了。萌萌，你和国良辛苦了。

丁萌萌：卢老师，别说这些了，您好好养病吧。

卢再缘：跟他们说，我要出院。

丁萌萌：卢老师，您不能出院。医院从上海请来了专家，今天给您会诊。

卢再缘：干吗还要从上海请专家？

丁萌萌:赵书记指示医院,要给您最好的治疗。

卢再缘:不,不能这样,不能这样白浪费国家的钱。

丁萌萌:卢老师,您就安心养病吧。

卢再缘:唉……还让赵书记操心……我卢再缘何德何能啊。

丁萌萌:卢老师,您饿了吧,我去弄点儿吃的,顺便把您需要的东西拿来。

卢再缘:帮我找一下罗灵风……我想见见他。

杜鹃在自己的房间里生闷气。杜鹃妈进来:杜鹃,吃饭了。

杜鹃:吃什么吃? 饿死得了。

杜鹃妈:这是哪儿来的火呀? 跟谁呀?

杜鹃:跟谁! 跟你!

杜鹃妈:我又怎么招你了?

杜鹃:你知道玉茗现在干什么了吗? 人家是建国瓷厂门市部的售货员,穿工作服、拿工资、吃食堂,有工作证、医疗证,发洗澡票、洗头票,每礼拜还有一天的休息,生了孩子可以上幼儿园……

杜鹃妈:她是她,咱是咱,咱不眼热、不眼红、不眼馋……

杜鹃大叫着:你不眼馋我眼馋,这一切原本都是我的。就是您闹妖,把我毁了,把我全毁了。

杜鹃妈:天底下的男人没死绝呢,好男人有的是,咱再找,啊,找更好的。

杜鹃:找什么更好的? 能找一个副厂长吗? 能让我当工人吗? 能让我有城市户口吗?

杜鹃妈:玉茗这个小骚货,她早就盯着呢,周鸿达是来娶你的,她凭什么上轿子? 说不定她早就跟周鸿达勾搭上了,周鸿达故意激火,把我们家的事搞黄,好去娶玉茗……

杜鹃瞪大眼睛听着妈的话:是啊是啊,玉茗和周鸿达,一对狗男女,给我挖坑,把我算计了。我上他们的当了,我跟他们没完,我不能让他们好过!

杜鹃嘴里叨咕着,起身出了门。杜鹃妈在后面喊着:杜鹃,你干吗去?

杜鹃:找那对狗男女算账。

丁萌萌把一只收拾好的老母鸡放进锅里煮着,又进了卢再缘的屋里收拾东西。她在零乱的桌子上发现了一张检验报告,便仔细看着……

汪国良来了:我刚才去医院看过卢老师了,我听他说你来给他拿东西。你在医院待了一夜了,我把东西给他送去吧,你赶紧回家睡一会儿。

丁萌萌:国良,你看。

汪国良接过丁萌萌给他的诊断书。丁萌萌:他早就知道自己得了肺癌。

汪国良:这是上海医院的诊断书,还是上次你们去上海。

丁萌萌:怪我,当时是我大意了。他说去看望一个朋友,我信了,原来他自己悄悄去医院检查了。

汪国良:他一直瞒着我们。他为什么要瞒着我们?

丁萌萌哭了:他觉得得了不治之症,不想治了……卢老师……他太苦了。

杜鹃怒气冲冲地闯进大门。谢师傅拦住了她:姑娘,你找谁?

杜鹃:我找周鸿达。

谢师傅:请登一下记。

杜鹃:我不登。

谢师傅:姑娘,这是我们厂里的规定,来客一定要登记。

杜鹃:我就不登,我不是来客。

谢师傅:那就对不起了,你不登记不能进去。

杜鹃站在大门口,跳着脚喊了起来:周鸿达,你给我出来,给我滚出来!

杜鹃的叫骂声传进来:周鸿达,你臭流氓,你给我出来……

南小汐:这是谁呀? 这么野蛮。

玉茗:我去看看。

南小汐:玉茗,你小心点儿。

高绽梅来到了建国瓷厂,问:这是谁呀?

谢师傅:我原先见过她,跟周副厂长谈过对象。

高绽梅:赶上我们东北大娘儿们了。

谢师傅:您忙您的吧,别管她。

高绽梅:我得看看她。

玉茗跑出来:杜鹃,你瞎喊什么?

杜鹃:我要找周鸿达。

玉茗:你找周鸿达干什么?

杜鹃:周鸿达是个臭流氓。

玉茗:他流氓你了?

杜鹃:他就是流氓我了,他猥亵妇女,残害妇女,玩弄妇女……

玉茗:他这么坏,你应该去派出所告他呀。

杜鹃:我不告他,我就给他在这儿嚷嚷,把他搞臭。

玉茗:杜鹃,咱们姐妹一场,我劝你一句,你这样败坏周鸿达,不是把你自己也搭进去了吗? 周鸿达臭了,你能香吗? 周鸿达是男人,他没有可怕的。你不行啊,你还是个姑娘,还要搞对象嫁人。你这样做对你有好处吗?

　　杜鹃:玉茗,你刚才说我们姐妹一场,我也劝你一句,你赶紧跟周鸿达离婚。

　　玉茗:我为什么要离婚?

　　杜鹃:周鸿达就是个流氓。

　　玉茗:他怎么流氓了?

　　杜鹃:我刚才告诉你了,他跟我耍流氓了。

　　玉茗:怎么就耍流氓了?

　　杜鹃:他摸了我。

　　玉茗:他摸你哪儿了?

　　杜鹃:该摸的地方他都摸了。

　　玉茗:哼。

　　杜鹃:玉茗,你听我说,你跟他离婚,立马跟他离婚。

　　玉茗:我不离。

　　杜鹃:他都这样了你还不跟他离婚?

　　玉茗:哪样了?

　　杜鹃:他摸了我。

　　玉茗:不就是摸了你吗? 是不是你同意的?

　　杜鹃:那又怎么样?

　　玉茗:反正我家老爷们儿没吃亏,我不离。

　　玉茗说完这句话,转身走了。

　　杜鹃恼羞成怒,破口大骂:玉茗,你骚货,你王八蛋,你臭不要脸……

　　没有人理睬她,杜鹃索性撒起泼来,躺在地上打滚儿:我不活了,我没法活了,我要死了,我死得冤枉啊……

　　谢师傅上来:姑娘,你别这样,有话好好说。

　　大门口围拢了一些看热闹的人。也有人好心劝说着:姑娘,你怎么了,有理说理,现在是新社会了,有说理的地方。

　　杜鹃见有人劝她,更变本加厉地卖起了惨:老天爷啊,你睁开眼吧,看看这对狗男女吧……

　　高绽梅蹲在杜鹃的身边,向谢师傅和围观的人挥了挥手,示意他们离开。

　　人们都离去了,只剩下了杜鹃和高绽梅。大门口渐渐地安静下来。

　　杜鹃觉得奇怪,抬头看了看,发现了高绽梅,就又哭骂起来:周鸿达、玉茗……你们两个狗男女,臭流氓,千刀万剐的,天打雷劈的……

　　高绽梅索性坐下来,有滋有味地看着旁边的杜鹃哭闹。

　　杜鹃觉得很奇怪:你是谁?

高绽梅没言语。

杜鹃又哭骂起来：周鸿达，你王八蛋，玉茗，你大骚货……

高绽梅依然坐在杜鹃的旁边。

杜鹃又问：你在这儿干吗？

高绽梅：听你哭骂呀。

杜鹃：我在骂周鸿达、骂玉茗，你听什么？

高绽梅：你骂周鸿达、骂玉茗，他们都听不见。看热闹的人呢，都已经走了。我要是不在这儿，你不是白哭了、白骂了？

杜鹃：你听了又怎么样？

高绽梅：你如果占理，我就替你主持公道。

杜鹃噌地坐起来：你是大领导？

高绽梅：我是领导，但不大。

杜鹃：你真能为我做主？

高绽梅：只要你有理。

杜鹃：我有理，我就是有理，周鸿达和玉茗他们欺负人，钻了我的空子，把我害惨了。

高绽梅：到底怎么回事，你能跟我说说吗？

杜鹃：能呀，我跟你说。

高绽梅：等等，别在这儿说，你跟我走吧。

杜鹃：去哪儿？

高绽梅：你哭骂半天了，嗓子都干了吧？那边有个卖汽水的，我给你买瓶汽水。

丁萌萌提着为卢再缘熬好的鸡汤来到了病房门口，刚要推门，听见里面有谈话的声音。

卢再缘躺在病床上，罗灵风坐在他的床头。

卢再缘：……生而为人，这辈子我只爱过一个女人，就是桃花。桃花啊，多好的姑娘啊，你死得惨啊。她是被袁大头害死的，那个披着狼皮做皇帝的猪，我死了，到了阴间也要去找他算账，我要让他还我的桃花……

罗灵风：卢先生，我知道，你心里苦啊。

卢再缘：罗先生，你知道这些年我是怎么过来的吗？还是多亏了你啊罗先生，你用孔雀盏给我作法，你说十六年后桃花还会投胎再生，你让我等，你说我们还会再续前缘。你说的这些我信了，我全信了。要是不信，我能活下去吗？我等啊等啊，终于等来了……可是，我等来的不是桃花，是萌萌。萌萌说她不是桃花,让我不要叫她桃花……罗先生,请你告诉我,萌萌到底是不是桃花？如果是桃花,她为什么不认我？如果她不是桃花,那我的桃花在哪儿？在哪儿呀？

罗灵风:卢先生,卢老师,你冷静一点儿……

卢再缘:我要死了,罗先生,你不能让我这么不明不白地死啊。请你告诉我,萌萌她到底是不是桃花……

罗灵风:卢老师,你让我怎么说呀？

卢再缘大哭起来:桃花啊桃花,你在哪儿呀？桃花啊,我去找你,我要去找你啊桃花……

丁萌萌终于忍不住了,推门进来,放下手的饭盒,一头扑在卢再缘的怀里:卢老师……

卢再缘紧紧抱住丁萌萌:桃花,你回来了,终于回来了……我的桃花啊！

丁萌萌:卢老师,我是桃花,我就是桃花……我回来了……

卢再缘:不不,你不是桃花,不是……你是萌萌,丁萌萌……

丁萌萌:我是桃花啊……我回来了,我要跟你在一起,我要嫁给你……

卢再缘:你……你真的是桃花？

丁萌萌:我真的是桃花。

卢再缘声嘶力竭地:桃花……

路边的一个小摊位上,杜鹃一边喝着汽水,一边向高绽梅诉说着……

高绽梅:说完了？

杜鹃:说完了。

高绽梅:就这些？

杜鹃:这些还不够吗？

高绽梅:我问你几个问题,第一,周鸿达迎亲的轿子到了你家,你为什么不上轿子？

杜鹃:是我妈不让我上。

高绽梅:就因为周鸿达不给"奶水钱"？

杜鹃:是。

高绽梅:第二,玉茗是什么时候上的周鸿达的轿子？

杜鹃:离开我家以后,她在半路上拦截的。

高绽梅:周鸿达迎亲的轿子离开你家以后,你们有人去追吗？

杜鹃:我想去追,我妈不让。

高绽梅:第三,你和周鸿达领了结婚证吗？

杜鹃:没有。

高绽梅：为什么不领结婚证？

杜鹃：我妈说，他不把钱给够了，就不领结婚证。

高绽梅：明白了。

杜鹃：领导，你能为我做主吗？

高绽梅：我问了你三个问题，我再告诉你三句话。

杜鹃：您说。

高绽梅：周鸿达没错，玉茗合法，你没理。

杜鹃：你……有你这么断案的吗？你们官官相护。

高绽梅：你要是不服，可以去告状，我还告诉你，到哪儿告都一样。

杜鹃又哭叫起来：我，我就是要告……连你一起告。

高绽梅：再见。

杜鹃哭喊着：我不活了，我死了……我要告你们，我要跟你们拼命……

冷饮店老板：姑娘，别闹了，快回家吧。

杜鹃：不行，我咽不下这口气。

冷饮店老板：姑娘，刚才你们说的那些，我也听见了，别闹了。那位领导说得对，你不占理。

杜鹃：她说了不算。

冷饮店老板：她说了还不算，你知道她是谁吗？

杜鹃：她是谁？

冷饮店老板：知道咱景德镇市委书记是谁吗？

杜鹃：不是赵书记吗？

冷饮店老板：她是赵书记的爱人。

杜鹃瞪大了眼睛，干张着嘴，再也说不出话来了……

会议室里，坐满了厂领导和中层干部，大家随便地说笑着、交谈着。

朱光秀：杜副厂长，咱们前几次的出口瓷都是柴窑烧的，到底煤窑能不能烧？

杜绍文：前几次用柴窑烧，主要是为了保证出口订单准时交货。现在我们经过了小型试验，煤窑也烧制成功了。

朱光秀：那下次可以用煤窑烧了？

杜绍文：我们准备这次就用煤窑烧。

朱光秀：有把握吗？

杜绍文：八九不离十吧……

另一边，邓美珊和周鸿达在交谈着。

622

邓美珊:周副厂长,我们釉料研究所搞了一批色栅,什么时候您去看看。

周鸿达:什么叫色栅?

邓美珊:说白了,就是把釉料的颜色标准化。标准化我们从动员大家献秘方就开始了,一直没有一个统一的参照物。这个色栅就是标准化的尺子,就像你们拉坯利坯用的胭脂尺一样。

周鸿达:你要是这么说我就明白了,好事啊。

邓美珊:好事是好事,可是许多老师傅不接受。

周鸿达:为什么不接受?

邓美珊:他们每个人都有一套办法,他们把这个办法当成绝招儿,许多绝招儿都是祖传的。也真奇怪了,祖传的东西就一定都是好东西吗?让他们放弃怎么那么难呢?

周鸿达:这里面除了科学普及,还有一个转变观念的问题,别着急,慢慢来。

邓美珊:我想能不能跟彩绘车间商量商量,我们专门办几个科学技术讲座,普及一下化学的基本知识。

周鸿达:这太好了,我支持,全力支持。

邓美珊:那您能不能跟丁萌萌讲一下。

周鸿达:现在就一块儿商量。丁萌萌,你过来一下……

陶自强进来了。李宗贤说道:陶厂长,把大家召集在一起,是要开会吗?

陶自强:赵书记来电话,让全体干部等着他,有重要的事情要传达。

李宗贤:赵书记在哪儿? 他怎么还不来?

陶自强:赵书记在南昌,正在往回赶呢。

卢再缘精神好多了,也清醒了。汪国良给卢再缘削着苹果。

汪国良:卢老师,感觉怎么样?

卢再缘:好多了,喘气顺畅了许多。

汪国良:我就说嘛,您没事。

卢再缘:桃花呢?

汪国良:啊?

卢再缘:哦,我说的是萌萌,萌萌呢?

汪国良:她在厂里开会呢。

卢再缘:对了,是的。她是咱彩绘车间的主任。

汪国良把削好的苹果给他。卢再缘又陷入了沉思。

汪国良:卢老师,您想什么呢?

卢再缘:萌萌骗我……她骗我。

汪国良：卢老师,萌萌怎么骗您了?

卢再缘：她不是桃花……不是,她不是桃花……她是萌萌。

汪国良：卢老师,您说什么呢?

卢再缘：国良,你一直在萌萌家住是吗?

汪国良：我转正之后,就搬到工人宿舍来了。

卢再缘：我记得你说过,你没有家。

汪国良：我是个孤儿。

卢再缘：所以,你就认萌萌做姐姐了。

汪国良：是的。

卢再缘：现在听不见你叫姐姐了。

汪国良没言语。卢再缘问：萌萌比你大几岁?

汪国良：三岁。

卢再缘：三岁……嗯,三岁……

汪国良：卢老师,您……想说什么?

卢再缘：孩子,你过来。

汪国良靠近卢再缘。卢再缘紧紧地拉住了汪国良的手,看着汪国良。

汪国良：卢老师,您放心,我和萌萌说好了,我们会永远照顾您的。

赵文昌一阵风一样地闯进来,高声大叫着：喜讯,喜讯,天大的喜讯……

所有的人都被震动了,一起围了上来。赵文昌热烈地与陶自强、李宗贤、周鸿达、杜绍文等握手,嘴里还不停地叨念着：喜讯,喜讯,大喜讯……

邓美珊叫喊着问：赵书记,到底是什么喜讯呀?

赵文昌高声说：毛主席接见我们了,毛主席跟我握手了,毛主席给我指示了……

丁萌萌高叫着：赵书记,我们也要跟您握手。

大家争着抢着跟赵文昌握手。

陶自强：大家静一静,让赵书记快给我们说说。

周鸿达：对,赵书记,您快给我们说说。

赵文昌：今天下午,毛主席在南昌的向塘火车站接见了我们。毛主席握着我的手说,你是管瓷器的,就把瓷器管好……

朱光秀带头欢呼起来。大家一起欢呼起来。

办公室里热气腾腾,坐满了新招收的年轻人。陶祁香侃侃而谈,讲述着赣剧的历史：早在南宋时期,南戏就传到了我们江西。哎呀,当时戏剧真的是蓬蓬勃勃,各村各乡都有剧团,有钱人家还养着戏班子,连军队都有戏班子。南戏的普及和当地的民歌小调方言土语结合,渐渐形成了四大声腔:弋阳腔、昆山腔、海盐腔、余姚腔,属弋阳腔影响最大。我和秦晓婵老师、丁源老师当年在的饶河班,唱腔主要是弋阳腔,以高腔为主,也融合了昆曲、乱弹的一些腔调。

齐斯:陶团长,我们的赣剧是饶河班吗?

陶祁香:赣剧的历史并不长,新中国成立以后的事情。我们江西的戏班很多,说多如牛毛也不为过。过去的戏班都是各唱各的腔儿,各拉各的调儿。不但没有统一的腔调,也没有统一的名字。我们江西有一位大家,是戏剧大家,也是革命家文学家。他叫石凌鹤,是省文化局局长兼文联主席。是他把江西各个流派的戏腔统一起来,以饶河班和信河班为主。饶河班以景德镇、鄱阳、乐平为中心,保留了高腔的风格,比较古朴、粗犷;信河班以贵溪、玉山为中心,唱腔婉转流畅。把这两种风格融汇在一起,就是今天的赣剧。

虞笑寒:啊?原来赣剧是石凌鹤局长创造的,伟大,太伟大了

严主任:你认识?

虞笑寒:太认识了,我们去省里开会,多次听过他讲话。

齐斯:哎呀,虞笑寒,你也很了不起啊。

虞笑寒:我算什么呀?据说石局长到景德镇来,赵书记请客,是我们陶团长作陪呢,是吧,陶团长?

中层干部都散去了,只留下了厂长、副厂长。

赵文昌:有一个坏消息,需要跟大家通报一下,这是昨天轻工业部通知我的。最近几年,我们国家的瓷器出口创汇产生了很大的影响,特别是我们景德镇的瓷器,抢占了一部分国际市场,西方国家开始警觉起来。新中国成立以来,帝国主义一直在封锁我们,我们有一点突破,都会引起他们强烈的反应。在近两年我们出口的瓷器中,描金瓷器的销售非常好,他们竞争不过我们,就用金水卡我们的脖子。从这个月开始,国际上所有的金水都不卖给我们了……

陶自强立即急了:断了我们的金水,那可麻烦了,我们下面的订单,还有大量的描金瓷器呢。

赵文昌:咱们算一算账,看还有多少金水,够不够我们完成订单的。

杜绍文:我前两天还查看了一下金水的储备,正要组织再进一批呢。

陶自强:还有多少?

杜绍文:差不多能完成三分之一的订单吧。

陶自强:还有三分之二的缺口?

杜绍文:是这样。

赵文昌：自强，你明天跟各个瓷厂联系，看哪家还有金水，先支援我们一下。你协商不好的，告诉我，我再找他们。另外，我再向省里打听一下，想办法淘换一些。先要保证完成这批出口订单，以后订单暂时先不接描金的产品。

陶自强：我明白。

赵文昌：当务之急先这么解决，我们商量商量长久之计。金水的问题最终还需要我们自己解决，过去我们重视不够，现在被动了。轻工业部的领导跟我说，实际上，我们从国外进口金水是很不划算的。从清中期到现在，我们购买金水，就花费了五百吨黄金，五百吨啊同志们。听了这个数目，我当时心里拔凉拔凉的，心疼啊。所以，轻工业部领导交给我们一个光荣的任务，立即进行技术攻关，研制我们自己的金水。

陶自强：请轻工业部的领导放心，请赵书记放心，我们保证完成任务。

李宗贤、周鸿达、杜绍文齐声说：我们保证完成任务。

陶祁香继续给年轻人讲述着赣剧：唱腔伴奏分为文场和武场，文场以弦乐为主，有二胡、月琴、三弦琴；武场伴奏以打击乐为主，有鼓、大锣、铙钹……

罗纲背着行李闯了进来：陶团长，我来报到。

大家急忙起身迎接。陶祁香：这么晚了，你还赶过来了？

罗纲：我接到通知的时候，天就快黑了。我立马收拾行李，连夜出发。

陶祁香：你可真是个急性子，明天早上再来不好吗？

罗纲：雷厉风行嘛，再说，我的心早就飞到赣剧团了，一天都等不了了。

虞笑寒：罗纲同志，你还没吃饭吧？我去给你弄点儿吃的吧。

罗纲：不用不用，我是带着干粮出来的，一边赶路一边吃。

严主任：那……罗纲同志，我带你去宿舍吧。

罗纲：我刚才听见陶团长正在讲赣剧，您接着讲，我也一起听听……

杜绍文带着唐家明收拾着房间。这是两间隔开的屋子。杜绍文和唐家明摆放着桌子。

唐家明：这个房子好，咱们里面做实验室，实验室闲人免进，外面的屋子可以作为客厅。

杜绍文：你真是资产阶级小少爷，一个实验室还要什么客厅？

唐家明：那外面做什么用。

杜绍文：外面是资料室和会议室。

唐家明：其实我也是这个意思，就是没有您会巧立名目。

杜绍文：你小子会不会说话，怪不得姚莎莎看不上你呢。

唐家明:哼,她看不上我,我还看不上她呢。

杜绍文:这可是你说的,信不信我告诉姚莎莎?

唐家明:别别,杜副厂长,我请你吃炒河粉……

邓美珊在收拾着工作台。

姚莎莎:美珊姐,你走了,咱们研究所怎么办?

邓美珊:不是还有你吗?喂,大家注意了,我说个事。我和唐家明被临时抽调到金水研究室工作,咱研究所的工作暂时由姚莎莎负责。

姚莎莎:美珊姐,我只是临时负责呀?

邓美珊:你还想篡党夺权呀?

姚莎莎:怎么着也得给个副所长吧?

邓美珊:伸手要官儿,这是共产党的大忌,幸亏你不是共产党员。

姚莎莎伸了伸舌头:我的妈呀,差点儿犯错误。

杜绍文、邓美珊、唐家明一起开会。

杜绍文:厂领导决定金水研究室由我们三个人组成,我任组长,你们两个任副组长,还有几个研究人员没有到位。釉料研究所的工作暂时由姚莎莎负责,邓美珊全力以赴地投入到金水研究工作中来。今天就开始我们的研究工作,马上行动。这个研究室现在还空空如也,唐家明你负责找人进行全面消毒。把所需要的器皿仪器统计一下,能从别的部门协调的抓紧协调过来,缺少的统计造表,立即采购。明白了吧?

唐家明:明白,我立即照办。

邓美珊:我干什么?

杜绍文:我们俩马上到陶瓷大学去找邹元镐教授。

邓美珊:找邹教授做什么?

杜绍文:我昨天连夜把有关制作金水的资料凑了一下,可是大部分都是日文的。我不懂日语,我们去请邹元镐教授帮一下忙。

邓美珊:傍晚的时候去可以吗?我们烧色栅的窑今天开窑。

杜绍文:也好,我先去办理购买黄金的手续。

赵文昌进了家门,高绽梅已经做好了晚饭。

高绽梅拿起了酒瓶:喝点儿?

赵文昌:哎呀,有家的感觉真好。

高绽梅:怎么好?

赵文昌：下班以后知道该回哪儿。

高绽梅：还有呢？

赵文昌：回来后桌子上有可口的热乎饭。

高绽梅给赵文昌倒上了一杯酒。

赵文昌：你也喝点儿吧。

高绽梅：我不喝。

赵文昌：你在外面不是也喝点儿吗？

高绽梅：喝酒有两种，一个是为自己喝，一个是为别人喝。为自己喝呢，是因为自己喜欢，有瘾，不喝难受。为别人喝呢，纯粹是应酬，为了让别人高兴，自我牺牲。

赵文昌：你喝酒就一点儿感觉都没有。

高绽梅：我喝酒就是乌龟吃大麦，糟蹋粮食。

赵文昌：你还真舍得糟蹋自己。

高绽梅：跟你说点儿正事，你不是让我去工人疗养院当院长吗？我得提前上任。

赵文昌：干吗这么着急？

高绽梅：我去了几次工地，不行，我得盯着点儿。

赵文昌：反正省常委会已经通过了，你愿意去找组织部报到就行了。

高绽梅：我已经报到了，手续全办好了。

赵文昌：那你就等于上任了，还跟我商量什么？

高绽梅拿出一份报告：这是我以工人疗养院院长的名义写的报告。

赵文昌：什么意思？

高绽梅：我要求追加投资？

赵文昌：啊？要钱？

高绽梅：疗养院疗养院，疗养院不是养老院，首先是疗，然后才是养。这个报告，就是要你增加疗的投入。

赵文昌：我说的呢，炒了这么多菜，还主动让我喝酒。原来是糖衣炮弹呀。

高绽梅：快喝酒，糖衣炮弹后面还有美人计呢。

赵文昌：东北的娘儿们就是豁得出去。

高绽梅：少来。

陶祁香和几个年轻人帮助秦晓婵布置着房间。

秦晓婵乐得合不拢嘴：瞧瞧，让我说什么好呢？说什么好呢？

陶祁香：师姑，您什么也不用说，您就在这儿踏踏实实地住着，赣剧团就是您的家。

秦晓婵:祁香啊,这些年在乐平的时候,你别看我整天价唱唱咧咧的,表面上还挺乐呵,可是我的心里啊总是没着没落的。我常想,人有旦夕祸福,哪一天我要是动不了了,靠谁呀,没儿没女没亲戚。

虞笑寒:这回您不用担心了吧?您瞧瞧,儿女成群亲戚一大帮。

秦晓婵:祁香啊,谢谢你啊,没有你我哪有这么大的福气呀?

陶祁香:您别谢我,要谢就谢新社会,谢共产党。

秦晓婵:旧社会戏子不是人,新社会人民当家做主了。新社会好啊……

杜绍文和邓美珊走近三角井酒馆,一阵热烈的歌声传出来。两个人停住了脚步,透过玻璃窗朝里面看着。里面没有客人,都是邹元镐的学生。

陈三姐张罗着炒菜端菜,有几个年轻人帮忙。

邹元镐拉着手风琴,有人摇头晃脑地唱着,有人随着音乐翩翩起舞。

> 蓝色的天空像大海一样,
> 广阔的大路上尘土飞扬。
> 穿森林过海洋来自四方,
> 千万个青年人欢聚一堂。
> 拉起手唱起歌跳起舞来,
> 让我们唱一支友谊之歌……

邓美珊拉着杜绍文兴奋地闯进来,没容跟大家打招呼,便也加入了跳舞的行列。陈三姐跑出来,大叫着:杜工、美珊……你们来了,太好了……

大家一起叫起来:三姐,唱一个。

邓美珊:邹老师,跳一个。

大家应和着:邹老师跟三姐跳一个……

杜绍文跑上前,接过邹元镐的手风琴,拉了起来。

邹元镐过来拉着陈三姐。陈三姐挣扎着:不行不行,我哪儿会跳舞呀。

有人喊:三姐不跳行不行?

大家:不行……

邹元镐强拉着陈三姐,歪歪扭扭地跳起来。大家一起又唱有跳,欢声笑语吵翻了天。

终于安静下来。陈三姐招呼着:快来,快来,快坐下喝酒……

男生:喝喜酒喽。

女生:祝邹老师陈三姐百年好合。

大家:白头偕老……天长地久……比翼双飞……

杜绍文和邓美珊尴尬了,面面相觑,茫然无措了。

杜绍文:邹老师,真的不知道您今天跟陈三姐结婚大喜,我们太冒昧、太唐突了。

邹元镐:哪儿的话?你问他们,我谁也没通知,都是赶上的。

一男生:是啊,原来我们以为邹老师是过生日,到了以后才知道他们要结婚的。我们也很尴尬,什么礼物都没准备。

邓美珊:邹老师、师母,还是您的学生邓美珊有先见之明,我给您和师母准备了一份礼物。

邓美珊说着,从书包里拿出一个布包儿,打开了布包儿,一片五光十色、耀眼夺目的瓷片。

邹元镐:这是什么?

邓美珊:这是我们制作的色栅,一共二十四片。

邹元镐:太漂亮了。

邓美珊端起酒杯:让我们祝愿邹老师和师母的美满生活丰富多彩光辉永照。

邹元镐拉着陈三姐的手,激动地:谢谢,太谢谢了……

卢再缘坐起来。汪国良和罗灵风一起收拾着病房。

卢再缘收汪国良为徒,请来罗灵风当引进师。卢再缘的病房前的床头柜收拾干净了,上面孤零零地点着一支蜡烛。

罗灵风:医院的病房里不让点香,咱用蜡烛代替,条件有限,一切从简了。

卢再缘:对,一切从简,心到神知,敬神如神在。

邹元镐把杜绍文和邓美珊拉到门外:你们来是有事吧?说吧,什么事?

杜绍文:邹老师,真的不知道今天是您大喜的日子。只是听说您休假了,来看看您。您这就算是婚礼了吧?还有什么安排?

邹元镐:是这样,陈三姐离开家乡这么多年了,一直没有回去过。最近老家来信了,她的老母亲年纪大了,想闺女。她准备回去看看母亲。

杜绍文:您是准备跟陈三姐一起回去吧?

邹元镐:是啊,为了回去方便,这不是就搞了这么个婚礼吗?走走形式罢了。对了,你们找我真的没事?

杜绍文:真的没事。

邹元镐:有事你们就说话,我永远都是建国瓷厂的人。

杜绍文:邹老师,谢谢您,再一次祝贺您。

邹元镐回去了。

邓美珊:杜副厂长,你为什么不说呢?

杜绍文:邹老师和陈三姐走到一起多不容易呀。陈三姐回老家,是多么希望邹老师能跟她一起去呀。我们要是把邹老师留下,也太不近人情了。

邓美珊:可是我们的资料怎么办?

杜绍文:除了邹元镐老师,还有谁懂日文?

邓美珊:恐怕没有了,我们学的都是英文,也有学俄文的。

杜绍文:我在上海的朋友倒是有学日文的,可是远水解不了近渴啊。

邓美珊:要不,我们回去找邹老师。

杜绍文:不不,不行,绝对不行。

邓美珊:真急死人了……

不远处,有一个黑影在听着他们两个人的对话。

卢再缘依然穿着病号服,坐在床沿上。汪国良端端正正地站在卢再缘的床头前。

卢再缘:我卢再缘生逢其地,可是生不逢时。前半辈子,受了太多的苦难、太多的磨难。有谁能想到,两千多年的皇帝被拉下了马,我却被一个八十三天的窃国皇帝害惨了。我这一辈子,就为一件事活着,等待桃花。等到了吗?也可以说没等到,也可以说等到了。这些天我一直在想,谁是桃花?桃花在哪儿?后来我明白了,桃花是我的一个希望,是我的一个信念,是我活下去往前奔的盼头儿。这么一想,我心里亮堂了……

卢再缘说着,又是一阵咳嗽。

汪国良上前拍打着他的后背,心疼地说:师父,您先歇会儿吧,先喝口水。

卢再缘喝了一口水,继续说:我没事,你听我说,这是压在我心底的话,我一定要说。

汪国良:师父,您慢慢说。

卢再缘:除了桃花,我还有一个希望,一个盼头儿。就是当一个好画师,大画师,像珠山八友那样,能在景德镇的瓷器上留下自己的作品。为了这个,我拜师学艺,勤学苦练,心无旁骛。可是,我空有一身本事,却怀才不遇报国无门啊。直到进了建国瓷厂,我冷了的心一下子热了,我那畏畏缩缩软了吧唧的腰杆子也挺了起来。我觉得我是人了,有了人的体面和尊严。多少次,我暗下决心,我要拼着命地干,给新中国增光添彩。说出来不怕你们笑话,我还写过入党申请书,没敢交上去。我知道我不行,可是我有这份心啊……

汪国良见卢再缘又激动起来,轻声地劝慰着:师父,您慢慢说,我听着呢,我把您说的每一个字都牢牢地记住了。

卢再缘:不瞒你们说,我的病我早就知道了,在上海我就偷偷地检查过。我知道自己不久于世了,我知足了,毕竟赶上了一个好社会,比珠山八友大多数人都幸运。可是我又不甘心,我还有许多事情没做,还有许多未了的心愿……人之将死其言也善,鸟之将死其鸣也哀。国良,我跟你说这些,你明白吗?

汪国良:我明白师父。您和我就是一棵大树,您是根,是干,我是枝,是叶。师父累了,师父长不动了,我替师父长。我一定要让这棵大树开枝散叶枝繁叶茂。

卢再缘:孩子,好孩子,你懂了,你真的懂了,我放心了。

汪国良:一日为师终身为父,师父,我汪国良定会床前尽孝,子承父业,发扬光大。

罗灵风:国良,你是卢先生的开山门弟子,又是关门弟子,卢先生这辈子只收你一个徒弟。丁萌萌虽然也跟卢先生学习过,只能算学生,不能算徒弟。

汪国良:师父在上,请受弟子汪国良三参九叩首。

罗灵风移到汪国良的侧面,开始主持拜师仪式。

汪国良站立在卢再缘的床前。卢再缘也端正了身子。

罗灵风喊道:跪……

汪国良跪下。罗灵风喊道:一叩首,再叩首,三叩首。

罗灵风每喊一次,汪国良叩头一次。

罗灵风喊道:升……

汪国良起身。罗灵风喊道:跪……

汪国良再次跪下。罗灵风喊道:再叩首,五叩首,六叩首……升。

汪国良再次起身。罗灵风喊道:跪……

汪国良第三次跪下。罗灵风喊道:七叩首,八叩首,满叩首……

丁萌萌进了金水研究室。杜绍文问道:萌萌,有事?

丁萌萌:不是我有事,是你们有事。听说你们有些资料急需要翻译。

邓美珊:是日文的。

丁萌萌:我知道,给我吧。

杜绍文:你去找谁翻译?

丁萌萌:卢再缘卢老师。

杜绍文:不不不,不行,卢老师还在住院呢,听说他的病很严重。

丁萌萌:这两天请中医调理着,病情缓解多了。

杜绍文:那也不行,哪能烦劳一个病人,这太残忍了……

丁萌萌:杜副厂长,不是我们要烦劳他,是他主动请求这个工作的。

杜绍文:他怎么知道了?

丁萌萌:你们昨天晚上去找邹元镐老师了是不是?

邓美珊:是啊,可是我们没有跟邹元镐老师说呀。

丁萌萌:你们在三角井酒馆外面议论了吧? 当街有耳。

邓美珊:谁听到了?

丁萌萌:甭管谁听到了,反正传到卢老师耳朵里了。

工棚外面,高绽梅指挥着两个工人往一间屋子里搬着办公桌和书柜。

工地邓经理走来:高院长,您这是干什么呀?

高绽梅:我在你们工棚旁边挤出一间办公室,等收拾好了,你过来喝茶哈。

邓经理:高院长,这可不行,您怎么能够在这儿办公呢?

高绽梅:你不是也在这儿办公吗? 你看,你在最东边,我在最西边,咱们遥遥相对。

邓经理:可您是院长啊,按道理讲,等我们的工程完工,你们验收之后,您这院长才能正式上任。

高绽梅:看来你是没有打过仗,更没有当过指挥官。

邓经理:不明白。

高绽梅:这叫指挥部前移。这么说你可能还不明白,那我就通俗地告诉你:新媳妇没过门儿,婆婆先来了。而且还是个眼里不揉沙子、嘴巴不饶人、铁面无私的厉害婆婆。

邓经理:这么说,您是来监督我们施工的?

高绽梅:你心里有个数就行了。

邓经理:您这么一说,我还真紧张起来了。

高绽梅:我这个婆婆,厉害是厉害,可是讲道理。只要你规规矩矩干,不偷工减料,不拖泥带水,不猴顶灯猫盖屎公鸡抖翎花里胡哨,我不会鸡蛋里挑骨头。

邓经理:得了呗,高院长,您? 好吧。

高绽梅在办公桌上铺着一张施工图,邓经理和几个施工员围在一起。

高绽梅:找你们来是想跟你们商量商量下水道的事情。不是你们施工的错,你们按照图纸施工没有错。是设计图的问题,现在就是一条下水道,所有的污水都通过一条管道。在别的建筑中是可以的,但是我们不行。我们是疗养院,疗养院兼有医治和养护的作用。有医疗,就会产生医疗废水,有些医疗废水是有细菌病毒的,需要特殊处理。所以,我们要考虑一下,单独铺设一条排放医疗废水的下水道。来,我们研究一下……

卢再缘坐在病床上,蜷缩着双腿,腿上放着一块木板。他身边放着待翻译的资料,木板上夹着白纸。他一边看着资料,一边在白纸上写着。丁萌萌把一杯热牛奶放在他的床头:卢老师,咱可说好,您不能太累了。干一个小时就休息一个小时,今天干不完明天再接着干。

卢再缘:行了,我知道,你走吧。

丁萌萌:要不这样吧,您口头翻译,我记录。

卢再缘:一个人吹笛儿一个人捏眼儿,更耽误事。

丁萌萌:那我得看着您,到时候您必须休息。

卢再缘:不行,你在这儿分我的心,不能集中精力。

丁萌萌:那……

卢再缘不耐烦了:哎呀,你怎么这么婆婆妈妈的,快走,快走……你要是再不走,我就叫护士赶你了。

丁萌萌无奈地看了看卢再缘……

陶祁香和冯运华站在古戏台上看着满天的繁星,有一搭无一搭地交谈着。

陶祁香:我过去叫你冯窑主,好不容易刚叫顺了口,你又成冯副厂长了;冯副厂长呢,还没叫开,你又什么都不是了。现在连跟你打招呼都犯难了。

冯运华:有什么好难的,你就不兴像我那样,直接叫名字吗?再说,我喜欢人家叫我的名字。可惜的是,在景德镇居然没有一个人叫我的名字。

陶祁香:叫名字也不顺口。

冯运华:习惯了就顺口了,总要有个过程。就像写戏,讲究起承转合。

陶祁香:说起写戏了,你有什么想法?我们可还等着你的米下锅呢。

冯运华:我原来在矿区劳改的时候,构思了一个历史剧,想写《苏东坡》。那天赣剧团挂牌的时候,听了赵书记那番话,我改主意了。我要写现实题材的,要写我们的新社会,写朝气蓬勃的当代生活。

陶祁香:想好了吗?

冯运华:正在想。

陶祁香:不妨说说看。

冯运华:每个人的写作习惯不同,有的人就是喜欢把自己不成熟的构思说出来给别人听,不断地征求意见,完善自己的想法。

陶祁香:这不是很好吗?

冯运华:可是我不行,我没有想好的东西不愿意说,说不出来。

陶祁香:那你就慢慢憋宝吧,等着你下个金蛋出来。

冯运华:哈哈,我就怕下个软蛋。

陶自强把一摞资料交给杜绍文:这是卢再缘老师翻译的资料,我不是批评你们,卢再缘都病成这样了,你们怎么还让他干这么重的活儿呢?

杜绍文:卢老师怎么样?

陶自强:还好,他的身体扛过来了,无大碍。

邓美珊:陶厂长,翻译资料这个事还真不是我们让他做的。

陶自强:情况我都知道了,是卢老师主动要求做的。

杜绍文:陶厂长,购买黄金的事还要你协调一下,最好能直接找找银行。

陶自强:好,绍文。我马上去联系他们。

唐家明:我们现在是万事俱备,只欠黄金。

邓美珊:我们的时间这么紧迫,不能停工等料啊。

杜绍文:要不,我们先干起来。

唐家明:没有黄金怎么干?

邓美珊:我也这么想过,可是你们看,我只有一只手镯是金的。这手镯还是我上大学的时候,我姥姥送给我的。

杜绍文心里一动,没说什么……

卢再缘精神焕发,居然在病房里走了起来。

罗灵风进来了。卢再缘高兴地招呼着:罗先生来了,快坐。

罗灵风:汪国良呢?

卢再缘:上班去了。我不能整天价让他陪着我,工作要紧。特别是萌萌,还担着车间主任呢。

罗灵风:我看你今天蛮精神的,感觉怎么样?

卢再缘:感觉不错。早上查床问医生是不是可以出院了,你猜怎么说?

罗灵风:怎么说?

卢再缘:医生说,刑满才能释放,您这刑期还没判呢,慢慢等着吧。你瞧,他们说的是什么话呢?

罗灵风:好话,只要不判死刑、不判无期就行。

卢再缘:你知道为什么我精神这么好吗?陶厂长给我找了个中医,给我诊了脉,又开了几服药,真的挺见效。

罗灵风:是叶大夫吗?

卢再缘:对对,是叶大夫。

罗灵风:陶自强真是仁义,他那么忙,还对你这么上心。

卢再缘:谁说不是呢,所以我急着出院,好回去工作啊。

罗灵风:病来如山倒,病去如抽丝,你还是别太着急了。

卢再缘:罗先生,我有件重要的事情想拜托您。

罗灵风:什么事?

卢再缘:您不会推辞吧?

罗灵风:万死不辞。

卢再缘:离死还远着呢。

罗灵风:请吩咐。

卢再缘:这个星期天中午,在"文君当垆"饭店,您帮我订一桌饭。

罗灵风:你要请客?

卢再缘:就算是吧。

罗灵风:这个小事一桩,不值得您客气。

卢再缘:我要拜托您的不是这个。

罗灵风:那是什么?

卢再缘:请您做一次大媒,成全一桩好事。

罗灵风:啊?这……这……

卢再缘:您说过,万死不辞。

罗灵风：可是……这……我……

卢再缘拱起双手：罗先生，拜托了。

杜绍文和唐燕一起吃着晚饭。杜绍文用一种深情的眼神看着唐燕。

唐燕：你干吗又用这种眼神看我？

杜绍文：一往情深嘛。

唐燕：少来。

杜绍文：怎么还不领情呢？

唐燕：领你个大头，我算被你这种眼神害苦了。

杜绍文：怎么害你了？

唐燕：黑蟒口中舌，黄蜂尾上针。两般俱为毒，毒不过杜绍文的毒眼神。

杜绍文哈哈大笑起来。

唐燕：你还笑，你还笑？你想想看，当初你追求我的时候，我不理睬你，你就用这种眼神把我征服了；当初你向我求婚，我不答应，你又用这种眼神把我迷惑了；我在上海时，你让我调到景德镇来，我不同意，你又用这种眼神勾引我……

杜绍文：你到景德镇来哪是我勾引的，你不是说南小汐说服了你吗？

唐燕：南小汐只是提醒了我。

杜绍文：提醒你什么？

唐燕：身边那么多花枝招展的，我怕你扛不住。

杜绍文：这么说你是来看管我的？

唐燕：男人就是需要看管。

唐燕在厨房洗着碗筷。杜绍文进了卧室，偷偷地翻着唐燕的梳妆台，找出唐燕收藏首饰的小盒子，刚要打开。

唐燕：绍文，你干吗呢？

杜绍文激灵一下，急忙把小盒子放回原处，回答说：没干吗，有事吗？

唐燕：去把垃圾倒掉。

杜绍文：好嘞，来了……

汪国良帮助卢再缘穿着衣服，一身西装，还扎起了领带，脚下一双擦得锃亮的皮鞋。新刮的脸，头发也梳得整整齐齐。罗灵风在一边等候着。

护士长进来了：卢老师，医生只批准您两个小时的假，您可不能超时。

卢再缘：我保证按时回来。

护士长又叮嘱汪国良：把卢老师带出去，一定小心，特别是不能着凉。

汪国良：您放心吧，我一定会把卢老师照顾好。

卢再缘照着卫生间里的镜子:怎么样?

汪国良:非常棒,一表人才。

卢再缘问罗灵风:像不像?

罗灵风:像什么?

汪国良:像个新郎官。

罗灵风有苦难言,无奈地摇了摇头。

汪国良搀扶着卢再缘出来。

医院大门口停着一辆三轮车。

汪国良和罗灵风一起把卢再缘扶上三轮车。

罗灵风嘱咐着车夫:慢点儿啊,不急。

三轮车夫蹬着车,罗灵风和汪国良在后面跟着。

汪国良:罗老师,我师父今天怎么想起请客来了? 还在"文君当垆"。

罗灵风:你师父没有跟你透透风。

汪国良:我问他了,他没说。

罗灵风:国良啊,我得嘱咐你两句。

汪国良:您说。

罗灵风:你呢,也是大人了,又是建国瓷厂的画师,遇上事呢,一定要冷静,沉住气。

汪国良:遇上什么事呢?

罗灵风:无论什么事,无论多大的事,你都不能发火。

汪国良:我为什么要发火呢? 我跟谁发火呢?

罗灵风:跟谁发火都不能跟你师父发火,明白吗? 你说过一日为师终身为父,你对待你师父一定要像对待长辈那样。

汪国良:当然了。可是,到底出了什么事呢?

罗灵风:我是说假如,假如你师父要是……说了一些不该说的话,做了一些不该做的事情,你也千万千万不能发火。

汪国良:我保证,我师父怎么样我都不发火。

罗灵风:这就对了。

汪国良:您倒是告诉我呀。

罗灵风:告诉你什么?

汪国良:告诉我师父到底为了什么事请客呀。

罗灵风:我哪儿知道啊?

汪国良:说了半天砸了一个大花碗呀。

罗灵风:大花碗底下扣着一个大花活蛤蟆。

638

汪国良哭笑不得。

冯运华蹬着一辆三轮车进来,上面有一个蜂窝煤炉子和半车蜂窝煤。

秦晓婵:哎呀,冯先生,你这是干什么呀?

冯运华:我看您这儿缺个炉子。

秦晓婵:不用,不用,罗纲说了,过两天给我盘个小灶。

冯运华:现在景德镇都时兴烧蜂窝煤,又干净又省事,随时用火都方便。

陶祁香过来了,帮助冯运华往下搬蜂窝煤。

冯运华找来一些废木柴生火。

陶自强:我这儿一直想着呢,给师姑置办一个蜂窝煤的炉子,没想到你做到前面去了。

冯运华:你那么忙,这些琐碎的事情就让我来做吧。

秦晓婵:把炉子生起来,我给你们炒牛肉粉,一会儿你俩都在我这儿吃。

陶祁香:对了运华,我一直想问你,你回来之后,吃饭问题怎么办?

冯运华:我一个人好凑合。

陶祁香:一个人也不能凑合,你也老大不小了,该注意身体了。

冯运华:不是还有六叔吗?他有时候鼓捣点儿吃的。

陶祁香:一个老男人能做什么啊。你呀,大半辈子,说不上衣来伸手,差不多也是饭来张口吧。别瞎凑合了,我这儿马上把食堂办起来了,你过来入伙吧。

冯运华:那我得交伙食费,不能白吃。

陶祁香:你倒是想白吃呢,凭饭票用餐,概不赊欠。

冯运华:好好,那太好了。

"文君当垆"饭店的一个单间雅座,八仙桌。

卢再缘和罗灵风居首位坐下。丁萌萌父母坐在左侧。丁萌萌和汪国良坐在右侧。

八仙桌上已经摆上了八个冷菜。

丁父:卢老师,听说您病了,住院了,我和萌萌她妈一直说去看看您。您瞧,还没轮到我们去探望您呢,你倒先置办酒宴请我们了。真是不好意思。

卢再缘:二老此言差矣。我卢再缘早就应该去看望二老的,总觉得不急,以后还有的是时间,有的是机会。我这一病,有点儿慌了。凡事一定要抓紧做,只争朝夕。我最担心的是,有些重要的事情就怕来不及做。

丁萌萌:卢老师,您说什么呢?您的病不是见好吗?医生不是说了吗?让您好好调养。您可千万别胡思乱想的。

丁母:是啊,卢老师,我们大家一起见个面儿,吃顿饭,都是应该的。您跟萌萌说一声,在家里准备就行了,怎么还到大饭店来了呢?这也太隆重了,卢老师,您不是有什么事情吧?

卢再缘:是的,是有事情,非常非常重要的事情。重要的事情是需要仪式感的,所以我跟罗先生商量,就请大家到这儿来了。好吧,我们先喝酒,酒过三巡我再说正事。

汪国良站起来要给各位斟酒,发现还没有酒杯。

丁萌萌:啊,我去跟服务员要酒杯。

汪国良见丁萌萌走出去了,急忙说:找服务员干什么,自己去拿就是了。

丁萌萌和汪国良前后脚从包间里出来。

汪国良:你真的不知道卢老师为什么要请客?

丁萌萌:为什么?

汪国良:没见他把罗半仙带来了吗?

丁萌萌:那又怎样?

汪国良:他可能要求婚。

丁萌萌:求婚?向谁求婚?

汪国良:当然是向你求婚了,还能有别人?你可是他的桃花呀,他惦记着你几十年了。

丁萌萌:这怎么可能呢?

汪国良:你不是答应要嫁给他吗?

丁萌萌:那……那不是他病重的时候我说的话吗?他怎么当真了?

汪国良:这种事有开玩笑的吗?

丁萌萌:这……这可怎么办呀?

汪国良:要不,告诉你父母别答应。

丁萌萌:我跟你说,今天无论卢老师说什么、做什么,都不许跟他发火。

汪国良:这个你放心,我不会跟他发火的。

丁萌萌:你先进去,把我爸妈叫出来。哦,别两个人一起叫,卢老师该起疑心了。先叫我妈吧。

包间,汪国良进来。

丁父:酒杯呢?

汪国良:哦……萌萌清洗呢。阿姨,萌萌可能有点儿不舒服,您去看看吧。

丁母:啊,在哪儿呢?

汪国良:卫生间呢。

丁母出去了,汪国良也随着出去了。

包间门外。汪国良从丁萌萌手里接过酒杯,转身进了包间。

丁母:萌萌,你怎么了?哪儿不舒服?

丁萌萌:妈,十万火急,要出大事……

汪国良把酒杯摆放好,给每个人倒着酒。

丁萌萌和母亲一起进来。卢再缘关切地问:萌萌,你怎么了?

丁萌萌:没什么,没什么……

丁母打着马虎眼:姑娘家的小毛病,不碍事的。

卢再缘看到汪国良把酒都倒好了,便端起来酒杯:谢谢,谢谢大家能来,谢谢了。我呢,不能喝酒,医生也不让我喝,就意思一下吧。今天,主要是……

汪国良:师父,您那杯酒,但喝无妨,我给您倒的是白开水。

罗灵风:瞧瞧,你的徒弟想得多周到。

卢再缘知足地笑着。丁萌萌抢先站起来:我们先祝卢老师早日康复吧。

汪国良:对对,祝我师父早日康复。

大家一起举杯:早日康复……

高绽梅进了建国瓷厂门市部。

南小汐:哟,高大姐,您想买点儿什么?

高绽梅:玉茗在吗?

南小汐朝屋里喊着:玉茗……

玉茗出来:大姐,您来了。

高绽梅:玉茗,我跟你说个事。

玉茗从柜台里出来,高绽梅把她拉到门口。

高绽梅:那个杜鹃又找过你没有?

玉茗:没有。

高绽梅:你告诉她,我们疗养院正在招收护工,她要是有兴趣,可以来报名,没有户口限制。

玉茗:这倒是好事,可是……我去告诉她合适吗?

高绽梅:我就是想让你去做个好人,也把你们两个人的疙瘩解一解。毕竟过去是好姐妹,不能一辈子记仇吧?

玉茗笑了:大姐,谢谢您了。

高绽梅:她要是愿意,你让他直接来找我吧。

满桌子菜都上齐了,鸡鸭鱼肉,冷热荤素,十分丰盛。卢再缘直起身,端着酒杯:抱歉,我就不站起来了。刚才我说过,酒过三巡我要说正事的……

丁萌萌急忙打断了他:卢老师,您的正事一定要今天说吗?

卢再缘:一定要今天说,现在就说。

丁萌萌:您一定要当着大家的面说吗?

卢再缘:我要当着大家的面说。

丁萌萌:您不能跟我父母先谈谈吗?

卢再缘:我早就知道,你父母是开明的人。

丁萌萌:罗老师,您说呢?

罗灵风:哦……卢先生,要不你先跟萌萌说说?

卢再缘:不用,还是把话说在桌面上吧,敞亮。

丁父:既然卢老师要说,就让他说吧。

丁萌萌对汪国良:国良,你先回避一下吧。

卢再缘:不不,国良不能走,不能走。

汪国良站起来又坐下了。大家都紧张起来。卢再缘说道:我这一辈子,只收过一个学生、一个徒弟。学生就是丁萌萌,徒弟是汪国良。我常常想,我卢再缘到人世间来了一回,哪一天我走了,给这个世界留下了什么呢?人生到处知何似,应似飞鸿踏雪泥。泥上偶然留指爪,鸿飞那复计东西……丁萌萌和汪国良,就是我留下的指爪。不仅仅是指爪,他们还是我的魂灵,还是我的继承者。人生最大的幸事,就是你死了,你的未竟事业还有人继承,还有后来者。我卢再缘这辈子没有结婚,没有子嗣,但是我有两个继承者。我知足了,我可以笑着走了。

丁萌萌:卢老师,您怎么说这些呢。别把病放在心上,您还活着,您还会活很久很久,我们一直会在您的身边的。

汪国良:师父,您一定好好的,您得给我尽孝的机会呀。

卢再缘:好,那就不说这些了。说最重要的吧,今天我请萌萌的父母来,是要当面向二老求婚的……

所有的人都紧张起来。丁萌萌说:卢老师,您别说好吗?求求您了。

卢再缘:不,我要说,我要当面锣对面鼓响响亮亮地说。丁萌萌和汪国良,在我的身边也有四五年了,我几乎天天跟他们在一起,我已经离不开他们了,我们是一家人了……

丁萌萌和汪国良紧张地听着。卢再缘接着说:前几天,我已经正式收汪国良为徒了,罗先生是引进师,他是证人。汪国良既是我的开山门弟子,又是我的关门弟子。汪国良说,一日为师终身为父。在汪国良面前,我要做一个好家长,做一个好父亲。现在汪国良长大成人了,当父亲的头等大事,就是给儿子娶媳妇……

罗灵风似乎听出了卢再缘的意思,朝汪国良使着眼色,汪国良依然非常茫然。卢再缘说道:汪国良是个孤儿。孤儿不孤,他先有了姐姐,是萌萌把他从大街上捡回去的。两个人从姐弟关系到日久生情,我是看在眼里的。萌萌的父母,国良是个聪明的有天分的孩子,是个有情有义的孩子,我要为国良向你们求亲,希望你们同意把自己的女儿嫁给我的儿子汪国良……

所有的人都愣住了,呆呆地看着卢再缘。

汪国良和丁萌萌的泪水无声地流下来……

罗灵风也热泪盈眶。卢再缘说:国良,给我倒一杯真酒。

丁父:别,别,卢老师,您别喝……

丁母:卢老师,您先别喝酒,我说两句行吗?

卢再缘:嗯,您说。

丁母:卢老师,您今天冷不丁地提出这件事,我们都蒙了,蒙得连气都喘不上来了。没想到,万万没想到,你让我们先喘口气行吗?

卢再缘笑了:我是太唐突了,对不起。

丁父:应该说对不起的是我们,我们对这两个孩子关心不够,这么大的事情居然连一点儿思想准备都没有。

卢再缘:那我问你们,面对着这么两个年轻人,他们每天耳鬓厮磨卿卿我我,你们就没个想法吗?

丁母:想过,我们也商量过。

卢再缘:你们不会嫌弃我的徒弟是个孤儿吧?

丁父:那倒没有,只是觉得萌萌比国良大好几岁。

罗灵风:也不算大,三岁,女大三抱金砖嘛。

丁母:是啊,我也这么说过。

卢再缘:你们到底是什么态度?

丁父:只要两个孩子满意,我们尊重他们,没什么好说的。

卢再缘:哎呀,我要的就是您二老这句话。

罗灵风:好姻缘啊,绝对是好姻缘。

卢再缘:谨遵冰语,愿效秦晋。

丁父:卢老师,让我们永结秦晋之好。

罗灵风:大家举杯,祝贺秦晋之好。

杜绍文提着公文包往外走。唐燕问道:今天不是星期天吗,你还加班?

杜绍文:自从来到建国瓷厂之后,我就不知道哪天是星期天。不但是我,我们厂的几个领导都这样。咦,你今天干什么去?

唐燕:我跟南小汐约好了,想到赣剧团看看。

杜绍文:那好,你们去玩儿吧。

唐燕来到梳妆台前,准备打扮一下自己。杜绍文匆忙走了。

研究室里,邓美珊看着杜绍文拿来的金耳环和金项链,打趣说:杜副厂长,你把嫂子的首饰偷出来,让嫂子知道了怎么办?

杜绍文:怎么办?凉拌。顾不了那么多了,先把咱们的实验搞起来再说。

邓美珊拿起项链在自己的脖子上比画着:这项链真漂亮,太可惜了。杜副厂长,您还是拿回去吧。

杜绍文:你们北京姑娘说话办事不是挺干脆的吗?怎么也学会磨磨唧唧了?

邓美珊:哎呀,我刚参加工作的时候,就想攒钱给自己买条这样的项链。可惜啊,到现在还买不起。

邓美珊说着,把项链戴在自己的脖子上,然后,对着眼前的镜子,左照照,右照照,舍不得摘下来。

外面,响起了唐燕的声音:杜绍文,我的耳环和项链呢?

杜绍文:我没有看见呀。

唐燕:你没看见,你骗谁呢?家里就咱两个人,不是你拿了还能有谁。

杜绍文:我没拿,我真的没拿。

邓美珊听见唐燕来了,急忙从脖子上摘项链。没想到,项链缠在头发上了,越是着急越摘不下来。

唐燕闯进来。邓美珊还在低着头,对着镜子摘着项链,项链垂在脖子下边。

唐燕立即认出来邓美珊脖子上的项链是她的,叫了起来:邓美珊,你凭什么戴我的项链,谁给你的?

邓美珊伸着脖子,慌不择言地说:嫂子,您的项链真漂亮,我戴一戴试试。

唐燕气急了:我问你呢,我的项链怎么跑到你脖子上了?谁给你的?

邓美珊摘下项链,捏在手里。

唐燕一把夺过来:还有耳环呢?

邓美珊拿起桌子上的耳环给唐燕。

唐燕冲着杜绍文嚷了起来:说,你为什么把我的耳环项链给邓美珊?你们俩什么关系?

杜绍文:你别误会,别误会……

唐燕:你都让我抓了现行了,我还误会什么?

邓美珊:嫂子,不是这样的。

唐燕:你还狡辩,我的项链是不是从你的脖子摘下来的?你说,你跟杜绍文是什么时候勾搭成奸的?你这个狐狸精,还大学生呢,还北京人呢,丢人,给大学生丢人,给北京人丢人……

邓美珊:唐燕,不许你胡说八道,我跟杜绍文是清白的。

唐燕:清白个屁,你就是个狐狸精,是个骚货,是破鞋……

邓美珊:唐燕,你嘴干净一点儿。

唐燕:呸,你还有脸让我嘴干净点儿,你做干净事了吗?你知道不知道杜绍文是有妇之夫?你这不是搞破鞋是什么?

邓美珊:唐燕,你要是再满口喷粪别怪我不客气。

唐燕气得扑向邓美珊:狐狸精,我跟你拼了。

说着,唐燕扑上来撕扯着邓美珊的衣服,邓美珊挣扎着和她撕扯在一起。

杜绍文不好拉唐燕,也不好拉邓美珊,只好横在两个人中间,一边挡住她们的厮打,一边叫喊着:别打了,别打了,我们把事情说清楚,唐燕,你还让不让人说话……邓美珊,你躲开,快躲开……

邓美珊:她揪着我的头发呢,我躲不开……

杜绍文:唐燕,你松手,松开手……

唐燕:你们两个狗男女打我一个人,我跟你们拼了……

混乱之中,陶自强一声断喝:都给我住手!

唐燕坐在陶自强的办公室里,止住了哭泣。

陶自强在脸盆里浸湿了毛巾,拧干,递给唐燕。唐燕接过毛巾擦着脸。

陶自强:小时候,我要是哭得厉害了,我姐姐就会说:嘴咧得瓢儿似的,眼睛肿得桃儿似的,鼻子红得窑儿似的,耳朵支棱得勺儿似的……

唐燕扑哧笑了。陶自强说道:嫂子,不是我说你。你也不是官儿呀,怎么犯起了官僚主义的错误。

唐燕不服气地:我没犯错误。

陶自强:好,你没犯错误,你是正确的。难道错误是杜绍文犯的?

唐燕:就是他犯的,他们研究金水,需要黄金,为什么不直接跟我说?

陶自强:对,嫂子,我支持你,杜绍文就是不应该。

唐燕:你说,他一声不响地把我是首饰拿走了,叫什么?

陶自强:叫偷,绝对叫偷,是严重的家庭盗窃行为。

唐燕:还有,实验金水就实验金水吧,你邓美珊把我的项链戴自己的脖子上,这算什么?

陶自强:算挪用,绝对的挪用。

唐燕:她倒是也没用,兴许就是戴着臭美一下。

陶自强:那也不行,这叫作滥用职权,同样是错误,严重的错误。

唐燕:错误倒说不上,也是我误会了人家了,说了一些很难听的话。

陶自强:我就说嘛,嫂子您就是觉悟高,比杜绍文高多了。这样吧嫂子,我给您写一个借条,签上我的名,再按上我的手印,或者再盖上公章。

唐燕:你这是干什么?

陶自强:你的耳环、项链就先让杜绍文他们用吧,算厂里借的,我保证。

田主任进来:陶厂长,赵书记来电话了,让你马上去找他。

陶自强:赵书记在哪儿?

田主任:他在办公室等你呢。

赵文昌看着陶自强,语气沉重地说:冯兴国牺牲了。

陶自强像是被电击中了,呆呆地说不出话来。

赵文昌把冯兴国的烈士证书推给陶自强。陶自强慢慢地拿起来。

赵文昌走到陶自强的身后,用手摁住了他的肩膀。

陶自强双手捧着脸,泪水顺着他的指缝流下来……

赵文昌:要战斗就会有牺牲……

陶自强稍稍平静了一些:冯兴国什么时候牺牲的?

赵文昌:两年以前……

陶自强低下了头。赵文昌说:本来他们已经接到了回国的命令,为了表达与朝鲜人民依依惜别的深情,他们文工团到一个小村庄里演出,遭到了敌机的轰炸。部队一直联系不到他们,没有他们的下落。直到最近……找到了他们文工团的幸存者,才确定冯兴国牺牲了。

陶自强:冯叔……冯叔他怎么能受得了啊?

赵文昌:这样吧,还是我跟冯运华同志说吧。

陶自强:不不,赵书记,您先别说。

赵文昌:那由你来说?

陶自强:我也不能说。

赵文昌:那怎么办?

陶自强:我想,还是把冯兴远叫回来吧。

赵文昌:嗯,是需要把冯兴远叫回来,冯运华身边不能没有人。

陶自强:我一会儿去给冯兴远打电话,让他马上回来。在冯兴远回来之前,还要先跟我姐、周鸿达一起商量一下。

赵文昌:好吧。

罗灵风:累了吧,好好休息休息吧。

卢再缘:不累,真的不累。不但不累,我还很有精神,做了这么大一件事,我心里痛快。

罗灵风:你说你,哎呀,让我说什么好呢?这么大的事,你事先一点儿口风都不漏,把两个年轻人吓坏了。

卢再缘:他们害怕什么?

罗灵风:你说呢?

卢再缘:是怕我向丁萌萌求婚吧?哈哈哈……

罗灵风:亏你还笑得出来。恶作剧,简直是恶作剧。

卢再缘:罗先生,卢某还有一事相求。

罗灵风:别别,你这一惊一乍的,我的心脏都受不了了。

卢再缘:帮人帮到底,送人送到家嘛。看看,我的设计怎么样?

卢再缘说着,从枕头底下拿出一张图纸,递给罗灵风。罗灵风看着:这是什么呀?

卢再缘:我想把我的房子改造一下。

罗灵风:你要让汪国良和丁萌萌在你的家里结婚?

卢再缘:我卢家是娶,他们丁家是聘,当然要把新房放在我们卢家了。

罗灵风仔细看着图纸:这工程可不小。

卢再缘:变动不小,可是并不费事。你帮我找个靠谱的瓦匠,把工程包给他,你时不时地照看一下就行了。

罗灵风:卢再缘啊卢再缘,我这辈子真是欠你的。你失去了桃花找我,你遇上了萌萌找我,你收徒弟找我,你向丁家求亲找我,现在给徒弟准备婚房还找我……后面肯定还有一大堆麻烦事呢。

卢再缘:缘分缘分,谁让咱有缘分呢。不过罗先生,我还真是非常感谢你的。

罗灵风:谢不谢的倒不必。咱们丑话说在前面,你这工程款里可得包括我的酒钱。

卢再缘:那当然,应该的。完了事之后,我还有一份表示。

罗灵风:好了,我愿意跟明白人打交道。

下班了,邓美珊和唐家明收拾着东西。杜绍文依然在仪器前忙活着。

邓美珊:你不回去?

杜绍文:你们先走吧,我再待会儿。

647

邓美珊：你跟你老婆还没和好呀？

杜绍文：哪儿那么快呀！

邓美珊：陶厂长不是做好工作了吗？

杜绍文：她这个人呀，就是小心眼儿，爱记仇。每次吵架，都像得一次感冒，没有个五六天过不去。

邓美珊：我觉得你老婆还不错。

杜绍文：她那么骂你，你还说她好？

邓美珊：这要是换成我，早拿大嘴巴扇你了。

杜绍文：女人啊，你的名字叫野蛮。

三贤亭的石桌上，插着草香，摆着供果。

陶自强、周鸿达、冯兴远烧着黄表纸和纸钱。

四只酒杯里倒满了酒。火苗儿舔着三张泪脸……

陶自强、周鸿达、冯兴远端起酒杯，站在莲荷塘边。

皓月当空，把三个男人的身影照得通透。

陶自强声嘶力竭地喊着：冯兴国……

周鸿达喊着：冯兴国……

冯兴远带着哭腔喊着：哥哥……

陶自强：冯兴国，你回来啊……

周鸿达：冯兴国，你回来啊……

冯兴远：哥哥……

陶自强再也忍不住了，哭喊着：兴国，我的好兄弟啊……

周鸿达哭喊着：好兄弟啊……

冯兴远哭喊着：哥哥……

三个男人抱在一起大哭起来：兴国啊……兄弟啊……哥哥啊……

大街上，人影幢幢。商铺里，人来人往。家家户户，温馨的灯光……

冯家的客厅布置起了冯兴国的灵堂。灵堂前挂着冯兴国穿着志愿军军装的照片。灵桌上插着高香，摆着供果。

客厅中央，放着餐桌，餐桌上是冯兴国带回来的那坛塔前窖酒。

冯运华坐在桌前，呆呆地看着酒坛。一夜之间，他似乎苍老了许多，形容憔悴，蓬头垢面，衣衫不整。他的眼前不断闪着冯兴国的身影：

冯兴国骑着摩托车。

冯兴国在院里唱戏。

冯运华给冯兴国指导唱戏。

冯运华与冯兴国、冯兴远抱在一起。

冯兴国抱回一坛塔前窖酒:我严肃地警告您,不许偷喝,一定要等我带着功勋章胜利归来。

冯运华:这坛酒就是给你的庆功酒……

陶祁香、冯兴远坐在了冯运华的身边。

陶自强、周鸿达坐在了冯运华的对面。

冯运华突然抱住了冯兴远,哭喊着:孩子……我的孩子……兴国啊……

冯兴远紧紧地抱着父亲,任眼泪静静地流淌着。

陶祁香抓住了冯运华放在桌面上的手,陶自强把手放在了姐姐的手上,周鸿达也伸出了手,放在了陶自强的手上……

冯兴远实在忍不住了,哭喊着:爸爸……

邓美珊急匆匆地跑来,敲着杜绍文家的门。开门的是唐燕。

邓美珊:杜副厂长在吗?

唐燕:你们白天在一起没待够,晚上还要来陪他呀?

邓美珊:嫂子,我找杜副厂长有急事,很急。

杜绍文披着衣服从屋里出来:美珊,怎么了?

邓美珊:你知道陶厂长哪儿去了吗?

杜绍文:不知道啊。

邓美珊:今天一天都没有人见到他,我担心出了什么事。

杜绍文:能出什么事呢?

邓美珊:我去他家找了,没有。我还去了赣剧团,连他姐姐也不在,没有人知道她去哪儿了?

杜绍文:啊……这……

邓美珊:还有,我听南小汐说,冯兴远回来了,是周鸿达开着汽车去南昌接的。

杜绍文:你没去冯兴远家看看吗?

邓美珊:我没敢去。

杜绍文:走,我跟你一起去……

唐燕看了看丈夫和邓美珊,没敢说什么。

院子里很安静,杜绍文和邓美珊小心地进来。

屋子里有灯光和人影。邓美珊悄悄地推开了门。

屋子里的情景让两个人都惊住了,他们站在门口,不敢说话,也不敢向前。

冯兴远看见了邓美珊和杜绍文,起身来到了他们身边。杜绍文拉住了冯兴远的手。冯兴远拉住邓美珊,默默地走到冯兴国的灵位前。

邓美珊看着冯兴国的遗像,眼睛里噙满了泪水。

杜绍文和邓美珊对着冯兴国的遗像鞠躬致哀……

冯老六进来了,小声对冯运华说:来了个姑娘,说是……

话还没有说完,一个姑娘进来了,手里拉着一个三四岁的小男孩儿。

冯运华看着姑娘,大家的目光也落在了姑娘和小男孩儿的身上。

姑娘来到冯运华的面前,咕咚跪下了,轻声地哭喊着:爸……

小男孩儿老老实实地站在姑娘的身边,低着头。

冯运华刚要伸手去搀扶姑娘,姑娘却一头伏在冯运华的膝盖上,大哭起来:爸爸……爸爸啊……

冯运华慌了,所有的人都慌了。陶祁香过来,蹲下身子抱住了姑娘。

姑娘又把身子埋在陶祁香的怀里,哭喊着:兴国……我的兴国啊……

陶祁香紧紧地抱住了姑娘。姑娘突然止住了哭声,抬起头看着冯运华。

冯运华:姑娘,起来,有什么话起来说。

姑娘没有起来:我叫徐巧莲,是乐平塔前人……兴国是我的男人……

姑娘说着,拉起身边的小男孩儿:爸爸,这是兴国的孩子……

冯运华看着那个小男孩儿,一时不知所措。

徐巧莲拉着小男孩儿:叫爷爷,给爷爷跪下……

小男孩儿:爷爷……

没等小男孩儿跪下,冯运华立即把他抱在怀里:孩子……

陶祁香向大家使了个眼色,大家出去了。便问陶自强:这件事你知道吗?

陶自强:不知道。

陶祁香又问周鸿达:你呢?

周鸿达:我也不知道。

陶祁香:兴国的嘴可真够严的。

冯兴远从楼上下来:我在哥哥的遗物中,发现了一封信。

大家围拢过来。冯兴远说道:这信是写给巧莲的,还没来得及发出去。你们看,这儿:孩子的事情先不要告诉别人,等我胜利回来以后,我要带着你、带着咱的孩子,去见我的父亲和我的家人,我要给他们一个大大的惊喜……

徐巧莲:……爸爸,对不起,我向您道歉,我也代表兴国向您道歉……我们

650

的事不该瞒着您。可是,我已经是兴国的人了……在兴国临走的前几天,我们在一起了……还有了兴国的骨肉。爸爸,您给孩子起个名字吧。

冯运华还把孩子搂住怀里:他现在叫什么?

徐巧莲:叫念念,是我给他起的,表示我对兴国的思念。

冯运华:念念好,念念好,还是先叫念念吧。等上学的时候再起学名吧。

徐巧莲:爸爸,兴国不在了。我带着孩子来了,我和孩子都要留在您的身边,我要替兴国尽孝,照顾您、赡养您……

冯运华:巧莲,你还年轻,你的日子还很长……我呢,还没到养老的时候。

徐巧莲:爸爸,我既然跟了冯兴国,就生是冯家人,死是冯家鬼。无论您需要不需要,我不会离开冯家了。

冯运华:巧莲,你跟兴国是怎么认识的?

徐巧莲:有一天晚上……我们塔前有一个戏班,唱饶河腔的。我爷爷喜欢唱戏,我从小就跟我爷爷学唱戏,我们祖孙俩常常在院子里唱戏。那一天兴国的摩托车坏在我家门口了,他听见我和爷爷唱戏,就走进来了。没想到兴国也喜欢唱戏,互相连名字都没问,就你一句我一句地搭起戏来……从那以后,他就隔三差五地到我家来,赶上饭点儿,就在我家吃,晚了,就在我家住……

冯运华:哦,这些事……我一点儿都不知道。

徐巧莲:本来,如果兴国不走,我爷爷准备托人到您家提亲的……兴国决定参加志愿军了,就让我等他回来……爸爸,兴国常常在我和爷爷面前提到您,说您是天底下最好的爸爸……您知道吗? 我是多么希望……希望早点儿见到您,希望早点儿来到您的身边啊……

冯运华:孩子,让你受苦了。

徐巧莲:爸爸,您别这么说。认识冯兴国,能给您当儿媳妇,我知足了……

大家依然默默地站在院子里。

门开了,赵文昌带着小徐来了。小徐捧着一簇白色的鲜花。陶自强和周鸿达迎上去。赵文昌问:运华怎么样?

陶祁香:有个情况,需要先跟你说一下。

赵文昌:什么情况?

陶祁香:来了个姑娘,说是兴国的爱人……

　　徐巧莲在收拾着冯兴国的衣物。她把所有的衣服都叠好,还把褶皱了的衣服用熨斗熨平整,然后又按单、夹、棉、毛分别放起来。

　　念念在一边玩儿着。徐巧莲发现一件褙褡,拿起来看着。

　　念念见母亲反复地看着那件褙褡,奇怪地问:妈妈,这是什么?

　　徐巧莲:我也没见过,这是什么呢?

　　念念:这是衣服吗?

　　徐巧莲:我明白了,这是窑工的衣服。

　　念念:我能穿吗?

　　徐巧莲:来,念念,穿上爸爸的衣服试试。

　　念念过来,徐巧莲把冯兴国那件宽大的褙褡套在念念的身上。

　　褙褡已经盖到了念念的脚上。

　　念念:好看吗?

　　徐巧莲:特别像个小窑工。

　　念念:窑工是什么?

　　徐巧莲:爸爸就是窑工。

　　念念:我要当爸爸,我也是窑工。

　　徐巧莲:去,让爷爷看看,像不像你爸爸当年的样子。

　　念念扭搭扭搭地下了楼。

　　冯运华喝着茶,对着冯兴国的遗像发呆。

　　念念站在了他面前。冯运华看到念念穿着褙褡,由不得笑了。

　　念念:爷爷,我像爸爸吗?

　　冯运华:像,跟你爸爸小时候一模一样的。

　　念念:我像窑工吗?

　　冯运华:念念,你知道这件衣服叫什么吗?

　　念念:不知道。

　　冯运华:这叫褙褡。

　　念念:什么是褙褡?

冯运华:褙褡就是窑工穿的衣服。

念念:什么是窑工?

冯运华:窑工就是做瓷器的人。你看这褙褡上还有三个字:冯家窑。

念念:什么叫冯家窑?

冯运华:冯家窑就是咱们冯家的老祖宗建的窑,有二百多年了,传到爷爷这辈是第十一代,传到你爸爸这辈是第十二代,传到你这辈已经是第十三代了。

念念:冯家窑在哪儿?

冯运华:冯家窑现在是国家的了,在建国瓷厂里面。

念念:爷爷,我要看冯家窑。

冯运华:好,爷爷以后带你去。

念念:爷爷,我现在就想去。

冯运华想了想:念念,爷爷带你去看戏好不好?

念念:我妈就会唱戏。

冯运华:走,爷爷带你去赣剧团。

杜绍文和邓美珊在里面的实验室里搞着实验。

唐家明在外面整理着资料。金俊卿敲门进来。

唐家明:你找谁?

金俊卿:我找邓美珊。

唐家明朝里面喊着:邓所长,有人找。

邓美珊穿着工作服、戴着手套走出来。金俊卿见了,忙上前伸出手。

邓美珊举着戴着手套的双手:金经理啊,久违了。

金俊卿:我找你好几次了,总是不凑巧。

邓美珊:听说你最近总是去浮梁,是不是被浮梁茶女迷住了?

金俊卿:净拿我逗闷子,我是要把浮梁茶推向世界,出口创汇。

邓美珊:好事啊,我代表浮梁人民感谢你。

金俊卿:给个面子,晚上请你吃饭。

邓美珊:恐怕不行,晚上我可能要加班。

金俊卿:听说你们在研制中国金水?

邓美珊:嗅觉不错呀。

金俊卿:你们北京人就是骂人不带脏字。

邓美珊:哦,金经理要是没有别的事,我要去工作了。

金俊卿:那晚上怎么样?

邓美珊:到时候再说吧。

赣剧团里面很热闹,几摊儿人在同时排练。冯运华领着念念进来了。

念念:爷爷,你会唱戏吗?

冯运华:会一点儿。

念念:我也会一点儿。

冯运华:哦,谁教你的?

念念:妈妈。爷爷,你上过台吗?

冯运华:年轻的时候上过。你呢?

念念:我小时候上过。

冯运华:小时候,你现在不就是小时候吗?

念念:更小的小时候。

冯运华:什么时候?

念念:去年春节的时候。

冯运华笑了:你扮演的是什么?

念念:春哥。

冯运华:哦,《铡美案》啊。

念念:可是……没有我的唱。

冯运华:你还能唱?

念念:会一点儿。

冯运华:会什么?

念念:杨宗保马上传将令。

冯运华:《四郎探母》啊,太棒了。跟我来。

冯运华带着念念来到了练功摊儿,跟一个年轻的琴师说了两句什么。

年轻的琴师起身,把二胡交给冯运华。

冯运华坐下来,调了调弦。念念站在冯运华面前。

冯运华拉起了二胡,别的乐器伴奏。念念毫不怯阵,有板有眼地唱起来:

    杨宗保马上传将令,

    叫一声众兵丁细听分明。

    萧天佐摆下了天门大阵,

    他要夺我主爷锦绣龙廷……

陶祁香正在向严主任交代着工作,外面传来的唱腔把她惊住了。

陶祁香支棱着耳朵听了听:天呀,这是谁呀?

严主任:冯老师带来的孩子。

陶祁香:啊？我得去看看。

陶祁香跑出来,站在不远处观看着。

念念依然有滋有味地唱着:

向前者一个个具有封赠,

退后者按军令插箭游营。

耳边厢又听得銮铃声震,

三军撒下绊马绳……

围观者不禁鼓起掌来:好……

陶祁香跑上去,一下子把念念抱起来。

念念挣扎着:放下我,有绊马绳……

大家一起笑起来。陶祁香把念念放下:我猜你叫念念,对不对?

念念:你是谁?

陶祁香:我是你爸爸的姐姐,你说,你该叫我什么?

念念:叫姑姑。

陶祁香:聪明,念念太聪明了。

冯运华:念念,你不能叫姑姑。

念念:那叫什么?

冯运华:爷爷叫她香姐,她也是爷爷的姐姐,你说叫什么?

念念:那……叫奶奶。

冯运华:对喽,叫奶奶。

陶祁香:念念,你愿意叫什么?

念念看了看陶祁香:你太年轻了,还是叫姑姑吧。

陶祁香:好,就叫姑姑。走,姑姑给你买汽水……

工人们下班了,陆陆续续地走出大门。金俊卿来了,要进去。

谢师傅:金经理,人家都往外走,你怎么还往里去呀?

金俊卿:我跟邓美珊约好了。

谢师傅:邓美珊?刚出去。

金俊卿:啊,我怎么没看见她。

谢师傅朝远处指着:瞧,那不是……

大门外,冯兴远推着自行车,邓美珊走在他的身边。

金俊卿刚要追过去,看见冯兴远跨上了自行车,邓美珊坐在了后座上。

金俊卿问谢师傅:那个男的是谁?

谢师傅:你不认识吗? 冯兴远呀。

金俊卿:冯兴远是谁?

谢师傅:原来的冯副厂长,你知道吧?

金俊卿:知道呀。

谢师傅:这是他的二公子,在北京上的大学,毕业后又在北京工作了。

金俊卿:哦,怪不得呢。

冯运华嘿喽着念念,陶祁香提着菜跟在旁边,有说有笑地进了大门。

院子里,晒满了衣服、被褥,都是徐巧莲拆洗的。

冯老六:巧莲这孩子,忙了一天了,连午饭都没顾上吃。

徐巧莲端着大洗衣盆出来。

冯运华:巧莲,快歇会儿吧。哪儿有这样干活的,不要命了?

徐巧莲:念念,你怎么让爷爷肩着呢,快下来。

念念从冯运华的肩上溜下来。

徐巧莲:爸爸,真对不起,我还没做饭呢。

陶祁香:我买了点儿菜,我帮你一起做吧。

徐巧莲:您给我,我来吧。陶团长,我该叫您什么呢?

念念抢着说:爷爷让我叫奶奶,我愿意叫姑姑。

徐巧莲:这孩子,净胡说八道。

念念:谁胡说八道了,你问爷爷。

冯运华对陶祁香说:是啊,念念叫姑姑,巧莲岂不是叫你姐了?

陶祁香:叫姐还不应该吗? 兴国不是叫我姐吗?

徐巧莲:我听见邓美珊也叫您姐。

陶祁香:邓美珊是随着陶自强叫的。

徐巧莲:那我随着兴国,也叫您姐吧。

冯运华:得,我又被孤立了。

邓美珊和冯兴远沿着湖心小路走向三贤亭。

冯兴远:到这儿来过吗?

邓美珊:来过一次。

冯兴远:跟陶自强吧?

邓美珊:还有约瑟芬。

冯兴远：约瑟芬是谁？

邓美珊：一个英国瓷商，我们在这里招待她。

冯兴远：当年我哥哥和陶自强、周鸿达经常来这里。

邓美珊：听说他们到这里来光屁股游泳。

冯兴远：我们景德镇的男人到江里湖里游泳，从来都是裸泳。

邓美珊：我本来答应茶花她们，帮助景德镇移风易俗呢，后来茶花走了，也就没有人提这件事了。

冯兴远：自强哥跟茶花到底是怎么回事？

邓美珊：这件事，谁也说不清楚，谁也不敢问。

冯兴远：为什么不敢问？

邓美珊：可能是陶自强的隐私吧。

冯兴远：等将来我回来，要想办法把这里建成一个公共游泳池。

邓美珊：你想回景德镇？

冯兴远：我哥哥没了，我放心不下我爸爸。

邓美珊：就为这个？

冯兴远：也许还有别的原因。

邓美珊：什么原因？

冯兴远：这……是我的隐私，也许是暂时的。

邓美珊瞟了一眼冯兴远，没说什么。

花二婶提着一条鱼进来。冯老六说：巧了，晚上正缺个硬菜呢。

花二婶：谁做饭呢？

冯老六：巧莲，陶祁香要帮她，她不用。

花二婶：兴国这媳妇真不错。

冯老六：我的大孙子，眼光能错得了？

花二婶：又往自己脸上贴金。

念念走过来，问花二婶：你是奶奶吗？

冯老六：可不能叫奶奶。

念念：那叫什么？

冯老六：叫太奶奶。

念念：您不是太爷爷吗？

冯老六：是啊，随着我叫呀。

陶祁香迎出来：二婶，您来了。

花二婶把鱼递给陶祁香：我买了条鱼，你拿进去吧。

陶祁香：您进来吧，晚上一起吃饭。

花二婶：我吃过了，不打扰你们了。

念念见花二婶要走：太奶奶再见。

花二婶：这孩子，真懂事。

冯运华与陶祁香面对面坐着。冯运华给陶祁香泡茶。

陶祁香：运华，有什么打算吗？

冯运华：唉，本来我已经心如死灰了。没想到念念这孩子，像一把小扇子在我的心里扇呀扇，让我的死灰复燃了。兴国走了，我以为我的日子也就到头了。现在啊，冲着念念……念念成了我活下去的希望。

陶祁香：你能这样想，我很欣慰。我想问你的是，巧莲怎么办？让她以后就这样抚养孩子、赡养老人吗？

冯运华：孩子是需要抚养的，老人嘛，我老吗？

陶祁香：你不老。

冯运华：是啊，不能让巧莲年纪轻轻的就守寡，这不人道，也不公平。等过了这段时间，还得让她出去工作。

陶祁香：可是，巧莲要是出去工作，念念怎么办？

冯运华：我带呗。

陶祁香：可是，你也有工作呀。再说，你一个半大老头子，会带孩子吗？

冯运华：学着带呗，反正我不能让念念离开我。

陶祁香：我倒是有个想法。

冯运华：你说。

陶祁香：娶进一个女人来。

冯运华一惊：啊？娶谁？谁能嫁给我？

陶祁香：我不是说你。我说的是花二婶。

冯运华：让花二婶和六叔结婚？

陶祁香：花二婶要是能进来，洗衣服做饭，操持家务，带孩子，全解决了。

冯运华沉吟了一会儿：要不，我跟六叔谈谈？

陶祁香：这件事交给我吧，还是我跟六叔谈吧。

陶自强从办公楼上下来。姚莎莎在楼下等着他。

陶自强：莎莎，你在这儿干什么？

姚莎莎：我在等你啊。

陶自强：等我？有事吗？

姚莎莎：我想跟你谈谈心。

陶自强:谈心?你在积极要求入团吧?

姚莎莎:你真官僚主义,我在学校就是共青团员了。

陶自强:那你在要求入党?

姚莎莎:那我可不敢,高不可攀。

陶自强:只要积极努力。

姚莎莎:我听说你特别喜欢读书,我想向你推荐一部好书,你有兴趣吗?

陶自强:当然有兴趣了,什么书?

姚莎莎从背后把书拿出来,举到陶自强面前。

陶自强:《牛虻》? 这本书我听说过,我早就想读了。

姚莎莎:看看,还是我懂你吧?

陶自强:谢谢,太谢谢了。

姚莎莎:你知道邓美珊干什么去了吗?

陶自强:她不是在金水研究室吗?

姚莎莎:我说的是晚上,下班以后。

陶自强:下班以后就跟我没关系了。

姚莎莎:真的没关系吗?

陶自强:你想说什么?

姚莎莎:她约会去了。

陶自强:约会,跟谁呀?

姚莎莎:当然是你的好兄弟了。

陶自强:周鸿达?

姚莎莎:周鸿达有老婆好不好?

陶自强:那是谁呀?

姚莎莎:这是人家的隐私,我可不能说。

姚莎莎说完,向陶自强摆了摆手,走了。陶自强朝大门外走去。

大门外,冯兴远骑着自行车带着邓美珊回来了。邓美珊跟冯兴远依依不舍地告别。陶自强为了不打扰他们,放慢了脚步。

在冯老六的房间里,陶祁香说着:六叔,您跟花二婶这么多年了,景德镇人都知道。您现在退休了,花二婶也不年轻了,你们就不能凑在一起搭个伴吗?互相之间也有个照应。

冯老六:这件事,花二婶几年前就催过我,我不吐口儿,她总是说我抠门儿,怕她占我的便宜。其实,我有我的难处啊,又不能跟她说。

陶祁香:六叔,您有什么难处跟我说,您信得过我吧?

冯老六：你说，我们俩凑在一块儿，就是两口子了是吧？可是我在景德镇混了一辈子，连一个窝儿都没有。

陶祁香：花二婶不是有地方吗？

冯老六：她的房子也是租的。

陶祁香：把花二婶接到这儿来不行吗？

冯老六：这个……我想过，想过好多遍，可是越想越觉得不合适，太不合适了。

陶祁香：有什么不合适的，您不是一直住在这里吗？

冯老六：我是一直住在这儿，那是因为我好歹姓冯，又好歹曾经是冯家窑的人。认真了说，我跟运华算不上近亲了，早就出了五服了。人家运华不嫌弃我，还把我当亲叔叔待承，我嘴里不说什么，心里十分过意不去。人啊，不能得寸进尺，爬上锅台又上炕。我一个人住勉强还说得过去，再结婚娶媳妇，那也忒不懂事了。再说，如果我要是死在花二婶前面，她还怎么在这儿住呀？

陶祁香：哎呀六叔，您多虑了。看您平时嘻嘻哈哈的，原来还蛮有心思的。这事呀，用不着运华发话，我做主了。您就在这儿住着，无论是您还是花二婶，就在这儿安度晚年了。

冯老六：话是这么说，可是……

陶祁香：您放心六叔，我说是我做主，还是要跟运华打招呼的。您要是不放心，让运华给您写个字据。

冯老六：那倒不用，他点个头就行了。

陶祁香：其实，我劝您跟花二婶结婚，也是为了运华好。

冯老六：怎么为他好？

陶祁香：您看呀，现在有了念念，花二婶进来门，不是可以帮助带带孩子、做做饭吗？

冯老六：不是有巧莲吗？

陶祁香：六叔您想想，巧莲那么年轻，总得出去工作吧？

冯老六：那倒是。

陶祁香：巧莲出去工作，这个家不是要靠您和花二婶撑起来吗？

冯老六高兴了：你要是这么说，我心里就踏实了。

陶祁香：不知道花二婶愿意不愿意。

冯老六：她呀，早就巴不得住进这大院呢，眼馋得都冒泡儿了。

陶祁香：您跟花二婶说说，定个日子，我们要给您办一下。

冯老六：哎呀，这么大岁数了，还办什么呀？丢人现眼。

陶祁香：您的老脑筋，该换换了。

夜,邓美珊朝金水研究室走去。透过玻璃窗,看得见杜绍文工作的身影。

忽然,实验室里亮起一片火光。邓美珊急忙冲进屋。

杜绍文正在扑打着工作台上的火。邓美珊脱下外套,在旁边的一个水盆里沾了一下水,扑向前把火捂住……

杜绍文坐在病床上,手和胳膊上缠着绷带。唐燕正在喂他虾仁粥。

陶自强和邓美珊进来了。杜绍文主动说:哎呀,陶厂长,我没事的。你看,就烧破了点儿皮,过两天就会好的。

唐燕:什么没事? 你没听医生说吗? 你这属于二级烧伤。

杜绍文:浅度二级好不好?

唐燕:浅度也是二级啊。

邓美珊:嫂子,您辛苦了。

唐燕:命苦。

邓美珊:对不起,原本这个实验该是我做的,杜副厂长替我受伤了。

陶自强:听你这么一说,好像这个实验必须要有人受伤,不能避免吗?

杜绍文:这个实验是制作硫化油,用的是硫黄、松节油、樟脑油一起熬炼。这几样东西都是易燃物品,要随时把握好温度。温度要控制在一百六十度稍高一点儿,把握不好,就会引起火灾。我们实验室的条件不够,不能自动控温,失火也是不可避免的。

陶自强:这么说,你们还要继续在这危险中做实验?

唐燕:我早就说过,上海能买到硫化油的产品,他们不听,非要自己冒险。

陶自强:不行,这个实验你们必须停止,听嫂子的,我们去上海买成品。

杜绍文:我们制作金水的硫化油标准是很严格的。

陶自强:那就按照我们的标准去上海定制。

杜绍文:我们基本上已经实验成功了,去上海定制还要耽搁时间。

陶自强:不行,安全第一,这个没得商量。美珊,你回去安排一下,让唐家明明天就去上海。

邓美珊:好。嫂子,您出来一下,我跟您说句话。

邓美珊:嫂子,对不起了。我那天戴了您的项链,让您误会了。

唐燕:我就纳闷了,那项链马上就化成金水了,你过什么瘾呀?

邓美珊:我想着,您的项链那么漂亮,马上就以身殉厂了,我不是得替您祭奠一下吗?

唐燕:你……十三点。

邓美珊:我们北京话叫二百五。

唐燕:你快走吧,别气我了。

冯运华和陶祁香从冯老六的房间里出来。

冯老六:我说,你们俩就别操心了,把花二婶的被子搬过来就行了。

冯运华:不行,不管怎么说,结婚也是大喜的日子。过日子嘛,能将就的就将就,该讲究的也要讲究。

陶祁香:是啊六叔,我们尊重您的意见,婚礼就不办了,一家人在一起吃顿饭,就算庆祝一下吧。

冯运华:屋子还需要收拾一下,把墙壁粉刷粉刷,四白落地;窗户纸重新糊,玻璃有两块坏了,换新的;主要是您的床太旧了,都快散架了,要换一张新床。

陶祁香:被褥都要换新的,结一回婚不能再盖破烂被褥了。还有,您和花二婶,每人做一件新衣服。

冯老六:哎呀,这太麻烦了,你们就别折腾了。这得花多少钱呀?

冯运华:您就别管了,这些都交给我和祁香办吧。

冯老六的眼睛湿了:这……让我说什么好呢?

陶祁香:您什么也别说了,就等着当新郎官吧。

冯老六:还新郎官呢,土埋半截了。

陶祁香:六叔,别说这泄气的话,您可还是初婚呢。

冯老六:还初婚呢,我原本是要打一辈子光棍儿的。

冯运华:六叔,我们要让您体体面面地当一回新郎官。

丁萌萌和罗灵风向卢再缘汇报着婚礼准备的情况。卢再缘问:国良呢?

丁萌萌:国良让邓美珊找走了,说让国良帮助他们鉴定一下金水的颜色。

卢再缘:他们的金水研制成功了?

丁萌萌:嗯,胜利在望了。

卢再缘:现在的年轻人太能干了,后生可畏啊。

罗灵风:谁说不是呢? 我们老了,只有羡慕他们的份儿了。

卢再缘:落红不是无情物,化作春泥更护花。

罗灵风:卢老师,有几件事得听听你的意见。一个呢,我们的请柬怎么发?

丁萌萌:我的意见是别发了,现在张罗来的人就不少了。我们厂里的干部、彩绘车间的工友,还有我和国良的朋友。我父母的同事、朋友也不少。本来想简单办一个婚礼,现在像滚雪球儿一样,越滚越大。

卢再缘:不怕,要办就要办好。不求来宾有多少,场面一定要热烈、要喜兴、要漂亮。

罗灵风:浮梁搭彩棚的我已经定下了,一棚八桌,八盘八碗两汤盆,吃流水席。还有,十番班我请了两套。

卢再缘:好,气派。

罗灵风:喝彩先生是邹元镐和周鸿达。

卢再缘:不行不行,人家邹元镐是大学教授,周鸿达是副厂长,哪儿能让人家当喝彩先生呢?

罗灵风:哪儿是我让他们当的呀? 是他们自己张罗的。

卢再缘:多不合适呀。

丁萌萌:陶自强还想当喝彩先生呢,让我跟罗老师硬拦下了,陶厂长还一脸的不高兴。

罗灵风:邹元镐说,要新事新办,他准备编一些喝彩新词呢。

卢再缘:这太过分了,太过意不去了。

罗灵风:他们都是看你的面子,谁让你人缘好呢?

丁萌萌:伴郎是唐家明和朱光秀,也是他们自己要求的。

卢再缘:伴娘呢?

丁萌萌:邓美珊和南小沙,我本来想让玉茗当的,玉茗怀孕了,没资格了。

卢再缘:还有一个重要的角色,铺床娘娘。

丁萌萌:原本陶祁香要当的,可是她还没有结婚,也没有生过孩子。陈三姐抢着要来。

卢再缘:哎呀,萌萌啊,你和汪国良的婚礼规格太高了,我太激动了……

邓美珊下班后从研究室出来。金俊卿在外面等着她。

金俊卿:美珊,我等你一个小时了。

邓美珊:有事吗?

金俊卿:你忘了,我们一起吃晚餐啊?

邓美珊:还真的忘了。今天晚上还不行。我得去冯家参加一个婚礼。

金俊卿:你真的要嫁给冯兴远?

邓美珊:瞎说什么呢? 是老冯师傅的婚礼。

金俊卿:美珊,这些天你可拒绝我好几次了,是不是因为攀上了北京人了?

邓美珊:你听好了,姑奶奶才是北京人呢。

金俊卿:你……你也太不客气了吧?

邓美珊扬长而去。

金俊卿追上来:美珊,美珊同志……

邓美珊站住了。

金俊卿：你们的金水研制得怎么样了？

邓美珊：很好啊。

金俊卿：很好是什么意思？

邓美珊：很好就是很成功。

金俊卿：你们的金水研制成功了，太好了，祝贺你们。

邓美珊：谢谢。

院里张灯结彩，喜气洋洋。院门口、屋门口都贴着大红喜字。

屋檐下拉着喜幛。满院花团锦簇。人们里外忙碌着。大门口有人搭建着彩棚。几个年轻人往屋里搬放着家具、嫁妆。罗灵风陪着卢再缘走进来。

大家一起向卢再缘祝贺着：大喜啊卢老师……

卢再缘拱着手道谢：同喜同喜……

大家：卢宅吉祥，增人添口……

卢再缘：托福托福……

罗灵风高声喊着：斗床的喜娃儿来了没有？

从大门外跑来一群儿童，七个男孩儿，两个女孩儿。

罗灵风高喊：斗床喽……

新做的婚床，床头上两只樟木箱子，箱子上整整齐齐地叠放着红花被褥。下面的墙柜上摆放着梅瓶、掸瓶、四扇屏。墙上挂着汪国良和丁萌萌的结婚照。

门口和窗外都挤满了人，看着新房里斗床的热闹场面。七个喜娃在床上拥挤着、蹦跳着、嬉闹着。罗灵风手里托着一个笆斗，里面有茶叶、花生、瓜子、糖果。喜娃们拥上来。罗灵风吟唱着：伏以……

喜娃们蹦跳着喊着：好啊……

罗灵风抓起笆斗里的杂食，朝喜娃们的头上撒着，一边撒一边唱着喜歌：

　　撒帐东，张仙手挽一张弓，
　　金九弹出麒麟子，
　　平步青云如泮宫……

喜娃们蹦跳着：好啊，好啊……

罗灵风撒着糖果继续唱着：

　　撒帐南，张敞夫妻笑语欢，

664

今宵珍重画眉笔,
来岁添丁获羽翰。

喜娃们蹦跳着:好啊,好啊……
罗灵风撒着糖果继续唱着:

撒帐西,并蒂花开连理枝,
今日洞房花烛夜,
白头偕老到期颐。

喜娃们蹦跳着:好啊,好啊……
罗灵风撒着糖果继续唱着:

撒帐北,男欢女爱情切切,
夫唱妇随从今始,
相敬同心又同德。

喜娃们蹦跳着:好啊,好啊……
罗灵风撒着糖果继续唱着:

撒帐中,今宵帐内鼓咚咚,
临阵将军须努力,
来年一定立头功。

罗灵风把最后一把糖果撒出,高喊着:外面吃麻糍喽……
喜娃们噼里啪啦地跳下床,朝门外跑去……

全体干部大会。会议室里,摆着用自己的金水生产出来的产品。
大家参观着、品评着:
"我看,咱们的金水比进口的金水一点儿也不差。"
"不差哪儿行啊,我觉得比外国的金水好。"
"你看这色泽、光洁度,都比外国的强。"
唐家明:不仅仅是色泽、光洁度,还有耐磨、耐腐蚀,我们做了对比试验,都
超过了国外的金水。

陶自强郑重宣布:经过三个月的努力,中国人自己研制的金水成功了!

会场上响起来热烈的掌声。

陶自强:为了表彰在金水研制中做出了杰出贡献的同志,景德镇市政府授予杜绍文、邓美珊、唐家明技术革新尖兵的光荣称号,现在我代表市政府向三位同志颁发奖状。

李宗贤:请杜绍文、邓美珊、唐家明三位同志上台领奖。

在一片热烈的掌声中,杜绍文、邓美珊、唐家明走上了台。

陶自强、李宗贤、周鸿达为三位获奖者颁奖……

颁完了奖,陶自强说道:除了获奖的三位同志,今天建国瓷厂还要为一位同志颁发特殊贡献奖,这个同志就是我们医务室的医生、杜绍文的爱人唐燕同志……

唐燕显然没有思想准备,慌乱得不知所措。邓美珊和丁萌萌把她推上了台。陶自强把一张大红奖状发给了唐燕。唐燕领完奖状,邓美珊拉着她出了会议室。

唐燕埋怨着邓美珊:你怎么事先不告诉我一声呀,弄得我好尴尬啊。

邓美珊:不是通知你来开会吗?

唐燕:我来开会,也不知道给我发奖啊。

邓美珊:你得奖是应该的,为金水研究做出了特殊的贡献。

唐燕:哎呀,跟你们比,我这算什么呀?

邓美珊拿出两个锦盒:这个给你。

唐燕:什么呀?

邓美珊:打开看看。

唐燕把锦盒打开,一对金耳环,一条金项链……

邓美珊:看看跟你的一样不一样。

唐燕感动得热泪盈眶:美珊,这个我……我不该要了。

邓美珊:为什么?

唐燕:厂里已经给我发奖状了。

邓美珊:一码是一码,发给你奖状,是表彰你勇于奉献的精神;给你的耳环项链,是厂里信守承诺。你不能让陶厂长落一个言而无信的名声吧?

唐燕:这……我真的不知道该说什么了。

邓美珊:那就什么都别说了。

唐燕的脸突然红了:美珊……

邓美珊:嫂子,您有话就直说吧。

唐燕:我只想……算了,没事。

邓美珊:不行,嫂子,您必须得说,您把我的好奇心逗出来了。

唐燕:我要说了,你可别生气。

邓美珊:您不说我可真的要生气了。

唐燕:我要说了,就显得我这个人忒没劲,特无聊。

邓美珊:您还是信不过我。

唐燕:那好,权当玩笑。

邓美珊:嗯,权当玩笑。

唐燕:你……是不是有点儿……

邓美珊:有点儿什么?

唐燕:你跟绍文天天在一起……

邓美珊:我明白了,嫂子。您是想问我,是不是有点儿喜欢杜绍文?

唐燕:啊……差不多吧。

邓美珊:我要是说,我一点儿也不喜欢杜绍文,您是不是觉得特别失败?

唐燕:失败?怎么失败了?

邓美珊:您怎么找这样一个男人啊,一点儿魅力都没有。

唐燕:那……你还真喜欢他?

邓美珊:我要是说喜欢他,您是不是也觉得特别失败?

唐燕:怎么讲?

邓美珊:我唐燕这么年轻,这么漂亮,这么贤惠,怎么连一个男人都拴不住?

唐燕:你……

邓美珊哈哈大笑起来。唐燕打着邓美珊:邓美珊,你真坏,你太坏了,你们北京姑娘怎么这么坏……

邓美珊跑回了会议室。

院子中央停着娶亲的花轿。邓美珊和南小汐穿着旗袍,头上戴着花,手里各擎着一根红灯捻儿。灯捻儿是用红纸做的,有筷子那么粗,很长。

罗灵风站在屋门的台阶上,喊着:照轿……点灯……

邓美珊、南小汐手里的灯捻儿被点燃。喇叭声、鞭炮声同时响起。

邓美珊在花轿左边,南小汐在花轿右边。两个人同时朝轿前走去。

喜娘把轿帘拉开,敞开轿厢。邓美珊和南小汐在轿前相遇,低头屈膝,行"万福礼",然后转身朝向花轿,举着手里的灯捻儿上下左右地照着。

邓美珊先照,照完从花轿右边绕过去。南小汐同样举起灯捻儿,上下左右地照着,照完从花轿左边绕过去。两个人又在花轿前相遇,互相行"万福礼",分别照轿。

如此反复三次。罗灵风唱着:照轿完毕,请轿灯。

喜娘把一盏点燃的清油灯端过来,放在花轿中间。顿时,又是鞭炮齐鸣,鼓乐喧天。

罗灵风:二位伴娘,请里面喝茶。

罗灵风把邓美珊和南小汐领进屋。卢再缘恭恭敬敬地迎接,送给每个人一个红包。

南小汐:啊,还有红包,谢谢卢老师。

卢再缘:谢谢的话该我说,来来,请用茶。

邓美珊和南小汐坐在茶台前,卢再缘和罗灵风坐在她们的对面。

南小汐:罗老师,您说这些旧风俗,算不算封建迷信?

罗灵风:封建迷信算不上,就是有些麻烦。

邓美珊:麻烦是麻烦一点儿,可是挺好玩儿的。

南小汐:我要是结婚,就不要这些。你呢,美珊。

邓美珊:我想要。

南小汐:你还想要,真没想到。

邓美珊:结婚是人生大事,宁可麻烦,不能马虎。这么神圣的事情,总要有点儿仪式感,就算不要旧仪式,也要有新仪式。不能太草率了。

卢再缘:嗯,我赞成美珊同志的说法。人生在世,总得做一些很神圣、很庄严的事情。

外面又想起了鞭炮声和鼓乐声……

热闹非常的婚礼。卢再缘家里里外外地挤满了来宾和看热闹的人。

鞭炮齐鸣,鼓乐喧天。娶亲的花轿进了门……

大厅里,一只长条香案。香案上摆着座钟、花瓶、帽筒和福禄寿三星。

香案前边是一只方桌,桌上插着龙凤花烛。桌前围着绣花红缎桌围。

方桌两边是太师椅,上面围着椅褡。

外面十番班吹奏着欢快祥和的乐曲。喝彩先生邹元镐和周鸿达分列两边。邹元镐唱着自己编的喝彩词:

> 新社会,新气象,
> 建国瓷厂喜气扬。
> 进步青年结良缘,
> 丁萌萌和汪国良。

周鸿达也唱起了自己改编的喝彩词:

喇叭吹出庆功调，
笙箫演奏喜洋洋。
各位嘉宾鼓鼓掌，
奉请新郎汪国良。

　　唐家明和朱光秀引导着新郎来到大厅，汪国良长袍马褂，头戴礼帽，胸挂红花。邹元镐和周鸿达从方桌上的托盘里各拿起一朵宫花，一边在新郎的礼帽两边插着，一边唱着喝彩词：

昨天工厂做模范，
今天画堂做新郎。

邹元镐唱喝彩词：

红花红绸照红妆，
嘉宾翘首盼新娘。
花容月貌身姿好，
恭请萌萌进画堂。

　　伴娘邓美珊和南小汐搀扶着丁萌萌来到大厅。
　　周鸿达：汪国良、丁萌萌新婚大礼正式开始。
　　鼓乐齐鸣，人们又欢呼起来。
　　罗灵风把卢再缘搀扶出来，坐在八仙桌旁边的太师椅上。
　　卢再缘西服革履，穿戴一新。
　　汪国良和丁萌萌男左女右站在卢再缘的面前。
　　邹元镐刚要喊喝彩词，卢再缘伸手制止了他：等等邹老师，请等一下，我有几句话要说。
　　邹元镐随机应变：各位嘉宾，让我们以热烈的掌声欢迎卢再缘先生讲话。
　　罗灵风扶着卢再缘站起来。
　　卢再缘直起腰，看着眼前的一对年轻人，感慨得半天说不出话来。
　　邹元镐很理解卢再缘，轻声说：卢先生，您身体不舒服，坐下说吧。
　　卢再缘：不，不用。我要站着说，我当众说话的机会不多，我很珍惜今天这个场合，能让我说说心里话。我这一辈子，一半生活在虚幻里，一半生活在现实中。如果没有这多灾多难的现实,我的虚幻早就破灭了;相反的,如果没有我那只有我自己才相信的虚幻,我在现实中也无法生活了。我的虚幻是罗灵风先生给我的,他用一个桃花转世给了我活下去的理由和希望。直到我遇上了丁萌萌,丁萌萌把我带进了真实的生活,把我带进了共产党领导的新世界,把我带进了建国瓷厂。到了建国瓷厂,我才逐步感觉到我自己是真实的,也体会到了我活着是有价值的。命运还让我遇上了汪国良,汪国良让体会到了我还有另一个生命,就是我的艺术。我的艺术能为人民服务,能为国家创造财富,还能得到人们的承认,我知足了。我这一辈子再苦再难也有了意义,我没有白活。我很早就失去了亲人,眼前这两个年轻人就是我的亲人。他们是我的同事、我的同道,也是我的儿女。我感谢他们……

卢再缘说完,向汪国良和丁萌萌深深地鞠了一躬。

汪国良和丁萌萌慌忙跪下,喊着:爹——

周鸿达随机应变,高声喊着:拜高堂——

汪国良和丁萌萌双双给卢再缘磕头……

几桌酒席,围坐在各桌上的都是熟悉的面孔。

陶自强和李宗贤来了,许多人都招呼着他们到自己的桌上来。

陶自强一边挥手致谢,一边找到了杜绍文的酒桌。唐燕也来了,坐在杜绍文的身边。旁边的桌上坐着冯运华、陶祁香等。

汪国良和丁萌萌出来敬酒。

大家热情地祝贺着。

陶自强举着手里的一张报纸:看见了吧,《江西日报》头版头条,报道我们金水研制成功的消息,唐燕啊,你可要好好看看,上面还有你的名字。

唐燕夸张地叫着:哎呀是吗？我的名字还从来没变成过铅字呢。

李宗贤:我们先祝贺一下杜绍文和唐燕同志,当然还有邓美珊、唐家明……

杜绍文:别别,不能喧宾夺主,新郎新娘来了。

汪国良和丁萌萌端着酒杯过来:谢谢了,谢谢大家……

李宗贤:新娘子,先别喝酒,我先向你核实一件事。

丁萌萌:什么事？

李宗贤:你上海有朋友吗？

丁萌萌:上海……想不起来。

李宗贤:一个名人,大名人,我们经常在报纸上看到他的名字。

丁萌萌:大名人,没有,我怎么会认识名人呢？

李宗贤:可是那个名人认识你啊。他今天打电话到厂里找你,我说你今天结婚,他让我转达他对你们的祝贺。

丁萌萌：那会是谁呢？

李宗贤：邵天明，知道吗？

丁萌萌：啊？是不是《文汇报》的邵总编？

李宗贤：是啊，你怎么把人家忘了。

丁萌萌：邵总编可是帮过我大忙的。

李宗贤：他明天就来我们建国瓷厂，要对我们进行全面采访。杜副厂长，《江西日报》的文章影响太大了，惊动了上海的《文汇报》。

丁萌萌：太好了，我们举杯庆贺一下。

陶自强：还是给新郎新娘贺喜吧。

冯运华、陶祁香、邹元镐等也凑过来。

冯运华：祝贺汪国良、丁萌萌宴尔新婚。

陶祁香：永远恩恩爱爱，白头偕老。

邹元镐：早得贵子，瓜瓞连绵……

外面还吃着流水席，年轻人却迫不及待地闹起了洞房。

陈三姐为新婚夫妇铺着合欢被，大红的被子，绣着鸳鸯戏水的枕头。一切都铺好之后，陈三姐又掀开被子，在褥子上放了一条雪白的新毛巾。

一个小伙子：三姐，这新毛巾是干什么的？

陈三姐：回家问你妈去。

大家哄笑起来。外面喇叭响起。周鸿达举着一支燃烧的红烛，走到洞房门口，又闪到一边。汪国良和丁萌萌在人们的簇拥下进了洞房。

邹元镐：跳龙门……

汪国良跳过一只条桌，来到床前。伴娘把丁萌萌送到床前。

邹元镐：坐牙床……

男左女右，汪国良和丁萌萌坐在床沿上。邓美珊、南小汐端着两个锡酒杯进来。酒杯里斟满了酒，两个酒杯中间拴着一根红绳儿。

邹元镐：新郎新娘喝交杯酒……

汪国良和丁萌萌站起来。年轻人开始起哄：

"要大交杯……"

"两个人喝一杯……"

"不行，让新郎喂新娘……"

陶祁香和陈三姐正在厨房里。高绽梅风风火火地来了，她提着一个篮子。

陶祁香：高大姐……

高绽梅：对不起，对不起，我来晚了，没耽误事吧？

陶祁香:年轻人正在闹洞房呢。

高绽梅打开篮子,里面一个盘子,上面摆着七个小饺子。

陈三姐:这是什么?

高绽梅:你们这儿不时兴吧? 我们北方都讲究这个。

陶祁香:我知道,这是子孙饺子。

高绽梅:是啊,还是香姐见多识广。我就是为了包子孙饺子耽搁了。

陶祁香:快把水烧开。

陈三姐:刚好开了。

高绽梅掀开锅盖,把子孙饺子倒进锅里,立即对陈三姐说:快把笊篱给我。

陈三姐把笊篱递给高绽梅。高绽梅立即把锅里的饺子捞上来。

陈三姐:啊,刚放进去就捞出来,没熟呢。

高绽梅端着饺子就走:瞧好吧。

高绽梅端着子孙饺子进了洞房,然后把闹洞房的人叫出来,把门关上。

汪国良拿起筷子夹起一个饺子,伸向丁萌萌嘴边。

丁萌萌闭上嘴尝了一下,张开嘴要吐。汪国良急忙拦住她,朝她摆了摆手。

丁萌萌示意他尝尝饺子。汪国良也夹了一个饺子放进自己嘴里。

闹洞房的人趴在门外听着里面的动静。

高绽梅:饺子香吗? 这可是我亲手包的。

丁萌萌:啊……香。

高绽梅:咸不咸呀?

汪国良:啊……不咸。

高绽梅:生不生呀?

丁萌萌:啊……是生了点儿。

高绽梅:生多少呀?

汪国良:生很多。

高绽梅:好啊,那就多多生。

大家一起喊:生啊生啊多多生啊,生啊生啊多多生啊……

中西结合式的建筑,花园式的院落。长廊、画坛、凉亭、窑砖铺设的甬道。

茂林修竹,清湍流水。一些疗养员在外面聊天、下棋、晒太阳。

卢再缘坐在轮椅上。汪国良推着轮椅。丁萌萌把剥好的蜜橘塞进卢再缘的嘴里。不断有人跟卢再缘打着招呼。

病友:卢老师,这是儿子和儿媳呢,还是闺女和女婿呢?

卢再缘得意地:既是儿子和儿媳,又是闺女和女婿。

病友:瞧把你美的,美得你取名叫小俊儿。

卢再缘:比小俊儿还美呢。

病友:卢老师真是好福气……

疗养院院子的后面有一片荒地,上面长满了野草和荆棘。高绽梅一身工装,戴着草帽,举着锄头锄草。太阳很大,她不停地直起腰擦着汗水。

赵文昌骑着自行车来了,他下了车,从车前的筐里抱出一个大西瓜:高院长,歇会儿了。

高绽梅直起身。赵文昌接着说:人家是鲜花送模范,我是西瓜送模范。

高绽梅:西瓜比鲜花实惠。

赵文昌:到半路想起来了,忘了带西瓜刀了。

高绽梅:给我。

赵文昌把西瓜抛给高绽梅。高绽梅一手托住西瓜,一手举起拳头,猛地砸下去。西瓜裂开了一条缝儿,高绽梅双手一掰,分成两半儿,举起一半递给赵文昌。

赵文昌:还是东北娘儿们豪横。

高绽梅用手掏着西瓜瓤儿:你又不是没在东北待过,怎么,到景德镇变娇气了,成小资了?

赵文昌:你抬举我,还小资呢,老子就是个镇巴佬。咦,怎么就你一个人干活儿?

高绽梅:今天不是星期天吗?

赵文昌接过高绽梅的锄头,弯腰锄草。高绽梅索性蹲下来专心吃着西瓜。

赵文昌:这片地不小啊,有多少?

高绽梅:我量了量,正好一亩三分。

赵文昌:你想干什么?

高绽梅:种菜。

赵文昌:嗯,好主意。

高绽梅:你们景德镇多好啊,一年四季地上都是绿色的。不像东北,大半年的时间都是光秃秃的。我想开发出一个小菜园,种上时令蔬菜,再养几只羊、几头猪、一群鸡,这样就能把疗养院的伙食提高一大块。

赵文昌:说好了,这一亩三分地啊就由我们自己经营吧。我有时间就来帮你种菜。

高绽梅:我们俩人恐怕忙不过来。

赵文昌:没关系,我可以找帮手的。我们机关里许多年轻人是五谷不分的。把这儿当成一个义务劳动基地,让年轻人有时间来锻炼锻炼,也增长点儿见识……

丁萌萌:赵书记……

赵文昌抬起头,汪国良、丁萌萌陪着卢再缘过来了。

赵文昌拎着锄头迎上去:卢老师,我看你还挺精神吗!

卢再缘:托疗养院的福啊,感谢高院长啊。

高绽梅:卢老师,您可不能这么说,得感谢共产党,感谢新社会……

热气腾腾,生龙活虎。演员们有的练功,有的吊嗓子,有的排练戏折。

严主任带着几个美工收拾着戏台。陶祁香和冯运华商量着《陶茶恋》的剧本排练事宜。

冯运华:如果男主角由罗纲饰演,那女主角便非你莫属了。

陶祁香:你是成心寒碜我是不是?我都老太婆了,你还让我扮演一个十八岁的少女,我自己都觉得恶心。

冯运华:你刚四十出头就老太婆了,那我呢,岂不是土埋半截的老叟了?

陶祁香:男人四十一枝花,女人四十豆腐渣。

冯运华:我五十多了好不好?

陶祁香:五十多正是钻石王老五。

陶祁香突然盯着冯运华,意味深长。

冯运华被看毛了:你为什么这样看着我?

陶祁香:老冯啊老冯,你可真不老实。

冯运华:我怎么了?

陶祁香:你心里有人了是不是?

冯运华:不不不,怎么会呢? 我心里……除了你,怎么可能装得下别人呢?

陶祁香:我说的是角色。

冯运华:什么角色?

陶祁香:《陶茶恋》里的女主角。

冯运华慌了:啊……这……

陶祁香:你心里明明有了人选,还假模假式地让我出山,把我当成吃屎的孩子了?

冯运华笑了:你真是我肚子里的蛔虫。

陶祁香:这话好听吗?

冯运华:知我者,祁香也。

陶祁香:少来。

冯运华:你看她行吗?

陶祁香:你是编剧,又是导演,你说了算。

冯运华:太感谢了,我欠你一个人情,一个大人情,容当后报。

陶祁香:怎么报?

冯运华:老男子无以回报,只能以身相许了。

陶祁香:贫不贫呀?

冯运华起身抱拳唱道:来生变犬马我当报还呀……

杜绍文进来:陶厂长,国际友人参观团马上就到了,我们去大门口迎接一下吧。

陶自强起身:好,通知一下周鸿达。

杜绍文:周副厂长已经过去了。

陶自强跟着杜绍文出来,突然听到了喊声:陶厂长。

约瑟芬突然来了,陶自强又惊又喜:约瑟芬,你怎么来了?

约瑟芬跑上来,与陶自强热烈拥抱。

陶自强:绍文,参观团你们先接待着,我正好也需要接待一位国际友人。

一辆轿子车停下来,车门开了,先跳下车的是金俊卿。

参观团一行五个人陆续下车。金俊卿给宾主双方介绍着。周鸿达、杜绍文、邓美珊陪同着参观团走进建国瓷厂。

邓美珊用英语对参观团说:由于时间比较紧,我们安排大家参观成型车间、彩绘车间,还有产品展示厅,你们看先参观哪一部分?

一个大胡子商人说:听说你们最近研究出来了中国金水,我们能参观参观吗?

邓美珊对杜绍文说:他们想参观咱们的金水。

杜绍文:可以啊,让他们开开眼。

邓美珊对大胡子说:没问题,咱们参观完成型车间,就去彩绘车间,金水的作品都在彩绘车间。

大胡子:非常感谢。

约瑟芬:我通过这两年做浮梁茶的生意,发现景德镇的瓷器简直就是为浮梁茶创造出来的。茶和瓷就是一对天生的情侣,像亚当和夏娃,像罗密欧与朱丽叶,啊……更像梁山伯与祝英台。

陶自强:你说得太好了,我们赵书记总结了一句话,叫作瓷因茶而兴,茶因瓷而雅。

约瑟芬:这就是我们的理念,也可以做我们店的广告词。到时候还要请你跟赵书记通融一下,把这句词的专利权转让给我们,我们会付费的。

陶自强:说了半天,你想搞什么?

约瑟芬:我想在伦敦做一家陶茶体验店,要装修得古朴高雅,有浓浓的中国特色。把景德镇的瓷器,特别是与饮茶有关的瓷器展示出来,还有浮梁茶。还有,你知道萧炳南吗?

陶自强:他是浮梁茶的总茶艺师,大名鼎鼎啊。

约瑟芬:你见过他吗?

陶自强:本来早就该前去拜访,可是一直忙,没顾上。

约瑟芬:萧炳南先生不但制作出了最好的浮梁茶,还创造了一套独特的茶艺仪式。啊,茶台、茶海、茶具;古琴、鲜花、屏风;还有穿着旗袍的浮梁茶女,美极了。整个茶艺,就是绝美的艺术表演,太震撼了,太迷人了。他把饮茶升华成艺术,又把这艺术根植在中国的陶瓷、茶叶和琴棋书画当中。品茗、赏花、听音乐,整个灵魂和肉体都受到了一次滋润和洗礼,是全身心的享受。这么美妙的地方,你怎么没有去过呢?太遗憾了。

陶自强:你想把这一套搬到伦敦?

约瑟芬:如果伦敦能成功,我要在香港、法国、德国开连锁店,把景德镇的瓷器和浮梁茶推广到全世界。

陶自强激动起来:约瑟芬,太感谢你了,我会全力支持你的。

约瑟芬:不知道萧炳南先生肯不肯跟我去伦敦。

陶自强:你想把萧炳南带到伦敦去?

约瑟芬:还有他那几个浮梁茶女……

陶自强沉默了。

参观团来到了成型车间,工人们在紧张地工作着。

周鸿达说:我知道拉坯、印坯、利坯在国外已经实现机械化生产了,比我们的效率高、质量也好。我们现在应该算是半机械化吧,还比较落后。

邓美珊把周鸿达的话翻译给参观团。一个女外宾问:你们还有没有纯手工生产的,包括这陶车。我听说你们原来的陶车是手动的,现在还有吗?

杜绍文:有啊,我们还保留两台手动陶车。

女外宾:还有人会使用吗?

杜绍文:有啊,我们的老师傅都会用。

邓美珊:我们周副厂长的手艺是最好的。

女外宾:能请周副厂长表演一下吗?

杜绍文:周副厂长,给他们露一手?

周鸿达:好啊,好久没拿搅车棍,手都痒了。

周鸿达在手动陶车上表演着拉坯。他在陶车后面坐好,肩身端正。他拿起一块泥坯扣在利脑上,挥起刀干净利索地削切着泥坯。然后,抄起搅车棍拨动车盘。车盘飞转,周鸿达双手放在泥坯上,身子向上倾斜。他的手随着车盘的转动拉着泥坯,一只圆润的美人肩花瓶很快成型了……

参观的国际友人看呆了,鼓起掌来。

朱光秀表演着利坯,又把参观团的外宾震撼了。

杜绍文:这个年轻人叫朱光秀,是成型车间的车间主任。他是我们厂长陶自强的徒弟。

一个外宾:我看过资料,陶自强利坯很厉害。他被景德镇称为薄胎刀师。

邓美珊:连这些你们都知道?看来你们是做了不少功课的。

外宾:知己知彼嘛!

另一个外宾:我想知道,陶自强利出来的薄胎到底有多薄。

邓美珊:陶自强曾经仿制过卵幕杯。卵幕杯是中国历史上九大登峰造极的瓷器之一,一只杯子只有 1.1 克。

外宾们惊叫起来:啊,1.1 克,几乎没有重量啊。

邓美珊:所以说是薄如蝉翼、轻若柔风嘛。

杜绍文:邓所长,我看你都要成为景德镇陶瓷专家了。

邓美珊:哪儿呀,一知半解,只能糊弄洋鬼子。

陶自强打开柜子,从里面拿出一只雕花硬木盒,摆在约瑟芬面前。

约瑟芬打开木盒,拿出那只元青花云龙花纹双耳瓶。约瑟芬仔细地看着,惊叹着:天衣无缝,简直是天衣无缝,完全看不出是修复过的。

陶自强:关键是,你原来的瓶子的双耳已经没有了,修复古瓷的人不知道是什么耳,费了好大的劲儿才找到真正的行家。

约瑟芬:太麻烦你们了。

陶自强:你知道这个行家是谁吗?说来你也知道,是饶茶花的父亲。

约瑟芬:饶茶花,那不是你的未婚妻吗?对了,还没问你呢,你们结婚了没有啊?

陶自强摇了摇头。约瑟芬问:为什么?

陶自强苦笑了一下:一言难尽。

约瑟芬:有什么问题吗?要不要我帮忙?

陶自强:还是说你的古瓶吧,你知道吗?找到饶茶花的父亲,人家说什么也不管,后来还是提到了你,茶花才动员她父亲帮助修复的。

约瑟芬:我一定要见一见茶花,还有她那身怀绝技的父亲,我要当面感谢他们。

陶自强:茶花走了。

约瑟芬:走了,去哪儿了?

陶自强:离开景德镇了。

约瑟芬:为什么?

陶自强又苦苦地摇了摇头。约瑟芬把元青花云龙花纹双耳瓶放进木盒,盖好,推到陶自强面前。陶自强不解地看着她。

约瑟芬:物归原主。

陶自强摇了摇头:不明白。

约瑟芬站起来:我后来知道了,这只古瓶是中国的。我的高祖父确实参加过英法联军。1860年,英法联军攻占了北京,烧毁了圆明园,抢劫了中国大量的古董。这只花瓶就是我的高祖父从中国抢走的。现在,我要把它归还给中国,我要代表我的高祖父向中国赔罪……

陶自强急忙站起来。约瑟芬接着说:请你把这个古瓶收下吧。

陶自强:你是什么时候知道这个古瓶的来历的?

约瑟芬:半年以前。

陶自强:你是怎么知道的?

约瑟芬:是你们建国瓷厂的李宗贤先生告诉我的。

陶自强:半年前你见过李宗贤?

约瑟芬:半年前他到广州参加国际进出口推介会,我也参加了那个会议,我们在会议上见面了。

陶自强:哦,他还告诉了你什么?

约瑟芬:他非常坦诚,直接告诉我,他原本要直接把这只古瓶没收的,是你和赵书记坚决反对。陶厂长,我非常感谢你,感谢赵书记。但是这只古瓶我一定要归还给中国。这样我才安心。

陶自强:你怎么断定这个古瓶是你的高祖父从中国拿走的?

约瑟芬:我回去问过我的祖父,他很清楚这件事。

陶自强:约瑟芬小姐,谢谢你。你的行为让我非常感动,但是我没有权力接收这件古瓶。我要请示赵书记,还要与有关部门商量。

约瑟芬:我没有让你接收,我想让你作为我的委托人。我给你写好了委托书,委托你代表我把这只古瓶归还给中国。

说着,约瑟芬把一份签字并且有公证处盖章的委托书交给了陶自强。

陶自强拿着委托书犹豫着。

约瑟芬:我知道,这件事情办起来还需要一些手续,我没有时间等待,只好麻烦你了。

陶自强想了想,转身从柜子里又拿出一个木盒,推给约瑟芬。约瑟芬茫然地看着陶自强。

陶自强:打开看看。

约瑟芬打开木盒,拿起里面的古瓶,立即惊呆了:怎么还有一件?

陶自强:你仔细看看,跟你那件一样吗?

约瑟芬仔细看着:一样,完全一样,丝毫不差。这么说,你们也有一件这种古瓶,对吗?

陶自强:这是仿制的。

约瑟芬:仿制的?

陶自强:就是照着你那只古瓶仿制的。

约瑟芬:不不不,不可能,怎么能仿制得如此逼真呢?

陶自强说了一句谎:我们本来想留个资料、留个纪念的。

约瑟芬:如果……对不起,我是说如果,你们要是把这只仿制的古瓶交给我,我是绝对不会发现的。

陶自强:如果我们那样做,良心不安的就是我们了。

约瑟芬的眼睛里噙满了泪水:陶厂长,你是一个诚实的、伟大的中国人。

罗纲和徐巧莲在院子里搭着戏,两个人唱的是《断桥》的选段。

陶祁香看了看罗纲和徐巧莲唱戏,便离开了。

冯运华急忙追上来:怎么样?

陶祁香:是棵好苗子。

冯运华:你不想收个徒弟吗?

陶祁香:赣剧团新招收的学员,都是我的徒弟。

冯运华:不能开开山门吗?

陶祁香:你这个人怎么蹬鼻子上脸呀?

冯运华:我这不是望媳成凤吗?

陶祁香:她以后要是嫁给别人,就不是你的儿媳了。

冯运华:那就望女成凤。

陶祁香:你快帮助秦师姑鼓捣午饭吧,我可饿了。

冯运华:末将得令。

杜绍文和邓美珊带着参观团来到了彩绘车间。

画师们在作画,参观团饶有兴致地参观着。

他们来到了描金水的工作台,几位师傅在瓷器上描着金水。

邓美珊介绍着:这是我们新研究出来的中国金水,我们的成本比国外的产品降低了百分之二十三,价格降低了百分之三十五,耐腐蚀和耐磨损程度,也高于国际标准……

金俊卿悄悄地抻了一下杜绍文的衣角,示意他借一步说话。杜绍文跟在金俊卿来到车间的一个角落。

金俊卿:杜副厂长,你们的金水能不能给我一点儿样品。

杜绍文:不行,我们的金水已经定为国家保密产品了,不能外流。

金俊卿:你们不想出口吗? 这可是能赚大钱的。

杜绍文:不瞒你说,我们现在生产能力还有限,只能满足我们自己的需求。下一步需要扩大生产规模,争取能满足景德镇的需求。

金俊卿:还可以再扩大生产呀?

杜绍文:再扩大生产就要供应全国的需求了。

金俊卿:你们不想用它来赚取外汇?

杜绍文:我们如果能满足国内的需求,就等于节约了大量的外汇。

外宾们在金水工作台上不厌其烦地参观着,指指画画,议论纷纷。

邓美珊耐心地讲解着,她用眼角的余光看见,大胡子凑近工作台,低着头看着画师描金水。完全是漫不经心地,他的领带垂落下来,领带的尖角儿沾了一

680

下金水,又漫不经心地直起身来。

邓美珊:请朋友们到这边来,看一看我们用中国金水创作的作品,请大家帮助比较一下,看看我们的金水在色泽上、质感上和国际上流行的金水有什么区别。

参观团跟着邓美珊来到了产品展示台,仔细地围观着。

邓美珊悄悄地对杜绍文说:你照看一下,尽可能拖的时间长点儿。

说着,邓美珊悄悄地离开了人群,朝门外匆匆走去。

在产品展示台,杜绍文给参观团详细地介绍着。

参观团一边看一边议论着:

"这色彩好啊,金光耀眼。"

"这质感比德国的金水好,又鲜艳又收敛。"

"你们的金水价格是多少?"

杜绍文为了拖延时间,尽可能地把话题拉长:金色是中国皇家的颜色,代表着尊贵、庄重,又彰显皇家气派,中国的陶瓷很早就用黄金做装饰。早在唐代就有黄金绘制的彩陶,宋代在定窑、建窑的茶盏上也有金彩装饰的图案,叫作"金花乌盏"。到了明代,金彩瓷器就更多了,那时候大多用的是金粉,是实实在在的黄金,我们叫本金。到了清朝乾隆年间,西方发明了金水,我们开始引进……

邓美珊骑着自行车到了商场门前,把自行车一扔便跑了进去……

邓美珊从商场出来,跨上自行车,又朝另一个商场奔去……

建国瓷厂瓷器展览厅。杜绍文带着参观团参观着,他依然试图讲解着,参观团的人不再对他的讲解有兴趣,都各自参观着。很快,参观团把展厅参观完了,纷纷往外走着。杜绍文急了,不断地巴望着门外,邓美珊还没有回来。

陶自强回来了,杜绍文像是见到了救兵,忙给大家介绍着。

杜绍文:各位朋友,我给大家介绍一下,这就是我们建国瓷厂的厂长陶自强。

陶自强——与外宾握手:欢迎欢迎,欢迎你们到建国瓷厂来。

一个外宾握着陶自强的手说:听说你是薄胎刀师?

陶自强:那些都是传说,不可全信。

外宾:刚才那位邓小姐说,你利出的卵幕杯,分量只有 1.1 克……邓小姐哪儿去了,怎么半天没有见到她了?

杜绍文:啊,邓小姐有点儿事,一会儿就回来。

陶自强低声问杜绍文:邓美珊干什么去了?

杜绍文低声说:她让我们拖住参观团。

陶自强:朋友们还有什么想看的,没关系,只要我们建国瓷厂有的,都无条件地对你们开放。

外宾:我们就想看看你陶厂长制作的卵幕杯。

杜绍文:哎呀,这卵幕杯嘛……

陶自强:等一下,我们这个展馆还有一个内部收藏室,都是我们收藏各个朝代的古瓷,是不对外开放的。那里面就有一只卵幕杯,朋友们要是有兴趣,我们破个例,让你们参观参观。

外宾:太好了,非常感谢陶厂长。

陶自强:走,我带你们去。

陶祁香和冯运华一边听着窗外两个年轻人唱戏,一边议论。

冯运华:怎么样?

陶祁香:嗓子不错,有天分,该着祖师爷赏她一口饭吃。

冯运华:陶团长评价不低啊。

陶祁香:两年学员,第三年转正。

冯运华:没问题。

陶祁香:不过,《陶茶恋》这个戏她当不了女主角。

冯运华:可不可以安排个 B 角儿?

陶祁香:B 角儿也不行,基础太差,许多基本功得从头学起。

冯运华:那……让她以学员身份参加剧组,跟着陪练总可以吧?

陶祁香:你为什么非得把她塞进剧组里来呢?

冯运华:啊……不不,不是我非得让她进剧组,我只想……唉,算了。

陶祁香:什么算了,说下去。

冯运华:这只是我心里的一个小九九,没意思。

陶祁香绷起了脸:说出来。

冯运华:我是想让她跟罗纲多接触接触。

陶祁香歪着脑袋看着他。

冯运华:罗纲人不错,我打听过了,他还没有对象。

陶祁香:你想成全他们?

冯运华:是我一厢情愿,没敢跟巧莲说。

陶祁香:你呀,脱了裤子放屁,忒啰唆。什么时候我分别问问两个人,要是都有意,撮合一下不就行了吗。

冯运华:别别,这可不行,你千万别……

陶祁香:怎么了?

冯运华:自打徐巧莲进了门,就一再表示,她生是冯家人,死是冯家鬼,一辈子只爱冯兴国一个人。我相信她这些话都是真诚的,绝对相信。可是,她可以是这个态度,我不能接受呀。现在是新社会了,不能再讲贞节烈女那一套了。这件事要是现在说,就谁也说服不了谁。我为什么要让她出来工作呢? 我又为什么要她进赣剧团呢? 一是她喜欢唱戏,二呢,她要是能在舞台上下跟罗纲处久了,兴许就会日久生情……

陶祁香:哎呀,老冯啊老冯,难得你这当公公的一片苦心啊。

冯运华:不瞒你说,这件事我还真是花了心思了。

陶祁香:你怎么不把这些心思匀出一点儿,为自己谋划谋划呢?

冯运华:我自己谋划什么?

陶祁香看着冯运华:你说呢?

冯运华躲闪着陶祁香的目光。陶祁香站起身:好,就照你说的办,让徐巧莲进剧组。

陶自强、周鸿达、杜绍文一起送着国际友人参观团。

金俊卿悄悄地碰了一下杜绍文:我跟你说的事情,你再考虑考虑。

杜绍文:没什么可考虑的,你就死了心吧。

陶自强:你们说什么呢?

金俊卿:啊……私事,都是开玩笑的。

陶自强见金俊卿离开了,问:邓美珊到底干什么去了?

杜绍文:她没说,只是让我拖住参观团。

陶自强:不能再拖了,否则人家该起疑心了。

出了工厂大门口,轿车已经打开了车门。

宾主一一握手告别。邓美珊气喘吁吁地跑过来。

外宾:啊……邓小姐,你回来了,我们还以为不能跟你告别了呢。

邓美珊与外宾握手:对不起,我临时有点事情。

陶自强注意到,邓美珊手里拿着一个精美的包装盒。

邓美珊来到大胡子外宾面前:先生,我刚才注意到,您在参观描绘金水的时候,把领带弄脏了。我出去给您买了一条,给您换上吧……

还没容大胡子外宾弄明白,邓美珊已经非常熟练地摘掉了大胡子的领带,顺手交给了杜绍文,又从包装盒里拿出新领带,动作纯熟地给大胡子扎好。

大胡子似乎明白过来了,但是已经晚了。他只好尴尬地说:啊……是吗?

我没注意。再说,就算我的领带弄脏了,也不怨你。

邓美珊又帮助大胡子拉了拉领带,笑着说:我们赔您一条新的领带,也算留个纪念嘛。

大胡子还想找回他的旧领带,杜绍文早已经收藏在自己的口袋里……

参观团上了车,汽车开走了。

建国瓷厂的领导挥手告别。

陶自强问邓美珊:你到底搞什么鬼?

邓美珊:那个大胡子,一直盯着我们的金水,他借着低头观看的机会,用领带沾了我们的金水。我只好跑出去又给他买了一条领带。

杜绍文:景德镇居然能买到跟大胡子一样的领带?

邓美珊:我跑了七八家商场,才找到一条差不多的。

陶自强向邓美珊竖起来大拇指:聪明、智慧、随机应变。中午我请你一盘宫保鸡丁。

邓美珊:一盘宫保鸡丁就把我打发了,你知道那条领带多少钱吗?再说,我都要跑得吐血了。

周鸿达:我再给你加一个红烧肉。

邓美珊:你想撑死我呀?

杜绍文:他们确实注意上了我们的金水,金俊卿居然跟我说,要把金水出口。

陶自强沉思着。

两年以后,一九五九年

篮球场上生龙活虎、激战犹酣。场外围满了呐喊助威的工人。奔跑在球场上的有周鸿达、杜绍文、朱光秀、汪国良、唐家明、李小毛等。赵文昌也参战其中。

场外,助威的人群中可以看见邓美珊、丁萌萌、姚莎莎、南小汐、玉茗等。

裁判一声哨响,场上要求换人。一直在候场的陶自强脱掉外套,跑上了场。

陶自强的外套脱下来之后,想随便扔在地上的。姚莎莎恰巧在他的身后,顺手把陶自强的外套接了过来。

球场上继续战斗,场外继续呐喊。

姚莎莎把陶自强的外套搭在自己的胳膊上,突然口袋里掉出一个东西砸在脚面上。姚莎莎低头一看,是一个钱包,姚莎莎忙捡起来,随意打开看了看。

钱包里夹着一张照片。姚莎莎认出来了,是茶花。

姚莎莎把照片抽出来,揣在自己的裤兜儿里……

不远处,她发现南小汐正在看着她。

编剧兼导演冯运华和演员集中在舞台上,准备排练。

陶祁香上来了:在排练之前,我先讲两句。冯运华带头鼓起掌来。

陶祁香:别哄,鼓什么掌,我只是随便说两句,又不是开会做报告。

冯运华:欢迎陶团长做指示。

陶祁香:成心是不是?

大家轻松地笑起来。

陶祁香:《陶茶恋》这个戏我们已经演了两年了,总共演了四百多场,得到了许许多多的好评。去年参加省里的会演,还获得过优秀剧目奖。按说比较成熟了,演员们也演顺了,成了我们赣剧团的保留剧目。如果按照现在的水平演下去,顺风顺水顺路子,也没有什么不可以,吃老本就是了。可是我们的编剧导演并不满足现状,从新年到现在,花了三个月的时间,对剧本进行了比较大的修改。这次修改稿,拿到省里向专家领导征求意见,我们省的剧作家石凌鹤提出了许多非常具体的意见。回来之后,冯运华同志又进行了认真的修改。现在我们演员拿到的就是最新的修改稿……我们为什么花费这么大的力气对剧本进行修改呢?因为我们接到了一个庄严的政治任务。今年是 1959 年,是中华人民共和国成立十周年。十年大庆,举国欢腾,北京要举办全国地方戏汇报演出,省文化厅指示我们,一定要把《陶茶恋》排练好,争取参加全国会演。石凌鹤主席给我们提出了十二个字的要求:千锤百炼、精益求精、创作经典。

冯运华带头站起来,演员们一起站起来,热烈地鼓起掌来。

篮球比赛结束,队员们兴奋地下场,围观的工人也将陆续离去。陶自强拍着手喊着:同志们先不要走,请等一等,等一等。赵书记有话要跟我们讲……

听说赵文昌要讲话,所有的人都集中在篮球场上。赵文昌一边擦着汗一边走到工人面前,邓美珊举着一瓶北冰洋汽水递给赵文昌。

赵文昌:啊,北冰洋,这算是给我的奖励吗?

邓美珊:算是慰问吧,赵书记辛苦了。

姚莎莎跑到陶自强身边,也把一瓶北冰洋汽水递给他。

赵文昌:本来呢,陶厂长他们说要开一个全厂工人大会,让我做个报告。考虑到大家都很忙,说实在的,我也很忙。借着今天篮球比赛的机会,我跟大家先讲几句。大多数人都没有来,没有来没关系,今天在场的人有个任务,就是向没有来的同志传达传达。我要说的事情很重要,非常重要。大家知道今年是什么年吗?1959 年,我们中华人民共和国成立十周年。我们要举国大庆,怎么庆祝?

当然是欢天喜地。市委市政府已经开过会了,动员全市各行各业的人民鼓足干劲、奋斗创新,用最优异的成绩向国庆十周年献礼。我们建国瓷厂怎么办?厂领导班子也开了会,想必这个会议精神也向你们传达了。就是要动员全厂广大工人、技术人员、能工巧匠们行动起来,发挥首创精神、群策群力、展现聪明才干,创作出一批新的、能反映社会主义新风貌、能代表我们建国瓷厂最高水平的作品,向国庆十周年献礼。我要强调的是,以往创作作品,都是我们制坯师傅、绘画师傅和陶艺家的任务。现在需要我们全厂动员、人人参与,每一个人都是创作者。我们研究决定,从现在起开始征求创作稿,初选一百件作品,再从一百件作品中选出十件最优秀的作品,作为国庆献礼瓷,送到北京,献给党中央、献给新中国……

人们情绪激昂,热烈鼓掌。

排练场上,冯运华给演员们说着戏:罗纲、齐斯,你们两个过来。

罗纲和齐斯站在了冯运华面前。冯运华说道:我跟你们说过多少遍了,你们男女主角见面这场戏总是模模糊糊、温温吞吞、不明不白。我们在舞台上演的是什么?想告诉观众的是什么?罗纲,你说。

罗纲:是故事吧?

冯运华:齐斯,你说。

齐斯:是感情吧?

冯运华:不对,都不对。你们在舞台上塑造的是人物,你们想让观众知道的,也是你们塑造的人物。人物人物人物,要紧紧抓住人物不放。在我们《陶茶恋》的舞台上,你罗纲不再是罗纲,你是赵国强;你齐斯也不再是齐斯,你是杜春花。赵国强和杜春花是一对恋人,你们刚见面的时候,互相还没有表白……没有表白,又互相爱慕,互相欣赏。这该是一种什么样的表现?杜春花到窑口去找赵国强,她是什么目的?内心的目的是什么,她又找的是什么借口,这个借口成立不成立,有什么漏洞?赵国强心里是怎么想的,他知道不知道杜春花的目的,知道了说破还是不说破?这些你们都要想清楚。怎么两个人到一起像是公事公办,像是问路,一点儿暧昧的关系都看不出来。你们没谈过恋爱吗?

罗纲:冯导,我还真没谈过恋爱。

冯运华:你呢,齐斯?

齐斯:我也没谈过。

冯运华:都这么大了,怎么连一次恋爱都没谈过?

罗纲:光忙工作了。

排练场上笑起来。

冯运华:徐巧莲,你呢?

徐巧莲:我……谈过。

冯运华:你来试试。

齐斯:冯导,您怎么不问问徐巧莲跟谁谈的?

冯运华:安静!

南昌火车站。李宗贤和邓美珊、唐家明在站台上拉着一条横幅,上面写着:欢迎北京专家到建国瓷厂指导工作。

唐家明:李副厂长,北京的专家到底来几个人呀?

李宗贤:两三个吧。

唐家明:他们是搞设计的,还是搞烧制的?

李宗贤:应该都有吧?

邓美珊:家明,这些专家年纪都比较大了,一会儿你开车可得稳当一点儿。

唐家明:放心吧,我要把这面包车开成老牛车。

邓美珊:你想去住丈人家呀?

唐家明:什么意思?

邓美珊:人生四大舒服:穿大鞋、放响屁、坐牛车、住丈人家。

唐家明:真粗俗。

邓美珊:臭小资。

李宗贤:火车来了。

从北京开往南昌的火车徐徐进站,停了下来。

车门打开了。从陆续下车的人流中,出现了冯兴远的身影。

邓美珊和冯兴远几乎同时看见了对方,互相呼唤着。

冯兴远提着箱子下来。邓美珊说道:真巧,你也回来了,怎么不事先说一声?

冯兴远:我们事先打过电话了,你们不是来接我们吗?

邓美珊:我们是接北京来的专家的。

冯兴远:难道我不像个专家吗?

唐家明突然悟出了什么:冯兴远,就是你吧?

冯兴远:对啊,我就是冯兴远。

唐家明:我说的是专家,北京来的专家。

冯兴远:还有一位是我的老师,他昨天耽误了上火车,今天坐飞机来了。

李宗贤:你的老师是几点的飞机?

冯兴远看了看手表:下午三点,还有两个小时。

李宗贤：那我们一起去机场吧。

邓美珊突然想起来，给冯兴远介绍着：这是我们李副厂长。

李宗贤握着冯兴远的手：我知道你，就是没见过面。邓所长，我们还是带着冯兴远先生去吃饭吧。

冯兴远：咱们往机场那个方向开，到附近找个小饭馆垫补垫补就行。

邓美珊接过冯兴远的行李，在前面走了。

冯兴远急忙追上去：美珊，别怪我没告诉你，我是想给你一个惊喜。

邓美珊：惊喜个鬼。

陶自强正在聚精会神地翻看着一本陶瓷器型资料。门悄悄地开了，姚莎莎蹑手蹑脚地溜进来。

陶自强突然发现眼前一个人影，激灵了一下：你怎么不敲门，吓了我一跳。

姚莎莎坐在了陶自强对面，表情沉重地看着陶自强。陶自强问：有事吗？

姚莎莎把饶茶花的那张照片扔在陶自强面前。

陶自强拿起来一看：这照片怎么在你这儿？

姚莎莎：你不是跟她断了吗？为什么还把她的照片带在身上？

陶自强：什么断了？

姚莎莎：断了关系。

陶自强：我跟你说过吗？

姚莎莎：大家都这么说。

陶自强站起身来，给姚莎莎倒了一杯水。

姚莎莎泪眼汪汪地看着陶自强。

陶自强坐下来：莎莎，你来得正好。我早就想当面跟你谈谈了，只是一直没有找到合适的时机。

姚莎莎：你要跟我谈什么？

陶自强：莎莎，我知道你对我好，我们都是成年人了，没有必要装天真，也没有必要藏着掖着，我明白你的心思。

姚莎莎：我什么心思？

陶自强直截了当地说：你想跟我谈恋爱，对吧？

姚莎莎：你既然知道，为什么还跟我端着架子？害得我绞尽脑汁、费尽心机地讨好你、暗示你。

陶自强：莎莎，我觉得你跟唐家明挺合适的，唐家明对你是真心的。

姚莎莎：这么说，你不要我？

陶自强：我没有资格要你。

姚莎莎:你不是单身吗?

陶自强:我跟你说实话吧莎莎,我是单身,但是我的心里却不是空的。我心里装着一个人,满满当当地装着,再也没有空隙容下别人了。你也知道了,我一直把茶花的照片带在身上,为什么呢?茶花虽然离开了我,但是我觉得她时时刻刻都在我身边,好像从来就没有离开我⋯⋯

姚莎莎的眼泪流下来:你⋯⋯你干吗这么痴情啊?

陶自强:莎莎,对不起。我非常感谢你对我的感情,但是我⋯⋯我真的不能接受。

杜绍文从研究室出来,转身把门虚掩上。一个黑影趁机溜了进去⋯⋯

唐燕提着饭盒走过来,看着里面有光亮。他走到门外,喊着:绍文,绍文。

没有人答应,唐燕举手要敲门,门虚掩着。

唐燕推门。突然,从里面冲出一个人,把唐燕撞倒在地,跑了出去。

唐燕大叫着:来人啊,快来人啊,有贼,有贼⋯⋯

陶自强听见了喊声,腾地站起来,冲出办公室。

姚莎莎也随着陶自强冲了出去。研究室前面已经跑过来几个人。

杜绍文搀扶住惊魂未定的唐燕。陶自强跑来:怎么回事?

杜绍文:研究室里进去了人,跑了。

陶自强:丢了什么没有?

杜绍文:我还没进去。

陶自强:先别进去,保护好现场。

杜绍文:我已经报警了。

警笛声传过来,一辆警车开进了建国瓷厂的大门,车上下来两个警察。

新开辟一面墙壁,墙面粉刷一新,上面写着:国庆十周年献礼瓷征稿专栏。

专栏上面已经贴了一些设计图样,还有的人拿着设计稿过来贴着。

丁萌萌:我们车间开辟了这个征稿专栏,大家把自己的设计草稿,包括一些不大成熟的构思,都可以在上面发表。凡是贴在这里的,就算是投稿了。你可以张贴投稿,也可以在别人的设计稿下面发表意见,提出宝贵意见和建议。投稿结束以后,我们采取不记名投票的方式选出十幅优秀的作品,作为我们车间向厂里的投稿,希望大家踊跃参加⋯⋯

汪国良拿起一幅作品往专栏上贴着。

谷师傅:你这是万花落地啊国良?

汪国良:这是我和我师父卢再缘老师合作的作品,命名为《繁花似锦》,象征着我们伟大的祖国百花盛开,蒸蒸日上。

顾师傅:好啊,这个创意好,用我们传统的技法创作新的题材。

汪国良:请大家多多批评,提出宝贵意见。

周鸿达和几个年轻人讨论着,大家争先恐后地提想法,发言非常热烈。

朱光秀:我设计了一个落地大花瓶,高1959毫米,重10公斤,代表着1959年,国庆十周年……

拉坯工人甲:这个好,非常有意义,最好是双龙雕刻。

拉坯工人乙:我看应该是青花五彩。

拉坯工人丙:我设计了一套描金餐具,五十六头的,可是还没有画出图来,刚有个想法。

拉坯工人丁:我设计了一套大挂盘……

拉坯工人甲:我也设计了一套茶具,也是刚有草稿……

周鸿达:大家静一静,你们的作品都非常好,每个人都把自己的构思拿出来,群策群力,共同创作,这样才能出完美的作品。常师傅,我看你半天没说话,是不是胸有成竹了?

常师傅:算不上胸有成竹,也只是一个想法。我想,自古以来,立国重器是什么?是我们中国鼎。传说大禹是九州之王,铸造九个大鼎,分立在九州,就是我们说的冀州鼎、兖州鼎、青州鼎、徐州鼎、扬州鼎、荆州鼎、豫州鼎、梁州鼎、雍州鼎。九鼎象征着九州,其中豫州鼎为中央大鼎。从此天下一统,四方来朝。过去的鼎都是青铜铸造的,我们能不能用陶瓷烧制……

朱光秀:能啊,完全能。我们连大龙缸都能烧,还不能烧鼎吗?

周鸿达:我觉得常师傅这个想法非常重要,这是一个大题材,需要认真设计。这样吧,常师傅,由你牵头,你再选两个年轻人给你当助手,你们成立一个中国鼎的设计小组。

常师傅:太好了,我就是觉得力不从心。

年轻人都举起了手:我报名……常师傅,算我一个……常师傅,我可是您的亲徒弟……

第三十六章

赵文昌向几个厂领导布置任务:国庆十周年献礼瓷,方方面面都很重视,我们的设计稿送到轻工业部之后,轻工业部经过筛选,又送到国务院有关领导审查,据说周总理还亲自看过设计稿。现在定下来的有这么几项:中国瓷鼎、薄胎瓷、描金餐具和茶具,江山万里红。我们一方面抓紧这几个产品的烧制,尽快拿出样品来。另一方面,还要动员技术人员和广大职工,进一步开动脑筋、群策群力,争取再拿出几件作品来……

几位厂领导都非常兴奋,摩拳擦掌。赵文昌接着说:有个问题,这份评审意见上特别说明,描金餐具和描金茶具不能用金水,要用本金。金水时间长了之后,会脱色变暗。而本金则时间越长光泽越厚重。这是个技术问题,不知道我们能不能搞?

陶自强:有点儿问题。

赵文昌:什么问题?

陶自强:景德镇的描金瓷原本是用本金的,据说清乾隆之后,便逐渐被金水替代了,本金的工艺已经失传多年了。

赵文昌:这问题很严重。我们一定要千方百计找到会本金工艺的人。

陶自强:我们马上去找。

夕阳晚照,给景德镇铺上了一层耀眼的金色。

御窑厂窑屋顶上,金色的霞光里,站着一对年轻人。

邓美珊:兴远,你知道吗? 你不在的时候,我常常一个人来到这里。我最喜欢晚霞映照下的景德镇,窑烟袅袅,窑屋静卧,你知道像什么吗?

冯兴远:像什么?

邓美珊:像魔术师手里舞动的红绸布,非常静谧,又非常神秘,让人充满了期待。等到魔术师把这红绸布揭开,啊……五彩缤纷,万千气象。几千个窑口同时展开,都是光彩夺目的"凑脚青"。

冯兴远:美珊,你一点儿都不像理科生,你就是个诗人、是个画家。你的浪漫情怀和丰富的想象力,也像景德镇的瓷器一样光彩夺目。

邓美珊上前摸了摸冯运华的脑门儿。冯兴远疑惑地:干吗?

邓美珊:你没发烧吧?

冯兴远:没有啊,怎么了?

邓美珊:你怎么这么慷慨啊?什么样的好词好句子都舍得往外扔,有你这么夸人的吗?幸亏本姑娘有自知之明,要是一个涉世不深的小姑娘,听到这些话就直接往你怀里扎了。

冯兴远:我……我说的是真话呀。

邓美珊:本姑娘也是读过几本爱情小说的,还是留着你这些片汤话去忽悠小姑娘吧。

冯兴远:美珊,你把我当成什么人了?

突然,邓美珊发现御窑厂的下面大街上,陶自强骑着自行车向前奔去。

邓美珊不由自主地喊起来:陶厂长……

陶自强听到喊声,下了车。

冯兴远:哥,干什么去呀?

陶自强:我到陶瓷大学去一趟,你们在这里玩儿吧。

陶自强说着,跨上自行车走了。

邓美珊:对了兴远,你不是说要给我讲讲北京的"十大建筑"吗?

冯兴远:这"十大建筑"都是为庆祝十周年兴建的,我说,你数着:有人民大会堂、中国革命历史博物馆、中国革命军事博物馆、北京火车站、民族文化宫、民族饭店、钓鱼台国宾馆、华侨大厦……几个了?

邓美珊:八个。

冯兴远:还有北京工人体育场。

邓美珊:还差一个呢。

冯兴远:还有……还有什么来着?

邓美珊:你好好想想。

冯兴远:对了,还有全国农业展览馆。

邓美珊:好啊,你把这么重要的建筑都忘了,真真地忘本了。

冯兴远:你别乱扣帽子好不好?主要是那些都集中在天安门附近,农业展览馆在东郊呢,远了点儿。

邓美珊:哈哈,逗你玩儿呢,你还当真了,小心眼儿。

陶瓷大学校园,陶自强推着自行车,邹元镐腋下夹着教案,两个人并排朝校外走去。

邹元镐:我也是在资料上看到的,当年傅家窑从南京请来一个做本金的师

692

傅,不知道姓字名谁。那时候做本金的师傅已经非常罕见了。这个师傅是个哑巴,据说傅家窑跟他签订了三年的合同。三年以后,他要走,出了一件事。就是那次都乐械斗,他的老婆孩子失踪了。他不在冯家窑了,可是也没有离开景德镇,据说有人拿着一箱子金条请他做本金,他都没有答应。

陶自强:后来呢?

邹元镐:没有后来了,本来就没有姓名,又是个哑巴,渐渐地没有人再见到他,也没有人记得他了。

陶自强:一点儿线索也没有吗?

邹元镐:我想方设法地找过他,一点儿线索都没有。

陶自强:傅家窑的人会不会知道?

邹元镐:现在傅家窑能找到的就是一个曹掌柜,那几年他正好不在景德镇,对那个哑巴师傅竟然一无所知。

陶自强:有没有别的办法呢?

玉茗把晚饭做好了,放在桌上。一岁的孩子站在小竹车里闹着。

玉茗把孩子抱起来:鸿达,吃饭了。

周鸿达在里屋答应着,却没有出来。

玉茗抱着孩子进了屋:你干什么呢? 一会儿菜都凉了。

周鸿达:你先吃吧。

玉茗:我先哄哄孩子。你看什么呢,这么专心?

周鸿达:我从图书馆借来的《文史资料》,明天得还给人家。

玉茗:你查什么资料? 一会儿我帮你查。

周鸿达:你帮不上忙,你也不懂。

玉茗:什么呀我不懂?

周鸿达:你知道什么是本金吗?

玉茗:不就是瓷器上的鎏金、描金,用的不是金水,是金粉吗?

周鸿达:是啊,是金粉。你怎么知道的?

玉茗:有一次我师父说了一个词,让我们大开眼界。

周鸿达:什么词?

玉茗:茶花用青花瓷罐装碎茶叶,我师父说:夜壶描本金,暴殄天物。我们既不知道什么是本金,又不知道什么叫暴殄天物。我师父打开了话匣子,给我们讲了起来。我记得我师父说,本金制作起来特别麻烦,要把金条打成金叶,把金叶打成金箔,再把金箔擂成金粉,需要半个多月才能完成……

周鸿达:等等等等,你说的这些都是行话呀。说了半天,是你哪个师父?

玉茗:萧师傅呀,你知道的。

周鸿达:他不是做茶的师傅吗?

玉茗:我听茶花的爸爸说,萧师傅原来是本金师傅,后来本金在景德镇没有人用了,他就改行做茶了。他说有大本事的人,无论做什么,都能出彩儿。

周鸿达听了,起身就往外走。玉茗问:你干什么去?

周鸿达:我去找陶自强。

玉茗:你还没吃饭呢。

周鸿达:不吃了。

冯兴远的房间,邓美珊自己泡着茶。

冯兴远把一份设计稿交给邓美珊:我设计了一个梅瓶,你看看。

邓美珊看着,上面画的是梅花,写的是毛主席的《咏梅》词。

冯兴远:你觉得有意思吗?

邓美珊思索着说:意思倒是有意思,就是觉得意义还不够。

冯兴远:这可是毛主席写的词。

邓美珊:如果你想用毛主席的诗词作为题材,倒不如……

冯兴远:不如什么?

邓美珊依然思索着。冯兴远扬着脸,眼巴巴地看着邓美珊。

邓美珊轻轻地唱起来:我失骄杨君失柳……

冯兴远恍然大悟,立即合着唱起来:杨柳轻飏直上重霄九……

冯兴远:哈哈,雄雌所见皆同!

邓美珊:什么鬼话?

陶自强和周鸿达喝着酒,两个人非常兴奋。邹元镐端着菜来了。

陶自强:邹老师,踏破铁鞋无觅处,得来全不费工夫。

邹元镐:你说什么呢?

陶自强:您问周鸿达吧。

周鸿达:邹老师,我找到了本金师傅。

邹元镐:啊? 在哪儿? 他是谁?

周鸿达:浮梁萧炳南萧师傅您知道吗?

邹元镐:当然知道了,他是浮梁茶的茶艺师。怎么,他知道线索?

周鸿达:他不但是茶艺师,他还是本金师傅。

邹元镐坐下来,摇着头。陶自强为邹元镐满上酒:您觉得不可能?

邹元镐:不可能,太不可能了。

周鸿达：为什么？

邹元镐：我所了解的那个本金师傅是个哑巴，萧炳南是哑巴吗？再有，无论是本金师傅还是茶艺师，都需要花一辈子功夫才能掌握高超的技能，一个人不可能同时拥有这两种技能。这两种技能相差甚远，毫不沾边。

陶自强：我也觉得不大可能。

周鸿达：可是玉茗说得有鼻子有眼的。

陶自强：这样吧师哥，咱们有枣一竿子，没枣一杠子，明天把嫂子借我用一用。

邹元镐：什么什么，嫂子有随便借用的吗？

陶自强：我让嫂子陪我去一趟浮梁。

邹元镐：吓我一大跳，我以为……

陶自强：您以为什么？

邹元镐：我也以为让你嫂子跟你去浮梁。

三个人哈哈大笑起来。陈三姐又端来了菜：你们笑什么呢？这么高兴。

周鸿达：三姐，您坐下，我敬您一杯。

陈三姐：等一下，那桌还有两个菜。

冯兴远画着《蝶恋花》的画稿。邓美珊附在冯兴远的肩头上，看着他画画。秀发飘落在冯兴远的脸颊上。冯兴远在画稿的边际上写出了"耳鬓厮磨"四个字。

邓美珊：好好画画，不可一心二用。

冯兴远：你这么撩拨我，我能专心吗？

邓美珊推了冯兴远一把：你画吧，我该走了。

冯兴远一把搂住了她，紧紧抱着不放。

邓美珊挣脱着：天不早了，我真的该走了。

冯兴远：能不走吗？

邓美珊：想什么呢？

冯兴远：想你。

邓美珊：做梦娶媳妇。

冯兴远：我要梦想成真。

说着，冯兴远把邓美珊抱在怀里。邓美珊搂住了冯兴远的脖子。冯兴远低下头，把嘴唇向下压去……

花二婶来到门外：兴远，我给你们煮了牛肉粉……

冯兴远和邓美珊急忙分开，冯兴远去开门。

花二婶端着两碗牛肉粉站在门外……

陶自强骑着摩托车,后面坐着玉茗,他们来到了浮梁茶园。他们把摩托车放在山下,往茶园上面爬着。

早晨,霞光万顷,浮光跃金。姐妹们一边采茶一边唱着歌:

> 太阳出来放光辉,
> 姐妹们采茶心儿飞。
> 一枪一旗送阿哥,
> 阿哥在城里喝咖啡……

陶自强:萧师傅手下的茶女还有几个?

玉茗:还是七个。

陶自强:怎么会呢? 你看,茶花走了,你嫁人了,杜鹃到疗养院当护工了……

玉茗:走一个,萧师傅添一个,七茶女的编制永远不变。

陶自强:还有你认识的吗?

玉茗:月季嫁给一个军官,当随军家属了。瑞香考上了技校,在南昌读书,大概毕业了,没有联系。还剩下荷花和凤仙。

陶自强:她们两个怎么回事?

玉茗:荷花招了个上门女婿,结婚不离家。

陶自强:凤仙呢?

玉茗:凤仙还待字闺中。

陶自强:听说你们几个姐妹,属凤仙最漂亮,萧师傅叫她采茶西施。

玉茗:你怎么知道的?

陶自强:茶花告诉我的。

玉茗看了看陶自强:我看你呀,跟茶花还没有断,也断不了。

陶自强:怎么会呢,她在哪儿我都不知道。

玉茗:你看你这一路,张嘴闭嘴的都是茶花,我的耳朵都产生幻听了。

陶自强:对了,凤仙为什么还没有嫁人?

玉茗:什么事情都有正反两面,坏事能变成好事,好事也能变成坏事。

陶自强:接着说凤仙。

玉茗:当年凤仙因为太漂亮了,追求她的人差不多从浮梁排到三宝村,干什么的都有。找上门说媒的更是踢破门槛子。人家凤仙就是沉得住气,一个都看不上,也不知道她在等谁。

陶自强:等到了吗?

玉茗:现在只剩下她等人家了。不过人家凤仙不后悔,照样没心没肺地活得挺好。

陶自强:这就对了,宁缺毋滥。

玉茗:我跟鸿达说好多回了,让他留意一下,给凤仙张罗一个。

陶自强:我倒是一个人选,不知道两个人有没有缘分。

玉茗:谁呀?

陶自强:我那个徒弟怎么样?

玉茗:朱光秀?

陶自强:是啊。

玉茗:他倒是挺聪明的,人长得也不错。你方便的时候问问他。

陶自强:这件事呀,还得让我师哥办,我的徒弟我不好说话呀。

玉茗:别指望周鸿达,你跟他说,他答应得好着呢,扭脸就忘干净了。

陶自强:那找谁?

玉茗:谁都不用,还是我自己来吧。

荷花看见了玉茗,站在山上喊着:玉茗……

玉茗答应着:荷花,凤仙,师父……

萧炳南:跟在玉茗后面那个人是谁?

凤仙:是陶自强,陶厂长,我见过他。

荷花:就是当初茶花那个对象。

萧炳南听了,急忙迎上前。凤仙、荷花一起跑上去与玉茗亲热……

陶自强快步向前,把手里提的酒和点心放在地上,冲着萧炳南双手抱拳,恭恭敬敬地行礼:萧师傅,早就该来看望您的,晚生失礼了。

萧炳南:有缘无论早和晚,什么时候相遇都是最好的时候。

陶自强:萧师傅,您说得太好了。

玉茗:我还说给你们引见引见呢,得,我省事了。

萧炳南:玉茗,你跟凤仙、荷花一起热乎热乎,跟新姐妹见见面。我请陶厂长去喝茶了。

萧炳南坐在茶台前,为陶自强泡茶。陶自强坐在了萧炳南对面。

萧炳南从身后的一个小柜子里拿出一个青花瓷的茶罐:每年制茶的时候,我都留下两罐最好的浮瑶仙芝。平时自己不喝,来了一般朋友也不喝,有最好的朋友和最珍贵的客人来了,我才拿出来。

陶自强：我猜有两个人肯定喝过。

萧炳南：哪两个人？

陶自强：赵文昌书记和罗灵风大仙。

萧炳南：哈哈……赵书记是最珍贵的客人，罗灵风是最好的朋友。不过还有一个人，不但喝过我的浮瑶仙芝，我还为她摆过茶道。

陶自强：啊？谁这么幸运？

萧炳南：约瑟芬。

陶自强：噢……我听说了。

萧炳南：听说她也是你的朋友。

陶自强：对，是我目前唯一的外国朋友。

萧炳南已经把茶泡好，用公道杯把茶水倒进陶自强的压手杯里：来，陶厂长，尝尝。

陶自强：萧师傅，您别叫我陶厂长，就叫我自强好吗？

萧炳南：自强，自强……自强这个名字好啊。

南小汐正在给顾客介绍着一件瓷器。李宗贤进来了。

南小汐：李副厂长，您来了。

李宗贤：你忙你的，我随便看看。

南小汐继续接待着顾客。李宗贤漫不经心地转悠着。他忽然发现，货架上摆着一方端砚。他拿起来看了看，像是古砚。

南小汐过来了。李宗贤问：这是哪儿来的？

南小汐：这是金俊卿放在这儿让我给他代卖的。

李宗贤警觉起来：金俊卿来过？什么时候来的？

南小汐：早了。

李宗贤：早到什么时候？

南小汐：有两个多月了。

李宗贤：你记得具体时间吗？

南小汐：记不清了。

李宗贤：你好好回忆回忆。

南小汐：我得慢慢想。

李宗贤：想出来告诉我。

萧炳南盯着陶自强看着。陶自强有些不自在：萧师傅，我今天有事找您。

萧炳南没有答话，继续盯着陶自强。陶自强不自觉地躲闪着萧炳南的目光:萧师傅,您……您一直在浮梁吗?

　　萧炳南依然没有答话,看着陶自强。陶自强问:萧师傅,您老家在哪儿?

　　萧炳南陷入深深的梦境中,似乎没有听到陶自强的说话。

　　陶自强:萧师傅,您怎么了?

　　气氛突然尴尬起来,陶自强有点儿不知所措。正在这个时候,外面传来了罗灵风的声音:萧师傅,听说你贵客登门了……

　　李宗贤:金水失盗案的调查有什么进展吗?

　　杜绍文:我前两天还问过公安局,没有什么线索。

　　李宗贤:我发现一点儿线索,不知道有没有用处。

　　杜绍文:什么线索?

　　李宗贤:金俊卿来过建国瓷厂。

　　杜绍文:什么时候?

　　李宗贤:大概是两个多月前。

　　杜绍文:你见到他了?

　　李宗贤:奇怪就在这儿呢。他到建国瓷厂来,谁都没见我们,不应该呀。他找你了吗?

　　杜绍文摇了摇头。

　　李宗贤:一会儿我再问问陶厂长和周副厂长,看找他们了没有。

　　杜绍文:还有邓美珊,金俊卿一直在追求她呢。

　　李宗贤:如果他谁都没见,连邓美珊也没见,就很说明问题了。

　　杜绍文:你怎么知道他来过?

　　李宗贤:他把一台端砚放在南小汐那里委托代卖呢。

　　杜绍文点了点头。

　　萧炳南不再凝视陶自强。

　　罗灵风坐在陶自强的旁边。陶自强说:罗老师,我刚才问萧师傅一件事,萧师傅一直没有回答我,不知道您是不是知道。

　　罗灵风:什么事?

　　陶自强:萧师傅会制作本金吗?

　　罗灵风:知道萧师傅为什么不回答吗?你问得太外行了。你是知道的,在景德镇的各个行当中,内行人是懒得搭理外行人的。亏你还是薄胎刀师。

　　陶自强:请罗老师指教。

　　罗灵风:你应该问,萧师傅会不会擂金。

陶自强:哦,我懂了,这个工序叫擂金。

萧炳南:自强,我还是先问你几句话吧。要不,我总是心神不宁的。

陶自强:您问萧师傅。

萧炳南:你是哪年出生的?

陶自强:1927年。

萧炳南:生日呢?

陶自强:农历五月十三日。

萧炳南:五月十三日?

罗灵风:这日子好熟悉啊。

萧炳南:就是都乐械斗那天。

罗灵风:这么巧?

萧炳南:自强,我问你,你有乳名吗?

陶自强:没有。

萧炳南:是没有,还是忘记了?

陶自强:我是跟着我姐长大的,她从来没有叫过我的乳名……

玉茗一边帮助姐妹们采茶,一边说笑着。

荷花:玉茗,你有茶花的消息吗?

玉茗:没有啊,你们有联系吗?

凤仙:茶花走了以后,跟谁都没有联系。

荷花:看来她是真的伤心了。

凤仙:这算是怎么回事呀?对了,你们陶厂长怎么样了?他又找了没有?你们建国瓷厂不是有许多好姑娘吗?

玉茗:还真的有姑娘追求他,他不理睬人家。

荷花:这么说,陶自强心里还没有放下茶花。

玉茗:说不好,当着他的面,我们都不敢问。

凤仙:看,光顾得咱们说话了,我还没把这几位新来的姐妹介绍给你呢。来来来,都跟玉茗姐认识一下。

几个茶女过来跟玉茗握手:玉茗姐,我是丁香……我是芍药……我是茉莉……

萧炳南:自强,我有句话想问你,你千万别在意,我没有别的意思,就是想多了解你一点儿。

陶自强:萧师傅,您说吧。

萧炳南:我觉得你没有说实话。

陶自强:您指的是哪方面呢?

萧炳南:那我就直说了。

陶自强:您说吧。

萧炳南:我觉得你的生日……你没记错吗?

陶自强的脑海里响起了姐姐的话:那一年,民国十六年,也就是公历1927年,农历五月十三日,都昌派和乐平派因为争唱戏的日期大打出手。

景德镇大街上,都昌人和乐平人互相残杀,用长枪、木棒、扁担厮打,用窑砖、渣饼互相攻击,死伤横卧,哭喊声惨烈。

许多房屋起火,火光冲天,黑烟滚滚……

饶河会馆戏台,陶祁香正在唱《西厢记》里的红娘……

台下的观众不停地欢呼叫好。

一个抱着孩子的妇女看得特别入迷。突然,一队都昌人冲了进来,见人就打。戏台底下顿时乱作一团,人们四散奔逃。

那个抱着孩子的女人转身要往外跑,正好陷入了混战的人群里。

一根木棒砸过来,一个光头男人闪身,木棒砸在他的肩膀上。光头男人举起木棒朝对手砸去,刚好砸在那个抱孩子女人的头上。女人倒地,满脸是血,女人紧紧地搂住怀里的孩子……

光头男人愣了一下,随即跑了。

陶祁香吓呆了。台上的演员都跑了,有人叫喊着:祁香,快跑……

女人怀里的孩子哇哇大哭着。陶祁香从台下跳下来,抱起了孩子……

陶自强从回忆中惊醒过来:萧师傅,我的生日是我姐告诉我的,我再问问她。

玉茗把凤仙拉到一边,小声地问:你现在怎么样了?

凤仙:还那样。

玉茗:还没有碰到合适的人?

凤仙:我呀,当一辈子老姑娘算了。

玉茗:别泄气,姻缘有早有晚。凤仙,我们建国瓷厂有个小伙子,是陶自强的徒弟……

与过去接力式的土广播不同,村里安装上了高音喇叭。

高音喇叭广播着:建国瓷厂的陶自强,听到广播后请马上回建国瓷厂……建国瓷厂的陶自强,听到广播后……

玉茗听到广播，立即朝萧炳南的茶室跑去。

玉茗跑进来：陶厂长，大喇叭广播了，让您马上回厂里……

陶自强站起身来：萧师傅，我再问您一句，您到底会不会擂金工艺？

萧炳南意味深长地点了点头。

陶自强：太好了。萧师傅，过两天我专门过来请您，我们需要您的帮助。一个很大很大的任务需要您帮助我们去完成。

萧炳南：你有事，就先去忙吧。

陶自强匆匆进来，李宗贤和杜绍文在，还有两个警察。

李宗贤：陶厂长，金水失盗案有线索了。

陶自强与两位警察握手：谢谢你们，你们辛苦了。

警察：您先别急着谢我们，我们还需要核实一下。金水失盗案发的当天或者前后，您见过金俊卿吗？

陶自强：没有。

警察：您确定？

陶自强：我确定。金水失盗案发生的那天，正是赵书记来我们厂传达献礼瓷任务那天。那天我们下班以后，还打了一会儿篮球，赵书记还在篮球场上给大家讲了话。那几天我们的工作特别忙，要是金俊卿找过我，我会记得很清楚的。怎么，金俊卿有嫌疑？

警察：金水失盗案发前后，金俊卿确实来过建国瓷厂，他还把一方端砚委托你们销售部代卖。

李宗贤：金俊卿到了建国瓷厂，没有见我们任何人，连邓美珊都没有见，这不是很可疑吗？

警察：只是可疑，我们要有直接证据，还要进一步侦查。

萧炳南：罗先生，你说，我这心里怎么怪怪的？

罗灵风：怎么个怪怪的法儿？

萧炳南：我也说不好，心里像是长出了一棵茶芽儿，这茶芽儿在生长，顶着我的心一拱一拱的。

罗灵风：疼吗？

萧炳南：说不上疼，也说不上舒服还是不舒服。

罗灵风：你怎么会觉得陶自强没有跟你说实话呢？他的生日有什么问题吗？

萧炳南：你相信不相信父子之间心神相通？

罗灵风：怎么相通？

萧炳南：我见到陶自强的一瞬间，心里咕咚就沉下去了。接着，就从心底生出了这棵茶芽儿。从那一刻起，我的心就没有平静过。

罗灵风：还有呢？

萧炳南：气味儿。

罗灵风：什么气味儿？

萧炳南：我看过一本书，上面说许多动物寻找子女或同类，都是凭着气味儿。

罗灵风：你觉得跟陶自强趣味相投？

萧炳南：不是趣味相投，是熟悉，好像闻到了一种很熟悉的味道。

罗灵风：你呀，这都是心理作用，想儿子产生的幻觉。

萧炳南：怎么是幻觉呢？真真切切的。

罗灵风：为这事，我专门跑去了弋阳，就是陶祁香的老家。陶祁香的父母把她卖进戏班以后，还是留在弋阳，在城外边开了一个小茶棚。

萧炳南：两口子也够难的。

罗灵风：是啊，两口子白天卖茶，晚上就睡在小茶棚里，日子过得很惨。我要说的是，没有人见过他们曾经生了个儿子。

萧炳南：没有人见到他们生儿子，只是你问的那些人没见到，不能证明他们没生过。

罗灵风：这不是主要的。

萧炳南：你说。

罗灵风：主要的是，陶祁香的父母直到打日本鬼子的时候才相继去世的。你想呀，陶自强说从小就跟着姐姐长大，陶自强出生的时候，陶祁香的父母还在，怎么会把一个刚出生的孩子交给一个十多岁的孩子呢？

萧炳南：嗯，这倒是个疑点。

罗灵风：大疑点。

陶自强与姐姐一起在家吃晚餐。

陶祁香：我今天特意做了两个你最爱吃的菜，免得让你把姐姐的手艺忘了。

陶自强：自从您进了赣剧团以后，不要说吃您做的菜，连跟您一起吃个饭的机会都难得。

陶祁香：那你还不珍惜？多吃点儿。

陶自强：姐，我今天见了个人，心里怪怪的。

陶祁香：谁呀？

陶自强：浮梁茶园的萧炳南师傅，您知道吗？

陶祁香：知道呀，不是茶花的师父吗？

陶自强：你还惦记着茶花？

陶祁香：别说，这孩子走了以后，我心里反而不是滋味儿了。

陶自强：那就把她找回来呀。

陶祁香：怪我多嘴。萧师傅怎么让你怪怪的了？

陶自强：说不上来，就是觉得这个人很熟悉。从长相到说话的声音，还有神态，方方面面都熟悉，像是在哪儿见过。

陶祁香：说不定你什么时候见过他呢。

陶自强：不可能，我从来没有见过他。

陶祁香：人有时候与一个陌生人见面，会有这种感觉的。

陶自强：姐，我有乳名吗？

陶祁香：乳名？你问这个干什么？

陶自强：我记得你从来没有叫过我乳名。景德镇许多孩子都有乳名的，直到上学的时候，许多人都是让老师帮助取学名的。

陶祁香回忆着：

女人怀里的孩子哇哇大哭着。

陶祁香从台下跳下来，抱起来孩子，又俯身去看那个女人。

女人翕动着嘴唇：虎子……虎子……

陶祁香看着女人不行了，安慰她说：你放心，我一定把虎子养大。

女人闭上了眼睛。

陶自强放好摩托车，习惯地在厂区巡视着。突然，他发现成型车间里还亮着灯，推门进去。

车间最里面的陶车上，坐着一个人，是朱光秀。

朱光秀抬起头：师父，你怎么来了？

陶自强：你在干什么？

朱光秀：我想试试。

陶自强：试什么？

朱光秀：我们的薄胎瓷已经入选献礼瓷了，师父。

陶自强：原本我想跟你好好合计一下这件事的，来，今天我先教你利薄胎坯。

朱光秀：师父，我按照您原来教过我的，做了几个，你看看。

陶自强接过朱光秀利的薄胎坯，仔细地看着。

朱光秀站在陶自强身边，有点儿紧张。

陶自强:你觉得呢？

朱光秀:我觉得不行。

陶自强:哪儿不行？

朱光秀:我自己利出来之后,还是挺得意的。手里托着这薄胎坯,心里美滋滋的。可是什么事情都怕比,师父您说,有比较才有鉴别。不比不知道,一比吓一跳。我拿出师父利的薄胎坯比较着看,一下子就泄了气。

陶自强:毛病出在哪儿？

朱光秀:我就是为这件事发愁呢,知道不行,可是又不知道哪儿不行,为什么不行。

陶自强从裤兜儿掏出手电筒,打开,照着朱光秀利的薄胎坯,让他仔细看着:发现毛病了吗？

朱光秀:透光不一样。

陶自强:为什么透光不一样？

朱光秀:还是薄厚不均对吗？

陶自强:知道为什么吗？

朱光秀摇了摇头。

陶自强:你在利坯的时候心没有完全静下来,情绪不稳定,精神不集中。

朱光秀:可是……我已经非常专心了,瞪大了眼睛,连口大气都不敢出。

陶自强:你把心放在专心上了,放在瞪大眼睛上了,放在连口大气都不敢出上面了,这怎么行？

朱光秀:师父,我不明白。

陶自强:利薄胎坯,要像唱戏。好的演员在舞台上,一定会忘掉自己的。他把自己完完全全融入他所塑造的角色中。他不是在演戏,而是他自己就是戏中人。他的一唱一念,举手投足都是那个角色,而不是他自己。你想想,演员在舞台上,总想着如何把人物演好、演活、演得让观众叫满堂彩,他能把那个人物塑造好吗？一句话,演员在舞台上要忘掉自己,我们利薄胎坯,也要忘掉自己。

朱光秀:师父……这些道理我懂,可是……

陶自强:慢慢来,还要多练,练眼、练心、练手,熟能生巧,巧能升华。来,我们一起练。

朱光秀:师父,您先来,我再看看。

吃过了晚饭,一家人其乐融融。花二婶收拾碗筷,徐巧莲过来帮忙。

花二婶:巧莲,快放下,我收拾就行了。

徐巧莲:六奶奶,您可不能这么惯着我,做饭您不让我插手,洗洗碗筷总应该吧。别忘了,我也是女人呀,哪儿有女人不操持家务的?

花二婶:你们都是公家的人,忙公事是最要紧的。

冯老六跟念念一起玩儿着拍洋画儿,念念心灵手快,总是赢。

念念:太爷爷,您伤心吗?

冯老六:我伤什么心?

念念:您总是输,还不伤心吗?

冯老六:我又没输给别人,输给我重孙子了,高兴还来不及呢。

念念:太爷爷,您真好。

冯老六:还是我重孙子好……

邓美珊:烧制"江山万里红"我们只是一个设想,没想到真的被选上了。

陶自强:这不是很好吗? 我们想办法烧出来就是了。

邓美珊:问题是我们烧不出来。

陶自强:按照郎红江的秘方也烧不出来吗?

邓美珊:别提了,为了这个秘方,水爷爷都不见我了。

陶自强:为什么?

邓美珊:他觉得没脸见我们了。这件事我一直瞒着你,不敢跟你说,怕你再去找水爷爷。

陶自强:难道他的秘方是假的?

邓美珊把水爷爷的秘方交给陶自强,一张很陈旧的黄表纸,上面的字迹也是陈旧的。陶自强认真看着。

邓美珊:你看,烧料百分之一点六,寒水石百分之零点四,白玻璃百分之一点二,陈湾百分之六十七点六,叫珠子百分之零点四,晶料百分之零点四,高岭土百分之零点四,二灰百分之二十二点五……

陶自强:我不懂郎红的配方,有什么问题吗?

邓美珊:这个配方,跟冯家窑的配方一模一样的。

陶自强:水爷爷知道吗?

邓美珊:水爷爷哭了,哭得很伤心。

陶自强:到底是怎么回事?

邓美珊:水爷爷告诉我,民国四年,给袁世凯烧的"江山万里红",用的就是这个秘方。他一直也不明白是怎么回事,袁世凯下台以后,他从御窑厂的大牢里出来,回到家里,他老婆却离家出走了。他终于明白了,他的师父还是信不过他,把真正的秘方传给了他的老婆……

陶自强:水爷爷的老婆在哪儿?

邓美珊:据说回了老家。

陶自强:人还在吗?

邓美珊:水爷爷的老婆也是把水爷爷伤透了,水爷爷坚决不去找她。

陶自强:我们再去找找水爷爷,争取把水爷爷的老婆找到。

邓美珊:你别去了,这是水爷爷最大的隐私,只有我一个人知道。还是我去找水爷爷吧。

陶自强:那好吧。有什么问题我们及时沟通。

一家人在吃晚饭,卢再缘虽然身体还比较虚弱,但是精神很好。汪国良照顾着卢再缘,不断给他夹菜:您多吃点儿,这是萌萌特意为您做的。

丁萌萌:这山药很好消化的,我又加上了萝卜、青椒清炒,很爽口是吧?

卢再缘:你们没必要为我准备什么,我在疗养院吃得很好,又都是营养师调的菜谱。我不缺嘴,我就是为了回来跟你们吃一顿饭,吃什么无所谓,就是享受一下家庭的气氛。

丁萌萌:是啊,我们多次跟高院长提出来要接您回家,高院长就是不同意。

卢再缘:我这次回来有一个很好的理由。

汪国良:您什么理由?

卢再缘:我跟高院长说,回来跟你们一起讨论设计献礼瓷的方案。

丁萌萌:是啊,我们也正想跟你商量这件事呢,这理由太充分了。

汪国良:看来您胸有成竹了?

卢再缘:说不上胸有成竹,拿出来供你们批判。

丁萌萌:哎呀,您可太谦虚了。

卢再缘指着旁边的一个文件包:把那个包递给我。

汪国良拿起文件包,给了卢再缘。

卢再缘没有急于打开包,抬起头看了看汪国良,又看了看丁萌萌。

汪国良心里有点儿发毛。

丁萌萌:你想说什么?

卢再缘:我是有一句话要说,这句话憋在我心里两年多了。过去我们一起工作的时候,你们叫我什么?

汪国良:叫师父啊。

卢再缘又问丁萌萌:你呢?

丁萌萌:我是最早叫您师父的。

卢再缘:叫师父顺口吧?

汪国良:这是理所当然的呀。

卢再缘:可是,你们俩结婚以后,怎么什么都不叫了?

两个人低下了头。卢再缘说道:你们别为难,不就是因为婚礼上你们叫我一声爸爸吗?既然叫了爸爸,就觉得再叫师父不合适了,对吧?跟你们说心里话,这辈子,你们叫我一声爸爸,我就知足了,一声就够了。我知道你们为难,爸爸不是对谁都可以叫得出来的,很难开口。对吧?

汪国良:爸爸,我错了,以后……

卢再缘:打住。我为什么两年多都没有提起这个话题呢?就是怕你们年轻人脸皮儿薄,不好意思,怕让你们下不来台。我本来永远都不想提的,可是今天回到家,听到你们对我没有称谓的谈话,觉得非常别扭。一个家庭里,不怕有分歧有意见,甚至不怕吵架,就怕别扭。别别扭扭地相处,要消耗感情的。

丁萌萌:我们以后叫您爸爸,大大方方地叫,我保证。

卢再缘:不,我不是要求你们叫我爸爸才说这些话的。我想,你们还叫我师父吧。叫师父你们叫着顺嘴,我听着也顺耳。需要说明的是,我这个师父,是父亲的父,不是姓傅的傅。一日为师终身为父,就是这个父。师徒如父子,也是这个父。但是,你们有了孩子,必须叫我爷爷,同意吗?

汪国良:那当然,必须的。

丁萌萌站起来:师父……您要当爷爷了。

卢再缘一愣,随即高声叫起来:啊,太好了。什么时候?

丁萌萌:还有半年呢。

卢再缘:有酒吗?国良,把酒拿出来,为了我的大孙子,或者小孙女,我们庆祝一下……

邓美珊挽着冯兴远在塘边漫步,一对幸福的年轻人融入在水一样的月光里。邓美珊说:明天我去瑶里去找水爷爷。

冯兴远:我跟你一起吧?

邓美珊:不行。

冯兴远:为什么?

邓美珊:陶厂长想去我都没同意。

冯兴远:陶厂长是陶厂长,我是我,能一样吗?

邓美珊:我就是怕水爷爷受到打扰。

冯兴远:我有办法。

邓美珊:什么办法。

冯兴远看到邓美珊身后有一棵大槐树,指了指:你看哪儿?

邓美珊一回头,冯兴远把她推到大槐树上,压着她的身子吻了起来。邓美珊使劲推着冯兴远:你坏你坏,你太坏了。在北京待了几年,你怎么这么坏呀?

冯兴远:都是跟你们北京人学的。

邓美珊:不许你污蔑北京人……

冯兴远把邓美珊的嘴堵上了。邓美珊不挣扎了,两个人忘情地吻着……

丁萌萌和汪国良看着卢再缘的画稿。卢再缘说:我想画一对镶器,四面,每面画四个中国古代的巾帼英雄。你们看看。

汪国良:这个是花木兰,我知道。

丁萌萌:这个是穆桂英。

汪国良:这个是梁红玉。

卢再缘:你们再看这只。

丁萌萌:这个是樊梨花吧?

汪国良:这个应该是冼夫人。

丁萌萌:这个是谁?

卢再缘:我现在拿不准,中国古代的巾帼英雄有许多,还有一些文人、诗人,比如蔡文姬、卓文君、李清照……她们都是巾帼,可是算不算英雄呢? 你们说。

汪国良:师父,这个……把我们也难住了。

卢再缘:要是不难,高院长能同意我回家跟你们一起吃饭吗?

丁萌萌:高院长也知道您这个设计?

卢再缘:不但高院长知道,我们疗养院里的一些老师傅都参加了讨论,热烈得很呢,有时候吵得脸红脖子粗的。

汪国良:他们都是什么意见?

卢再缘:众说纷纭、五花八门、七嘴八舌、互不相容……哈哈,越讨论我越摸不到头脑了。

丁萌萌:师父,我想到了一个人。

汪国良:我也想到了。

卢再缘:别说,都别说。你们想到的人说不定我也想到了,咱们学一学诸葛亮和周瑜,把心里想的写在手心上。拿笔来。

汪国良掏出钢笔。

卢再缘:你先写,别让我们看见。

汪国良背过身子写着,写完,把笔交给了丁萌萌。丁萌萌写完,又把笔交给卢再缘。卢再缘接过笔:你们都背过身去。

两个人转过身。卢再缘在手心上写完:好了,都亮出来吧。

三只手平伸在桌子上面:每个掌心上都写着一个"吴"字。

三个人哈哈大笑起来。卢再缘说:你们去拜访吴㢿湘先生,替我办一件事。国良,一会儿你把我的《金陵十二钗》找出来,送给吴先生。就说我卢再缘对他仰慕已久,我在他的作品中学习到了许多东西。

汪国良:爸爸,我替吴老师谢谢您。

卢再缘:叫师父。

汪国良:我还是锻炼着叫爸爸好。

陶自强:萧师傅,今年是新中国成立十周年,举国同庆,我们建国瓷厂要烧制一批国庆献礼瓷……

萧炳南挥着手打断了陶自强的话:等一等,自强。

陶自强有些不高兴。

萧炳南:我还有几句话要问你。

陶自强:您先让我说行吗?

萧炳南:不行。

陶自强有点儿急了:我们确实需要您萧师傅。

萧炳南:你不是需要一个擂金师傅吗?

陶自强:您不就是擂金师傅吗?

萧炳南:不,我是做茶叶的。

陶自强:可是那天您点了头。

萧炳南:我点头是欣赏你,甚至是喜欢你。我没说我是擂金师傅吧?

陶自强生气了:萧师傅,您……您不能这样。

萧炳南:你说,是你姐姐把你带大的?

陶自强:是。

萧炳南:你从多大跟着你姐姐?

陶自强:刚出生。

萧炳南:为什么要你姐姐带着你。

陶自强:我父母都去世了。

萧炳南:是同时去世的吗?

陶自强:我不知道,这得问我姐姐。

萧炳南:你跟你姐姐是同父同母吗?

陶自强:当然了,父母去世以后,是姐姐把我一把屎一把尿拉扯大的。

萧炳南:自强,你耐心点儿,有些话我必须要问清楚,这对我很重要。

陶自强:我的事比您的事更重要。

萧炳南:你的事我帮不上什么忙。

陶自强:什么? 您是帮不上忙,还是不愿意帮?

萧炳南:我说过,我是种茶的。

陶自强:您可承认过您是攉金师傅,怎么又不认账了? 您到底是怎么回事? 您要真的不是攉金师傅,您就直接告诉我。我来请你,你不让我说话,可是又对我没完没了地问这问那,跟审贼似的。要知道这样,我就不该来找您。

萧炳南:你现在走也不晚呀。

陶自强火气上来了,腾地一下站起来:告辞。

萧炳南转身看着陶自强。陶自强朝门外走去,到了门口,刚要迈门槛,萧炳南大喊一声:虎子……

陶自强浑身一震,像是被施了法术似的定住了身子。萧炳南声嘶力竭地喊着:虎子……我的虎子……

陶自强转过身,呆愣愣地看着萧炳南。萧炳南一双泪眼直直看着陶自强。

陶自强咕咚跪在了地上:爸……

萧炳南猛地把陶自强搂住怀里:儿子,你让我找得好苦啊……

冯运华帮助罗纲和徐巧莲排戏。看着两个人渐渐地入戏,在舞台上表现出一往情深的样子,冯运华心神恍惚起来……

陶自强进来了,站在陶祁香面前,一声不响。

陶祁香看着陶自强:你哭过?

陶自强点了点头。陶祁香问道:怎么回事? 受了什么委屈?

陶自强:不,不是委屈。

陶祁香:那是为什么?

陶自强:我找到爸爸了……

陶祁香惊愕地看着陶自强,慢慢地站起身来。陶自强扑到陶祁香怀里,大哭着:姐姐……

陶祁香抱着陶自强:别哭,别哭,你爸爸在哪儿? 他是谁?

冯运华和徐巧莲进来了,看见了这令人惊异的一幕……

几个茶女布置茶室,打扫房间,擦洗茶桌座椅,摆放鲜花水果……

萧炳南在一边指挥着:这两个花瓶的花是谁插的?丁香,你过来重新插。这边……桌子上怎么还有灰尘?

芍药:师父,这不是灰尘,是太阳返的光。

萧炳南:凤仙,你把三道茶的表演再带她们走一遍,别出什么差错。

丁香:师父,今天是什么金贵的客人来呀?

萧炳南:不是客人,是亲人。

丁香:是您的亲戚吗?

萧炳南:你这个孩子,就是不动脑子,亲戚能叫亲人吗?

一辆吉普车奔驰在乡村公路上。道路两旁青山绿水,鲜花满山。李宗贤的儿子李德宝开着车,陶自强坐在副驾上。后面,坐着陶祁香和冯运华。

冯运华:我到高岭矿区劳改的时候,走的就是这条路。

陶自强:对了,冯叔,您是怎么去的?

冯运华:十一路。

陶自强:谁送您去的?

冯运华:一个劳改犯,还指望着有人送?想得美。我背着行李卷儿,天没亮就出发,天大黑才到矿区。

陶自强:就您一个人,他们也不怕您跑了?

冯运华:跑?往哪儿跑?我连逃跑的念头都没有。

陶祁香:你遭难的时候,我不在,自强也不在,真难为你了。

冯运华:周鸿达要送我,我说什么也不同意,生生把他赶回去了。

李德宝说话了:冯老师,当年您受到的冤枉,是我爸爸整的您吧?

冯运华:也不能全怨你爸爸,运动嘛。

李德宝:反正我爸爸没少干坏事。

冯运华:你不能这样说你爸爸。

李德宝:厂里许多老师傅都这么说,害得我都抬不起头来。

陶自强:德宝,你千万别有什么负担,更不能有压力。

陶祁香:这孩子是谁呀?

陶自强:姐,忘了给你介绍了,他叫李德宝,是李宗贤的儿子。

李德宝:您以后千万别这么介绍我,做李宗贤的儿子,我嫌丢人。

冯运华:德宝,别这么说,你爸爸还是建国瓷厂的副厂长嘛。再说,他为建国瓷厂也是做了一些好事的……

李德宝:昨天我开车送谷师傅去陶瓷大学办事,半路上闲聊,知道了我是李宗贤的儿子,指着我的鼻子说,你那个爹呀,顶不是东西了。

汽车颠簸着,冯运华发现陶祁香的身子有点儿发抖。

冯运华:祁香,你怎么了?

陶祁香:我有点儿紧张。

冯运华:紧张什么?

陶祁香:马上就要见到自强的父亲了,我控制不住自己了。

冯运华:你在舞台上面对着成千上万的人都轻轻松松,怎么还紧张呢?

陶祁香:在舞台上,那不是演戏吗?

冯运华:你就当是演戏。

陶祁香:不行,这戏可演不得。

陶自强:姐,一会儿我先进去,您在外面先冷静一会儿。

售票员喊着:去荷塘的还有没有? 荷塘的上车了……

汪国良扶着丁萌萌上了车,把手里的东西放在货架上,又安排丁萌萌坐下。

汽车开动了,坐在里面的丁萌萌朝外面看着,感慨地说:你说咱景德镇变化有多大,上次我们去看望吴老师的时候,还骑自行车呢,现在都通公共汽车了。

汪国良:我还是觉得骑自行车好。

丁萌萌:好什么好,累不说,还耽误工夫。

汪国良:骑自行车能遇上暴风雨,躲在小船里避雨,能产生爱情。

丁萌萌:闭嘴。

汪国良嘻嘻地笑着,悄悄地摸了摸丁萌萌的肚子。

丁萌萌:摸什么摸,这可是公共场合。

汪国良:我摸摸我儿子怕什么?

丁萌萌:不要脸。

下了车,丁萌萌和汪国良提着礼物走上来。吴婳湘夫妇在门前迎候着。

丁萌萌:师父、师母,你们好啊。

吴廼湘:好啊,太好了。

汪国良:吴老师,您怎么知道我们来?

吴廼湘:我不知道呀。

汪国良:您跟师母不是在这儿迎接我们吗?

吴廼湘:你想多了,每天上午,我们都要在这儿站一会儿。

汪国良:在这儿站着干什么?

吴廼湘:说情话。

丁萌萌:啊? 吴老师,你们也太浪漫了吧?

汪国良:吴老师,您和师母说什么情话呀?

吴廼湘:每天都重复老三句:我爱你,我崇拜你,我……

吴夫人使劲摇晃着吴廼湘的胳膊:哥,别乱说……

吴廼湘哈哈大笑起来。

吴夫人接过汪国良提着的礼物:别在这儿站着了,快进屋吧。

丁萌萌和汪国良进了屋,吴廼湘又坐在了茶台前为他们泡茶。

吴夫人凑在丁萌萌的身边,小声地问:你有了吧?

丁萌萌抿着嘴笑了笑。吴夫人道:四个月了吧?

丁萌萌:师母,您是怎么知道的?

吴夫人:别忘了我可是护士。

丁萌萌:您的眼睛可真毒。

吴廼湘:你们嘀咕什么呢?

吴夫人:萌萌说你年轻、潇洒,是个帅老头儿。

吴廼湘:这是假话,但是我爱听。

汪国良:师父,卢再缘老师向您问好,他让我告诉您,他是非常仰慕您的。

吴廼湘:卢先生身体怎么样了?

汪国良:刚开始得病,医生说他只能支撑半年。这一晃,三年都过去了。

吴廼湘:你知道为什么吗?

汪国良:为什么?

吴廼湘:天意怜幽草啊,你师父一辈子太难了,阎王爷都可怜他。更主要的是,他想明白了,活通透了。

汪国良:请吴老师明示。

吴廼湘:他原来啊,总是陷在自己的坑里爬不出来。有了你和萌萌,后来又进来建国瓷厂,他突然见到一片新的天地,知道自己是谁了,也知道自己价值所在了。要不然,他早就完了。

丁萌萌:吴老师,您太了解我师父了,您说得真对。

714

吴夫人：我哥现在开始研究哲学了。

丁萌萌：我觉得活得最真实、最精彩的还是吴老师。

吴迺湘：萌萌，你们今天来是有事求我吧？

丁萌萌：吴老师圣明。

吴迺湘：趁着没喝酒，先说正事。

丁萌萌：让国良跟您说吧。

吴夫人：萌萌，让国良跟吴老师说话，我跟你说说保胎的事情。

丁萌萌站起身来，跟着吴夫人出去了……

陶自强带着陶祁香、冯运华朝萧炳南的茶室走过来。

大老远，萧炳南就半跑着迎上来。没等陶自强介绍，萧炳南就握住了陶祁香的手，声音颤抖着，半天说不出话来。

陶祁香不知所措。冯运华打破了僵局，上前说：萧师傅，您好啊。

萧炳南又转身握住了冯运华的手：冯先生，又见到您了，太好了。

陶自强有些不好意思地：爸爸，让他们进屋吧。

萧炳南听见陶自强喊他爸爸，还不大习惯，连忙说：对对，请进，请进屋……

萧炳南话音未落，凤仙和荷花捧着鲜花跑出来。

凤仙把鲜花献给陶祁香：姐姐，欢迎你到浮梁茶园来。

陶祁香饱含泪水：谢谢，谢谢。

荷花把鲜花献给冯运华：冯老师，欢迎您到浮梁茶园来。

冯运华接过鲜花：谢谢，非常感谢……

陶祁香和冯运华进了萧炳南的茶室。茶室正中央，摆着一把太师椅，椅子上铺着兽皮。萧炳南让着陶祁香：您请坐。

陶祁香看了看，茶室里就这么一把太师椅，谦让着：不不，我坐这儿不合适。

萧炳南：您坐，我有几句话想对您说。

陶祁香：有什么话您就说吧，我可不能坐在这儿。

萧炳南：不，您必须坐在这儿，我的话才能说。

冯运华：萧师傅让你坐你就坐吧。

陶祁香：运华，你坐在这儿吧。

萧炳南：您先坐下，如果您觉得不自在，等我的几句话说完，您再离开。

陶祁香：既然如此，我就恭敬不如从命了。

萧炳南：您请。

陶祁香坐在太师椅上。萧炳南恭恭敬敬地站在陶祁香面前：三十二年前，您救了我儿子的命，含辛茹苦把他养大，还把他教育得这么有出息。您是他的大恩人,也是我的大恩人,我老朽无以为报,请受我一拜。

萧炳南说着,便跪下来叩首。陶祁香急忙起身,上前搀扶着萧炳南:哎呀,这可使不得使不得,萧师傅,您快请起来……

萧炳南又把陶祁香扶回太师椅上:您坐好,请坐好。自强,来,到我身边来。

陶自强站在了萧炳南身边。萧炳南说:跪下。

陶自强跪在了陶祁香面前。陶祁香说:你们这是干什么呀?你也快起来。

萧炳南:我的话还没有说完,您对陶自强,既有救命之恩,又有养育之恩。我能想象得到,一个十三四岁的女孩儿,把一个孩子养大,得经历多少艰难困苦啊。您为了他,把自己半辈子都搭进去了,把自己的事情都耽误了。您就是他的再生父母,他应该叫您娘才是。可是你们一直以姐弟相称,我就尊重你们。现在,我要让自强当着我的面,给您磕一个头。您别误会,这算不上谢恩,如此山高海深的恩情,是无法报答的。我只是想说,您永远是他的姐姐,像娘一样的姐姐。他要一辈子孝敬您、保护您,将来给您养老送终。

陶自强磕伏在地上:姐姐……

陶祁香把陶自强扶起来,替他擦着眼泪……

萧炳南问冯运华:冯先生,我想请教一下,我应该怎么称呼自强的姐姐?

冯运华:您可以像我一样,直呼其名,就叫祁香吧。

萧炳南:不行,我叫不出口,也不合适。

陶祁香:有什么不合适的,从陶自强那儿论,您是我的长辈,我就叫您叔叔吧。您就叫我祁香,慢慢就习惯了,我喜欢人家叫我的名字。

萧炳南:祁香……多好的名字啊。

汪国良把卢再缘送给吴逦湘的《金陵十二钗》展开。吴逦湘站在画前仔细端详着。汪国良说:这是卢再缘老师最得意的作品,你看呢师父?

吴逦湘:在景德镇,我是天马行空,独往独来。也有来拜师学艺的,也有登门求教的,我都拒之门外。

汪国良:您不是收我为徒了吗?

吴逦湘:那是你小兔崽子走了狗屎运。

汪国良:你还没说这幅作品呢。

吴逦湘:我虽然不与人交往,但是我知道,不少人都在学我的画。我曾经对你小兔崽子说过,学我者生,像我者死。这是齐白石大师对他的关门弟子许麟庐说的话。艺术是什么,是创作;创作是什么?是独特;独特是什么?是你自己。你模仿别人的作品再像,还是别人的,不是你自己的。卢再缘啊卢再缘,我们虽未谋面,可神交颇深啊……

716

汪国良:师父,我一定要把您的话告诉卢老师,他会非常高兴的。

吴逎湘:在艺术上,我们的心是相通的。

吴夫人在饭厅喊着:吃饭了。

吴逎湘:咱们先吃饭,边吃边聊。

萧炳南用浮梁三道茶的最高礼节招待客人。他坐在茶台前,亲自泡茶。

茶室的一个角落里,凤仙弹着古琴。古琴旁边的香炉上,燃着檀香。

香烟袅袅,琴声悠悠。陶祁香和冯运华坐在了萧炳南的对面。

陶自强转悠着想找点儿活儿干。萧炳南说:自强,你也坐下,你也没有见到过三道茶,今日一起感受一下。

陶自强坐在了陶祁香的身边。芍药在萧炳南的右边烧水,茉莉在他的左边备茶。荷花站在客人的后面,一边伺候着,一边讲解着。

芍药把几种茶叶放在一个个小碟子里,摆放在一个大盘子里。

萧炳南:上次约瑟芬来的时候,我招待她的是头道茶,今天我们从第二道茶开始。第二道茶咱们品尝一下"瑶里崖玉"。

茉莉把"瑶里崖玉"准备好,放在萧炳南的旁边。

荷花在后面讲解着:"瑶里崖玉"用的是一芽一叶初展的鲜叶制作的。采摘早、标准高、制作精细,鲜叶—摊放—杀青—吹凉—揉捻—做形—初干—提毫—干燥—拣剔,最后按照优良中三个等级选择出来进行包装储藏。萧师傅今天招待各位的是特级品,都是从优等品当中选出来的……

茉莉把三个洗好的玻璃杯摆放在师父面前。芍药把烧好的水倒进一个铜壶里,萧炳南打开壶盖儿,让壶里的水降降温,端起来。

萧炳南往三个玻璃杯里各倒四分之一的水,停了一小会儿,又开始倒水。

荷花在一边解释说:泡绿茶要用八十到九十度的水,先倒少许,把茶叶浸润。然后,停二十几秒,再倒。你们看,我师父倒水的姿势叫作"凤凰三点头",表示向客人鞠三个躬,以示尊敬。

陶祁香、冯运华和陶自强惊异地看着、听着。萧炳南双手把茶杯端到三个人面前,放下。然后,左手伸出,做出一个请的姿势。

荷花:这叫作奉茶,请三位品尝。

萧炳南:尝尝我们的"瑶里崖玉"怎么样。

冯运华:刚才您往杯里一倒水的时候,就已经雅室盈香了。

萧炳南:我常常想,景德镇的瓷器,浮梁的茶叶,乐平的戏剧,是一棵梧桐树上的三只金凤凰。千百年来,这棵梧桐树一直没有在我们景德镇扎根。这三只金凤凰呢,飞来飞去,没有可栖之巢。现在,赵书记干的第一件事情,就是栽种梧桐树。有了梧桐树,这三只金凤凰就能展翅高飞了……

陶自强:爸爸,您说得太好了。这些话您应该跟赵书记亲口说一说。

萧炳南:赵书记来过几次,我每次都要为他摆三道茶,他说什么也不同意。

陶自强:找个机会,一定要让赵书记体验一下三道茶。

一桌丰盛的酒席。吴逦湘兴致勃勃地与两个年轻人喝酒聊天。

吴夫人一边照顾着吴逦湘,一边为两个年轻人夹菜。吴逦湘说道:你们搞献礼瓷那些想法都很好,又有创新又不离艺术功力,就是……

丁萌萌:吴老师,您说,我们就是遵照卢老师的吩咐来找您征求意见的。

吴逦湘:不是什么意见,我就是有点儿担心。

汪国良:师父,您担心什么?

吴逦湘:因词害意。

汪国良:您是说,我们的主题太突出了,会流于肤浅,对吗?

吴逦湘:国良啊,来,师父敬你一杯。

汪国良:您别敬我呀,该我敬您的。

吴逦湘:我现在可以自豪地说,你汪国良是我吴逦湘的亲徒弟了。难道还不该敬您一杯吗?

丁萌萌:吴老师,您的意思是,我们这对镶器,不应该局限在巾帼英雄上,对吗?

吴逦湘:中国古代有那么多侠女、才女,像卓文君、李清照、蔡文姬……

汪国良:吴老师,您是一语惊醒梦中人。萌萌,我们敬吴老师和师母吧。

吴逦湘:且慢,我还有个东西想给你们看一看。夫人,有劳了。

吴夫人起身,拿出一个画轴,打开。

汪国良和丁萌萌大吃一惊:《洛神图》?

汪国良:师父,您又画了一幅?

吴逦湘:你仔细看看,这像是新画的吗?

汪国良仔细看了看:是谢老板红店里的那幅,这是他的镇店之宝啊……哦,他不是卖了吗?怎么到您手里了?

吴逦湘:他要八百块,景德镇谁有这么多闲钱?我听说后就买回来了。

汪国良:您给了他八百块?

吴逦湘:他好意思跟我要那么多吗?

汪国良:那您花了多少钱?

吴逦湘:我给他中间砍了一刀。

718

一张古色古香的八仙桌。萧炳南坐上首,冯运华和陶祁香分坐左右。

菜还没有上来,陶自强被桌子上的餐具吸引住了。每个人面前的盘碗和骨碟,都是古彩本金的。陶自强拿起来仔细看着,眼睛里充满了惊异。

萧炳南:看出什么来了?

陶自强:爸爸,这就是本金吗?

萧炳南:看看和你们现在的金水有什么不同?

陶自强:太厚重了,捧着这碗,就像捧着厚厚的历史书。

冯运华和陶祁香也拿起自己面前的碗和盘子。

萧炳南:我做搧金,学徒三年零一节,报效师父五年,自己单干了两年,又在景德镇干了三年……自己就落下了这一套茶具,一直在我的柜子里藏着,从来没有用过。知道你们要来,我让几个丫头提前把这套餐具清洗出来……

冯运华:萧师傅,我们太荣幸了。

萧炳南:多少个夜晚,我都打开柜子,看着这套餐具,自己问自己,什么时候能用上它呀? 收藏这套餐具的时候,我是想着将来娶儿媳的时候用的。可是……啊,等不及了,今天就用上吧。

凤仙端上来一个大大的汤盆,也是本金古彩的。汤盆里的汤是鲜鱼鹌鹑蛋,上面漂着几片湛清碧绿的蔬菜叶。陶自强立即起身,给每个人舀着汤。

萧炳南:先喝口汤,先喝汤再喝酒。这是东河的小鲫鱼,鲜得很啊。

陶自强:爸爸,酒在哪儿?

萧炳南:哦,厨房的柜子里,那两瓶茅台,我留了二十多年了,拿过来。

冯运华:萧师傅,咱别喝茅台了。

萧炳南:冯先生,客随主便吧,听我的。

陶自强:孩儿得令。

芍药掌勺炒菜,荷花帮厨,凤仙在一边等着端菜。

陶自强:妹妹们辛苦了。

凤仙:自强哥,你真幸运,怎么摊上这么一个好爸爸。

陶自强:你可真逗,是我摊上的吗?

荷花:我们师父找到了你,你知道他有多高兴吗?

陶自强:我也高兴,我姐姐也高兴,可惜……

凤仙:可惜什么? 是不是可惜茶花没有看见这一幕?

陶自强:凤仙,你出来一下,我跟你说句话。

凤仙出来,陶自强:我听茶花说过,你们姐妹几个,你们俩关系最好。

凤仙:是啊,我们是闺蜜。

陶自强:你跟茶花有联系吗?

凤仙:有。

陶自强:她现在怎么样?

凤仙:挺好的,已经当上茶艺师了。

陶自强:你能把她的联系地址告诉我吗?

凤仙:不能。

陶自强:求求你了凤仙。

凤仙:求也没有用,我不能出卖朋友。

陶自强无语了。凤仙说道:自强哥,你心里还有茶花吗?

陶自强:我心里从来没有装过别人。

凤仙:我会把你这句话告诉她的。

荷花在厨房里喊着:凤仙,端菜。

凤仙转身要走,陶自强拉住了她。

陶自强朝厨房里喊着:荷花,麻烦你们端一下吧,我跟凤仙说几句话。

荷花答应着:好嘞。

陶自强:凤仙,听说你还没有对象,是吗?

凤仙:我不想找了。

陶自强:如果遇上特别合适的呢?

凤仙:特别合适的也不要。

陶自强:为什么?

凤仙的眼睛红了:自强哥,我想谈一场恋爱,很想。

陶自强:那还不容易,你条件那么好,只要不过分地挑剔就有的是机会。

凤仙:我说的是真正的恋爱。

陶自强:什么才是真正的恋爱?

凤仙:自由恋爱。

陶自强:当然是自由恋爱了。

凤仙:自强哥,你知道吗?《婚姻法》颁布都快十年了,可在农村,又有几个算得上自由恋爱呢?绝大多数都是媒人介绍的。媒人介绍什么?都是男方的家庭条件,兄弟姐妹几个,几间房子,什么工作,父母是干什么的。然后两个人见面,双方看着不恶心,就摇头不算点头算了。然后就是张罗着定亲、买衣服、商量彩礼,从见面到结婚,有的连三回面都没见过。我们村有一个姑娘更过分,人家介绍个军官,上午见了面,晚上就入洞房了。谈恋爱谈恋爱,不谈怎么叫恋爱?

陶自强:我明白了,你是说要找一个人,从认识到相互了解到相亲相爱,然后才能谈婚论嫁,是吗?

凤仙:我到现在还没有找到对象,有人说我眼光高,有人说我高不成低不就,还有人说得更难听。其实,我就想自己认识一个人,自己去跟人家相处,我要好好享受享受恋爱的滋味儿。就像你和茶花那样,轰轰烈烈地爱一场,就算是最后不能走到一起,也值了。否则,这辈子算是白活了。

陶自强听着凤仙的话,很有感触地点着头……

饭桌上,饶三公两口子正在吃午饭。饶三公放下了酒杯,端起了饭碗。

饶三婆:你知道吗? 萧师傅找到儿子了。

饶三公:找到了? 谁呀?

饶三婆:陶自强……

饶三公手里的饭碗啪啦掉在了地上。饶三婆吃惊地看着饶三公。

陶自强:爸爸,真对不起,应该让您休息两天的,可是……您知道的,我们搞献礼瓷时间紧、任务重。

萧炳南:我懂,你说吧,我们马上开始工作。

陶自强:我先问问您,需要做些什么准备呢? 我对擂金工艺一无所知。

萧炳南:有件事得需要你拿主意。

陶自强:您说。

萧炳南:景德镇烧做两行,各家有各家的独门绝技,都是秘不外传的。甚至还有的传子不传女,传儿媳不传女婿。

陶自强:这个我知道,这些规矩我们已经打破了许多。

萧炳南:擂金可是独此一家别无分店啊。

陶自强:爸爸,我不是您的儿子吗? 您可以传给我呀。

萧炳南:然后呢?

陶自强:然后我再教给年轻人。

萧炳南:我一猜你就要这么做。既然如此,何必脱裤子放屁呢? 我直接带徒弟不就完了吗?

陶自强:我也想学习,为了您的独门绝技后继有人。

萧炳南:不是后继有人,是后继有许多人。

陶自强笑了。萧炳南道:加上你,你再选两个吧。要人品好,聪明点儿的。

陶自强:周鸿达怎么样?

萧炳南:人家是副厂长,工作那么忙。

陶自强:我还是厂长呢。

萧炳南:那好,他要是想学,就带上他。还差一个呢?

陶自强:我一个徒弟,叫朱光秀。

萧炳南:好,就你们三个吧。

擂金工作室,一张很大的工作台。台前面有陶自强、周鸿达、朱光秀。萧炳南讲着擂金的工艺:擂金主要是打细金,分三道工序。第一道,叫打金叶……

萧炳南说着,从工作台上拿起一根金条:这是10两重的金条,要把它打成8×8厘米、厚1毫米的金叶。第二道是打大包,把金叶剪成四十片,每片裹一张乌金纸,捆成包,放在石头上用大锤捶打,每片打成5×5厘米的金箔,厚度相当于竹纸的三分之一……

三个人认真地听着,脸上的表情是新奇和兴奋。

萧炳南:第三道是擂金粉。把金箔放在口径六十厘米的瓷盘里,加水适量。瓷盘下面放一盆温水,水温是二十五度至四十度。然后,用手研磨。研磨的时候要一气呵成,中间不能休息,直到研成细末。最后,用一千二百目的铜筛过筛……这根金条,擂成合格的细末,需要十天的时间。这三道工序,每个人只能掌握一道工序,所以需要三个人分工合作,联合完成。你们考虑一下,谁学哪道工序。再有,刚才我说的工具,没有的,需要马上置办。

周鸿达看了看陶自强,又看了看朱光秀:萧叔叔,您说的倒是挺清楚,可是做起来太难了。

萧炳南:怕难就用金水呀。

朱光秀:师父……不,师爷,我不怕难,越难我越想学,你教我吧。

周鸿达:你小子倒会捡便宜,谁说我不学了?

朱光秀:您不是说难吗?

周鸿达:这容易吗? 容易怎么别人都不会,容易怎么失传了?

朱光秀:您别生气,我就是求知欲强,学习心切。

周鸿达:你这不是自己表扬自己吗?

陶自强:告诉你朱光秀,我们年纪都大了,早过了学徒的年龄。我们每人只能学一道工序,你必须把三道工序都学会,而且还要学精、学巧、学扎实。

朱光秀:保证完成任务。

建国瓷厂的吉普车。开车的是李德宝,冯兴远坐在副座上。车后面坐着邓美珊和水爷爷。邓美珊问道:水爷爷,您知道冯兴远是谁吗?

水爷爷:你不是说是你的男朋友吗?

邓美珊:那只是他和我的关系,我问的是他的社会关系。

水爷爷:他不是北京来的大画家吗? 帮助建国瓷厂设计献礼瓷的。

冯兴远:水爷爷,您对我了解得很多呀。

水爷爷:都是美珊说的。小冯呀,美珊是个好姑娘,你可不能欺负人家呀。

冯兴远:我还欺负她?她不欺负我就不错了。

邓美珊:别说这没良心的话,我什么时候欺负你了?

冯兴远:水爷爷说的是以后,对不对水爷爷?

水爷爷:两口子过日子嘛,难免有些磕磕碰碰的,马勺哪儿有不碰锅沿儿的。最根本的是,两口子得真心。

水爷爷说完这句话,触碰到了自己的伤心处,扭过脸看着车外。

车外,一派美丽风光。邓美珊说:水爷爷,您还记得冯运华吗?早先是冯窑主,后来是我们建国瓷厂的副厂长。

水爷爷:我怎么能忘了冯副厂长呢?他对我是有知遇之恩的。

邓美珊指着冯兴远:您看,前面那个坏小子,他就是冯副厂长的儿子,一点儿也不像他爸爸吧?

水爷爷:啊?你是冯家窑的大公子?

邓美珊:是二公子。他还有个哥哥,抗美援朝牺牲了,是个烈士。

水爷爷:哎哟哟,真是将门出虎子啊。你爸爸还好吗?

冯兴远:水爷爷,我爸爸很好。

水爷爷:前几年受了点儿冤屈,现在又回建国瓷厂了?

冯兴远:没有,他现在当剧作家了。

水爷爷:剧作家是干什么的?

冯兴远:编写剧本的。

水爷爷:就是戏班的呗。

冯兴远:也可以这么说吧水爷爷。

李德宝:水爷爷,前面一个岔路口,我们往哪边开?

水爷爷:就是往上饶的方向开,上饶县沙溪镇铅岭村。

冯兴远:一会儿遇见人我们问问路。

邓美珊:水爷爷,您到您师父的老家来过吗?

水爷爷:来过一回,还是我结婚的那一年……

汽车停在了村头。邓美珊对水爷爷说:水爷爷,您先在汽车里等着,我先去找奶奶,等我跟奶奶说好了,再回来叫您。

冯兴远:要不要我跟你一起去?

邓美珊:你还是留下来陪水爷爷吧,我自己去就行了。

水爷爷:就是在古戏台后面,你打听郎红江的家就行了。

邓美珊:您放心吧,我记住了。

邓美珊一边在村里走着,一边欣赏着这个美丽的小山村——

小村坐落在大山的怀抱里,四周都是翠微彩屏,一条小溪穿村而过。村里很安静,偶尔能听到鸡鸣犬吠。村子中间,一座古戏台。

邓美珊向一个老爷爷打听着……

干干净净的小房间,里面的陈设简陋,但很古朴。

江奶奶坐在床边哭着,邓美珊坐在她的旁边劝慰着。

邓美珊:奶奶,您别难过,水爷爷没有怪罪您,还常常惦记着您。

江奶奶:我不怕他怪罪我,他应该怪罪我。你说我办的是什么事呀。我们是结发夫妻啊,他蹲了大狱,我却跑了,你说说,我得多不是东西呀。这些年,我不知道身上担了多少骂名,好多次想起来,我死的心都有。

邓美珊:江奶奶,您当初为什么离开江爷爷呢? 是不是江爷爷蹲了大狱,您怕连累您?

江奶奶:许多人或许都会这样说,不是有句话嘛,夫妻本是同林鸟,大难临头各自飞。不管你信不信,我还真的不是怕受牵连。我们无儿无女,无牵无挂,我一个老婆子,就算跟着他一起砍了脑袋,又有什么了不起的。

邓美珊:那是为了什么?

江奶奶:都怨我那个爹,死死攥着那郎红的秘方,临死都不撒手。

邓美珊:那个郎红的秘方不是给江爷爷了吗?

江奶奶:我爹临死的时候告诉我,那个秘方缺两样东西……

邓美珊:您父亲把那两样东西告诉了您?

江奶奶:我爹不知道真糊涂,还是真恶毒。他也不想想,我又不会做瓷器,把秘方告诉了我,不就是断了根儿吗? 不错,我爹没有儿子,这是他一辈子的心病。给我招了个女婿,答应了把郎红秘方给人家,临死又变了卦。我爹倒是好歹有个女儿呀,我连个女儿都没有。该着断子绝孙,我爹就是个绝户心,他不想给这个世界留下任何东西……

邓美珊肩上背着江奶奶的蓝包袱,一只手搀扶着江奶奶。江奶奶拄着一根枣木拐杖,身板儿还算硬朗,步子也稳健。她们来到村口,水爷爷急忙迎着跑过来。冯兴远急忙跑上去,扶着水爷爷。水爷爷来到江奶奶面前,停下了脚步。

江奶奶看着水爷爷,嘴唇颤抖着,身子也哆嗦起来。

水爷爷上前扶住了江奶奶。

江奶奶一头扑进水爷爷的怀里,哭叫着:亭树,我对不起你啊……

陶自强、周鸿达、朱光秀一起学习着擂金技术。工作室里叮叮当当。

萧炳南看着陶自强，一种由衷的喜悦和自豪从心底生发出来，掩饰不住。他俯下身子，把住陶自强拿着大锤的手腕，手把手地教着。

陶自强有些不好意思，也只能由着父亲指挥。萧炳南说：这样，你看，不要用蛮劲儿，把锤举起来，要稳稳地砸下去。眼睛不要看锤，要看金叶，一边捶打，一边观察这金叶的薄厚。你右手拿锤，注意力要集中在左手上……

陶自强在父亲的指导下，一下一下有节奏地砸着金叶。

萧炳南非常满意：对，对，就是这样……非常好……

周鸿达和朱光秀在一边看着，非常羡慕。

萧炳南：你们两个别光看着呀，砸呀。

周鸿达：萧叔叔，您是不是太偏心了？

萧炳南：偏心？偏什么心？

周鸿达：您光教自己的儿子了，我们真成了"拖油瓶"了。

萧炳南笑了笑，好像意识到了自己的偏心眼，又不好意思承认：我教自强，你们不是也在旁边听着吗？

周鸿达：您是手把手地教自己的儿子，我们算是沾光偷艺。

萧炳南：你要是叫我爸爸，我也手把手地教你。

周鸿达脆生生地喊了一声：爸爸……

萧炳南笑了，朱光秀也笑了，陶自强笑弯了腰。

萧炳南对周鸿达说：来，我教你。

朱光秀又高声喊着：爷爷，父子亲不如隔辈亲，您还是先教我吧。

萧炳南：哎呀，老天爷睁眼，让我又多了一个儿子，还多了一个大孙子……

邓美珊：江奶奶接回来了，我把她和江爷爷安排在咱们厂招待所住下了。

陶自强：好啊，你带我去看看他们。

邓美珊：你先别去了，有件事我得跟你说说。

陶自强：江奶奶没有秘方？

邓美珊：秘方倒是有。水爷爷交给我的秘方里，缺了两样东西，其中有一样是二灰。

陶自强：我记得那秘方上有二灰呀？

邓美珊：她的二灰需要特制。

陶自强：江奶奶能制吗？

邓美珊：能制，就是有点儿荒唐。

陶自强:荒唐? 怎么荒唐法?

邓美珊:她说,制造二灰的人尿,要用童子尿。

陶自强:你请的是江奶奶还是巫婆?

邓美珊:所以我说荒唐呢。

陶自强:那就依着她,现在只能死马当活马治了。

邓美珊:可是……到哪儿去找那么多童子尿呀?

陶自强:你可真是诸葛亮喝盐卤,聪明一世糊涂一时,到小学校去呀。

邓美珊:对对对,我怎么没想起来呢。

萧炳南正在指导几个人擂金,手上锤起锤落,眼前金光闪闪。一派繁忙肃穆的场面。丁萌萌进来了:萧师傅,大门口有人找您。

萧炳南:找我? 什么人?

丁萌萌:一个非常漂亮的姑娘,还带着一只柳条箱子。

萧炳南:我知道了,是凤仙把我的衣服送来了。

萧炳南就要往外走。陶自强拦住了他:爸爸,这跑腿儿的事让光秀去吧。

朱光秀殷勤地:师爷,我去吧。

陶自强使劲捏了一下朱光秀的肩膀,嘱咐说:凤仙是你师爷最得意的女弟子,一定要好好招待,热情一点儿。

朱光秀:师父,您放心吧。

凤仙在大门口等候着。

朱光秀跑过来:请问你是凤仙吧? 我叫朱光秀,萧师傅离不开,让我来了。

凤仙没说话,上下打量着朱光秀。

朱光秀:你干吗这样看我,我说的是真的,没骗你。

凤仙还是没说话,依然仔细地打量着他。

朱光秀:你不相信我吗? 要不我带你去见萧师傅,不过要等很长时间。

凤仙:谁说我不相信你了? 我不是不认识你吗? 我得看仔细了,好记住我把东西交给谁了。

朱光秀大胆地伸出手:那我们现在就认识一下,我叫朱光秀。

凤仙犹豫了一下,也伸出了手:我叫凤仙。

朱光秀握着凤仙的手:我是成型车间的车间主任。

凤仙:我是浮梁茶园技术员。

朱光秀:我是陶自强的徒弟,萧师傅是我的师爷。

凤仙突然笑起来。朱光秀道:你笑什么? 我说的都是实话。

凤仙:那我就是你的师姑了。

朱光秀:怎么会呢?

凤仙:你看啊,你是陶自强的徒弟吧?萧师傅是陶自强的父亲吧?我呢,是萧师傅的徒弟,你知道吗?

朱光秀:知道啊,你还是萧师傅最得意的女弟子。

凤仙:论起来我和陶自强是平辈,我叫他自强哥,你不该叫我师姑吗?

朱光秀大大方方地给凤仙鞠了一个躬:师姑好。

凤仙又笑起来:真懂事。

朱光秀:对了师姑,你是怎么来的?

凤仙:我是坐浮梁到景德镇的头班车来的。

朱光秀:那你还没吃早餐吧?门口有一家早餐店,很不错的。我们先把箱子存放在传达室,我带你去吃早餐。

凤仙:不用不用,你先忙吧,我走了。

朱光秀:不行,我要是把师姑怠慢了,我师父该给我吃"磕螺丝"了。

早餐店,朱光秀端着豆浆油条过来,放在凤仙的面前。凤仙拿起筷子,吃着早餐。朱光秀坐在了凤仙对面。两个人高高兴兴地交谈起来……

唐家明和另一个男青年每人挑着一副水桶,后面跟着姚莎莎和江奶奶。

南小汐看见了:家明,你们这是干什么去?

唐家明:去接圣水。

南小汐:好好说话。

唐家明:真的去接圣水。

南小汐:到哪儿去接?

唐家明:景德镇小学。

南小汐:回来到我这儿来一趟。

唐家明:有什么好事?

南小汐:我要把你的嘴撕烂,让你不好好说话。

姚莎莎看了看南小汐,醋意十足地噘了噘嘴。

下课的铃声响了,同学们争先恐后地跑出教室。老师站在教室门口喊着:男同学注意了,想小便的到操场后面的小树林里……

江奶奶喊着:孩子们,跟我来……

操场后面的小树林里,摆着四只桶。唐家明和另一个男青年站在水桶旁边。姚莎莎躲在操场上的篮球架下面。

江奶奶指挥着:对准了,别尿在桶外面。

男孩儿:奶奶,为什么让我们把尿尿在桶里?

江奶奶:有用。

男孩儿:有什么用呀?

江奶奶:为祖国做贡献。

男孩儿:为什么不让女孩儿来呀?

江奶奶:童子尿童子尿,什么叫童子,只有男孩儿才叫童子……

唐家明和另一个男青年担着尿回来了。

南小汐看见了,急忙跑出来:这就是你们的圣水?

唐家明:是啊!

南小汐低头看了看:什么呀? 啤酒吧?

唐家明:你尝尝。

南小汐闻了闻:怎么这么骚呀,这不是尿吗?

唐家明:这是圣水。

南小汐:你神经病呀?

江奶奶:姑娘,可不能乱说啊。

南小汐:江奶奶,这是什么呀?

江奶奶:童子尿。

南小汐:这童子尿是干什么用的?

江奶奶:做灰釉。

南小汐还是不明白。姚莎莎低声嘀咕了一句:傻×。

南小汐却听见了:你说谁呢?

姚莎莎指着天空说:我说那只傻鸟呢,它听不懂人话。

南小汐却亲亲热热地对唐家明说:家明啊,中午食堂见,我给你犒劳个糖醋鱼,你不怕酸吧?

朱光秀满脸通红地回来了。陶自强问:你小子干什么去了?

朱光秀:我把师爷的箱子送您家去了。

陶自强:那也用不了这么长时间呀。

朱光秀:我……请凤仙吃了顿早餐,人家大老远来的。

陶自强:吃早餐能用多长时间,说吧,你到底干什么去了?

朱光秀：我……我又把她送到汽车站。

陶自强：好啊你朱光秀，利用上班时间泡妞儿，你说怎么办吧？

朱光秀：师父，我这算泡妞儿吗？

陶自强：那你说算什么？

朱光秀：您不是说让我对凤仙热情一点儿吗？

陶自强：你还怪起师父来了？长出息了。

朱光秀：我今天加两个小时的班。

陶自强：你瞧着办吧。

灰棚里堆放着两个灰堆，冒着热气。水爷爷讲解着灰釉的制作过程，邓美珊一边记录一边说道：这就算是烧成了？

水爷爷：这是第三次煨烧，就等着童子尿腐沤了。

邓美珊：当年我们做的时候，没来得及记录，水爷爷，您再给我说说这烧釉灰的全过程。

水爷爷：釉灰一般需要经过三次煨烧，先说第一次吧。最先要做的是把生石灰炼成熟石灰，这个不用我说了吧。

邓美珊：这个我知道。

水爷爷：接下来就是铺狼萁草和熟石灰，把狼萁草的头和尾交叉成十字铺，宽八十六厘米，厚四十厘米。

邓美珊：长呢？

水爷爷：长度不限。铺的时候，狼萁草要蓬松一些，不能压得太实，压得太实了会影响燃烧。铺好以后，就是往上面撒熟石灰，第一层的熟石灰也不要撒得太多。第二层和第一层差不多，狼萁草铺得略宽一点儿，熟石灰也撒得多一些。第三层与第二层稍有不同。先平行铺一层狼萁草，然后再交叉成十字铺一层。熟石灰也撒得比第二层多一倍……

江奶奶用一个大勺子，舀着桶里的童子尿往灰堆上泼着。水爷爷用铁锹归拢着灰堆。邓美珊、唐家明、姚莎莎等帮不上忙，只好在一边认真地看着。

729

第三十八章

陶自强的房间里，又摆上了一张单人床。

萧炳南和儿子住在同一个房间里，乐乐呵呵的。

陶自强端着一个木盆进来：爸爸，我给您洗洗脚。

萧炳南：不用不用，我现在还硬朗着呢，哪儿就轮到让别人给洗脚了。

陶自强：哎呀爸爸，您就给儿子一个尽孝的机会吧。

萧炳南：你这样会把我惯坏的，怎么过起衣来伸手、饭来张口的日子了。我又不是土财主。

陶自强：您这些年受苦了，我要尽量给您一点儿弥补，让您晚年享享清福。

萧炳南：要说苦，你不苦吗？你姐姐不苦吗？想起你姐姐这些年把你拉扯大，我这心里就汪满了一兜儿泪水。孩子，这辈子，你要好好地孝敬你姐姐。

陶自强把木盆放在萧炳南的脚下，为他脱下鞋袜，替他洗起了脚。

萧炳南没忍住，泪水掉在了木盆里，溅起了两朵水花儿。

陶自强扬起脸：爸爸……

萧炳南抱住了陶自强的头。有人敲门，陶祁香问：我可以进来吗？

萧炳南：啊，他姐啊，自强正在给我洗脚呢。

陶祁香：那我倒要看看，这小子是怎么孝敬老人的。

陶祁香推门进来了，见陶自强为萧炳南擦着脚，萧炳南有些不好意思。陶祁香说：萧叔，我这儿房子小，让您跟自强住在一起，实在是委屈您了。

萧炳南：我那儿倒是大，里里外外空荡荡的一个人，有意思吗？能跟儿子住在一起，多大的福分啊。

陶自强端着木盆出去倒水。陶祁香举着手里的户口本说：萧叔，这是户口本，赶明儿您带着陶自强到派出所去一趟，把他的名字改过来。

萧炳南：改什么名字？

陶祁香：当初我不知道自强姓什么，就让他随了我的姓。现在他得姓萧了，名字呢，您看要不要也改一改？

萧炳南：这事我想了，自强的名字很好，我很喜欢。至于姓嘛，大家都叫习惯了，改了，会让别人不方便。这样吧，他还是叫陶自强，也是为了不忘是谁把他救活的、养大的。等将来他有了孩子,再姓萧可以吗?

陶祁香:这样当然好,省去了许多麻烦,只要您高兴。

萧炳南:我高兴,我高兴,高兴极了。

罗灵风背着一个小包袱,进了建国瓷厂。

传达室谢师傅开着玩笑:罗先生,到我们建国瓷厂上班了?

罗灵风:差不多吧。

谢师傅:怎么叫差不多?

罗老师:至少……至少呢……我可以经常来来往往了。

罗灵风敲了敲陶自强办公室的门,又推了推,没有人。

罗灵风又来到周鸿达的办公室,同样敲了敲门,也没有人。

李宗贤出来了:哟,罗先生,您找谁呀?

罗灵风:陶自强呢?

李宗贤:陶厂长不在。

罗灵风:周鸿达呢?

李宗贤:周副厂长也不在。

罗灵风:怪我今天出门没看皇历。

李宗贤:您到我办公室来吧。

罗灵风:我不找你。

李宗贤:他们都不在,有什么事情您就跟我说呗,我中午请您吃饭。

罗灵风:我不是来找饭辙的。

李宗贤:那您来干什么?

罗灵风:这事嘛,还真不能跟你说。

罗灵风说着,溜溜达达下了楼。

汪国良带着罗灵风进来了。罗灵风看着萧炳南,又看了看陶自强等:我明白了,萧师傅的手艺是秘不外传的。

萧炳南:你明白什么,我这不是正在传授吗?

罗灵风:看看你传授的都什么人,一个是你亲儿子,一个是你儿子的师哥,一个是你儿子的徒弟。是不是精心挑选的?

萧炳南:罗大仙啊罗大仙,你也真够仙儿的。

陶自强:罗老师,你是来找我?

罗灵风:一个是找你,一个是找你爹,一个是找周鸿达。

朱光秀:您不找我?

罗灵风:去去,哪儿凉快哪儿待着去,哪儿就轮到你了。

萧炳南:我说罗先生,你在这儿坐半天了,到底有什么事呀?

罗灵风诡异地笑了笑:我想看看你们研磨出来的金粉。

萧炳南:还没有完全成功呢。

罗灵风:那我也要看看。

萧炳南端过研磨金粉的瓷盘,让罗灵风看:这是还没有过筛的金粉。

罗灵风看着,试图伸手沾一沾,萧炳南拦住了他。

罗灵风:这算是成功了吗?

萧炳南:就差最后一道工序了。

罗灵风:那我就放心了。

萧炳南:闹了半天,你是担心我把金粉做不出来?

罗灵风嘿嘿地笑着。陶自强说:罗老师,我很奇怪,你一不做坯,二不烧窑,怎么关心起来金粉来了?

罗灵风:我关心的不是金粉,是国庆十周年的献礼瓷。

陶自强:哦,谢谢罗老师。

罗灵风:在你们眼里,我就是个疯疯癫癫、混吃混喝、宣传封建迷信、在景德镇人嫌狗不待见的废物,对不对?

周鸿达:罗老师,我们可不这么看。您虽然玩世不恭没有正经行当,可是还是做了许多好事的。比如狸猫换太子巧救茶花,比如萍乡到景德镇招工您……起码是摸清了底细,再比如卢再缘先生有病您帮了许多忙,又比如您主办了汪国良和丁萌萌的婚礼……

陶自强:还有,自从您参加了景德镇政协文史工作的编撰,贡献很大啊。

罗灵风得意起来:哎呀,亏得你们还记得我做过一些好事,我知足了。

陶自强:对了,还有。我们搞"柴改煤",您向邹元镐老师提供了许多资料。

罗灵风:这么说,我还是对社会有贡献的人?

陶自强:贡献不小啊罗老师。

罗灵风:我今天来,就想为国庆十周年献礼瓷做一点儿微薄的贡献。

陶自强:好啊,有什么需要我们帮助的,你说话。

罗灵风把放在地上的包袱提起来,放在工作台上,然后打开了包袱,里面是一个木匣子。把木匣子推到陶自强面前:麻烦你把它打开。

陶自强把木匣子打开,一片金光耀眼——木匣子里装着金条。

罗灵风一根一根拿出来,摆在工作台上,一共十八根。

萧炳南:这是十两一根的,按照过去十六两一斤计算,也有十一斤多。罗先生,景德镇人都知道,你是家徒四壁,出门一身衣服,进门一床被子,罐里没米,兜里没钱。没想到你原来是个大财主啊,这些金条……

罗灵风:这些金条你们需要啊,听说你们这次烧制的献礼瓷,数量不小,需要不少的金粉。我拿出来,给你们添添秤。

陶自强等人一下子愣住了。周鸿达问:罗老师,您是要捐给建国瓷厂?

罗灵风:我是有条件的。

陶自强:罗老师,您先别提条件了。这么大的一笔财富,您捐给我们,我们不敢收,也没有权力收。

罗灵风:谁有权力收?

陶自强:我们要向赵书记请示。

食堂里新开辟一个待客的小单间。赵文昌、陶自强、周鸿达、萧炳南陪着罗灵风吃饭。满桌的菜肴摆上了,陶自强站起来盛饭。

赵文昌:罗先生,您是第一次在建国瓷厂的食堂吃饭吧?

罗灵风:还真是的,有幸有幸。

赵文昌:罗先生第一次做客建国瓷厂的食堂,怎么能没有酒呢?

周鸿达:赵书记,我们厂有规定,中午不许喝酒。再说,下午我们还要继续跟萧师傅学擂金呢。

赵文昌:我不是你们建国瓷厂的吧?你们的规定我可以不遵守。

陶自强:那您陪着罗老师喝点儿。

赵文昌:还有萧师傅,对了,你父亲。萧师傅来建国瓷厂,我本来就准备接风的。

周鸿达:我上次还存在这儿一瓶古井贡酒呢。

赵文昌:拿出来。

工人们正在打饭,朱光秀也在排队。谷师傅指了指小单间,问朱光秀:听说赵书记来了?招待谁呢?

朱光秀:罗大仙。

谷师傅:啊?罗大仙……你不会搞错吧?

朱光秀:怎么会错呢?还有陶厂长、周副厂长和我师爷作陪呢。

谷师傅:赵书记请罗大仙,还有两位厂长作陪?莫非罗大仙真的成仙了?

朱光秀:成仙倒没有,可能会成为财神爷。

谷师傅:就他?当了裤子买油条的主儿。

朱光秀:人不可貌相,海水不可斗量啊……

小单间里。赵文昌举起了酒杯:我还是先要祝贺萧师傅和陶自强父子重逢啊,像神话一样的奇迹,像童话一样的美丽。这两句词儿不是我想出来的,是我们家那位高绽梅同志创作的。来,我代表我们两口子,向你们祝贺,热烈祝贺。

　　罗灵风:算上我一个,我也想了两句词:旧社会妻儿亡散,新中国父子团圆。

　　赵文昌:好,好词啊。

　　陶自强站起来,萧炳南也站起来。赵文昌说:萧师傅,您就别站了。

　　萧炳南:我要站起来,我要非常真诚地感谢赵书记、感谢罗先生,还要感谢我们这个好社会。

　　陶自强:那我们就以茶代酒了。

　　邓美珊:到底是怎么回事?

　　朱光秀:好家伙,罗灵风带来一匣子金条。十两一根,整整十八根。

　　邓美珊:啊? 罗大仙不是个流浪汉吗?

　　朱光秀:可也是呢。

　　邓美珊:那些金条是他自己的吗?

　　朱光秀:可也是呢。

　　邓美珊:他哪儿来的那么多金条?

　　朱光秀:可也是呢。

　　邓美珊:你老年痴呆了?

　　朱光秀:可也……不是不是。

　　罗灵风慢慢地讲述着:我的祖上在抚州南城天井源乡罗坊村……

　　赵文昌:哦,那是罗汝芳的故乡。

　　罗灵风:赵书记好学问。

　　周鸿达:罗汝芳是谁?

　　陶自强:我只听说过这个名字,记不清是谁了。

　　赵文昌:罗汝芳是明代著名哲学家、教育家、文学家,泰州学派的代表人物,也是明末清初启蒙思想家的先驱。罗先生,如此说来,您是罗汝芳的后人了?

　　罗灵风:正是。惭愧啊惭愧,我在景德镇混了一辈子了,从来没脸承认是罗汝芳的后人,生怕辱灭了先祖。

　　赵文昌举起酒杯与罗灵风碰了一下。罗灵风喝一口酒,继续说道:先祖声名显赫,后代开枝散叶也出了一些有头有脸的人物。可是我们这一支……我们这一支是近支近派,直接承续的是先祖的根脉。可是太平天国之后,家道日渐衰落,后来混得连一个读书人都没有了。我的父亲是个有大志向的人,自从我呱呱坠地,就为我规划好了发愤图强的目标,一定要让我读书取仕、光宗耀祖。为了读书,我从五岁开始就挨打罚跪。我呢,天性是个散漫的人,喜欢玩儿,喜欢云游四方。把我关在笼子一样的书房里,比蹲大狱还难受。勉勉强强考了秀才,光绪二十九年,我去赶考江南乡试。临出门的时候,我父亲给我撂下一句狠话:上不了榜就别回来了。结果可想而知,解元尽处是孙山,贤郎更在孙山外。我年轻的时候脾气也犟,我没考上,还就真的不回家了。流落到景德镇,开始的时候,想在景德镇闭门读书,头悬梁锥刺股,苦熬三年,等着下一次乡试拼一下。结果,光绪三十一年,清政府发布"上谕",宣布自"丙午年"废除科举考试。得,我这三年的罪算是白受了。这样一来,我就更没脸回去了……

陶自强:这不能怨您呀,是朝廷废除了科考。

罗灵风:刚才我不是说了吗,我那时候不是犟吗?

周鸿达:家里就没有人找过您吗?

罗灵风:当然找过,年轻的时候不知深浅,越是有人来找,我越是犟。到后来,索性一犟到底,谁来找我,我一概不见。我就不信了,离开罗家,我就不能活了。老天爷饿不死瞎家雀儿。

陶自强:那您在景德镇干什么呢?

罗灵风:说实话,景德镇是饿不死人的地方,瞎子哑巴聋子都能谋生,大不了去砸瓷石,谁都能干。可是……我那时候,不但犟,还自命不凡,放不下读书人的架子。力气活儿看不起,技术活儿我一样不会,怎么办?混呗,就这样混下去了,居然把一辈子混下来了……

赵文昌:来吧罗先生,喝口酒。

陶自强:那您这金条又是怎么回事呢?

罗灵风:唉,毕竟是血浓于水,我爸爸临死前给我们弟兄分家。我不是不回去吗?房产土地就不给我了,给我折成了钱,我该得的就是这些金条。我大哥打发人给我送来,我不要,送金条的人扔下这匣子就跑了……

赵文昌:罗先生,人家都说捧着金饭碗讨饭,我看你是枕着金条挨饿。有了这些金条,随便干点儿什么都能混得风风光光的。

罗灵风:你说对了赵书记,有多少次我睡不着觉的时候,挨饿的时候,被人家侮辱嘲弄的时候,我都打过这些金条的主意……结果呢,我连这匣子都没有打开过……

赵文昌:我赵文昌钦佩您的骨气罗先生,我敬你。

陶自强、周鸿达:我们一起敬您,不仅仅是敬您酒,还敬您的一身傲骨。

罗灵风的声音哽咽了:谢谢,谢谢你们……

赵文昌:罗先生,我想问您一个俗气的问题。您把这些金条捐献给建国瓷厂,有什么要求吗?

罗灵风:没有,什么要求都没有。为国庆十周年献礼,我能有什么要求呢?

陶自强:罗老师,您再想想,毕竟您年纪大了,老有所需嘛!

罗灵风:我还真的动过心思。我这一辈子,一事无成无所事事,连个职业都没有。如果可能,建国瓷厂就给我一个名誉职工的称号,发给我一个工作证。

赵文昌:陶厂长,罗先生的要求可以吗?

陶自强:我们要开会研究一下,名誉职工没有问题,我们还要考虑一下罗老师的养老问题。

赵文昌:好,你们研究好了告诉我一声,我要正式地请罗先生喝酒祝贺。

成型车间的最里面,陶自强、周鸿达、朱光秀一起商量着。

陶自强:行了,就在这个地方,圈起来。里面分成两部分,一部分是工作区,一部分是生活区。工作区要有两台陶车,一台是电动的,一台是手动的。

周鸿达:干吗还要手动的?

陶自强:你们搞了电动陶车之后,我用得很少,就怕不习惯。

朱光秀:我也觉得手动陶车更好掌控。

周鸿达:没问题,陶车安装好之后,你们来验收。

陶自强:生活区越简单越好,两张床,一个卫生间。对了,还要一个电炉子,烧水用的。

周鸿达:这都没问题。你们吃饭怎么办?

陶自强:从食堂打饭,找人送过来就行了。对了,垒围墙的时候留一个小窗口,把饭放在窗口,不用提醒我们,我们饿了自然就会到窗口来拿。

周鸿达笑了:知道这像什么吗?

陶自强:像什么?

周鸿达:监狱。

陶自强:你说对了,我们就是要蹲几天监狱,与世隔绝,任何人都不能打扰我们。什么时候能完工?

周鸿达:两天,保证。

陶自强:OK。

冯运华在导着《陶茶恋》。罗纲和徐巧莲在台上表演着。冯运华坐在下面,他身边还有剧组的演员。

徐巧莲(饰杜春花,唱):

我心里滴血啊热泪涟涟,

我滴血滴泪问苍天。

我杜春花前世造了什么孽,

给我降下如此这般的劫与难?

罗纲(饰赵国强,唱):

一声声呼唤一声声悲叹,

我呼我叹肝肠寸断。

我爱不能爱呀舍不能舍,

到底是有缘还是无缘?

冯运华:等一下。

徐巧莲和罗纲停下来。冯运华说道:这是这场戏的中心唱段,男女主人公要发泄前面积累的全部情感。所以,不需要收敛含蓄了,要爆发出来。

陶自强陪着萧炳南喝茶,陶祁香在准备晚饭。

萧炳南:擂金技术你们都掌握了,金粉也制作出来了。明天我想回去了。

陶自强:爸爸,您还不能回去。

萧炳南:还有什么事?

陶自强:您还得到彩绘车间去几天。今天丁萌萌对我说,在瓷胎上描本金和描金水是不一样的,他们车间没有人描过本金,请您去指导一下。

萧炳南:这个简单,一层窗户纸,一捅就破。

陶自强:还有一件事。

陶自强说着,从公文包里拿出一张表格:您得把这个填写一下。

萧炳南接过表格,上面是:景德镇第一届陶艺大师评选申请表。

陶自强解释道:为了迎接国庆十周年,景德镇市委市政府决定,要评选第一届陶艺大师、陶瓷美术家、陶瓷设计师若干名,要在国庆十周年的时候召开隆重的表彰大会,颁发证书。

萧炳南:我是做茶叶的,我已经是茶艺师了,这个就不掺和了。

陶自强:您是景德镇唯一的擂金工艺传承人,参加这次评选是理所当然的。

萧炳南:不不不,我也不算是你们建国瓷厂的,没有资格。

陶自强:这次评选范围非常广泛,包括国营瓷厂的,也包括私人窑口的,还包括个人作坊和个人创作的。您至少可以算是个人创作的吧?再说,您的擂金工艺又传给了建国瓷厂。

萧炳南：那也不行，我不能要这个荣誉。

陶自强：让您填写申请表不是我的意见，也不是建国瓷厂的意见。

萧炳南：那是谁的意见？

陶自强：是赵书记的意见。今天赵书记还打电话嘱咐我这件事，他还说要来看望您呢。

萧炳南：哎呀，赵书记那么忙，还总是惦记着我。

陶祁香端着菜进来了：开饭了……

陶自强忙站起来收拾桌子。

冯运华依然排练着《陶茶恋》。

罗纲（饰赵国强，唱）：

原本是瓷土釉料高岭土，
你是我的肉，我是你的骨。

徐巧莲（饰杜春花，唱）：

我用情爱蘸釉荡釉喷涂釉，
我用梦想勾线分水又绘画。

罗纲（饰赵国强，唱）：

还原焰烧炼我脱胎换骨，

徐巧莲（饰杜春花，唱）：

氧化焰烧炼我变幻容颜……

罗纲（饰赵国强，唱）：

为什么亲家成冤家？

徐巧莲（饰杜春花，唱）：

为什么姻缘成尊缘?

朱光秀和凤仙举着北冰洋汽水,漫步在莲荷塘畔。

凤仙:这个地方我来过。

朱光秀:什么时候?

凤仙:早了,好几年了。

朱光秀:跟谁来的?

凤仙:茶花带着我们浮梁茶女来的,我说的还是老茶女呢。

朱光秀:干什么来的?

凤仙:看男人光屁股洗澡。

朱光秀:啊? 你们疯了?

凤仙:也不是有意看的,赶上了。

朱光秀:看见谁了?

凤仙:你师父陶自强,玉茗的男人周鸿达,还有冯兴国。当时根本没看见什么,后来听茶花说是这三个人。

朱光秀:为什么要看他们三个人?

凤仙:茶花要给周鸿达介绍对象,带着我们来偷看,谁相中了就给谁介绍。

朱光秀:我知道了,是玉茗相中了周鸿达?

凤仙:才不是呢,是杜鹃相中了。

朱光秀:哦……我知道了,是杜鹃逼着周鸿达要彩礼,太过分了。

周鸿达在指挥出窑。

工人们在窑门口排着接力的队伍。一件一件的瓷器从窑里搬出来。

一些人拆着匣钵,把烧好的瓷器放在长案上或者地上。邓美珊、冯兴远、汪国良等在一边等候着,都非常紧张。

汪国良首先看见了自己的作品,上前抚摸着、查看着。

杜绍文:怎么样? 汪国良,这是你们设计的《中国才女》镶器。

汪国良过来求邓美珊:邓所长,能给我们的作品拍张照片吗? 我要拿给我师父看看,让他高兴高兴。

邓美珊:这是卢再缘老师和你们一起设计的吧?

汪国良:是啊,吴硒湘老师也提出了宝贵意见。

邓美珊:才郎画才女,绝配啊。

汪国良:还有萌萌呢。

邓美珊:国良,你真是个好男人,什么时候都不忘记老婆。

冯兴远喊了起来:美珊,快过来,这是我们的《蝶恋花》……

周鸿达:孙师傅,快来看啊,《中国瓷鼎》出窑了,这是我们成型车间的集体创作……

邓美珊忙碌拍照。工人们继续出窑,兴奋地观看议论着献礼瓷的风采。

周鸿达松了一口气,得意扬扬地溜达着。凤仙走了过来:鸿达哥。

周鸿达看着凤仙。凤仙大声地:不记得我了,我是浮梁茶园的凤仙。

周鸿达:哦,想起来了,头几天玉茗还念叨你呢?

凤仙:她念叨我什么?

周鸿达:你怎么来了?

凤仙:自强哥和朱光秀他们不是今天开始"闭关"吗?

周鸿达一愣:哦,也可以这么说。你找陶自强有事?

凤仙:不是,我是来当志愿者的。我负责给他们当门神,顺便给他们打饭送饭。先说好了,我不要工钱,吃饭我自己花钱……

周鸿达:等等,你说的是什么呀? 我怎么听不懂?

凤仙:那我重新跟你说。

周鸿达:啊,你跟我来。

在成型车间最里面的角落里,垒成了一个封闭的薄胎瓷利坯工作间。门关着,还上了锁。门旁边有一个小窗口,也是关闭着的。

周鸿达低声地:你是说你要来这里守着。

凤仙:对,当门神,铁面无私,闲人免进。不,不是闲人也不能进,也不许有人在附近大声喧哗。

周鸿达:你还要给他们打饭送饭?

凤仙:对,保证对他们的胃口。

周鸿达:我说凤仙,你这是图什么呀?

凤仙:我就是想为献礼瓷做点儿贡献。

周鸿达:你怎么知道今天他们开始利薄胎坯?

凤仙:朱光秀告诉我的。

周鸿达:你什么时候认识朱光秀的?

凤仙:就是那天我来给萧师傅送箱子。

周鸿达:我明白了,那天朱光秀还请你吃了早餐,还送你到汽车站。

凤仙:你怎么知道的?

周鸿达:那天朱光秀擅离职守,罚他加了两个小时的班。

凤仙:朱光秀是为了我,我现在来当志愿者,也算是替他补过吧。

周鸿达:你跟朱光秀恋爱了?

凤仙:就算是吧。

周鸿达:一见钟情?

凤仙:就算是吧。

周鸿达:这就好办了。

凤仙:你同意了?

周鸿达:我做主了,你到建国瓷厂来当临时工吧。

周鸿达来到赵文昌的办公室。赵文昌问道:陶自强开始"闭关"了?

周鸿达:从今天早上开始的,工作都安排好了,由我临时代理全面工作。

赵文昌:临时代理,也要做好长期的打算。我先给你吹吹风,陶自强不可能一辈子在建国瓷厂。你们都要有挑起更重担子的思想准备。

周鸿达敏感地:陶自强要调走?

赵文昌:市委有这方面的考虑。

周鸿达:我可接不了他的班。

赵文昌:接得了接不了不是你说了算。先不说这件事了,也不要外传。

周鸿达:我明白。

赵文昌:陶自强和朱光秀利薄胎坯,计划用几天?

周鸿达:因为数量比较大,至少需要一个星期。

赵文昌:我今天找你来,两件事。一个是呢,你们要筹备一个国庆十周年献礼瓷的展览,就在建国瓷厂展览馆搞。需要抽调专门的人员抓紧进行,市委宣传部也会配合你们。

周鸿达:只是展览献礼瓷吗?

赵文昌:只是献礼瓷。不过展出的作品不仅仅是建国瓷厂的,还有人民瓷厂、东风瓷厂、红旗瓷厂、光明瓷厂、宇宙瓷厂、艺术瓷厂……他们都烧制出来了国庆十周年献礼瓷,要给他们留出一定的展位。这一部分由宣传部负责,你可以和他们对接一下。

周鸿达在笔记本上记录着。赵文昌接着说:还有一件事,需要跟你们商量。我们现在正在全市范围内评选景德镇陶艺大师、陶瓷美术家、陶瓷设计师。报名申请的人非常踊跃,而且都是在景德镇陶瓷界出类拔萃的人物。竞争最厉害的是陶瓷大学,那些大教授们都憋了一股劲儿。韩霜凝校长找我好几次了。她说,那些大知识分子淡泊利不难,淡泊名却很不容易。

周鸿达笑了:我们建国瓷厂还不至于,大家都互相谦让。

赵文昌:情况不一样。韩校长的意思是要保邹元镐,我也倾向于把邹元镐评上,但是邹元镐在陶瓷大学没有什么竞争力,他到陶瓷大学比较晚,他自己又清高加不自信,评委投票这一关又很危险。韩校长的意思是,能不能让邹元镐回建国瓷厂参加评选。

周鸿达:我们建国瓷厂只有两个名额呀。

赵文昌:是的,所以我才跟你商量。我提出来的,让萧炳南先生参加评选,你们现在报的是萧炳南和卢再缘。我觉得卢再缘从成就上来说弱了一点儿,可是他……一辈子,唉,想起他,我就想起李清照的《声声慢》:寻寻觅觅,冷冷清清,凄凄惨惨戚戚……幸亏他赶上了新社会,又遇上了汪国良和丁萌萌两个有情有义的年轻人,否则不知道命运会有多悲惨呢。

周鸿达:是啊,卢再缘老师的病情很严重了,恐怕不久于世了。如果给他一个陶瓷大师的称号,他会含笑九泉的。

赵文昌:这件事呢,我也再想想办法,你呢,也试探着做做工作。

周鸿达:好的,我试试。

产房外面,汪国良坐立不安地走动着。丁萌萌的父母也坐在走廊里。

丁母:国良,你坐下好不好,我看着你走来走去的眼晕。

汪国良坐在了丁父旁边。丁父问道:国良,你想要个儿子还是想要个女儿?

汪国良:儿子女儿我都喜欢,只是……

丁父:只是什么?

汪国良:只是如果是个儿子,我爸爸肯定会更高兴一点儿。

丁母:对了,亲家的病怎么样了?

汪国良:不大好。

护士抱着一个包裹得严严实实的婴儿出来:丁萌萌家属。

汪国良和丁父丁母一起围上去。汪国良问道:萌萌怎么样?

护士:大人孩子都平安。

丁母:男孩儿女孩儿?

护士:男孩儿,你们快看看吧,我要抱进婴儿室了。

下班了,工人们陆续走出车间。萧炳南也随着工人走出来。

周鸿达迎上去:萧叔,我正等您呢。

萧炳南:有事?

周鸿达:玉茗说,您到建国瓷厂这么长时间了,也没顾上照顾您,今晚请您去家里吃顿饭。

萧炳南:啊,不用了,你们都挺忙的。

周鸿达:玉茗都准备好了。

萧炳南：就我一个人？

周鸿达：还有我姐，可是她太忙，来不了。本来该请陶自强作陪的，他不是闭关利薄胎了吗？

萧炳南：这……太麻烦你们了。

周鸿达：玉茗和我都是您的徒弟，应该的。

工厂大门外，姚莎莎：我们就一点儿机会都没有了吗？

唐家明：你还让我给你什么机会？

姚莎莎：我们同学四年，谈了两年的恋爱，你不承认吗？

唐家明：可是来到建国瓷厂你就把我甩了。

姚莎莎：我那是在考验你，你怎么连这个都不懂，情商也太低了吧？

唐家明：考验我？哼，你是在追求陶自强。陶自强不要你，你又来找我。

姚莎莎：我根本就没有追求陶自强，我是在向组织靠拢，我在要求进步。

唐家明：你继续进步吧，我唐家明高攀不起了。

姚莎莎：你不是也跟南小汐勾勾搭搭吗？

唐家明：我们不是勾勾搭搭，我们是正大光明地谈恋爱。告诉你，我和南小汐已经订婚了，准备今年国庆节就结婚了。

姚莎莎：唐家明，你混蛋！

周鸿达陪着萧炳南喝酒，玉茗在一边伺候着，帮助倒酒布菜。

玉茗：师父，我和鸿达一直想请您来家坐坐，您太忙，不好打扰您。现在金粉制作出来了，您带的三个徒弟也出师了……

周鸿达：打住，不是三个徒弟，是两个徒弟，一个徒孙。

玉茗：对对，朱光秀晚一辈。哎呀，说起来真麻烦。师父，我先敬您一杯。

周鸿达：不带我？

玉茗：不带你。师父，祝您喜事连连，健康长寿。

萧炳南：好，师父谢谢你。

玉茗：师父，我敬完您这杯酒，您就跟鸿达慢慢喝吧，我得哄孩子睡觉了。

萧炳南：好好，我就说你忙嘛。

玉茗起身离开了饭桌。

周鸿达：师父，该我敬您了，我代表陶自强，感谢您的传道授业解惑之恩。

萧炳南：这话听起来像是官话，干巴巴的。

周鸿达突然站起来，对着萧炳南深深鞠了一躬，双手碰杯。

萧炳南笑了，一饮而尽。

凤仙端着一个托盘,上面放着两碗热气腾腾的馄饨。她小心翼翼地把托盘放在小窗口,生怕打扰里面的陶自强和朱光秀。

里面的小门开了,她的手被朱光秀攥住了。凤仙低声地:我怕你们饿,给你们煮了点儿馄饨,趁热吃了吧。

朱光秀攥着凤仙的手不放。凤仙笑着:放开,不许分心。

朱光秀:我就分心半分钟。

凤仙:小心你师父给你吃"磕螺丝"。

朱光秀放开了凤仙。凤仙抽出手,露出满脸的幸福。

工作间的门口,放着一张军用折叠床。凤仙在灯光下一边看书,一边轰着蚊子。蚊子实在太多了,凤仙放下蚊帐,躺在了床上……

周鸿达:师父,在国庆十周年前夕,景德镇要评选陶艺大师、陶瓷美术师和陶瓷设计师……

萧炳南:这件事我知道,自强还让我填了表,说是赵书记让我填的。

周鸿达:在咱们景德镇,差不多家家户户都是几辈子的老瓷工、老窑工,可是从来没有什么名分和称号,就连最有名的珠山八友,也是什么名分都没有啊。现在要评名分了,大家都争着抢着,也是,多荣耀啊,可以说是光宗耀祖。可是又不能人人有份儿。市委市政府规定,陶瓷大师只能评选十个人,为的是纪念国庆十周年。

萧炳南:哦,这还是有名额的。那么给建国瓷厂几个名额?

周鸿达:两个。

萧炳南:就两个? 报名的有几个?

周鸿达:报名的有五六位吧,最后评委会初步审评确定了三个候选人。有您、有邹元镐,还有卢再缘……

萧炳南沉思着,抿了一口酒。周鸿达接着说:师傅,您和邹元镐都是实至名归的。

萧炳南摇着头:不,不,在陶瓷上面,我无法跟人家邹元镐比,人家才是当之无愧的大师。

周鸿达:可是您的搭金工艺,是独门绝技呀。

萧炳南:不行,这个头衔我不能要,受之有愧。再说,在国庆十周年之际,我找到了自己的儿子,实现了我三十多年的心愿。上天给我的这个恩惠,多少大师的名分我都不换。要说名分,有了父亲这个名分就足够了,我萧炳南别无他求。

周鸿达：是啊，这简直就是个奇迹。

萧炳南：把大师的名分给别人吧，人不能太贪。

周鸿达：还有卢再缘……

萧炳南：卢再缘嘛，我听说过，据说他的人物画超群脱俗，别具一格。

周鸿达：卢再缘先生病得很厉害，恐怕没有多少天了……

萧炳南：我明白了。人之将死，需要一个盖棺定论。我明天就去找赵书记，把我的申请表要回来。卢再缘需要一个名分，一定要满足一个将死之人。

周鸿达把酒杯高高举起来：师父，我替赵书记谢谢您，也替赵书记敬你。

萧炳南：你替赵书记，此话从何而来？

周鸿达：您的高风亮节，赵书记一定会非常感动的。

萧炳南：小题大做，什么高风亮节？这就是我的本分。

周鸿达：那……咱们喝酒？

萧炳南：喝酒。

邹元镐回到家，推开门，见陈三姐坐在一张桌子旁，面前摆了两个炒好的菜，却没有吃。便问：今天这么早就打烊了？

陈三姐：以后也不用开门了。

邹元镐：怎么回事？

陈三姐：我不是跟你说了吗？三角井酒馆要参加公私合营，合并到跃进饭店去。

邹元镐：不是说跟你商量吗？这么快就定了？

陈三姐：今天居委会主任来了，说为了迎接国庆十周年，这件事提前落实了。明天一早，他们来人把这些桌椅板凳锅碗瓢盆都拉走。

邹元镐：你呢？

陈三姐：我不用他们拉，自己走。

邹元镐：你好像有点儿不高兴？

陈三姐：才不呢，我凭什么不高兴？这些年我一个人经营这小酒馆，又是老板，又是厨师，又是伙计，顾得上吹笛顾不上捏眼儿，忙一天，我的身子就散一次架。就是不参加公私合营，我也干不了了。

邹元镐：这不是好事吗？

陈三姐：是好事呀，我这不是炒了两个菜，准备等你回来庆祝一下吗？

邹元镐：好啊，等我洗洗手，咱们喝两口。

风雨大作，电闪雷鸣。凤仙站在空荡荡的成型车间里，心里发毛。

一道通天贯地的闪电扑打着窗户，紧接着就是天崩地裂的霹雳。凤仙慌忙

745

坐在床上,扯起被子把脑袋蒙起来。

狂风暴雨在继续,凤仙慢慢地适应了,平息下来。凤仙起身,来到那个送饭的窗口,踮着脚,朝里面看着。

朦朦胧胧中,陶自强用着手动陶车,朱光秀使用着电动陶车,两个人专心致志地利着薄胎坯。利刀上飞溅起来的泥屑和浓浓的雾气融合在一起,把两个男人的身影笼罩起来,如仙境中修行的真人道士。

凤仙退回来,躺在了行军床上……

邹元镐和陈三姐躺在床上。

邹元镐对着床头灯看着书。陈三姐仰望着天花板,瞪着眼睛想心事。

邹元镐把书收起来,翻身搂住了陈三姐。

陈三姐:老邹,跟你商量个事。

邹元镐:什么事?

陈三姐:我想把春泥改成你的姓,叫邹春泥。

邹元镐:有必要吗?

陈三姐:春泥要报考你们陶瓷大学。

邹元镐:这个我知道呀,她的专业课不错,文化课也不错,应该没有问题的。咦?这跟给春泥改姓有什么关系?

陈三姐:我听说考大学要政审,我怕政审通不过。

邹元镐:不会吧,党的政策是有成分论,但不唯成分论,重在政治表现。

陈三姐:可是……她爹是国民党队伍的啊。

邹元镐:他不是因为去台儿庄打日本鬼子,才把你留在景德镇的吗?

陈三姐:谁知道他后来跟解放军打过仗没有,想起这事,我的心里就飘飘忽忽的,没着没落的。

邹元镐:等我去问问我们学校的政治处,看春泥这种情况会不会受影响。

陈三姐温柔地把邹元镐搂在了怀里。

雨过天晴,新的一天开始了。薄胎工作间门外,凤仙还躺在行军床上睡着,大概昨天睡得太晚了,连蚊帐都没有放下。

陶自强打开了薄胎工作间的门,伸了个懒腰,深深地吸了一口新鲜的空气,刚要迈出门槛,发现门口被一张床挡住了。他低头看了看,悄悄地从凤仙的身上迈过来。接着,朱光秀也从凤仙的身上迈过来。

陶自强把朱光秀拉到一边,指着行军床上的凤仙问:这是怎么回事?

朱光秀:凤仙怕有人无意间打扰我们,就给咱们当“门神”。

746

陶自强:你是说,这些天她一直在外面守着?

朱光秀:每天还给咱们打饭送饭。

陶自强:好你个朱光秀,没想到你小子有这么大的魅力,把人家姑娘搞得五迷三道的。

朱光秀:不是我让她来的,她非要来不可。

陶自强刚要说什么,成型车间的大门开了,在周鸿达的带领下,成型车间的工人一齐跑了过来,把鲜花献给陶自强和朱光秀。

周鸿达紧紧握住陶自强的手:成功了?

陶自强:超额完成任务。

大家高叫起来:陶厂长,祝贺你……

工人们的喧闹把凤仙惊醒了,她看见工人们都围着陶自强和朱光秀祝贺、握手、拥抱,咕咚爬起来,跑过来拉着朱光秀的双手,又紧紧地拥抱起来。

人们把注意力都集中在了朱光秀和凤仙的身上,学着苏联电影里的场面叫起来:苦啊,苦啊……

一个老师傅火了:人家在搞对象,你们叫什么苦啊?

年轻人:叫苦就是让他们接吻……

大家继续叫着:苦啊,苦啊……

朱光秀有些不好意思。凤仙却大大方方地搂住了朱光秀的脖子,把嘴巴压在朱光秀的嘴唇上。

大家欢呼起来。

一个月以后。

丁萌萌抱着孩子来到了卢再缘的床边。卢再缘挣扎着要坐起来,护工杜鹃把他扶起来,靠在床边。

丁萌萌把孩子抱到卢再缘面前。卢再缘伸出手,拉住了孩子的小手。

丁萌萌:叫爷爷。

卢再缘咧着嘴笑着。丁萌萌说道:爸爸,给你孙子取个名吧。

卢再缘:我想好了,就叫国庆吧,汪国庆。

丁萌萌:不,爸爸,国良说,您的孙子一定要姓卢,就叫卢国庆吧。

卢再缘摇着头:不必,不必……我卢再缘这一辈子知足了,我没有传宗接代的任务……没有……

汪国良突然闯进来,兴奋地叫着:爸爸!

他手里捧着一个相框。来到卢再缘床边,把镜框举到卢再缘眼前。

镜框里是一张陶艺大师的证书:兹授予卢再缘先生陶艺大师的称号……

卢再缘用手抚摸着陶艺大师证书,眼睛里滴出了两滴浑浊的眼泪。然后,他转过头来,冲着孩子笑着,慢慢地闭上了眼睛……

院子里,停放着卢再缘的灵柩。屋檐下、院墙上挂在黑布白字的挽幛,上面书写着:西方接引、驾返瑶池等字样。

汪国良和丁萌萌披麻戴孝,站在灵柩前,向前来吊唁烧纸的人行礼致谢。

十六人抬的大杠,棺材上盖着棺罩。

汪国良、丁萌萌走在送葬的队伍前面。

十番响器,吹吹打打。抬棺材的人都是建国瓷厂的干部职工。在前面抬头杠的是赵文昌和陶自强。

白幡、哭丧棒、纸人纸马,摇摇晃晃地跟着大杠前行……

罗灵风和两个年轻人一路上撒着纸钱……

一座新坟,坟前的墓碑上刻着:卢再缘先生墓。

汪国良、丁萌萌陪着吴邷湘夫妇来到了坟前。

吴邷湘哭着:再缘老弟啊,你急什么呀?我是专门来看你的,你却不辞而别了……老弟啊,我们神交这么多年了,可惜连个面都没见过,连口酒都没有喝过……我有多少话想跟你说啊。你怎么不等等老哥啊,我的老弟啊……

丁萌萌和吴夫人搀扶着吴邷湘。汪国良劝慰着:师父,您别过分悲伤了,您的身子骨要紧啊。

吴夫人也劝慰着:哥,别哭了,别哭了……

吴邷湘伸出手,吴夫人把拿在手里的一幅画交给他。

汪国良帮助吴邷湘打开画,是那幅《洛神图》。

吴邷湘哭着说:老弟啊,我知道你一直想看看我这幅画,我本来想拜访你的时候送给你的。可是你走了……黄泉路上,你好孤单啊。老弟,带上这幅画走吧。闲了累了歇一歇,看看老哥的画,或许能给你解解闷儿……

吴邷湘说着,蹲在卢再缘的坟前,把《洛神图》点燃。

纸灰化作白蝴蝶,啼血染成红杜鹃……

一阵锣鼓响彻云霄。古戏台上,《陶茶恋》正式彩排。冯运华、陶祁香等坐在台下。演出还没有开始,虞笑寒坐到了陶祁香身边。

陶祁香:有事?

虞笑寒:没事,我陪团长看看戏。

陶祁香:这是咱自己的剧团,我还用人陪着看戏?

虞笑寒:难得跟团长一起看戏,我不是想沾沾您的光吗?

陶祁香:你这个丫头犯什么神经。

虞笑寒嘻嘻笑着:您的弟弟怎么好长时间没来了?

陶祁香:他那么忙,哪有工夫往我这儿跑。

虞笑寒:团长,陶厂长今年多大了?

陶祁香一愣:你问这个干什么?

虞笑寒:不是陪您聊聊天嘛。

陶祁香似有所悟:你多大了?

虞笑寒:您知道的,我二十四了。

陶祁香:有对象了吗?

虞笑寒摇了摇头。陶祁香试探着:我的弟弟可比你大多了。

虞笑寒:大多少?

陶祁香:大八岁。

虞笑寒:大八岁还算大,省文化厅的一个处长,比他老婆大十九岁。

陶祁香笑了。舞台上的演出开始了。不知道什么时候,虞笑寒离开了。

冯运华:刚才那个虞笑寒,人不错嘛。

陶祁香:是不错,挺懂事的,工作也努力。

冯运华:看出来没有,她对自强有意思。

陶祁香:现在的姑娘,脸皮真厚。

冯运华:时代不同了,男人女人都有主动追求爱情的权利。

陶祁香:她在办公室工作,都是一些琐碎的事。能不能让她学点儿什么?

冯运华:我跟她聊过,演员她不行,缺少天分。不过她对服装和化妆还挺有兴趣。

　　陶祁香:嗯,可以让她往这方面发展一下。

　　冯运华:这孩子不错,挺善解人意的。自强需要一个精神融洽的人。

　　陶祁香:看起来你对她还挺了解。

　　冯运华:她跟我打听过自强。

　　陶祁香:打听什么?

　　冯运华:她问自强有没有女朋友,为什么这么大了还不谈恋爱。

　　陶祁香:你是怎么说的?

　　冯运华:我是一问三不知,神鬼怨不得。

　　陶祁香:老滑头。

　　冯运华:我得先摸清自强的心思呀。

　　陶祁香:喏,你看上面这一对怎么样?

　　戏台上,罗纲和徐巧莲很投入地演唱着:

　　徐巧莲(饰杜春花,唱):

　　　　我心里滴血啊热泪涟涟,
　　　　我滴血滴泪问苍天。
　　　　我杜春花前世造了什么孽,
　　　　给我降下如此这般的劫与难?

　　罗纲(饰赵国强,唱):

　　　　一声声呼唤一声声悲叹,
　　　　我呼我叹肝肠寸断。
　　　　我爱不能爱呀舍不能舍,
　　　　到底是有缘还是无缘?

　　展览馆大门口。李宗贤带着两个年轻人挂着大红横标:景德镇国庆十周年献礼瓷展览。

　　展览馆内。杜绍文带着南小汐、玉茗等在布展。他们把装着瓷器的木箱打开,小心翼翼地把瓷器安放在展台上,干得非常仔细。

　　玉茗问南小汐:你跟唐家明怎么样了?

　　南小汐:国庆节放假,我就带着他去见我的父母。

　　玉茗:去广州?

南小汐：是啊，我父母一直住在广州。

杜绍文嘱咐着：集中精力，干活儿的时候不许聊天。

南小汐伸了一下舌头。玉茗喊道：得令。

酒馆已经不见了，一楼大厅改成了客厅，又装饰出一间大卧室。

邹元镐下班回家，推开门，发现陈三姐坐在桌子上，低着头，脸上挂着泪痕。

邹元镐：三姐，你怎么了？

陈三姐抬头看了看他，没说话。邹元镐又问：你哭过，为什么？

陈三姐扑哧笑了。

邹元镐：你怎么又笑了？

陈三姐：我高兴。哭也是因为高兴，笑也是因为高兴。

邹元镐：到底是怎么回事？

陈三姐指了指旁边的墙上：你看看。

墙上多了一个镜框，邹元镐走过去。

陈三姐起身也跟了过去。

镜框里镶嵌着一张革命烈士证书。

邹元镐：这刘凯峰是谁？

陈三姐：你说呢？

邹元镐：难道……是你丈夫？

陈三姐：春泥的爹。

邹元镐：啊……这太不可思议了。

陈三姐：今天上午，市民政局来了两个人，送来了这个烈士证书。

邹元镐：你不是说，你丈夫参加的是川军吗？不是去台儿庄打日本了吗？

陈三姐：听民政局的人说，后来我丈夫跟着他们的部队起义了，又在解放海南岛的时候牺牲了。

邹元镐：解放海南岛是1950年，都九年了。

陈三姐：民政局的同志说，我的老家一直在寻找我，可是没有人知道。直到上次我们一起回了一趟老家，才有人知道我在景德镇。这不，他们把烈士证书发到景德镇民政局了。

邹元镐：要是早点儿知道就好了，也免得你这些年心里不踏实。

陈三姐：现在知道了也挺好，我知足了。

冯运华和陶祁香漫步在江边，夕阳晚照，金色的江水波光粼粼。

冯运华感叹着：许久都没有到江边来了。

陶祁香:我还常常想到江边走一走,到了这里整个身心都放松了。

冯运华:登斯楼也,则有心旷神怡,宠辱皆忘,把酒临风,其喜洋洋者矣……

陶祁香:又酸上来了。

冯运华:祁香,有句话一直想问你,没得机会。

陶祁香:我知道你想问我什么。

冯运华:问什么?

陶祁香:你要问我,陶自强找到了父亲,我有什么感受,对吧?

冯运华:你是不是也一直想跟我谈谈这件事?

陶祁香:是啊,我一点儿思想准备都没有。

冯运华:是感到不习惯吗?

陶祁香:不是。

冯运华:是担心陶自强会离开你吗?

陶祁香:也不是。

冯运华:那是什么?

陶祁香:不真实。

冯运华:什么叫不真实?

陶祁香:就是觉得像是一场梦,恍恍惚惚的,梦醒了,一切还是原来的样子。

冯运华:那么,你是喜欢原来的样子,还是喜欢现在的状态?

陶祁香:陶自强找到了自己的父亲,我当然高兴。一是为他高兴,二呢,也为自己高兴。树有根,水有源,好像我和自强都有了着落,有了根脉。

冯运华:这不是很好吗?

陶祁香:是很好啊,可是我还是觉得不真实……

朱光秀和凤仙朝电影院走着。凤仙大大方方地挽着朱光秀。

朱光秀:你怎么想起看电影来了?

凤仙:那时候,茶花、杜鹃总是讲他们看电影的事情,把我们几个人羡慕得……嘿嘿,那时候我就想,等我有了男朋友,第一件事就是拉着他去看电影。

朱光秀:原来你是跟人家学的。

凤仙:你要是不愿意,我们可以回去。

朱光秀:愿意愿意,你干什么我都愿意。

凤仙:我从小就有一个愿望。

朱光秀:什么愿望?

凤仙:去看大海。

朱光秀:巧了,我从小也有这个意愿。

凤仙:真的?

朱光秀:当然是真的。

凤仙:你为什么想去看大海?

朱光秀:上学的时候,背高尔基的《海燕》。

凤仙昂扬地背起来:在苍茫的大海上,狂风卷集着乌云……

朱光秀也跟凤仙一起背诵起来:在乌云和大海之间,海燕像黑色的闪电,高傲地飞翔……

两个人忘情地背诵着,许多人都奇怪地看着他们。朱光秀碰了碰凤仙的胳膊:人家都看咱们呢。

凤仙朝路人看了看,更加兴奋起来,勇敢地背诵着:大海抓住闪电的箭光,把它们熄灭在自己的深渊里。

朱光秀:这些闪电的影子,活像一条条火蛇,在大海里蜿蜒游动,一晃就消失了。

凤仙:暴风雨,暴风雨就要来啦!

朱光秀:让暴风雨来得更猛烈些吧……

昌江的傍晚沉静而美丽。罗纲在前面走着,徐巧莲在后面跟着。罗纲跳上江边的一块大石头,回身向徐巧莲伸出了手。徐巧莲犹豫了一下,伸手拉住了罗纲。

徐巧莲:你把我带到这儿干什么?

罗纲:练习唱段呀。

徐巧莲:在排练场不能练吗?

罗纲:在江边借着水音非常好听。

徐巧莲:是吗?

罗纲仰起头唱了起来:

　　　　原本是瓷土釉料高岭土,
　　　　你是我的肉,我是你的骨。

徐巧莲刚开口唱了一句,突然发现了三间码头上冯运华和陶祁香的身影。她跳上江岸,扭头就跑。罗纲急忙追上来:巧莲,你跑什么呀?

徐巧莲不说话,径直朝前跑着。罗纲紧紧地追着:巧莲……你等等我。

陶祁香突然间看到远处奔跑的两个人,仔细看着。冯运华顺着陶祁香的目光看过去。陶祁香说:这回不用你操心了吧?

冯运华满意地笑了。陶祁香却说:巧莲肯定会拒绝。

冯运华:为什么?

陶祁香:走着瞧。

朱光秀和凤仙一起看着电影。放映的是译制片《警察和小偷》,电影院里不时引发阵阵笑声。凤仙拿起北冰洋汽水,递到朱光秀嘴边。朱光秀挡住了。

凤仙小声问:你到底喝不喝?

朱光秀:我不渴,你喝吧。

凤仙喝了一口汽水,把朱光秀的脑袋拉过来,把嘴唇凑过去。

朱光秀把凤仙嘴里的汽水接过来,又有点儿不好意思地前后看了看。

凤仙:甜吗?

朱光秀:甜。

凤仙:什么甜?

朱光秀:汽水甜。

凤仙:哼,讨厌。

朱光秀:那我该怎么说?

凤仙:自己想去,猪脑子。

朱光秀:我本来就姓朱嘛。

凤仙:好好看电影。

徐巧莲在前面跑,罗纲在后面边追边喊:巧莲,巧莲,等等我。

徐巧莲跑进了江边的一片小树林。罗纲追了进去。

徐巧莲停下来,扶着一棵树,大口大口地喘着气:吓死我了。

罗纲:你看见什么了?

徐巧莲:你没看见吗?

罗纲:没有啊,我什么都没看见呀。

徐巧莲:白长两只大眼睛了,一点儿机灵劲儿都没有。

罗纲:你到底看见什么了?

徐巧莲:你没看见陶团长和冯导演吗?

罗纲:在哪儿?

徐巧莲:就在三间庙码头上,离我们不远。

罗纲:看见他们怎么了?

徐巧莲:我怕。

罗纲:你怕什么?

徐巧莲:你不怕吗?

罗纲:咱在那儿练唱腔,正大光明。

徐巧莲:你正大吧,你光明吧,我不行。

罗纲:你什么不行?

徐巧莲:不行,不行,真的不行……

罗纲:巧莲,我有一句话,在我的心里像火一样地燃烧着……

徐巧莲:不,你别说,求求你,你不要说。

罗纲:我要说,我必须说。

徐巧莲:你不要说。

罗纲高声地:巧莲,我爱你……

徐巧莲呆呆地站在罗纲的面前,瞪大了眼睛看着他。罗纲再也控制不住自己的激动,扑上前,想把徐巧莲抱在怀里。徐巧莲猛地推开罗纲,罗纲被推一个趔趄,摔倒在地上。徐巧莲迟疑了一下,转身飞快地跑了。

冯运华和陶祁香坐在江边,望着滚滚奔流的江水。

冯运华:兴远与美珊已经开始谈婚论嫁了。

陶祁香:俩人挺般配的,美珊是一个难得的好姑娘。你知道吗?我第一次见到她的时候,就想成全他和自强。

冯运华:没成功?

陶祁香:开始的时候看见他们两个人一起相处,觉得还有点儿意思。后来发现,一个不下马,一个不接鞍。我还琢磨着,也许时间长了,自强把茶花彻底忘掉了,说不定他们会日久生情的。我想错了,他们俩根本就没有那个缘分。后来,冯兴远和邓美珊,可以说是一见钟情。

冯运华:也许这人世间,真的有缘分一说。不是说嘛,有缘千里来相会,无缘对面不相逢。

陶祁香:唉,我真为自强发愁。

冯运华:是啊,原来我也为巧莲发愁,真怕她执念太深,一条道儿走到黑。现在好了,兴远有了心仪的人,巧莲又有了着落,我就不用替孩子们操心了。

陶祁香:你可以专心致志创作了。《陶茶恋》之后,你还有什么打算?

冯运华:先不说我的创作,说说咱俩吧。

陶祁香:咱俩怎么了?

冯运华:咱们都这么大岁数了,这么多年了,就隔着一层窗户纸。

陶祁香:算了,这么大岁数了,你就别兜圈子了。说吧,你有什么打算?

冯运华:那天,赵书记跟我说,要为我们办一个婚礼。

陶祁香:好啊,明天就办。

冯运华惊愣地看着陶祁香:真的假的?

陶祁香:有区别吗?

冯运华:区别大了。

陶祁香:那你要我说什么?

冯运华:你这么痛快地答应了,不是在开玩笑吧?

陶祁香:你以为呢?

冯运华:怎么也得准备准备呀,房子总要装修一下吧?家具总要换一换吧?还有床上的铺盖、身上的穿戴,都需要置办呀。

陶祁香:这么麻烦,听着我就头疼。

冯运华:不是麻烦,这么大事情,总得有点儿仪式感吧。我呢,当然无所谓,你可是人生第一次婚姻,无论如何不能亏待了你。

陶祁香:那就算了吧。

冯运华:什么算了?

陶祁香:维持现状,这样不是也挺好吗?

冯运华:祁香啊祁香,我怎么越来越看不懂你了。

陶祁香:那就继续看,时间长着呢。

冯运华有点儿火了:陶祁香你什么意思?你到底心里有没有我?

陶祁香:有啊。

冯运华:你到底爱不爱我?

陶祁香:我说不出口。

冯运华:你心里有我怎么还说不出口?

陶祁香:我不像你那样厚颜无耻。

冯运华气得笑起来。

中午下班,朱光秀陪着凤仙出来。凤仙说:别送了,一会儿你还要上班呢。

朱光秀:你刚来这么几天就走了,真舍不得。

凤仙:我也不想走,可是我是临时工,人家把这几天的工资都发给我了。

朱光秀:要不我找周副厂长说说,让你在这儿干长期临时工吧,我们厂有。

凤仙:你可不能为了我走后门,再说,我师父都回去了,我有什么理由留下。

朱光秀:你师父回去,那是因为浮梁茶园也离不开他。

凤仙:浮梁茶园也需要我,我得给我师父当好助手。

朱光秀:跟你商量个事。

凤仙:你说。

朱光秀:昨天李副厂长跟我说,要在国庆节的时候,建国瓷厂搞一个集体婚礼。有好几对报名参加了。

凤仙:你是说,国庆节就要结婚?

朱光秀:李副厂长征求我的意见。

凤仙:你同意了?

朱光秀:我说要跟你商量。

凤仙:我不同意。

朱光秀:你对我……还有哪些地方不满意?

凤仙:暂时没有。

朱光秀:那对我的家庭不满意?

凤仙:暂时没有。

朱光秀:那你还顾虑什么?

凤仙:不是顾虑,是享受。

朱光秀:享受?

凤仙:你知道我为什么这么大年纪才谈恋爱吗?我跟自强哥说过,我要是遇到一个人,值得,就要好好谈一场恋爱。谈得昏天黑地奋不顾身,爱得死去活来轰轰烈烈……

朱光秀:这不是折磨人吗?

凤仙:你觉得是折磨,我觉得是体验。咱们刚认识两个多月,恋爱才刚刚开始。要是结了婚,就结束了。

朱光秀:结婚后我也会照样爱你的,更爱。

凤仙:那不一样。恋爱期间我们是两个独立的个体,正因为独立,才互相吸引、互相思念、互相争着抢着做奉献。可是结了婚,就没有你,也没有我了。你不觉得恋爱很美好吗?

朱光秀:是挺美好的。

凤仙:那我们就让这美好的时光长一些、再长一些。行吗?

朱光秀:甘愿奉陪。

凤仙朝朱光秀的脸上亲了一下,匆匆走了。

中元节,家家户户打酒买肉,准备祭品。

景德镇热闹起来。一群孩子跟在罗灵风的后面,蹦蹦跳跳地唱着歌谣:

  太平年,年太平,

  太平年里太平窑。

  太平窑火烧得旺,

赏根窑柴把窑烧。

昌江里河灯祭祖先,

咱少年烧起太平窑……

　　每个孩子都挎着一个瓷篮,篮子上插着一面三角旗,旗子上写着:太平神窑。孩子们每到一家门前,就唱着太平歌。这家的主人听到歌声,便拿出一两根木柴,放在孩子们的篮子里。孩子们高声喊着:谢谢赏柴,太平发财……

　　陶祁香带着萧炳南和陶自强来到了饶州会馆。会馆还是原来的样子,格局没有变,一些房间里装着东西。

　　古戏台还在,梁柱上油漆斑驳,屋檐上长满了草。三个人进来,百感交集。

　　陶祁香:院子里的房间现在是供销社的仓库,戏台倒还是老样子。

　　萧炳南看着戏台上下,耳边一片嘈杂,戏台上的锣鼓声伴随着都乐械斗的呐喊喧嚣。

　　陶祁香:那天我就在这个戏台上。我清清楚楚地记得唱的是"红娘"……

　　陶自强:您在台上看戏,会注意到下面的观众吗?

　　陶祁香:一般不会,因为我的心思都集中在戏剧上。那天你母亲穿了一件红色布衫,跟我身上的戏装很靠色,再加上她怀里抱着孩子,我就多看了一眼。

　　萧炳南:是的,她是穿了一件红色的布衫,还是她出了满月之后,我带她买的布料,是她自己做的。

　　陶自强:姐,械斗发生的时候,你还在台上吗? 你怎么没有跑?

　　陶祁香:事情来得太突然,呼啦啦闯进了好多人,举着扁担木棒,台底下立马就乱成了一锅粥。我被吓傻了,呆呆地站在台上,根本没想到跑……

　　陶祁香回忆着:

　　饶河会馆戏台,陶祁香正在唱《西厢记》里的红娘。

　　台下的观众不停地欢呼叫好。

　　一个抱着孩子的妇女看得特别入迷。突然,一队都昌人冲了进来,见人就打。戏台底下顿时乱作一团,人们四散奔逃。

　　那个抱着孩子的女人转身要往外跑,正好陷入了混战的人群里。

　　一根木棒砸过来,一个光头男人闪身,木棒砸在他的肩膀上。光头男人举起木棒朝对手砸去,刚好砸在那个抱孩子女人的头上。女人倒地,满脸是血,女人紧紧地搂住怀里的孩子……

　　光头男人愣了一下,随即跑了。

　　陶祁香吓呆了。台上的演员都跑了,有人叫喊着:祁香,快跑……

758

女人怀里的孩子哇哇大哭着。陶祁香从台下跳下来,抱起来孩子,又俯身去看那个女人。

女人翕动着嘴唇:虎子……虎子……

陶祁香看着女人不行了,安慰她说:你放心,我一定把虎子养大。

女人闭上了眼睛。

萧炳南捧着脑袋蹲在了地上。陶自强蹲在父亲身边,搂着他的肩膀。

萧炳南慢慢地站起来。陶祁香安慰着萧炳南:萧叔,您一定要节哀,事情过去这么多年了。

萧炳南:他姐,我真的不知道该怎么感谢你,说什么都不够。

陶祁香:那您就什么都不要说了,这就是命。命运把我们连在了一起,让我们成了一家人。

萧炳南:他姐……你看清了?真的是饶三公?

陶祁香:我看得真真的,也记得真真的。我特别记得,他额头上有一条疤,蚕形的。后来自强和茶花一起读书,有一次我在学校门口遇上了他,一眼就认出来了。为什么我不让自强和茶花来往呀,为什么我拼命地反对他们搞对象呀。我窝在心里,说不出来啊……

萧炳南:他姐,苦了你了。

罗灵风和孩子们还在收着木柴,高高兴兴、蹦蹦跳跳、唱唱咧咧。

陶自强、陶祁香和萧炳南迎面走来。罗灵风拱手道贺:太平太平,全家圆满太平。

萧炳南也拱起手:罗先生太平。

陶自强手边没有木柴,便掏出一些零钱,放在孩子们的篮子里。

孩子们喊着:先生给钱,太平年年……

罗灵风对孩子们说:你们先去收柴,我跟老朋友说会儿话。

萧炳南:老哥,有件事您帮我出出主意。

罗灵风:您说。

萧炳南:今天不是中元节吗?原来不知道自强和他娘是死是活,现在自强找到了,他娘还是遇难了……我也是刚刚知道的。你说,我们该怎么样祭奠一下自强他娘呢?

罗灵风:您有什么打算?

萧炳南:我想给他娘修个衣冠冢……可是,恐怕来不及了。

罗灵风:修衣冠冢要准备一下,还要选坟地、选日子,先不忙。

萧炳南：那今天该怎么办呢？

罗灵风：放河灯吧。到昌江放河灯，超度一下亡灵。

萧炳南：我还真的不大懂，河灯怎么个放法？

罗灵风：河灯你会做吧？

陶自强：我会做，用西瓜皮。

罗灵风：对，是的。这样吧，你们先把河灯做好，到三间码头等我，我为弟妹诵一遍《往生经》。

萧炳南：太谢谢您了老哥。

罗灵风：还有，要烧的纸钱也准备好。

萧炳南：这个自然。

罗灵风：我今晚就在江边，先跟孩子们一起搭太平窑，完后我就去找你们。

邓美珊和冯兴远挽着手走在江边。江边到处是人，有大人，也有孩子。影影绰绰，忙忙碌碌。有的人已经提前烧起了纸钱和纸活。烟灰缕缕，堆火明灭。

邓美珊：今天景德镇怎么这么热闹？

冯兴远：你不知道吗？今天是中元节。

邓美珊：中元节我倒是听说过，北京人好像不大重视，也没什么讲究。

冯兴远：景德镇的中元节可热闹了，我小时候跟着哥哥一起搭太平窑……我今天得早点儿回去。

邓美珊：要陪叔叔？

冯兴远：要给我哥哥放河灯。

邓美珊：那咱往回走吧。

冯兴远看了看表：不急，放河灯还早呢。

孩子们提着篮子，在窑口上捡着渣饼。渣饼是瓷坯入窑时垫在坯胎下面的托垫儿，瓷器烧好后就当垃圾扔掉了。

孩子们挑的是直径五六厘米大小的渣饼。每个孩子都挑选得很认真，篮子装满后便送到江边准备做太平窑。

罗灵风指挥着孩子们搭建着太平窑。几个心灵手巧的孩子负责施工，别的孩子都去捡渣饼，不断有孩子把装满篮子的渣饼送来。

太平窑是用渣饼搭建的，完全仿照着窑口的形状，有窑身、窑门、窑眼、槎口，还有烟囱……

冯兴远和邓美珊走过来。冯兴远说道：罗爷爷，您在搭太平窑吧？

罗灵风急忙过来，行拱手礼，并且深深地鞠了一躬。

冯兴远：罗爷爷，您干吗这么客气呀？

罗灵风:在景德镇,叫我什么的都有。过去叫罗大仙、罗半仙、罗疯子,现在呢,许多人尊重我,叫我罗先生、罗老师,只有你,还有你哥哥,叫我罗爷爷。

冯兴远:我从小不是就叫您罗爷爷吗?

罗灵风:还是你们冯家窑的家教好啊,诗书继世长啊。这只是其一。知道我为什么向你行礼吗?

冯兴远:为什么您也不应该向我行礼啊。

罗灵风:你在北京读的是大学,后来又去留洋了,对吧。

冯兴远:是啊。

罗灵风:这要是放在大清朝,你就是进士,早就进了翰林院了。我呢,仅仅是个小秀才,连个举人都没考上。读书人敬重的是学问,讲的是尊卑长幼,你说我该不该向你行礼?

冯兴远:罗爷爷,您也太讲究了。

罗灵风又转向邓美珊:邓所长,你也很了不起啊。武汉国立大学,那可是湖广总督张之洞创办的,你又是高才生,到建国瓷厂没多久,就当上研究所所长了。原来总是说郎才女貌,你们是男女双双才貌双全,一对璧人啊。

邓美珊:看您,把我们俩人夸成一朵花了。

罗灵风:就是一朵花,一朵并蒂莲……

邓美珊和冯兴远沿江边往回走着。冯兴远兴致勃勃地讲着:景德镇的中元节之所以这么热闹,跟当年人民反抗元朝暴政有关。元朝灭了南宋以后,统治者实行的是民族歧视政策,把人分成四等:蒙古人、色目人、汉人、南人。南人就是南宋的遗民,地位最低,视为贱人。传说,在景德镇七户人家共用一把菜刀,供养一个"鞑子"。"鞑子"有至高无上的权力,为所欲为。不但要好吃好喝伺候着,甚至谁家娶了新媳妇,都先要跟他睡三天。人们无法忍受这种残暴的统治,商量着一起动手,杀死"鞑子"。你看,那边正在做杀"鞑子"的游戏。

邓美珊顺着冯兴远手指的方向看去,前面一群儿童在呐喊着、欢呼着……

孩子们在玩儿着"铲街"的游戏——一个竹篾,上面放一块长木条儿。竹篾前面拴两根麻绳,后面插一根木棍。一个孩子扮作"鞑子",躺在竹篾的木条上,两只胳膊举了起来。两个孩子在前面拉着绳子,一个孩子在后面推着木棍。别的孩子相拥着呼喊着。到了江边,孩子们把竹篾推到江里。扮作"鞑子"的孩子在江水中翻滚着,做出求救和淹死的表演,岸上的孩子拍手称快,再把他拉上来。

景德镇热闹非凡,烟花爆竹连连响起,此起彼伏。江边,一座座太平窑搭建好了,孩子们欢天喜地。大人们也来参加孩子们的游戏,一起来烧太平窑。

罗灵风导演的太平窑最为隆重。孩子们把窑柴点燃,站成一排。罗灵风也举着一支点燃的窑柴,站在孩子们中间。

罗灵风喊着:拜窑神,一头拜……

孩子们跪下来,齐声喊着:一头拜。

罗灵风:二头拜……

孩子们:二头拜。

罗灵风:满头拜……

孩子们:满头拜。

罗灵风:点火。

孩子们站起来,把手里的窑柴依次扔进窑口里。

窑内,烈火熊熊。江边,鞭炮齐鸣。

陈三姐在桌子上剪着纸钱。邹元镐和春泥往墙上挂着镜框。中间挂着刘凯峰的烈士证书。左边挂着邹元镐的陶艺大师证书,右边挂着春泥在学校绘画比赛中的获奖证书。

春泥:怎么样?

邹元镐:差一张。

春泥:差哪张?

邹元镐:差你妈妈的。

春泥:咱给我妈发一张证书吧。

邹元镐:发什么?

春泥:我要给我妈发一张慈爱妈妈证书。

邹元镐:我要给你妈发一张贤惠妻子证书。

陈三姐:你们俩拿我开心是不是?告诉你们,陈三姐我有证书。

春泥:是吗?什么证书?

陈三姐:光荣烈属的证书。

邹元镐:对呀,证书呢?

陈三姐:在我梳妆台的抽屉里。

春泥跑去拿出来:哎呀,还真是,你看:光荣烈属,下面是陈三姐的名字。

邹元镐:快挂起来。这回就圆满了。

春泥看着墙上挂着的烈士证书和烈士家属证书,问邹元镐:爸爸,我爸爸是烈士,我妈是烈属,那咱俩算什么?

邹元镐扑哧笑了。春泥问:爸爸,你笑什么?

邹元镐:我笑你这句话。

春泥:这句话怎么了?

邹元镐:你说,爸爸,我爸爸是烈士……让外人听了,怎么理解?
春泥:我说的是我亲爸爸是烈士。
邹元镐:你可是曾经说过,我就是你的亲爸爸。
春泥:您是我感情上的亲爸爸。我这个烈士爸爸,是血缘关系上的亲爸爸。
陈三姐:闺女,你可真实在,你爸爸逗你玩儿呢,你还认真起来了。
春泥噘起了嘴:哼,亲爸爸还欺负女儿!
邹元镐:是爸爸不对,爸爸甘愿受罚。
春泥:罚您给我补数学课。
邹元镐:没问题,你爸爸的数学可是数学家的水平。
春泥:吹牛。
邹元镐:你还不服气?
春泥:等您让我考上陶瓷大学,我才服气。
邹元镐:我的女儿,考清华、北大都没问题。

饶三婆从屋里出来,关好了鸡窝门,突然发现柴草棚子里透出一丝微弱的光亮,她悄悄地走过去,扒着门缝看着——草棚里,饶三公坐在地上,他的面前点着一盏小油灯。饶三公在偷偷地扎纸活、剪纸钱。
砰的一下,饶三婆把门推开了。饶三公惊叫了一声:啊……你要干什么?
饶三婆:你问我,你在干什么?
饶三公无言以对。饶三婆问:你在给谁剪纸钱?
饶三公:这不是到中元节了吗?
饶三婆:我知道到中元节了,你要给谁去烧纸?
饶三公:给谁……给我父母还不行吗?
饶三婆:你父母都死了多少年了,你哪年祭奠过他们?
饶三公:今年我就要补上。
饶三婆:不对,你跟我说实话,到底给谁烧纸?
饶三公不理她。饶三婆起疑心了:啊?是不是茶花出了什么事?
饶三公:你发什么神经?茶花头两天不是刚来过信吗?她不是好好的吗?
饶三婆:那你是给谁?
饶三公:跟你没关系。
饶三婆:怎么跟我没关系,不行,你必须跟我说清楚……

陶自强挎着一个瓷篮,和父亲萧炳南一起来到了江边。
江边上已经挤满了人,都是准备放河灯的。陶自强和父亲找了一个空地蹲下来，从瓷篮里拿出制作好的河灯。河灯是用西瓜皮制作的，把西瓜一切两半，掏出里面的瓜瓤，只留下瓜皮。

陶自强把瓜皮从瓷篮里拿出来，一共七个。瓜皮中间放着面团儿，固定着。

萧炳南把蜡烛拿出来，插在瓜皮里的面团儿上……

江边上，已经有人烧起了纸。陶自强又从瓷篮里把纸钱拿出来，一大摞。

萧炳南：这些都是你姐姐剪的？

陶自强：还有剧团的几个同事帮忙。爸爸，你看，我姐还做了一些金元宝。

萧炳南：你姐姐真是个仔细人。

陶自强：他们剧团晚上要拍戏，我姐姐不能来了。

萧炳南：我知道，她跟我打招呼了。

陶自强：爸爸，我……我还是咽不下这口气。

萧炳南：当时你打了饶三公，我就琢磨着，这里面肯定有事，万万没有想到，是这么大的事。

陶自强：爸爸，要是您呢？您听到了这件事，会不会也去打饶三公？

萧炳南：对于我来说，这是杀妻之恨，对于你来说，就是杀母之仇。这仇能不报吗？这恨能不雪吗？

陶自强：我当时也恨不得把饶三公一棒子打死，要不是茶花趴在了他身上，说不定真的闹出人命来。如果那次真的出了人命，我不是被判死刑，就是蹲一辈子大狱。无论怎么样，都没有机会跟您相认了。

萧炳南：中国人大多信奉佛教。佛教嘛，我不大相信转世轮回，但是我相信因果报应。善恶到头终有报，只争来早与来迟……

陶自强：怪不得您一直留在景德镇，就是为了寻找我和母亲。

萧炳南：我相信，我萧炳南俯仰无愧于天地，行止无愧于人心。只要我坚持，就一定会有结果的。

陶自强：听说当年您在景德镇期间，装了三年的哑巴，是真的吗？

萧炳南：那是我跟傅家窑合同里规定的，傅家窑为了独占本金的市场，不许我把描金手艺传给别人。为了不给自己找麻烦，我只能装哑巴了。

陶自强：我还听说有人拿着整匣子的金条请您，您都没有出山。

萧炳南：找不到你和你妈，我什么心思都没有了。也是怕有人来打扰，我就隐居在浮梁种茶去了。

陶自强搂住了萧炳南的肩膀：爸爸，苦了您了……

姚莎莎坐在陶祁香对面，一直哭着，哽哽咽咽。

陶祁香：莎莎，你来找我，什么话都可以说，不能总是哭哭啼啼呀。

姚莎莎哽咽着说:我就是不明白,自强哥为什么看不上我,我怎么了？我比茶花差吗？我比邓美珊丑吗？

陶祁香:你提茶花干什么？跟你有关系吗？再说,你凭什么跟邓美珊比？邓美珊又没追求过陶自强。谈恋爱是你情我愿的事,陶自强又没有欺负你,又没有占你的便宜,你有什么伤心难过的?

姚莎莎:他明明跟茶花早就断了,我向他表白,他却还拿茶花说事,还用这个破理由拒绝我,您说,他这是不是欺负我？

陶祁香:莎莎啊,你呢,又年轻人又漂亮,还是名牌大学毕业的,条件这么好,为什么非要找陶自强呢？

姚莎莎:您让我说实话吗？告诉您,自从在高岭山上我们一起寻找邓美珊,我就看上了自强哥。我为什么到景德镇来,就是冲着自强哥来的。活该我命不好,前有茶花挡着,后又有邓美珊跟我竞争。直到茶花走了,邓美珊遇见了冯兴远,我觉得我的机会来了,天天兴奋得我睡不着觉。可是……没想到,自强哥油盐不进,一点儿机会都不给我。您说,姐姐,您能帮帮我吗？

陶祁香:我怎么帮你？

姚莎莎:您不讨厌我吧？

陶祁香:我凭什么讨厌你,你很好啊。

姚莎莎:我这么死皮赖脸地追求自强哥,您不会觉得我贱吧？

陶祁香:怎么会呢？你们赶上了好时代,多自由、多浪漫呀？看见你们,我真想再回到二十岁,重新活一回。

姚莎莎:姐姐,您给我们创造一些机会,让我跟自强哥多接触接触。我相信我的魅力,可是自强哥就是不给我表现的机会。

陶祁香:我给你透露个消息,他现在在昌江边放河灯,你可以去找他。

姚莎莎腾地站起来,给陶祁香鞠了一个躬:谢谢姐姐……

陈三姐挎着篮子,篮子里放着纸钱纸活。

邹元镐和春泥跟在陈三姐的后面,他们在寻找着烧纸的位置。

陶自强看见了陈三姐一家人,喊着:三姐,到这边来,这边还有地方。

陈三姐答应着走过来。萧炳南问道:那个就是邹教授吧？

陶自强:对对,就是他告诉我您会擂金工艺的。

萧炳南迎着走上去:邹教授,我是萧炳南。

邹元镐握着萧炳南的手,认真看着他的脸,又看了看陶自强:像,很像。

陈三姐问:你说什么很像？

邹元镐指了指萧炳南,又指了指陶自强:他们是不是很像？

陈三姐恍然大悟:哟……我听说陶自强找到父亲了,就是您啊。

陶自强:爸,这是陈三姐……

萧炳南:知道知道,当年茶花一到景德镇就住您那儿,没少给您添麻烦。

邹元镐:萧师傅啊,我一直想去拜访您,今天终于见到您了。

萧炳南:我也一直听到您的大名,您是大学问家,佩服啊佩服。

陶自强:三姐,你把篮子放在这儿吧。

陈三姐看见了陶自强脚下的河灯:这是什么?

陶自强:这就是河灯呀? 您没做吗?

春泥:陶叔叔,河灯是干什么用的?

陶自强:中元节的时候,家家户户都要把河灯放在江里,河灯顺流而下,祭祀亲人的亡灵。

春泥:妈,咱们怎么没做河灯?

陈三姐:这是景德镇的习俗吧? 我也不懂。

邹元镐:这不就是西瓜皮做的吗? 我去买西瓜。

陶自强:您别去了,我这里还有三个西瓜皮,蜡烛也有。

邹元镐:你们不够了吧?

陶自强:我们已经做了七个,够了。

陈三姐:那好,太谢谢你们了。

萧炳南:来,我教你们做河灯……

一个个太平窑都燃烧起来,窑火通红,窑烟袅袅。

江边上,烟火漫天,鞭炮齐鸣。两个大人把米糠倒进太平窑的烟囱里,紧接着,又倒进一瓶窑工酒。顿时,火光喷射,火花四溅。孩子们围着太平窑一边蹦蹦跳跳,一边唱着歌谣:

　　　　太平年,年太平,
　　　　太平年里太平窑。
　　　　太平窑火烧得旺,
　　　　赏根窑柴把窑烧。
　　　　昌江里河灯祭祖先,
　　　　咱少年烧起太平窑……

昌江两岸的人们开始放河灯。

陶自强捧着河灯,萧炳南把河灯里的蜡烛点燃,陶自强把河灯放在江水里。

陈三姐和春泥也学着陶自强的样子,邹元镐把她们手里的河灯点燃。

昌江里,一盏一盏的河灯盖满了江面,灯光闪闪,水波盈盈。

满江的河灯顺流而下,与天上的银河遥遥映照,非常壮观。昌江对岸,在放河灯的人群中,冯兴远和邓美珊也把做好的河灯拿出来,放进江水里。

冯兴远:哥哥,这河灯代表我和邓美珊去看你了,你在那边还好吗?哦,忘了告诉你,邓美珊是我的女朋友,我们很快就要结婚了。还有,爸爸很好,他创作的赣剧《陶茶恋》很快就要到北京参加全国会演了……还有,哥哥,巧莲嫂子很好,她已经是赣剧团的台柱子了。你的儿子念念,非常棒……哥哥,你放心吧,我一定会照顾好爸爸,照顾好嫂子,照顾好你的儿子……

罗灵风站在陶自强和萧炳南的身后,念起来了《往生经》:

> 南无阿弥多婆夜,哆他伽多夜,哆地夜他。
> 阿弥利都婆毗,阿弥利哆,悉耽婆毗。
> 阿弥利哆,毗迦兰帝,阿弥利多,毗迦兰多。
> 伽弥腻,伽伽那,枳多迦利,娑婆诃……

周鸿达骑着摩托车过来,喊着:萧叔,我们走吧。

陶自强:爸爸,你要回浮梁?

萧炳南:鸿达正好要去他老丈人家,我让他把我捎回去。

陶自强:这么晚了,要不明天我送您吧。

萧炳南:我回去要把你妈的遗物清理一下。

周鸿达:自强,萧叔跟我走你还有什么不放心的?

陶自强:那好,你慢点儿骑。

周鸿达:萧叔,您上车。

陶自强走上江岸,顺着沿江大道走着。姚莎莎从旁边蹿出来,一只手顶住了陶自强的后背,故意粗着嗓子喊道:缴枪不杀,举起手来!

陶自强一个反转,抓住姚莎莎的手臂,又用膝盖一顶,把姚莎莎摔在地上。

姚莎莎嗷嗷叫起来。陶自强诧异地:莎莎?

姚莎莎:知道我是莎莎你还下这么重的手?

陶自强:我哪知道是你?

姚莎莎:还不把我扶起来。

陶自强伸手把她拉起来。

姚莎莎：我屁股都摔成两瓣儿了。

陶自强：你原来是几瓣儿？

姚莎莎：去你的，流氓。

陶自强也忍不住笑了：你到这儿来干什么？

姚莎莎：找你啊。

陶自强：有事？

姚莎莎：当然有事了。明天我们武汉大学的几个同学到三宝蓬野餐，隆重地邀请你参加。

陶自强：就你们几个武大同学？

姚莎莎：每个人邀请一个朋友，你不是说我们是朋友吗？

陶自强：邓美珊邀请冯兴远，唐家明邀请南小汐，那戴敏而呢？

姚莎莎：戴敏而的男朋友在武汉，她邀请的是玉茗。

陶自强：哦。

姚莎莎：你不许说没有时间。

陶自强想了想：那好吧，在哪儿集合？几点？

姚莎莎：我还没问清楚呢，这样吧，你在家等我，我明天去你家接你。说好了啊，不许反悔。

陶自强：除非有特殊情况。

姚莎莎：特殊情况也不行，反正你答应我了。

陶自强点了点头。姚莎莎蹦蹦跳跳地走了。

床头上，放着萧炳南妻子的遗物。有衣服、首饰，还有一件陶自强的小兜肚儿。

萧炳南举着一张三口之家的合影照，照片上，萧炳南和妻子并肩站着，妻子的怀里抱着婴儿时的陶自强……

萧炳南：他娘，你让我找得好苦啊……谢天谢地，我把咱们的儿子找到了，他现在叫陶自强，是饶河班的陶祁香救了他……啊，这件事你是知道的，你临走前托付过她……她救了咱的儿子，养育了咱的儿子，又把咱儿子培养成了有出息的男人，咱儿子现在是建国瓷厂的厂长了……可是，他娘啊，你在哪儿，你在哪儿啊……

夜深了，四周静悄悄的。饶三公从屋子里悄悄地溜出来，走进那个草棚，拿出准备好的篮子，篮子里装着纸钱和纸活。他朝屋子里看了看，确认没有被饶三婆发现，便打开院门，蹑手蹑脚地走了出来……

第四十章

皓月当空,山林寂静。萧炳南蹚着如水的月光,朝饶三公家的方向走去。

到了饶三公家附近,萧炳南看见饶三公从家门里出来。

饶三公肩上扛着一把铁锹,胳膊上挎着一个篮子,前后左右地看了看,朝后山走去。萧炳南躲避了一下,在后面跟踪着饶三公。

路过一个小山洼,饶三公停住了,又前后左右都看着。

萧炳南急忙蹲在一丛荆棘后面。荆棘勾住了萧炳南的衣服,萧炳南低头撕扯着。

萧炳南从荆棘后面出来,饶三公已经不见了踪影。

有山鸟振翅,秋虫鸣唱。萧炳南寻找着饶三公……

丛林荒草中,一座孤坟。饶三公挥着铁锹,把孤坟上及周围的荒草铲掉,又挖出新土,一锹一锹地往孤坟上培着土……

萧炳南在山野里转悠着,寻找着饶三公。

饶三公把孤坟添好了新土,又用铁锹拍实。然后,他把坟尖儿拍平,放上一层白色的纸钱,在上面压了一块石头……

萧炳南茫然地寻找着,忽然透过荆棘和荒草,似乎看到几缕火光,他小心地向前走去。

饶三公跪在孤坟前,烧起了纸。纸灰飘扬,火光照耀着饶三公苍老的脸。

萧炳南在一块山石后面停下来,看着饶三公——饶三公一边烧纸,一边哭诉着:妹子啊,今天是中元节,我又来看你了……三十多年了,我终于知道你是谁了。当年我失手把你打死,可把我吓坏了。不是害怕,是悔呀,悔得我肠子都青了,我怎么会打死了一个无辜的人,还是一个孩子的母亲……罪孽啊。当天晚上,我去饶州会馆找到了你,把你背了出来,我要把你安葬……我不敢买棺材,只能买了个大木箱子,把你埋在这里,委屈你了妹子。每年的中元节,我都来祭拜你,不指望你能原谅我。我真的希望这一天,你能回来,回来报仇,把我掐死在这里,我罪有应得心甘情愿……

饶三公哭诉着,把一坛酒打开,喷洒在燃烧的纸钱上。火光升腾,把饶三公的泪脸照得清清楚楚。山石后面,萧炳南紧紧地握着拳头,盯着饶三公。

饶三公:妹子,我每年来看你,给你烧点儿纸,让你在那边日子过得安生一点儿,也为的是赎我的罪孽。今天又是中元节了,都说在中元节的时候,死去的人要回家看看。不知道妹子你能不能回来,回来你去哪儿呢?你去看望谁呢?我原来不知道,现在知道了……妹子,告诉你一个好消息吧,三十多年了,我终于知道你是谁了。你的丈夫找到了你的儿子,你的儿子找到了他亲生的父亲……妹子,你的丈夫了不起啊,太了不起了。你的儿子有出息啊,有大出息啊……要不是我当年造的孽,说不定……啊,说不定我们还能成为儿女亲家,成为亲戚……造孽啊,都是我造的孽……我一个毁了两家人,毁了两代人……

　　饶三公说完,趴在地上哭着。一只大手抓住了他的肩膀,把他拉起来。

　　饶三公吓得魂飞魄散,麻木地看着萧炳南。萧炳南松开手,跪在了孤坟前,声嘶力竭地哭喊着:他娘啊,我可找到你了!

　　姚莎莎穿着一条红裙子,挎着小包,小鹿般地蹦跳在大街上,唱着欢快的歌:小鸟在前面带路,风儿吹在我身上,我们像春天一样,来到花园里来到草地上……

　　到了陶自强家附近,她突然站住了,也停止了歌唱。陶自强从屋里出来,反手锁上屋门,一回头,发现院子里站着一个三岁左右的小女孩儿。

　　小女孩儿穿着漂亮的花裙子,扎着翘翘的小辫子,圆脸蛋儿,薄嘴唇,大大的眼睛。陶自强不由自主地蹲在了小女孩儿面前,亲切地问:孩子,你找谁?

　　小女孩儿:找我爸爸。

　　陶自强:你爸爸没在这儿。

　　小女孩儿:我爸爸就在这儿。

　　陶自强:你爸爸是谁?

　　小女孩儿:陶自强,你就是陶自强吗?

　　陶自强一愣,抬头朝院子外面看着:是谁教你这样开玩笑的?

　　小女孩儿:不是玩笑,我爸爸真的是陶自强。

　　陶自强:谁告诉你的?

　　小女孩儿:我妈妈。

　　陶自强:你妈妈是谁?

　　小女孩儿:她叫茶花,饶茶花。

　　陶自强身上像挨了一鞭子,猛地抽搐了一下。

　　小女孩儿的大眼睛扑闪扑闪看着陶自强:你是我爸爸吗?

　　陶自强:你妈妈在哪儿?

　　小女孩儿朝院子外面指了指。陶自强站起身,拉着小女孩儿往外走。

外面没有饶茶花的身影。陶自强喊着:茶花……茶花……

小女孩儿也喊着:妈妈,妈妈,我找到爸爸了……

陶自强:茶花……茶花……你就别捉迷藏了。

小女孩儿:爸爸,妈妈在那儿。

陶自强顺着小女孩儿指的方向看去。姚莎莎从桂花树后面走出来。

陶自强:莎莎?

姚莎莎:别找了,茶花走了。

陶自强:走了,去哪儿了?

姚莎莎:往汽车站的方向去了。

陶自强:是不是你跟她说什么了?

姚莎莎:你可真是的……我看见她了,她没看见我,我们俩连句话都没说。

陶自强:哦,对不起。

姚莎莎:看来野餐你也去不成了?

陶自强:对不起。

姚莎莎:算了,你好自为之吧,我走了。

陶自强茫然地看着姚莎莎。姚莎莎走了两步,扭过头来:小女孩儿很漂亮,像你。

虞笑寒进来:团长,这是我写的《陶茶恋》的演出汇报。

陶祁香接过来。虞笑寒转身要出去。

陶祁香:你等等。我问你,你是不是对我弟弟有意思?

虞笑寒低下了头。陶祁香说:别不好意思的。我弟弟这么大年纪了,还没有结婚,我这当姐姐的也发愁。

虞笑寒:不知道陶厂长什么条件。

陶祁香:我的原则是,他跟谁相爱我都同意,他追求谁,或者谁追求他,我都支持。

虞笑寒:那……

陶自强突然闯进来:姐,出事了。

陶祁香腾地站起来:出什么事了?这孩子是谁?

陶自强:这孩子是茶花送来的。

陶祁香:茶花她人呢?

陶自强:走了。

陶祁香:那……这孩子?

陶自强不好意思地:应该是我的,你看,像吗?

771

陶祁香接过孩子:你叫什么?

小女孩儿:我叫小茶,陶小茶。

陶祁香:陶小茶……

虞笑寒看了看小女孩儿,又看了看陶自强:像,真像。

陶祁香:像什么?

虞笑寒:这孩子很像陶厂长,像极了。

陶祁香把陶小茶交给陶自强,脸沉下来。陶自强:姐,对不起……

陶祁香看了看他,没说什么。

萧炳南手足无措地在屋里踱着步。突然,饶三公进来,跪在了他面前。

萧炳南看了看他,没言语。饶三公说道:萧师傅,我是来领罪的。

萧炳南看了看他,还是没说话。饶三公又说:我这条命听候您处置。

萧炳南坐下来:你我之间,对于我来说,是杀妻之恨,对于陶自强来说,是杀母之仇。你说,这仇能不报,这恨能不雪吗?

饶三公:不能。自古以来,杀人偿命欠债还钱,饶三公愿意以命相抵。

萧炳南:以命相抵,你比我老婆多活了三十多年。

饶三公:除了以命相抵,只能是下辈子给你们做牛做马。可是我罪孽深重,恐怕下辈子连牛马都托生不了。

萧炳南:这么说,你甘愿一死?

饶三公:心甘情愿。

萧炳南:我的手是干净的,陶自强的手也是干净的。你若心甘情愿,就自己了断吧。

饶三公:萧师傅,给我留个全尸可以吗?

萧炳南:随你所便。

饶三公:我有几句话想说。

萧炳南:请便。

饶三公:您刚才说,我比陶自强的母亲多活了三十多年。这三十多年,我并不安生,常常夜里做噩梦,从噩梦中惊醒以后,就是一身大汗,水洗的一样,衣服都湿透了。不说这些了,老天爷一直在惩罚我,这三十多年我生不如死啊……

萧炳南:老天爷惩罚是老天爷的事情,我要自己报仇。

饶三公:萧师傅,我说这些不是要您饶恕我,我是罪不可恕罪不可赦。让我万万没有想到的是,我杀的竟然是陶自强的母亲。您知道的,陶自强跟茶花青梅竹马,情深意厚。我混蛋,要了马窑主的二十茶园,要强行把他们拆散。后来还是您让我把马窑主的茶园退回去。我害了陶自强,更害了自己的闺女。更让

772

我万万没想到的是,陶自强竟然是您的儿子,我成了您的仇人。萧师傅,在浮梁,在景德镇,让我最佩服、最敬重的人就是萧师傅您啊。您还是茶花的师父,像亲闺女一样地对待茶花,教会了她一身的本事。我怎么就成了您的仇人呢?老天爷啊,这到底是怎么回事呀……

萧炳南:饶三公,你起来吧。

饶三公:不,我没有资格站在您面前,更没有资格坐在您面前,只能跪在您面前,我是您的仇人,我是罪人……

陶自强抱着小女孩儿进来了。萧炳南愣住了,饶三公愣住了,陶自强也愣住了。

陶自强:爸爸,这是怎么回事?

萧炳南:先别管我们,你先说,这孩子是谁?

陶自强把小女孩儿放在萧炳南的身边,吩咐小女孩儿:叫爷爷……

小女孩儿看着萧炳南,脆生生地叫着:爷爷……

萧炳南:爷爷?

陶自强:这是您的亲孙女。

萧炳南:她妈是谁?

陶自强:饶茶花。

饶三公首先惊叫起来了:茶花? 这是茶花的闺女? 你跟茶花……

小女孩儿指着地上的饶三公:爷爷,他是谁?

萧炳南把小女孩儿抱起来:孩子,这是你外公。

小女孩儿叫着:外公。

饶三公趴在地上,呜呜地哭了起来。

陶自强:爸爸,我把孩子留在您这儿,我得马上走。

萧炳南:好啊,我带我小孙女玩儿,你忙你的去吧。

陶自强:我下班后就来接她。

萧炳南:接不接都行。

陶自强看了一眼饶三公,又摸了摸饶小茶的脑袋,匆匆走了。

干部会议,会议室里坐着百十名中层和基层领导。陶自强的讲话已经接近了尾声:……总之,我们打了一个漂亮的攻坚战,国庆十周年献礼瓷取得了成功,我们胜利完成了市委市政府交给我们的光荣任务。国庆十周年马上就要到了,我们还有许多工作要做,大家不能松懈,再加一把劲儿,搞好国庆十周年的庆祝活动。今天的会就到这里,祝大家节日快乐。

与会人员刚要起身,周鸿达站起来:请大家先不要动,下面还有个很重要的内容。在国庆十周年之际，我们建国瓷厂要给两名特殊的人物颁发特殊的证书。

大家面面相觑，疑惑地看着周鸿达。周鸿达宣布：下面请我们建国瓷厂的老朋友，英国太平洋国际贸易公司董事长约瑟芬女士……

会议室的门开了，在邓美珊、金俊卿的陪同下，约瑟芬走了进来。

陶自强、李宗贤、杜绍文站起来迎接。约瑟芬与各位领导握手。

金俊卿解释说：我刚进建国瓷厂的大门，就听说你们要给约瑟芬董事长颁发证书的事情，沾光了，沾光了。

陶自强：欢迎欢迎，你可很长时间没来了。

金俊卿：我这次来，是受领导委托，参观一下献礼瓷，看能不能把这些产品推销到海外去。

李宗贤上来握着金俊卿的手：金经理，欢迎啊，你来得真是时候。

周鸿达宣布：请约瑟芬女士到台上来。

陶自强已经在台上等候了。约瑟芬上台，向大家招手致意。

陶自强：约瑟芬女士是英国很有实力的企业家，一直致力于中英贸易，为我们建国瓷厂打入欧洲市场帮了许多忙。约瑟芬女士有一只祖传的古瓶，叫作元青花云龙纹象耳瓶。那只瓶子的两只耳朵坏了，拿到我们景德镇来修复。古瓶修复好之后，约瑟芬知道了当年她的高祖参加过英法联军，这只古瓶是从中国的圆明园带回去的。约瑟芬女士当即做出决定，把修复好的这只古瓶无偿地捐献给中国。我受约瑟芬女士的委托，把这只古瓶捐献给了景德镇陶瓷博物馆，下面我代表景德镇陶瓷博物馆向约瑟芬女士颁发捐赠证书。

服务员端着瓷盘走上来，瓷盘上放着大红的捐赠证书。

陶自强拿起捐赠证书，交给约瑟芬。镁光灯闪烁着，邓美珊举着相机拍着照。

陶自强：在修复约瑟芬捐献的古瓶之后，我们景德镇的老师傅又仿制了一个约瑟芬的古瓶。这个仿制的古瓶与真瓶一模一样，要不是事先做了记号，我是一点儿也分辨不出来的。当年我也把这个复制品给约瑟芬女士看了，她也辨不出真伪。为了感谢约瑟芬女士对景德镇陶瓷博物馆的捐赠，现在把仿制古瓶赠送给约瑟芬女士，以作纪念。现在有请李宗贤同志向约瑟芬赠送仿制古瓶。

服务员端着精美的木匣子上来。李宗贤打开了木匣子，拿出仿制古瓶，赠送给了约瑟芬。

周鸿达：好了，第一个特殊人物的证书颁发完了，下面我们要颁发第二个特殊证书。有请罗灵风先生。

罗灵风今日焕然一新，崭新的中山装，新理的头发，精神饱满，意气风发。

会场上又响起了热烈的掌声。杜绍文走上台：罗灵风先生大家都不陌生，特别是景德镇的人更是非常熟悉。这些都不用我介绍了。我要说的是，在我们国庆十周年献礼瓷里，有一批本金的餐具和茶具，制作本金金粉所用的金条，大部分是由罗灵风先生捐赠的。他向建国瓷厂捐赠了十八根金条，每根十两……

会场上一片唏嘘，嗡嗡营营地议论着。杜绍文接着说：请大家安静，你们有谁能想象得到，一贫如洗家无隔夜粮的罗灵风先生，能捐赠这么多金条呢？这些金条是哪儿来的呢？这么多年了，罗灵风先生为什么抱着这些金条过苦日子呢？这是个谜吧？想不想知道？

众人：想知道。

杜绍文：这是一个很长的故事，今天就不耽误大家的时间了。如果谁好奇，等着，过两天，《江西日报》会刊登一篇长篇报道，是唐家明写的，题目是《大隐隐于市——罗灵风的献金传奇》。

下面又是一片嘈杂。

杜绍文：下面，我代表建国瓷厂，向罗灵风先生颁发捐献证书。我要颁发的是两个证书和一个证件。除了捐赠证书外，我们还要向罗灵风先生颁发"建国瓷厂荣誉工人证书"，还要发给罗灵风先生建国瓷厂的工作证、厂徽。

罗灵风与陶自强、周鸿达、李宗贤一一握手，激动得说不出话来。

杜绍文向罗灵风颁发证书、证件。掌声经久不息。

景德镇国庆十周年献礼瓷汇报展正式开馆。前来参观的人排起了长队。

南小汐拿着大喇叭喊着：请大家排好队，按次序入场，不要着急，凡是有票的都能进去参观……请大家排好队，按次序入场……

邹元镐带着陶瓷大学的学生来参观，他亲自担任讲解员。

同学们围在了瓷鼎前。邹元镐说道：这是建国瓷厂成型车间设计的瓷鼎。鼎，自古以来就是国之重器，是国家权力的象征，代表着国家的统一和安定，也代表着"尊贵""盛大"和"显赫"。传说黄帝打败蚩尤后铸三鼎，代表天地人。夏禹统一中原后铸九鼎，作为九州的镇国之宝……过去铸鼎用的都是青铜，建国瓷厂勇于创新，烧制出瓷鼎，作为国庆十周年的献礼瓷。

参观的人陆陆续续进了馆，金俊卿走了过来。

南小汐：哟，金经理，你终于露面了。

金俊卿：我刚才看了看，我的那块端砚还没有卖出去呀？

南小汐：你要价太高了，都是看了看又放下来了。

金俊卿：还是没有遇见识货的人。

南小汐：那就慢慢等吧。怎么，你想参观献礼瓷？

金俊卿:要买票吧?

南小汐:我们的票都是发给各单位的。

金俊卿:那我想看看怎么办?

南小汐:你在门口登个记就行。

金俊卿:你能陪我看看吗?

南小汐:我还在外面照应着呢,里面有讲解员。

金俊卿:我认识吗?

南小汐:姚莎莎在里面呢,不知道你认不认识。

姚莎莎正在给参观者讲解着,金俊卿看见那套本金的餐具和茶具,眼睛都蓝了,他死死地盯着餐具茶具,又抬起头来死死地盯着姚莎莎。

姚莎莎伸手在金俊卿的眼前晃了晃。金俊卿激灵一下:你干吗?

姚莎莎:你没事吧?

金俊卿:我有什么事?

姚莎莎:你怎么癔症了?

金俊卿:什么叫癔症?

姚莎莎:就像没睡醒似的,愣愣怔怔的。

金俊卿:哦,我是有点儿走神儿。

姚莎莎:想什么呢?

金俊卿机灵起来:眼前站着一个大美女,我能不走神吗?

姚莎莎:得了吧你,我早就听说了,你每次到我们建国瓷厂,总是要勾搭美女。

金俊卿:谣言,污蔑,纯属人身攻击。

姚莎莎:你追求过邓美珊吧?你勾搭过南小汐吧?你还打过杜副厂长夫人的主意,没委屈你吧?

金俊卿:我除了对邓美珊有点儿意思,其余的都是无稽之谈。

姚莎莎:反正你已经隔着门缝吹喇叭,名声在外。

金俊卿:什么名声?花花公子?

姚莎莎:比这个还好听。

金俊卿:拈花惹草?

姚莎莎:比这个也好听。

金俊卿:那是什么?

姚莎莎:流氓,臭流氓。

金俊卿:哎哎,你怎么骂人呢?

姚莎莎:开个玩笑,何必当真呢?

虞笑寒在院子里找着孩子:小茶……小茶……陶小茶……

冯运华走进大门:笑寒,你在干什么?

虞笑寒:哦,冯导演,我在找孩子。

冯运华:找孩子,谁的孩子?

虞笑寒:陶自强的。

冯运华:啊? 哪个陶自强?

虞笑寒:景德镇还有几个陶自强?

冯运华:你说的是陶团长的弟弟。

虞笑寒:是啊。

冯运华:你开什么玩笑? 陶自强连媳妇都没有,哪儿来的孩子?

虞笑寒:冯导演,您还不知道啊?

冯运华:知道什么?

虞笑寒:您先帮我找孩子,一边找我一边告诉您。

冯运华:好,孩子叫什么?

虞笑寒:小茶,茶花的茶。

冯运华:茶花?

虞笑寒喊着:小茶……小茶……

冯运华也喊着:小茶……小茶……

两个人一边喊着,一边朝后院找去。喊声把陶祁香惊动了,她急忙跑出来。

陶祁香:小茶不见了?

虞笑寒:她在办公室里玩儿,一眨眼就不见了。

陶祁香也喊起来:小茶……小茶……

后院草地上,陶小茶正在追逐着花蝴蝶。

陶祁香:小茶,你怎么跑这儿来了?

陶小茶:姑姑,花蝴蝶……

陶祁香急忙过去,把陶小茶抱起来……

冯运华满心疑惑地看着陶祁香和她怀里的孩子。

高绽梅带着疗养院的老职工来参观展览。参观的队伍中,有的挂着拐杖,有点被人搀扶着,还有人坐着轮椅……

高绽梅:各位老师傅,你们不是经常提起薄胎刀师和卵幕杯吗? 请问各位,你们谁见过?

老师傅:薄胎刀师我见过,卵幕杯没见过。

另一位老师傅:你见过薄胎刀师?在哪儿?

老师傅:就是我们建国瓷厂的陶厂长呀。

另一位老师傅:陶厂长就是薄胎刀师?我还以为就是个传说呢。

老师傅:那卵幕杯呢?

高绽梅:大家跟我来。

南小汐领着大家来到一个展柜前:请各位老师傅掌眼,这里展出的就是卵幕杯。是我们厂长陶自强和徒弟朱光秀专门为国庆十周年献礼制作的。

大家都围上来,伸着脖子看着。

展柜里,有大小四种不同器型的卵幕杯。老师傅们屏住呼吸,凝神观看着。

一位老师傅:高院长,能拿出来让我们看看吗?

高绽梅看了看南小汐。南小汐说:这样吧,因为卵幕杯很薄很轻,我拿着举到各位老师傅面前,大家别摸好吗?

老师傅:好好,我们连大气都不出。

南小汐戴着手套,从展柜里取出一只卵幕杯,一只手用手心托着,一只手轻轻地摁住上面的杯口,举到老师傅面前。老师傅依次观看着,感叹着:

"哎呀,真是开眼了,没想到这辈子还能看到卵幕杯……"

"说是薄胎瓷,看不见胎呀……"

"陶厂长,神人啊……"

展览馆的另一边,金俊卿还在纠缠着姚莎莎。

金俊卿:你就跟我说说,这种本金的餐具,五十六头的,你们市场价是多少?

姚莎莎:你就别问我了,我哪儿知道呀?

金俊卿:那成本价呢?

姚莎莎:成本价我也不知道呀。

金俊卿:跟我保密是不是?玩儿心眼儿是不是?

姚莎莎:你还是问我们厂领导去吧。

金俊卿:我就是先做一下调查,然后再去找你们领导。

姚莎莎:你别跟我调查,我就是磨道里的驴,听吆喝。

金俊卿:我请你吃饭吧。

姚莎莎:你请我吃饭我也不知道。

金俊卿:我请你吃饭不是为了问你价钱。

姚莎莎:那为什么?

金俊卿:朋友嘛,随便聊聊。

姚莎莎:别,你可以随便,我一个大姑娘怎么能随便呢?

金俊卿:你有男朋友吗?

姚莎莎:没有。

金俊卿:想找吗?

姚莎莎:想找呀。

金俊卿:你没有男朋友,我单身,不是正好吗?我们交往一下嘛。

姚莎莎:跟你不行。

金俊卿:还没接触呢,你怎么知道不行?

姚莎莎:我怕抓不住狐狸闹身骚。

金俊卿:怎么说话呢?

姚莎莎:对不起,我得去接待来宾了。

陶自强推着摩托车要出大门,遇见了玉茗。

玉茗:你找到茶花了吗?

陶自强摇了摇头:一点儿线索都没有,我又这么忙,没有时间去找。

玉茗:据说她就在景德镇,有人看见过她。

陶自强:谁见过她?

玉茗:凤仙。

陶自强:凤仙什么时候见过她?

玉茗:据说昨天下午。

陶自强:我去问问凤仙。

冯运华:你还总为自强没娶媳妇发愁,现在人家连闺女都有了。知足吧你。

陶祁香:发不完的愁,冷不丁地出来一个孩子。自强那么忙,我这儿也整天价四爪朝天,这孩子总得有人带吧?我正琢磨着,不行就找个保姆。可是现在找保姆也成了问题,过去都是地主资本家才使用用人,咱们找保姆合适吗?

冯运华:那怎么办?

陶祁香:不行就把她送到幼儿园去,建国瓷厂不是有职工幼儿园吗?

冯运华:去幼儿园也得有人接送呀?你跟自强的工作都没有准点儿,就是有人能帮你接回来,也总得也人管呀。

陶祁香:这件事还真把我难住了。

冯运华:我倒是一个主意。

陶祁香:说说看。

冯运华:把小茶放到我那儿去,让六婶顺便就照看了。念念上学了,也省事了。

陶祁香:不行不行,我们的孩子放在你家,太不成体统了。

冯运华：不如你跟孩子一起过去，咱两家拼成一家算了。

陶祁香看着冯运华。冯运华不怀好意地笑了。

陶祁香：你这是乘人之危。

冯运华：怎么叫乘人之危，明明是成人之美、大势所趋、人心所向……

陶祁香：我就这样把自己嫁了？这算是怎么回事呀？

陶自强骑着摩托车来了，荷花迎上来：自强哥。

陶自强：凤仙呢？

凤仙过来了。陶自强把凤仙拉到一边：你见到茶花了？

凤仙：她不让我告诉你。

陶自强：她跟你说什么了？

凤仙：我说了，她不让我告诉你。

陶自强：她在哪儿？

凤仙：你别找她了，她走了。

陶自强：走了，去哪儿了？

凤仙：回武夷山了。

陶自强：你把她在武夷山的地址告诉我。

凤仙：我不知道。

陶自强：凤仙，你可是我徒弟的对象。

凤仙：你威胁我？

陶自强：我求你。

凤仙：我说了，我不知道。

陶自强：我必须马上找到茶花，她没跟你说吗？她把孩子给我送来了。我不能让孩子没有妈……

萧炳南在门口喊着：自强，你来一下。

陶自强走进小院，见地上放着一块还没有刻好的墓碑。萧炳南身上、手上都沾满了石屑。

陶自强：您在给母亲刻墓碑。

萧炳南：我正在琢磨着，这墓碑是以我的名义立，还是以你的名义立。

陶自强：您是要给母亲建衣冠冢，墓地选好了吗？

萧炳南：你母亲的坟已经找到了，安葬在浮梁北边的山上。

陶自强：啊？你怎么找到的？

萧炳南：都乐械斗之后，有人替你母亲收了尸，安葬在浮梁北边的山上。这个人年年都去给你母亲添坟祭祀……

陶自强:这个人是谁? 如此大恩大德……该如何报答人家?

萧炳南:是饶三公。

1959年9月17日　中秋节

迎接国庆十周年之际,喜逢中秋佳节,景德镇张灯结彩,喜气洋洋,充满了欢乐祥和的节日气氛。

建国瓷厂大门里的广场上,工人们自发组织起来的庆祝活动,跳着集体舞。踩着高跷、舞着狮子的民间花会,拉着横幅来到建国瓷厂:热烈庆贺国庆献礼瓷烧制成功……

集体舞、狮子舞、高跷融为一体,争奇斗胜。许许多多的职工,还有外面的群众,都集中在建国瓷厂,参与进了节日的狂欢。

李宗贤和几个工作人员维持着秩序。

赵文昌的汽车停在了陈三姐家的门前,赵文昌和高绽梅下了车。

高绽梅提着一个竹篮,竹篮上面盖着一条毛巾。

赵文昌上前敲门。

陈三姐开门:啊,赵书记,您怎么来了,邹老师,赵书记来了。快进,快请进……

高绽梅撩开竹篮上的毛巾,拿出几个月饼,放在桌子上。

陈三姐:哎呀您这是干什么? 您还给我们送礼?

高绽梅:这是我自己做的中秋月饼,五仁馅和枣泥馅的,你们尝尝。

赵文昌看着墙上挂着的证书,笑着:看起来你们家今年的喜事真不少。咦,春泥呢?

陈三姐:出去跟同学玩儿了。

赵文昌:春泥不是报考了陶瓷大学吗? 怎么样?

邹元镐:考上了考上了,录取通知书都发下来了。

赵文昌:祝贺祝贺,祝贺你们多喜临门,好事连连。

陈三姐:赵书记、高院长,你们坐呀,看,光顾着说话了,我去给你们泡茶。

赵文昌:三姐,您别张罗了,我们待不住,还要去别家看看。今天不是中秋节吗? 来看看你们,祝你们两节快乐幸福。

邹元镐激动地:谢谢,太谢谢了……

陶自强、冯兴远、邓美珊布置着婚礼现场。他们贴喜字、挂彩灯、拉彩幛……

墙上,挂着冯运华、陶祁香巨大的结婚照。屋子里,堆满了鲜花。客厅中间的桌子上,摆着香烟、糖果。念念和小茶跑来跑去地玩耍着。

　　小茶:哥哥,谁结婚呀?

　　念念:我爷爷和你姑姑。

　　小茶:我姑姑是新娘子吗?

　　念念:是啊。

　　小茶:那你爷爷呢?

　　念念:我爷爷是新郎官。

　　冯老六进来了:念念、小茶,你们来,快来。

　　念念和小茶跟着冯老六上了楼。

　　水爷爷家里。赵文昌和高绽梅进来:水爷爷、江奶奶,节日快乐……

　　水爷爷:哎哟赵书记,您怎么来了?

　　赵文昌:今天是中秋节,我们来看看您和江奶奶。

　　江奶奶指着高绽梅:这位是……

　　赵文昌:这是我爱人,高绽梅。

　　水爷爷:我知道,我知道,是疗养院的高院长。

　　高绽梅:水爷爷、江奶奶,这是我做的中秋月饼,你们尝尝……

　　赵文昌拿出一个木匣子:水爷爷、江奶奶,这是建国瓷厂烧制的“江山万里红”,你们都见过了。我代表建国瓷厂谢谢你们,也拿来一个给你们留个纪念。

　　水爷爷捧着“江山万里红”的郎红碗,激动得热泪盈眶,说不出话来。

　　赵文昌:江奶奶,特别要感谢您啊。

　　江奶奶:可别这么说,是我对不起老江。要不是新社会,我们两口子这个仇就结到死了,是你们那个邓姑娘把我们这仇疙瘩解开了……

　　赵文昌:她叫邓美珊,建国瓷厂釉料研究所的所长,我代表邓美珊问候你们,祝你们安度晚年,幸福健康。

　　江奶奶:替我谢谢邓姑娘……

　　冯老六端着一个小筐箩,里面装着糖果。

　　新床上铺着大红缎子被褥,床头上挂着红花。念念和小茶在床上蹦蹦跳跳,非常开心。

　　冯老六往床上撒着糖果。念念和小茶抢着糖果。

　　冯老六:你们在床上滚,看谁滚得快。

　　念念和小茶在新床上滚来滚去,开心地玩耍着……

狮子舞、高跷队表演完了,吹吹打打地出了建国瓷厂,又去了别的地方。

建国瓷厂的广场上,集体舞变成了交谊舞。一对对的舞伴舞动起来,广场上的气氛更加迷人。邹元镐拉着手风琴,韩霜凝拉着小提琴。唐家明和南小汐非常引人注目,他们一起配合着,翩翩起舞,兴致勃勃。

舞场上还有几对年轻人,李小毛和杜鹃、罗纲和徐巧莲、戴敏而和陈诚、虞笑寒和一个小伙子……朱光秀和凤仙也很想跳,可是两个人都不会。

朱光秀:咱在边上比画着,照葫芦画瓢。

凤仙:你不怕?

朱光秀:你怕吗?

凤仙:我有点儿怕。

朱光秀:怕什么?

凤仙突然鼓起了勇气:你都不怕,我怕什么,走……

朱光秀和凤仙躲在人群后面,照着别人的样子,很笨拙地学习着……

一支曲子结束了,大家停下来休息。

徐巧莲:我得走了。

罗纲:还早呢,大家正玩儿在兴头上。

徐巧莲:我有事,非常重要的事。

罗纲:什么事?

徐巧莲:今天我公公结婚。

罗纲:你公公? 是冯导演吗?

徐巧莲:是啊。

罗纲:他跟谁结婚?

徐巧莲:跟陶祁香同志。

罗纲:陶团长?

徐巧莲:是啊。

罗纲:这么大的事情,我怎么不知道?

徐巧莲:你本来也不应该知道。

罗纲:你可以带我去吗?

徐巧莲:不行。

罗纲:干脆,趁着大喜的日子,把咱俩的事情公开算了,喜上加喜。

徐巧莲:得了吧,今天是我公公和陶团长大喜的日子,别给人家添堵。

邓美珊帮助花二婶炒菜,两个人一边忙活一边聊天。

花二婶:冯先生和陶团长终于走到一起了,不容易啊。这些年,我眼瞧着冯先生遇到的坑坑坎坎,多难呀,想着都心疼。

邓美珊:六奶奶,您跟六爷爷也不容易,现在不是挺好吗?

花二婶:我们没赶上好时候,也就算了,总算还赶上一个瓜尾巴。你跟兴远怎么样了? 什么时候办喜事呀?

邓美珊:这次国庆节放假,我就带着兴远去见我父母。

花二婶:这么说,你们要去北京?

邓美珊:是啊,兴远顺便把调动的事也办了。

花二婶:调动? 调什么动?

邓美珊:兴远要回景德镇工作了。

花二婶:是吗? 那太好了,这回咱们家可热闹了……

在卢再缘的遗像前,摆着供果鲜花,汪国良点燃了三炷香,向遗像三鞠躬,又端起一杯酒,举过头顶,泼洒在地上……

丁萌萌在厨房里炒着菜。院门没有关,赵文昌夫妇直接进来了。

赵文昌:丁萌萌在吗?

丁萌萌听到声音,急忙出来,见了赵文昌和高绽梅,惊叫起来:啊,赵书记、高院长……国良,赵书记和高院长来了……

汪国良急忙出来:赵书记、高院长,你们怎么来了? 快请进……

高绽梅拿出月饼:我们就不进去了,这是我自己做的中秋月饼,给你们尝尝。

赵文昌:不,我要进去一下。

赵文昌说着,直接进了屋。他站在卢再缘的遗像前,亲手点燃了三炷香。

高绽梅见了,放下手里的篮子,也站在了赵文昌的身边。

赵文昌插好香,和高绽梅一起三鞠躬……

大家按次序落座。冯运华和陶祁香一起坐在上首,冯老六和花二婶坐在他们的对面。陶自强坐在陶祁香的身边,冯兴远坐在冯运华的身边,邓美珊紧挨着冯兴远坐下。徐巧莲坐在了邓美珊旁边。

冯运华:两个孩子呢?

冯老六:折腾半天了,累了,都睡了。

周鸿达和玉茗来了,每人抱着一束鲜花。

周鸿达把鲜花献给陶祁香。玉茗把鲜花献给了冯运华。

冯兴远:你来得正好,这个神圣的婚礼就由你来主持吧。

周鸿达从衣兜里掏出一张写满了议程的纸:本来我就是主持人。

陶自强:你主持人为什么来这么晚?

周鸿达：由于不可抗拒的原因。

邓美珊：什么原因不可抗拒？不要找借口。

玉茗：你们不知道，今天不是中秋节吗，赵书记和高院长，正在挨家挨户地送月饼呢。他打了招呼，我们得在家等着呀。

冯运华：赵书记他们人呢？

周鸿达：说是去看望一下罗灵风，说不定一会儿就过来。

陶祁香：我们的事你跟他说了？

周鸿达：没有啊，您不是说保密吗？

陶祁香：那他们怎么会来？

周鸿达：他们不是挨家挨户地送月饼吗？能少得了冯叔家吗？

陶祁香：看来还真是瞒不住了。

周鸿达：请大家起立，冯运华先生和陶祁香女士结婚典礼正式开始……

陶自强端着酒杯：今天我特别高兴，说实在的，我一直盼望着我姐能跟冯叔结婚。其实，自从我跟我姐来到景德镇，就把冯叔家当成了自己的家……

邓美珊突然站起来：自强哥，你先等等吧，你不觉得你的话有毛病吗？

陶自强：有什么毛病？

邓美珊：又是你姐，又是冯叔的，这可差着辈儿呢。

陶自强：那怎么办？我姐把我养了这么大，我不能改口叫冯婶吧？

冯兴远：你什么意思？难道你要管我爸叫姐夫？

邓美珊：是啊，你要是叫姐夫我们怎么办？也跟着你叫姐夫？

陶自强：你们可以不随着我叫嘛。

冯兴远：从现在开始，我们就得管你姐叫妈了，那我们该怎么论？

陶自强被难为住了……

赵文昌和高绽梅进来了，两个人一起喊着：新婚大喜，幸福美满……

大家一起站起来。陶自强和冯兴远都离开了自己的座位，让着赵文昌夫妇。赵文昌看了看，对高绽梅说：这样吧，我挨着运华同志，你挨着祁香同志。

高绽梅拿出月饼，给大家分发着：这月饼是我亲手做的，今天是中秋节，又是冯导演和陶团长结婚大喜的日子，祝新婚夫妇和和美美，祝大家团团圆圆。

陶自强给赵文昌和高绽梅倒酒……

广场上的舞会正酣。陈三姐和春泥也来了，春泥指指点点地说着什么。

金俊卿走来，站在旁边看着热闹。李宗贤过来：金经理，怎么不跳舞呀？

金俊卿：我先看看，先看看。你怎么不跳？

李宗贤：你看我这像是跳舞的材料吗？

舞会越来越热闹，很多不会跳舞的人也抑制不住了，都纷纷学跳起来。金俊卿和姚莎莎一起，一边跳着舞，一边热烈地交谈着。李宗贤过来，拍了拍金俊卿的肩膀，示意跟他走。金俊卿疑惑地：什么事？

李宗贤：有人找你。

金俊卿跟着李宗贤来到人群外面。

两个警察走过来。金俊卿傻了。

一个警察厉声道：金俊卿，你涉嫌盗窃国家机密，你被捕了。

另一个警察立即给金俊卿戴上了手铐。金俊卿被带出了建国瓷厂的大门。

大门外停着一辆警车。金俊卿被推上了警车。

广场上，舞会在继续。李宗贤得意地走进工厂大门。

李宗贤的妻子跑过来，拉着他朝舞场上指点着。李宗贤突然发现，自己的儿子也在舞场上，跟一个女孩儿跳着舞，有模有样。

赵文昌站起来，端着一杯酒：运华同志、祁香同志，今天是你们大喜的日子，作为朋友呢，理应备一份贺礼的。刚才运华同志说了，不打算告诉我们，那就不知者不为过了。不过呢，我还是给大家带来了两个礼物，可以说是大礼物……

高绽梅：你就别卖关子了，快告诉大家吧。

赵文昌：不行，这个礼物太重太大，大家必须端起酒杯，站起身来。

所有的人都端着酒杯站起来，期待着赵文昌的礼物。赵文昌笑着说道：第一个礼物是，运华、祁香，你们两个人听好了，我们赣剧团的《陶茶恋》去北京参加国庆十周年全国地方戏汇报演出。

大家一起欢呼起来：太好了，干杯！

赵文昌环顾了一下全桌，宣布：第二个礼物是：陶自强同志参加国庆十周年天安门观礼。

大家又欢呼起来，一时间，觥筹交错，酒花泪花飞溅，欢声笑语腾喧……

火车站上，鲜花彩旗，喜气洋洋。

赵文昌领着建国瓷厂的领导和职工给赣剧团和陶自强送行。

赣剧团的演职人员登上了火车。

冯兴远、邓美珊登上了火车。

陶自强、陶祁香、冯运华与大家握手告别。

陶祁香、冯运华和演职员们一起坐在车厢的前面。

陶自强拿着火车票朝后面走去，寻找着座位。

786

车厢里乱乱哄哄,笑语声喧。陶自强找到了自己的座位,可是座位上坐着一个女人。女人头上戴着一条水红色的纱巾,遮住了半边脸。

陶自强客气地:同志,您是这个座位吗?

女人没有言语。陶自强又说:同志,这是我的座位。

女人依然没有言语。陶自强:同志,请您让一让可以吗?

女人还是不理睬他。陶自强提高了声音:同志,这个座位是我的。

女人突然发火了:是你的怎么了? 我就不能坐一会儿吗?

陶自强愣住了,他俯下身子,看见了女人的脸,惊叫起来:茶花?

饶茶花扯下纱巾。陶自强伸手抓住了饶茶花的肩膀:茶花,真的是你?

饶茶花起身挪到里面的座位上。陶自强坐下来:茶花,你也去北京?

坐在前面的邓美珊扭过头来:人家跟你一样,到天安门参加国庆观礼。

陶自强:真的? 太好了。

冯兴远:你代表的是建国瓷厂,人家茶花代表的是武夷山茶场。

陶自强:这么巧?

邓美珊:你说什么巧?

陶自强:我们怎么会坐在一起?

冯兴远:都是邓美珊安排的。

陶自强:啊? 好啊你邓美珊,你们合起伙来整我。

火车缓缓开动了,大家一起涌到窗口,向前来送行的人告别。

火车奔驰向前,汽笛鸣叫,一缕白烟。

陶自强拉着饶茶花,来到陶祁香和冯运华的座位前。饶茶花向陶祁香鞠了一躬,激动地叫着:姐姐……

陶祁香与饶茶花拥抱在一起,喜极而泣……

冯运华指挥着赣剧团的人员唱起了《昌江,我美丽的家乡》……

2021. 1 于景德镇陶溪川
2023. 2 完稿于武夷花园